AF273343

BRANDON SANDERSON (Lincoln, Nebraska, 1975) es el gran autor de fantasía del siglo XXI. Debutó en 2005 con la novela *Elantris* y desde entonces ha deslumbrado a cincuenta millones de lectores en treinta y cinco lenguas con el Cosmere, el fascinante universo de magia que comparten la mayoría de sus obras. Sus best sellers son considerados clásicos modernos, entre ellos la saga Mistborn, la decalogía El Archivo de las Tormentas, la serie Escuadrón y las cuatro novelas secretas con las que, en 2022, protagonizó la mayor campaña de financiación de Kickstarter. Con un plan de publicación de más de veinte futuras obras (que contempla la interconexión de todas ellas), el Cosmere se convertirá en el universo más extenso e impresionante jamás escrito en el ámbito de la fantasía. Sanderson vive en Utah con su esposa e hijos y enseña escritura creativa en la Universidad Brigham Young. *Curso de escritura creativa* es el libro que recoge sus valiosos consejos.

www.brandonsanderson.com

Papel certificado por el Forest Stewardship Council®

Título original: *The Final Empire (Mistborn Original Trilogy 1)*

Primera edición: noviembre de 2025
Primera reimpresión: abril de 2026

© 2006, Dragonsteel, LLC
© 2016, 2025, Penguin Random House Grupo Editorial, S. A. U.
Travessera de Gràcia, 47-49. 08021 Barcelona
© 2008, Rafael Marín Trechera, por la traducción
Diseño de la cubierta: Penguin Random House Grupo Editorial / Marta Pardina
Imagen de la cubierta: © Sandra Rilova

Printed in Spain – Impreso en España

ISBN: 979-13-87652-02-9
Depósito legal: B-14.405-2025

Impreso en Black Print CPI Ibérica
Sant Andreu de la Barca (Barcelona)

BB 5 2 0 2 9

Nacidos de la bruma
(El Imperio Final)
Trilogía Original Mistborn – Libro 1

BRANDON SANDERSON

Edición revisada por Ángel Lorenzo y Tamara Tonetti
de *Cosmere.es*, con la colaboración de Manu Viciano

Traducción de Rafael Marín Trechera
Galeradas revisadas por Antonio Torrubia

Agradecimientos

Una vez más, he de dar las gracias a mi maravilloso agente, Joshua Bilmes, y a Moshe Feder, editor no menos sorprendente. Realizaron un trabajo maravilloso con este libro y estoy orgulloso de tener la oportunidad de trabajar con ellos.

Como siempre, mis incansables grupos de escritura han sido constantes en su interacción y apoyo. Gracias a Alan Layton, Janette Layton, Kaylynne ZoBell, Nate Hatfield, Bryce Cundick, Kimball Larsen y Emily Scorup. También gracias a los lectores que vieron una versión de este libro mucho más primitiva y me ayudaron a darle la forma que tiene ahora: Krista Olsen, Benjamin R. Olsen, Micah Demoux, Eric Ehlers, Izzy Whiting, Stacy Whitman, Kristina Kluger, Megan Kauffman, Sarah Bylund, C. Lee Player, Ethan Skarsdtedt, Jilena O'Brien, Ryan Jurado y el gran Peter Ahlstrom.

También hay unas cuantas personas concretas a las que me gustaría dar las gracias. A Isaac Stewart, que hizo el mapa para esta novela; fue una valiosísima fuente de ideas y pistas visuales. A Heather Kirby, que me dio excelentes consejos para ayudarme con el misterioso funcionamiento interno de la mente de una joven. También agradezco mucho la corrección realizada por Chersti Stapley y Kayleena Richins.

Por último, como siempre, doy las gracias a mi familia por su continuado respaldo y entusiasmo, en particular, me gustaría darle las gracias a mi hermano Jordan.

Prefacio

—Sé fuerte, hijo.

En algún momento de 2001 escribí esas palabras, las primeras de una historia a la que, con el tiempo, terminaría poniendo el título de Mistborn. Por aquel entonces el libro era muy distinto: lo protagonizaba un grupo de alománticos que decidían derrocar el régimen de su reino y convertirse en los nuevos dirigentes. El protagonista era un joven que había visto cómo asesinaban a su familia y al que luego criaba su enemigo como su propio hijo y aprendiz. Al final, deseché la idea, pero me encantaban la magia y muchos aspectos de su ambientación. Cuando por fin vendí un libro, *Elantris*, en 2003, me vi preparado para retomar esa novela y ofrecí a mi editor el relato que ya se ha hecho conocido, el de una banda de ladrones, un emperador inmortal y unos secretos que se remontan miles de años atrás en el tiempo.

Aunque *Elantris* fue mi carta de presentación ante la comunidad de literatura fantástica, Mistborn fue lo que de verdad me consolidó como escritor. A día de hoy, su aproximación modernista a los convencionalismos de la literatura fantástica y la «magia dura» que ha pasado a definir la era de fantasía épica en la que vivo son dos sellos distintivos de mi carrera.

A la hora de escribir esta introducción, mi editor me preguntó si sabía por qué Mistborn había resistido tan bien el paso del tiempo. Es evidente que su longevidad no está provocada por un solo factor. De hecho, incluso plantearse un tema como este conlleva el riesgo de caer en la autocomplacencia. Soy muy consciente de que buena parte del éxito o fracaso de un escritor depende por completo de cosas que escapan a su control. El boca a boca, o lo aleatorio de la colocación de la novela en librerías, o llegar en el momento preciso con algo que toca la fibra sensible adecuada. Existen libros mejores que los míos que no encontraron su público, sin que hubiera nada que reprochar a su escritura. Por tanto, la respuesta inicial a esa pregunta, con toda probabilidad, sería: «pura suerte».

Dicho eso, tengo alma de académico y no puedo evitar analizar qué es lo que hizo que Mistborn diera la campanada, por así decirlo. De modo que a continuación tenéis algunos posibles factores que me he planteado.

El primero es la mezcla que mencionaba más arriba. A juzgar por las pruebas circunstanciales —sobre todo mi propia opinión, la de mis amigos y la de la gente con la que hablé en convenciones durante esa época—, a finales de los noventa y principio de siglo había un cierto hartazgo por la fantasía épica entre los lectores.

A esa gente, aupándome bien alto a hombros de gigantes, pude proporcionarle una fantasía que trastocaba y recompensaba las expectativas previas sobre el género. El héroe profetizado. El señor oscuro. La naturaleza de la magia y el heroísmo. Mistborn captura parte del aire clásico de la fantasía, pero premia a los lectores de género establecidos volviendo del revés algunos tópicos.

Sin embargo, la novela también triunfó mucho entre los lectores recién llegados al género. Para ellos, también contenía una magia innovadora y una historia de desarrollo que adoptaba la forma del aprendizaje de Vin. Esa mezcla, la del cinismo de Kelsier respecto al mundo (y de forma oblicua, respecto al género) combinada con el sentido de la maravilla de Vin ante el nuevo universo que descubre, podría ser la clave más importante del éxito del libro.

También tengo la impresión de que publicar una historia completa en un solo volumen resultó refrescante para aquellos de nosotros que, a pesar de encantarnos las series largas, nos veíamos un poco agobiados por todas las fantasías épicas extensas y venerables que había en el mercado en aquellos momentos. Uno de los comentarios que más me hacen es agradecer que *Nacidos de la Bruma (El Imperio Final)* se sostenga tan bien como libro independiente, a la vez que la trilogía narra una historia completa, cohesionada y potente. Las obras de arte terminadas resultan atractivas.

Por último, el motivo de que Mistborn perdure... bueno, sois los lectores. La gente empezó la serie y se enganchó de verdad. Todavía recuerdo la primera vez que vi una capa de brumas casera, hecha por un aficionado, en una firma de libros. Todos os aferrasteis a este libro con un entusiasmo que, a día de hoy, sigue provocándome sorpresa y agradecimiento.

Gracias por diez años de pasión. Diez años de Empujar, Atraer y secretos. Diez años de Mistborn.

A veces me preocupa no ser el héroe que todo el mundo cree que soy.

Los filósofos me aseguran que este es el momento, que las señales se han hecho realidad. Pero yo me sigo preguntando si no se habrán equivocado de hombre. Son tantas las personas que dependen de mí... Dicen que tendré en mis brazos el futuro del mundo entero.

¿Qué pensarían si supieran que su paladín, el Héroe de las Eras, su salvador, dudó de sí mismo? Tal vez no se sorprenderían en absoluto. En cierto modo, eso es lo que más me preocupa. Quizá también ellos duden, en el fondo de sus corazones, al igual que yo.

Cuando me miran, ¿será un mentiroso lo que ven?

Prólogo

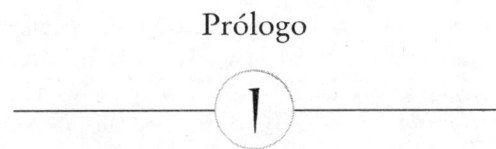

Caía ceniza del cielo.

Con el ceño fruncido, lord Tresting contempló el rojizo cielo de mediodía mientras sus criados se acercaron apresuradamente y los cubrieron con un parasol a él y a su distinguido invitado. Las lluvias de ceniza no eran extrañas en el Imperio Final, pero Tresting confiaba en ser capaz de evitar que se le mancharan de hollín la elegante chaqueta nueva y el chaleco rojo, los cuales acababan de llegar en barco por el canal desde la mismísima Luthadel. No hacía mucho viento, por suerte: con el parasol debería bastar.

Tresting se encontraba junto a su invitado en un pequeño patio elevado que dominaba los campos. Cientos de personas con saya marrón trabajaban bajo la lluvia de ceniza, cuidando las cosechas. Había torpeza en sus movimientos... claro que, por otra parte, así eran todos los skaa. Los campesinos pertenecían a una especie tan indolente como improductiva. No se quejaban, por supuesto: sabían cuál era el lugar que les correspondía. Se limitaban a faenar con la cabeza gacha, realizando su labor con tranquila apatía. El látigo de algún capataz que pasaba los obligaba a acelerar durante unos momentos, pero en cuanto se marchaba el encargado, ellos regresaban a su sopor.

Tresting se volvió hacia el hombre que lo acompañaba.

—Cabría pensar —apuntó— que mil años de trabajo en los campos los habrían vuelto un poco más aplicados.

El obligador se volvió, alzando una ceja en un movimiento que se diría ensayado para realzar su rasgo más característico: los intrincados tatuajes que marcaban la piel que le rodeaba los ojos. Los tatuajes, enormes, le llegaban hasta la frente y el puente de la nariz. Era un prelado absoluto, un obligador muy importante. Tresting tenía sus propios obligadores personales en la mansión, pero no eran más que funcionarios menores, con apenas unas pocas marcas alrededor de los ojos. Aquel hombre había llegado de Luthadel en el mismo barco que había traído el nuevo traje de Tresting.

—Debería ver a los skaa de la ciudad, Tresting —replicó el obligador, volviéndose para contemplar de nuevo a los trabajadores—. Comparados con los de Luthadel, estos son bastante diligentes. Aquí tiene... más control sobre sus skaa. ¿Cuántos dice que pierde al mes?

—Bueno, media docena o así —respondió Tresting—. Algunos por azotes, otros por agotamiento.

—¿Fugitivos?

—¡Nunca! Cuando heredé esta tierra de mi padre, hubo unos cuantos fugitivos... pero ejecuté a sus familias. Los demás perdieron rápidamente el valor. Nunca he comprendido a la gente que tiene problemas con sus skaa: a mí me resulta fácil controlar a las criaturas con una mano adecuadamente firme.

De pie, envuelto en sus ropajes grises el obligador asintió en silencio. Parecía complacido, lo cual era buena cosa. Los skaa no eran en realidad propiedad de Tresting. Como todos los skaa, pertenecían al lord Legislador; Tresting solo alquilaba los trabajadores a su Dios, igual que pagaba por los servicios de sus obligadores.

El obligador bajó la mirada, comprobó su reloj de bolsillo, luego miró al sol. A pesar de la lluvia de ceniza, brillaba un fulgurante rojo carmesí tras la negrura ahumada de las alturas. Tresting sacó un pañuelo y se secó la frente, agradecido por la sombra del parasol que filtraba el calor de mediodía.

—Muy bien, Tresting —dijo el obligador—. Presentaré su propuesta a lord Venture, como ha solicitado. Tendrá un informe favorable por mi parte sobre sus operaciones aquí.

Tresting contuvo un suspiro de alivio. Se requería un obligador como testigo para cualquier contrato o acuerdo comercial entre nobles.

Cierto, incluso un obligador menor como los que Tresting empleaba podía servir como testigo... pero era mejor impresionar al mismísimo obligador de Straff Venture.

El obligador se volvió hacia él.

—Volveré por el canal esta misma tarde.

—¿Tan pronto? —preguntó Tresting—. ¿Por qué no se queda a cenar?

—No —respondió el obligador—. Aunque hay otro asunto que deseo discutir con usted. No he venido solo de parte de lord Venture, sino para... investigar algunos asuntos para el Cantón de la Inquisición. Según los rumores le gusta a usted relacionarse con sus mujeres skaa.

Tresting sintió un escalofrío.

El obligador sonrió; quizá solo pretendiera expresar seguridad, pero Tresting lo encontró inquietante.

—No se preocupe, Tresting —dijo el obligador—. Si hubiera verdadera preocupación por sus acciones, habrían enviado en mi lugar a un inquisidor de acero.

Tresting asintió con la cabeza, despacio. Inquisidor. Nunca había visto a ninguna de esas criaturas inhumanas, pero había oído historias.

—Quedo satisfecho en lo relativo a sus acciones con las mujeres skaa —dijo el obligador, contemplando los campos—. Lo que he visto y oído aquí indica que siempre sanea sus problemas. Un hombre como usted, eficiente, productivo, podría llegar lejos en Luthadel. Unos cuantos años más de trabajo, algunos contratos mercantiles inspirados, ¿y quién sabe?

El obligador se volvió y Tresting sonrió. No era una promesa, ni siquiera una recomendación (los obligadores eran más burócratas y testigos que sacerdotes), pero oír tales alabanzas por parte de uno de los servidores del lord Legislador... Tresting sabía que algunos nobles consideraban a los obligadores inquietantes, algunos incluso los encontraban una molestia; pero en aquel momento hubiese besado a su distinguido invitado.

Tresting se volvió hacia los skaa, que trabajaban en silencio bajo el sol ensangrentado y los perezosos copos de ceniza. Siempre había sido un noble de campo que vivía de su plantación y soñaba con mudarse a la propia Luthadel. Había oído hablar de los bailes y las fiestas, el glamour y la intriga, y eso lo entusiasmaba.

Tendré que celebrarlo esta noche, pensó. Estaba aquella muchachita de la decimocuarta choza a la que llevaba observando desde hacía algún tiempo...

Volvió a sonreír. Unos cuantos años más de trabajo, había dicho el obligador. Pero ¿podría acelerar Tresting el curso de los acontecimientos si trabajaba más? Su población de skaa había aumentado en los últimos tiempos. Tal vez si los apretaba un poco más pudiera producir una cosecha extra ese verano, y cumplir así con creces su contrato con lord Venture.

Tresting asintió mientras observaba al grupo de perezosos skaa, algunos trabajando con sus azadas, otros de rodillas apartando la ceniza de la cosecha. No se quejaban. No tenían esperanzas. Apenas se atrevían a pensar. Así era como debía ser, pues eran skaa. Eran...

Tresting se quedó inmóvil cuando uno de los skaa alzó la mirada. El hombre lo miró a los ojos, con una chispa (no, un fuego) de desafío en su expresión. Tresting nunca había visto nada parecido, no en el rostro de un skaa. Dio un paso atrás por instinto y le recorrió un escalofrío mientras el extraño y erguido skaa le sostenía la mirada.

Y sonreía.

Tresting apartó los ojos.

—¡Kurdon! —exclamó.

El fornido capataz subió corriendo la cuesta.

—¿Sí, mi señor?

Tresting se volvió para señalar...

Frunció el ceño. ¿Dónde estaba aquel skaa? Trabajando con la cabeza gacha, el cuerpo manchado de hollín y sudor, era muy difícil distinguirlos. Tresting se detuvo, buscando. Creía saber el sitio... un punto vacío donde ya no había nadie.

Pero no. No podía ser. Era imposible que el hombre se hubiese alejado tan deprisa del grupo. ¿Adónde habría ido? Tenía que estar allí, en alguna parte, trabajando con la cabeza gacha. Sin embargo, aquel instante de aparente desafío era inexcusable.

—¿Mi señor? —volvió a preguntar Kurdon.

El obligador observaba a su lado, con curiosidad. No era aconsejable que supiera que uno de los skaa había actuado con tanta desfachatez.

—Dales un poco más fuerte a los skaa de la sección sur —ordenó Tresting, señalando—. Los veo lentos, incluso para ser skaa. Golpea a unos cuantos.

Kurdon se encogió de hombros, pero asintió. No era un motivo de peso para golpear a nadie, pero tampoco necesitaba razones especiales para dar una paliza a los trabajadores.

Después de todo, no eran más que skaa.

Kelsier había oído historias.

Había oído susurros de la época lejana en que el sol no era rojo. Tiempos en los que el cielo no estaba cubierto de humo y ceniza, cuando las plantas no luchaban por sobrevivir y los skaa no eran esclavos. Tiempos anteriores al lord Legislador. Esos días, sin embargo, estaban casi olvidados. Incluso las leyendas se volvían difusas.

Kelsier contempló el sol, siguiendo con los ojos el gigantesco disco rojo mientras se arrastraba hacia el horizonte occidental. Permaneció de pie en silencio un buen rato, solo en los campos vacíos. El trabajo del día había terminado; los skaa habían sido conducidos de vuelta a sus chozas. Pronto llegarían las brumas.

Al cabo de un rato, Kelsier suspiró y se volvió para regresar por socavones y trochas, abriéndose paso entre grandes montículos de ceniza. Evitaba pisar las plantas, aunque no estaba seguro de por qué se molestaba. Las cosechas apenas parecía que merecieran el esfuerzo. Débiles, con hojas marrones resecas, las plantas parecían casi tan deprimidas como la gente que las atendía.

Las chozas de los skaa se alzaban a la escasa luz. Kelsier vio que las brumas empezaban ya a formarse en el aire, dando a los edificios en forma de montículo un aspecto surrealista e intangible. No había guardia ninguna en las chozas: no había necesidad de vigilantes, pues ningún skaa se aventuraba fuera cuando caía la noche. Su miedo a las brumas era demasiado fuerte.

Tendré que curarlos de eso algún día, pensó Kelsier mientras se acercaba a uno de los edificios más grandes, pero cada cosa a su tiempo. Abrió la puerta y entró.

La conversación cesó de inmediato. Kelsier cerró la puerta, luego se volvió con una sonrisa hacia la treintena de skaa que había allí reunidos. Una hoguera ardía débilmente en el centro y el gran caldero que había a su lado estaba lleno de agua salpicada de verduras: el comienzo de una cena. La sopa estaría insípida, por supuesto. Con todo, el olor era agradable.

—Buenas noches a todos —dijo Kelsier con una sonrisa, depositando la bolsa a sus pies y apoyándose contra la puerta—. ¿Cómo os ha ido el día?

Sus palabras rompieron el silencio y las mujeres volvieron a sus preparativos de la cena. Sin embargo, el grupo de hombres sentados a una burda mesa continuó observando a Kelsier con expresión incómoda.

—Nuestro día ha estado cargado de trabajo, viajero —dijo Tepper, uno de los miembros del consejo skaa—. Algo que tú has conseguido evitar.

—El trabajo del campo nunca me ha llenado —dijo Kelsier—. Es demasiado duro para mi delicada piel. —Sonrió, alzando manos y brazos llenos de capas y capas de finas cicatrices. Cubrían su piel a lo largo, como si alguna bestia le hubiera pasado las garras por los brazos una y otra vez.

Tepper bufó. Era joven para ser miembro del consejo, debía de contar poco más de cuarenta años: como mucho podía llevarle cinco años a Kelsier. Sin embargo, el hombrecillo se comportaba con el aire de alguien a quien le gusta estar al mando.

—Este no es momento para chanzas —dijo Tepper, severo—. Cuando acogemos a un viajero, esperamos que se comporte y evite levantar sospechas. El hecho de que te apartaras de los campos esta mañana podría haberles valido un azote a los hombres que te rodeaban.

—Cierto —respondió Kelsier—. Pero a esos hombres también podrían haberlos azotado por encontrarse en el sitio equivocado, por detenerse demasiado o por toser cuando pasaba un capataz. Una vez vi darle una paliza a un hombre porque su amo dijo que había «parpadeado de forma inadecuada».

Tepper permaneció sentado, con los ojos entornados y envarado, el brazo apoyado en la mesa. Su expresión era firme.

Kelsier suspiró y puso los ojos en blanco.

—Bien. Si queréis que me marche, lo haré.

Se echó la bolsa al hombro y abrió la puerta con toda tranquilidad. Una densa bruma empezó a entrar de inmediato por la puerta, se arremolinó con languidez alrededor del cuerpo de Kelsier, se remansó en el suelo y se arrastró como un animal vacilante. Varias personas gimieron horrorizadas, aunque la mayoría estaban demasiado desconcertadas para emitir ningún sonido. Kelsier se detuvo un instante, contempló las oscuras brumas, las veloces corrientes iluminadas débilmente por los carbones de la hoguera.

—Cierra la puerta. —Las palabras de Tepper eran una súplica, no una orden.

Kelsier hizo lo que le pedían, cerró la puerta y cortó el flujo de bruma blanca.

—La bruma no es lo que pensáis. La teméis demasiado.

—Los hombres que se aventuran en la bruma pierden el alma —susurró una mujer. Sus palabras conllevaban una pregunta. ¿Había caminado Kelsier entre las brumas? ¿Qué le había sucedido entonces a su alma?

Si supierais, pensó Kelsier.

—Bueno, supongo que esto significa que me quedo. —Hizo un gesto a un niño para que le acercara un taburete—. Menos mal... Hubiese sido una lástima haber tenido que marcharme antes de compartir mis noticias.

Más de una persona alzó la cabeza al oír el comentario. Este era el verdadero motivo por el que lo toleraban, la razón por la que los tímidos campesinos daban cobijo a un hombre como Kelsier, un skaa que desafiaba la voluntad del lord Legislador viajando de plantación en plantación. Podía ser un renegado, un peligro para la comunidad entera, pero traía noticias del mundo exterior.

—Vengo del norte —dijo Kelsier—. De tierras donde la mano del lord Legislador se nota menos.

Habló con voz clara y la gente se inclinó de forma inconsciente hacia él mientras hablaba. Al día siguiente, las palabras de Kelsier serían repetidas a los varios cientos de personas que vivían en otras chozas. Los skaa podían estar sometidos, pero eran unos chismosos incurables.

—Los lores locales gobiernan al oeste —dijo Kelsier— y distan mucho de tener la mano de hierro del lord Legislador y sus obligadores. Algunos de estos nobles lejanos están descubriendo que los skaa felices son mejores trabajadores que los skaa maltratados. Un hombre, lord Renoux, incluso ha ordenado a sus capataces que detengan los azotes no autorizados. Se comenta entre susurros que está pensando en pagar un salario a los skaa de sus plantaciones, como el que podrían ganar los artesanos de las ciudades.

—Tonterías —dijo Tepper.

—Mis disculpas —respondió Kelsier—. No sabía que el buen Tepper hubiese estado en los dominios de lord Renoux últimamente. ¿Cuando cenaste con él por última vez, te dijo algo que no me dijera a mí?

Tepper se ruborizó: los skaa no viajaban y, desde luego, no cenaban con lores.

—Me tomas por tonto, viajero —dijo Tepper—, pero sé lo que estás haciendo. Tú eres el que llaman el Superviviente; esas cicatrices de tus brazos te delatan. Eres un provocador: viajas por las plantaciones sembrando el descontento. Te comes nuestra comida, cuentas tus grandes historias y tus mentiras y luego desapareces y dejas que la gente se las arregle con las grandes esperanzas que contagias a nuestros hijos.

Kelsier alzó una ceja.

—Vamos, vamos, buen Tepper —dijo—. Tus temores son del todo infundados. Mira, no tengo ninguna intención de comerme vuestra comida. Traigo la mía propia.

Con esas palabras, Kelsier arrojó su mochila al suelo ante la mesa de Tepper. La mochila se volcó y su contenido se desparramó. Buen pan, fruta e incluso unos cuantos embutidos curados quedaron a la vista.

Una fruta de verano rodó por el suelo de tierra apisonada y topó con suavidad contra el pie de Tepper. El maduro skaa observó la fruta, incrédulo.

—¡Eso es comida de nobles!

Kelsier resopló.

—Ni por asomo. ¿Sabes? Para ser un hombre de renombrado prestigio y rango, vuestro lord Tresting tiene un notable mal gusto. Su despensa es una vergüenza para su noble posición.

Tepper palideció.

—Ahí es donde fuiste esta tarde —susurró—. Fuiste a la mansión... *¡Le robaste al amo!*

—En efecto. Y he de añadir que, aunque vuestro señor adolezca de un gusto deplorable a la hora de comer, su ojo para los soldados es bastante más impresionante. Colarme en su mansión durante el día fue todo un desafío.

Tepper todavía contemplaba la bolsa de comida.

—Si los capataces descubren esto aquí...

—Bueno, entonces os sugiero que lo hagáis desaparecer —dijo Kelsier—. Estoy dispuesto a apostar a que sabe un poquitín mejor que esa sopa aguada.

Dos docenas de ojos hambrientos estudiaron la comida. Si Tepper pretendía seguir discutiendo, no actuó lo bastante rápido, pues su silencio fue interpretado como aceptación. En pocos minutos el contenido de la bolsa fue inspeccionado y distribuido; la olla de sopa se quedó allí burbujeando, ignorada, mientras los skaa se daban un festín con una comida bastante más exótica.

Kelsier se quedó aparte, se apoyó en la pared de madera de la choza y contempló a la gente devorar la comida. Había dicho lo cierto: los contenidos de la despensa eran deprimentemente vulgares. Sin embargo, esa gente no se había alimentado más que de sopa y gachas desde la infancia. Para ellos, el pan y la fruta eran raros manjares de los que solo comían sobras cuando las traían los sirvientes de la mansión.

—Tu historia ha quedado interrumpida, joven —comentó un skaa mayor, que se acercó cojeando para sentarse en un taburete junto a Kelsier.

—En fin, sospecho que ya habrá tiempo de contarla más tarde —dijo Kelsier—. Cuando todas las pruebas de mi hurto hayan sido devoradas como es debido. ¿No quieres nada?

—No hace falta —dijo el anciano—. La última vez que probé comida de lores me dolió el estómago tres días. Los nuevos sabores son como las nuevas ideas, joven: cuanto más viejo te haces, más difíciles son de digerir.

Kelsier hizo una pausa. El anciano no era en absoluto impresionante. Su piel correosa y su cabeza calva le hacían parecer más frágil que sabio. Sin embargo, tenía que ser más fuerte de lo que aparentaba; pocos skaa de las plantaciones vivían hasta esa edad. Muchos lores no permitían que los viejos se quedaran en casa durante la jornada de trabajo, y los frecuentes azotes que componían la vida de los skaa se cobraban un precio terrible en los ancianos.

—¿Cómo has dicho que te llamas? —preguntó Kelsier.

—Mennis.

Kelsier miró a Tepper.

—Así pues, buen Mennis, dime una cosa. ¿Por qué le dejas ser el jefe?

Mennis se encogió de hombros.

—Cuando llegas a mi edad, hay que tener mucho cuidado y no malgastar energías. No merece la pena librar algunas batallas.

Había una insinuación en los ojos de Mennis: se estaba refiriendo a cosas de más calado que su pugna con Tepper.

—Entonces ¿estás satisfecho con esto? —preguntó Kelsier, indicando con un gesto la choza y sus habitantes, medio famélicos y sobrecargados de trabajo—. ¿Te contentas con una vida llena de azotes y fatigas insoportables?

—Al menos es una vida —dijo Mennis—. Sé lo que traen los salarios, el descontento y la rebelión. La atención del lord Legislador y la ira del Ministerio de Acero pueden ser mucho más terribles que unos cuantos azotes. Los hombres como tú predican el cambio, pero me pregunto si es una batalla que realmente podamos librar.

—Ya la estáis librando, buen Mennis. Pero la estáis perdiendo espantosamente. —Kelsier se encogió de hombros—. Pero ¿qué sé yo? Solo soy un trotamundos depravado que viene a comerse vuestra comida e impresionar a vuestros jóvenes.

Mennis sacudió la cabeza.

—Bromeas, pero es posible que Tepper tuviera razón. Temo que tu visita nos cause problemas.

Kelsier sonrió.

—Por eso no lo he contradicho... al menos en lo de llamarme provocador. —Hizo una pausa y sonrió de oreja a oreja—. De hecho, diría que llamarme provocador quizá sea lo único acertado que ha hecho Tepper desde que llegué.

—¿Cómo lo haces? —preguntó Mennis, frunciendo el ceño.

—¿Qué?

—Sonreír tanto.

—Ah, es que soy una persona feliz.

Mennis observó las manos de Kelsier.

—¿Sabes? Solo he visto cicatrices así en otra persona... y estaba muerta. Llevaron su cadáver a lord Tresting como prueba de que su castigo había sido ejecutado. —Mennis miró a Kelsier—. Lo pillaron hablando de rebelión. Tresting lo envió a los Pozos de Hathsin, donde trabajó hasta que murió. El muchacho duró menos de un mes.

Kelsier se miró las manos y los antebrazos. Todavía le quemaban algunas veces, aunque estaba seguro de que el dolor solo existía en su imaginación. Miró a Mennis y sonrió.

—¿Preguntas por qué sonrío, buen Mennis? Bien, el lord Legislador cree que la risa y la alegría son solo suyas. No quiero que sea así. Y es una batalla que no cuesta mucho trabajo librar.

Mennis miró a Kelsier y por un instante este pensó que el anciano iba a responderle con una sonrisa. Sin embargo, al final Mennis tan solo sacudió la cabeza.

—No sé. No sé...

El grito lo interrumpió. Vino del exterior, tal vez del norte, aunque las brumas distorsionaban los sonidos. La gente de la choza guardó silencio y trató de escuchar los débiles y agudos alaridos. A pesar de la distancia y la bruma, Kelsier oyó el dolor contenido en aquellos gritos.

Kelsier quemó estaño.

Había pasado a resultarle sencillo, después de años de práctica. El estaño esperaba con otros metales alománticos que se había tragado con anterioridad, dentro de su estómago, a que lo llamara. Buscó con su mente y tocó el estaño, recurriendo a poderes que apenas entendía. El metal cobró vida en su interior, quemando su estómago como una bebida caliente que se traga demasiado deprisa.

El poder alomántico recorrió su cuerpo, amplificando sus sentidos. La habitación se volvió nítida. La hoguera, que a duras penas ardía, adquirió un brillo casi cegador. Notó el grano de la madera del taburete en el que estaba sentado. Pudo saborear los restos de la hogaza de pan que había comido antes. Más importante aún, oyó los gritos con oídos sobrenaturales. Dos personas distintas. Una era una mujer mayor, la otra, una mujer más joven..., tal vez una niña. Los gritos de la joven eran cada vez más lejanos.

—Pobre Jess —dijo una mujer que estaba cerca, y su voz resonó en los oídos ampliados de Kelsier—. Esa hija suya era una maldición. Es mejor para los skaa no tener hijas bonitas.

Tepper asintió.

—Estaba claro que lord Tresting iba a mandarla llamar tarde o temprano. Todos lo sabíamos. Jess lo sabía.

—Pero no deja de ser una lástima —dijo otro hombre.

Los gritos continuaron en la distancia. Quemando estaño, Kelsier pudo calcular adecuadamente la dirección. La voz se acercaba a la mansión. Los sonidos provocaron algo en su interior y sintió que su cara enrojecía de furia.

Kelsier se volvió.

—¿Devuelve alguna vez a las muchachas lord Tresting después de haber acabado con ellas?

El viejo Mennis sacudió la cabeza.

—Lord Tresting es un hombre que cumple la ley: hace matar a las muchachas al cabo de unas cuantas semanas. No quiere llamar la atención de los inquisidores.

Esa era la orden del lord Legislador. No podía permitirse tener niños mestizos por ahí sueltos, niños que podrían poseer poderes que los skaa no imaginaban que existían...

Los gritos se apagaron, pero la furia de Kelsier aumentó. Los gritos le recordaron otros gritos. Los gritos de una mujer del pasado. Se levantó de improviso, y el taburete cayó al suelo tras él.

—Cuidado, muchacho —dijo Mennis, lleno de temor—. Recuerda lo que he dicho de malgastar energías. Nunca alzarás esa rebelión tuya si te matan esta noche.

Kelsier miró al anciano. Entonces, a través de los gritos y el dolor, se obligó a sonreír.

—No he venido aquí a liderar ninguna rebelión, buen Mennis. Solo quiero crear algunos problemas.

—¿Y de qué va a servir eso?

La sonrisa de Kelsier se ensanchó.

—Se acercan nuevos tiempos. Sobrevive un poco más y puede que veas grandes acontecimientos en el Imperio Final. Os doy las gracias a todos por vuestra hospitalidad.

Dicho esto, abrió la puerta y se internó en la bruma.

Mennis estaba ya despierto antes del amanecer. Parecía que cuanto mayor se hacía más le costaba dormir. Eso se cumplía además cuando estaba preocupado por algo, como el fracaso del viajero en regresar a la choza.

Mennis esperaba que Kelsier hubiera recuperado el sentido y decidido continuar su camino. Sin embargo, eso parecía improbable: había visto el fuego en los ojos de Kelsier. Era una lástima que un hombre que había sobrevivido a los Pozos encontrara allí la muerte, en una plantación cualquiera, tratando de proteger a una muchacha a la que todos los demás daban ya por muerta.

¿Cómo reaccionaría lord Tresting? Se decía que era particularmente duro con todo aquel que interrumpía sus goces nocturnos. Si Kelsier había conseguido perturbar los placeres del amo, Tresting bien podía decidir castigar al resto de los skaa, de rebote.

Al cabo de un rato, los otros skaa empezaron a despertarse. Mennis permaneció tendido en el duro suelo (los huesos doloridos, la espalda entumecida, los músculos exhaustos), tratando de decidir si merecía la pena levantarse. Cada día estaba a punto de rendirse. Cada día era un poco más difícil. Un día se limitaría a quedarse en la choza, esperando a que los capataces vinieran a matar a aquellos que eran demasiado viejos o estaban demasiado enfermos para trabajar.

Pero no aquel día. Veía demasiado miedo en los ojos de los skaa: sabían que las actividades nocturnas de Kelsier traerían problemas. Necesitaban a Mennis; lo miraron. Tenía que levantarse.

Y por eso lo hizo. Una vez que empezó a moverse, los dolores de la edad menguaron levemente y pudo salir de la choza y dirigirse a los campos apoyándose en un hombre más joven.

Fue entonces cuando notó el olor en el aire.

—¿Qué es eso? —preguntó—. ¿Hueles a humo?

Shum, el joven en el que se apoyaba, se detuvo. Los últimos restos de la bruma de la noche se habían desvanecido y el sol rojo se alzaba tras la habitual cortina de nubes negruzcas.

—De un tiempo a esta parte siempre huele a humo —dijo Shum—. Los Montes de Ceniza son violentos este año.

—No —respondió Mennis, cada vez más aprensivo—. Esto es distinto.

Se volvió hacia el norte, donde se reunía un grupo de skaa. Se soltó de Shum y se acercó al grupo, levantando a su paso polvo y ceniza.

En el centro del corrillo encontró a Jess. Su hija, la que todos habían supuesto que había sido tomada por lord Tresting, estaba junto a ella. Los ojos de la joven estaban enrojecidos por la falta de sueño, pero parecía ilesa.

—Volvió poco después de que se la llevaran —estaba explicando la mujer—. Vino y llamó a la puerta, llorando en medio de la niebla. Flen estaba seguro de que era un espectro de la bruma que la imitaba,

¡pero tuve que dejarla entrar! No me importa lo que diga, no voy a abandonarla. La he traído a la luz y no ha desaparecido. ¡Eso prueba que no es un espectro!

Mennis se apartó trastabillando de la rugiente muchedumbre. ¿Es que nadie se daba cuenta? Ningún capataz acudía para disolver el grupo a golpes. Ningún soldado acudía a contarlos como cada mañana. Algo iba muy mal. Mennis continuó hacia el norte, avanzando frenéticamente hacia la mansión.

Cuando llegó los otros habían advertido la retorcida columna de humo que apenas era ya visible con la luz de la mañana. Mennis no fue el primero en llegar a la linde de la pequeña altiplanicie, pero el grupo le abrió el paso. La mansión había desaparecido. Solo quedaba de ella una huella negra y humeante.

—¡Por el lord Legislador! —susurró Mennis—. ¿Qué ha pasado aquí?

—Los mató a todos.

Mennis se volvió. Quien había hablado era la hija de Jess. Contemplaba la casa destruida con una expresión satisfecha en su juvenil rostro.

—Estaban muertos cuando me sacó —dijo—. Todos ellos: los soldados, los capataces, los lores... muertos. Incluso lord Tresting y sus obligadores. El amo me había dejado y había acudido a investigar cuando empezaron los ruidos. Al salir, lo vi tendido en su propia sangre, con heridas de puñal en el pecho. El hombre que me salvó lanzó una antorcha al edificio cuando nos marchábamos.

—Ese hombre —dijo Mennis—, ¿tenía cicatrices en las manos y los brazos, hasta más arriba de los codos?

La muchacha asintió en silencio.

—¿Qué clase de demonio era ese hombre? —murmuró incómodo uno de los skaa.

—Un espectro de la bruma —susurró otro, al parecer olvidando que Kelsier se había marchado de día.

Pero se internó en la bruma, pensó Mennis. *¿Y cómo consiguió una hazaña como esta? ¡Lord Tresting tenía más de dos docenas de soldados! ¿Tenía quizá Kelsier una banda de rebeldes ocultos?*

Las palabras que Kelsier había pronunciado la noche anterior resonaron en sus oídos. *Se acercan nuevos tiempos...*

—¿Qué pasará con nosotros? —preguntó Tepper, aterrado—.

¿Qué ocurrirá cuando el lord Legislador se entere de esto? ¡Pensará que lo hicimos nosotros! ¡Nos enviará a los Pozos, o tal vez enviará a sus koloss a matarnos de inmediato! ¿Por qué haría una cosa así ese alborotador? ¿No comprende el daño que ha hecho?

—Lo comprende —dijo Mennis—. Nos lo advirtió, Tepper. Vino a crear problemas.

—Pero ¿por qué?

—Porque sabía que nunca nos rebelaríamos por nuestra cuenta, así que no nos ha dejado otra salida.

Tepper se puso lívido.

Lord Legislador, pensó Mennis. *No puedo hacer esto. Apenas puedo levantarme por las mañanas... No puedo salvar a esta gente.*

Pero ¿qué otra opción tenía?

Mennis se volvió.

—Reúne a la gente, Tepper. Tenemos que huir antes de que la noticia de este desastre llegue a oídos del lord Legislador.

—¿Adónde iremos?

—A las cavernas del este —dijo Mennis—. Los viajeros dicen que los skaa rebeldes se ocultan en ellas. Tal vez nos acepten.

Tepper se puso aún más lívido.

—Pero... tendremos que viajar durante días. Pasar las noches en *la bruma*.

—Podemos hacer eso, o podemos quedarnos aquí y morir —respondió Mennis.

Tepper permaneció inmóvil un instante y Mennis pensó que la conmoción lo había abrumado. Sin embargo, al final, el hombre más joven fue a reunir a los demás como le había ordenado.

Mennis suspiró, contempló la columna de humo y maldijo para sus adentros al tal Kelsier.

Nuevos tiempos, en efecto.

PRIMERA PARTE

EL SUPERVIVIENTE DE HATHSIN

Me considero un hombre de principios. Pero ¿qué hombre no se considera tal? Incluso el asesino, según he advertido, interpreta sus acciones como «morales» en cierto modo.

Tal vez otra persona, al leer mi vida, me considere un tirano religioso. Puede llamarme arrogante. ¿Qué hace que la opinión de ese hombre sea menos válida que la mía propia?

Supongo que todo se reduce a una sola cosa: al final, soy yo quien tiene los ejércitos de su parte.

1

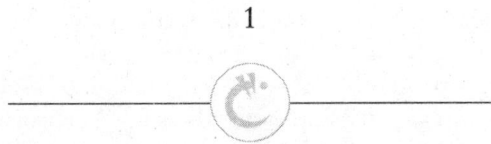

Caía ceniza del cielo.

Vin contempló los copos revolotear en el aire mientras caían. Con languidez. Descuidadamente. Libres. Los trozos de hollín caían como copos de nieve negra, descendiendo sobre la oscura ciudad de Luthadel. Se acumulaban en las esquinas, impulsados por la brisa, y se enroscaban en diminutos remolinos sobre el empedrado. Parecía que no les importaba nada. ¿Cómo sería eso? Vin estaba sentada en silencio en uno de los miradores, un hueco oculto construido en los ladrillos de un lado de la guarida. Desde dentro, un miembro de la banda podía vigilar la calle en busca de signos de peligro. Vin no estaba de guardia: el mirador era uno de los pocos lugares donde podía estar a solas.

Y a Vin le gustaba estar sola. *Cuando estás sola, nadie puede traicionarte.* Palabras de Reen. Su hermano le había enseñado muchas cosas, luego había reforzado sus enseñanzas haciendo lo que siempre había prometido que haría: traicionarla. *Es la única manera de aprender. Cualquiera puede traicionarte, Vin. Cualquiera.*

La ceniza continuó cayendo. A veces Vin se imaginaba a sí misma como la ceniza, o el viento, o la misma bruma. Una cosa sin pensamiento, capaz simplemente de «ser», sin pensar, ni preocuparse, ni sentir dolor. Entonces podría ser... libre.

Oyó un sonido cercano y luego la trampilla al fondo de la pequeña recámara se abrió de golpe.

—¡Vin! —dijo Ulef, asomando la cabeza—. ¡Estás ahí! Camon lleva media hora buscándote.

Precisamente por eso me he escondido.

—Deberías prepararte —dijo Ulef—. El trabajo está a punto de empezar.

Ulef era un chico larguirucho. Amable, a su manera; ingenuo, si alguien que había crecido en el mundo de los bajos fondos en verdad podía considerarse tal cosa. Eso, desde luego, no significaba que no pudiera traicionarla. La traición no tenía nada que ver con la amistad; era un simple acto de supervivencia. La vida era dura en las calles y, si un skaa ladrón quería evitar ser capturado y ejecutado, tenía que ser práctico.

Y la frialdad era la más práctica de las emociones. Otro de los dichos de Reen.

—¿Bien? —preguntó Ulef—. Deberías ir. Camon está enfadado.

¿Cuándo no lo está? Sin embargo, Vin asintió y se apartó del estrecho, aunque cómodo, espacio del mirador. Pasó rozando a Ulef y salió por la trampilla para dirigirse a un pasillo y luego a una despensa ruinosa. La habitación era una de las muchas del fondo del taller que servía como tapadera del refugio. El cubil de la banda en sí estaba oculto en los túneles de una caverna de piedra situada bajo el edificio.

Salió del edificio por una puerta trasera, seguida de Ulef. El trabajo sería a unas manzanas de distancia, en una zona más rica de la ciudad. Era un trabajo complicado, uno de los más complejos que había visto Vin. Suponiendo que Camon no fuera capturado, los beneficios serían grandes. Si lo capturaban... Bueno, timar a nobles y obligadores era una profesión muy difícil, pero desde luego era mejor que trabajar en las fraguas o las fábricas textiles.

Vin salió del callejón y se internó en una calleja oscura de uno de los muchos suburbios de skaa de la ciudad. Los skaa demasiado enfermos para trabajar yacían acurrucados en esquinas y aceras, con la ceniza revoloteando a su alrededor. Vin mantuvo la cabeza gacha y se subió la capucha para protegerse de los copos que todavía caían.

Libre. No, nunca seré libre. Reen se aseguró de eso cuando se marchó.

—¡Aquí estás! —Camon alzó un dedo cuadrado y grueso y le apuntó a la cara—. ¿Dónde te habías metido?

Vin no dejó que el odio ni la rebeldía se notaran en sus ojos. Se limitó a agachar la cabeza, dándole a Camon lo que esperaba ver. Había otras formas de ser fuerte. Esa lección la había aprendido ella sola.

Camon soltó un leve gruñido, luego alzó la mano y le dio un revés en la cara. La fuerza del golpe envió a Vin contra la pared, y su mejilla ardió de dolor. Se desplomó contra la madera, pero soportó el castigo en silencio. Solo otro cardenal más. Era lo bastante fuerte para soportarlo. Lo había hecho antes.

—Escucha —susurró Camon—. Este es un trabajo importante. Vale miles de cuartos: más que tú cien veces. No permitiré que metas la pata. ¿Entendido?

Vin asintió.

Camon la estudió un momento, el rostro gordezuelo rojo de furia. Se apartó, al cabo, murmurando para sí.

Estaba molesto por algo... no era solo por Vin. Tal vez se había enterado de la rebelión skaa que había tenido lugar en el norte, a varios días de distancia. Uno de los lores de provincias, Themos Tresting, al parecer había sido asesinado y su mansión, calcinada. Esos altercados eran malos para los negocios: hacían que la aristocracia estuviera más atenta y fuese menos fácil de engañar. Eso, a su vez, podía traducirse en una drástica reducción de los beneficios de Camon.

Está buscando alguien a quien castigar, pensó Vin. *Siempre se pone nervioso antes de un golpe*. Miró a Camon, saboreando la sangre de su labio. Debió de dejar traslucir algo de confianza, puesto que él la miró con el rabillo del ojo y su expresión se ensombreció. Alzó la mano, como para volver a golpearla.

Vin utilizó un poco de su Suerte.

Gastó solo una pizca: necesitaría el resto para el trabajo. Dirigió la Suerte hacia Camon, calmando su nerviosismo. El jefe de la banda se detuvo, ajeno al contacto de Vin, pero sintiendo sus efectos de todas formas. Permaneció inmóvil un instante; luego suspiró, apartándose y bajando la mano.

Vin se limpió el labio mientras Camon se marchaba. El ladrón tenía un aspecto muy convincente vestido de noble. Llevaba el traje más lujoso que Vin hubiese visto jamás: una camisa blanca y un chaleco verde oscuro con botones de oro grabados, casaca negra larga, a la moda, y sombrero negro a juego. Sus dedos brillaban con anillos e incluso llevaba un hermoso bastón de duelo. Camon imitaba bastante bien a los nobles: cuando se trataba de interpretar un papel, había pocos ladrones más competentes que Camon. Siempre que pudiera controlar su temperamento.

La habitación en sí era menos impresionante. Vin se puso en pie mientras Camon empezaba a gritar a algunos otros miembros de la banda. Habían alquilado una de las *suites* del hotel de la localidad. No demasiado lujosa, pero esa era la idea. Camon iba a interpretar el papel de lord Jedue, un noble de campo que tenía problemas financieros y había ido a Luthadel a establecer algunos contratos finales y desesperados.

La habitación principal había sido transformada en una especie de sala de audiencias, con una gran mesa para que Camon se sentara a ella y las paredes decoradas con obras de arte baratas. Había dos hombres de pie junto a la mesa, con uniforme de criado; interpretarían el papel de los lacayos de Camon.

—¿Qué es todo este alboroto? —preguntó un hombre mientras entraba en la habitación. Era alto e iba vestido con una sencilla camisa gris y unos pantalones, con una fina espada atada a la cintura. Theron era el otro jefe de la banda: aquel golpe era en realidad idea suya. Se había asociado con Camon porque necesitaba a alguien que hiciera de lord Jedue, y todos sabían que Camon era uno de los mejores.

Camon alzó la cabeza.

—¿Eh? ¿Alboroto? Pero si no ha sido más que un pequeño problema disciplinario. No te preocupes, Theron. —Camon recalcó sus palabras haciendo un gesto con la mano; había motivos para que interpretara tan bien a la aristocracia. Era tan arrogante que podría haber pertenecido a una de las Grandes Casas.

Theron entornó los ojos. Vin sabía lo que debía de estar pensando el hombre: decidía si sería muy arriesgado clavarle al gordo Camon un cuchillo en la espalda cuando el golpe hubiera terminado. Al cabo de un rato, el alto jefe de la banda se apartó de Camon y miró a Vin.

—¿Y esta quién es? —preguntó.

—Una de mi banda —respondió Camon.

—Creía que no necesitábamos a nadie más.

—Bueno, la necesitamos a ella —dijo Camon—. Ignórala. Mi parte de la operación no es asunto tuyo.

Theron miró a Vin y su labio ensangrentado. Ella apartó la mirada. Sin embargo, los ojos de Theron se posaron en ella, recorriendo todo su cuerpo. Llevaba una sencilla camisa abotonada y un mono. En realidad, resultaba poco atractiva: flaca y de rostro juvenil, no parecía tener ni dieciséis años. No obstante, algunos hombres preferían ese tipo de mujeres.

Pensó en usar con él un poco de Suerte, pero al poco dejó de mirarla.

—El obligador está a punto de llegar —dijo Theron—. ¿Estás preparado?

Camon puso los ojos en blanco, acomodando su masa en el asiento, tras la mesa.

—Todo perfecto. ¡Déjame en paz, Theron! Vuelve a tu habitación y espera.

Theron frunció el ceño, pero se dio media vuelta y salió de la habitación murmurando para sí.

Vin escrutó la habitación, estudiando la decoración, los criados, la atmósfera. Por último, se acercó a la mesa de Camon. El jefe de la banda estaba sentado ojeando un fajo de papeles, intentando al parecer decidir cuáles colocar sobre la mesa.

—Camon —dijo Vin en voz baja—, los criados están demasiado bien.

Camon frunció el ceño y alzó la cabeza.

—¿Qué tonterías dices?

—Los criados —repitió Vin, hablando todavía en un susurro—. Se supone que lord Jedue está desesperado. Puede tener trajes elegantes de antes, pero no podría permitirse esos criados tan opulentos. Usaría skaa.

Camon la miró con mala cara, pero acto seguido dirigió su mirada hacia los «sirvientes». Por lo que al físico respectaba, había poca diferencia entre los hombres nobles y los skaa. Los criados que había dispuesto Camon, sin embargo, iban vestidos como nobles menores: se les permitía llevar un chaleco colorido y su pose era un poco más confiada.

—El obligador tiene que pensar que estás casi en la miseria —dijo Vin—. Llena la habitación con muchos sirvientes skaa.

—¿Qué sabrás tú? —dijo Camon, mirándola con desdén.

—Suficiente. —Vin lamentó de inmediato haberlo dicho: sonaba demasiado rebelde. Camon alzó una mano enjoyada y Vin se preparó para recibir otro sopapo. No podía permitirse usar más Suerte. En cualquier caso, tan solo le quedaba una pequeña y valiosa pizca.

Pero Camon no la golpeó. En vez de ello, exhaló un suspiro y posó una mano gordezuela en su hombro.

—¿Por qué insistes en provocarme, Vin? Sabes las deudas que me dejó tu hermano antes de escapar. ¿Te das cuenta de que un hombre menos misericordioso que yo te habría vendido a los proxenetas hace mucho tiempo? ¿Qué te parecería servir en la cama de un noble hasta que se canse de ti y te mande ejecutar?

Vin se miró los pies.

Camon la agarraba con fuerza, lastimándole la piel allí donde su cuello y su hombro se encontraban, y ella jadeó de dolor a su pesar. Él sonrió ante su reacción.

—La verdad, Vin, no sé por qué te conservo —dijo, aumentando su tenaza—. Tendría que haberme deshecho de ti hace meses, cuando tu hermano me traicionó. Supongo que tengo un corazón demasiado blando.

La soltó por fin, luego le indicó que se colocara a un lado de la habitación, junto a una planta de interior. Ella hizo lo que le ordenaba, orientándose para tener una buena panorámica de la habitación. En cuanto Camon apartó la mirada, se frotó el hombro. *Solo es un dolor más. Puedo enfrentarme al dolor.*

Camon permaneció sentado unos instantes. Luego, como era de esperar, llamó a los dos «criados».

—¡Vosotros dos! —dijo—. Vais demasiado bien vestidos. Id a poneros algo que os haga parecer siervos skaa... Y traed a seis hombres más cuando vengáis.

Pronto, la habitación estuvo llena tal como había sugerido Vin. El obligador llegó poco después.

Vin observó al prelado Laird cuando entró arrogantemente en la estancia. Rapado como todos los obligadores, llevaba una túnica gris oscuro. Los tatuajes de su ministerio alrededor de sus ojos lo identificaban como prelado, un burócrata veterano en el Cantón de las Finanzas del Ministerio. Un grupo de obligadores menores, de tatuajes más sencillos, lo seguía.

Camon se levantó cuando el prelado entró, en señal de respeto, un respeto que incluso los nobles de la más alta de las Grandes Casas debían mostrar a un obligador del rango de Laird. Este no inclinó la cabeza ni expresó ningún saludo, sino que avanzó y tomó asiento delante de la mesa de Camon. Uno de los miembros de la banda que hacía de criado se apresuró a traer vino helado y fruta para el obligador.

Laird aceptó la fruta, dejando que el criado esperara allí de pie, obediente, con el plato de comida, como si fuera un mueble.

—Lord Jedue —dijo por fin Laird—, me alegro de que por fin tengamos ocasión de conocernos.

—Igual que yo, Vuestra Gracia —respondió Camon.

—¿Por qué, de nuevo, no pudo acudir al edificio del Cantón y requirió en cambio que yo lo visitara aquí?

—Mis rodillas, Vuestra Gracia —dijo Camon—. Mis médicos me recomendaron que viajara lo menos posible.

Y, con motivo, sentías bastante aprensión a entrar en una fortaleza del Ministerio, pensó Vin.

—Ya veo —dijo Laird—. Rodillas delicadas. Un desafortunado defecto para un hombre cuyo negocio es el transporte.

—No tengo que ir en los viajes, Vuestra Gracia —dijo Camon, inclinando la cabeza—. Solo organizarlos.

Bien, pensó Vin. *Asegúrate de que sigues mostrándote servil, Camon. Tienes que parecer desesperado.*

Vin necesitaba que aquel timo tuviera éxito. Camon la amenazaba y la golpeaba, pero la consideraba su amuleto de la buena suerte. No estaba segura de que supiera por qué los planes salían mejor cuando ella estaba presente en la habitación, pero al parecer había atado cabos. Eso la convertía en valiosa... y Reen siempre había dicho que la forma más segura de mantenerse con vida en los bajos fondos era ser indispensable.

—Ya veo —repitió Laird—. Bien, me temo que nuestro encuentro se ha producido demasiado tarde para sus propósitos. El Cantón de las Finanzas ya ha votado su propuesta.

—¿Tan pronto? —preguntó Camon con sorpresa genuina.

—Sí —repuso Laird, tomando un sorbo de vino, sin despedir todavía al criado—. Hemos decidido no aceptar su contrato.

Camon permaneció sentado un momento, aturdido.

—Lamento oír eso, Vuestra Gracia.

Laird ha venido a verte, pensó Vin. *Eso significa que aún está en posición de negociar.*

—Bien —continuó diciendo Camon, viendo lo que había visto Vin—. Eso es muy desafortunado, ya que estaba dispuesto a hacer al Ministerio una oferta aún mejor.

Laird alzó una ceja tatuada.

—Dudo que importe. Hay un elemento del consejo que considera que el Cantón recibiría un servicio mejor si encontráramos una casa más estable para transportar a nuestra gente.

—Eso sería un grave error —dijo con delicadeza Camon—. Seamos sinceros, Vuestra Gracia. Los dos sabemos que este contrato es la última oportunidad de la Casa de Jedue. Ahora que hemos perdido el contrato con Farwan, no podemos permitirnos seguir trasladando nuestros barcos por el canal a Luthadel. Sin el patrocinio del Ministerio, mi casa está condenada económicamente.

—Esto es hacer muy poco para persuadirme, Alteza —dijo el obligador.

—¿De verdad? —preguntó Camon—. Hágase esta pregunta: ¿quién los servirá mejor? ¿Será la casa que tiene docenas de contratos que atender o la casa que ve su contrato como su última esperanza? El Cantón de las Finanzas no encontrará un socio más servicial que uno desesperado. Dejen que mis barcos sean los que transporten a sus acólitos desde el norte... dejen que mis soldados los escolten, y no se sentirán decepcionados.

Bien, pensó Vin.

—Yo... Comprendo —dijo el obligador, preocupado ahora.

—Estaría dispuesto a ofrecerles una ampliación de contrato, con un precio fijo de cincuenta cuartos por cabeza el viaje. Sus acólitos podrían viajar en nuestros barcos a su antojo y siempre tendrían los escoltas necesarios.

Esta vez, la ceja del obligador se levantó incluso más.

—Eso es la mitad de la tarifa anterior.

—Ya se lo he dicho. Estamos desesperados. Mi casa *necesita* mantener sus barcos en marcha. Cincuenta cuartos no nos dejarán beneficio, pero no importa. Cuando tengamos el contrato ministerial que nos garantice estabilidad, podremos encontrar otros contratos para llenar nuestros cofres.

Laird pareció pensativo. Era un trato fabuloso... un trato que en circunstancias normales habría levantado sospechas. Sin embargo, la presentación de Camon creaba la imagen de una casa al borde del colapso financiero. El otro jefe de la banda, Theron, había pasado cinco años construyendo, timando y engañando para crear aquel momento. El Ministerio se mostraría remiso a no considerar la oportunidad.

Laird se estaba dando cuenta de lo mismo. El Ministerio de Acero no era solo la fuerza de la burocracia y la autoridad legal del Imperio Final: era como una casa nobiliaria en sí misma. Cuantas más riquezas tuviera, cuanto mejores fueran sus propios contratos mercantiles, más peso tendrían los Cantones del Ministerio entre sí y con las casas nobles.

Sin embargo, Laird parecía vacilar. Vin vio la expresión en sus ojos, el recelo que tan bien conocía. No iba a aceptar el contrato.

Ahora, pensó Vin. *Es mi turno.*

Vin usó su Suerte con Laird. Lo hizo de modo tentativo, sin estar siquiera segura de lo que hacía o de por qué podía hacerlo. Su contacto fue instintivo, no obstante, entrenado durante años de práctica sutil. Tenía diez años de edad cuando se dio cuenta de que la gente no podía hacer lo que podía hacer ella.

Volvió a presionar contra las emociones de Laird, cubriéndolas. Él se volvió menos receloso, menos temeroso. Dócil. Sus preocupaciones se fundieron y Vin vio un calmado control asentarse en sus ojos.

Sin embargo, Laird todavía parecía indeciso. Vin empujó con más fuerza. Él ladeó la cabeza, como pensativo. Abrió la boca para hablar, pero ella empujó de nuevo, agotando con desesperación sus últimas reservas de Suerte.

Él volvió a hacer una pausa.

—Muy bien —dijo por fin—. Llevaré esta nueva propuesta al Consejo. Tal vez todavía se pueda alcanzar un acuerdo.

Si los hombres leen estas palabras, que sepan que el poder es una pesada carga. No busquéis caer en sus redes. Las profecías de Terris dicen que yo tendré el poder para salvar el mundo.

Sin embargo, dan a entender que también tendré poder para destruirlo.

2

En opinión de Kelsier, la ciudad de Luthadel, sede del lord Legislador, era un espectáculo deprimente. La mayoría de los edificios habían sido construidos con bloques de piedra y rematados con techos de tejas para los ricos y sencillos tejados de madera terminados en pico para el resto. Las estructuras estaban demasiado juntas, por lo que parecían pequeñas a pesar de que, en general, constaban de tres alturas.

Las casas de vecinos y los comercios eran de aspecto uniforme: no era un sitio donde nadie quisiera llamar la atención. A menos, por supuesto, que fueras miembro de la alta nobleza.

Repartidas por toda la ciudad había una docena aproximada de fortalezas monolíticas. Intrincadas, con hileras de agujas como lanzas o profundas arcadas, constituían los hogares de la alta nobleza. De hecho, eran el sello de una familia de la alta nobleza: cualquier familia que pudiera permitirse construir una fortaleza y mantener una presencia llamativa en Luthadel era considerada una Gran Casa.

La mayoría de las zonas despejadas de la ciudad estaban en torno a estas fortalezas. Los espacios vacíos entre edificios eran como claros en un bosque, las fortalezas como montes solitarios alzándose sobre el terreno. Como negras montañas. Como toda la ciudad, las fortalezas estaban sucias por incontables años de nevadas de ceniza.

Todas las estructuras de Luthadel (prácticamente todas las estructuras que Kelsier había visto) estaban ennegrecidas hasta cierto punto. Incluso la muralla de la ciudad, en la que ahora se encontraba Kelsier, estaba cubierta por una pátina de hollín. Las estructuras solían ser más oscuras en la parte superior, donde se acumulaba la ceniza, pero las lluvias y la condensación de cada tarde habían llevado las manchas hasta los salientes y las habían hecho chorrear por las paredes. Como pintura corriendo por un lienzo, la oscuridad parecía resbalar por los lados de los edificios en pendiente irregular.

Las calles, por supuesto, eran completamente negras. Kelsier seguía esperando, escrutando la ciudad mientras un grupo de obreros skaa trabajaba en la calle de abajo, despejándola de los últimos montones de ceniza. La llevarían al río Channerel, que pasaba por el centro, para que la arrastrara la corriente, no fuera a ser que siguiera acumulándose y acabara por enterrar la ciudad. A veces, Kelsier se preguntaba por qué el imperio no era solo un enorme montón de ceniza. Suponía que la ceniza acabaría por convertirse en tierra tarde o temprano. Sin embargo, se dedicaba una cantidad absurda de esfuerzo a mantener las ciudades y los campos lo bastante despejados para poder utilizarlos.

Por fortuna, siempre había skaa suficientes para hacer el trabajo. Los trabajadores que veía abajo llevaban abrigos y pantalones sencillos, desgastados y manchados de ceniza. Como los obreros de la plantación que había dejado atrás hacía varias semanas, trabajaban sumisos, con movimientos controlados. Otros grupos de skaa pasaron, respondiendo a las campanas que sonaban a lo lejos marcando la hora y llamándolos al turno matutino en las fraguas o los molinos. La principal exportación de Luthadel era el metal: la ciudad albergaba cientos de fraguas y refinerías. Sin embargo, las aguas del río proporcionaban un caudal excelente para los molinos, bien fuera para moler grano o para fabricar telas.

Los skaa continuaron trabajando. Kelsier se apartó y miró a lo lejos, hacia el centro de la ciudad, donde el palacio del lord Legislador se alzaba como una especie de enorme insecto espinoso. Kredik Shaw, la Colina de las Mil Torres. El palacio superaba varias veces en tamaño al torreón de cualquier otro noble y era con diferencia el edificio más grande de la ciudad.

Otra nevada de ceniza empezó a caer mientras Kelsier contemplaba la ciudad. Los copos se asentaban con languidez sobre las calles y los edificios. *Hay un montón de nevadas de ceniza últimamente*, pensó, contento por tener una excusa para ponerse la capucha. *Los Montes de Ceniza deben de estar activos.*

Era improbable que lo reconociera nadie en la ciudad: habían pasado tres años desde su captura. A pesar de todo, la capucha le daba seguridad. Si todo salía bien llegaría un momento en que Kelsier querría ser visto y reconocido. Por ahora, lo mejor sería permanecer en el anonimato.

Al cabo de un rato una figura se acercó por la muralla. El hombre, Dockson, era más bajo que Kelsier y tenía un rostro cuadrado, adecuado a su constitución moderadamente fornida. Una vulgar capucha marrón le cubría el pelo negro y llevaba la misma barba corta que usaba desde que le habían crecido cuatro pelos hacía veinte años.

Como Kelsier, llevaba ropa de noble: un colorido chaleco, chaquetón y pantalones oscuros y una fina capa para resguardarse de la ceniza. El traje no era lujoso, pero sí aristocrático, propio de la clase media de Luthadel. La mayoría de los hombres de noble cuna no eran lo bastante ricos para ser considerados como pertenecientes a una Gran Casa; sin embargo, en el Imperio Final, la nobleza no se basaba solo en el dinero. Era cuestión de linaje y de historia; el lord Legislador era inmortal y, al parecer, aún recordaba a los hombres que lo habían apoyado durante los primeros años de su reinado. Los descendientes de aquellos hombres, no importaba lo pobres que se volvieran, siempre serían favorecidos.

Aquella ropa impedía que las patrullas de guardias hicieran demasiadas preguntas. En el caso de Kelsier y Dockson, esa vestimenta era falsa. En realidad, ninguno de los dos era noble, aunque en términos estrictos, Kelsier fuese mestizo. En muchos aspectos, ser mestizo era peor que ser un simple skaa.

Dockson se detuvo junto a Kelsier, se apoyó en las almenas, descansando un par de fuertes brazos sobre la piedra.

—Llegas unos cuantos días tarde, Kel.

—Decidí hacer unas cuantas paradas adicionales en las plantaciones del norte.

—Ah —dijo Dockson—. Así que tuviste algo que ver con la muerte de lord Tresting.

Kelsier sonrió.

—Podríamos decir que sí.

—Su asesinato ha causado gran conmoción entre la nobleza local.

—Esa era la intención —dijo Kelsier—. Aunque, para serte sincero, no planeaba nada tan dramático. Fue más un accidente que otra cosa.

Dockson alzó una ceja.

—¿Cómo se mata «por accidente» a un noble en su propia mansión?

—Clavándole un cuchillo en el pecho —respondió con animosidad Kelsier—. O, más bien, un par de cuchillos en el pecho: siempre es mejor ser precavido.

Dockson puso los ojos en blanco.

—Su muerte no es precisamente una pérdida, Dox —dijo Kelsier—. Incluso entre los nobles, Tresting tenía fama de cruel.

—No me importa Tresting —contestó Dockson—. Solo estoy pensando en el grado de locura que me impulsa a planear otro trabajo contigo. Atacar a un lord provinciano en su mansión, rodeado de guardias... La verdad, Kel, casi me había olvidado de lo temerario que puedes ser.

—¿Temerario? —preguntó Kelsier con una carcajada—. Eso no fue temerario: fue solo un pequeño entretenimiento. ¡No imaginas algunas de las cosas que planeo hacer!

Dockson se quedó quieto un momento, luego se echó a reír también.

—¡Por el lord Legislador, me alegro de tenerte de vuelta, Kel! Me temo que me he vuelto muy aburrido estos últimos años.

—Lo arreglaremos —prometió Kelsier.

Inspiró hondo mientras la ceniza caía liviana a su alrededor. Las cuadrillas de limpieza skaa ya habían vuelto a trabajar en las calles de abajo, barriendo la negra ceniza. Por detrás de Kelsier y Dockson pasó una patrulla de guardias y saludó. Ambos esperaron en silencio a que los hombres se alejaran.

—Me alegro de estar de vuelta —dijo Kelsier por fin—. Hay algo acogedor en Luthadel... aunque sea una ciudad deprimente y agobiante. ¿Has organizado la reunión?

Dockson asintió.

—Pero no podemos empezar hasta esta noche. ¿Cómo has logrado entrar, por cierto? Tengo hombres vigilando las puertas.

—¿Hummm? Ah, es que me colé anoche.

—Pero ¿cómo...? —Dockson hizo una pausa—. Bueno, está bien. Me va a costar acostumbrarme.

Kelsier se encogió de hombros.

—No veo por qué. Siempre trabajas con brumosos.

—Sí, pero esto es diferente —dijo Dockson. Alzó una mano para contrarrestar cualquier oposición—. No es necesario, Kel. No estoy poniendo trabas... Solo digo que me costará acostumbrarme.

—Bien. ¿Quién va a venir esta noche?

—Bueno, Brisa y Ham estarán allí, ni que decir tiene. Sienten mucha curiosidad por ese misterioso trabajo tuyo... Por no mencionar lo molestos que andan porque no les he contado qué has estado haciendo estos últimos años.

—Bien —dijo Kelsier con una sonrisa—. Que sigan en la duda. ¿Qué tal Trampa?

Dockson negó con la cabeza.

—Trampa ha muerto. El Ministerio lo capturó por fin hace un par de meses. Ni siquiera se molestaron en enviarlo a los Pozos: lo decapitaron en el acto.

Kelsier cerró los ojos y resopló con delicadeza. Parecía que el Ministerio de Acero acababa por capturar siempre a todo el mundo. A veces, Kelsier sentía que la vida de un skaa brumoso no consistía tanto en sobrevivir como en escoger el momento adecuado para morir.

—Esto nos deja sin ahumador —dijo Kelsier por fin, abriendo los ojos—. ¿Tienes alguna sugerencia?

—Ruddy —respondió Dockson.

Kelsier negó con la cabeza.

—No. Es un buen ahumador, pero no es buena persona.

Dockson sonrió.

—No es lo bastante buena persona como para estar en una banda de ladrones... Kel, he echado de menos trabajar contigo, de veras. Muy bien, ¿quién entonces?

Kelsier lo pensó un momento.

—¿Sigue Clubs con ese taller suyo?

—Que yo sepa... —dijo Dockson, despacio.

—Se supone que es uno de los mejores ahumadores de la ciudad.

—Eso parece —respondió Dockson—. Pero... ¿no resulta difícil trabajar con él?

—No es para tanto —dijo Kelsier—. Cuando te acostumbras a él. Además, creo que podría ser... adecuado para este trabajo en concreto.

—Muy bien. —Dockson se encogió de hombros—. Lo invitaré. Creo que uno de sus parientes es un ojo de estaño. ¿Quieres que lo invite también?

—Me parece bien.

—De acuerdo —dijo Dockson—. Bueno, además, tenemos a Yeden. Suponiendo que le siga interesando...

—Estará allí —dijo Kelsier.

—Será mejor que esté. Él nos paga, después de todo.

Kelsier asintió, luego frunció el ceño.

—No has mencionado a Marsh.

Dockson se encogió de hombros.

—Ya te lo advertí. Tu hermano nunca aprobó nuestros métodos y ahora... Bueno, ya conoces a Marsh. No querrá tener nada que ver con Yeden ni con la rebelión, mucho menos con un puñado de criminales como nosotros. Creo que tendremos que buscar a otra persona que se infiltre entre los obligadores.

—No —dijo Kelsier—. Lo hará. Tendré que pasarme a persuadirlo.

—Si tú lo dices...

Dockson guardó silencio y los dos permanecieron inmóviles un momento, apoyados contra la muralla y contemplando la ciudad cubierta de ceniza.

Transcurridos unos instantes, Dockson sacudió la cabeza.

—Es una locura, ¿no?

Kelsier sonrió.

—¿A que sienta bien?

Dockson asintió.

—Estupendamente.

—Será un trabajo único —dijo Kelsier, mirando hacia el norte, al retorcido edificio que se alzaba en el centro de la ciudad.

Dockson se apartó de la muralla.

—Faltan unas cuantas horas para la reunión. Hay algo que quiero mostrarte. Creo que todavía tenemos tiempo... si nos damos prisa.

Kelsier se volvió, curioso.

—Bueno, iba a ir a echarle una buena reprimenda a mi prudente hermano. Pero...

—Esto merecerá la pena —prometió Dockson.

Vin estaba sentada en el rincón del cubículo principal de la guarida. Se mantenía en las sombras, como de costumbre; cuanto más permaneciera apartada de la vista, más la ignorarían los demás. No podía permitirse malgastar Suerte haciendo que los hombres mantuvieran las manos apartadas de ella. Apenas había tenido tiempo para regenerar la que había gastado unos cuantos días antes, durante el encuentro con el obligador.

La multitud de costumbre ocupaba las mesas de la habitación, jugando a los dados o discutiendo trabajos de poca importancia. El humo de una docena de pipas se acumulaba en el techo y las paredes estaban oscuras por años del mismo tratamiento. El suelo estaba manchado de ceniza. Como la mayoría de las bandas de ladrones, el grupo de Camon no era famoso por su limpieza.

Había una puerta al fondo de la habitación y, más allá, una escalera de piedra que se enroscaba sobre sí misma hasta llegar a una falsa alcantarilla en un callejón. Aquella habitación, como tantas otras ocultas en la capital imperial de Luthadel, se suponía que no existía.

Llegaban risotadas de la parte delantera de la cámara, donde Camon estaba sentado con media docena de amigotes disfrutando de una tarde típica de cerveza y chistes groseros. La mesa de Camon estaba situada junto a la barra, cuyas bebidas, demasiado caras, no eran sino otro de los numerosos métodos de los que se servía Camon para aprovecharse de quienes trabajaban para él. Los elementos criminales de Luthadel habían aprendido bastante bien las lecciones de la nobleza.

Vin hacía todo cuanto podía por permanecer invisible. Seis meses antes no hubiese creído que la vida pudiera ser peor sin Reen. No obstante, a pesar de la abusiva ira de su hermano, había impedido que los otros miembros de la banda se propasaran con ella. Había relativamente pocas mujeres en las bandas de ladrones: por lo general, las que se relacionaban con los bajos fondos acababan trabajando de prostitutas. Reen siempre le había dicho que una chica tenía que ser dura: más dura aún que un hombre, si quería sobrevivir.

¿Crees que los jefes de las bandas querrán a una molestia como tú en el grupo?, le había dicho. *Ni siquiera yo quiero trabajar contigo, y soy tu hermano.*

Todavía le dolía la espalda: Camon la había azotado el día anterior. La sangre le estropearía la camisa y no podía permitirse otra. Camon se estaba quedando con su salario para cobrarse las deudas que había dejado Reen.

Pero soy fuerte, pensó.

Esa era la ironía. Las palizas ya casi no le dolían porque los frecuentes abusos de Reen la habían vuelto resistente y le habían enseñado al mismo tiempo a parecer patética y rota. En cierto modo, las palizas eran contraproducentes en sí mismas. Los cardenales y las magulladuras se curaban, pero cada nuevo golpe volvía a Vin más dura. Más fuerte.

Camon se levantó. Rebuscó en el bolsillo de su casaca y sacó su reloj de oro. Hizo un gesto a uno de sus acompañantes y luego escrutó la habitación... buscándola.

Sus ojos se clavaron en Vin.

—Es la hora.

Vin frunció el ceño. *¿La hora de qué?*

El Cantón de las Finanzas del Ministerio era una estructura impresionante, pero, claro, todo cuanto tenía que ver con el Ministerio de Acero tendía a serlo.

Alto y cuadrado, el edificio disponía de un enorme rosetón en la fachada, cuyos cristales se veían oscuros desde el exterior. Dos grandes estandartes colgaban junto a la ventana. La tela roja manchada de hollín proclamaba alabanzas al lord Legislador.

Camon estudió el edificio con ojo crítico. Vin notó su aprensión. El Cantón de las Finanzas no era la más amenazadora de las sedes del Ministerio: el Cantón de la Inquisición o incluso el Cantón de la Ortodoxia tenían una reputación mucho más ominosa. Sin embargo, entrar por voluntad propia en cualquier edificio ministerial..., ponerte a ti mismo en manos de los obligadores..., bueno, era algo que se hacía solo después de serias consideraciones.

Camon se llenó los pulmones de aire antes de dar un paso adelante, golpeando con su bastón de duelos las piedras mientras caminaba. Llevaba su caro traje de noble y le acompañaban media docena de miembros de la banda, incluida Vin, para hacerse pasar por sus «criados».

Vin siguió a Camon escalinata arriba y esperó mientras uno de los miembros de la banda se adelantaba de un salto para abrir la puerta a su «amo». De los seis partícipes, parecía que solo a Vin no le habían dicho nada del plan. Sospechosamente, a Theron (el supuesto socio de Camon en el timo al Ministerio) no se le veía por ninguna parte.

Vin entró en el edificio del Cantón. Una vibrante luz roja con destellos azules entraba por el rosetón. Un único obligador, con tatuajes de nivel medio alrededor de los ojos, estaba sentado tras una mesa al fondo de la alargada recepción.

Camon se acercó dando golpes de bastón contra la alfombra.

—Soy lord Jedue —dijo.

¿Qué estás haciendo, Camon?, pensó Vin. *Le insististe a Theron en que no te reunirías con el prelado Laird en su despacho del Cantón. Sin embargo, estás aquí.*

El obligador asintió, tomando nota en su libro de registro. Señaló a un lado.

—Puede acompañarle un sirviente en la sala de espera. El resto debe permanecer aquí.

El bufido de desdén de Camon indicó lo que pensaba de esa prohibición. El obligador, sin embargo, no levantó la cabeza de su libro. Camon permaneció inmóvil un instante y Vin no supo si estaba verdaderamente enfadado o si tan solo interpretaba el papel de un noble arrogante. Al final, la señaló con un dedo.

—Ven —dijo, dándose la vuelta y yendo hacia la puerta indicada.

La habitación que había al otro lado era lujosa y cómoda. Varios nobles esperaban en ella, reclinados en diversas posturas. Camon escogió un sillón y se sentó, y luego señaló una mesa con vino y pasteles de escarcha roja. Vin, obediente, le sirvió un vaso de vino y un plato de comida, ignorando su propia hambre.

Camon empezó a atacar los pasteles con ansia, haciendo chasquear los labios mientras comía.

Está nervioso. Más nervioso incluso que antes.

—Cuando entremos, no dirás nada —murmuró Camon entre bocados.

—Vas a traicionar a Theron —susurró Vin.

Camon asintió.

—Pero ¿cómo? ¿Por qué?

El plan de Theron era de ejecución compleja, pero conceptualmente simple. Cada año, el Ministerio trasladaba sus nuevos acólitos obligadores de las instalaciones norteñas de adiestramiento al sur, a Luthadel, para terminar su instrucción. Sin embargo, Theron había descubierto que esos acólitos y sus supervisores traían consigo grandes cantidades de fondos del Ministerio, disfrazadas de equipaje, para su almacenamiento en Luthadel.

Dedicarse al bandidaje era muy difícil en el Imperio Final debido a que las patrullas no se alejaban nunca de las rutas del canal. Sin embargo, si se controlaran las propias barcazas en las que navegaban los acólitos, el robo sería factible. En el momento preciso los guardias se volvían contra sus pasajeros... Un hombre podía sacar unos buenos beneficios y luego achacar las pérdidas a los bandidos.

—La banda de Theron es débil —dijo Camon en voz baja—. Ha invertido demasiados recursos en este golpe.

—Pero las ganancias que obtendrá... —dijo Vin.

—No tendrán lugar jamás si cojo ahora lo que pueda y huyo —dijo Camon, sonriendo—. Convenceré a los obligadores para que me den un adelanto para mantener a flote mis convoyes, y luego desapareceré y dejaré que Theron se encargue del desastre cuando el Ministerio se dé cuenta de que lo han timado.

Vin dio un paso atrás, levemente sorprendida. Preparar un golpe como ese le habría costado a Theron miles y miles de cuartos: si el trato salía mal, estaría arruinado. Y, con el Ministerio persiguiéndolo, ni siquiera tendría tiempo de buscar venganza. Camon obtendría beneficios rápidos además de deshacerse de uno de sus más poderosos rivales.

Theron fue un necio al meter a Camon en esto, pensó Vin. Pero, claro, la suma que le había prometido a Camon era enorme: debía de haber supuesto que, empujado por la avaricia, Camon se mostraría honesto hasta que el propio Theron pudiera idear una jugarreta. Camon solo había actuado más rápido de lo que nadie, ni siquiera Vin, esperaba. ¿Cómo podía saber Theron que Camon socavaría el trabajo en vez de esperar para intentar robar todo el dinero de los convoyes?

El estómago le dio un vuelco. *Es solo otra traición*, pensó, asqueada. *¿Por qué sigue molestándome tanto? Todo el mundo traiciona a todo el mundo. Así es la vida...*

Quiso buscar un rincón, un sitio apartado y diminuto, y esconderse. Sola.

Todos te traicionarán. Todos.

Pero no había ningún sitio adónde ir. Al cabo de un rato, un obligador menor entró y llamó a lord Jedue. Vin siguió a Camon mientras los conducían a una sala de audiencias.

El hombre que esperaba dentro, sentado tras la mesa, no era el prelado Laird.

Camon se detuvo en la puerta. La sala, austera, disponía por todo mobiliario de aquella mesa y una sencilla alfombra gris. Las paredes de piedra estaban desnudas y la única ventana apenas tenía un palmo de anchura. El obligador que los esperaba tenía alrededor de los ojos los tatuajes más intrincados que Vin había visto jamás. Ni siquiera estaba segura del rango que implicaban, pero se extendían hasta las orejas y la frente del obligador.

—Lord Jedue —dijo el extraño obligador. Como Laird, llevaba una túnica gris, pero era muy distinto de los severos burócratas con los que Camon había tratado antes. El hombre era esbelto y musculoso, y su cabeza calva y triangular le daba un aspecto casi de predador.

—Tenía la impresión de que iba a reunirme con el prelado Laird —dijo Camon, sin entrar en la sala todavía.

—El prelado Laird ha tenido que atender otros asuntos. Soy el sumo prelado Arriev, jefe del consejo que recibió su propuesta. Tiene usted la rara oportunidad de dirigirse a mí directamente. Por norma general no atiendo ningún caso en persona, pero la ausencia de Laird ha hecho necesario que me ocupe de algunos de sus trabajos.

El instinto de Vin la puso en guardia. *Deberíamos irnos. Ahora.*

Camon se detuvo un largo instante y Vin notó que se lo estaba pensando. ¿Huir ahora? ¿O correr el riesgo por el premio mayor? A Vin no le importaban los premios: solo quería vivir. Camon, sin embargo, no había llegado a ser jefe de banda sin correr algún riesgo ocasional. Entró despacio en la sala, cauta la mirada, y se sentó frente al obligador.

—Bien, sumo prelado Arriev —dijo Camon, cauteloso—. ¿Debo suponer que, puesto que se me ha convocado a otra cita, el consejo está considerando mi oferta?

—En efecto —dijo el obligador—. Aunque debo admitir que hay algunos miembros del consejo que se muestran reacios a tratar con una familia que se halla tan cerca del desastre económico. El Ministerio suele preferir ser conservador en sus operaciones financieras.

—Ya veo.

—Pero hay otros en el consejo que están bastante dispuestos a aprovecharse de las ventajas que nos ofrece.

—¿Y con qué grupo se identifica Vuestra Gracia?

—Aún no he tomado una decisión. —El obligador se inclinó hacia delante—. Y por eso he recalcado que tiene usted una rara oportunidad. Convénzame, lord Jedue, y tendrá su contrato.

—Sin duda, el prelado Laird le habrá dado los detalles de nuestra oferta —dijo Camon.

—Sí, pero me gustaría oír sus argumentos de viva voz. Complázcame.

Vin frunció el ceño. Se encontraba casi al fondo de la sala, cerca de la puerta, aún medio convencida de que debía echar a correr.

—¿Bien? —preguntó Arriev.

—Necesitamos este contrato, Vuestra Gracia —dijo Camon—. Sin él no podremos continuar con nuestras operaciones en el canal. Vuestro contrato nos dará un necesario periodo de estabilidad... Será una oportunidad para mantener nuestros convoyes durante una temporada mientras buscamos otros contratos.

Arriev estudió a Camon durante un momento.

—Sin duda que sabe hacerlo mejor, lord Jedue. Laird dijo que fue usted muy persuasivo... Déjeme oírle *demostrar* que se merece nuestro patrocinio.

Vin preparó su Suerte. Podía hacer que Arriev se sintiera más inclinado a creer... Pero algo la contuvo. La situación le parecía extraña.

—Somos su mejor oportunidad, Vuestra Gracia —dijo Camon—. ¿Temen que mi casa sufra un colapso económico? Bueno, si es así, ¿qué habrán perdido ustedes? En el peor de los casos, mis barcos dejarán de navegar y ustedes tendrán que encontrar otros mercaderes con los que tratar. Sin embargo, si su patrocinio es suficiente para mantener mi casa, entonces habrán encontrado un envidiable contrato a largo plazo.

—Ya veo —dijo animadamente Arriev—. ¿Y por qué con el Ministerio? ¿Por qué no hace su trato con otra persona? Sin duda hay otras opciones para sus barcos..., otros grupos que aprovecharían sin dudar esas tarifas.

Camon frunció el ceño.

—No es cuestión de dinero, Vuestra Gracia, sino de la victoria, la muestra de confianza que representaría tener un contrato con el Ministerio. Si ustedes confían en nosotros, otros lo harán también. *Necesito* su apoyo. —Camon estaba sudando. Debía de empezar a arrepentirse de su temeridad. ¿Lo habían traicionado? ¿Estaba Theron detrás de la extraña reunión?

El obligador esperó en silencio. Vin sabía que podía destruirlos. Si llegaba a sospechar que lo estaban timando, podría entregarlos al Cantón de la Inquisición. Más de un noble había entrado en un edificio del Cantón y no había salido nunca.

Apretando los dientes, Vin se esforzó y usó su Suerte con el obligador, volviéndolo menos suspicaz.

Arriev sonrió.

—Bien, me ha convencido —declaró de pronto.

Camon suspiró aliviado.

—En su carta más reciente sugería que necesitaban tres mil cuartos como anticipo para rehacer su equipo y reemprender las operaciones fluviales —continuó Arriev—. Vea al escriba del salón principal. Que se encargue de terminar el papeleo para que pueda solicitar los fondos necesarios. —El obligador sacó una hoja de grueso papel burocrático de un fajo y estampó un sello al pie. Se la tendió a Camon—. Su contrato.

Camon sonrió con toda el alma.

—Sabía que recurrir al Ministerio era la opción adecuada —dijo, aceptando el contrato.

Se levantó, dedicó un respetuoso saludo al obligador y, a continuación, indicó a Vin que le abriera la puerta. Ella así lo hizo. *Algo va mal. Algo va muy mal.*

Se detuvo en la puerta cuando Camon salió y miró al obligador. Todavía estaba sonriendo.

Un obligador feliz era siempre un mal signo.

Pero nadie los detuvo mientras atravesaban la sala de espera con sus nobles ocupantes. Camon selló y entregó el contrato al escriba adecuado y ningún soldado apareció para arrestarlos. El escriba sacó un cofrecito lleno de monedas y se lo entregó a Camon con gesto indiferente.

Luego, sin más, salieron del edificio del Cantón. Camon se reunió con el resto de sus ayudantes con obvio alivio. No hubo gritos de alarma. Ni pasos de soldados. Eran libres. Camon había conseguido timar con éxito tanto al Ministerio como al otro jefe de la banda.

En apariencia, al menos.

Kelsier se metió en la boca otro de los pastelitos de cobertura roja y lo masticó con satisfacción. El grueso ladrón y su flaca ayudante atravesaron la sala de espera camino de la salida. El obligador que había entrevistado a los dos ladrones permaneció en su despacho, al parecer preparando su siguiente cita.

—¿Y bien? —preguntó Dockson—. ¿Qué te parece?

Kelsier miró los pastelitos.

—Están bastante buenos —dijo, tomando otro—. En el Ministerio siempre han tenido un gusto excelente: es lógico que ofrezcan manjares de primera.

Dockson puso los ojos en blanco.

—Me refiero a la chica, Kel.

Kelsier sonrió mientras se aprovisionaba de cuatro pasteles, y luego indicó la puerta. La sala de espera del Cantón empezaba a estar demasiado abarrotada para discutir asuntos delicados. Al salir, se detuvo para decirle al obligador secretario del rincón que tendrían que fijar una cita para otro día.

Luego los dos atravesaron la cámara de entrada, pasando junto al voluminoso jefe de banda, que estaba hablando con un escriba. Kelsier salió a la calle, se puso la capucha para protegerse de la caída de ceniza y abrió la marcha. Se detuvo en la boca de un callejón, desde donde Dockson y él podían observar las puertas del edificio del Cantón.

Kelsier masticó feliz sus pastelitos.

—¿Cómo la descubriste? —preguntó entre bocados.

—Tu hermano —respondió Dockson—. Camon trató de engatusar a Marsh hace unos cuantos meses, y también llevó a la chica. Lo cierto es que el pequeño amuleto de la suerte de Camon está adquiriendo una fama moderada en los círculos adecuados. Aún no sé muy bien si Camon es consciente de lo que es ella o no. Ya sabes lo supersticiosos que pueden ser los ladrones.

Kelsier asintió y se sacudió las manos.

—¿Cómo sabías que ella estaría aquí hoy?

Dockson se encogió de hombros.

—Unos cuantos sobornos en el lugar adecuado. Llevo vigilando a la chica desde que Marsh me la señaló. Quería darte la oportunidad de verla con tus propios ojos.

Al otro lado de la calle, la puerta del edificio del Cantón se abrió al fin y Camon bajó a toda prisa la escalinata, rodeado de un grupo de «sirvientes». La muchachita de pelo corto lo acompañaba. Kelsier frunció el ceño al verla. Caminaba ansiosa y dio un leve respingo cuando alguien hizo un movimiento rápido. Tenía la mejilla derecha todavía ligeramente lívida por un cardenal a medio curar.

Kelsier miró al engreído Camon. *Tendré que idear algo adecuado para ese hombre en concreto.*

—Pobrecilla —murmuró Dockson.

Kelsier asintió.

—Pronto se librará de él. Es asombroso que nadie la haya descubierto antes.

—¿Tu hermano tenía razón, entonces?

Kelsier asintió.

—Al menos es una brumosa y, si Marsh dice que es algo más, me inclino a creerlo. Me sorprende un poco verla usar la alomancia con un miembro del Ministerio, sobre todo dentro de un edificio del Cantón. Supongo que ni siquiera sabe que está utilizando sus habilidades.

—¿Es eso posible? —preguntó Dockson.

Kelsier asintió.

—Los minerales sedimentarios del agua pueden ser quemados, aunque solo sea para obtener una brizna de poder. Ese es uno de los motivos por los que el lord Legislador construyó su ciudad aquí: hay mucho metal en el suelo. Yo diría que...

Kelsier se calló y frunció levemente el ceño. Algo iba mal. Miró hacia Camon y su grupo. Todavía eran visibles no muy lejos, cruzando la calle y dirigiéndose hacia el sur.

Una figura apareció en la puerta del edificio del Cantón. Esbelto y con aire confiado, llevaba alrededor de los ojos los tatuajes de un sumo prelado del Cantón de las Finanzas. Quizá se tratara del mismo hombre con el que Camon se había reunido un rato antes. El obligador salió del edificio y un segundo hombre salió tras él.

Junto a Kelsier, Dockson se envaró de pronto.

El segundo hombre era alto y de constitución robusta. Cuando se dio la vuelta, Kelsier vio que un grueso clavo de metal atravesaba cada uno de los ojos del hombre. Tan anchos como la cuenca ocular, los clavos eran lo bastante largos como para que sus afiladas puntas sobresalieran dos centímetros por la parte posterior del cráneo afeitado del hombre. Las cabezas planas de los clavos brillaban como dos discos de plata en las cuencas donde deberían haber estado los ojos.

Un inquisidor de acero.

—¿Qué está haciendo *eso* aquí? —preguntó Dockson.

—Cálmate —dijo Kelsier, tratando de hacer lo mismo.

El inquisidor miró hacia ellos. Los ojos claveteados observaron a Kelsier antes de volverse hacia el lugar por donde se habían ido Camon y la muchacha. Como todos los inquisidores, llevaba intrincados tatuajes en los ojos (sobre todo negros, con una dura línea roja), que lo identificaban como un miembro de alto rango del Cantón de la Inquisición.

—No está aquí por nosotros —dijo Kelsier—. No voy a quemar nada: pensará que solo somos nobles ordinarios.

—La muchacha —dijo Dockson.

Kelsier asintió.

—Dices que Camon lleva trabajando en este timo al Ministerio algún tiempo. Bien, la chica debe de haber sido detectada por uno de los obligadores. Están entrenados para reconocer cuándo un alomántico juega con sus emociones.

Dockson frunció el ceño, pensativo. Al otro lado de la calle, el inquisidor dijo algo al otro obligador y luego los dos se volvieron para echar a andar hacia donde había ido Camon. Caminaban sin ninguna prisa.

—Deben de haber enviado a alguien a seguirlos —dijo Dockson.

—Se trata del Ministerio —respondió Kelsier—. Habrán enviado al menos a dos.

Dockson asintió.

—Camon los llevará directamente a su guarida. Morirán docenas de ladrones. No son las personas más admirables del mundo, pero...

—A su modo, combatían al Imperio Final —dijo Kelsier—. Además, no estoy dispuesto a dejar que una posible nacida de la bruma se nos escape. Quiero hablar con la chica. ¿Puedes encargarte de esos perseguidores?

—Te decía que me estaba aburriendo, Kel, no que me hubiera vuelto torpe. Puedo encargarme de un par de sicarios del Ministerio.

—Bien —dijo Kelsier metiéndose la mano en el bolsillo y sacando un frasquito. Varios copos de metal flotaban en una solución salina. Hierro, acero, estaño, peltre, cobre, bronce, cinc y latón: los ocho metales alománticos básicos. Kelsier le quitó el tapón y engulló el contenido de un solo trago.

Se guardó el frasco vacío y se limpió la boca.

—Me encargaré de ese inquisidor.

Dockson pareció preocuparse.

—¿Vas a intentar enfrentarte a él?

Kelsier negó con la cabeza.

—Demasiado peligroso. Lo distraeré nada más. Ahora, en marcha... No queremos que esos perseguidores encuentren la guarida.

Dockson asintió.

—Nos reuniremos en la encrucijada Quince —dijo antes de desaparecer callejón abajo doblando una esquina.

Kelsier contó hasta diez antes de buscar en su interior y quemar sus metales. Su cuerpo se llenó de fuerza, claridad y poder. Sonrió. Luego, quemando cinc, extendió su poder y se apoderó con firmeza de las emociones del inquisidor. La criatura se detuvo en el acto, luego se dio la vuelta y miró hacia el edificio del Cantón.

Ahora vamos a jugar a perseguirnos, tú y yo, pensó Kelsier.

Llegamos a Terris a principios de semana y tengo que decir que el paisaje me pareció maravilloso. Las grandes montañas al norte, con sus cimas nevadas y sus faldas boscosas, se alzan como dioses guardianes sobre esta tierra de verde fertilidad. Mis propias tierras del sur son llanas: creo que serían menos monótonas si hubiera unas cuantas montañas para dar variedad al terreno.

Aquí la gente se dedica sobre todo al pastoreo, aunque no son extraños los leñadores y los granjeros. Es una tierra de pastos, desde luego. Parece raro que un sitio tan agrícola sea la cuna de las profecías y las ideas teológicas en las que se basa el mundo entero en la actualidad.

3

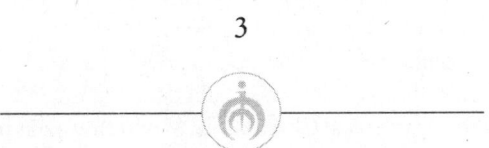

Camon contó sus monedas, dejando caer los cuartos de oro uno a uno en un cofrecito que había en la mesa. Todavía parecía un poco aturdido, y bien podía estarlo. Tres mil cuartos era una fabulosa cantidad de dinero, mucho más de lo que Camon ganaba incluso en un año muy bueno. Sus amigotes más íntimos estaban sentados a la mesa con él, mientras la cerveza y las risas fluían libremente.

Vin permanecía en su rincón tratando de comprender sus temores. Tres mil cuartos. El Ministerio nunca debería haber soltado semejante suma con tanta ligereza. El prelado Arriev parecía demasiado astuto para dejarse engañar con tanta facilidad.

Camon dejó caer otra moneda en el cofre. Vin no estaba segura de si se estaba haciendo el tonto o de si era astuto al hacer aquella exhibición de riqueza. Las bandas de los bajos fondos trabajaban siguiendo un acuerdo estricto: todos recibían una parte de las ganancias en proporción a su estatus en el grupo. Aunque a veces resultaba tentador matar al jefe y quedarse el dinero, un líder exitoso creaba más riqueza para todos. Su asesinato prematuro equivaldría a quedarse sin ganancias futuras, además de ganarse la ira de los otros miembros de la banda.

De todas formas, tres mil cuartos... Eso era más que suficiente para tentar al ladrón más sensato. Todo era un error.

Tengo que salir de aquí, decidió Vin. *Alejarme de Camon y de la guarida, por si sucede algo.*

Sin embargo... ¿marcharse? ¿Ella sola? Nunca había estado sola; siempre había tenido a Reen. Era él quien la guiaba de ciudad en ciudad, uniéndose a bandas de ladrones distintas. A ella le encantaba la soledad. Pero la idea de estar sola, ahí fuera en la ciudad, la horrorizaba. Por eso nunca se había escapado de Reen; por eso se había quedado con Camon.

No podía irse, pero tenía que hacerlo. Alzó la cabeza en su rincón, estudiando la habitación. No había mucha gente en la banda por quien sintiera afinidad. Sin embargo, había un par a los que lamentaría ver heridos si los obligadores actuaban contra la banda. Unos cuantos hombres que no habían intentado abusar de ella o, en casos muy raros, la habían tratado con cierta amabilidad.

Ulef encabezaba esa lista. No era un amigo, pero sí lo más parecido que ella tenía ahora que Reen se había marchado. Si la acompañaba, al menos no estaría sola. Con cautela, Vin fue avanzando contra un muro de la habitación hasta el lugar donde Ulef bebía con alguno de los otros miembros jóvenes de la banda.

Le tiró de la manga. Ulef se volvió hacia ella, tan solo algo achispado.

—¿Vin?

—Ulef —susurró ella—. Tenemos que irnos.

Él frunció el ceño.

—¿Irnos? ¿Irnos adónde?

—Fuera —susurró Vin—. Fuera de aquí.

—¿Ahora?

Vin asintió impaciente.

Ulef miró a sus amigos, que reían entre sí, dirigiendo miradas cargadas de picardía hacia Vin y él. Se ruborizó.

—¿Quieres que vayamos a algún sitio, solos tú y yo?

—No para eso —dijo Vin—. Es que... tengo que salir de la guarida. Y no quiero estar sola.

Ulef frunció el ceño. Se acercó más, con un leve hedor a cerveza en su aliento.

—¿Qué es lo que pasa, Vin? —preguntó en voz baja.

Vin hizo una pausa.

—Creo... Creo que puede pasar algo, Ulef —susurró—. Algo con los obligadores. No quiero estar en la guarida en este momento.

Ulef guardó silencio.

—Muy bien —dijo por fin—. ¿Por cuánto tiempo será?

—No lo sé —respondió Vin—. Hasta la noche, al menos. Pero tenemos que irnos. *Ahora*.

Él asintió lentamente.

—Espera aquí un momento —susurró Vin, volviéndose. Dirigió una mirada a Camon, que se reía con uno de sus propios chistes. Luego se dirigió en silencio hacia el fondo de la sala, lleno de humo y cenizas.

La habitación donde dormía la banda era un sencillo pasillo alargado cubierto de petates. Era un sitio estrecho e incómodo, pero mucho mejor que los fríos callejones en los que ella había dormido durante sus años de viaje con Reen.

Callejones que tal vez tenga que volver a utilizar, pensó. Había sobrevivido antes a ellos. Podría hacerlo de nuevo.

Se acercó a su camastro oyendo las risas y los ruidos apagados de los hombres que bebían en la habitación de al lado. Se arrodilló y recogió lo poco que le pertenecía. Si algo le pasaba a la banda, no podría volver a la guarida. Jamás. Pero no podía llevarse el petate porque hubiese sido demasiado obvio, solo la cajita que contenía sus efectos personales: un guijarro de cada ciudad que había visitado, el pendiente que según Reen le había dado su madre y un pedazo de obsidiana del tamaño de una moneda grande. Tenía forma irregular y Reen lo llevaba como si fuera una especie de amuleto de la buena suerte. Era lo único que había dejado al abandonar la banda medio año antes. Cuando la había abandonado a ella.

Como siempre dijo que haría, se reprendió con severidad Vin. *Nunca creí que fuera a hacerlo... y por eso mismo tuvo que marcharse.*

Se guardó el pedazo de obsidiana y los guijarros en el bolsillo. Se puso el pendiente en la oreja izquierda: era un adorno muy sencillo. Parecía más bien un botón que no merecía la pena robar, y por eso no temía dejarlo en la habitación del fondo. Vin apenas se lo ponía por temor a que el adorno la hiciera parecer más femenina.

No tenía dinero, pero Reen le había enseñado a mendigar y rapiñar. Ambas cosas eran difíciles en el Imperio Final, sobre todo en Luthadel, pero encontraría un modo, si tenía que hacerlo.

Vin dejó su caja y su petate y volvió a la habitación grande. Tal vez estaba exagerando; a lo mejor no le pasaría nada a la banda. Pero si pasaba... Bueno, si una cosa le había enseñado Reen era cómo salvar el cuello. Llevarse a Ulef era buena idea. Tenía contactos en Luthadel. Si le pasaba algo a la banda de Camon, seguro que Ulef encontraría trabajo para ambos en...

Vin se detuvo. Ulef no estaba en la mesa donde ella lo había dejado, sino de pie en la parte delantera de la sala. Cerca de la barra. Cerca... de Camon.

—¡Qué es esto! —Camon se levantó, con la cara roja como la luz del sol. Apartó su taburete del camino y se abalanzó hacia ella, medio borracho—. ¿Te escapas? Vas a traicionarme al Ministerio, ¿eh?

Vin corrió hacia la puerta de la escalera, abriéndose paso a la desesperada entre mesas y miembros de la banda.

El taburete de madera de Camon la alcanzó en la espalda y la arrojó al suelo. El dolor ardió entre sus hombros; varios miembros de la banda soltaron una exclamación cuando el taburete rebotó en ella y golpeó las tablas del suelo.

Vin se sintió aturdida. Y algo en su interior, algo que conocía pero no comprendía, le dio fuerzas. La cabeza dejó de darle vueltas, el dolor se convirtió en su centro de atención. Se puso en pie con torpeza.

Camon estaba allí. Le dio un revés mientras se incorporaba. La cabeza de Vin se movió siguiendo el impulso de la bofetada, torciendo el cuello de manera tan dolorosa que apenas sintió que volvía a golpear el suelo.

Camon se inclinó, la agarró por la camisa y la puso en pie mientras alzaba el puño. Vin no se paró a pensar ni se molestó en hablar; solo podía hacer una cosa. Usó toda su Suerte en un único y tremendo esfuerzo, y la lanzó contra Camon calmando su furia.

Camon se tambaleó. Su mirada se suavizó por un momento. La bajó un poco.

Entonces la furia regresó a sus ojos. Dura. Aterradora.

—Maldita zorra —murmuró Camon, agarrándola por los hombros y sacudiéndola—. Ese traidor hermano tuyo no me respetó nunca y tú eres igual. He sido demasiado amable con los dos. Debería...

Vin trató de zafarse, pero la tenaza de Camon era firme. Desesperada, buscó ayuda de otros miembros de la banda, aunque sabía lo que iba a encontrar. Indiferencia. Ellos se volvieron, avergonzados pero no preocupados. Ulef todavía estaba junto a la mesa de Camon, con la cabeza gacha y expresión culpable.

En su mente, a Vin le pareció oír una voz que le susurraba. La voz de Reen. *¡Necia! La frialdad es la más lógica de las emociones. No tienes ningún amigo en los bajos fondos. ¡Nunca tendrás ningún amigo en los bajos fondos!*

Renovó sus esfuerzos, pero Camon volvió a golpearla, derribándola al suelo. El golpe la aturdió y jadeó, sin aliento.

Sopórtalo, pensó, la mente confusa. *No me matará. Me necesita.*

Sin embargo, mientras se volvía con torpeza vio a Camon alzándose sobre ella bajo la tenue luz, el rostro dominado por una furia ebria. Supo que aquella vez iba a ser diferente: no sería una simple paliza. Él creía que pretendía traicionarlo al Ministerio. Estaba fuera de sí.

Había una expresión asesina en sus ojos.

¡Por favor!, pensó Vin con desesperación, buscando su Suerte, tratando de hacerla funcionar. No hubo ninguna respuesta. La Suerte le había fallado.

Camon se agachó, murmurando para sí mientras la agarraba por el hombro. Alzó un brazo, su mano carnosa formó otro puño, sus músculos se tensaron, una furiosa perla de sudor resbaló por su barbilla y la golpeó en la mejilla.

A unos pocos metros de distancia, la puerta de la escalera se sacudió y luego se abrió de golpe. Camon se detuvo con un brazo en alto mirando hacia la puerta y al desafortunado miembro de la banda que había elegido tan inoportuno momento para volver a la guarida.

Vin aprovechó la distracción. Sin hacer caso al recién llegado, trató de zafarse de la presa de Camon, pero estaba demasiado débil. Le ardía la cara donde él la había golpeado y notó sabor a sangre en los labios. Tenía el hombro retorcido y le dolía el costado sobre el que había caído. Arañó la mano de Camon, pero de improviso se sintió débil, su fuerza interna le fallaba igual que le había fallado la Suerte. El dolor iba en aumento, cada vez más insoportable, más... exigente.

Se volvió desesperada hacia la puerta. Estaba cerca, dolorosamente cerca. Casi había escapado. Solo un poco más...

Entonces vio a un hombre de pie en la escalera, un desconocido. Alto y de rostro aguileño, tenía el pelo rubio y vestía un holgado traje de noble, con la capa suelta. Tenía unos treinta y cinco años. No llevaba sombrero, ni bastón de duelo.

Y parecía muy, muy furioso.

—¿Qué es esto? —exigió saber Camon—. ¿Quién eres?

¿Cómo ha pasado ante los vigías?, pensó Vin, esforzándose por concentrarse. El dolor. Podía tratar con el dolor. *Los obligadores... ¿Lo habían enviado ellos?*

El recién llegado miró a Vin y su expresión se suavizó ligeramente. Entonces miró a Camon y sus ojos se ensombrecieron.

Las furiosas exigencias de Camon quedaron cortadas en seco cuando saltó hacia atrás como si hubiera sido golpeado por una fuerza poderosa. Su brazo se soltó bruscamente del hombro de Vin y se desplomó en el suelo haciendo que las tablas se estremecieran.

La sala quedó en silencio.

Tengo que escapar, pensó Vin, obligándose a ponerse de rodillas. Camon gemía de dolor a unos pocos palmos de distancia y Vin se apartó de él, escabulléndose bajo una mesa desocupada. La guarida tenía una salida oculta, una trampilla junto a la pared del fondo. Si lograba arrastrarse hasta allí...

De repente, Vin sintió una paz abrumadora. Se le vino encima como un peso repentino y sus emociones guardaron silencio, como aplastadas por una mano poderosa. Su miedo se apagó como una vela, e incluso su dolor dejó de parecer importante.

Se detuvo, preguntándose por qué había estado tan preocupada. Se incorporó y se detuvo ante la trampilla. Tenía la respiración entrecortada, mareada un poco todavía.

¡Camon acaba de intentar matarme!, advirtió la parte lógica de su mente. *Y alguien está atacando la guarida. ¡Tengo que escapar!* Sin embargo, sus emociones contradecían la lógica. Se sentía... serena. Sin preocupaciones. Y más que un poco curiosa.

Alguien acababa de emplear la Suerte con ella.

Lo reconoció de algún modo, aunque nunca lo había sentido. Se detuvo junto a la mesa, con una mano en la madera, y se dio la vuelta despacio. El recién llegado seguía en la puerta. La estudió con ojo crítico y luego sonrió de un modo que la desarmó.

¿Qué está pasando?

El recién llegado entró por fin en la sala. Los de la banda de Camon permanecieron sentados a sus mesas. Parecían sorprendidos, pero extrañamente despreocupados.

Está usando la Suerte con todos ellos. Pero... ¿cómo puede hacer-

lo con tantos a la vez? Vin nunca había podido acumular suficiente Suerte para conseguir otra cosa que un ocasional y breve empujón.

Cuando el recién llegado entró en la sala, Vin vio por fin que había una segunda persona en las escaleras. El segundo hombre era menos llamativo, más bajo, con una media barba oscura y el pelo liso y corto. También llevaba un traje de noble, aunque de corte menos elegante.

Al otro lado de la habitación, Camon gimió y se sentó en el suelo sujetándose la cabeza. Miró a los recién llegados.

—¡Maese Dockson! ¡Vaya, vaya, caray, qué sorpresa!

—En efecto —dijo el hombre más bajo, Dockson.

Vin frunció el ceño al darse cuenta de que las voces de estos hombres le resultaban levemente familiares. Las había oído en alguna parte.

El Cantón de las Finanzas. Estaban sentados en la sala de espera cuando Camon y yo nos marchamos.

Camon se puso en pie, estudiando al rubio recién llegado. Miró las manos del hombre, cubiertas de extrañas cicatrices que se solapaban unas con otras.

—Por el lord Legislador... —susurró Camon—. ¡El Superviviente de Hathsin!

Vin frunció el ceño. El título le resultaba desconocido. ¿Tendría que haber conocido a ese hombre? Las heridas aún le dolían a pesar de la paz que sentía, y se notaba mareada. Se apoyó en la mesa, pero no se sentó.

Fuera quien fuese el recién llegado, saltaba a la vista que Camon lo consideraba importante.

—¡Vaya, maese Kelsier! —farfulló—. ¡Qué raro honor!

El recién llegado (Kelsier) sacudió la cabeza.

—¿Sabes? En realidad no me interesa escucharte.

Camon dejó escapar un quejido de dolor cuando fue impulsado de nuevo hacia atrás. Kelsier no hizo ningún gesto para empujarlo. Sin embargo, Camon se desplomó en el suelo, como empujado por una fuerza invisible. Guardó silencio y Kelsier escrutó la habitación.

—¿Los demás sabéis quién soy?

Muchos de los miembros de la banda asintieron.

—Bien. He venido a vuestra guarida porque vosotros, amigos míos, estáis en deuda conmigo.

La habitación permaneció en silencio. Solo se oían los gemidos de Camon. Al cabo, uno de los hombres habló.

—¿Lo... estamos, maese Kelsier?

—En efecto. Veréis, maese Dockson y yo acabamos de salvaros la vida. Vuestro incompetente jefe salió del Cantón de las Finanzas del Ministerio hace una hora y regresó directamente aquí. Lo siguieron dos oteadores del Ministerio, un prelado de alto rango... y un único inquisidor de acero.

Nadie habló.

Ay, Señor... pensó Vin. Estaba en lo cierto: no había sido lo bastante rápida. Si había un inquisidor...

—Me he encargado del inquisidor —dijo Kelsier.

Hizo una pausa, dejando que lo que eso implicaba flotara en el aire. ¿Qué tipo de persona podía decir tan campante que se había «encargado» de un inquisidor? Según los rumores esas criaturas eran inmortales, podían ver el alma de un hombre y eran guerreros sin rival.

—Exijo mi pago por los servicios prestados —dijo Kelsier.

Camon no se levantó esta vez: había caído con fuerza y estaba obviamente desorientado. La habitación permaneció en silencio. Transcurridos unos instantes, Milev (el hombre de piel oscura que era el segundo de Camon) cargó en sus brazos el cofre de cuartos del Ministerio y se acercó rápidamente con él. Se lo ofreció a Kelsier.

—El dinero que Camon ha conseguido en el Ministerio —explicó Milev—. Tres mil cuartos.

Milev está ansioso por complacerlo, pensó Vin. *Esto es más que simple Suerte... O eso, o es un tipo de Suerte que yo nunca he podido utilizar.*

Kelsier hizo una pausa y luego aceptó el cofre de monedas.

—¿Y tú eres...?

—Milev, maese Kelsier.

—Bien, jefe Milev, consideraré esta paga satisfactoria... suponiendo que hagas otra cosa por mí.

Milev asintió.

—¿Qué tengo que hacer?

Kelsier señaló con la cabeza al semiaturdido Camon.

—Encárgate de él.

—Por supuesto —dijo Milev.

—Quiero que viva, Milev —dijo Kelsier, alzando un dedo—. Pero no quiero que lo disfrute.

Milev asintió.

—Lo convertiremos en mendigo. El lord Legislador desaprueba la profesión... Camon no lo tendrá fácil aquí en Luthadel.

Y Milev lo eliminará en cuanto piense que este Kelsier no está prestando atención.

—Bien —dijo Kelsier. Entonces abrió el cofre y empezó a contar cuartos de oro—. Eres un hombre de recursos, Milev. Rápido de reflejos, y no te dejas intimidar con tanta facilidad como los demás.

—He tratado con brumosos antes, maese Kelsier.

Kelsier asintió.

—Dox —dijo, dirigiéndose a su acompañante—, ¿dónde vamos a celebrar nuestra reunión esta noche?

—Estaba pensando que deberíamos usar el taller de Clubs —respondió el otro hombre.

—Un sitio poco neutral —dijo Kelsier—. Sobre todo si decide no unirse a nosotros.

—Cierto.

Kelsier miró a Milev.

—Estoy planeando un trabajo en esta zona. Me sería útil tener el apoyo de algunos lugareños. —Alzó un puñado de monedas, un centenar de cuartos—. Necesitamos usar vuestro cubil esta noche. ¿Puede ser?

—Por supuesto —dijo Milev, aceptando con ansiedad las monedas.

—Bien —respondió Kelsier—. Ahora, fuera.

—¿Fuera? —preguntó Milev, vacilante.

—Sí. Toma a tus hombres, incluido vuestro antiguo jefe, y marchaos. Quiero tener una conversación en privado con la señora Vin.

En la habitación volvió a reinar el silencio y Vin supo que no era la única en preguntarse cómo sabía Kelsier su nombre.

—¡Bien, ya lo habéis oído! —exclamó Milev. Llamó a un grupo de matones para que recogieran a Camon y envió al resto de la banda escaleras arriba.

Vin los vio marchar cada vez más aprensiva. Ese Kelsier era un hombre poderoso y el instinto le decía que los hombres poderosos eran peligrosos. ¿Conocía su Suerte? Por supuesto que sí: ¿qué otro motivo podía tener para querer quedarse con ella a solas?

¿Cómo va a intentar utilizarme este Kelsier?, pensó, frotándose el brazo con el que había golpeado el suelo.

—Por cierto, Milev —dijo despreocupadamente Kelsier—. Cuando digo «en privado», quiero decir que no quiero que nos espíen los cuatro hombres que están asomados a los miradores tras la pared del fondo. Ten la amabilidad de llevarlos al callejón contigo.

Milev se puso pálido.

—Por supuesto, maese Kelsier.

—Bien. En el callejón encontraréis a los dos espías muertos del Ministerio. Por favor, encargaos de los cadáveres.

Milev asintió, dándose la vuelta.

—Y, Milev... —añadió Kelsier.

Milev volvió a girarse.

—Que ninguno de tus hombres nos traicione —replicó Kelsier, sin alterarse. Y Vin lo sintió de nuevo: una renovada presión en sus emociones—. Este grupo ya ha llamado la atención del Ministerio de Acero... No me convirtáis también en vuestro enemigo.

Milev asintió con brusquedad y desapareció escaleras arriba tras cerrar la puerta. Unos momentos más tarde, Vin oyó pasos en la habitación mirador; luego todo quedó en silencio. Estaba a solas con un hombre que era, por algún motivo, tan singularmente impresionante que podía intimidar a una habitación llena de ladrones y asesinos.

Miró la puerta cerrada. Kelsier la estaba observando. ¿Qué haría si echaba a correr?

Dice que ha matado a un inquisidor, pensó Vin. *Y... ha usado la Suerte. Tengo que quedarme, aunque sea el tiempo necesario para averiguar lo que sabe.*

La sonrisa de Kelsier se ensanchó hasta que, al final, se echó a reír.

—Ha sido tremendamente divertido, Dox.

El otro hombre, al que Camon había llamado Dockson, resopló y se acercó a la parte delantera de la habitación. Vin se envaró, pero él no se acercó a ella sino a la barra.

—Ya eras bastante insufrible antes, Kel —dijo Dockson—. No sé cómo voy a soportar esta nueva reputación tuya. Al menos, no estoy seguro de cómo voy a soportarla y mantener la cara seria.

—Estás celoso.

—Sí, eso es —dijo Dockson—. Tu habilidad para intimidar a criminales de tres al cuarto me provoca unos celos terribles. Si te sirve de algo, creo que has sido demasiado duro con Camon.

Kelsier se acercó a una de las mesas de la sala y tomó asiento. Su alegría se ensombreció un poco mientras hablaba.

—Ya has visto lo que le estaba haciendo a la muchacha.

—La verdad es que no —dijo Dockson, desabrido, mientras rebuscaba entre las mercancías de la barra—. Alguien me bloqueaba la visión desde la puerta.

Kelsier se encogió de hombros.

—Mírala, Dox. La pobrecilla ha estado a punto de quedarse inconsciente por los golpes. No siento ninguna compasión por ese tipo.

Vin permaneció donde estaba, observando a los dos hombres. Cuando la tensión del momento decreció, las heridas empezaron a dolerle de nuevo. El golpe entre los omóplatos se convertiría en un buen moratón, y el bofetón de la cara le ardía también. Todavía se sentía un poco mareada.

Kelsier la estaba observando. Vin apretó los dientes. Dolor. Podía soportar el dolor.

—¿Necesitas algo, niña? —preguntó Dockson—. ¿Un pañuelo húmedo para esa cara, tal vez?

Ella no respondió. Continuó concentrada en Kelsier. *Vamos. Dime qué quieres de mí. Haz tu jugada.*

Dockson se encogió de hombros, al cabo, y terminó por agacharse un momento tras la barra. Instantes después apareció con un par de botellas.

—¿Algo bueno? —preguntó Kelsier, dándose la vuelta.

—¿Tú qué crees? Incluso entre ladrones, Camon no destaca precisamente por su refinamiento. Tengo calcetines que valen más que este vino.

Kelsier suspiró.

—Dame una copa de todas formas. —Entonces se dirigió a Vin—. ¿Quieres algo?

Vin no respondió.

Kelsier sonrió.

—No te preocupes. Somos bastante menos peligrosos de lo que creen tus amigos.

—No creo que fueran sus amigos, Kel —dijo Dockson desde detrás de la barra.

—Buena observación —respondió Kelsier—. De cualquier forma, niña, no tienes nada que temer de nosotros. Aparte del aliento de Dox.

Dockson puso los ojos en blanco.

—O los chistes de Kel.

Vin no dijo nada. Podía hacerse la débil como había hecho con Camon, pero el instinto le decía que con aquellos hombres no le serviría esa táctica. Así que permaneció donde estaba, calibrando la situación.

La calma volvió a apoderarse de ella. La animaba a estar tranquila, a confiar, a hacer sin rechistar lo que sugerían los hombres...

¡No! Se quedó donde estaba.

Kelsier alzó una ceja.

—Eso no lo esperaba.

—¿Qué? —preguntó Dockson mientras servía una copa de vino.

—Nada —respondió Kelsier, estudiando a Vin.

—¿Quieres un trago o no, chica? —preguntó Dockson.

Vin no dijo nada. Toda su vida, desde que podía recordar, había tenido su Suerte. La hacía fuerte y le daba ventaja sobre otros ladrones. Quizá por eso aún seguía con vida. Sin embargo, en todo ese tiempo nunca había sabido realmente qué era o por qué la usaba. La lógica y el instinto le decían ahora lo mismo: que necesitaba averiguar lo que sabía aquel hombre.

Fueran cuales fuesen sus planes, y cómo intentara utilizarla, necesitaba soportarlo. Tenía que descubrir cómo era tan poderoso.

—Cerveza —dijo por fin.

—¿Cerveza? —preguntó Kelsier—. ¿Nada más?

Vin asintió, observándolo con atención.

—Me gusta.

Kelsier se frotó la barbilla.

—Tendremos que trabajar en eso —dijo—. Ven, siéntate.

Vacilante, Vin se acercó y se sentó frente a Kelsier a la pequeña mesita. Le dolían las heridas, pero no podía permitirse mostrar debilidad. La debilidad mataba. Tenía que fingir que ignoraba el dolor. Al menos, sentada, la cabeza se le despejó.

Dockson se reunió con ellos un momento después, le dio a Kelsier un vaso de vino y a Vin, su jarra de cerveza. Ella no bebió.

—¿Quién eres? —preguntó en voz baja.

Kelsier alzó una ceja.

—Eres directa, ¿eh?

Vin no respondió.

Kelsier suspiró.

—Se acabó mi intrigante aire de misterio.

Dockson soltó una risita.

Kelsier sonrió.

—Me llamo Kelsier. Soy lo que podrías llamar el jefe de una banda, pero dirijo una banda que no se parece a ninguna que hayas conocido. A los hombres como Camon y los suyos les gusta considerarse depredadores y se alimentan de la nobleza y las diversas organizaciones del Ministerio.

Vin sacudió la cabeza.

—Depredadores, no. Carroñeros.

Hubiese cabido suponer que, tan cerca del lord Legislador, las bandas de ladrones no podían existir. Sin embargo, Reen le había enseñado que era todo lo contrario: la nobleza rica y poderosa se congregaba en torno al lord Legislador. Y, donde había poder y riqueza, también había corrupción, sobre todo desde que el lord Legislador tendía a controlar a sus nobles mucho menos que a los skaa. Tenía que ver, al parecer, con su aprecio por sus antepasados.

En cualquier caso, las bandas de ladrones como la de Camon eran las ratas que se alimentaban de la corrupción de la ciudad. Y, como a las ratas, era imposible exterminarlas por completo, sobre todo en una ciudad con la población de Luthadel.

—Carroñeros —dijo Kelsier, sonriendo; al parecer, le gustaba la corrección—. Es una descripción adecuada, Vin. Bien, Dox y yo somos carroñeros también... solo que somos carroñeros de más calidad. Estamos mejor criados, como si dijéramos... O tal vez solo somos más ambiciosos.

Ella frunció el ceño.

—¿Sois nobles?

—Cielos, no —dijo Dockson.

—Al menos, no de sangre pura —dijo Kelsier.

—Se supone que los mestizos no existen —dijo Vin con cuidado—. El Ministerio los caza.

Kelsier alzó una ceja.

—¿Mestizos como tú?

Vin sintió un arrebato de sorpresa. *¿Cómo...?*

—Ni siquiera el Ministerio de Acero es infalible, Vin —dijo Kelsier—. Si pueden pasarte a ti por alto, pueden pasar por alto a otros.

Vin reflexionó.

—Milev. Os llamó brumosos. Eso es un tipo de alomántico, ¿no?

Dockson miró a Kelsier.

—Es observadora —dijo el hombre que era más bajo, con un gesto apreciativo.

—Sí que lo es —reconoció Kelsier—. El hombre nos llamó brumosos, Vin..., aunque tal vez se precipitara, puesto que en teoría ni Dox ni yo somos brumosos. Sin embargo, nos relacionamos bastante con ellos.

Vin guardó silencio un momento, sintiendo el escrutinio de los dos hombres. Alomancia. El poder místico concedido a la nobleza por el lord Legislador un millar de años antes como recompensa por su lealtad. Era una doctrina básica del Ministerio: incluso una skaa como Vin lo sabía. La nobleza gozaba de la alomancia y de privilegios gracias a sus antepasados; los skaa eran castigados por el mismo motivo.

La verdad, sin embargo, era que no sabía en realidad lo que era la alomancia. Tenía algo que ver con combatir, había supuesto siempre. Se decía que los «brumosos», como los llamaban, eran lo bastante peligrosos para matar a una banda entera de ladrones. No obstante, los skaa que conocía hablaban del poder en susurros inciertos. Hasta aquel momento nunca se había parado a considerar la posibilidad de que pudiera ser simplemente lo mismo que su Suerte.

—Dime, Vin —preguntó Kelsier, inclinándose interesado hacia delante—. ¿Te das cuenta de lo que le hiciste a ese obligador en el Cantón de las Finanzas?

—Utilicé mi Suerte —respondió Vin en voz baja—. La uso para que la gente se sienta menos enfadada.

—O menos recelosa —dijo Kelsier—. Más fácil de timar.

Vin asintió.

Kelsier alzó un dedo.

—Hay un montón de cosas que vas a tener que aprender. Técnicas, reglas y ejercicios. Una lección, sin embargo, no puede esperar. *Nunca* uses la alomancia emocional con un obligador. Todos están entrenados para reconocer cuándo están manipulando sus pasiones. Incluso los altos nobles tienen prohibido empujar o tirar de las emociones de un obligador. Tú eres la causa de que ese obligador mandara llamar a un inquisidor.

—Reza para que la criatura nunca vuelva a encontrar tu rastro, muchacha —dijo Dockson, con toda tranquilidad, mientras bebía su vino.

Vin palideció.

—¿No has matado al inquisidor?

Kelsier negó con la cabeza.

—Solo lo he distraído un poco... Cosa bastante peligrosa, debo añadir. No te preocupes, muchos de los rumores que hay sobre ellos no son ciertos. Ahora que te ha perdido la pista, no podrá volver a encontrarte.

—Lo más probable —dijo Dockson.

Vin miró con aprensión al hombre más bajo de los dos.

—Lo más probable —reconoció Kelsier—. Hay un montón de cosas que no sabemos de los inquisidores. No parecen seguir las reglas normales. Esos clavos que les atraviesan los ojos, por ejemplo, deberían matarlos. Nada de lo que yo he aprendido de alomancia me ha proporcionado jamás una explicación a cómo siguen viviendo esas criaturas. Si fuera solo un buscador brumoso que te siguiera la pista, no tendríamos que preocuparnos. Un inquisidor... Bueno, querrás mantener los ojos abiertos. Naturalmente, ya pareces bastante buena en eso.

Vin se sintió incómoda. Al cabo de un rato, Kelsier indicó su jarra de cerveza.

—No estás bebiendo.

—Podríais haberle echado algo —dijo Vin.

—Bah, no hay ninguna necesidad de que te eche nada en la bebida —dijo Kelsier con una sonrisa, sacando un objeto del bolsillo de su casaca—. Después de todo, vas a beber de este vial de líquido misterioso por voluntad propia.

Colocó el frasquito encima de la mesa. Vin frunció el ceño, observando el líquido que contenía. Había un oscuro poso en el fondo.

—¿Qué es?

—Si te lo dijera, no sería misterioso —contestó Kelsier con una sonrisa.

Dockson puso los ojos en blanco.

—El frasquito está lleno de una solución de alcohol y algunos copos de metal, Vin.

—¿De metal? —preguntó ella, frunciendo el ceño.

—Dos de los ocho metales alománticos básicos —dijo Kelsier—. Tenemos que hacer algunas pruebas.

Vin miró el frasquito.

Kelsier se encogió de hombros.

—Tendrás que beberlo si quieres saber algo más sobre esa Suerte tuya.

—Bebe tú la mitad primero —dijo Vin.

Kelsier alzó una ceja.

—Un poquito paranoica, por lo que veo.

Vin no respondió.

Transcurridos unos instantes, él destapó el frasco con un suspiro.

—Agítalo antes —dijo Vin—. Para que tomes algo del sedimento.

Kelsier miró al techo, pero hizo lo que le pedía, sacudió el frasquito y se bebió la mitad de su contenido. Lo depositó sobre la mesa con un golpecito.

Vin frunció el ceño. Entonces miró a Kelsier, que sonreía. Sabía que la tenía. Le había mostrado su poder, la había tentado con él. *El único motivo de someterse a quien tiene el poder es aprender para tomar algún día lo que tiene.* Palabras de Reen.

Vin tendió la mano, tomó el frasquito y apuró su contenido. Se sentó, esperando alguna transformación mágica o un arrebato de poder... o incluso signos de envenenamiento. No sintió nada. *Qué... decepcionante.* Frunció el ceño y se repantigó en el asiento.

Por curiosidad, probó su Suerte.

Y abrió unos ojos como platos, sorprendida.

Estaba allí, como un enorme almacén dorado. Una acumulación de poder tan increíble que ponía a prueba su capacidad de comprensión. Siempre había sentido la necesidad de ser ahorrativa con su Suerte, de mantenerla en reserva, de consumir las migajas con cuidado. Ahora se sentía como una mujer hambrienta invitada al festín de un alto noble. Permaneció allí sentada, aturdida, observando la enorme riqueza de su interior.

—Bien —la instó Kelsier—. Pruébalo. Tranquilízame.

Vin lo intentó, tocando su recién hallada masa de Suerte. Tomó un poquito y lo dirigió a Kelsier.

—Bien. —Kelsier se inclinó hacia delante, ansioso—. Pero ya sabíamos que podías hacer eso. Ahora la auténtica prueba, Vin. ¿Puedes hacer lo contrario? Puedes aplacar mis emociones, pero ¿puedes inflamarlas también?

Vin frunció el ceño. Nunca había usado su Suerte de esa forma; ni siquiera se había dado cuenta de que pudiera hacerlo. ¿Por qué estaba él tan ansioso?

Con recelo, Vin recurrió a su fuente de Suerte. Al hacerlo, advirtió algo interesante. Lo que al principio había interpretado como una enorme fuente de poder eran en realidad dos fuentes diferentes. Había tipos distintos de Suerte.

Ocho. Él ha dicho que son ocho. Pero... ¿qué hacen las otras?

Kelsier seguía esperando. Vin recurrió a la segunda fuente desconocida de Suerte, hizo lo que había hecho anteriormente y la dirigió hacia él.

La sonrisa de Kelsier creció y se echó hacia atrás en su asiento y miró a Dockson.

—Eso es. Lo ha hecho.

Dockson sacudió la cabeza.

—Para ser sinceros, Kel, no estoy seguro de qué pensar. Tener a uno de vosotros cerca ya es bastante inquietante. Pero dos...

Vin los miró con ojos entornados y dubitativos.

—¿Dos qué?

—Incluso entre los nobles, Vin, la alomancia es moderadamente rara —dijo Kelsier—. Cierto, es una habilidad hereditaria, con la mayoría de sus linajes de poder reducidos a la alta nobleza. Sin embargo, la casta por sí sola no garantiza fuerza alomántica.

»Muchos altos nobles solo tienen acceso a una única habilidad alomántica. La gente así, la que solo puede emplear la alomancia en uno de sus ocho aspectos básicos, se llama brumosa. A veces estas habilidades las tiene un skaa... pero solo si ese skaa tiene sangre noble de sus antepasados cercanos. Por lo general se puede encontrar a un brumoso entre... No sé, uno de cada diez mil skaa mestizos. Cuanto mejores y más cercanos y más nobles sean los antepasados, más probable es que el skaa sea un brumoso.

—¿Quiénes fueron tus padres, Vin? —preguntó Dockson—. ¿Los recuerdas?

—Me crio mi hermanastro, Reen —dijo Vin en voz baja, incómoda. Había cosas de las que no hablaba con nadie.

—¿Te habló de tus padres?

—De vez en cuando —admitió Vin—. Reen decía que nuestra madre era una puta. No por decisión propia, pero en los bajos fondos... —Guardó silencio. Su madre había intentado matarla, una vez, cuando era muy joven. Guardaba un vago recuerdo del hecho. Reen la había salvado.

—¿Y tu padre, Vin? —preguntó Dockson.

Vin alzó la cabeza.

—Es un alto prelado del Ministerio de Acero.

Kelsier dejó escapar un silbidito.

—Vaya, esa sí que es una falta levemente irónica al cumplimiento del deber.

Vin se quedó mirando la mesa. Al final, tendió la mano y dio un buen trago a su jarra de cerveza.

Kelsier sonrió.

—La mayoría de los obligadores de rango del Ministerio son altos nobles. Tu padre te dio un raro don en esa sangre tuya.

—Entonces... ¿soy una de esas brumosas que has mencionado?

Kelsier negó con la cabeza.

—La verdad es que no. Verás, esto es lo que te hace tan interesante para nosotros, Vin. Los brumosos solo tienen una habilidad alomántica. Tú acabas de demostrar que tienes dos. Y, si tienes al menos dos de las ocho, entonces también tienes acceso al resto. Así es como funciona: si eres alomántico, o tienes una habilidad o las tienes todas.

Kelsier se inclinó hacia delante.

—Tú, Vin, eres lo que en términos generales se llama una nacida de la bruma. Incluso entre la nobleza, eres increíblemente rara. Entre los skaa... Bueno, digamos que solo he conocido a otro skaa nacido de la bruma en toda mi vida.

De algún modo, la habitación pareció más silenciosa. Más tranquila. Vin miró la jarra con ojos distraídos e incómodos. *Nacida de la bruma*. Había oído las historias, por supuesto. Las leyendas.

Kelsier y Dockson permanecieron sentados en silencio, dejándola pensar. Al cabo de un rato, ella habló.

—Entonces... ¿qué significa esto?

Kelsier sonrió.

—Significa que tú, Vin, eres una persona muy especial. Tienes un poder que la mayoría de los altos nobles envidian. Es un poder que, si hubieras nacido siendo aristócrata, te habría convertido en una de las personas más letales e influyentes del Imperio Final. —Kelsier volvió a inclinarse hacia delante—. Pero no naciste siendo aristócrata. No eres noble, Vin. No tienes que jugar según sus reglas... y eso te hace aún más poderosa.

Al parecer, la siguiente etapa de mi viaje nos llevará a las tierras altas de Terris. Se dice que es un lugar frío e implacable, una tierra donde las montañas mismas están hechas de hielo.

Nuestros sirvientes habituales no sirven para ese viaje. Es probable que tengamos que contratar a algunos porteadores de Terris para que lleven nuestras pertenencias.

4

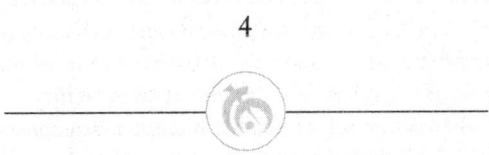

—¡Ya habéis oído lo que ha dicho! ¡Está planeando un trabajo! —Los ojos de Ulef brillaban de entusiasmo—. Me pregunto a cuál de las Grandes Casas va a robar.

—Será a una de las más poderosas —dijo Disten, uno de los principales rastreadores de Camon. Era manco, pero tenía los ojos y los oídos más agudos de la banda—. Kelsier nunca se dedica a trabajos de poca monta.

Vin estaba sentada en silencio, con su jarra de cerveza (la misma que le había dado Kelsier) todavía casi llena sobre la mesa, repleta de gente. Kelsier había dejado a los ladrones volver a su escondite poco antes de que terminara su encuentro. Vin, sin embargo, hubiese preferido quedarse sola. La vida con Reen la había acostumbrado a la soledad: si dejabas que alguien se acercara demasiado, le dabas más oportunidades para traicionarte.

Incluso después de la desaparición de Reen, Vin se había mantenido apartada. No quiso marcharse; sin embargo, tampoco sintió la necesidad de intimar con los otros miembros de la banda. Ellos, a su vez, se mostraron perfectamente dispuestos a dejarla en paz. El lugar de Vin era precario y asociarse con ella los hubiera salpicado. Solo Ulef había hecho algún intento por ganarse su amistad.

Si dejas que alguien se te acerque, solo te lastimará más cuando te traicione, pareció susurrarle Reen al oído.

¿Había sido Ulef de verdad su amigo? Desde luego, la había vendido con bastante rapidez. Además, los miembros de la banda habían aceptado la paliza de Vin y su súbito rescate como cosa hecha, sin mencionar su traición ni su negativa a ayudarla. Solo habían hecho lo que cabía esperar.

—El Superviviente no se ha dedicado a ningún trabajo en los últimos tiempos —dijo Harmon, un ladrón viejo y de barba descuidada—. Apenas se le ha visto en Luthadel un puñado de veces durante los últimos años. De hecho, no ha dado ningún golpe desde...

—¿Este es el primero? —preguntó Ulef, ansioso—. ¿El primero desde que escapó de los Pozos? ¡Entonces tendrá que ser algo espectacular!

—¿Te ha dicho algo al respecto, Vin? —inquirió a su vez Disten—. ¿Vin? —Agitó un grueso brazo para llamar su atención.

—¿Qué? —preguntó ella, alzando la cabeza. Se había limpiado un poco desde que Camon le propinara aquella paliza. Al final, acabó por aceptar un pañuelo de Dockson para quitarse la sangre de la cara. Sin embargo, no podía hacer gran cosa con los cardenales. Aún le dolían. Esperaba no tener nada roto.

—Kelsier —repitió Disten—. ¿Ha dicho algo sobre el trabajo que está planeando?

Vin negó con la cabeza. Miró el pañuelo manchado de sangre. Kelsier y Dockson se habían marchado hacía poco, prometiendo regresar cuando hubiera tenido tiempo de pensar en las cosas que le habían contado. Sin embargo, sus palabras encerraban... una oferta. Fuera cual fuese el trabajo que planeaban, ella estaba invitada a participar.

—¿Por qué te ha escogido para ser su intra, Vin? —preguntó Ulef—. ¿Ha dicho algo al respecto?

Eso era lo que todos suponían: que Kelsier la había elegido para que fuera su contacto con la banda de Camon... de Milev.

Había dos bandos en los bajos fondos de Luthadel. Estaban las bandas normales, como la de Camon. Y luego estaban... las *especiales*. Grupos formados por gente habilidosa en extremo, temeraria en extremo o talentosa en extremo. Alománticos.

Los dos sectores de los bajos fondos nunca se mezclaban: los ladrones normales dejaban tranquilos a sus superiores. En ocasiones, no obstante, alguna de aquellas bandas de brumosos contrataba un equipo de ladrones corrientes para que hiciera parte de su trabajo mundano y se elegía a un intra (un intermediario) para que trabajara con ambos grupos. De ahí la deducción de Ulef sobre Vin.

Los miembros de la banda de Milev advirtieron su silencio y pasaron a otro tema: los brumosos. Hablaban de la alomancia en voz baja y dubitativa, y ella los escuchó, incómoda. ¿Cómo podía estar relacionada con algo que los asombraba tanto? Su Suerte... su alomancia era algo pequeño, algo que usaba para sobrevivir, pero a la vez sin importancia.

Pero, ese poder... pensó, mirando su reserva de Suerte.

—Me pregunto qué habrá estado haciendo Kelsier estos últimos años —comentó Ulef. Parecía un poco incómodo con ella al principio de la conversación, pero se le había pasado enseguida. La había traicionado, pero así eran los bajos fondos. No había amigos.

No parece ser igual entre Kelsier y Dockson. Parece que confían el uno en el otro. ¿Una tapadera? ¿O era simplemente uno de esos raros equipos que no se preocupan de que el otro los traicione?

Lo más inquietante de Kelsier y Dockson había sido su franqueza con ella. Parecían dispuestos a confiar en Vin e incluso a aceptarla, después de un tiempo relativamente corto. No podía ser cierto: nadie sobrevivía en los bajos fondos siguiendo esa táctica. A pesar de todo, su actitud amistosa era desconcertante.

—Dos años... —dijo Hrud, un ladrón callado y de cara chata—. Debe de haberse pasado todo el tiempo planeando este golpe.

—Debe de ser todo un golpe... —dijo Ulef.

—Habladme de él —pidió Vin en voz baja.

—¿De Kelsier? —preguntó Disten.

Vin asintió.

—¿No hablaban de Kelsier allá en el sur?

Vin negó con la cabeza.

—Era el mejor jefe de bandas de toda Luthadel —explicó Ulef—. Una leyenda, incluso entre los brumosos. Robó a algunas de las Grandes Casas más ricas de la ciudad.

—¿Y?

—Alguien lo traicionó —dijo Harmon en voz baja.

Cómo no, pensó Vin.

—El mismísimo lord Legislador capturó a Kelsier —dijo Ulef—. Lo envió junto con su esposa a los Pozos de Hathsin. Pero él escapó. ¡Escapó de los Pozos, Vin! Es el único que lo ha conseguido.

—¿Y la esposa? —preguntó Vin.

Ulef miró a Harmon, quien sacudió la cabeza.

—No lo consiguió.

Así que él también ha perdido a alguien. ¿Cómo puede reír tanto, tan sinceramente?

—De ahí esas cicatrices —dijo Disten—. Ya sabes, las que tiene en los brazos. Se las hizo en los Pozos, con las rocas de una pared cortada a pico que tuvo que escalar para escapar.

Harmon hizo una mueca.

—No se las hizo así. Mató a un inquisidor mientras escapaba... Así se hizo las cicatrices.

—He oído que fue luchando contra uno de los monstruos que guardan los Pozos —dijo Ulef—. Se metió en su boca y lo estranguló *desde dentro*. Los dientes le arañaron los brazos.

Disten frunció el ceño.

—¿Cómo se estrangula a alguien desde dentro?

Ulef se encogió de hombros.

—Eso es lo que he oído.

—El hombre no es normal —murmuró Hrud—. Le sucedió algo en los Pozos, algo malo. No era alomántico antes, ¿sabes? Entró en los Pozos siendo un skaa corriente y ahora... Bueno, es un brumoso con toda seguridad... si es que sigue siendo humano. Ha estado mucho tiempo ahí fuera en la bruma. Algunos dicen que el verdadero Kelsier está muerto, que la criatura que lleva su rostro es... otra cosa.

Harmon negó con la cabeza.

—Eso son tonterías de los skaa de las plantaciones. Todos hemos estado ahí fuera, en las brumas.

—No en las brumas de fuera de la ciudad —insistió Hrud—. Allí hay espectros de la bruma. Atrapan a un hombre y le roban la cara, tan seguro como que el lord Legislador existe.

Harmon puso los ojos en blanco.

—Hrud tiene razón en una cosa —dijo Disten—. Ese hombre no es humano. Puede que no sea un espectro de la bruma, pero tampoco es un skaa. He oído decir que hace cosas, cosas que solo *ellos* pueden hacer. Los que salen por la noche. Ya habéis visto lo que le ha hecho a Camon.

—Nacido de la bruma —murmuró Harmon.

Nacido de la bruma. Vin había oído el término antes de que Kelsier se lo mencionara, por supuesto. ¿Quién no? Sin embargo, los rumores sobre los nacidos de la bruma hacían que las historias sobre inquisidores y brumosos parecieran racionales. Se decía que los nacidos de la bruma eran heraldos de la misma bruma a los que el lord Legislador había conferido grandes poderes. Solo los altos nobles podían ser nacidos de la bruma: se decía que eran una secta secreta de asesinos que le servían y que solo salían de noche. Reen siempre le había dicho que eran un mito y Vin había dado por supuesto que tenía razón.

Y Kelsier dice que yo, igual que él, soy uno de ellos. ¿Cómo podía ser? Hija de una prostituta, no era nadie. No era nada.

Nunca confíes en un hombre que te da buenas noticias, había dicho siempre Reen. *Es la forma más antigua, pero más fácil, de timar a alguien.*

Sin embargo, ella tenía su Suerte. Su alomancia. Todavía podía sentir las reservas que el frasquito de Kelsier le habían proporcionado y había puesto a prueba sus poderes con los miembros de la banda. Como ya no estaba limitada a solo un poco de Suerte al día, descubrió que podía producir efectos mucho más sorprendentes.

Vin estaba empezando a comprender que su antiguo objetivo en la vida (sobrevivir, sin más) carecía de valor. Había muchas cosas que podía hacer. Había sido esclava de Reen; había sido esclava de Camon. Sería también esclava de este Kelsier, si tarde o temprano eso la conducía a la libertad.

En la mesa, Milev miró su reloj de bolsillo y luego se levantó.

—Muy bien, todo el mundo fuera.

La sala empezó a despejarse para la reunión de Kelsier. Vin se quedó donde estaba: Kelsier había dejado claro a los demás que estaba invitada. Permaneció sentada un rato, sintiendo la habitación más cómoda conforme se iba vaciando. Los amigos de Kelsier empezaron a llegar poco después.

El primer hombre que bajó las escaleras tenía aspecto de soldado. Llevaba una camisa sin mangas que dejaba al descubierto un par de brazos bien esculpidos. Tenía una musculatura impresionante, sin llegar a ser grotesca, y llevaba el pelo rapado casi al cero.

El compañero del soldado era un hombre vestido con elegancia de noble (chaleco púrpura, botones dorados, casaca negra), tocado con un sombrero negro de ala corta y que llevaba bastón de duelo. Era mayor que el soldado y un poco grueso. Se quitó el sombrero al entrar en la habitación, revelando un pelo negro bien peinado. Los dos hombres charlaban amistosamente mientras entraban, pero se detuvieron cuando vieron la habitación vacía.

—Ah, esta debe de ser nuestra intra —dijo el hombre trajeado—. ¿Ha llegado ya Kelsier, querida?

Hablaba con familiaridad, como si fueran amigos desde hacía mucho tiempo. De repente, a su pesar, Vin descubrió que le caía simpático aquel hombre bien vestido y elocuente.

—No —respondió. Aunque el mono y la camisa de trabajo siempre le habían parecido bien, de pronto deseó poseer algo más bonito. El porte de aquel hombre requería una atmósfera más formal.

—Deberíamos haber previsto que Kel llegaría tarde a su propia cita —dijo el soldado, sentándose en una de las mesas del centro de la habitación.

—Desde luego —respondió el hombre trajeado—. Supongo que su tardanza nos permite tomar un refresco. Me vendría bien algo de beber...

—Déjenme que les traiga algo —se apresuró a sugerir Vin, poniéndose en pie de un salto.

—Muy amable por tu parte —dijo el hombre trajeado, escogiendo una silla junto al soldado. Se sentó con las piernas cruzadas, el bastón a un lado, la punta contra el suelo, y una mano en la empuñadura.

Vin se acercó a la barra y empezó a buscar bebidas.

—Brisa... —dijo el soldado en tono de advertencia cuando Vin escogió una botella del vino más caro de Camon y empezó a servir una copa.

—¿Mmm...? —preguntó el hombre trajeado, alzando una ceja.

El soldado indicó a Vin con un gesto de cabeza.

—Oh, muy bien —dijo el otro hombre con un suspiro.

Vin se detuvo, con el vino a medio servir, y su ceño se pobló de sutiles arrugas. *¿Qué estoy haciendo?*

—Te juro, Ham, que a veces eres terriblemente estirado —dijo el hombre trajeado.

—Solo porque puedas empujar a alguien no significa que debas hacerlo, Brisa.

Vin se quedó allí de pie, desconcertada. *Él... ha usado la Suerte conmigo.* Cuando Kelsier había intentado manipularla, había sentido su contacto y podido resistirse. Esta vez, sin embargo, ni siquiera se había dado cuenta de lo que hacía. Miró al hombre, entornando los ojos.

—Nacido de la bruma.

El hombre del traje, Brisa, se echó a reír.

—Lo dudo. Kelsier es el único skaa nacido de la bruma que conocerás jamás, querida... y reza por no encontrarte nunca con uno noble. No, solo soy un humilde brumoso corriente.

—¿Humilde? —preguntó Ham.

Brisa se encogió de hombros.

Vin miró la copa medio llena de vino.

—Has tirado de mis emociones. Con... alomancia, quiero decir.

—Las he empujado, más bien —dijo Brisa—. Tirar hace a la persona menos confiada y más decidida. Empujar las emociones, aplacarlas, vuelve a la persona más confiada.

—Sea como sea, me has manipulado. Me has obligado a traerte una bebida.

—Bueno, yo no diría que te haya «obligado» *a nada* —replicó Brisa—. Me he limitado a imprimir una leve alteración a tus emociones, colocándote así en un estado mental más predispuesto a satisfacer mis deseos.

Ham se frotó la barbilla.

—No sé, Brisa. Es una cuestión interesante. Al influir en sus emociones, ¿le quitas su capacidad de elección? Si, por ejemplo, ella tuviera que matar o robar bajo tu control, ¿el crimen sería suyo o tuyo?

Brisa puso los ojos en blanco.

—En realidad no hay ninguna pregunta que contestar. No deberías pensar en esas cosas, Hammond... Te lastimarás el cerebro. Le he dado ánimos, solo que por medios irregulares, eso es todo.

—Pero...

—No voy a discutir contigo, Ham.

El hombretón suspiró, un poco contrariado.

—¿Vas a traerme la bebida...? —preguntó Brisa, esperanzado, mirando a Vin—. Ya estás de pie e ibas a volver de todas formas...

Vin examinó sus emociones. ¿Se sentía anormalmente impulsada a hacer lo que le pedía? ¿La estaba manipulando de nuevo? Se apartó de la barra, al cabo, dejando la bebida donde estaba.

Brisa suspiró. Sin embargo, no se levantó para recoger el vino.

Vin se acercó con cautela a la mesa de los dos hombres. Estaba acostumbrada a las sombras y las esquinas, lo bastante cerca para escuchar, pero lo bastante lejos para escapar. Sin embargo, no podía esconderse de esos hombres: no mientras la habitación estuviera tan vacía. Así que eligió una silla en la mesa de al lado y se sentó. Necesitaba información: mientras fuera ignorante, iba a estar en seria desventaja en este nuevo mundo de bandas de brumosos.

Brisa se echó a reír.

—Eres una chiquilla muy nerviosa, ¿eh?

Vin ignoró el comentario.

—Tú —dijo, señalando a Ham—. ¿Tú también eres un brumoso?

Ham asintió.

—Soy un violento.

Vin frunció el ceño, confundida.

—Quemo peltre —dijo Ham.

De nuevo, Vin lo miró, intrigada.

—Puede hacerse más fuerte, querida —dijo Brisa—. Golpea cosas, sobre todo a otras personas que intentan inmiscuirse en lo que el resto de nosotros esté haciendo.

—Hay más que eso —dijo Ham—. Me encargo de la seguridad general de los trabajos, proporcionando a mi jefe hombres fuertes y guerreros en caso necesario.

—E intentará aburrirte con filosofía de andar por casa cuando no esté ocupado en eso —añadió Brisa.

Ham suspiró.

—Brisa, de verdad, a veces no sé por qué te... —Guardó silencio cuando la puerta volvió a abrirse y entró otro hombre.

El recién llegado llevaba un abrigo marrón oscuro, pantalones marrones y una sencilla camisa blanca. Sin embargo, su rostro era más llamativo que su ropa. Lo tenía retorcido y distorsionado, como un pedazo de madera, y sus ojos brillaban con el grado de recriminación propio de los viejos. Vin no supo calcular su edad: era lo bastante joven para no caminar encorvado y, sin embargo, lo bastante mayor para que incluso Brisa, de edad mediana, pareciera juvenil a su lado.

El recién llegado miró a Vin y los demás, rezongó con desdén, y luego se acercó a una mesa del otro lado de la habitación y se sentó. Una clara cojera marcaba sus pasos.

Brisa suspiró.

—Voy a echar de menos a Trampa.

—Todos lo haremos —añadió Ham en voz baja—. Pero Clubs es muy bueno. Ya he trabajado con él.

Brisa estudió al recién llegado.

—Me pregunto si lograré que *él* me traiga mi bebida.

Ham se echó a reír.

—Pagaría por verte intentarlo.

—Estoy seguro de que sí.

Vin miró al recién llegado, que parecía perfectamente capaz de ignorarlos a ella y a los otros dos.

—¿Qué es?

—¿Clubs? —preguntó Brisa—. Es un ahumador, querida. Es el que impedirá que los demás seamos descubiertos por un inquisidor.

Vin se mordió el labio, digiriendo la nueva información mientras estudiaba a Clubs. El hombre la miró con mala cara y ella desvió la mirada. Al darse la vuelta, se dio cuenta de que Ham la estaba mirando.

—Me gustas, chica —dijo—. Los demás intras que he conocido o bien estaban demasiado intimidados para hablar con nosotros o sentían resquemor porque nos metíamos en su territorio.

—En efecto —replicó Brisa—. No eres como la mayoría de esos migajas. Te apreciaría mucho más, ni que decir tiene, si me trajeras ese vaso de vino...

Vin lo ignoró y miró a Ham.

—¿Migajas?

—Así es como algunos de los miembros más pagados de sí mismos de nuestra sociedad llaman a los ladrones de poca monta —dijo Ham—. Os llaman migajas, puesto que soléis implicaros en... proyectos menos inspirados.

—Sin ningún ánimo de ofender, por supuesto —añadió Brisa.

—Qué va, yo nunca me ofendería por un... —Vin hizo una pausa al sentir un irregular deseo de complacer al hombre bien vestido. Miró fijamente a Brisa—. ¡Deja de hacer eso!

—¿Ves? —dijo Brisa, mirando a Ham—. Sigue conservando la capacidad de elegir.

—No tienes remedio.

Creen que soy una intra, pensó Vin. *Así que Kelsier no les ha dicho lo que soy. ¿Por qué? ¿Por falta de tiempo o el secreto era demasiado valioso para compartirlo? ¿Hasta qué punto se podía confiar en esos* hombres? Y, si la consideraban una simple «migaja», ¿por qué eran tan amables con ella?

—¿A quién más esperamos? —preguntó Brisa, mirando hacia la puerta—. Además de a Kel y Dox, quiero decir.

—A Yeden —respondió Ham.

Brisa torció el gesto con expresión agriada.

—Ah, sí.

—Estoy de acuerdo —dijo Ham—. Pero estaría dispuesto a apostar que él piensa lo mismo de nosotros.

—Ni siquiera sé por qué lo han invitado.

Ham se encogió de hombros.

—Obviamente, tendrá algo que ver con el plan de Kel.

—Ah, el famoso «Plan» —dijo Brisa, divertido—. ¿Qué trabajo puede ser...?

Ham sacudió la cabeza.

—Kel y su maldita teatralidad.

—Desde luego.

La puerta se abrió un instante después y entró el hombre del que estaban hablando, Yeden. Resultó ser un tipo bastante corriente y a Vin le extrañó que los otros dos estuvieran tan descontentos con su asistencia. Bajo, con el pelo rizado y corto, Yeden iba vestido con sencillas prendas grises de skaa y un abrigo marrón, remendado y cubierto de hollín. Aunque lo miró todo con desaprobación, no se mostró tan hostil como Clubs, que permanecía todavía sentado al otro lado de la habitación, mirando con mala cara a todos los que se volvían hacia él.

No es una banda muy grande, pensó Vin. *Con Kelsier y Dockson, son seis.* Ham, por su parte, había dicho que lideraba un grupo de «violentos». ¿Tal vez los hombres presentes en la reunión no fueran más que simples representantes? ¿Los jefes de bandas más pequeñas, más especializadas? Algunas bandas actuaban así.

Brisa comprobó su reloj de bolsillo tres veces más antes de que Kelsier llegara por fin. El jefe nacido de la bruma cruzó la puerta con alegre entusiasmo, seguido por Dockson. Ham se puso en pie de inmediato, sonriendo de oreja a oreja, y le estrechó la mano. Brisa se levantó también y, aunque su saludo fue menos efusivo, Vin tuvo que admitir que nunca había visto a unos hombres tan contentos de saludar a ningún jefe de banda.

—Ah —dijo Kelsier, mirando hacia el fondo de la sala—. Clubs y

Yeden están aquí también. Bien, ya estamos todos. Me alegro: odio que me hagan esperar.

Brisa alzó una ceja mientras Ham y él volvían a sentarse. Dockson ocupó una silla de la misma mesa.

—¿Vamos a recibir alguna disculpa por tu tardanza?

—Dockson y yo hemos visitado a mi hermano —explicó Kelsier, dirigiéndose hacia la parte delantera de la guarida. Se volvió y se apoyó contra la barra, escrutando la sala. Cuando sus ojos se posaron en Vin, hizo un guiño.

—¿Tu hermano? —dijo Ham—. ¿Va a venir Marsh a la reunión?

Kelsier y Dockson intercambiaron una mirada.

—Esta noche no —respondió Kelsier—. Pero se unirá al grupo más adelante.

Vin estudió a los demás. Parecían escépticos. *¿Tensión entre Kelsier y su hermano, tal vez?*

Brisa alzó su bastón de duelo, apuntando a Kelsier.

—Muy bien, Kelsier, has mantenido este «trabajo» en secreto durante ocho meses. Sabemos que es algo grande, sabemos que estás entusiasmado y todos estamos tan molestos como corresponde contigo por tu secretismo. Así que ¿por qué no vas y nos cuentas de qué se trata?

Kelsier sonrió. Luego se irguió y señaló con la mano al sucio y simple Yeden.

—Caballeros, os presento a vuestro nuevo patrón.

Esto, al parecer, fue una declaración sorprendente.

—¿*Él*? —preguntó Ham.

—Él —asintió Kelsier.

—¿Qué? —preguntó Yeden, hablando por primera vez—. ¿Tenéis problemas para trabajar con alguien que tenga moral?

—No es eso, querido mío —dijo Brisa, cruzando el bastón sobre su regazo—. Es que, bueno, tenía la extraña impresión de que no te gustaban mucho los de nuestro tipo.

—No me gustan —fue la sucinta respuesta de Yeden—. Sois egoístas, indisciplinados y habéis dado la espalda al resto de los skaa. Vestís bien, pero por dentro sois tan sucios como la ceniza.

Ham bufó.

—Veo que este trabajo va a ser magnífico para nuestra moral.

Vin observó en silencio, mordiéndose los labios. Saltaba a la vista que Yeden era un obrero skaa, quizá trabajador de una fragua o una fábrica textil. ¿Qué relación tenía con los bajos fondos? Y... ¿cómo podía permitirse los servicios de una banda de ladrones, sobre todo de una al parecer tan especializada como el equipo de Kelsier?

Tal vez Kelsier advirtió su confusión, pues lo descubrió mirándola mientras los demás seguían hablando.

—Sigo un poco confundido —dijo Ham—. Yeden, todos somos conscientes de lo que piensas de los ladrones. Así que... ¿por qué quieres contratarnos?

Yeden se rebulló.

—Porque todo el mundo sabe lo efectivos que sois —dijo por fin.

Brisa se echó a reír.

—Desaprobar nuestra moral no te impide hacer uso de nuestras habilidades, ya veo. Bien, ¿cuál es el trabajo? ¿Qué quiere de nosotros la rebelión skaa?

¿Rebelión skaa?, pensó Vin, mientras un fragmento de la conversación encajaba en su sitio. Había dos sectores en los bajos fondos. El más grande estaba compuesto por ladrones, bandas, putas y mendigos que trataban de sobrevivir apartados de la cultura skaa principal.

Y luego estaban los rebeldes. La gente que trabajaba contra el Imperio Final. Reen siempre los había considerado idiotas, un sentimiento que compartía la mayoría de la gente que Vin había conocido, ya fueran skaa corrientes o miembros de los bajos fondos.

Todos los ojos se volvieron muy despacio hacia Kelsier, quien se apoyó de nuevo en la barra.

—La rebelión skaa, cortesía de su líder Yeden, nos ha contratado para algo muy específico.

—¿Qué? —preguntó Ham—. ¿Robo? ¿Asesinato?

—Un poco de ambas cosas —dijo Kelsier—, y, al mismo tiempo, ninguna. Caballeros, esto no va a ser un trabajo corriente. Va a ser distinto de todo lo que ninguna banda haya intentado jamás. Vamos a ayudar a Yeden a derrocar al Imperio Final.

Silencio.

—¿Cómo dices? —preguntó Ham.

—Me has oído bien, Ham. Ese es el trabajo que he estado planeando: la destrucción del Imperio Final. O, al menos, de su centro de gobierno. Yeden nos ha contratado para que le proporcionemos un ejército y luego le demos una oportunidad para hacerse con el control de esta ciudad.

Ham se echó hacia atrás en su asiento y luego compartió una mirada con Brisa. Ambos hombres se volvieron hacia Dockson, quien asintió solemne. La habitación permaneció en silencio un momento más; luego el silencio se rompió cuando Yeden empezó a reír sin ganas para sí.

—Nunca tendría que haber accedido a esto —dijo Yeden, sacudiendo la cabeza—. Ahora que lo dices, me doy cuenta de lo ridículo que parece.

—Confía en mí, Yeden —dijo Kelsier—. Estos hombres tienen por costumbre llevar a cabo planes que parecen ridículos a primera vista.

—Puede que eso sea cierto, Kel —dijo Brisa—. Pero, en este caso, estoy de acuerdo con nuestro reticente amigo. Derrocar al Imperio Final... ¡Eso es algo en lo que los rebeldes skaa llevan trabajando mil años! ¿Qué te hace pensar que tendremos éxito donde esos hombres han fracasado?

Kelsier sonrió.

—Tendremos éxito porque tenemos visión, Brisa. Eso es algo de lo que siempre ha carecido la rebelión.

—¿Disculpa? —dijo Yeden, indignado.

—Es cierto, por desgracia —contestó Kelsier—. La rebelión condena a gente como nosotros por nuestra avaricia, pero pese a su elevada moral (que desde luego yo respeto) nunca consiguen que se haga nada. Yeden, tus hombres se ocultan en los bosques y las montañas planeando cómo algún día se alzarán y dirigirán una guerra gloriosa contra el Imperio Final. Pero no tenéis ni idea de cómo desarrollar y ejecutar un plan adecuado.

La expresión de Yeden se ensombreció.

—Tú sí que no tienes ni idea de lo que estás diciendo.

—¿No? —dijo animadamente Kelsier—. Dime, ¿qué ha conseguido vuestra rebelión en sus mil años de lucha? ¿Dónde están vuestros éxitos y vuestras victorias? ¿La Masacre de Tougier, hace tres siglos, en la que siete mil rebeldes skaa murieron? ¿El ataque ocasional a un barco en el canal o el secuestro de un funcionario menor?

Yeden se ruborizó.

—¡Es lo mejor que podemos conseguir con la gente que tenemos! No responsabilices a mis hombres de sus fracasos... Échale la culpa al resto de los skaa. Ni siquiera podemos conseguir que nos ayuden. Llevan mil años siendo explotados, no les queda ningún espíritu. ¡Es difícil conseguir que nos escuche uno entre un millar, y todavía más que se rebele!

—Paz, Yeden —dijo Kelsier, alzando una mano—. No intento insultar tu valor. Estamos en el mismo bando, ¿recuerdas? Acudiste a mí en concreto porque tenías problemas para reclutar a gente para tu ejército.

—Cada vez lamento más la decisión, ladrón.

—Bueno, ya nos has pagado —dijo Kelsier—. Así que es un poco tarde para que te eches atrás. Pero conseguiremos ese ejército, Yeden. Los hombres de esta sala son los alománticos más capaces, más astutos y más hábiles de la ciudad. Ya lo verás.

La habitación volvió a quedar en silencio. Vin permaneció sentada en su mesa, asistiendo a la conversación con el ceño fruncido. *¿Cuál es tu juego, Kelsier?* Sus palabras sobre derrocar al Imperio Final eran una fachada, eso saltaba a la vista. Le parecía más probable que pretendiera engañar a la rebelión skaa. Pero... si ya le habían pagado, ¿por qué continuar con la charada?

Kelsier se volvió hacia Brisa y Ham.

—Muy bien, caballeros. ¿Qué os parece?

Los dos hombres intercambiaron una mirada.

—Por el lord Legislador —habló Brisa, al cabo—, no soy de los que renuncian a un reto así como así. Pero, Kelsier, pongo en duda tu razonamiento. ¿Estás seguro de que podremos conseguirlo?

—Estoy seguro —contestó Kelsier—. Los anteriores intentos de derrocar al lord Legislador han fracasado por falta de organización y planificación adecuadas. Nosotros somos ladrones, caballeros... y extraordinariamente buenos. Podemos robar lo imposible y engañar al impasible. Sabemos cómo emprender una tarea colosal y reducirla a porciones manejables, y luego ocuparnos de cada una de esas porciones. Sabemos cómo conseguir lo que queremos. Estas cosas nos hacen perfectos para esta tarea concreta.

Brisa frunció el ceño.

—Y... ¿cuánto nos van a pagar por conseguir lo imposible?

—Treinta mil cuartos —dijo Yeden—. La mitad ahora, la otra mitad cuando entreguéis el ejército.

—¿Treinta mil? —dijo Ham—. ¿Por una operación de tanta envergadura? Eso apenas cubrirá nuestros gastos. Necesitaremos un espía entre los nobles para recoger los posibles rumores, necesitaremos un par de escondites seguros, por no mencionar un lugar lo bastante grande para ocultar y entrenar a todo un ejército...

—No tiene sentido regatear ahora, ladrón —replicó Yeden—. Treinta mil puede que no parezca mucho a los de tu clase, pero es el resultado de décadas de ahorro por nuestra parte. No podemos pagar más porque no tenemos más.

—Es un buen trabajo, caballeros —comentó Dockson, uniéndose a la conversación por primera vez.

—Sí, bueno, todo es magnífico —dijo Brisa—. Me considero un tipo bastante amable. Pero... esto me parece demasiado altruista. Por no decir estúpido.

—Bueno... —intervino Kelsier—, puede que haya un poco más para nosotros...

Vin alzó la cabeza y Brisa sonrió.

—El tesoro del lord Legislador —dijo Kelsier—. El plan, hoy por hoy, es proporcionar a Yeden un ejército y la oportunidad de apoderarse de la ciudad. Una vez que tome el palacio, se hará con el tesoro y usará sus fondos para asegurarse el poder. Y, junto a ese tesoro...

—Está el atium del lord Legislador —dijo Brisa.

Kelsier asintió.

—Nuestro acuerdo con Yeden nos garantiza la mitad de las reservas de atium que encontremos en el palacio, no importa lo vastas que sean.

Atium. Vin había oído hablar del metal, pero nunca había llegado a verlo. Era increíblemente raro, y se suponía que solo podían usarlo los nobles.

Ham sonreía.

—Muy bien, ese premio es casi lo bastante grande para resultar tentador —dijo con parsimonia.

—Se supone que la cantidad de atium acumulada es enorme —replicó Kelsier—. El lord Legislador vende el metal solo poco a poco, cobrando sumas escandalosas a la nobleza. Tiene que mantener una reserva enorme para asegurarse de que controla el mercado, y de que tiene suficiente riqueza para casos de emergencia.

—Cierto... —dijo Brisa—. Pero ¿estás seguro de que quieres intentar algo así tan pronto después de... de lo que pasó la última vez que intentamos entrar en el palacio?

—Esta vez vamos a hacer las cosas de un modo distinto —dijo

Kelsier—. Caballeros, seré sincero. No va a ser un trabajo fácil, pero puede funcionar. El plan es sencillo. Vamos a encontrar un modo de neutralizar la Guarnición de Luthadel, dejando la zona sin fuerza policial. Luego, sumiremos la ciudad en el caos.

—Tenemos un par de opciones para hacerlo —dijo Dockson—. Pero de eso podremos hablar más tarde.

Kelsier asintió.

—Entonces, en medio de ese caos, Yeden entrará con su ejército en Luthadel y tomará el palacio y hará prisionero al lord Legislador. Mientras Yeden se asegura la ciudad, nosotros robaremos el atium. Le daremos la mitad y desapareceremos con la otra mitad. Después de todo, su trabajo es conservar aquello de lo que se haya apoderado.

—Parece un poco peligroso para ti, Yeden —advirtió Ham, mirando al líder rebelde.

Yeden se encogió de hombros.

—Tal vez. Pero si por algún milagro conseguimos controlar el palacio, entonces al menos habremos hecho algo que ninguna rebelión skaa ha conseguido antes. Para mis hombres, no se trata de un asunto de riqueza... ni siquiera de supervivencia. Se trata de hacer algo grandioso, algo maravilloso para dar esperanza a los skaa. Pero no espero que vosotros comprendáis este tipo de cosas.

Kelsier lanzó una mirada a Yeden para acallarlo y el hombre sorbió por la nariz y se reclinó. *¿Ha usado alomancia?*, se preguntó Vin. Había visto relaciones entre patrones y bandas antes, y le parecía que Yeden estaba más en el bolsillo de Kelsier que lo contrario.

Kelsier se volvió hacia Ham y Brisa.

—Este asunto es más que una simple demostración de arrojo. Si conseguimos robar el atium, será un fuerte golpe contra los cimientos financieros del lord Legislador. Depende del dinero que le proporciona el atium... Sin él, podría quedarse sin medios para pagar a sus ejércitos.

»Aunque escape a nuestra trampa, se quedará en la ruina. No podrá enviar soldados para que arrebaten la ciudad a Yeden. Si esto sale bien, la ciudad quedará sumida en el caos y la nobleza estará demasiado debilitada para reaccionar contra las fuerzas rebeldes. El lord Legislador se sentirá confuso e incapaz de agrupar un ejército importante.

—¿Y los koloss? —preguntó Ham en voz baja.

Kelsier negó con la cabeza.

—Si lanza a esas criaturas contra su propia capital, la destrucción que causará será aún más peligrosa que la inestabilidad financiera. En medio del caos, los nobles de las provincias se rebelarán y se erigirán en reyes, y el lord Legislador no tendrá soldados para volver a meterlos en cintura. Los rebeldes de Yeden podrán mantener Luthadel, y nosotros, amigos míos, seremos muy, muy ricos. Todos tendremos lo que queremos.

—Te olvidas del Ministerio de Acero —exclamó Clubs, casi olvidado en un rincón de la habitación—. Esos inquisidores no permitirán que hundamos en el caos su preciosa teocracia.

Kelsier hizo una pausa y se volvió hacia el hombre retorcido.

—Tendremos que encontrar un modo de ocuparnos del Ministerio... Tengo unos cuantos planes al respecto. Sea como sea, ese tipo de problemas son los que tenemos que solventar... en equipo. Tenemos que librarnos de la Guarnición de Luthadel: es imposible conseguir nada con la policía patrullando las calles. Tendremos que encontrar un modo adecuado de sumir la ciudad en el caos y un modo de mantener a los obligadores apartados de nuestros pasos.

»Pero si jugamos bien, podremos obligar al lord Legislador a enviar a la guardia de palacio, tal vez incluso a los inquisidores, a la ciudad para restaurar el orden. Eso dejará el palacio sin protección, lo que dará a Yeden una oportunidad perfecta para actuar. Después ya no importará lo que suceda con el Ministerio o la Guarnición: el lord Legislador no tendrá dinero para mantener el control de su imperio.

—No sé, Kel —dijo Brisa, sacudiendo la cabeza. Parecía estar sopesando sinceramente el plan—. El lord Legislador tiene ese atium en alguna parte. ¿Y si va y extrae más?

Ham asintió.

—Nadie sabe dónde está la mina de atium.

—Yo no diría que *nadie* —repuso Kelsier con una sonrisa.

Brisa y Ham intercambiaron una mirada.

—¿Tú lo sabes? —preguntó Ham.

—Por supuesto —contestó Kelsier—. Me he pasado un año de mi vida trabajando allí.

—¿Los Pozos? —preguntó Ham, sorprendido.

Kelsier asintió.

—Por eso el lord Legislador se asegura de que nadie sobreviva a los trabajos allí: no puede permitir que se filtre su secreto. No es solo una colonia penitenciaria, no es solo un agujero infernal donde envían a los skaa a morir. Es una mina.

—Vaya, vaya... —dijo Brisa.

Kelsier se enderezó, se apartó de la barra y se acercó a la mesa de Ham y Brisa.

—Tenemos una oportunidad, caballeros. Una oportunidad de hacer algo grande... algo que ninguna otra banda de ladrones ha conseguido jamás. ¡Le robaremos al mismísimo lord Legislador!

»Pero hay más. Los Pozos estuvieron a punto de acabar conmigo y veo las cosas... de un modo diferente desde que escapé. Veo a los skaa trabajando sin esperanza. Veo a las bandas de ladrones tratando de sobrevivir con las sobras de los aristócratas, a menudo haciéndose matar junto con otros skaa en el proceso. Veo la rebelión skaa esforzándose por resistir al lord Legislador y sin lograr ningún progreso.

»La rebelión fracasa porque está demasiado dispersa y extendida. En el momento en que una de sus muchas piezas gana impulso, el Ministerio de Acero la aplasta. Esa no es forma de derrotar al Imperio Final, caballeros. Pero un equipo pequeño, especializado y altamente dotado, tiene esperanza. Podemos trabajar sin gran riesgo a exponernos. Sabemos cómo evitar los tentáculos del Ministerio de Acero. Sabemos cómo piensan los altos nobles y cómo explotar a sus miembros. ¡Podemos hacerlo!

Hizo una pausa junto a la mesa.

—No sé, Kel —dijo Ham—. No es que esté en desacuerdo con tus motivos. Es que... Bueno, parece un poco temerario.

Kelsier sonrió.

—Ya lo sé. Pero vas a hacerlo de todas formas, ¿verdad?

Ham hizo una pausa y luego asintió.

—Sabes que me uniré a tu grupo no importa cuál sea el trabajo. Parece una locura, pero lo mismo parecen la mayoría de tus planes. Pero... dime, ¿hablas en serio de derrocar al lord Legislador?

Kelsier asintió. Por algún motivo, Vin casi se sintió tentada a creerlo.

Ham asintió con vehemencia.

—Muy bien, pues. Cuenta conmigo.

—¿Brisa? —preguntó Kelsier.

El hombre bien vestido sacudió la cabeza.

—No estoy seguro, Kel. Esto es un poco extremo, incluso para ti.

—Te necesitamos, Brisa —dijo Kel—. Nadie puede aplacar a una multitud como tú. Si vamos a formar un ejército, necesitaremos a tus alománticos... y vuestros poderes.

—Bueno, eso es cierto. Pero, con todo...

Kelsier sonrió y puso algo en la mesa: la copa de vino que Vin había servido para Brisa. Ella ni siquiera había advertido que Kelsier la hubiese recogido de la barra.

—Piensa en el desafío, Brisa —dijo Kelsier.

Brisa miró la copa y luego a Kelsier. Transcurridos unos instantes, se echó a reír y tomó el vino.

—Bien. Cuenta conmigo.

—Es imposible —rezongó una voz desde el fondo de la habitación. Clubs estaba sentado con los brazos cruzados y miraba a Kelsier con mala cara—. ¿Qué planeas hacer en realidad, Kelsier?

—Estoy siendo sincero —repuso Kelsier—. Planeo apoderarme del atium del lord Legislador y derrocar su imperio.

—No puedes —dijo el hombre—. Es una estupidez. Los inquisidores nos colgarán con ganchos de la garganta.

—Tal vez —respondió Kelsier—. Pero piensa en la recompensa si tenemos éxito. Riqueza, poder y una tierra donde los skaa puedan vivir como hombres, no como esclavos.

Clubs emitió un sonoro bufido. Entonces se puso en pie, derribando la silla al suelo.

—Ninguna recompensa sería suficiente. El lord Legislador intentó matarte una vez... Veo que no quedarás satisfecho hasta que lo consiga.

Dicho esto, el hombre se dio la vuelta y salió cojeando de la habitación dando un portazo.

La guarida quedó en silencio.

—Bueno, supongo que necesitaremos a otro ahumador —dijo Dockson.

—¿Vais a dejarlo marchar? —preguntó Yeden—. ¡Lo sabe todo!

Brisa se echó a reír.

—¿No se supone que tú eres la moral de este grupo?

—La moral no tiene nada que ver —dijo Yeden—. ¡Permitir que nadie se vaya así es una locura! Podríamos tener encima a los obligadores en cuestión de minutos.

Vin asintió, pero Kelsier negó con la cabeza.

—Yo no actúo así, Yeden. Invité a Clubs a una reunión en la que he esbozado un plan peligroso... un plan que algunos pueden considerar estúpido. No voy a mandarlo asesinar porque haya decidido que es demasiado peligroso. Si haces así las cosas, muy pronto nadie viene a escuchar tus planes.

—Además —dijo Dockson—, no invitaríamos a nadie a una de estas reuniones si no confiáramos en que no nos va a traicionar.

Imposible, pensó Vin, frunciendo el ceño. Tenía que tratarse de un farol para mantener alta la moral de su banda: nadie era tan confiado. Después de todo, ¿no habían dicho los otros que el fracaso de Kelsier unos años antes (que lo había enviado a los Pozos de Hathsin) se había producido a causa de una traición? Debería haber ordenado que unos asesinos siguieran a Clubs en aquel mismo momento, para asegurarse de que no acudiera a las autoridades.

—Muy bien, Yeden —dijo Kelsier, volviendo al tema—. Han aceptado. El plan sigue en marcha. ¿Sigues de acuerdo?

—¿Devolverás el dinero de la rebelión si digo que no? —preguntó Yeden.

La única respuesta a eso fue una risita de Ham. La expresión de Yeden se ensombreció, pero solo negó con la cabeza.

—Si tuviera otra opción...

—Bah, deja de quejarte —dijo Kelsier—. Formas parte oficialmente de una banda de ladrones, así que bien podrías acercarte y sentarte con nosotros.

Yeden se detuvo un instante, luego suspiró y se acercó a sentarse a la mesa de Brisa, Ham y Dockson. Kelsier seguía de pie junto a ellos. Vin estaba sentada en la mesa de al lado.

Kelsier se volvió a mirarla.

—¿Y tú, Vin?

Ella vaciló. *¿Por qué me lo pregunta? Ya sabe que me tiene en su poder. El trabajo no importa, mientras aprenda lo que sabe.*

Kelsier esperó.

—Cuenta conmigo —dijo Vin, suponiendo que eso era lo que él quería oír.

Suponía bien, pues Kelsier sonrió y señaló con la cabeza la última silla de la mesa.

Vin suspiró, pero hizo lo que le pedían. Se puso en pie y se acercó a la mesa para ocupar el último asiento.

—¿Quién es la chica? —preguntó Yeden.

—Intra —dijo Brisa.

Kelsier alzó una ceja.

—En realidad, Vin es más bien una nueva recluta. Mi hermano la pilló aplacando sus emociones hace unos meses.

—Una aplacadora, ¿eh? —preguntó Ham—. Supongo que siempre nos vendrá bien utilizar otra.

—Lo cierto es que también parece capaz de encender las emociones de la gente —advirtió Kelsier.

Brisa se lo quedó mirando.

—¿De veras? —preguntó Ham.

Kelsier asintió.

—Dox y yo la hemos probado hace unas cuantas horas.

Brisa se echó a reír.

—Y yo que estaba diciéndole que lo más probable era que nunca conocería a otro nacido de la bruma aparte de ti.

—Un segundo nacido de la bruma en el equipo —apreció Ham—. Bueno, eso aumenta de algún modo nuestras posibilidades.

—¿Qué estáis diciendo? —farfulló Yeden—. Los skaa no pueden ser nacidos de la bruma. ¡Ni siquiera estoy seguro de que los nacidos de la bruma existan! Desde luego, yo nunca he conocido a ninguno.

Brisa alzó una ceja y luego colocó una mano sobre el hombro de Yeden.

—Deberías intentar no hablar tanto, amigo mío —sugirió—. De esa forma parecerás mucho menos estúpido.

Yeden se zafó de la mano de Brisa y Ham se echó a reír. Vin, sin embargo, permaneció callada, considerando las implicaciones de lo que había dicho Kelsier. La parte referida al robo de las reservas de atium era tentadora, pero ¿tomar la ciudad para hacerlo? ¿Tan intrépidos eran estos hombres?

Kelsier acercó una silla a la mesa y se sentó a horcajadas, apoyando los brazos en el respaldo.

—Muy bien —dijo—. Tenemos una banda. Planearemos los detalles en la próxima reunión, pero quiero que todos penséis en el trabajo. Tengo algunos planes, pero quiero mentes frescas que consideren nuestra tarea. Tendremos que discutir formas de sacar a la Guarnición de la ciudad, y formas de crear tanto caos en este sitio que las Grandes

Casas no puedan movilizar sus fuerzas para detener al ejército de Yeden cuando ataque.

Los miembros del grupo, excepto Yeden, asintieron.

—Antes de terminar por hoy, sin embargo —continuó Kelsier—, hay una parte más del plan sobre la que quiero advertiros.

—¿Más? —preguntó Brisa, riendo—. ¿Robar la fortuna del lord Legislador y derrocar su imperio no es suficiente?

—No —respondió Kelsier—. Si puedo, también voy a matarlo.

Silencio.

—Kelsier —empezó Ham—, el lord Legislador es la Lasca del Infinito. Es un pedazo del mismo Dios. No se le puede matar. Incluso capturarlo es probable que resulte imposible.

Kelsier no respondió. En sus ojos, sin embargo, había determinación.

Eso es, pensó Vin. *Tiene que estar loco.*

—El lord Legislador y yo tenemos una deuda pendiente —dijo Kelsier, despacio—. Me quitó a Mare y casi me robó la cordura también. Admito que mis motivos para llevar a cabo este plan son en parte vengarme de él. Vamos a quitarle su gobierno, su hogar y su fortuna.

»Sin embargo, para que eso funcione, tendremos que deshacernos de él. Tal vez encarcelarlo en sus propias mazmorras... Como mínimo, expulsarlo de la ciudad. No obstante, se me ocurre algo mejor. En esos pozos a los que me envió, mis poderes alománticos despertaron. Ahora pretendo usarlos para matarlo.

Kelsier rebuscó en su bolsillo y sacó algo. Lo colocó sobre la mesa.

—En el norte tienen una leyenda —dijo—. Según ella el lord Legislador no es inmortal... no del todo. Dicen que se le puede matar con el metal adecuado. El Undécimo metal. Este metal.

Todos los ojos se volvieron hacia el objeto que había sobre la mesa. Era una fina barra metálica, quizá del diámetro del meñique de Vin, recta, de color blanco plateado.

—¿El Undécimo metal? —preguntó Brisa, inseguro—. No he oído semejante leyenda.

—El lord Legislador la ha eliminado —dijo Kelsier—. Pero todavía puede encontrarse, si sabes dónde buscar. La teoría alomántica habla de diez metales: los ocho básicos y los dos altos. Existe otro, no obstante, desconocido para la mayoría. Mucho más poderoso que los otros diez.

Brisa frunció el ceño, escéptico.

Yeden, sin embargo, parecía intrigado.

—¿Y este metal puede de algún modo matar al lord Legislador? Kelsier asintió.

—Es su punto flaco. El Ministerio de Acero quiere que creáis que es inmortal, pero incluso él puede morir... si un alomántico quema esto.

Ham extendió la mano y recogió la fina barra metálica.

—¿De dónde lo has sacado?

—Del norte —respondió Kelsier—. De una tierra cercana a la península Lejana, una tierra donde la gente aún recuerda cómo se llamaba su antiguo reino en los días anteriores a la Ascensión.

—¿Cómo funciona? —preguntó Brisa.

—No estoy seguro —respondió con toda sinceridad Kelsier—. Pero me propongo averiguarlo.

Ham miró el metal de color de porcelana y lo giró entre sus dedos.

¿*Matar al lord Legislador?*, pensó Vin. El lord Legislador era una fuerza, como los vientos o las brumas. Esas cosas no se mataban. No vivían, en realidad. Sencillamente «eran».

—De cualquier forma —dijo Kelsier, recuperando el metal de las manos de Ham—, no tenéis que preocuparos por esto. Matar al lord Legislador es tarea mía. Si resulta imposible, nos contentaremos con engañarlo para que salga de la ciudad y luego robarle en sus narices. Solo me ha parecido que debíais saber lo que planeo.

Me he unido a un loco, pensó Vin con resignación. Pero eso no importaba, en realidad... No mientras le enseñara alomancia.

Ni siquiera comprendo lo que se supone que tengo que hacer. Los filósofos de Terris dicen que lo sabré cuando llegue el momento, pero es un flaco consuelo.

La Profundidad debe ser destruida y, al parecer, soy la única persona que puede hacerlo. Asola el mundo en estos mismos momentos. Si no lo hago pronto, de esta tierra no quedarán más que huesos y polvo.

5

—¡Ajá! —La figura triunfal de Kelsier salió de detrás de la barra de Camon, con una expresión de satisfacción en el rostro. Alzó el brazo y dejó de un golpe en el mostrador una polvorienta botella de vino.

Dockson lo miró, divertido.

—¿Dónde la has encontrado?

—En uno de los cajónes secretos —dijo Kelsier, limpiándole el polvo a la botella.

—Creía que los había descubierto todos.

—Y lo has hecho. Pero uno tenía un doble fondo.

Dockson se echó a reír.

—Qué astuto.

Kelsier asintió, descorchó la botella y sirvió tres copas.

—El truco es no dejar nunca de buscar. *Siempre* hay otro secreto.

Recogió las tres copas y se reunió con Vin y Dockson en la mesa.

Vin aceptó la copa sin convicción. La reunión había terminado un rato antes, y Brisa, Ham y Yeden se habían marchado a reflexionar sobre los asuntos que les había indicado Kelsier. Vin pensaba que también debía marcharse, pero no tenía ningún sitio al que ir. Dockson y Kelsier parecieron dar por sentado que se quedaría con ellos.

Kelsier tomó un largo trago de vino tinto y sonrió.

—Ah, esto está *mucho* mejor.

Dockson asintió mostrando su acuerdo, pero Vin no probó la bebida.

—Vamos a necesitar a otro ahumador —advirtió Dockson.

Kelsier asintió.

—Los otros parecen habérselo tomado bien.

—Brisa sigue indeciso —dijo Dockson.

—No se echará atrás. Le gustan los desafíos y nunca encontrará un desafío más grande que este. —Kelsier sonrió—. Además, le volvería loco saber que estamos perpetrando un trabajo en el que no toma parte.

—Aun así, tiene derecho a mostrarse aprensivo —dijo Dockson—. Yo también estoy un poco preocupado.

Kelsier asintió y Vin frunció el ceño. *¿Así que este plan va en serio? ¿O siguen fingiendo porque yo estoy delante?* Los dos hombres parecían tan competentes... No obstante, ¿derrocar al Imperio Final? Antes detendrían el fluir de las brumas o impedirían que saliera el sol.

—¿Cuándo llegarán tus otros amigos? —preguntó Dockson.

—Dentro de un par de días —respondió Kelsier—. Para entonces tendremos que contar ya con un nuevo ahumador. También voy a necesitar algo más de atium.

Dockson frunció el ceño.

—¿Ya?

Kelsier asintió.

—Lo gasté casi todo comprando el Contrato de OreSeur y usé lo poco que me quedaba en la plantación de Tresting.

Tresting. El noble que había sido asesinado en su mansión la semana anterior. *¿Estaba implicado Kelsier? ¿Y qué era lo que había dicho antes sobre el atium?* Había asegurado que el lord Legislador controlaba a la alta nobleza manteniendo el monopolio del metal.

Dockson se frotó la barbilla.

—El atium no es fácil de encontrar, Kel. Casi tardamos ocho meses en planificar el robo de esa porción.

—Eso es porque tuviste que ser delicado —dijo Kelsier con una sonrisa maliciosa.

Dockson miró a Kelsier con aprensión. Kelsier sonrió aún más y, al cabo, Dockson puso los ojos en blanco y exhaló un suspiro. Después miró a Vin.

—No has tocado la bebida.

Vin negó con la cabeza.

Dockson se quedó esperando una explicación y al final Vin se vio obligada a responder.

—No me gusta beber nada que no haya preparado yo misma.

Kelsier se echó a reír.

—Me recuerda a Vent.

—¿A Vent? —dijo Dockson con un bufido—. La chica es un poco paranoica, pero no es tan mala. Ese tipo era tan desconfiado que incluso los latidos de su propio corazón podían sobresaltarlo.

Los dos hombres compartieron una carcajada. Vin, sin embargo, se sintió más incómoda por su trato amistoso. *¿Qué esperan de mí? ¿Voy a ser algún tipo de aprendiz?*

—Bueno, ¿vas a decirme cómo planeas conseguir algo de atium? —preguntó Dockson.

Kelsier abrió la boca para responder, pero en las escaleras se oyó el sonido de alguien que bajaba. Kelsier y Dockson se volvieron; Vin, como cabía esperar, se había sentado de manera que pudiera controlar ambas entradas sin tener que moverse.

Vin esperaba que el recién llegado fuera uno de los miembros de la banda de Camon, enviado para ver si Kelsier ya había acabado su reunión en la guarida. Así que se sorprendió mucho cuando la puerta se abrió para revelar el rostro hosco y torcido del hombre llamado Clubs.

Kelsier sonrió, los ojos chispeando.

No se sorprende. Le complace, tal vez, pero no le sorprende.

—Clubs —dijo Kelsier.

Clubs se detuvo en la puerta, dirigiendo a los tres una impresionante mirada de desaprobación. Por fin entró cojeando en la sala. Un adolescente, delgado y torpe, le seguía.

El chico colocó una silla para Clubs junto a la mesa de Kelsier. Clubs se sentó refunfuñando. Por fin miró a Kelsier con los ojos entornados y la nariz arrugada.

—¿El aplacador se ha ido?

—¿Brisa? —preguntó Kelsier—. Sí, se ha ido.

Clubs gruñó. Entonces vio la botella de vino.

—Sírvete —dijo Kelsier.

Clubs indicó al chico que le trajera una copa de la barra y luego se volvió hacia Kelsier.

—Tenía que asegurarme —dijo—. Nunca puedes confiar en ti mismo cuando hay un aplacador cerca... sobre todo uno como él.

—Tú eres ahumador, Clubs —dijo Kelsier—. No podría hacerte gran cosa, si no quieres.

Clubs se encogió de hombros.

—No me gustan los aplacadores. No es solo alomancia... Los hombres como él... Bueno, no puedes confiar en que no te estén manipulando cuando están cerca. Con cobre o sin cobre.

—Yo no recurriría a algo así para conseguir tu lealtad —dijo Kelsier.

—Eso he oído —dijo Clubs mientras el chico le servía una copa de vino—. Pero tenía que asegurarme. Tenía que pensarme las cosas sin tener a ese Brisa cerca. —Frunció el ceño, aunque Vin no entendió por qué, y luego apuró la mitad de la copa de un solo trago—. Buen vino —dijo con un gruñido. Luego miró a Kelsier—. Bien, así que los Pozos te volvieron loco de verdad, ¿eh?

—De remate —respondió Kelsier, serio.

Clubs sonrió, aunque en su rostro la expresión tenía un aspecto decididamente retorcido.

—Así pues, ¿pretendes seguir adelante con esto? ¿Con este trabajito tuyo?

Kelsier asintió con solemnidad.

Clubs apuró el resto de su vino.

—Entonces ya tienes un ahumador. No es por el dinero, que conste. Si hablas en serio de derribar a este gobierno, entonces cuenta conmigo.

Kelsier sonrió.

—Y no me sonrías —replicó Clubs—. Lo odio.

—No me atrevería.

—Bien —dijo Dockson, sirviéndose otra copa—, eso resuelve el problema del ahumador.

—No importará mucho —dijo Clubs—. Vais a fracasar. Me he pasado toda la vida tratando de esconder brumosos del lord Legislador y sus obligadores. Al final, siempre los encuentran.

—Entonces, ¿por qué te molestas intentando ayudarnos? —preguntó Dockson.

—Porque me encontrará también a mí tarde o temprano —dijo Clubs, poniéndose en pie—. Al menos de esta forma podré escupirle a la cara. Derrocar al Imperio Final... —Sonrió—. Tiene estilo. Vámonos, chico. Tenemos que preparar el taller para los visitantes.

Vin los vio marchar. Clubs cojeó hasta la puerta y el chico la cerró tras ambos. Luego miró a Kelsier.

—Sabías que volvería.

Él se encogió de hombros, se puso en pie y se desperezó.

—Tenía la esperanza. La gente se siente atraída por las visiones. El trabajo que propongo... Bueno, no es el tipo de cosa de la que te apartas... no si eres un viejo aburrido molesto con la vida. Bueno, Vin, supongo que tu banda es dueña de todo el edificio, ¿no?

Vin asintió.

—El taller de arriba es una tapadera.

—Bien —dijo Kelsier, comprobando su reloj de bolsillo y luego entregándoselo a Dockson—. Di a tus amigos que pueden recuperar su guarida... Las brumas estarán saliendo ya.

—¿Y nosotros? —preguntó Dockson.

Kelsier sonrió.

—Vamos al tejado. Como te decía, tengo que buscar más atium.

Durante el día Luthadel era una ciudad ennegrecida, manchada por el hollín y la luz roja del sol. Era dura, contrastada y opresiva.

Durante la noche, sin embargo, las brumas salían para nublar y oscurecer. Las fortalezas de los altos nobles se volvían siluetas espectrales al acecho. Las calles parecían más estrechas con la niebla, cada una de ellas convertida en un callejón solitario y peligroso. Incluso a los nobles y los ladrones les daba aprensión salir de noche: hacía falta un corazón fuerte para enfrentarse al imponente silencio envuelto en la bruma. La ciudad, de noche, era un lugar para los desesperados y los atrevidos, una tierra de misterio cambiante y criaturas extrañas.

Criaturas extrañas como yo, pensó Kelsier. Se encontraba en la cornisa del tejado de la guarida. Los edificios en sombras se alzaban en la noche a su alrededor y las brumas hacían que todo pareciera cambiar y moverse en la oscuridad. Débiles luces brillaban en alguna que otra ventana, pero las diminutas perlas de iluminación estaban encogidas y asustadas.

Una fría brisa barrió el tejado, removiendo la bruma, frotándola contra la mejilla húmeda de Kelsier como una exhalación. En tiempos pasados, antes de que todo saliera mal, siempre se subía a un tejado por la noche antes de un trabajo, deseando contemplar la ciudad. No se dio cuenta de que estaba siguiendo aquella vieja costumbre esa noche hasta que miró a su lado, esperando que Mare estuviera allí junto a él, como había estado siempre.

Pero encontró solo aire vacío. Solitario. Silencioso. Las brumas la habían sustituido. Pobremente.

Suspiró y se dio la vuelta. Vin y Dockson estaban detrás de él, en el tejado. Ambos parecían temerosos de estar allí en la niebla, pero dominaban su miedo. No llegas muy lejos en los bajos fondos sin aprender a dominar tu miedo a las brumas.

Kelsier había aprendido a hacer más que eso. Se había internado en ellas tantas veces durante los últimos años que empezaba a sentirse más cómodo por la noche, dentro del oscuro abrazo de la bruma, que de día.

—Kel —dijo Dockson—, ¿tienes que asomarte así al borde? Nuestros planes puede que sean un poco alocados, pero prefiero que no terminen contigo desparramado en los adoquines de allá abajo.

Kelsier sonrió. *Sigue sin considerarme un nacido de la bruma*, pensó. *Todos tardarán en acostumbrarse.*

Años antes había sido el más famoso jefe de bandas de Luthadel, y lo había conseguido sin ser siquiera un alomántico. Mare era ojo de estaño, pero Dockson y él... solo eran hombres corrientes. Un mestizo sin poderes y un skaa de plantación fugitivo. Juntos habían puesto de rodillas a las Grandes Casas, robando con osadía a los hombres más poderosos del Imperio Final.

Ahora Kelsier era más, mucho más. Antaño soñaba con la alomancia y deseaba tener un poder como el de Mare. Ella murió antes de que él consiguiera sus poderes. Nunca pudo ver lo que hacía con ellos.

Antes, la alta nobleza lo temía. El propio lord Legislador había tenido que preparar la trampa en la que había caído. Ahora... el Imperio Final mismo se estremecería antes de que acabara con él.

Escrutó la ciudad una vez más, inhalando las brumas, y luego se bajó del saliente y se acercó a Dockson y Vin. No llevaban luces: por lo general, la luz ambiental de las estrellas difuminada por las brumas era suficiente para ver.

Kelsier se quitó la casaca y el chaleco, se los ofreció a Dockson, y luego se desabrochó la camisa, dejando que la prenda colgara suelta. El tejido era lo bastante oscuro como para que no lo vieran de noche.

—Muy bien —dijo Kelsier—. ¿A quién debería probar?

Dockson frunció el ceño.

—¿Seguro que quieres hacerlo?

Kelsier sonrió.

Dockson suspiró.

—Han robado a las Casas Urbain y Teniert recientemente, aunque no su atium.

—¿Qué casa es la más fuerte ahora mismo? —preguntó Kelsier, agachándose y deshaciendo los nudos de su mochila, que reposaba a los pies de Dockson—. ¿Quién no pensaría que van a robarle?

Dockson hizo una pausa.

—Los Venture —dijo por fin—. Llevan en la cima unos cuantos años. Mantienen una fuerza armada de varios cientos de hombres y en la casa de la nobleza local hay unas dos docenas de brumosos.

Kelsier asintió.

—Bien, ahí es donde iré, entonces. Seguro que tienen atium.

Abrió la bolsa, sacó una capa gris oscuro. Grande y envolvente, la capa no estaba hecha de una sola pieza de tela, sino de cientos de largas tiras como lazos. Estaban cosidas en los hombros y en el pecho, pero colgaban separadas unas de otras, como cintas superpuestas.

Kelsier se puso el atuendo y las tiras de tela se retorcieron y enroscaron, casi como las brumas.

Dockson resopló en voz baja.

—Nunca había estado tan cerca de alguien que llevara una de estas.

—¿Qué es? —preguntó Vin. La voz apagada casi daba miedo en la bruma nocturna.

—Una capa de nacido de la bruma —dijo Dockson—. Todos la llevan... Es una especie de... como un signo de pertenencia a su club.

—Tiene la forma y el color precisos para ocultarte en la bruma —dijo Kelsier—. Y advierte a los guardias de la ciudad y a los otros nacidos que no te molesten. —Se dio media vuelta, dejando que la capa se agitara dramáticamente—. Creo que me queda de maravilla.

Dockson puso los ojos en blanco.

—Muy bien —dijo Kelsier, agachándose y sacando un cinturón de tela de la bolsa—. Casa Venture. ¿Hay algo que necesite saber?

—Se supone que lord Venture tiene una caja fuerte en su estudio —dijo Dockson—. Ahí es donde debe de guardar su reserva de atium. El estudio está en el segundo piso, a tres habitaciones del balcón superior del ala sur. Ten cuidado, la Casa Venture tiene una docena de mataneblinos además de sus soldados y brumosos.

Kelsier asintió y se ató el cinturón; no tenía hebilla, pero sí dos pequeñas fundas. Sacó un par de dagas de cristal de la bolsa, comprobó que no estuviesen melladas y las envainó. Se quitó los zapatos y los calcetines, quedándose descalzo sobre las heladas piedras. Con los zapatos también desapareció el último trozo de metal que llevaba encima, aparte de la faltriquera y los tres frascos de metal del cinturón. Seleccionó el más grande, se tomó su contenido y le tendió el frasco vacío a Dockson.

—¿Ya está? —preguntó Kelsier.

Dockson asintió.

—Buena suerte.

Junto a él, la muchacha observaba sus preparativos con intensa curiosidad. Era una criatura pequeña y silenciosa, pero ocultaba una intensidad que le resultaba impresionante. Era paranoica, cierto, pero no tímida.

Tendrás tu oportunidad, muchacha, pensó. *Pero no esta noche.*

—Bien —dijo, sacando una moneda de la bolsa; la arrojó desde lo alto del edificio—. Supongo que allá voy. Me reuniré con vosotros en el taller de Clubs dentro de un rato.

Dockson asintió.

Kelsier se dio la vuelta y se acercó al borde del tejado. Luego saltó del edificio.

La bruma se enroscó en el aire a su alrededor. Quemó acero, el segundo de los metales alománticos básicos. Luces azules transparentes cobraron existencia en torno a él, visibles solo para sus ojos. Cada una brotaba desde el centro de su pecho hasta una fuente de metal cercana. Las líneas eran relativamente débiles, signo de que apuntaban a fuentes de metal pequeñas: bisagras de puertas, clavos y otras menudencias. El tipo de fuente de metal no importaba. Quemar hierro o acero hacía llegar líneas azules a todo tipo de metal, suponiendo que estuviera lo bastante cerca y el objeto fuera lo bastante grande para reparar en él.

Kelsier escogió la línea que apuntaba directa hacia abajo, hacia su moneda. Quemando acero, empujó contra la moneda.

Su descenso se detuvo de inmediato, y fue lanzado por el aire en dirección opuesta siguiendo la línea azul. Se volvió de lado, seleccionó al pasar el pomo de una ventana y empujó, inclinándose. El cuidadoso empujón lo envió hacia arriba y por encima del edificio que se hallaba justo al otro lado de la calle de la guarida de Vin.

Kelsier aterrizó con agilidad, agazapado, y echó a correr por el techo picudo del edificio. Se detuvo al otro lado, en la oscuridad, y escrutó el aire revuelto. Quemó estaño y lo sintió cobrar vida en su pecho, amplificando sus sentidos. De repente las brumas parecieron menos densas. No es que la noche a su alrededor se volviera más clara, sino que, sencillamente, su capacidad de percepción había aumentado. Al norte, en la distancia, distinguió apenas una enorme estructura. La fortaleza de Venture.

Kelsier dejó el estaño encendido: ardía poco a poco y probablemente no tendría que preocuparse de que se agotara. Al incorporarse, las brumas se enroscaron ligeramente alrededor de su cuerpo. Giraron y revolotearon, haciendo pasar una ligera corriente, apenas perceptible, junto a él. Las brumas lo conocían, lo reclamaban. Podían sentir la alomancia.

Saltó, empujando una chimenea de metal que tenía detrás, lo que lo impulsó en un amplio salto horizontal. Lanzó una moneda mientras saltaba y la diminuta pieza de metal fluctuó a través de la oscuridad y la niebla. Se impulsó contra la moneda antes de que esta golpeara el suelo y la fuerza de su peso la envió hacia abajo de golpe. En cuanto tocó el suelo, Kelsier salió catapultado hacia arriba, lo que convirtió la segunda mitad de su salto en un gracioso arco.

Kelsier aterrizó en otro tejado de madera picudo. Empujar acero y tirar de hierro eran las primeras cosas que le había enseñado Gemmel. *Cuando empujes algo, es como si arrojaras tu peso contra eso*, le había dicho el viejo lunático. *Y no puedes cambiar cuánto pesas: eres un alomántico, no un místico del norte. No tires de nada que pese menos que tú, a menos que quieras que venga volando hacia ti, y no empujes nada más pesado a menos que quieras que te lance en dirección contraria.*

Kelsier se rascó las cicatrices, luego se arrebujó en la capa de bruma, agazapado en el tejado, notando el roce de la madera contra sus pies descalzos. A menudo deseaba que quemar estaño no amplificara todos sus sentidos... o, al menos, no todos a la vez. Necesitaba la visión mejorada para ver en la oscuridad y hacía también buen uso de la audición mejorada. Sin embargo, quemar estaño hacía que la noche fuera aún más gélida para su piel supersensible y sus pies notaban cada guijarro y cada surco de la madera que tocaban.

La fortaleza de Venture se alzaba ante él. Comparada con la ciudad oscura, parecía arder de luz. Los altos nobles no seguían el mismo calendario que la gente normal: la capacidad para mantener, incluso dilapidar, lámparas de aceite y velas, permitía a los ricos no plegarse a los caprichos de las estaciones y del sol.

La fortaleza era majestuosa; se notaba con tan solo observar su arquitectura. Aunque tenía una muralla defensiva en torno al terreno, la construcción era más artística que defensiva. Recios contrafuertes sobresalían a los lados, permitiendo intrincadas ventanas y delicadas torretas. Vidrieras de colores iluminadas cubrían los muros del edificio rectangular, dando a las brumas que lo rodeaban un brillo irregular.

Kelsier quemó hierro, lo mantuvo potente y escudriñó la noche en busca de fuentes de metal. Estaba demasiado lejos de la fortaleza para usar elementos pequeños como monedas o bisagras. Necesitaba un punto de apoyo más grande para cubrir esa distancia.

La mayoría de las líneas azules eran débiles. Kelsier advirtió que un par de ellas se movía con parsimonia por encima de él: una pareja de guardias en el tejado, lo más probable. Captaba sus petos y sus armas. A pesar de las consideraciones alománticas, la mayoría de los nobles aún armaba a sus soldados con metal. Los brumosos que podían empujar o tirar de metales eran poco corrientes, y los nacidos de la bruma aún menos. Muchos lores consideraban poco práctico dejar a sus guardias y soldados prácticamente indefensos para contrarrestar un segmento tan pequeño de la población.

No, la mayoría de los altos nobles confiaba en otros medios para enfrentarse a los alománticos. Kelsier sonrió. Dockson había dicho que lord Venture tenía un escuadrón de mataneblinos. Si eso era cierto, cabía la probabilidad de que se los encontrase antes de que acabara la noche. Ignoró por el momento a los soldados, concentrándose en una sólida línea azul que apuntaba hacia el tejado de la torre. Debía de estar revestido de cobre o de bronce. Kelsier avivó su hierro, inspiró profundamente y tiró de la línea.

Con un súbito latigazo, salió despedido por los aires.

Kelsier continuó quemando hierro, tirando de sí hacia la torre a enorme velocidad. Algunos rumores decían que los nacidos de la bruma podían volar, pero era una exageración. Tirar y empujar metales solía parecerse menos a volar que a caer... solo que en la dirección equivocada. Un alomántico tenía que tirar con fuerza para conseguir el impulso adecuado, y eso lo lanzaba hacia su asidero a velocidades asombrosas.

Kelsier salió disparado hacia la torre mientras las brumas se arremolinaban a su alrededor. Rebasó con facilidad la muralla protectora del perímetro, pero su cuerpo cayó un poco hacia el suelo mientras se movía. Era su inoportuno peso de nuevo: tiraba de él hacia abajo. Incluso las más veloces flechas se torcían ligeramente hacia el suelo en su vuelo.

El tirón de su peso significaba que, en vez de salir disparado hacia el tejado, lo hizo trazando un arco. Se acercó a la muralla de la fortaleza situada a varios metros por debajo del tejado, todavía viajando a enorme velocidad.

Inspiró profundamente y quemó peltre, usándolo para ampliar su fuerza física del mismo modo que el estaño amplificaba sus sentidos. Giró en el aire, golpeando la pared de piedra con los pies. Incluso sus músculos reforzados protestaron por el trato, pero se detuvo sin romperse ningún hueso. Inmediatamente se soltó del tejado, lanzando una moneda y empujándola en cuanto empezó a caer. Seleccionó una fuente de metal situada por encima de él (uno de los refuerzos de alambre de una de las vidrieras) y tiró de ella.

La moneda golpeó el suelo y pudo de repente soportar su peso. Kelsier se lanzó hacia arriba, empujando la moneda y tirando de la ventana al mismo tiempo. Entonces, apagando ambos metales, dejó que el impulso lo llevara hacia arriba los últimos pocos metros a través de las oscuras brumas. Con la capa aleteando silenciosamente, llegó al borde de la pasarela de servicio superior del torreón, pasó por encima de la balaustrada de piedra y aterrizó en el alféizar.

Un sorprendido guardia lo descubrió, ni a tres pasos de distancia. Kelsier arremetió contra él como una exhalación tras saltar al aire y tirar levemente del peto de acero del hombre y hacerle perder el equilibrio. Sacó una de las dagas de cristal, permitiendo que la fuerza de su tirón al hierro lo lanzara hacia el guardia. Aterrizó con ambos pies contra el pecho del soldado y luego se giró y cortó con una estocada reforzada por el peltre.

El guardia se desplomó con la garganta segada. Kelsier aterrizó ágilmente a su lado, aguzando el oído al acecho de sonidos de alarma en la noche. No hubo ninguno. Dejó al guardia borbotear su muerte.

El hombre debía de ser un noble menor. El enemigo. Si en lugar de eso hubiera sido un soldado skaa obligado a traicionar a su gente a cambio de unas monedas... Bueno, entonces Kelsier se hubiese alegrado aún más de enviarlo a la eternidad.

Empujó el peto del moribundo, saltando por encima de la pasarela de piedra hacia el tejado. El bronce del tejado bajo sus pies estaba helado y resbaladizo. Corrió por él, dirigiéndose a la parte sur del edificio, buscando el balcón que había mencionado Dockson. No le preocupaba demasiado ser localizado: uno de sus propósitos de esa noche era robar un poco de atium, el décimo y más poderoso de los metales alománticos generalmente conocidos. Su otro propósito, sin embargo, era causar una conmoción.

Encontró sin problemas el balcón. Largo y ancho, probablemente era un balcón de recreo, utilizado para entretenimiento de pequeños grupos. Sin embargo, en aquel momento estaba tranquilo, vacío a excepción de dos guardias. Kelsier se agazapó en silencio en las brumas de la noche por encima del balcón, oculto por la envolvente capa gris, con los dedos de los pies engarfiados en el borde metálico del tejado. Los dos guardias charlaban debajo, distraídos.

Hora de hacer un poco de ruido.

Kelsier saltó al saliente justo entre los dos guardias. Quemando peltre para reforzar su cuerpo, se extendió y empujó acero con violencia contra ambos hombres al mismo tiempo. Equilibrado como estaba en el centro, su empujón lanzó a los dos guardias en direcciones opuestas. Los hombres gritaron de sorpresa cuando la súbita fuerza los envió hacia atrás, lanzándolos por encima del balcón a la oscuridad. Cayeron con un alarido. Kelsier abrió las puertas del balcón de golpe, dejando que entrara un muro de bruma, envolviéndolo, sus tentáculos arrastrándose para reclamar la habitación oscura.

Tercera habitación, pensó, corriendo agazapado hacia allí. La segunda estancia era una silenciosa terraza interior, casi un invernadero. A lo largo de todo el recinto había parterres bajos de arbustos cultivados y árboles pequeños, y una pared estaba compuesta de enormes ventanales desde el suelo hasta el techo, para proveer de luz solar a las plantas. Aunque estaba oscuro, Kelsier sabía que las plantas serían de colores ligeramente distintos al marrón típico: algunas serían blancas, otras rojizas y quizá alguna incluso amarillo claro. Las plantas que no eran marrones constituían una rareza cultivada y conservada por la nobleza.

Kelsier avanzó rápidamente por el invernadero. Se detuvo en la siguiente puerta, advirtiendo su contorno iluminado. Apagó su estaño para no deslumbrarse al entrar por culpa de los ojos amplificados y abrió la puerta.

Entró agachado, parpadeando a causa de la luz, con una daga de cristal en cada mano. Sin embargo, la habitación estaba vacía. Obviamente, era un estudio; una linterna ardía en cada pared junto a unas estanterías, y en un rincón había un escritorio.

Kelsier guardó sus cuchillos, quemó acero y buscó fuentes de metal. Había una gran caja fuerte en un rincón, pero era un escondite demasiado obvio. En efecto, otra potente fuente de metal brillaba dentro de la pared este. Kelsier se acercó, pasando los dedos por la escayola. Como muchas paredes de las fortalezas de los nobles, esta estaba decorada con un mural: criaturas extrañas retozaban bajo un sol rojo. La falsa sección de pared medía menos de medio metro cuadrado y había sido colocada de manera tal que el mural cubría sus rendijas.

Siempre hay otro secreto, pensó Kelsier. No se molestó en intentar descubrir cómo abrirla, sino que quemó acero, se extendió y tiró de la débil fuente de metal que supuso que era el mecanismo de cierre de la trampilla. Se resistió al principio, tirando de él hacia la pared, pero quemó peltre y tiró con más fuerza. La cerradura chasqueó y el panel se abrió, revelando una pequeña caja fuerte empotrada.

Kelsier sonrió. Parecía lo suficientemente pequeña para que un hombre reforzado por el peltre se la llevara, suponiendo que lograra sacarla de la pared.

Saltó hacia arriba, tirando de hierro contra la caja, y aterrizó con los pies contra la pared, uno a cada lado del panel abierto. Continuó tirando, manteniéndose en su sitio, y avivó su peltre. La fuerza inundó sus piernas y Kelsier avivó también su hierro para tirar de la caja fuerte.

Se esforzó y dejó escapar un ligero gruñido. Era una prueba de fuerza para ver qué cedía primero, si la caja fuerte o sus piernas.

La caja fuerte vibró en su marco. Kelsier tiró con más fuerza, mientras sus músculos protestaban. Pasó un buen rato sin que sucediera nada. Luego la caja se estremeció y se soltó de la pared. Kelsier cayó hacia atrás, quemando acero y empujando contra la caja para apartarse. Aterrizó mal, con el sudor corriéndole por la frente, mientras la caja se estrellaba contra el suelo de madera y arrancaba astillas.

Un par de sorprendidos guardias entraron corriendo en la habitación.

—Justo a tiempo —comentó Kelsier, alzando una mano y tirando de la espada de uno de los soldados. La liberó de la vaina. El arma salió disparada de su funda, giró en el aire y corrió de punta hacia Kelsier, que apagó su hierro, se apartó y agarró la espada por la empuñadura cuando pasó por su lado.

—¡Un nacido de la bruma! —gritó el guardia.

Kelsier sonrió y saltó hacia delante.

El guardia desenvainó una daga. Kelsier la empujó, arrancándola de la mano del hombre, y luego lanzó un ataque que le separó la cabeza del cuerpo. El segundo guardia maldijo y se soltó las correas del peto.

Kelsier empujó su espada mientras completaba su mandoble. El arma salió despedida de sus dedos y corrió silbando hacia el segundo guardia. La armadura del hombre se soltó, impidiendo que Kelsier empujara contra ella, justo cuando el cadáver del primer guardia caía al suelo. Un momento después, la espada de Kelsier se hundía en el pecho ahora descubierto del segundo guardia. El hombre se tambaleó y luego se desplomó en silencio.

Kelsier se apartó de los cadáveres, la capa susurrando. Su ira era sutil, no tan tremenda como la noche que había matado a lord Tresting. Pero la sentía allí, en el picor de sus cicatrices y en el recuerdo de los gritos de la mujer a la que había amado. Por lo que a Kelsier se refería, todo hombre que apoyara al Imperio Final también perdía su derecho a vivir.

Encendió su peltre, reforzando su cuerpo, y luego se agachó y recogió la caja. Vaciló un segundo bajo su peso, luego recuperó el equilibrio y tomó el camino de vuelta al balcón. Tal vez la caja contuviera atium; tal vez no. Sin embargo, no tenía tiempo de buscar otras opciones.

Estaba a medio camino, en el invernadero, cuando oyó pasos a su espalda. Se dio la vuelta y vio el estudio lleno de siluetas. Eran ocho, cada una con una túnica gris suelta, un bastón de duelo y un escudo en vez de espada. Mataneblinos.

Kelsier dejó caer al suelo la caja fuerte. Los mataneblinos no eran alománticos, pero estaban entrenados para combatir a los brumosos y los nacidos de la bruma. No habría ni un solo pedacito de metal en sus cuerpos y estarían preparados para sus trucos.

Kelsier dio un paso atrás, desperezándose y sonriendo. Los ocho hombres se desplegaron por el estudio, moviéndose con silenciosa precisión.

Esto va a ser interesante.

Los mataneblinos atacaron, lanzándose por parejas hacia el invernadero. Kelsier sacó las dagas, esquivó el primer ataque y lanzó una estocada al pecho de uno de los hombres. El mataneblino, sin embargo, saltó hacia atrás y obligó a Kelsier a retroceder blandiendo su bastón. Kelsier avivó su peltre, dejando que sus piernas reforzadas lo impulsaran hacia atrás de un tremendo salto. Con una mano arrojó un puñado de monedas y las empujó contra sus oponentes. Los discos de metal salieron disparados hacia delante, dispersándose en el aire, pero sus enemigos estaban preparados para eso: alzaron los escudos y las monedas rebotaron en la madera, astillándola, pero dejando ilesos a los hombres.

Kelsier dirigió la mirada hacia los otros mataneblinos que llenaban la habitación y avanzaban hacia él. Seguramente no esperaban mantener con él una lucha prolongada: su táctica sería abalanzarse todos a la vez, esperando poner pronto fin a la pelea, o al menos retenerlo hasta que pudieran despertar a los alománticos y estos vinieran a combatir. Kelsier miró la caja fuerte mientras aterrizaba.

No podía marcharse sin ella. Él también tenía prisa por terminar la pelea. Avivando peltre, saltó hacia delante y probó a descargar un golpe con la daga, pero no pudo superar las defensas de su adversario. Apenas esquivó a tiempo para no recibir en la cabeza el golpe de un bastón.

Tres de los mataneblinos saltaron tras él, cortándole la retirada hacia la habitación del balcón. *Magnífico*, pensó Kelsier, tratando de mantener la mirada fija en los ocho hombres a la vez. Avanzaron con cuidadosa precisión, trabajando en equipo.

Con la mandíbula apretada, Kelsier volvió a avivar su peltre; advirtió que se estaba quedando sin reservas. De los ocho metales básicos, el peltre era el que más rápido se quemaba.

Ahora no tengo tiempo de preocuparme por eso. Los hombres que tenía detrás atacaron y Kelsier se apartó de un salto, tirando de la caja para lanzarse hacia el centro de la habitación. Empujó nada más posarse en el suelo cerca del recipiente blindado, lanzándose al aire en ángulo. Se encogió, pasó por encima de las cabezas de dos atacantes y aterrizó en el suelo junto al pulcro parterre de un árbol. Giró, encendiendo su peltre y alzando un brazo para defenderse del golpe que sabía que recibiría.

El bastón de duelo impactó contra su brazo. Un estallido de dolor le recorrió el antebrazo, pero su hueso fortalecido por el peltre resistió. Kelsier siguió moviéndose, adelantó la otra mano y clavó una daga en el pecho de su oponente.

El hombre retrocedió, sorprendido, y el movimiento despojó a Kelsier de una de sus dagas. Un segundo mataneblino atacó, pero Kelsier lo esquivó y luego con la mano libre se soltó la bolsa del cinturón. El mataneblino se preparó para bloquear la daga que le quedaba a Kelsier, pero este alzó la otra mano y golpeó con la bolsa de monedas el escudo del hombre.

Luego empujó las monedas que contenía.

El mataneblino gritó. La fuerza del tremendo empujón del acero lo lanzó de espaldas. Kelsier avivó su acero, empujando tan fuerte que salió también despedido hacia atrás... lejos de la pareja de hombres que intentaba atacarlo. Kelsier y su enemigo se alejaron, arrojados en direcciones opuestas. Kelsier chocó contra la pared, pero siguió empujando, aplastando a su oponente (bolsa, escudo y todo) contra uno de los enormes ventanales del invernadero.

El cristal se quebró, las chispas de la luz de las linternas del estudio juguetearon en sus añicos. El rostro desesperado del mataneblino desapareció en la oscuridad exterior y la bruma (silenciosa, pero ominosa) empezó a colarse por la ventana destrozada.

Los otros seis hombres avanzaron implacables y Kelsier se vio obligado a ignorar el dolor de su brazo mientras esquivaba dos golpes. Giró apartándose, rozando un arbolito, pero un tercer mataneblino atacó y le golpeó el costado con su bastón.

El ataque lanzó a Kelsier contra el parterre. Resbaló, luego se desplomó cerca de la entrada del estudio iluminado y dejó caer la daga. Jadeó de dolor, rodó de rodillas y se sujetó el costado. El golpe hubiese roto las costillas de cualquier otro hombre. Incluso Kelsier tendría un enorme moratón.

Los seis hombres avanzaron, desplegándose de nuevo para rodearlo. Kelsier se puso en pie a duras penas, la visión nublada por el dolor y el esfuerzo. Apretó los dientes y sacó uno de los frasquitos de metal que le quedaban. Apuró su contenido de un solo trago, reponiendo su peltre, y luego quemó estaño. La luz casi lo cegó y el dolor del brazo de pronto le pareció más agudo, pero el estallido de sentidos amplificados le despejó la cabeza.

Los seis mataneblinos avanzaron en un súbito ataque coordinado. Kelsier tendió la mano hacia un lado, quemando hierro y buscando metal. La masa metálica más cercana era un grueso pisapapeles plateado que había en el escritorio del estudio. Se hizo con él, se giró, alzó el brazo hacia los hombres que avanzaban y adoptó una postura defensiva.

—Muy bien —gruñó. Quemó acero en un arrebato de fuerza. El lingote rectangular salió despedido de su mano. El mataneblino más cercano alzó su escudo, pero se movió demasiado despacio. El lingote le golpeó el hombro con un crujido y el hombre cayó al suelo gritando.

Kelsier se volvió a un lado, esquivando un mandoble del bastón y colocando a un mataneblino entre sí y el hombre caído. Quemó hierro, tirando del lingote hacia él. El pisapapeles voló por los aires y se estrelló contra la sien del segundo mataneblino. El hombre se desplomó mientras el lingote flotaba en el aire.

Uno de los hombres maldijo y se lanzó al ataque. Kelsier empujó el pisapapeles que todavía flotaba en el aire, apartándolo de sí mismo... y del mataneblino que tenía alzado su escudo. Kelsier oyó el lingote golpear el suelo a su espalda. Alzó la mano, quemando peltre, y detuvo el bastón del mataneblino a mitad del golpe.

El mataneblino gruñó, debatiéndose contra la fuerza amplificada de Kelsier, quien no se molestó en quitarle el arma; tiró bruscamente del lingote que tenía detrás dirigiéndolo hacia su propia espalda a una velocidad letal. Se volvió en el último momento, usando su impulso para hacer girar al mataneblino y colocarlo justo en la trayectoria del proyectil.

El hombre cayó.

Kelsier avivó peltre, reforzándose contra nuevos ataques. En efecto, un bastón se estrelló contra sus hombros. Cayó de rodillas mientras la madera se quebraba, pero quemó estaño para mantenerse consciente. El dolor y la lucidez destellaron en su mente. Arrancó el pisapapeles de la espalda del hombre moribundo y se apartó dejando que el arma improvisada pasara de largo.

Los dos mataneblinos que tenía más cerca se agacharon, en guardia. El lingote se clavó en uno de los escudos, pero Kelsier no continuó empujando para no perder el equilibrio. En vez de eso quemó hierro y tiró del pisapapeles hacia sí. Lo esquivó, apagó el hierro y sintió el lingote pasar volando por encima de él. Sonó un crujido cuando chocó con el hombre que le saltaba encima.

Kelsier giró, quemando hierro y luego acero para enviar el lingote volando hacia los dos últimos hombres. Estos se apartaron, pero Kelsier tiró del pisapapeles y lo hizo caer en el suelo directamente ante ellos. Los hombres lo miraron con aprensión, momento de distracción que Kelsier aprovechó para correr y saltar, empleando un empujón de acero contra el lingote, y pasar por encima de sus cabezas. Los mataneblinos maldijeron dándose la vuelta. Cuando Kelsier aterrizó, tiró de nuevo del lingote, haciéndolo caer desde detrás contra el cráneo de uno de los hombres.

El mataneblino cayó en silencio. El lingote revoloteó en la oscuridad y Kelsier lo atrapó en el aire. Su fría superficie estaba resbaladiza de sangre. La bruma de la ventana rota se arremolinó a sus pies, enroscándose en sus piernas. Bajó la mano y señaló directamente al mataneblino restante.

En algún lugar de la habitación, un hombre caído gruñó.

El mataneblino que seguía en pie dio un paso atrás, soltó su arma y salió corriendo. Kelsier sonrió y bajó la mano.

De repente, un empujón de acero le arrancó el pisapapeles de entre los dedos. Cruzó la habitación y salió rompiendo otra ventana. Kelsier maldijo, se dio la vuelta y vio que un grupo más numeroso de hombres entraba en tromba en el estudio. Vestían como los nobles. Alománticos.

Varios de ellos alzaron las manos y un remolino de monedas voló hacia Kelsier, quien quemó acero y empujó las monedas apartándolas del camino. Las ventanas se rompieron y la madera se quebró cuando la habitación quedó regada de monedas. Kelsier sintió un tirón en el cinturón cuando le arrebataron su último frasco de metal, que salió volando hacia la otra habitación por un tirón alomántico. Varios hombretones corrieron hacia él, detrás de las monedas que caían. Violentos: brumosos que, como Ham, podían quemar peltre.

Hora de irse, pensó Kelsier, repeliendo otra oleada de monedas con los dientes apretados a causa del dolor de su brazo y su costado. Miró tras de sí; tenía unos instantes de ventaja, pero no conseguiría llegar al balcón. Cuando más brumosos avanzaron, Kelsier inspiró profundamente y se abalanzó hacia uno de los ventanales rotos. Saltó a las brumas, girando en el aire mientras caía, y se extendió para tirar firmemente de la caja fuerte caída.

Se sacudió en el aire, cayendo hacia el muro del edificio como si estuviera atado a un alambre. Sintió la caja fuerte deslizarse hacia delante rozando el suelo del invernadero mientras su peso tiraba de ella.

Chocó contra la pared del invernadero, pero él continuó tirando tras detenerse en el dintel de una ventana. Tiró de la caja, boca abajo en el hueco de la ventana.

La caja apareció en el borde del balcón superior. Se tambaleó, luego cayó y se precipitó directamente hacia Kelsier. Él sonrió, apagó su hierro y se apartó del edificio empujándose con las piernas y lanzándose a las brumas como un buceador loco. Cayó de espaldas a través de la oscuridad, sin apenas ver el rostro airado que se asomaba a la ventana rota.

Kelsier tiró con cuidado de la caja, moviéndose en el aire. Las brumas se enroscaban a su alrededor, impidiéndole ver, haciéndole sentir como si no cayera... aunque flotaba en mitad de la nada.

Se extendió hacia la caja, luego giró en el aire y empujó contra ella, lanzándose hacia arriba.

La caja se estrelló contra los adoquines que había justo debajo. Kelsier empujó contra ella con suavidad, reduciendo su propia velocidad hasta que terminó detenido en el aire un poco por encima del suelo. Flotó entre la bruma un momento, con las cintas de su capa enroscándose y aleteando al viento, y luego se dejó caer al suelo junto a la caja.

La caja fuerte se había roto con el impacto. Kelsier forzó la destrozada puerta, los oídos amplificados por el estaño al acecho de las llamadas de alarma en el edificio de arriba. Dentro de la caja encontró una bolsita con gemas y un par de cartas de crédito por valor de diez mil cuartos. Se lo guardó todo en el bolsillo. Palpó en su interior, temiendo que el trabajo de aquella noche hubiera sido para nada. Entonces sus dedos encontraron una bolsita, al fondo.

La abrió y descubrió un puñado de oscuras perlitas de metal. Atium. Sus cicatrices ardieron, recuerdo de su época en los Pozos.

Asió con fuerza la bolsa y se puso en pie. Divertido, advirtió una forma retorcida en el suelo, no muy lejos: los restos destrozados del mataneblino que había arrojado por la ventana. Kelsier se acercó y recuperó su faltriquera con un tirón de hierro.

No, esta noche no ha sido una pérdida de tiempo. Aunque no hubiera encontrado el atium, cualquier noche que acabara con un grupo de nobles muertos era una noche de éxito en su opinión.

Sujetó la faltriquera con una mano y la bolsa de atium con la otra. Mantuvo su peltre ardiendo (sin la fuerza que daba a su cuerpo, era probable que se hubiese desplomado por el dolor de sus heridas) y se perdió en la noche, corriendo hacia el taller de Clubs.

Nunca quise esto, cierto. Pero alguien tiene que detener la Pro-
fundidad. Y, al parecer, Terris es el único sitio donde puede hacerse.
Sin embargo, sobre este hecho, no tengo que aceptar la palabra de
los filósofos. Ahora puedo sentir nuestro objetivo, puedo sentirlo, aun-
que los otros no puedan. Late, en mi mente, allá lejos en las montañas.

6

Vin despertó en una habitación silenciosa. La luz roja de la mañana se colaba por las rendijas de los postigos. Permaneció en la cama un
instante, inquieta. Algo iba mal. No era por el hecho de despertar en
un lugar desconocido: viajando con Reen se había acostumbrado a un
estilo de vida nómada. Tardó un instante en comprender la fuente de
su incomodidad.

La habitación estaba vacía.

No solo estaba vacía, sino también despejada. Sin abarrotamientos.
Y era... cómoda. Estaba acostada en un colchón de verdad, alzado sobre postes, con sábanas y una colcha mullida. La alcoba estaba decorada con un recio armario de madera e incluso tenía una alfombra
circular. Tal vez otra persona la hubiese encontrado estrecha y espar-
tana, pero a Vin le parecía lujosa.

Se sentó, frunciendo el ceño. No le parecía bien tener una habitación para ella sola. Siempre había dormido en huecos estrechos llenos
de miembros de las bandas. Incluso mientras viajaba dormía en callejones de mendigos o cuevas de rebeldes, y Reen estaba allí con ella.
Siempre se había visto obligada a luchar para tener intimidad. Tenerla
tan fácilmente parecía devaluar los años que había pasado saboreando
sus breves momentos de soledad.

Se levantó de la cama, sin molestarse en abrir los postigos. La luz
del sol era débil, lo que significaba que todavía era temprano, pero ya
oía gente moverse en el pasillo. Se acercó a la puerta y se asomó.

Después de dejar a Kelsier, la noche anterior, Dockson había acompañado a Vin al taller de Clubs. Como era muy tarde, Clubs los había llevado directamente a habitaciones separadas. Vin, sin embargo, no se había acostado de inmediato. Cuando ya todos dormían salió a inspeccionar el lugar.

La residencia era casi más una posada que un taller. Aunque tenía una sala de muestras abajo y un gran espacio de trabajo al fondo, la primera planta del edificio estaba dominada por varios pasillos largos flanqueados por habitaciones de invitados. Había una segunda planta con las puertas más espaciadas, lo que implicaba habitaciones más grandes. No había sondeado en busca de trampillas o paredes falsas (el ruido podría haber despertado a alguien), pero la experiencia le decía que no sería una guarida adecuada si no tuviera al menos un sótano secreto y algunos escondites.

En general, se sintió impresionada. Las herramientas de carpintería y los proyectos a medio acabar de abajo indicaban una tapadera de trabajo decente. La guarida era segura, estaba bien abastecida y bien mantenida. Al asomarse a la puerta, distinguió un grupo de unos seis jóvenes adormilados que salían del pasillo situado frente al suyo. Vestían ropa sencilla y bajaban las escaleras hacia el taller.

Aprendices de carpintero, pensó Vin. *Esa es la tapadera de Clubs: es un skaa artesano.* La mayoría de los skaa vivían hacinados en las plantaciones; incluso aquellos que vivían en la ciudad se veían generalmente obligados a hacer trabajos miserables. Sin embargo, unos cuantos con talento podían dedicarse al comercio. Seguían siendo skaa: se les pagaba mal y casi siempre estaban sometidos a los caprichos de los nobles. Sin embargo, tenían una libertad que la mayoría de los skaa envidiaban.

Clubs debía de ser un maestro carpintero. ¿Qué podía impulsar a un hombre así (alguien que tenía, para ser skaa, una vida sorprendente) a arriesgarse a unirse a los bajos fondos?

Es un brumoso, pensó Vin. *Kelsier y Dockson lo llamaron «ahumador».* Quizá tuviera que intentar averiguar por su cuenta lo que significaba eso: la experiencia le decía que un hombre poderoso como Kelsier le ocultaría el conocimiento cuanto fuera posible, impulsándola a seguir adelante con algunas migajas ocasionales. Su conocimiento era lo que la ataba a él: no sería sabio revelar demasiado tan rápidamente.

Sonaron unos pasos en el exterior y Vin continuó asomada a su puerta.

—Querrás estar preparada, Vin —dijo Dockson mientras pasaba ante ella. Llevaba camisa y pantalones de noble, y ya parecía despierto y aseado. Se detuvo—. Hay un baño esperándote en la habitación del fondo y le dije a Clubs que te buscara una muda de ropa. Te servirá hasta que te consigamos algo más apropiado. Tómate tu tiempo en el baño: Kel ha planeado una reunión para esta tarde, pero no podremos empezar hasta que lleguen Brisa y Ham.

Dockson sonrió mirándola a través de la puerta rota y continuó pasillo abajo. Vin se ruborizó porque la había descubierto. *Estos hombres son observadores. Voy a tener que recordarlo.*

El pasillo quedó en silencio. Vin se deslizó por la puerta y se dirigió con cautela a la habitación indicada. Se sorprendió al descubrir que en efecto había un baño caliente esperándola. Frunció el ceño y estudió el alicatado y la bañera de metal. El agua olía a perfume, como solían oler las damas nobles.

Estos tipos parecen más nobles que skaa, pensó Vin. No estaba segura de qué conclusión sacar de ello. Sin embargo, estaba claro que esperaban que hiciera lo que le decían, así que cerró la puerta, echó el cerrojo y luego se desnudó y se metió en la bañera.

Olía raro.

Aunque el olor era leve, Vin todavía captaba efluvios de sí misma ocasionalmente. Era el olor de una noble de paso, el olor de un cajón perfumado abierto por los burdos dedos de su hermano. El olor se fue haciendo menos claro a medida que la mañana progresaba, pero seguía preocupándola. La distinguiría de los otros skaa. Si esa banda esperaba que se bañara de manera regular, tendría que pedir que eliminaran los perfumes.

La comida de la mañana estuvo más cerca de sus expectativas. Varias mujeres skaa de diversas edades trabajaban en la cocina del taller, preparando rollos de pan fino rellenos de cebada hervida y verdura. Vin observó a las mujeres trabajar desde la puerta. Ninguna olía como ella, aunque eran más limpias y vestían mejor que la mayoría de los skaa.

De hecho, había una extraña sensación de limpieza en todo el edificio. No lo había advertido la noche anterior a causa de la oscuridad, pero el suelo estaba limpio. Todos los trabajadores (las mujeres de la cocina o los aprendices) tenían la cara y las manos limpias. A Vin le parecía raro. Estaba acostumbrada a que sus propios dedos estuvieran negros de ceniza: estando con Reen, si alguna vez se lavaba la cara volvía a frotársela con ceniza. Una cara limpia destacaba en las calles.

No hay ceniza en los rincones, pensó, mirando el suelo. *Barren el suelo*. Nunca había vivido en un lugar semejante. Era casi como vivir en la casa de un noble.

Miró de nuevo a las mujeres de la cocina. Llevaban sencillos vestidos blancos y grises, con pañuelos en la cabeza y largas coletas colgando por la espalda. Vin se acarició su propio cabello. Lo mantenía corto, como el de un chico, y su actual corte irregular se lo había hecho otro miembro de la banda. Ella no era como esas mujeres: no lo había sido nunca. Por orden de Reen, Vin había vivido de modo que los otros miembros de la banda pensaran primero en ella como ladrona y luego como muchacha.

Pero ¿qué soy ahora? Perfumada por el baño y vestida con los pantalones marrones y la camisa de botones de un aprendiz, se sentía claramente fuera de lugar. Y eso era malo: si se sentía incómoda, entonces indudablemente lo parecería. Otra cosa más que la haría destacar.

Vin se volvió y contempló el taller. Los aprendices estaban ya en sus puestos, trabajando en diversos muebles. Permanecían al fondo de la sala mientras Clubs trabajaba en la zona de exhibición, dando los últimos detalles al acabado final de las piezas.

La puerta trasera de la cocina se abrió de golpe. Vin se apartó instintivamente, apretando la espalda contra la pared mientras se volvía a mirar.

Ham estaba en la puerta, enmarcado por la luz rojiza del sol. Llevaba una camisa suelta sin mangas y chaleco, y cargaba con varias bolsas grandes. No estaba sucio de hollín: ninguno de la banda lo estaba las pocas veces que Vin los había visto.

Ham cruzó la cocina camino del taller.

—Bien —dijo, soltando las bolsas—, ¿alguien sabe qué habitación es la mía?

—Se lo preguntaré a maese Cladent —contestó un aprendiz, y se marchó a la sala delantera.

Ham sonrió, se desperezó y se volvió hacia Vin.

—Buenos días, Vin. ¿Sabes?, no tienes que ocultarte de mí. Estamos en el mismo equipo.

Aunque Vin se relajó, permaneció donde estaba, junto a una hilera de sillas casi terminadas.

—¿Vas a vivir aquí también?

—Siempre compensa estar cerca del ahumador —dijo Ham, volviéndose y desapareciendo en la cocina. Regresó un momento después con cuatro grandes rollitos—. ¿Alguien sabe dónde está Kel?

—Durmiendo —respondió Vin—. Regresó tarde anoche y no se ha levantado todavía.

Ham gruñó y dio un mordisco a un rollo.

—¿Y Dox?

—En su habitación, en la segunda planta —dijo Vin—. Se ha levantado temprano, ha bajado a comer algo y ha vuelto a subir.

No añadió que sabía, porque había mirado por el ojo de la cerradura, que estaba sentado a su mesa escribiendo unos papeles.

Ham alzó una ceja.

—¿Siempre llevas el control de dónde está todo el mundo?

—Sí.

Ham hizo una pausa, luego se echó a reír.

—Eres una chica extraña, Vin.

Recogió sus bolsas cuando el aprendiz regresó, y los dos subieron las escaleras. Vin se quedó allí, escuchando sus pasos. Se detuvieron a la mitad del primer pasillo, quizá a unas cuantas puertas de distancia de su habitación.

El olor de la cebada hervida le llamó la atención. Vin contempló la cocina. Ham había ido a buscar comida. ¿Le permitirían hacer lo mismo?

Tratando de parecer confiada, entró en la cocina. Había un puñado de rollitos en un plato, quizá para ser repartidos entre los aprendices mientras trabajaban. Tomó dos. Ninguna mujer puso objeciones; de hecho, unas cuantas asintieron con respeto al mirarla.

Ahora soy una persona importante, pensó con cierta incomodidad. ¿Sabían que era una... nacida de la bruma? ¿O solo la trataban con respeto porque era una invitada?

Al cabo de un rato, Vin tomó un tercer rollito y corrió a su habitación. Era más comida de la que podía comer; sin embargo, pretendía quitarle la cebada y quedarse con la oblea de pan, que se conservaría bien si lo necesitaba más tarde.

Llamaron a la puerta. Vin la abrió con precaución. Había un joven fuera: el muchacho que había acompañado a Clubs a la guarida de Camon la noche anterior.

Alto, delgado y de aspecto desgarbado, iba vestido de gris. Tendría unos catorce años, aunque por su altura parecía mayor. Estaba nervioso por algún motivo.

—¿Sí? —preguntó Vin.

—Hmm...

Vin frunció el ceño.

—¿Qué?

—Te en llaman —dijo con fuerte acento del este—. Ahí en arriba con lo que hacen. Con el maestro Jumps en el segundo piso. Uh, en me tengo que irme. —El chico se ruborizó, se dio la vuelta y se marchó escaleras arriba.

Vin se quedó en la puerta de su habitación, desconcertada. *¿Se supone que eso tenía algún sentido?*, se preguntó.

Se asomó al pasillo. Parecía que el chico esperaba que la siguiera. Finalmente, decidió hacerlo y subió con cautela los escalones.

Llegaban voces de una puerta abierta al fondo del pasillo. Vin se acercó y se asomó. Se encontró en una habitación bien decorada, con una hermosa alfombra y sillones de aspecto cómodo. Una chimenea ardía al fondo y los sillones estaban dispuestos en torno a un gran tablero de pizarra colocado en un atril.

Kelsier estaba de pie, con un codo apoyado en la chimenea de ladrillo y una copa de vino en la mano. Colocándose un poco de lado, Vin pudo ver que estaba hablando con Brisa. El aplacador había llegado pasado el mediodía y se había apropiado de la mitad de los aprendices de Clubs para que descargaran sus pertenencias. Vin había visto desde su ventana cómo los aprendices transportaban el equipaje (disfrazado de cajas de trozos de madera) hasta la habitación de Brisa, quien no se había molestado en ayudar.

Ham estaba allí, al igual que Dockson, y Clubs, sentado en el sillón más grande y cómodo, alejado de Brisa. El chico que había llamado a Vin estaba sentado en un banco junto a Clubs y obviamente se esforzaba por no mirarla. En el último sillón ocupado se hallaba Yeden, vestido, como antes, con ropa corriente de obrero skaa. Estaba sentado sin apoyar la espalda, como si desaprobara que fuese mullido. Llevaba la cara manchada de hollín, como Vin esperaba de un obrero skaa.

Había dos asientos vacíos. Kelsier advirtió a Vin de pie en la puerta y le dirigió una de sus sonrisas cautivadoras.

—Bien, ahí está. Pasa.

Vin escrutó la habitación. Había una ventana, aunque con los postigos cerrados previniendo la oscuridad que se acercaba. Los únicos asientos eran los que formaban un semicírculo en torno a Kelsier. Resignada, avanzó y ocupó el asiento vacío junto a Dockson. Era demasiado grande para ella y se sentó de rodillas.

—Ya estamos todos —dijo Kelsier.

—¿Para quién es el último asiento? —preguntó Ham.

Kelsier sonrió, le hizo un guiño, pero ignoró la pregunta.

—Muy bien, hablemos. Tenemos una gran tarea por delante y, cuanto antes empecemos a esbozar un plan, mejor.

—Creía que ya tenías un plan —dijo Yeden, incómodo.

—Tengo una idea general —respondió Kelsier—. Sé lo que tiene que pasar y tengo unas cuantas ideas para lograrlo. Pero no se reúne a un grupo como este y se les dice a sus miembros lo que tienen que hacer. Tenemos que planear esto juntos, empezando por elaborar una lista de problemas que tenemos que resolver si queremos que el plan funcione.

—Bien —dijo Ham—, déjame que esboce la idea general primero. ¿El plan es conseguirle un ejército a Yeden, causar el caos en Luthadel, asegurar el lugar, robar el atium del lord Legislador y luego dejar que el gobierno se desmorone?

—Básicamente —dijo Kelsier.

—Entonces nuestro principal problema es la Guarnición. Si queremos caos en Luthadel, no podemos tener aquí dentro a veinte mil soldados para mantener la paz. Por no mencionar el hecho de que las tropas de Yeden nunca tomarán la ciudad mientras haya algún tipo de resistencia armada en las murallas.

Kelsier asintió. Con tiza escribió «Guarnición de Luthadel» en la pizarra.

—¿Qué más?

—Necesitamos un modo de causar ese caos en Luthadel —dijo Brisa, haciendo un gesto con la copa de vino en la mano—. Tus instintos son certeros, querido amigo. En esta ciudad el Ministerio tiene su cuartel general y desde ella las Grandes Casas dirigen sus imperios mercantiles. Tenemos que derribar Luthadel si queremos acabar con la capacidad del lord Legislador para gobernar.

—La mención de los nobles nos lleva a otro punto —añadió Dockson—. Todas las Grandes Casas tienen guardias en la ciudad además de alománticos. Si vamos a entregarle la ciudad a Yeden, tendremos que tratar con esos nobles.

Kelsier asintió, añadiendo «caos» y «Grandes Casas» junto a «Guarnición de Luthadel» en la pizarra.

—El Ministerio —dijo Clubs, tan apoltronado en su mullido sillón que Vin apenas veía su rostro gruñón—. No habrá ningún cambio en el gobierno mientras los inquisidores de acero tengan algo que decir al respecto.

Kelsier escribió «Ministerio» en la pizarra.

—¿Qué más?

—El atium —dijo Ham—. Bien puedes anotarlo: tendremos que asegurar el lugar rápidamente, cuando se desate el caos general, y asegurarnos de que nadie más aproveche la oportunidad para apoderarse del tesoro.

Kelsier asintió y escribió «atium: asegurar el tesoro».

—Tendremos que encontrar un modo de reunir a los soldados de Yeden —añadió Brisa—. Tendremos que ser silenciosos pero rápidos, y entrenarlos en algún sitio donde el lord Legislador no los encuentre.

—También tendríamos que asegurarnos de que los rebeldes skaa están preparados para tomar el control de Luthadel —añadió Dockson—. Apoderarse del palacio y atrincherarse en él será una hazaña espectacular, pero no estaría de más que la gente de Yeden estuviera preparada para gobernar cuando todo haya acabado.

«Soldados y rebelión Skaa» fueron añadidos a la pizarra.

—Y voy a añadir «lord Legislador» —dijo Kelsier—. Al menos querremos tenerlo fuera de la ciudad, si fallan otras opciones.

Después de añadir «lord Legislador» a la lista, se volvió hacia el grupo.

—¿Se me olvida algo?

—Bueno —dijo Yeden secamente—, si estás haciendo una lista de los problemas que tendremos que superar, deberías escribir que todos estamos locos de remate... aunque dudo que podamos arreglar ese hecho.

El grupo se echó a reír y Kelsier escribió «mala actitud de Yeden» en la pizarra. Entonces dio un paso atrás y examinó la lista.

—Cuando se reduce a algo así, no parece tan terrible, ¿verdad?

Vin frunció el ceño, tratando de decidir si Kelsier intentaba hacer un chiste o no. La lista no era solo preocupante: era terrorífica. ¿Veinte mil soldados imperiales? ¿Las fuerzas y poderes reunidos de la alta nobleza? ¿El Ministerio? Se decía que un inquisidor de acero era más poderoso que mil soldados.

Lo más incómodo, sin embargo, era la manera desenfadada en que todos consideraban el tema. ¿Cómo se les podía ocurrir siquiera resistirse al lord Legislador? Él era... Bueno, era el lord. Gobernaba todo el mundo. Era el creador, protector y castigador de la humanidad. Los había salvado de la Profundidad y luego había traído la ceniza y las brumas como castigo por la falta de fe del pueblo. Vin no era particularmente religiosa (los ladrones inteligentes sabían evitar el Ministerio de Acero), pero incluso ella conocía las leyendas.

Y, sin embargo, el grupo observaba su lista de «problemas» con determinación. Había en ellos una alegría sombría, como si comprendieran que tenían más posibilidades de conseguir que el sol saliera de noche que de derrocar al Imperio Final. Sin embargo, iban a intentarlo de todas formas.

—Por el lord Legislador —susurró Vin—. Habláis en serio. Vais a hacerlo de verdad.

—No uses su nombre como palabrota, Vin —dijo Kelsier—. Incluso la blasfemia le honra: cuando maldices usando el nombre de esa criatura, lo reconoces como tu dios.

Vin guardó silencio y se quedó sentada en su sillón, algo aturdida.

—Muy bien —dijo Kelsier, sonriendo levemente—. ¿Alguien tiene alguna idea sobre cómo superar estos inconvenientes? Aparte de la actitud de Yeden, por supuesto: todos sabemos que no tiene remedio.

Todos en la habitación permanecieron en silencio, pensativos.

—¿Ideas? —pidió Kelsier—. ¿Puntos de vista? ¿Impresiones?

Brisa negó con la cabeza.

—Ahora que todo está ahí anotado, no puedo dejar de preguntarme si la chica tiene razón. Es una tarea colosal.

—Pero puede hacerse —dijo Kelsier—. Empecemos discutiendo cómo desbaratar la ciudad. ¿Qué podemos hacer que sea tan amenazador que lance a la nobleza al caos, tal vez incluso que haga salir a la guardia de palacio de la ciudad exponiéndolo a nuestras tropas? Algo que distraiga al Ministerio, y al propio lord Legislador, mientras nosotros preparamos nuestras tropas para el ataque.

—Bueno, se me ocurre una revolución general entre el populacho —dijo Ham.

—No funcionará —dijo Yeden con firmeza.

—¿Por qué no? —preguntó Ham—. Sabes cómo tratan al pueblo. Viven en suburbios, trabajan en fábricas y fraguas todo el día, y la mitad sigue pasando hambre.

Yeden sacudió la cabeza.

—¿No lo entiendes? La rebelión lleva mil años intentando que los skaa de esta ciudad se levanten. Nunca funciona. Están demasiado sometidos: no tienen ni voluntad ni esperanza para resistir. Por eso tuve que recurrir a vosotros para conseguir un ejército.

La habitación quedó en silencio. Vin, sin embargo, asintió lentamente. Lo había visto; lo había *sentido*. No se combatía al lord Legislador. Incluso viviendo como una ladrona, agazapada al filo de la sociedad, lo sabía. No habría ninguna rebelión.

—Me temo que tiene razón —dijo Kelsier—. Los skaa no se levantarán, no en su estado actual. Si vamos a derrocar a este gobierno, necesitaremos hacerlo sin la ayuda de las masas. Quizá podamos reclutar a nuestros soldados entre ellos, pero no debemos contar con el populacho.

—¿No podríamos causar algún desastre? —preguntó Ham—. ¿Un incendio, tal vez?

Kelsier sacudió la cabeza.

—Interrumpiría el comercio cierto tiempo, pero no tendría el efecto que queremos. Además, el coste en vidas skaa sería demasiado alto. Arderían los suburbios, no las mansiones de piedra de los nobles.

Brisa suspiró.

—Entonces ¿qué quieres que hagamos?

Kelsier sonrió con ojos brillantes.

—¿Y si volvemos a las Grandes Casas unas contra otras?

Brisa hizo un gesto de asentimiento.

—Una guerra entre casas... —dijo, tomando un sorbo de vino, especulativo—. Ha pasado mucho tiempo desde que la ciudad padeció una de esas.

—Lo cual significa que la tensión ha tenido tiempo de sobra para irse acumulando —dijo Kelsier—. La alta nobleza es cada vez más poderosa: el lord Legislador apenas la controla y por eso tenemos una oportunidad de sacudir su tenaza. Las Grandes Casas de Luthadel son

la clave: controlan el comercio imperial, por no mencionar que escla-
vizan a la gran mayoría de los skaa.

Kelsier señaló la pizarra, pasando el dedo entre la línea que decía
«caos» y la que decía «Grandes Casas».

—Si conseguimos que las casas de Luthadel luchen entre sí, podremos derribar la ciudad. Los nacidos de la bruma empezarán a asesinar a los jefes de las casas. Las fortunas se desplomarán. No pasará
mucho tiempo antes de que haya una guerra abierta en las calles. Parte
de nuestro trato con Yeden es que le daremos una oportunidad para
apoderarse de la ciudad. ¿Se os ocurre algo mejor?

Brisa asintió con una sonrisa.

—Tiene estilo... y me gusta la idea de que los nobles se maten entre sí.

—Siempre te gusta más que otros hagan el trabajo, Brisa —comentó Ham.

—Mi querido amigo —repuso Brisa—, el sentido de la vida es lograr que otros hagan el trabajo por ti. ¿Sabes algo de economía básica?

Ham alzó una ceja.

—Bueno, yo...

—Era una pregunta retórica, Ham —lo interrumpió Brisa poniendo los ojos en blanco.

—¡Esas son las mejores! —replicó Ham.

—Dejemos la filosofía para más tarde, Ham —dijo Kelsier—. A lo
nuestro. ¿Qué os parece mi sugerencia?

—Podría funcionar —dijo Ham, acomodándose—. Pero no veo
cómo el lord Legislador va a dejar que las cosas lleguen tan lejos.

—Nuestro trabajo es encargarnos de que no tenga otra opción.
Se sabe que alguna vez ha dejado a su nobleza pelear, es probable
que para mantener el desequilibrio —dijo Kelsier—. Prenderemos
esas tensiones y luego obligaremos de algún modo a la Guarnición a
salir. Cuando las casas empiecen a luchar en serio, el lord Legislador
no podrá hacer nada para detenerlas... excepto, tal vez, enviar a su
guardia de palacio a las calles, que es exactamente lo que queremos
que haga.

—También podría llamar a un ejército de koloss —advirtió Ham.

—Cierto. Pero están acantonados a cierta distancia. Es un fallo
que tendremos que explotar. Las tropas koloss son soldados estupen-
dos, pero tienen que mantenerse alejadas de las ciudades civilizadas.

El mismo centro del Imperio Final queda expuesto, pero el lord Legislador confía en su fuerza... ¿Y por qué no iba a hacerlo? No se ha enfrentado a ninguna amenaza seria desde hace siglos. La mayoría de las ciudades solo necesitan fuerzas policiales pequeñas.

—No puede decirse que veinte mil hombres sea un número «pequeño» —dijo Brisa.

—Lo es a escala nacional —contestó Kelsier, alzando un dedo—. El lord Legislador mantiene a la mayoría de sus tropas en las fronteras de su imperio, donde la amenaza de rebelión es mayor. Por eso vamos a golpearlo aquí, en la propia Luthadel... y por eso vamos a tener éxito.

—Suponiendo que podamos encargarnos de la Guarnición —aclaró Dockson.

Kelsier asintió y se volvió para escribir «guerra de Casas» bajo «caos» y «Grandes Casas».

—Muy bien. Hablemos de la Guarnición. ¿Qué vamos a hacer al respecto?

—Bueno —especuló Ham—, históricamente, la mejor forma de oponerse a un gran número de soldados es tener un gran número de soldados. Vamos a conseguirle un ejército a Yeden, ¿por qué no dejar que ataque a la Guarnición? ¿No es ese el objetivo de reunir a un ejército?

—No funcionará, Hammond —dijo Brisa. Miró su copa de vino vacía y luego la alzó hacia el chico que estaba sentado junto a Clubs, quien corrió a llenarla de nuevo—. Si quisiéramos derrotar a la Guarnición —continuó diciendo—, necesitaríamos que nuestras fuerzas tuvieran al menos el mismo tamaño que las suyas. Nos vendría bien tener muchos más hombres, tal vez, ya que los nuestros no serán veteranos. Podríamos conseguirle un ejército a Yeden... Quizá incluso pudiéramos conseguirle uno lo bastante grande para conservar la ciudad durante un tiempo. Pero ¿conseguirle uno lo bastante grande para enfrentarse a la Guarnición dentro de sus fortificaciones? Si ese es nuestro plan, bien podríamos dejarlo ya.

El grupo guardó silencio. Vin se agitó en su asiento y miró por turno a cada hombre. Las palabras de Brisa tuvieron un profundo efecto. Ham abrió la boca para hablar, pero la volvió a cerrar y lo reconsideró.

—Muy bien —dijo Kelsier por fin—. Volveremos a la Guarnición más adelante. Hablemos de nuestro propio ejército. ¿Cómo podemos reunir un ejército de tamaño importante y ocultárselo al lord Legislador?

—Eso será difícil, una vez más —respondió Brisa—. Hay una razón muy clara por la que el lord Legislador se siente a salvo en el Dominio Central. Hay patrullas constantes en las carreteras y los canales, y apenas puede uno pasar más de un día de viaje sin toparse con una aldea o una plantación. No es el tipo de lugar donde se pueda formar un ejército sin llamar la atención.

—Los rebeldes tienen cuevas al norte —dijo Dockson—. Tal vez podamos esconder algunos hombres allí.

Yeden se puso pálido.

—¿Sabéis lo de las cavernas Arguois?

Kelsier puso los ojos en blanco.

—Incluso el lord Legislador lo sabe, Yeden. Pero los rebeldes no son lo suficientemente peligrosos para constituir una molestia todavía.

—¿Cuánta gente tienes, Yeden? —preguntó Ham—. En Luthadel y en los alrededores, cuevas incluidas. ¿Qué tenemos para empezar?

Yeden se encogió de hombros.

—Tal vez trescientos... incluyendo mujeres y niños.

—¿Y a cuántos crees que podrían albergar esas cuevas?

Yeden volvió a encogerse de hombros.

—Las cuevas podrían albergar a un grupo más grande, eso es seguro —dijo Kelsier—. Tal vez a diez mil personas. He estado allí. Los rebeldes han estado escondiendo gente allí durante años y el lord Legislador nunca se ha molestado en destruirlos.

—Imagino por qué —comentó Ham—. Luchar en las cuevas es un asunto desagradable, sobre todo para el agresor. Al lord Legislador le gusta mantener las derrotas al mínimo: sobre todo es vanidoso. Pero, diez mil... Es un número decente. Podríamos tomar el palacio con facilidad, tal vez incluso mantener la ciudad si tomáramos las murallas.

Dockson se volvió hacia Yeden.

—Cuando pediste un ejército, ¿en qué cantidad de hombres estabas pensando?

—Supongo que diez mil es un buen número —contestó Yeden—. La verdad es que... es más de lo que pensaba.

Brisa inclinó ligeramente la copa, agitando el vino.

—Odio llevar de nuevo la contraria (ese suele ser el trabajo de Hammond), pero tengo que volver a nuestro problema anterior. Diez mil hombres. Eso ni siquiera *asustará* a la Guarnición. Estamos hablando de veinte mil soldados bien armados y entrenados.

—Tiene razón, Kel —dijo Dockson. Había encontrado un cuadernillo en alguna parte y se había puesto a tomar notas sobre la reunión.

Kelsier frunció el ceño.

Ham asintió.

—Lo mires como lo mires, Kel, esa Guarnición va a ser un hueso duro de roer. Tal vez deberíamos concentrarnos en la nobleza. Tal vez podamos causar suficiente caos para que ni siquiera la Guarnición sea capaz de controlarlo.

Kelsier negó con la cabeza.

—Lo dudo. El cometido principal de la Guarnición es mantener el orden en la ciudad. Si no podemos enfrentarnos a esas tropas nunca nos saldremos con la nuestra. —Hizo una pausa, luego miró a Vin—. ¿Qué te parece, Vin? ¿Alguna sugerencia?

Ella se quedó helada. Camon nunca le preguntaba su opinión. ¿Qué quería Kelsier de ella? Se enderezó ligeramente en su asiento cuando se dio cuenta de que los otros miembros del grupo se habían vuelto a mirarla.

—Yo... —respondió Vin lentamente.

—Venga ya, Kelsier, no intimides a la pobrecilla —dijo Brisa, agitando la mano.

Vin asintió, pero Kelsier no cedió.

—No, en serio. Dime lo que estás pensando, Vin. Tienes un enemigo mucho más numeroso amenazándote. ¿Qué haces?

—Bueno —dijo ella lentamente—, no lo combates, eso seguro. Aunque ganaras, saldrías tan maltrecho que no podrías luchar contra nadie más.

—Tiene razón —dijo Dockson—. Pero tal vez no tengamos elección. Tenemos que deshacernos de ese ejército de alguna forma.

—¿Y si saliera de la ciudad? —preguntó ella—. ¿Funcionaría eso? Si tuviera que vérmelas con alguien tan poderoso, intentaría distraerlo primero, obligarlo a dejarme en paz.

Ham se echó a reír.

—¿Conseguir que la Guarnición abandone Luthadel? Buena suerte. El lord Legislador envía escuadrones de patrulla algunas veces, pero la única vez que la Guarnición entera se marchó, que yo sepa, fue cuando la rebelión skaa estalló en Courteline hace medio siglo.

Dockson negó con la cabeza.

—La idea de Vin es demasiado buena para descartarla tan alegremente, creo. Es cierto que no podemos combatir a la Guarnición... al menos, mientras esté atrincherada. Así que necesitamos que de algún modo salga de la ciudad.

—Sí —dijo Brisa—, pero haría falta una crisis concreta que implicara recurrir a la Guarnición. Si el problema no fuera lo suficientemente amenazador, el lord Legislador no enviaría a toda la Guarnición. Si fuese demasiado peligroso, se atrincheraría y mandaría llamar a sus koloss.

—¿Una rebelión en una de las ciudades cercanas? —sugirió Ham.

—Eso nos deja con el mismo problema que antes —dijo Kelsier, sacudiendo la cabeza—. Si no podemos conseguir que los skaa de aquí se rebelen, nunca conseguiremos que lo hagan los que están fuera de la ciudad.

—¿Y algún tipo de treta? —preguntó Ham—. Estamos dando por hecho que podremos congregar un ejército de tamaño apreciable. Si fingiera atacar algún lugar cercano, tal vez el lord Legislador enviara la Guarnición como ayuda.

—Dudo que la enviara para proteger otra ciudad —dijo Brisa—. No si eso le dejara en Luthadel sin protección.

El grupo guardó silencio, pensando de nuevo. Vin miró alrededor y entonces descubrió que Kelsier la estaba mirando.

—¿Qué? —preguntó él.

Vin se rebulló un poco, la cabeza gacha.

—¿A qué distancia están los Pozos de Hathsin? —preguntó por fin.

Todos se quedaron inmóviles.

Finalmente, Brisa se echó a reír.

—Ay, eso sí que es retorcido. La nobleza no sabe que los Pozos producen atium, así que el lord Legislador no podría armar mucho alboroto... No sin revelar que hay algo muy especial en esos Pozos. Eso significa que nada de koloss.

—No llegarían a tiempo, de todas formas —dijo Ham—. Los Pozos están a solo un par de días de distancia. Si fueran amenazados, el lord Legislador tendría que responder con rapidez. La Guarnición sería la única fuerza capaz de actuar.

Kelsier sonrió, los ojos iluminados.

—Y tampoco haría falta un gran ejército para amenazar los Pozos. Mil hombres podrían hacerlo. Los enviamos para que ataquen y, cuando la Guarnición salga, nuestra segunda y mayor fuerza actúa y toma Luthadel. Para cuando la Guarnición se dé cuenta del engaño, no podrá volver a tiempo de impedirnos que tomemos las murallas de la ciudad.

—Pero ¿podremos conservarlas? —preguntó Yeden, aprensivo.

Ham asintió ansiosamente.

—Con diez mil skaa podría defender esta ciudad contra la Guarnición. El lord Legislador tendría que mandar llamar a sus koloss.

—Para entonces ya tendríamos el atium —dijo Kelsier—. Y las Grandes Casas no estarían en condiciones de detenernos: estarían debilitadas y frágiles debido a sus luchas internas.

Dockson escribía frenéticamente en su libreta.

—Entonces necesitaremos utilizar las cuevas de Yeden. Están cerca de ambos objetivos, y mucho más cerca de Luthadel que los Pozos. Si nuestro ejército partiera de allí, podría llegar aquí antes de que la Guarnición regresara de los Pozos.

Kelsier asintió.

Dockson continuó escribiendo.

—Tendré que empezar a acumular suministros en esas cuevas, tal vez incluso hacer un viaje para comprobar su estado.

—¿Y cómo vamos a llevar a los soldados hasta allí? —preguntó Yeden—. Está a una semana de la ciudad... y los skaa no pueden viajar solos.

—Ya tengo a alguien que puede ayudarnos allí —dijo Kelsier, escribiendo «atacar los Pozos de Hathsin» bajo «Guarnición de Luthadel» en su pizarra—. Tengo un amigo que puede ofrecernos una tapadera para llevar barcos al norte por el canal.

—Suponiendo que seas capaz de cumplir tu primera promesa —dijo Yeden—. Te pagué para que me consiguieras un ejército. Diez mil hombres son muchos, pero todavía no me has explicado cómo vas a lograr reunirlos. Ya te he contado los problemas que hemos tenido tratando de reclutar gente en Luthadel.

—No necesitaremos el apoyo de la población en masa —dijo Kelsier—, solo de un pequeño porcentaje: hay casi un millón de obreros en Luthadel y sus alrededores. Esta debería ser la parte más sencilla del plan, ya que estamos en presencia de uno de los mejores aplacadores del mundo. Brisa, cuento con tu fuerza y la de tus alománticos para que nos proporciones una buena selección de reclutas.

Brisa bebió un sorbo de vino.

—Kelsier, mi buen amigo, desearía que no emplearas palabras como «fuerza» para referirte a mis talentos. Yo me limito a animar a la gente.

—Bueno, ¿puedes animar un ejército para nosotros? —preguntó Dockson.

—¿Cuánto tiempo tengo?

—Un año —respondió Kelsier—. Planeamos llevar esto a cabo el próximo otoño. Suponiendo que el lord Legislador congregue a sus fuerzas para atacar a Yeden cuando tomemos la ciudad, bien podríamos obligarlo a hacerlo en invierno.

—Diez mil hombres —dijo Brisa con una sonrisa—, reunidos a partir de una población reacia en menos de un año. Desde luego, será todo un desafío.

Kelsier se echó a reír.

—De ti, eso es tan bueno como un sí. Empieza por Luthadel, luego dirígete a las ciudades cercanas. Necesitamos gente que esté lo bastante cerca para reunirse en las cuevas.

Brisa asintió.

—También necesitaremos armas y suministros —dijo Ham—. Y habrá que entrenar a los hombres.

—Ya tengo un plan para conseguir las armas —respondió Kelsier—. ¿Puedes buscar a algunos hombres para que se encarguen del entrenamiento?

Ham reflexionó un momento.

—A lo mejor. Conozco a algunos soldados skaa que lucharon en una de las Campañas de Supresión del lord Legislador.

Yeden palideció.

—¡Traidores!

Ham se encogió de hombros.

—La mayoría no están orgullosos de lo que hicieron —dijo—. Pero a la mayoría también le gusta comer. Es un mundo duro, Yeden.

—Mi gente nunca trabajará con esos hombres.

—Tendrán que hacerlo —dijo Kelsier con severidad—. Gran número de rebeliones skaa fracasan porque sus hombres están mal entrenados. Vamos a darte un ejército de hombres bien alimentados y bien entrenados... y que me zurzan si voy a dejarte que los hagas matar porque nunca les enseñaron por qué extremo se empuña una espada. —Hizo una pausa y luego miró a Ham—. Sin embargo, te sugiero que busques hombres que estén furiosos con el Imperio Final por lo que les obligó a hacer. No confío en tipos cuya lealtad solo se cuenta por las monedas de sus bolsillos.

Ham asintió y Yeden guardó silencio. Kelsier se dio la vuelta y escribió «Ham: entrenamiento» y «Brisa: reclutamiento» en la pizarra, debajo de «tropas».

—Me interesa tu plan para conseguir armas —dijo Brisa—. ¿Cómo, exactamente, pretendes armar a diez mil hombres sin que el lord Legislador recele? Controla con mucho cuidado cómo fluyen las armas.

—Podríamos hacerlas nosotros —dijo Clubs—. Tengo madera de sobra para fabricar un par de bastones de combate al día. También podría conseguiros algunas flechas.

—Agradezco el ofrecimiento, Clubs —dijo Kelsier—. Y creo que es una buena idea. Sin embargo, vamos a necesitar algo más que bastones. Necesitaremos espadas, escudos y armaduras... Y las necesitaremos rápidamente para empezar a entrenarnos.

—Entonces ¿cómo vas a hacerlo? —preguntó Brisa.

—Las Grandes Casas consiguen armas —dijo Kelsier—. No tienen ningún problema para equipar a su retenes personales.

—¿Quieres que se las robemos?

Kelsier negó con la cabeza.

—No, por una vez vamos a hacer las cosas de manera más o menos legal... Vamos a comprar nuestras armas. O, más bien, vamos a hacer que un noble comprensivo las compre por nosotros.

Clubs soltó una risotada.

—¿Un noble comprensivo con los skaa? Nunca.

—Bueno, entonces «nunca» ha sido hace poco —respondió alegre Kelsier—. Porque ya he encontrado a alguien que va a ayudarnos.

La habitación permaneció en un silencio roto solo por el chisporroteo del fuego. Vin se agitó en su asiento mirando a los demás. Parecían sorprendidos.

—¿Quién? —preguntó Ham.

—Se llama lord Renoux —dijo Kelsier—. Llegó a la zona hace

unos cuantos días. Se aloja en Fellise... No tiene todavía suficiente influencia para establecerse en Luthadel. Además, creo que es prudente mantener las actividades de Renoux un poco apartadas del lord Legislador.

Vin ladeó la cabeza. Fellise era una ciudad pequeña y suburbana a una hora de Luthadel; Reen y ella habían trabajado allí antes de trasladarse a la capital. ¿Cómo había reclutado Kelsier a este lord Renoux? ¿Lo había sobornado o lo había timado de alguna manera?

—He oído hablar de Renoux —dijo Brisa lentamente—. Es un lord del oeste; tiene mucho poder en el Dominio Lejano.

Kelsier asintió.

—Lord Renoux decidió hace poco intentar elevar a su familia al rango de alta nobleza. Su historia oficial es que vino al sur para expandir sus objetivos mercantiles. Enviando buenas armas sureñas al norte espera ganar suficiente dinero (y hacer suficientes contactos) para construirse una fortaleza en Luthadel a finales de la década.

Todos guardaron silencio.

—Pero esas armas irán a parar a nuestras manos —dijo Ham lentamente.

Kelsier asintió.

—Tendremos que falsificar los registros de los consignatarios, por si acaso.

—Eso es... es bastante ambicioso, Kel —dijo Ham—. La familia de un lord trabajando de nuestra parte.

—Pero, Kelsier, si tú *odias* a los nobles —comentó Brisa, confuso.

—Este es diferente —contestó Kelsier con una sonrisa taimada.

El grupo estudió a Kelsier. No les gustaba la idea de trabajar con un noble: Vin lo notaba con absoluta claridad. Quizá tampoco ayudara el hecho de que Renoux fuese tan poderoso.

De repente, Brisa se echó a reír. Se acomodó en su asiento y apuró el vino que le quedaba.

—¡Bendito loco! Lo has matado, ¿verdad? A Renoux... Lo has matado y lo has sustituido por un impostor.

La sonrisa de Kelsier se ensanchó.

Yeden maldijo, pero Ham se limitó a sonreír.

—Ah. Ahora sí que tiene sentido. O, al menos, tiene sentido si eres Kelsier el Temerario.

—Renoux va a establecerse de manera permanente en Fellise —continuó diciendo Kelsier—. Será nuestra tapadera si necesitamos hacer algo oficial. Lo utilizaré para comprar armas y suministros, por ejemplo.

Brisa asintió con la cabeza, contemplativo.

—Eficaz.

—¿Eficaz? —preguntó Yeden—. ¡Has matado a un noble! Y a uno muy importante.

—Estás planeando derrocar el imperio entero, Yeden —le advirtió Kelsier—. Renoux no va a ser la única baja aristocrática en esta pequeña empresa.

—Sí, pero... ¿hacerse pasar por él? —preguntó Yeden—. Eso me parece un poco arriesgado.

—Nos contrataste porque querías resultados extraordinarios, querido amigo —dijo Brisa—. En nuestro trabajo, los resultados extraordinarios suelen requerir riesgos extraordinarios.

—Los minimizamos lo mejor que podemos, Yeden —dijo Kelsier—. Mi actor es muy bueno. Sin embargo, estas son las cosas que vamos a tener que hacer en este trabajo.

—¿Y si os ordeno no hacer unas cuantas? —preguntó Yeden.

—Puedes cancelar el trabajo en cualquier momento —dijo Dockson sin levantar la cabeza de sus papeles—. Pero mientras el asunto esté en marcha, Kelsier tiene la última palabra en lo referente a planes, objetivos y procedimientos. Así es como trabajamos: lo sabías cuando nos contrataste.

Yeden sacudió tristemente la cabeza.

—¿Bien? —preguntó Kelsier—. ¿Continuamos o no? La decisión es tuya, Yeden.

—Siéntete libre de darlo por terminado, amigo —dijo Brisa en tono servicial—. No temas ofenderlo. Yo particularmente agradezco el dinero regalado.

Vin vio a Yeden palidecer levemente. En su opinión, tenía suerte de que Kelsier no le hubiera quitado el dinero y le hubiera clavado un puñal en el pecho. Pero cada vez se convencía más de que esa no era la manera en que funcionaban por allí las cosas.

—Es una locura —dijo Yeden.

—¿Tratar de derrocar al lord Legislador? —preguntó Brisa—. Bueno, sí, la verdad es que sí.

—Muy bien —suspiró Yeden—. Continuamos.

—Bien —dijo Kelsier, y escribió «Kelsier: equipo» debajo de «tropas»—. La fachada de Renoux también nos permitirá frecuentar la alta sociedad de Luthadel. Será una ventaja muy importante: necesitaremos seguir con atención la política de las Grandes Casas si queremos iniciar una guerra.

—Esta guerra de casas tal vez no sea tan fácil de promover como crees, Kelsier —comentó Brisa—. El grupito de altos nobles actual es cuidadoso y discriminador.

Kelsier sonrió.

—Entonces es buena cosa que estés aquí para ayudarnos, Brisa. Eres un experto consiguiendo que la gente haga lo que quieres... Juntos, tú y yo, planearemos cómo hacer que los altos nobles se vuelvan unos contra otros. Hay guerras entre las casas importantes cada dos siglos más o menos. La competencia del grupo actual solo los volverá más peligrosos, así que enfrentarlos no debería ser tan difícil. De hecho, ya he iniciado el proceso...

Brisa alzó una ceja y luego miró a Ham. El violento gruñó, sacó una moneda de oro de diez cuartos y la lanzó al otro lado de la sala hacia un complacido Brisa.

—¿De qué va esto? —preguntó Dockson.

—Hicimos una apuesta acerca de si Kelsier estuvo o no implicado en los disturbios de anoche —explicó Brisa.

—¿Disturbios? —preguntó Yeden—. ¿Qué disturbios?

—Alguien atacó la Casa Venture —dijo Ham—. Se comenta que tres nacidos de la bruma fueron enviados a asesinar al mismísimo Straff Venture.

Kelsier bufó.

—¿Tres? Desde luego, Straff tiene una opinión muy elevada de sí mismo. Yo ni siquiera me acerqué a su excelencia. Fui por el atium... y para asegurarme de que me vieran.

—Venture no sabe a quién echar la culpa —dijo Brisa—. Pero como hubo nacidos de la bruma de por medio, todo el mundo supone que fue de una de las Grandes Casas.

—Esa era la idea —dijo Kelsier con regocijo—. La alta nobleza se toma muy en serio los ataques de los nacidos de la bruma: tienen un acuerdo tácito de que nunca enviarán a un nacido de la bruma para asesinarse entre sí. Unos cuantos golpes más como este y haré que salten unos contra otros como animales asustados.

Se volvió y añadió «Brisa: planificación» y «Kelsier: caos general» bajo «Grandes Casas» en la pizarra.

—Necesitaremos además estudiar la política local para averiguar qué Casas están haciendo alianzas —continuó—. Eso significa enviar un espía a algunos de sus actos.

—¿Es realmente necesario? —preguntó Yeden, incómodo.

Ham asintió.

—Es el procedimiento normal para cualquier trabajo en Luthadel. Si hay alguna información, pasará por los labios de los poderosos de la corte. Siempre compensa tener un par de oídos atentos en sus círculos.

—Bueno, eso debería ser fácil —dijo Brisa—. Traemos a tu impostor y lo enviamos a las fiestas.

Kelsier negó con la cabeza.

—Desgraciadamente, lord Renoux no podrá venir a Luthadel.

Yeden frunció el ceño.

—¿Por qué no? ¿No aguantará tu impostor un escrutinio de cerca?

—Bueno, se parece a lord Renoux —dijo Kelsier—. Es exactamente igual, en realidad. Pero no podemos dejar que se acerque a un inquisidor...

—Ah —dijo Brisa, intercambiando una mirada con Ham—. Uno de *esos*. Bien, entonces.

—¿Qué? —preguntó Yeden—. ¿Qué quiere decir?

—No quieras saberlo.

—¿No?

Brisa negó con la cabeza.

—Cuando Kelsier ha dicho que había sustituido a lord Renoux por un impostor, eso te ha inquietado, ¿verdad? Bueno, esto es una docena de veces peor. Confía en mí: cuanto menos sepas, más cómodo te sentirás.

Yeden miró a Kelsier, quien sonreía de oreja a oreja. Palideció y volvió a acomodarse en su asiento.

—Es probable que tengas razón.

Vin frunció el ceño y contempló a los otros hombres presentes en la habitación. Parecían saber de qué estaba hablando Kelsier. Tendría que estudiar a ese lord Renoux en alguna ocasión.

—De todas maneras, tenemos que enviar a alguien a las fiestas de sociedad —dijo Kelsier—. Dox, por tanto, hará de sobrino y heredero de Renoux, un miembro de la familia que recientemente se ha ganado el favor de lord Renoux.

—Espera un momento, Kel —dijo Dockson—. No me habías hablado de esto.

Kelsier se encogió de hombros.

—Vamos a necesitar a alguien que sea nuestro topo en la nobleza. Suponía que tú encajabas en el papel.

—No puedo ser yo —dijo Dockson—. Me marcaron durante el trabajo de Eiser hace un par de meses.

Kelsier frunció el ceño.

—¿Qué? —preguntó Yeden—. ¿Quiero saber de qué estáis hablando esta vez?

—Quiere decir que el Ministerio lo anda buscando —dijo Brisa—. Se hizo pasar por noble y lo descubrieron.

Dockson asintió.

—El propio lord Legislador me vio en una ocasión, y tiene una memoria perfecta. Aunque consiguiera evitarlo, alguien me reconocerá tarde o temprano.

—Así que... —dijo Yeden.

—Así que necesitamos a otra persona que haga de heredero de lord Renoux —dijo Kelsier.

—A mí no me mires —repuso Yeden, aprensivo.

—Créeme: nadie pensaba en ti. Clubs también queda descartado: es un artesano skaa demasiado conocido.

—Yo también quedo fuera —dijo Brisa—. Ya tengo varios alias entre los nobles. Supongo que podría usar uno de ellos, pero no podría asistir a ninguno de los bailes ni fiestas importantes... Sería muy embarazoso si me encontrara con alguien que me conociera por un alias diferente.

Kelsier frunció el ceño, pensativo.

—Yo podría hacerlo —dijo Ham—. Pero ya sabéis que no actúo bien.

—¿Y mi sobrino? —dijo Clubs, señalando al jovencito que tenía al lado.

Kelsier estudió al muchacho.

—¿Cómo te llamas, hijo?

—Lestibournes.

Kelsier alzó una ceja.

—Vaya nombrecito. ¿No tienes ningún apodo?

—En todavía no de los jamases.

—Tendremos que trabajar en eso —dijo Kelsier—. ¿Siempre hablas con ese argot callejero del este?

El chico se encogió de hombros, obviamente nervioso por ser el centro de atención.

—Por allá que andaba en cuando era chaval.

Kelsier miró a Dockson, que negó con la cabeza.

—No creo que sea buena idea, Kel.

—Estoy de acuerdo. —Kelsier se volvió hacia Vin y sonrió—. Supongo que solo nos quedas tú. ¿Cómo se te da imitar a una noble?

Vin palideció un poco.

—Mi hermano me dio unas cuantas lecciones. Pero en realidad nunca lo he intentado...

—Lo harás bien —dijo Kelsier, y escribió «Vin: infiltración» bajo «Grandes Casas»—. Muy bien, Yeden, deberías empezar a planear cómo conservar el control del imperio cuando todo esto haya acabado.

Yeden asintió. Vin sintió un poco de lástima por el hombre, viendo cómo el plan, su descarada audacia, parecía estar abrumándolo. Con todo, le resultaba difícil sentir pena por él, considerando lo que Kelsier había explicado sobre la parte que desempeñaría ella en el plan.

¿Hacerme pasar por una noble?, pensó. *Tiene que haber alguien que pueda hacerlo mejor...*

Brisa todavía estaba dedicando su atención a Yeden, claramente incómodo.

—No te pongas tan solemne, mi querido amigo —dijo Brisa—. Lo más probable es que nunca tengas que gobernar la ciudad. Es casi seguro que nos capturarán a todos y nos ejecutarán mucho antes de que eso suceda.

Yeden sonrió sin ganas.

—¿Y si no morimos? ¿Qué os impide a todos vosotros apuñalarme y quedaros con el imperio?

Brisa puso cara de hartazgo.

—Somos ladrones, querido mío, no políticos. Una nación es una molestia demasiado grande para merecer nuestro tiempo. Cuando tengamos nuestro atium, seremos felices.

—Por no decir ricos —añadió Ham.

—Las dos palabras son sinónimas, Hammond —dijo Brisa.

—Además —Kelsier se dirigió a Yeden—, no vamos a darte todo el imperio. Es de esperar que se desmorone cuando Luthadel se desestabilice. Tú tendrás tu ciudad, y quizá un buen pedazo del Dominio Central... suponiendo que consigas sobornar a los ejércitos locales para que te apoyen.

—¿Y... el lord Legislador? —preguntó Yeden.

Kelsier sonrió.

—Sigo con la intención de ocuparme de él personalmente... Solo tengo que averiguar cómo hacer funcionar el Undécimo metal.

—¿Y si no lo logras?

—Bueno —dijo Kelsier, escribiendo «Yeden: preparación y gobierno» bajo «rebelión skaa» en la pizarra—, intentaremos buscar un modo para hacerlo salir de la ciudad. Tal vez consigamos que vaya con su ejército a los Pozos y asegurar allí las cosas.

—¿Y luego qué?

—Encuentra tú un modo de tratar con él —respondió Kelsier—. No nos contrataste para matar al lord Legislador, Yeden: eso es solo un posible beneficio adicional que pretendo incluir si puedo.

—Yo no me preocuparía demasiado, Yeden —añadió Ham—. No podrá hacer mucho sin fondos ni ejército. Es un alomántico poderoso, pero en modo alguno omnipotente.

Brisa sonrió.

—Sin embargo, si lo piensas bien, cabe la posibilidad de que las seudodeidades hostiles destronadas sean unos vecinos desagradables. Tendrás que meditar qué hacer con él.

Al parecer a Yeden no le gustó mucho la idea, pero no insistió.

Kelsier se dio la vuelta.

—Entonces, eso es todo.

—Hummm... ¿Y el Ministerio? —dijo Ham—. ¿No deberíamos encontrar al menos un modo de echar un ojo a esos inquisidores?

Kelsier sonrió.

—Dejaremos que mi hermano se encargue de ellos.

—Y un cuerno —dijo una nueva voz desde el fondo de la habitación.

Vin se levantó de un salto, giró y miró hacia la oscura puerta. Había un hombre de pie en el umbral. Alto y ancho de hombros, tenía una rigidez estatuaria. Vestía de forma modesta, con una sencilla camisa, pantalones y una casaca skaa suelta. Tenía los brazos cruzados en gesto de insatisfacción y un rostro duro y cuadrado que le resultaba familiar.

Vin se volvió a mirar a Kelsier. El parecido era evidente.

—¿Marsh? —dijo Yeden, poniéndose en pie—. ¡Marsh, eres tú! ¡Nos prometió que te unirías a nosotros, pero yo...! ¡Bueno, bienvenido de vuelta al grupo!

El rostro de Marsh permaneció impasible.

—No estoy seguro de haber «vuelto» o no, Yeden. Si no os importa, me gustaría hablar en privado con mi hermano pequeño.

Kelsier no pareció intimidado por el duro tono de Marsh. Hizo un gesto al grupo.

—Hemos terminado por hoy, amigos.

Los demás se levantaron despacio, dando a Marsh un fuerte abrazo al salir. Vin los siguió, cerró la puerta y bajó las escaleras para dar la impresión de que se retiraba a su habitación.

Menos de tres minutos más tarde había vuelto a la puerta para escuchar en silencio la conversación que tenía lugar al otro lado.

Rashek es un hombre alto; naturalmente, la mayoría de los terrisanos lo son. Es joven para que los otros porteadores lo respeten tanto. Tiene carisma, y las mujeres de la corte probablemente lo describirían como apuesto, a su burda manera.

Sin embargo, me sorprende que alguien preste atención a un hombre que predica tanto odio. Nunca ha visto Khlennium, pero maldice la ciudad. No me conoce, pero noto el odio y la hostilidad en sus ojos.

7

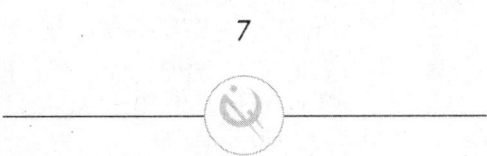

Tres años no habían cambiado mucho el aspecto de Marsh. Seguía siendo la persona severa e imponente que Kelsier conocía desde la infancia. Todavía ardía aquel brillo de decepción en sus ojos y hablaba con el mismo aire de desaprobación.

Sin embargo, si había que creer a Dockson, la actitud de Marsh había cambiado mucho desde aquel día, tres años atrás. A Kelsier todavía le costaba trabajo creer que su hermano hubiese renunciado al liderazgo de la rebelión skaa. Siempre se había mostrado muy apasionado en su tarea.

Al parecer, esa pasión había menguado. Marsh dio un paso adelante y observó la pizarra con ojo crítico. Tenía la ropa algo manchada de ceniza, pero la cara relativamente limpia para tratarse de un skaa. Se detuvo un instante a examinar las notas de Kelsier. Finalmente, se volvió y arrojó una hoja de papel a la silla situada junto a su hermano.

—¿Qué es esto? —preguntó Kelsier, recogiéndola.

—Los nombres de los once hombres que mataste anoche —dijo Marsh—. Me ha parecido que al menos querrías saberlo.

Kelsier arrojó el papel a las llamas.

—Servían al Imperio Final.

—Eran *hombres*, Kelsier —replicó Marsh—. Tenían una vida, familia. Varios de ellos eran skaa.

—Traidores.

—Personas —dijo Marsh—. Gente que intentaba conseguir lo mejor posible con lo que les había dado la vida.

—Bueno, yo estoy haciendo lo mismo. Y, por fortuna, la vida me dio la habilidad de arrojar hombres como esos desde lo alto de los edificios. Si quieren enfrentarse a mí como nobles, también pueden morir como nobles.

La expresión de Marsh se ensombreció.

—¿Cómo puedes dar tan poca importancia a algo así?

—Porque, Marsh, el humor es lo único que me queda. El humor y la determinación.

Marsh dio un suave resoplido.

—Deberías estar contento —dijo Kelsier—. Después de décadas de escuchar tus sermones, finalmente he decidido hacer con mis talentos algo que merezca la pena. Ahora que estás aquí para ayudarme, estoy seguro...

—No he venido a ayudar —lo interrumpió Marsh.

—Entonces ¿a qué has venido?

—Para hacerte una pregunta. —Marsh dio un paso al frente y se detuvo justo delante de Kelsier. Eran más o menos de la misma estatura, pero la recia personalidad de Marsh siempre le hacía parecer más alto—. ¿Cómo te atreves a hacer esto? —preguntó en voz baja—. Yo dediqué mi vida a derrocar al Imperio Final. Mientras tú y tus amigos ladrones os dedicabais a pasarlo bien, yo ocultaba a fugitivos. Mientras planeabas pequeños robos, yo organizaba revueltas. Mientras tú vivías en el lujo, yo veía a gente valiente morir de hambre. —Marsh alzó un brazo y clavó un dedo en el pecho de Kelsier—. ¿Cómo te atreves? ¿Cómo te atreves a intentar robar la rebelión para uno de tus «trabajitos»? ¿Cómo te atreves a usar este sueño como medio para enriquecerte?

Kelsier apartó el dedo de su hermano.

—No se trata de eso.

—¿No? —preguntó Marsh, señalando la palabra «atium» de la pizarra—. ¿Por qué los juegos, Kelsier? ¿Por qué embaucar a Yeden, fingiendo aceptarlo como tu «patrón»? ¿Por qué actuar como si te preocuparan los skaa? Los dos sabemos lo que pretendes realmente.

Kelsier apretó los dientes y sintió que parte de su buen humor se esfumaba. *Siempre ha podido hacerme esto.*

—Ya no me conoces, Marsh —dijo en voz baja—. Esto no es por

el dinero... Una vez tuve más riquezas de lo que ningún hombre pueda gastar. Este trabajo es algo diferente.

Marsh se acercó, estudiando los ojos de Kelsier, como buscando la verdad en ellos.

—Siempre fuiste un buen mentiroso —dijo por fin.

Kelsier puso los ojos en blanco.

—Bien, piensa lo que quieras. Pero no me des sermones. Derrocar al imperio tal vez fuera tu sueño una vez... pero ahora te has convertido en un buen skaa, te quedas en tu taller y te inclinas ante los nobles cuando te visitan.

—He aceptado la realidad —dijo Marsh—. Algo en lo que tú nunca has sido bueno. Aunque seas sincero en lo referente a este plan, fracasarás. Todo lo que han hecho los rebeldes (las incursiones, los robos, las muertes) no ha servido para nada. Nuestros mejores esfuerzos nunca llegaron a ser ni siquiera una pequeña molestia para el lord Legislador.

—Ah, pero en ser una molestia soy muy bueno —contestó Kelsier—. De hecho, soy más que una «pequeña» molestia: la gente me dice que puedo ser absolutamente enervante. Bien podría usar ese talento para una buena causa, ¿no?

Marsh suspiró y se volvió.

—Esto no es ninguna «causa», Kelsier. Es una venganza. Tiene que ver contigo, como siempre. Creeré que no vas detrás del dinero, incluso que pretendes entregar a Yeden ese ejército por el que al parecer te está pagando. Pero no creo que te importe.

—En eso te equivocas, Marsh —dijo Kelsier suavemente—. En eso siempre te has equivocado conmigo.

Marsh frunció el ceño.

—Tal vez. Pero ¿cómo empezó todo? ¿Fue a verte Yeden o acudiste tú a él?

—¿Importa? —preguntó Kelsier—. Mira, Marsh. Necesito a alguien para que se infiltre en el Ministerio. Este plan no irá a ninguna parte si no descubrimos un modo de vigilar a esos inquisidores.

Marsh se volvió.

—¿Esperas de verdad que te ayude?

Kelsier asintió.

—Por eso has venido, digas lo que digas. Una vez me dijiste que creías que podría hacer grandes cosas si me aplicaba a un objetivo digno. Bueno, eso es lo que estoy haciendo ahora... Y tú me vas a ayudar.

—Ya no es tan fácil, Kel —dijo Marsh, sacudiendo la cabeza—. Algunas personas son distintas. Otras... ya no están.

Kelsier dejó que el silencio se apoderara de la habitación. Incluso el fuego de la chimenea empezaba a apagarse.

—Yo también la echo de menos.

—Estoy seguro de que sí... Pero tengo que ser sincero contigo, Kel. A pesar de lo que ella hizo... a veces deseo que no hubieras sido tú quien sobreviviera a los Pozos.

—Yo deseo lo mismo cada día.

Marsh se dio la vuelta, estudiando a Kelsier con mirada fría y escrutadora. Los ojos de un buscador. Lo que vio reflejado en los de su hermano debió de merecer finalmente su aprobación.

—Me marcho —dijo Marsh—. Pero por algún motivo pareces sincero esta vez. Volveré y escucharé el plan loco que hayas urdido. Entonces... Bueno, entonces ya veremos.

Kelsier sonrió. En el fondo, Marsh era un buen hombre: mucho mejor que él mismo. Cuando su hermano se acercaba a la puerta, Kelsier captó la sombra de un movimiento más allá. Inmediatamente quemó hierro y las líneas azules traslúcidas brotaron de su cuerpo conectándolo con las fuentes cercanas de metal. Marsh, naturalmente, no llevaba metal encima, ni siquiera monedas. Recorrer los sectores skaa de la ciudad podía ser muy peligroso para un hombre que pareciera incluso mínimamente próspero.

Sin embargo, había alguien que no había aprendido todavía a no llevar metal sobre su persona. Las líneas azules eran finas y débiles (no atravesaban bien la madera), pero fueron lo suficientemente fuertes para permitir a Kelsier localizar la hebilla del cinturón de la persona que se apartaba rápidamente de la puerta con pasos silenciosos. Sonrió para sí. La chica era extremadamente habilidosa. Su vida callejera, sin embargo, la había marcado profundamente. Con suerte él podría fomentar sus habilidades mientras la ayudaba a sanar esas cicatrices.

—Volveré mañana —dijo Marsh en la puerta.

—No vengas demasiado pronto —respondió Kelsier con un guiño—. Tengo algunas cosas que hacer esta noche.

Vin esperaba en su habitación a oscuras, prestando atención a las pisadas que bajaban las escaleras. Se agazapó junto a su puerta tratando de determinar si el sonido de los pasos había continuado bajando o no. El pasillo quedó en silencio, así que dejó escapar un callado suspiro de alivio.

Llamaron a la puerta apenas a unos centímetros de su cabeza.

El sobresalto casi la hizo caer al suelo. *¡Es bueno!*, pensó.

Se despeinó rápidamente y se frotó los ojos, tratando de simular que estaba durmiendo. Se sacó la camisa y esperó a que volvieran a llamar antes de abrir la puerta.

Kelsier estaba apoyado en una jamba, recortado por la luz de la única linterna del pasillo. Alzó una ceja al ver su estado de desaliño.

—¿Sí? —preguntó Vin, tratando de hacerse la dormida.

—Bueno, ¿qué te parece Marsh?

—No sé —dijo Vin—. No lo he visto demasiado antes de que nos hiciera salir.

Kelsier sonrió.

—No vas a admitir que te he pillado, ¿eh?

Vin casi le devolvió la sonrisa. El entrenamiento de Reen acudió al rescate. *Es al hombre que quiere que confíes en él al que más debes temer,* la voz de su hermano pareció susurrarle al oído. Se había hecho más fuerte desde que conocía a Kelsier, como si sus instintos estuvieran siempre a prueba.

Kelsier la estudió brevemente y se apartó de la puerta.

—Remétete esa camisa y sígueme.

Vin frunció el ceño.

—¿Adónde vamos?

—A iniciar tu entrenamiento.

—¿Ahora? —preguntó Vin, mirando los postigos oscuros de su habitación.

—Naturalmente. Es una noche perfecta para dar un paseo.

Vin se alisó la ropa y se reunió con él en el pasillo. Si de verdad planeaba empezar a enseñarle cosas, no iba a quejarse. Daba igual la hora que fuera. Bajaron las escaleras. El taller estaba oscuro, los proyectos de muebles a medio terminar sumidos en las sombras. La cocina, sin embargo, estaba iluminada.

—Un momentito —dijo Kelsier, y se metió en la cocina.

Vin se detuvo en las sombras del taller, dejando que Kelsier entrara en la cocina sin ella. Pero con todo, estaba lo bastante cerca como para ver el interior. Dockson, Brisa y Ham estaban sentados con Clubs y sus aprendices alrededor de una gran mesa. Había vino y cerveza, aunque en pequeñas cantidades, y los hombres tomaban una cena sencilla de pastelitos de cebada hervida y verduras rebozadas.

Escuchó risas. No risas estentóreas, como sonaban a menudo en la mesa de Camon. Eran más suaves, una muestra de alegría verdadera, de disfrute sano.

Vin no estaba segura de qué era lo que la mantenía fuera de la habitación. Era como si la luz y el buen humor fueran una barrera que exiliaba al silencioso y solemne taller. Observó desde la oscuridad, incapaz de suprimir por completo su anhelo.

Kelsier regresó un momento después con su mochila y un pequeño hatillo. Vin miró el hatillo con curiosidad. Él se lo tendió con una sonrisa.

—Un regalo.

Notaba la tela lustrosa y suave entre los dedos y Vin supo inmediatamente de qué se trataba. Dejó que el tejido gris resbalara entre sus manos revelando una capa de nacido de la bruma. Como el atuendo que Kelsier llevaba la noche anterior, estaba hecho de tiras de tela separadas.

—Pareces sorprendida —comentó Kelsier.

—Yo... suponía que tendría que ganármelo de algún modo.

—¿Qué hay que ganar? —dijo Kelsier, poniéndose su propia capa—. Esto es quien eres, Vin.

Ella se detuvo, se echó la capa sobre los hombros y se la abrochó. Parecía... diferente. Gruesa y pesada sobre sus hombros, pero liviana y suelta alrededor de sus brazos y piernas. Las cintas estaban cosidas en la parte superior, lo que le permitía arrebujarse en ella si lo deseaba. Se sentía... envuelta. Protegida.

—¿Cómo te sientes? —preguntó Kelsier.

—Bien —dijo ella, sucinta.

Kelsier asintió y sacó varios frascos de cristal. Le ofreció dos.

—Bebe uno; guarda el otro por si lo necesitas. Te mostraré cómo mezclar frascos nuevos más tarde.

Vin asintió, apuró el primer frasco y se guardó el segundo en el cinturón.

—He mandado hacerte ropa nueva —informó Kelsier—. Querrás acostumbrarte a vestir cosas que no lleven metal: cinturones sin hebillas, zapatos que puedas calzarte y sacarte fácilmente, pantalones sin botones. Tal vez más adelante, si te atreves, te consigamos ropa de mujer.

Vin se ruborizó un poco. Kelsier se echó a reír.

—Me estoy burlando de ti. Sin embargo, ahora vas a entrar en un mundo nuevo... Puede que descubras que hay situaciones en las que te convendrá parecer una dama joven más que una ladrona.

Vin asintió y siguió a Kelsier hacia la parte delantera del taller. Abrió la puerta, revelando una muralla de oscuras brumas cambiantes. Se internó en ellas. Inspirando profundamente, Vin lo siguió.

Kelsier cerró la puerta tras ellos. Vin tuvo la sensación de que la calle adoquinada amortiguaba el sonido, de que la movediza bruma lo humedecía todo un poco. No veía muy lejos en ninguna dirección y los extremos de la calle parecían difuminarse en la nada, caminos hacia la eternidad. Arriba no había cielo, solo remolinos de gris sobre gris.

—Muy bien, empecemos —dijo Kelsier.

Su voz sonaba con fuerza en la calle vacía y silenciosa. Había confianza en su tono, algo que, enfrentada a las brumas que la rodeaban, Vin desde luego no sentía.

—Tu primera lección —dijo Kelsier, saliendo a la calle seguido de Vin—, no es de alomancia, sino de actitud. —Tendió la mano hacia delante—. Esto, Vin. Esto es *nuestro*. La noche, las brumas: nos pertenecen. Los skaa evitan las brumas como si fueran la muerte. Los ladrones y los soldados salen de noche, pero también las temen. Los nobles fingen indiferencia, pero las brumas los incomodan. —Se volvió a mirarla—. Las brumas son tus amigas, Vin. Te ocultan, te protegen... y te dan poder. Según la doctrina del Ministerio, algo rara vez compartido con los skaa, los nacidos de la bruma son descendientes de los únicos hombres que permanecieron fieles al lord Legislador durante los días anteriores a su Ascensión. Según otras leyendas somos algo que está incluso más allá del poder del lord Legislador, algo que nació ese día cuando las brumas cayeron por primera vez sobre la tierra.

Vin asintió levemente. Le parecía extraño que Kelsier hablara con tanta franqueza. A cada lado de la calle se alzaban edificios llenos de skaa dormidos. Y, sin embargo, los postigos oscuros y el aire silencioso la hacían sentirse como si Kelsier y ella estuvieran solos. Solos en la ciudad más densamente poblada, más abarrotada de todo el Imperio Final.

Kelsier continuó caminando, la viveza de su paso era incongruente con la oscura penumbra.

—¿No deberían preocuparnos los soldados? —preguntó Vin en voz baja. Sus bandas siempre tenían que estar atentas a las patrullas nocturnas de la Guarnición.

Kelsier negó con la cabeza.

—Aunque fuéramos lo suficientemente descuidados para que nos localizaran, ninguna patrulla imperial se atrevería a molestar a un nacido de la bruma. Verían nuestras capas y fingirían no vernos. Recuerda, casi todos los nacidos de la bruma son miembros de las Grandes Casas... y el resto pertenece a casas menores de Luthadel. Sea como sea, son individuos muy importantes.

Vin frunció el ceño.

—Entonces, ¿los guardias ignoran a los nacidos de la bruma?

Kelsier se encogió de hombros.

—No es conveniente reconocer que la figura agazapada que ves en el tejado es en realidad un señor de alcurnia muy distinguido... o incluso una dama de alcurnia. Los nacidos de la bruma son tan raros que las casas no pueden permitirse tener prejuicios de ningún tipo contra ellos.

»Además, la mayoría de los nacidos de la bruma vive dos vidas: la vida de los aristócratas de la corte y la vida de los sibilinos espías alománticos. La identidad de los nacidos de la bruma es uno de los secretos de las casas: los rumores sobre quiénes son los nacidos de la bruma son siempre el centro de los chismorreos de la alta nobleza.

Kelsier enfiló otra calle y Vin lo siguió, todavía un poco nerviosa. No estaba segura de adónde la llevaba; era fácil perderse en la noche. Tal vez ni siquiera tuviera un destino y solo la estuviera acostumbrando a las brumas.

—Muy bien —dijo Kelsier—, empecemos a acostumbrarte a los metales básicos. ¿Puedes sentir tus reservas de metal?

Vin hizo una pausa. Si se concentraba, distinguía ocho fuentes de poder en su interior; cada una de ellas mucho más grande incluso que las dos que había notado el día en que Kelsier la puso a prueba. Se había sentido reacia a usar mucho su Suerte desde entonces. Estaba empezando a darse cuenta de que había estado empleando un arma que nunca había comprendido realmente, un arma que había llamado accidentalmente la atención de un inquisidor de acero.

—Empieza a quemarlos, uno a uno —dijo Kelsier.

—¿A quemarlos?

—Así es como llamamos cuando se activa una habilidad alomántica —dijo Kelsier—. «Quemas» el metal asociado con ese poder. Comprenderás a qué me refiero. Empieza con los metales que aún no conoces, y dejaremos para más adelante el trabajo en aplacar y encender las emociones.

Vin asintió y se detuvo en medio de la calle. Vacilante, recurrió a una de las nuevas fuentes de poder. Una de ellas le resultaba levemente familiar. ¿La había usado antes sin darse cuenta? ¿Qué haría?

Solo hay una forma de averiguarlo... Insegura de qué se suponía que tenía que hacer exactamente, Vin agarró la fuente de poder y trató de usarla.

De inmediato sintió una llamarada de calor dentro del pecho. No era incómodo, pero sí algo claro y diferente. Junto con el calor vino algo más: una sensación de euforia y de poder. Se sentía... más *sólida*, de algún modo.

—¿Qué ha pasado? —preguntó Kelsier.

—Me siento diferente —respondió Vin. Alzó la mano y pareció como si el miembro hubiera reaccionado demasiado rápidamente. Los músculos estaban ansiosos—. Mi cuerpo... es extraño. Ya no me siento cansada y sí en guardia.

—Ah —dijo Kelsier—. Eso es el peltre. Aumenta tus habilidades físicas y te hace más fuerte, más capaz de resistir la fatiga y el dolor. Reaccionarás con más rapidez cuando lo quemes y tu cuerpo será más duro.

Vin flexionó los músculos, experimentando. No parecían más grandes pero sentía su fuerza. Sin embargo, no se trataba solo de sus músculos... era todo en ella. Sus huesos, su carne, su piel. Recurrió a su reserva y notó que menguaba.

—Me estoy quedando sin ella —dijo.

Kelsier asintió.

—El peltre se quema de manera relativamente rápida. El frasquito que te di estaba medido para contener diez minutos de quema continua... aunque irá más rápido si avivas a menudo y más lento si tienes cuidado con cómo lo usas.

—¿Avivar?

—Puedes quemar tus metales un poco más fuerte si lo intentas

—dijo Kelsier—. Hace que se agoten mucho más rápido y es difícil de mantener, pero puede darte un impulso extra.

Vin frunció el ceño y trató de hacer lo que él decía. Con un empujón de esfuerzo agitó las llamas dentro de su pecho, avivando el peltre.

Fue como el aire que uno toma antes de dar un salto atrevido. Un súbito arrebato de fuerza y poder. Su cuerpo se tensó de expectación y durante un momento se sintió invencible. Entonces pasó y su cuerpo se relajó lentamente.

Interesante, pensó, advirtiendo lo rápidamente que se había quemado el peltre durante ese breve instante.

—Hay algo que tienes que saber sobre los metales alománticos —dijo Kelsier mientras se internaban en las brumas—. Cuanto más puros son, más efectivos resultan. Los frasquitos que preparamos contienen metales absolutamente puros, preparados y vendidos específicamente para alománticos.

»Las aleaciones, como el peltre, son aún más difíciles, ya que hay que mezclar bien el porcentaje de metal si quieres un poder máximo. De hecho, si no tienes cuidado cuando compras los metales puedes acabar con la aleación equivocada.

Vin frunció el ceño.

—¿Quieres decir que pueden timarme?

—No de manera intencionada —respondió Kelsier—. La cosa es que la mayoría de los términos que utiliza la gente (palabras como «latón», «peltre» y «bronce») son bastante vagos. El peltre, por ejemplo, se considera generalmente una aleación de estaño y plomo con un poco de cobre o plata dependiendo del uso y las circunstancias. El *peltre alomántico*, sin embargo, es una aleación de estaño al noventa y uno por ciento y un nueve por ciento de plomo. Si quieres sacar la máxima fuerza de tu metal, debes usar esos porcentajes.

—Y... ¿si quemas el porcentaje equivocado?

—Si la mezcla solo se desvía un poco, obtienes algo de poder. Sin embargo, si está muy desviada, quemarla te enfermará.

Vin asintió lentamente.

—Creo... creo que he quemado este metal antes. De vez en cuando, en muy pequeñas cantidades.

—Metales residuales —dijo Kelsier—. Por beber agua contaminada por metal o por comer en vajilla de peltre.

Vin asintió. Algunas de las jarras de la guarida de Camon eran de peltre.

—Muy bien. Apaga el peltre y pasemos a otro metal —dijo Kelsier.

Vin hizo lo que le pedía. La retirada de poder la dejó débil, cansada y expuesta.

—Ahora deberías poder notar una especie de emparejamiento entre tus reservas de metal.

—Como los dos metales emocionales —dijo Vin.

—Exactamente. Busca el metal emparejado con el peltre.

—Lo veo.

—Hay dos metales para cada poder —dijo Kelsier—. Uno empuja, otro tira: el segundo suele ser una aleación del primero. Para las emociones (los poderes mentales externos) tiras con cinc y empujas con latón. Acabas de usar peltre para empujar tu cuerpo. Ese es uno de los poderes físicos internos.

—Como Ham —dijo Vin—. Quema peltre.

Kelsier asintió.

—Los brumosos que pueden quemar peltre se llaman violentos. Un término burdo, supongo... pero tienden a ser gente bastante burda. Nuestro querido Hammond es una excepción a esa regla.

—¿Qué hace el otro metal físico interno?

—Prueba y verás.

Vin lo hizo ansiosamente y el mundo de pronto se volvió más brillante a su alrededor. Oh... bueno, eso no era cierto del todo. Podía ver mejor y más lejos, pero las brumas seguían allí. Eran tan solo... más transparentes. La luz ambiental a su alrededor parecía de algún modo más brillante.

Había otros cambios. Notaba la ropa. Se dio cuenta de que siempre había podido notarla, pero normalmente la ignoraba. Ahora, sin embargo, la notaba más cerca. Sentía las texturas y era agudamente consciente de los lugares donde la tela le quedaba tirante.

Tenía hambre. También había estado ignorando eso: sin embargo, ahora su hambre era más acuciante. Notaba la piel más húmeda y podía oler el aire mezclado con olores de tierra, hollín y residuos.

—El estaño agudiza tus sentidos —dijo Kelsier, y su voz de pronto sonó muy fuerte—. Y es uno de los metales que se queman más despacio: el estaño de ese frasquito es suficiente para mantenerte durante horas. La mayoría de los nacidos de la bruma deja conectado su estaño cada vez que salen a las brumas: yo tengo conectado el mío desde que salimos del taller.

Vin asintió. El flujo de sensaciones era casi abrumador. Podía oír crujidos y roces en la oscuridad que le daban ganas de saltar, alarmada, segura de que había alguien a su espalda.

Va a costarme acostumbrarme a esto.

—Déjalo ardiendo —dijo Kelsier, indicándole que caminara a su lado mientras continuaba calle abajo—. Querrás acostumbrarte a los sentidos ampliados. No lo avives continuamente. No solo te quedarías muy pronto sin él, sino que avivar metales de manera constante hace... cosas extrañas a la gente.

—¿Extrañas?

—Los metales, sobre todo el estaño y el peltre, estiran tu cuerpo. Avivarlos solo hace que ese estiramiento se pronuncie. Estíralo demasiado lejos durante demasiado tiempo y las cosas empezarán a romperse.

Vin asintió, incómoda. Kelsier guardó silencio y continuaron caminando para que Vin explorara sus nuevas sensaciones y el detallado mundo que revelaba el estaño. Antes, su visión quedaba reducida a un diminuto bolsillo dentro de la noche. Ahora, sin embargo, veía la ciudad entera envuelta en una manta de bruma cambiante y revuelta. Podía distinguir los torreones como pequeñas montañas oscuras en la distancia y veía motas de luz en las ventanas, como agujeritos en la noche. Y arriba... vio luces en el cielo.

Se detuvo, maravillada. Eran débiles, difusas incluso para sus ojos aumentados por el estaño, pero logró distinguirlas levemente. Cientos de ellas. Miles. Tan pequeñas como las ascuas moribundas de las velas recién apagadas.

—Estrellas —dijo Kelsier, caminando a su lado—. No se pueden ver muy a menudo, ni siquiera con estaño. Debe ser una noche particularmente clara. Antes la gente podía mirar al cielo y verlas cada noche... Eso fue antes de que llegaran las brumas, antes de que los Montes de Ceniza escupieran ceniza y humo al cielo.

Vin lo miró.

—¿Cómo lo sabes?

Kelsier sonrió.

—El lord Legislador ha intentado empecinadamente erradicar la memoria de aquellos días, pero aún quedan vestigios.

Se volvió, sin haber respondido realmente a la pregunta, y continuó caminando. Vin se unió a él. De repente, con estaño, las brumas a su alrededor no parecían tan ominosas. Empezaba a entender cómo podía caminar Kelsier en la noche con tanta confianza.

—Muy bien —dijo Kelsier al cabo de un rato—. Probemos con otro metal.

Vin asintió, dejó su estaño encendido pero escogió otro metal para quemarlo también. Cuando así lo hizo, sucedió algo muy extraño: una multitud de finas líneas azules brotó de su pecho, extendiéndose hacia las brumas. Se detuvo, jadeando levemente, y se miró al pecho. La mayoría de las líneas eran finas, como pedazos transparentes de hilo, aunque un par eran tan gruesas como la lana.

Kelsier se echó a reír.

—Deja ese metal y su pareja por el momento. Son un poco más complicados que los demás.

—¿Qué...? —preguntó Vin, siguiendo las líneas de luz celeste con la mirada. Apuntaban a objetos aleatorios. Puertas, ventanas... Un par incluso apuntaba a Kelsier.

—Ya llegaremos a ello —prometió él—. Apágalo y prueba uno de los otros dos.

Vin apagó el extraño metal e ignoró su pareja, escogiendo uno de los últimos metales. De inmediato sintió una extraña vibración. Se detuvo. No oía los latidos, pero podía sentirlos recorriéndola. Parecían proceder de Kelsier. Lo miró, el ceño fruncido.

—Supongo que eso será bronce —dijo Kelsier—, el metal mental interno de los empujones mentales. Te permite sentir cuándo alguien usa la alomancia cerca de ti. Los buscadores, como mi hermano, lo utilizan. Normalmente no es muy útil... a menos que seas un inquisidor de acero en busca de brumosos skaa.

Vin palideció.

—¿Los inquisidores saben usar la alomancia?

Kelsier asintió.

—Todos son buscadores... No estoy seguro de si es porque eligen a los buscadores para convertirlos en inquisidores o porque el proceso de convertirte en inquisidor te concede ese poder. Sea como sea, como su principal trabajo es encontrar a niños mestizos y nobles que usen la alomancia indebidamente, les resulta una habilidad útil. Por desgracia, «útil» para ellos significa «bastante molesto» para nosotros.

Vin iba a asentir, pero se detuvo. El latido había cesado.

—¿Qué ha pasado? —preguntó.

—He empezado a quemar cobre —respondió Kelsier—, la pareja del bronce. Cuando quemas cobre, ocultas tu uso de los poderes a otros alománticos. Puedes intentar quemarlo ahora, si quieres, aunque no sentirás mucho.

Vin así lo hizo. El único cambio fue una leve vibración en su interior.

—El cobre es un metal cuyo aprendizaje es vital —dijo Kelsier—. Te esconderá de los inquisidores. Quizá no tengamos nada de qué preocuparnos esta noche: los inquisidores nos tomarán por nobles normales nacidos de la bruma que están entrenándose. Sin embargo, si alguna vez vas vestida de skaa y necesitas quemar metales, asegúrate de encender tu cobre primero.

Vin asintió, comprendiendo.

—De hecho, muchos nacidos de la bruma mantienen su cobre encendido todo el tiempo. Arde despacio y te hace invisible a otros alománticos. Te oculta del bronce y también impide que otros manipulen tus emociones.

Vin alzó la cabeza.

—Ya suponía que eso te interesaría —dijo Kelsier—. Todo el que quema cobre es inmune a la alomancia emocional. Además, la influencia del cobre crea una burbuja a tu alrededor. Esta nube, llamada nube de cobre, oculta a todo el que está dentro de ella de los sentidos de un buscador, aunque no lo hace inmune a la alomancia emocional, como hará contigo.

—Clubs —dijo Vin—. Eso es lo que hace un ahumador.

Kelsier asintió.

—Si uno de nosotros es localizado por un buscador, puede volver corriendo a la guarida y desaparecer. También pueden practicar sus habilidades sin miedo a ser descubiertos. Los latidos alománticos que brotan de un taller en un sector skaa de la ciudad serían una revelación para un inquisidor que pasara por allí.

—Pero si tú puedes quemar cobre, ¿por qué te preocupaba tanto encontrar a un ahumador para la banda?

—Puedo quemar cobre, sí —dijo Kelsier—. Y tú también. Podemos usar todos los poderes, pero no podemos estar en todas partes. Un jefe necesita saber cómo dividir el trabajo, sobre todo uno tan grande como este. El procedimiento normal es que haya una nubec de cobre permanentemente en la guarida. Clubs no lo hace todo él solo: algunos de sus aprendices son ahumadores también. Cuando contratas a un hombre como Clubs, se da por entendido que te proporcionará una base de operaciones y un equipo de ahumadores lo suficientemente competente para mantenerte oculto todo el tiempo.

Vin asintió. Sin embargo, estaba más interesada en la habilidad del cobre para proteger sus emociones. Necesitaría localizar suficiente para mantenerlo ardiendo continuamente.

Echaron a andar de nuevo y Kelsier le dio más tiempo para acostumbrarse a quemar estaño. No obstante, la mente de Vin empezó a divagar. Algo... le parecía raro. ¿Por qué le estaba contando Kelsier todas estas cosas? Le estaba revelando sus secretos demasiado fácilmente.

Excepto uno, pensó, recelosa. *El metal de las líneas azules. No ha vuelto a él todavía.* Tal vez eso lo iba a mantener apartado de ella, sería el poder que guardaría en reserva para controlarla.

Debe de ser fuerte. El más poderoso de los ocho.

Mientras caminaban por las silenciosas calles, Vin buscó en su interior. Miró a Kelsier y luego quemó con cuidado ese metal desconocido. De nuevo, las líneas brotaron a su alrededor, apuntando en direcciones aparentemente aleatorias.

Las líneas se movieron con ella. Un extremo de cada hilo permaneció pegado a su pecho mientras el otro permanecía unido a un sitio dado a lo largo de la calle. Nuevas líneas aparecieron mientras caminaba y las antiguas se difuminaron, desaparecieron detrás. Las líneas venían en anchuras diversas y algunas eran más brillantes que otras.

Curiosa, Vin las probó mentalmente, tratando de descubrir su secreto. Se concentró en una particularmente pequeña y de aspecto inocente, y se dio cuenta de que podía sentirla de manera individual si se concentraba. Casi sintió que podía tocarla. Buscó con su mente y le dio un leve tirón.

La línea se sacudió y algo salió inmediatamente de la oscuridad hacia ella. Vin soltó un gritito y trató de apartarse, pero el objeto (un clavo oxidado) voló directamente hacia ella.

De repente, algo agarró el clavo y lo envió de vuelta a la oscuridad.

Vin se incorporó, la capa aleteando a su alrededor. Escrutó la oscuridad y luego miró a Kelsier, quien reía en voz baja.

—Tendría que haber sabido que lo intentarías —dijo.

Vin se ruborizó, avergonzada.

—Vamos —dijo él—. No pasa nada.

—¡El clavo me atacó!

¿Daba vida a los objetos ese metal? Ese sí que sería un poder increíble.

—La verdad es que te atacaste tú misma.

Vin se levantó con cuidado y se reunió con él cuando empezaba a recorrer de nuevo la calle.

—Te explicaré lo que has hecho dentro de un momento —prometió—. Primero, hay algo que tienes que comprender sobre la alomancia.

—¿Otra regla?

—Más bien una filosofía. Tiene que ver con las consecuencias.

Vin frunció el ceño.

—¿Qué quieres decir?

—Toda acción que emprendemos tiene sus consecuencias, Vin —dijo Kelsier—. He descubierto que tanto en la alomancia como en la vida la persona que mejor pueda juzgar las consecuencias de sus acciones será la que tenga más éxito. Pongamos por caso quemar peltre. ¿Cuáles son sus consecuencias?

Vin se encogió de hombros.

—Te haces más fuerte.

—¿Qué pasa si estás cargando algo pesado cuando se acaba el peltre?

Vin hizo una pausa.

—Supongo que lo dejas caer.

—Y, si es demasiado pesado, podrías lastimarte seriamente. Muchos violentos han sofocado una fea herida mientras peleaban, solo para morir de esa misma herida cuando se les acaba el peltre.

—Comprendo.

—¡Ja!

Vin dio un salto y se llevó las manos a los oídos, ensordecida.

—¡Ay! —se quejó, mirando a Kelsier.

Él sonrió.

—Quemar estaño tiene también sus consecuencias. Si alguien enciende de repente una luz o produce un sonido fuerte, puedes quedarte ciega o sorda.

—Pero ¿qué tiene eso que ver con los dos últimos metales?

—El hierro y el acero te dan habilidad para manipular otros metales que estén a tu alrededor —explicó Kelsier—. Con el hierro, puedes tirar de una fuente de metal hacia ti. Con el acero, puedes empujarla para apartarla. Ah, ya hemos llegado.

Kelsier se detuvo y alzó la mirada.

A través de la bruma, Vin vio la enorme muralla de la ciudad.

—¿Qué estamos haciendo aquí?

—Vamos a practicar tirar del hierro y empujar el acero —respondió Kelsier—. Pero primero, algunas cosas básicas. —Sacó algo de su cinturón: un óbolo, la moneda más pequeña existente. La alzó ante ella y se colocó a un lado—. Quema acero, el opuesto al metal que quemaste hace unos instantes.

Vin asintió. De nuevo, las líneas azules brotaron a su alrededor. Una de ellas apuntó directamente a la moneda que Kelsier tenía en la mano.

—Muy bien. Empújala.

Vin localizó el hilo adecuado y empujó levemente. La moneda salió despedida de la mano de Kelsier, alejándose de Vin. Ella continuó concentrándose, empujándola por el aire hasta que chocó contra la pared de una casa cercana.

Vin fue impelida violentamente hacia atrás con un súbito movimiento. Kelsier la sujetó e impidió que cayera al suelo.

Vin se tambaleó y se incorporó. Al otro lado de la calle, la moneda, ahora liberada de su control, cayó al suelo.

—¿Qué ha pasado? —le preguntó Kelsier.

Ella sacudió la cabeza.

—No lo sé. He empujado la moneda y ha salido volando. Pero cuando ha golpeado la pared, he salido despedida.

—¿Por qué?

Vin frunció el ceño, pensativa.

—Supongo... supongo que la moneda no podía ir a ninguna parte, así que tuve que ser yo quien se moviera.

Kelsier asintió, aprobando su razonamiento.

—Consecuencias, Vin. Usas tu propio peso cuando empujas acero. Si eres mucho más pesada que tu anclaje, saldrá despedida de ti como hizo esa moneda. Sin embargo, si el objeto es más pesado que tú, o si se topa con algo que lo sea, serás tú la que salga empujada. Tirar de hierro es similar: o eres atraída hacia el objeto o el objeto es atraído hacia ti. Si vuestros pesos son similares, entonces ambos os moveréis.

»Ese es el gran arte de la alomancia, Vin. Saber lo mucho o poco que te moverás cuando quemes hierro o acero te dará una gran ventaja sobre tus oponentes. Descubrirás que estas son las más versátiles y útiles de tus habilidades.

Vin asintió.

—Ahora, recuerda —continuó él—. En ambos casos, la fuerza de tu empujón o tu tirón es directa hacia ti o desde ti. No puedes dar la vuelta a las cosas con tu mente, controlándolas para que vayan adonde quieras. No es así como funciona la alomancia, porque no es así como funciona el mundo físico. Cuando empujas algo, ya sea con alomancia o con tus manos, va directamente en la dirección opuesta. Fuerza, reacciones, consecuencias. ¿Comprendes?

Vin volvió a asentir.

—Bien —respondió Kelsier alegremente—. Ahora, vamos a saltar sobre esa muralla.

—¿*Qué?*

La dejó allí, boquiabierta. Ella lo vio acercarse a la base de la muralla y corrió a su lado.

—¡Estás loco! —dijo entre susurros.

Kelsier sonrió.

—Creo que es la segunda vez que me lo dices hoy. Necesitas prestar más atención: si hubieras estado escuchando a todos los demás, sabrías que mi cordura desapareció hace mucho tiempo.

—Kelsier —dijo ella, mirando la muralla—. No puedo... quiero decir, ¡nunca había usado la alomancia hasta esta noche!

—Sí, pero aprendes rápido —respondió Kelsier, sacando algo de debajo de su capa. Parecía un cinturón—. Toma, ponte esto. Tiene pesos de metal. Si algo sale mal, creo que podré agarrarte.

—¿Seguro? —preguntó, Vin nerviosa, mientras se ataba el cinturón.

Kelsier sonrió y dejó caer a sus pies un gran lingote de metal.

—Pon el lingote directamente debajo de ti, y acuérdate de empujar acero, no de tirar de hierro. No dejes de empujar hasta que llegues a lo alto de la muralla.

Dicho esto, se agachó y saltó. Salió despedido por los aires y su oscura forma se desvaneció en las arremolinadas brumas. Vin esperó un momento, pero él no volvió a caer hacia su perdición.

Todo estaba en silencio, incluso para sus oídos amplificados. Las brumas revoloteaban juguetonas a su alrededor. Tentándola. Desafiándola.

Miró el lingote, quemando acero. La línea azul brillaba con una luz débil y espectral. Se situó junto al lingote, colocando un pie a cada lado. Miró hacia arriba y luego hacia abajo una última vez.

Finalmente, tomó aire y empujó contra el lingote con todas sus fuerzas.

«Él defenderá sus costumbres y, sin embargo, las violará. Será su salvador y, sin embargo, lo llamarán hereje. Su nombre será Discordia y, sin embargo, lo amarán por ello.»

8

Vin salió despedida hacia arriba. Contuvo un grito, recordándose que debía continuar empujando a pesar del miedo. La muralla de piedra fue un borrón de movimiento a unos palmos de distancia. El suelo desapareció bajo ella y la línea azul que apuntaba hacia el lingote se volvió cada vez más débil.

¿Qué ocurrirá si esto desaparece?

Empezó a frenar. Cuanto más débil era la línea, más se reducía su velocidad. Después de unos breves instantes de vuelo, se detuvo... y quedó flotando en el aire sobre una línea azul casi invisible.

—Siempre me ha gustado la vista desde aquí arriba.

Vin miró a un lado. Kelsier estaba allí cerca; se había concentrado tanto que no había advertido que él flotaba a pocos palmos de la cima de la muralla.

—¡Socorro! —dijo, mientras seguía empujando desesperadamente, por miedo a caer. Las brumas a su alrededor giraban sin cesar, como un oscuro océano de almas condenadas.

—No tienes que preocuparte demasiado —dijo Kelsier—. Es más fácil equilibrarte en el aire si tienes un trípode de anclajes, pero puedes hacerlo bien con solo uno. Tu cuerpo está acostumbrado a equilibrarse. Parte de lo que has estado haciendo desde que aprendiste a caminar se transfiere a la alomancia. Mientras permanezcas inmóvil, flotando en el mismo filo de tu habilidad para empujar, conservarás la estabilidad: tu mente y tu cuerpo corregirán cualquier leve desviación de la base central de tu anclaje, impidiendo que caigas hacia los lados.

»Pero si empujas otra cosa, o mueves demasiado peso a un lado...

bueno, perderías tu anclaje abajo y no estarías empujando directamente hacia arriba. Entonces tendrías problemas... Caerías como un peso muerto desde lo alto de un poste muy alto.

—Kelsier... —dijo Vin.

—Espero que no te den miedo las alturas, Vin. Es toda una desventaja para un nacido de la bruma.

—No... me dan... miedo... las alturas —dijo Vin, los dientes apretados—. *¡Pero tampoco estoy acostumbrada a flotar en el aire a treinta metros de la calle!*

Kelsier se echó a reír, pero Vin sintió un tirón en su cinturón que la hizo volar por el aire hacia él. Kelsier la agarró y la colocó sobre la almena de piedra, y luego se posó a su lado. Extendió un brazo por encima de la muralla. Un segundo más tarde, el lingote brincó al aire, rozando el borde de la pared, hasta que llegó a su mano.

—Buen trabajo —dijo—. Ahora volveremos a bajar.

Lanzó el lingote por encima del hombro, arrojándolo a las oscuras brumas al otro lado de la muralla.

—¿De verdad que vamos a salir ahí fuera? —preguntó Vin—. ¿Al otro lado de las murallas de la ciudad? *¿De noche?*

Kelsier sonrió de aquella irritante manera que le era característica. Se subió a una de las almenas.

—Cambiar la fuerza con la que empujas o tiras es difícil, pero posible. Es mejor caer un poco y luego empujar para frenarte. Déjate ir y cae un poco más, y luego vuelve a empujar. Si le pillas el ritmo, llegarás bien al suelo.

—Kelsier —dijo Vin, acercándose a la muralla—. Yo no...

—Ahora estás en lo alto de la muralla de la ciudad, Vin —dijo él, dando un paso al aire. Quedó flotando, en equilibrio, como le había explicado antes—. Solo hay dos formas de bajar. O saltas, o intentas explicarle a esa patrulla de guardias por qué un nacido de la bruma necesita utilizar una escalera.

Vin se volvió preocupada y vio que la luz de una linterna se acercaba en medio de las oscuras brumas.

Se volvió hacia Kelsier, pero él ya no estaba. Maldijo, se asomó a la muralla y contempló las brumas. Podía oír a los guardias tras ella, hablando entre sí en voz baja mientras hacían su ronda.

Kelsier tenía razón: no había muchas opciones. Furiosa, se subió a la almena. No tenía miedo a las alturas, pero ¿quién no sentiría aprensión, de pie en lo alto de una muralla y contemplando su perdición? El corazón de Vin aleteó, el estómago le dio un vuelco.

Espero que Kelsier no esté ahí en medio, pensó, comprobando la línea azul para asegurarse de que estaba encima del lingote. Luego, dio un paso hacia el vacío.

Inmediatamente empezó a caer. Empujó por instinto con su acero, pero su trayectoria era incorrecta: había caído al lado del lingote, no directamente encima. Por tanto, su empujón la llevo aún más hacia un lado y empezó a dar vueltas en el aire.

Alarmada, volvió a empujar, con más fuerza esta vez, avivando el acero. El súbito esfuerzo la lanzó hacia arriba. Trazó un arco en el aire, flotando junto a la muralla. Los guardias que pasaban giraron sorprendidos, pero sus caras pronto se volvieron indistinguibles cuando Vin volvió a caer.

Con la mente aturdida por el terror, rebuscó por instinto y tiró del lingote, tratando de lanzarse hacia él. Y, naturalmente, el lingote obedeció y saltó hacia ella.

Estoy muerta.

Entonces su cuerpo se sacudió, impelida hacia arriba por el cinturón. Su descenso se redujo hasta que quedó flotando en el aire. Kelsier apareció entre la bruma, de pie en el suelo bajo ella. Estaba, naturalmente, sonriendo.

Kelsier la liberó para que cayera la corta distancia que la separaba del suelo, la atrapó y la depositó en la tierra blanda. Ella permaneció temblorosa un momento, respirando de manera ansiosa y entrecortada.

—Bueno, ha sido divertido —comentó Kelsier.

Vin no respondió.

Kelsier se sentó en una roca cercana, dándole tiempo para recuperarse. Al cabo de un rato, ella quemó peltre, usando la sensación de «solidez» que proporcionaba para calmar sus nervios.

—Lo has hecho bien —dijo Kelsier.

—He estado a punto de morir.

—Le pasa a todo el mundo, la primera vez. Tirar de hierro y empujar acero son habilidades peligrosas. Puedes empalarte con un trozo de metal del que tiras, puedes saltar y dejar tu anclaje demasiado atrás, o puedes cometer una docena de otros errores.

»Mi experiencia, limitada como es, me dice que es mejor llegar pronto a estas situaciones extremas, cuando alguien puede vigilarte.

De todas formas, supongo que comprendes por qué es importante que un alomántico lleve encima la menor cantidad de metal posible.

Vin asintió, hizo una pausa y se llevó la mano a la oreja.

—Mi pendiente —dijo—. Tendré que dejar de usarlo.

—¿Tiene un engarce en la parte de atrás?

Vin negó con la cabeza.

—Es solo una perlita y el alfiler de atrás se dobla.

—Entonces no pasará nada —dijo Kelsier—. El metal que hay en el interior de tu cuerpo, aunque solo haya una parte mínima dentro de él, es inmune a los empujones y los tirones. De lo contrario, otro alomántico podría arrancarte los metales del estómago mientras los estás quemando.

Es bueno saberlo, pensó Vin.

—Por eso los inquisidores pueden ir por ahí tan confiados con un par de clavos de acero asomándoles de la cabeza. El metal perfora sus cuerpos, así que no puede ser afectado por otro alomántico. Conserva el pendiente: es pequeño, así que no podrás hacer mucho con él, pero podrías usarlo como arma en una emergencia.

—Muy bien.

—¿Lista para continuar?

Ella miró la muralla, preparándose para saltar de nuevo, y asintió.

—No vamos a volver —dijo Kelsier—. Sigamos.

Vin frunció el ceño cuando Kelsier echó a andar entre las brumas. *Así que tiene un destino después de todo... ¿o ha decidido continuar vagabundeando?* Curiosamente, su amable despreocupación hacía muy difícil leer sus intenciones.

Vin se apresuró a seguirlo, pues no quería quedarse sola en la bruma. El paisaje alrededor de Luthadel era yermo a excepción de unos cuantos matorrales y matojos. Hierbajos y hojas secas, cubiertos de ceniza por la nevada anterior, rozaban sus piernas al pasar. La hierba que cubría el suelo crujía, inmóvil y un poco empapada por el rocío de la bruma.

Ocasionalmente, pasaban ante montoncitos de ceniza que habían sido trasladados desde la ciudad. Sin embargo, la mayoría de las veces la ceniza era arrojada al río Channerel, que atravesaba Luthadel. Con el tiempo, el agua la disolvía... o al menos eso era lo que suponía Vin. De lo contrario, el continente entero habría quedado enterrado hacía mucho tiempo.

Vin se mantuvo cerca de Kelsier mientras andaban. Aunque se había aventurado fuera de las ciudades antes, siempre lo había hecho como parte de un grupo de barqueros: los trabajadores skaa que tripulaban las barcazas y gabarras por las múltiples rutas de los canales del Imperio Final. Había sido un trabajo difícil (la mayoría de los nobles usaba skaa en vez de caballos para tirar de los barcos por los caminos de sirga), pero había cierta libertad en saber que por lo menos viajaba, pues la mayoría de los skaa, incluso los ladrones skaa, nunca salía de su plantación o su ciudad.

El constante movimiento de una ciudad a otra había sido decisión de Reen: le obsesionaba no ser encerrado. Normalmente les buscaba hueco en barcazas dirigidas por bandas de los bajos fondos, y nunca se quedaba en ningún lugar más de un año. Siempre se mantenía en marcha, siempre en movimiento. Como si huyera de algo.

Continuaron caminando. De noche, las colinas peladas y las llanuras cubiertas de matorrales adquirían un aire amenazador. Vin no hablaba, aunque trataba de hacer el menor ruido posible. Había oído historias de lo que pasaba en el exterior de noche, y la cobertura de las brumas (incluso horadada por el estaño como en aquel momento) le daba la sensación de que la estaban observando.

La sensación se volvió más enervante a medida que viajaban. No tardó en oír ruidos en la oscuridad. Eran débiles y apagados: crujidos de hierbajos, roces en la bruma envolvente.

¡Te estás comportando como una paranoica!, se dijo, mientras daba un respingo ante un sonido medio imaginado. Sin embargo, al cabo de un rato ya no pudo soportarlo más.

—¡Kelsier! —dijo con un susurro urgente, un susurro que sonó traicioneramente alto a sus oídos amplificados—. Creo que hay algo ahí fuera.

—¿Hummm? —preguntó Kelsier. Parecía perdido en sus pensamientos.

—¡Creo que hay algo siguiéndonos!

—Oh —dijo Kelsier—. Sí, tienes razón. Es un espectro de la bruma.

Vin se detuvo en seco. Kelsier, sin embargo, continuó caminando.

—¡Kelsier! —exclamó ella, haciéndolo detenerse—. ¿Quieres decir que son reales?

—Pues claro que lo son. ¿De dónde crees que salen todas esas historias?

Vin se sintió anonadada.

—¿Quieres ir a mirarlo? —preguntó Kelsier.

—¿*Mirar al espectro de la bruma*? ¿Estás...? —Se detuvo.

Kelsier se echó a reír y volvió a su lado.

—Puede que los espectros sean un poco perturbadores cuando los miras, pero son relativamente inofensivos. Son carroñeros, en su mayoría. Vamos.

Volvió sobre sus pasos, indicándole que lo siguiera. Reacia (pero movida por una curiosidad morbosa), Vin se acercó. Kelsier caminaba a paso vivo hacia la cima de una colina relativamente despejada de matojos. Se agachó, indicando a Vin que hiciera lo mismo.

—No oyen muy bien —dijo mientras ella se arrodillaba en la áspera tierra cubierta de ceniza—. Pero su sentido del olfato (o, más bien, del gusto) es bastante agudo. Debe de estar siguiéndonos la pista, esperando que arrojemos algo comestible.

Vin escrutó la oscuridad.

—No puedo verlo —dijo, buscando entre la bruma una figura en sombras.

—Allí. —Kelsier señaló una colina plana.

Vin aguzó la vista, esperando ver una criatura agazapada en su cima, observándola a su vez.

Entonces la colina se movió.

Vin dio un salto. El oscuro montículo (de unos tres metros de altura y el doble de longitud) avanzaba con un extraño paso rezongón, y Vin se inclinó hacia delante, tratando de ver mejor.

—Aviva tu estaño —sugirió Kelsier.

Vin asintió y convocó un estallido de poder alomántico añadido. Todo se hizo inmediatamente más claro, las brumas fueron una obstrucción menor.

Lo que vio la hizo estremecerse, fascinada, asqueada y más que un poco preocupada. La criatura tenía una piel grisácea y transparente, y Vin distinguió sus huesos. Tenía docenas y docenas de miembros, y parecía como si cada uno procediera de un animal distinto: manos humanas, cascos bovinos, cuartos caninos y otros que no pudo identificar.

Los miembros permitían caminar a la criatura, aunque era más bien una extraña forma de arrastrarse. Reptaba despacio, moviéndose como un ciempiés torpe. Muchos de los miembros, en realidad, ni siquiera parecían funcionales: brotaban de la carne de la criatura de un modo retorcido y antinatural.

El cuerpo era bulboso y alargado. Sin embargo, no era solo una masa: había una extraña lógica en su forma. Tenía una clara estructura esquelética y (entornando los ojos amplificados por el estaño) a Vin le pareció que distinguía músculos y tendones envolviendo los huesos. La criatura flexionaba extraños amasijos de músculos al moverse y parecía tener una docena de diferentes cajas torácicas. A lo largo del cuerpo principal colgaban brazos y piernas en ángulos rarísimos.

Y cabezas. Vin contó seis. A pesar de la piel traslúcida, distinguió una cabeza de caballo junto a la de un ciervo. Otra cabeza se volvió hacia ella y vio su cráneo humano. La cabeza reposaba en el extremo de un espinazo unido a una especie de torso animal, que a su vez estaba unido a un puñado de extraños huesos.

Vin estuvo a punto de vomitar.

—¿Qué...? ¿Cómo...?

—Los espectros de la bruma tienen el cuerpo maleable —dijo Kelsier—. Pueden moldear su piel en torno a cualquier estructura esquelética e incluso recrear músculos y órganos si tienen un modelo que imitar.

—¿Quieres decir...?

Kelsier asintió.

—Cuando encuentran un cadáver, lo envuelven y digieren lentamente los músculos y órganos. Luego, usan lo que han comido como pauta para crear un duplicado exacto de la criatura muerta. Reagrupan un poco las partes, excretando los huesos que no quieren y añadiendo los que sí precisan para su cuerpo, formando un amasijo como el que ves ahí delante.

Vin contempló la criatura avanzar por el terreno, siguiendo sus huellas. Un trozo de piel costrosa sobresalía en su bajo vientre y se arrastraba por el suelo. *Busca olores*, pensó Vin. *Está siguiendo el olor de nuestro paso*. Dejó que su estaño volviera a la normalidad y el espectro de la bruma una vez más se convirtió en un montículo oscuro. La silueta, sin embargo, todavía parecía más anormal.

—¿Son inteligentes, entonces? —preguntó Vin—. ¿Si pueden desarmar un cuerpo y... volver a poner las piezas donde quieren?

—¿Inteligentes? No, no tan jóvenes como este. Son más instintivos que inteligentes.

Vin volvió a estremecerse.

—¿Sabe la gente que existen estos seres? Quiero decir, ¿aparte de las leyendas?

—¿A qué te refieres con «la gente»? —preguntó Kelsier—. Un montón de alománticos conoce su existencia, y estoy seguro de que el Ministerio también. La gente normal... bueno, apenas sale de noche. La mayoría de los skaa teme y maldice a los espectros de la bruma, pero se pasa la vida entera sin haber visto uno.

—Tienen suerte —murmuró Vin—. ¿Por qué no hace nadie algo con esas criaturas?

Kelsier se encogió de hombros.

—No son tan peligrosas.

—¡Esa tiene una cabeza humana!

—Habrá encontrado un cadáver —dijo Kelsier—. Nunca he oído decir que ningún espectro atacara a un adulto sano. Quizá por eso todo el mundo los deja en paz. Y, naturalmente, la alta nobleza ha ideado su propio uso para estas criaturas.

Vin lo miró, intrigada, pero él no dijo nada más. Se puso en pie y empezó a bajar la colina. Ella miró una vez más a la antinatural criatura, y luego se incorporó y siguió a Kelsier.

—¿Me has traído aquí para ver eso?

Kelsier se echó a reír.

—Los espectros de la bruma pueden parecer extraños, pero no merecen un viaje tan largo. No, vamos hacia allí.

Ella siguió su gesto y distinguió un cambio en el paisaje por delante.

—¿La carretera imperial? Hemos trazado un círculo hasta la entrada de la ciudad.

Kelsier asintió. Después de un breve tramo, durante el cual Vin miró hacia atrás no menos de tres veces para asegurarse de que el espectro no les había comido terreno, dejaron los matorrales y salieron a la tierra lisa de la carretera imperial. Kelsier se detuvo, escrutándola en ambas direcciones. Vin frunció el ceño, preguntándose qué estaba haciendo.

Entonces vio el carruaje. Estaba aparcado a un lado de la carretera y Vin vio que un hombre esperaba a su lado.

—Hola, Sazed —dijo Kelsier, avanzando.

El hombre hizo una reverencia.

—Maese Kelsier —dijo, y su suave voz sonó con fuerza en el aire nocturno. Tenía un tono agudo y hablaba con acento casi melódico—. Casi pensaba que habías decidido no venir.

—Ya me conoces, Saz —dijo Kelsier, dándole una jovial palmada en el hombro—. Soy el colmo de la puntualidad. —Se volvió y señaló a Vin—. Esta aprensiva criaturita es Vin.

—Ah, sí —dijo Sazed, hablando despacio y con entonación cuidada. Había algo extraño en su acento. Vin se acercó con cautela, estudiando al hombre. Sazed tenía un rostro largo y plano y un cuerpo larguirucho. Era aún más alto que Kelsier, tanto como para resultar incluso un poco anómalo, y tenía los brazos inusitadamente largos.

—Eres terrisano —dijo Vin. Los lóbulos de sus orejas habían sido estirados y las orejas mismas tenían pendientes que rodeaban todo su perímetro. Vestía los pintorescos ropajes de un criado de Terris, de piezas en forma de V, bordadas y superpuestas alternando los tres colores de la casa de su amo.

—Sí, niña —dijo Sazed, inclinándose—. ¿Has conocido a muchos de mi pueblo?

—A ninguno. Pero sé que la alta nobleza prefiere a los hombres de Terris como mayordomos y sirvientes.

—Así es, niña —dijo Sazed. Se volvió hacia Kelsier—. Deberíamos irnos, maese Kelsier. Es tarde y todavía nos queda una hora hasta Fellise.

Fellise, pensó Vin. *Así que vamos a ver al lord Renoux impostor.*

Sazed abrió la puerta del carruaje y la cerró cuando ellos subieron. Vin se sentó en uno de los mullidos asientos y oyó cómo Sazed se subía al pescante del vehículo y ponía a los caballos en movimiento.

Kelsier permaneció en silencio en el carruaje. Las cortinas de las ventanillas estaban cerradas y una pequeña linterna, medio cubierta, colgaba en un rincón. Vin estaba sentada directamente frente a él, con las piernas recogidas bajo su cuerpo, arrebujada en la capa que ocultaba sus brazos y piernas.

Siempre hace eso, pensó Kelsier. *Dondequiera que esté, intenta llamar la atención lo menos posible. Tan tensa.* Vin no se sentaba, se agazapaba. No caminaba, rondaba como un gato. Incluso sentada al aire libre parecía estar intentando esconderse.

Pero es valiente. Durante su propio entrenamiento, Kelsier no se había mostrado tan dispuesto a arrojarse desde lo alto de la muralla de una ciudad: el viejo Gemmel se había visto obligado a empujarlo.

Vin lo observaba con aquellos ojos oscuros y silenciosos suyos.

Cuando advirtió que él la estaba mirando, apartó la mirada y se acurrucó aún más en su capa. Sin embargo, inesperadamente, habló.

—Tu hermano —dijo, con una voz que era casi un susurro—. No os lleváis muy bien los dos.

Kelsier alzó una ceja.

—No. No nos hemos llevado bien nunca, en realidad. Es una lástima. Deberíamos, pero...

—¿Es mayor que tú?

Kelsier asintió.

—¿Te pegaba a menudo?

Kelsier frunció el ceño.

—¿Pegarme? No, no me pegaba.

—¿Le paraste los pies, entonces? —dijo Vin—. Tal vez por eso no le caes bien. ¿Cómo escapaste? ¿Huiste, o eras más fuerte que él?

—Vin, Marsh nunca intentó pegarme. Discutíamos, cierto... pero nunca quisimos hacernos daño el uno al otro.

Vin no le llevó la contraria, pero él pudo ver en sus ojos que no lo creía.

Vaya vida... pensó Kelsier, guardando silencio. Había tantos niños como Vin en los bajos fondos... Aunque, la mayoría moría antes de llegar a su edad. Kelsier había sido uno de los afortunados: su madre fue la amante de un alto noble, una mujer astuta y llena de recursos que consiguió ocultar a su señor que era una skaa. Kelsier y Marsh habían crecido siendo privilegiados: considerados ilegítimos, pero nobles, hasta que su padre descubrió por fin la verdad.

—¿Por qué me enseñas estas cosas? —preguntó Vin, interrumpiendo sus pensamientos—. La alomancia, me refiero.

Kelsier frunció el ceño.

—Te prometí que lo haría.

—Ahora que conozco tus secretos, ¿qué me impide huir de ti?

—Nada.

Una vez más, su mirada de desconfianza le dijo que no creía en su respuesta.

—Hay metales de los que no me has hablado. En nuestro encuentro del primer día dijiste que había diez.

Kelsier asintió y se inclinó hacia delante.

—Los hay. Pero no he dejado fuera los dos últimos porque quiera ocultarte nada. Es... difícil acostumbrarse a ellos. Será más fácil si primero practicas con los metales básicos. Sin embargo, si quieres saber sobre los dos últimos, puedo enseñarte cuando lleguemos a Fellise.

Vin entornó los ojos. Kelsier puso los ojos en blanco.

—No estoy intentando engañarte, Vin. La gente sirve en mis bandas porque quiere y yo soy efectivo porque podemos confiar los unos en los otros. No hay desconfianza, ni traiciones.

—Excepto una —susurró Vin—. La traición que te envió a los Pozos.

Kelsier se quedó inmóvil.

—¿Dónde te has enterado de eso?

Vin se encogió de hombros.

Kelsier suspiró y se frotó la frente con una mano. No era eso lo que quería... quería rascarse las cicatrices, las que corrían por sus dedos y sus manos, subiendo por sus brazos hasta sus hombros. Se resistió.

—No es algo de lo que merezca la pena hablar.

—Pero hubo un traidor —dijo Vin.

—No lo sabemos con seguridad. —Las palabras le parecieron vacías incluso a él—. En cualquier caso, mis bandas se basan en la confianza. Eso significa ninguna coacción. Si quieres marcharte, podemos volver a Luthadel ahora mismo. Te enseñaré los dos últimos metales y luego podrás seguir tu camino.

—No tengo dinero suficiente para sobrevivir sola.

Kelsier hurgó dentro de su capa y sacó una bolsa llena de monedas, que arrojó al siento al lado de ella.

—Tres mil cuartos. El dinero que conseguí de Camon.

Vin miró la bolsa con desconfianza.

—Cógela —dijo Kelsier—. Tú eres quien se lo ganó... por lo que entiendo, tu alomancia estaba detrás de la mayoría de los éxitos más recientes de Camon, y fuiste tú quien se arriesgó al empujar las emociones del obligador.

Vin no se movió.

Bien, pensó Kelsier. Alzó la mano y llamó al cochero tocando el techo con los nudillos. El carruaje se detuvo y Sazed se asomó a la ventanilla.

—Da la vuelta, por favor, Sazed —dijo Kelsier—. Llévanos de vuelta a Luthadel.

—Sí, maese Kelsier.

Momentos después, el carruaje volvía por donde había venido. Vin continuaba en silencio, pero parecía menos segura de sí misma. Miró la bolsa de monedas.

—Hablo en serio, Vin —dijo Kelsier—. No puedo tener a alguien en mi equipo si no quiere trabajar conmigo. Dejarte fuera no es un castigo: es la forma en que deben ser las cosas.

Vin no respondió. Dejarla ir sería un riesgo, pero obligarla a quedarse sería un riesgo aún mayor. Kelsier permaneció sentado, tratando de leer en ella, intentando comprenderla. ¿Los traicionaría al Imperio Final si se marchaba? Pensaba que no. No era mala persona.

Tan solo pensaba que todos los demás lo eran.

—Creo que tu plan es una locura —dijo ella en voz baja.

—Igual que la mitad de la banda.

—No se puede derrotar al Imperio Final.

—No tenemos que hacerlo —dijo Kelsier—. Solo tenemos que proporcionarle a Yeden un ejército y luego apoderarnos del palacio.

—El lord Legislador os detendrá —dijo Vin—. No se le puede derrotar: es inmortal.

—Tenemos el Undécimo metal. Encontraremos un modo de matarlo.

—El Ministerio es demasiado poderoso. Encontrarán tu ejército y lo destruirán.

Kelsier se inclinó hacia delante y miró a Vin a los ojos.

—Confiaste lo suficiente en mí para saltar desde lo alto de la muralla, y te sostuve. Tendrás que confiar también en mí esta vez.

Obviamente, a ella la palabra «confiar» no le gustaba demasiado. Lo estudió a la débil luz de la linterna, sin decir nada, hasta que el silencio se volvió incómodo.

Finalmente, agarró la bolsa de monedas y la ocultó rápidamente bajo su capa.

—Me quedaré. Pero no porque confíe en ti.

Kelsier alzó una ceja.

—¿Por qué, entonces?

Vin se encogió de hombros y pareció perfectamente sincera cuando respondió:

—Porque quiero ver qué pasa.

Disponer de una fortaleza en Luthadel confería el estatus de alta nobleza a las casas. Sin embargo, poseerla no implicaba vivir en ella, sobre todo no de manera continuada. Muchas familias también mantenían una residencia en alguna de las ciudades del extrarradio.

Menos poblada, más limpia y menos estricta en su cumplimiento de las leyes imperiales, Fellise era una ciudad rica. En vez de tener impresionantes fortalezas estaba llena de lujosas mansiones y villas. Los árboles incluso adornaban algunas de las calles; la mayoría eran álamos, cuya corteza color blanco hueso era de algún modo resistente a la decoloración de la ceniza.

Vin contempló por su ventanilla la ciudad envuelta en bruma, la linterna del carruaje apagada a petición propia. Quemando estaño pudo estudiar las calles, perfectamente organizadas y cuidadas. Aquel era un sector de Fellise que rara vez había visto; a pesar de la opulencia de la ciudad, sus suburbios eran notablemente parecidos a los de cualquier otra.

Kelsier contemplaba también la ciudad, el ceño fruncido.

—Desapruebas el despilfarro —aventuró Vin, con un hilo de voz. El sonido llegaría a los oídos amplificados de Kelsier—. Ves la riqueza de esta ciudad y piensas en los skaa que trabajaron para crearla.

—En parte, sí —dijo Kelsier, su propia voz convertida apenas en un susurro—. Pero hay más. Considerando la cantidad de dinero invertida, esta ciudad debería ser preciosa.

Vin ladeó la cabeza.

—Lo es.

Kelsier negó.

—Las casas siguen manchadas de negro. El suelo sigue siendo árido y sin vida. En los árboles siguen saliendo hojas marrones.

—Pues claro que son marrones. ¿De qué color deberían ser?

—Verdes. Todo debería ser verde.

¿Verde?, pensó Vin. *Qué extraña idea.* Trató de imaginar árboles con hojas verdes, pero la imagen le pareció tonta. Kelsier tenía desde luego cosas raras... pero todo el que hubiera pasado tanto tiempo en los Pozos de Hathsin tenía por fuerza que acabar siendo un poco extraño.

Kelsier se volvió hacia ella.

—Antes de que se me olvide, hay un par de cosas más que deberías saber sobre la alomancia.

Vin asintió.

—Primero, acuérdate de quemar todos los metales sin usar que tengas en tu interior al final de la noche. Algunos de los metales que empleamos pueden ser peligrosos si se digieren; es mejor no dormir con ellos en el estómago.

—Muy bien.

—Además, nunca intentes quemar un metal que no sea uno de los diez. Ya te advertí que los metales y aleaciones impuras pueden hacerte enfermar. Bueno, si intentas quemar un metal que no sea alománticamente sano, podría ser mortífero.

Vin asintió solemnemente. *Es bueno saberlo*, pensó.

—Ah —dijo Kelsier, volviéndose hacia la ventanilla—. Ya hemos llegado: la recién adquirida Mansión Renoux. Creo que deberías quitarte la capa: la gente de aquí nos es leal, pero siempre es bueno andar con cuidado.

Vin estuvo completamente de acuerdo. Se quitó la capa y dejó que Kelsier la guardara en su mochila. Luego se asomó a la ventanilla del carruaje y vio a través de las brumas la mansión a la que se acercaban. Los terrenos tenían un muro bajo de piedra y una verja de hierro; un par de guardias les permitieron el paso cuando Sazed se identificó.

El camino tras el muro estaba flanqueado por álamos y en la cima de la colina Vin vio una gran mansión. Una luz fantasmal brotaba de sus ventanas.

Sazed detuvo el carruaje ante la mansión y luego le tendió las riendas a un criado y bajó.

—Bienvenida a la Mansión Renoux, señora Vin —dijo, abriendo la puerta y tendiendo la mano para ayudarla.

Vin le miró la mano, pero no la aceptó. Bajó por su cuenta. El terrisano no pareció ofendido por su negativa.

Las escalinatas hasta la mansión estaban iluminadas por una doble fila de postes con linternas. Mientras Kelsier bajaba del carruaje, Vin vio a un grupo de hombres reunidos en lo alto de las blancas escaleras de mármol. Kelsier subió los escalones con paso vivo; Vin lo siguió, advirtiendo lo limpios que estaban. Tendrían que fregarlos con regularidad para impedir que la ceniza los manchara. ¿Sabían los skaa que mantenían el edificio que su amo era un impostor? ¿Cómo iba a ayudar el «benévolo» plan de Kelsier para derrocar al Imperio Final a la gente corriente que limpiaba esas escaleras?

Delgado y anciano, «lord Renoux» vestía un rico traje y llevaba un par de aristocráticas lentes. Un ralo bigote entrecano teñía su labio y, a pesar de su edad, no llevaba bastón para apoyarse. Hizo un gesto de respeto hacia Kelsier, pero mantuvo un aire digno. Inmediatamente, Vin advirtió un hecho obvio. *El hombre sabe lo que está haciendo.*

Camon tenía habilidad para hacerse pasar por noble, pero sus aires de importancia siempre le habían parecido a Vin un poco infantiles. Aunque había nobles como Camon, los más impresionantes eran como aquel lord Renoux: tranquilos y confiados. Hombres cuya nobleza estaba en su porte en vez de en su habilidad para hablar con desdén a aquellos que los rodeaban. Vin tuvo que reprimir las ganas de encogerse cuando los ojos del impostor se posaron en ella: parecía demasiado un noble y ella había sido entrenada para evitar por instinto su atención.

—La mansión tiene mucho mejor aspecto —dijo Kelsier, estrechando la mano a Renoux.

—Sí, me impresionan sus progresos —dijo Renoux—. Mis equipos de limpieza son bastante eficaces. Con un poco de tiempo, la mansión será tan grandiosa que no vacilaré en invitar al lord Legislador en persona.

Kelsier se echó a reír.

—Sí que sería una fiesta extraña. —Dio un paso atrás e indicó a Vin—. Esta es la joven dama de la que te hablé.

Renoux la estudió y Vin apartó la mirada. No le gustaba cuando la gente la miraba de esa forma; hacía que se preguntara cómo iban a intentar utilizarla.

—Tendremos que seguir hablando de esto, Kelsier —dijo Renoux, señalando la puerta de la mansión—. Es tarde, pero...

Kelsier entró en el edificio.

—¿Tarde? Pero si apenas es medianoche. Que tu gente prepare algo de comer. Lady Vin y yo nos hemos perdido la cena.

Perderse la cena no era nada nuevo para Vin. Sin embargo, Renoux llamó de inmediato a unos criados, que se pusieron en movimiento. Renoux entró en el edificio y Vin lo siguió. Se detuvo en la entrada, con Sazed esperando pacientemente a su lado.

Kelsier se dio media vuelta cuando advirtió que ella no los seguía.

—¿Vin?

—Está tan... limpio —dijo Vin, incapaz de pensar ninguna otra descripción. En sus golpes con la banda, había visto en ocasiones las casas de los nobles. Sin embargo, esos trabajos los hacían de noche, en la oscuridad. No estaba preparada para la escena bien iluminada que tenía delante.

Los suelos de mármol blanco de la Mansión Renoux brillaban con el reflejo de la luz de una docena de linternas. Todo era... prístino. Las paredes eran blancas excepto donde habían sido pintadas con tradicionales murales de animales. Una reluciente lámpara colgaba sobre una escalera doble y los otros objetos de decoración de la sala (esculturas de cristal, jarrones adornados con puñados de ramas de álamo) brillaban, libres de hollín, suciedad o huellas de dedos.

Kelsier se echó a reír.

—Bueno, su reacción habla muy bien de tus esfuerzos —le dijo a lord Renoux.

Vin permitió que la condujeran al interior del edificio. Giraron a la derecha y entraron en una habitación cuya blancura quedaba levemente contrastada por la adición de muebles y cortinas granates.

Renoux se detuvo.

—Quizá a la dama le apetezca quedarse aquí un momento a tomar un refrigerio —le dijo a Kelsier—. Hay algunos asuntos de... naturaleza delicada que me gustaría discutir contigo.

Kelsier se encogió de hombros.

—Por mí, bien —dijo, siguiendo a Renoux hasta otra puerta—. Saz, ¿por qué no le haces compañía a Vin mientras lord Renoux y yo hablamos?

—Naturalmente, maese Kelsier.

Kelsier sonrió, mirando a Vin, y de algún modo ella supo que la dejaba con Sazed para impedirle ir a escucharlos.

Dirigió a los hombres una mirada molesta. *¿Qué decías de la «confianza», Kelsier?* Sin embargo, estaba aún más molesta consigo misma por quedar excluida. ¿Por qué debería importarle que Kelsier la mantuviera al margen? Se había pasado toda la vida siendo ignorada y apartada. Cuando otros jefes de banda la enviaban fuera de sus sesiones de planificación, nunca le había molestado.

Vin se sentó en una de las sillas granates tapizadas, encogiendo los pies debajo. Sabía cuál era el problema. Kelsier le había estado mostrando demasiado respeto, haciéndola sentirse demasiado importante. Estaba empezando a pensar que *merecía* ser parte de sus confidencias secretas. La risa de Reen en el fondo de su mente desacreditaba aquellos pensamientos, y se quedó allí sentada, molesta consigo misma y con Kelsier, sintiéndose avergonzada, pero no exactamente segura de por qué.

Los criados de Renoux le trajeron un plato de fruta y panecillos. Colocaron una mesita junto a la silla e incluso le dieron una copa de cristal llena de un brillante líquido rojo. No sabía si era vino o zumo y no pretendía averiguarlo. Sin embargo, picoteó la comida: su instinto le impedía no aprovechar una comida gratis, aunque hubiera sido preparada por manos desconocidas.

Sazed se acercó y se situó detrás de la silla, a la derecha. Esperó, de pie y rígido, con las manos cruzadas, los ojos mirando al frente. La pose pretendía ser respetuosa, pero su postura acechante no mejoró nada su estado de ánimo.

Vin trató de concentrarse en lo que la rodeaba, pero eso solo le recordó lo rico que era el mobiliario. Se sentía incómoda entre tanta elegancia, como si fuera una mancha negra en una alfombra limpia. No comió los panecillos por miedo a dejar caer migajas al suelo y le preocupó que sus pies y piernas (que se habían manchado de ceniza mientras caminaban) estropearan los muebles.

Toda esta limpieza se produce a expensas de algún skaa, pensó Vin. *¿Por qué debería molestarme echarla a perder?* Sin embargo, no conseguía estar molesta porque sabía que todo aquello era solo una fachada. «Lord Renoux» tenía que vivir con cierto lujo. De lo contrario, levantaría sospechas.

Además, algo más le impedía lamentar el despilfarro. Los criados eran felices. Cumplían sus deberes con eficaz profesionalidad, sin que hubiera ninguna sensación de pereza en su trabajo. Vin oyó risas al otro lado del pasillo. No eran skaa maltratados; era irrelevante que hubieran sido incluidos o no en los planes de Kelsier.

Así, Vin permaneció sentada y se obligó a comer fruta, bostezando ocasionalmente. Estaba resultando una noche larga, en efecto. Los criados al final la dejaron sola, aunque Sazed continuó de pie tras ella.

No puedo comer así, pensó finalmente, llena de frustración.

—¿Podrías no estar ahí de pie detrás de mi hombro?

Sazed asintió. Dio dos pasos al frente para situarse junto a la silla en vez de detrás. Adoptó la misma postura rígida, alzándose sobre ella como antes.

Vin frunció el ceño, molesta, y entonces reparó en la sonrisa que tenía Sazed en los labios. Él la miró con ojos divertidos por su propia broma y luego fue a sentarse en la silla contigua a la de ella.

—Nunca había conocido a ningún terrisano con sentido del humor —dijo Vin secamente.

Sazed alzó una ceja.

—Tenía la impresión de que no habías conocido a ningún terrisano antes, mi señora Vin.

—Bueno, nunca he oído hablar de uno que tenga sentido del humor. Se supone que sois completamente rígidos y formales.

—Solo somos sutiles —dijo Sazed.

Aunque se sentaba envarado, había algo... relajado en él. Era como si se sintiera tan cómodo cuando estaba sentado adecuadamente como las otras personas cuando estaban tumbadas.

Así es como se supone que son. Los servidores perfectos, completamente leales al Imperio Final.

—¿Hay algo que te preocupe, mi señora Vin? —preguntó Sazed mientras ella lo estudiaba.

¿Cuánto sabe? Tal vez ni siquiera es consciente de que Renoux es un impostor.

—Me estaba preguntando... cómo llegaste aquí —dijo por fin.

—¿Quieres decir, cómo acaba un mayordomo terrisano siendo parte de una rebelión que pretende derrocar al Imperio Final? —preguntó Sazed con su suave tono de voz.

Vin se ruborizó. Al parecer estaba en efecto bien informado.

—Es una pregunta intrigante, señora —añadió Sazed—. Ciertamente, mi situación no es común. Yo diría que llegué a ella a causa de la fe.

—¿La fe?

—Sí. Dime, señora, ¿en qué crees?

Vin frunció el ceño.

—¿Qué clase de pregunta es esa?

—La más importante, creo.

Vin no dijo nada durante un momento, pero obviamente él esperaba una respuesta, así que acabó por encogerse de hombros.

—No lo sé.

—La gente suele decir eso, pero descubro que rara vez es cierto. ¿Crees en el Imperio Final?

—Creo que es fuerte —dijo Vin.

—¿Inmortal?

Vin se encogió de hombros.

—Hasta ahora lo ha sido.

—¿Y el lord Legislador? ¿Es el Avatar Ascendido de Dios? ¿Crees que, como enseña el Ministerio, es una Lasca del Infinito?

—Yo... nunca lo había pensado.

—Tal vez debieras —dijo Sazed—. Si, tras estudiarlo, descubres que las enseñanzas del Ministerio no te satisfacen, yo estaría encantado de ofrecerte una alternativa.

—¿Qué alternativa?

Sazed sonrió.

—Eso depende. La fe adecuada es como una buena capa, creo. Si te sienta bien, te mantiene cálido y a salvo. Sin embargo, si no te sienta bien, puede asfixiarte.

Vin frunció levemente el ceño, pero Sazed tan solo sonrió. Al cabo de un rato, ella devolvió su atención a la comida. Tras una breve espera, la puerta lateral se abrió y Kelsier y Renoux regresaron.

—Ahora discutamos sobre esta joven —dijo Renoux mientras Kelsier y él se sentaban y un grupo de sirvientes traía otro plato de comida—. ¿El hombre que ibas a hacer que interpretara a mi heredero no lo hará, dices?

—Desgraciadamente —dijo Kelsier, dando buena cuenta de la comida.

—Eso complica enormemente las cosas.

Kelsier se encogió de hombros.

—Haremos que Vin sea tu heredero.

Renoux sacudió la cabeza.

—Una chica de su edad *podría* heredar, pero sería sospechoso por mi parte elegirla. Hay varios primos legítimos en el linaje Renoux que serían opciones más adecuadas. Ya iba a ser difícil que un hombre de edad mediana pasara el escrutinio de la corte. Una chica joven... no, demasiada gente investigaría su pasado. Los linajes familiares que hemos falsificado soportarán un escrutinio superficial, pero si alguien enviara mensajeros a investigar sus posesiones...

Kelsier frunció el ceño.

—Además, hay otro tema —añadió Renoux—. Si yo fuera a nombrar heredera a una joven soltera, instantáneamente se volvería la mano más solicitada de Luthadel. Sería muy difícil que se dedicara a espiar si recibe tanta atención.

Vin se ruborizó de pensarlo. Sorprendentemente, notó que se abatía a medida que el viejo impostor hablaba. *Esta era la única parte que*

Kelsier me ha encargado del plan. Si no puedo hacerlo, ¿para qué le sirvo a la banda?

—Entonces, ¿qué sugieres?

—Bueno, no tiene que ser mi heredera —dijo Renoux—. ¿Y si, en cambio, no fuera más que una joven pupila que he traído conmigo a Luthadel? Tal vez prometí a sus padres (primos lejanos, pero apreciados) que introduciría a su hija en la corte. Todos supondrían que mi principal intención es emparentarla con una familia de la alta nobleza, consiguiendo por tanto otra conexión con los que tienen el poder. Sin embargo, ella no llamaría demasiado la atención... sería de estatus inferior, por no decir algo rural.

—Lo cual explicaría por qué es menos refinada que otros miembros de la corte —dijo Kelsier—. No te ofendas, Vin.

Vin alzó la cabeza mientras intentaba guardarse en el bolsillo de la camisa un panecillo envuelto en una servilleta.

—¿Por qué debería ofenderme?

Kelsier sonrió.

—No importa.

Renoux asintió para sí.

—Esto funcionará mucho mejor, en efecto. Todo el mundo da por hecho que la Casa Renoux acabará por unirse a la alta nobleza, así que aceptarán por cortesía a Vin entre sus filas. Sin embargo, ella misma será tan poco importante que la mayoría de la gente la ignorará. Es la situación ideal para lo que queremos que haga.

—Me gusta —dijo Kelsier—. Pocas personas esperan que un hombre de tu edad y con negocios mercantiles se dedique a bailes y fiestas, pero tener a una joven que enviar en vez de una nota de disculpa será ventajoso para tu reputación.

—En efecto. No obstante, habrá que refinarla un poco... y no solo en lo que atañe a su aspecto.

Vin se agitó un poco ante su escrutinio. Parecía que su participación en el plan iba a seguir adelante y, de repente, se dio cuenta de lo que eso significaba. Estar ante Renoux la hacía sentirse incómoda... y era un noble falso. ¿Cómo reaccionaría a toda una sala llena de nobles de verdad?

—Me temo que tendré que pedirte a Sazed una temporada —dijo Kelsier.

—Muy bien. En realidad, no es mi sirviente, sino tuyo.

—Lo cierto es que no creo que sea sirviente de nadie, ¿verdad, Saz?

Sazed ladeó la cabeza.

—Un terrisano sin amo es como un soldado sin armas, maese Kelsier. He disfrutado de mi estancia con lord Renoux, y estoy seguro de que disfrutaré volviendo a tu servicio.

—No, no vas a volver a mi servicio.

Sazed alzó una ceja.

Kelsier indicó a Vin.

—Renoux tiene razón, Sazed. Vin necesita un poco de formación y conozco a un montón de altos nobles que son menos refinados que tú. ¿Crees que podrías ayudar a preparar a esta chica?

—Estoy seguro de que podría ofrecer alguna ayuda a la joven dama.

—Bien —dijo Kelsier, metiéndose en la boca un último pastelito antes de levantarse—. Me alegro de que esto quede zanjado, porque empiezo a estar cansado... y la pobre Vin parece a punto de quedarse dormida encima de su plato de fruta.

—Estoy bien —dijo Vin inmediatamente, quitando un poco de veracidad a su afirmación al sofocar un bostezo.

—Sazed —dijo Renoux—, ¿quieres indicarles las habitaciones de invitados?

—Naturalmente, maese Renoux —dijo Sazed, levantándose de su silla con un movimiento fluido.

Vin y Kelsier siguieron al terrisano mientras un grupo de criados retiraba los restos de la cena. *Me he dejado comida*, advirtió Vin, sintiéndose un poco somnolienta. No estaba segura de qué pensar de la situación.

Mientras subían las escaleras y se internaban en un pasillo lateral, Kelsier se acercó a Vin.

—Siento haberte excluido antes.

Ella se encogió de hombros.

—No hay motivo para que tenga que conocer todos tus planes.

—Tonterías —dijo Kelsier—. Tu decisión de esta noche te convierte en tan parte de este grupo como cualquiera. Sin embargo, las palabras que tuve con Renoux en privado eran de índole personal. Es un actor maravilloso, pero se siente muy incómodo si la gente sabe los detalles de cómo ocupó el lugar de lord Renoux. Te prometo que nada de lo que hemos hablado tiene que ver con tu parte en el plan.

Vin continuó caminando.

—Yo... te creo.

—Bien —dijo Kelsier con una sonrisa, y le dio una palmada en el hombro—. Saz, conozco el camino al ala para invitados masculinos... Después de todo, fui yo quien compró este lugar. Puedo ir desde aquí.

—Muy bien, maese Kelsier —dijo Sazed, con un ademán respetuoso. Kelsier le dirigió una sonrisa a Vin y se marchó pasillo abajo, con su característico paso vivo.

Vin lo vio marchar y luego siguió a Sazed por un pasillo diferente, pensando en su entrenamiento alomántico, en la conversación con Kelsier en el carruaje y, finalmente, en la promesa de Kelsier de unos momentos antes. Los tres mil cuartos (una fortuna en monedas) eran un extraño peso atado a su cinturón.

Al cabo de un rato, Sazed le abrió una puerta en concreto y se adelantó para encender las lámparas.

—Las sábanas están limpias y enviaré criadas para que te preparen un baño por la mañana. —Se volvió y le entregó la vela—. ¿Necesitarás algo más?

Vin negó con la cabeza. Sazed sonrió, le deseó buenas noches y salió al pasillo. Vin se quedó de pie un instante, estudiando la habitación. Luego se dio media vuelta y miró una vez más en la dirección que había seguido Kelsier.

—¿Sazed? —dijo, asomándose al pasillo.

El mayordomo se detuvo y se giró.

—¿Sí, señora Vin?

—Kelsier —dijo, en voz baja—. Es un buen hombre, ¿verdad?

Sazed sonrió.

—Muy buen hombre, señora. Uno de los mejores que he conocido.

Vin asintió levemente.

—Un buen hombre... —dijo en voz baja—. Creo que nunca había conocido a ninguno.

Sazed sonrió, luego inclinó respetuosamente la cabeza y se volvió para marcharse.

Vin dejó que se cerrara la puerta.

FIN DE LA PRIMERA PARTE

SEGUNDA PARTE

REBELDES BAJO UN CIELO DE CENIZA

En el fondo, me preocupa que mi arrogancia nos destruya a todos.

9

Vin empujó contra la moneda y se lanzó a la bruma. Se alejó volando de la tierra y la piedra, surcando las oscuras corrientes del cielo, la capa aleteando al viento.

Esto es libertad, pensó, mientras inhalaba profundamente el aire fresco y húmedo. Cerró los ojos, sintiendo el viento al pasar. *Esto es lo que siempre eché de menos, aunque no lo sabía.*

Abrió los ojos cuando empezó a descender. Esperó hasta el último momento y entonces arrojó una moneda. Golpeó el empedrado y ella la empujó levemente, refrenando su caída. Quemó peltre con un destello y golpeó el suelo a la carrera, precipitándose por las tranquilas calles de Fellise. El aire de finales de otoño era fresco, pero los inviernos eran generalmente suaves en el Dominio Central. A veces no caía ni un copo de nieve en años.

Lanzó una moneda hacia atrás y la usó para empujarse levemente hacia arriba y a la derecha. Aterrizó en un muro bajo de piedra, sin detener apenas el ritmo mientras corría a lo largo de la parte superior. Quemar peltre reforzaba algo más que los músculos: ampliaba todas las habilidades físicas del cuerpo. Mantener el peltre a bajo nivel le proporcionaba una sensación de equilibrio que cualquier ladrón nocturno hubiese envidiado.

La muralla daba un giro hacia el norte, y Vin se detuvo en la esquina. Se agazapó, los pies descalzos y los sensibles dedos aferrados a la fría piedra. Con el cobre encendido para ocultar su alomancia, avivó estaño para reforzar sus sentidos.

Quietud. Los álamos formaban frágiles hileras en la bruma, como skaa macilentos en sus filas de trabajo. Las mansiones se alzaban en la distancia, cada una de ellas amurallada, atendida y bien vigilada. Había muchos menos puntos de luz en la ciudad que en Luthadel. Muchas de las casas eran solo residencias de temporada, pues sus dueños estaban fuera visitando cualquier otro rincón del Imperio Final.

De repente aparecieron líneas azules ante ella, un extremo de cada una apuntándole al pecho, el otro perdido en la bruma. Vin saltó inmediatamente a un lado, esquivando un par de monedas que pasaron de largo en el aire nocturno y dejaron su rastro en la bruma. Avivó peltre y aterrizó en la calle adoquinada junto a la muralla. Sus oídos amplificados por el estaño detectaron un sonido de roce; entonces una forma oscura salió despedida hacia el cielo, mientras unas cuantas líneas azules apuntaban a su bolsa de las monedas.

Vin dejó caer una moneda y se lanzó al aire tras su oponente. Volaron un momento, surcando el aire por encima de los terrenos de algún noble que nada sospechaba. El oponente de Vin cambió de rumbo en el aire, hacia la mansión. Vin lo siguió soltándose de la moneda que tenía debajo, quemando hierro y tirando del picaporte de una de las ventanas del edificio.

Su oponente llegó primero y topó con un golpe seco contra la fachada lateral del edificio. Al cabo de un segundo ya se había vuelto a proyectar por los aires.

Una luz ganó brillo y una confusa cabeza asomó por una ventana cuando Vin rodaba en el aire para posar los pies contra la mansión. Inmediatamente se impulsó en la superficie vertical, desviándose un poco y empujando contra el mismo picaporte. El cristal crujió y ella salió disparada en la noche antes de que la gravedad pudiera reclamarla.

Vin voló a través de la bruma, forzando los ojos para seguir a su oponente. Él le lanzó un par de monedas, pero ella las apartó, empujándolas con desdén. Una débil línea azul cayó al suelo, una moneda arrojada; su oponente se movió de nuevo a un lado.

Vin dejó caer su propia moneda y empujó. Sin embargo, la moneda salió despedida hacia atrás desde el mismo suelo: el resultado de un empujón de su oponente. El súbito movimiento cambió la trayectoria del salto de Vin, arrojándola a un lado. Maldijo, lanzó otra moneda lateralmente, la usó para empujarse de vuelta a su rumbo. Pero ya había perdido su presa.

Muy bien... pensó mientras caía a la tierra blanda del interior de la muralla. Se puso unas cuantas monedas en la mano y luego arrojó la bolsa casi llena al aire, dándole un fuerte empujón en la dirección por donde había visto desaparecer a su oponente. La bolsa desapareció en la bruma, dejando una débil línea alomántica azul.

Un puñado de monedas salió disparado de los matorrales que tenía delante, corriendo hacia su bolsa. Vin sonrió. Su oponente había supuesto que la bolsa voladora era ella. Estaba demasiado lejos para ver las monedas que tenía en la mano, igual que antes había estado demasiado lejos para que ella viera las monedas que él llevaba.

Una oscura figura salió de los matorrales, saltando sobre la muralla de piedra. Vin esperó tranquilamente mientras la figura corría a lo largo de la muralla y pasaba al otro lado.

Vin se lanzó al aire y luego arrojó su puñado de monedas hacia la figura que pasaba por debajo. El oponente empujó inmediatamente, dispersando las monedas... pero eran solo una distracción. Vin aterrizó ante él, desenfundando dos cuchillos idénticos de cristal. Atacó y descargó un golpe, pero el contrario dio un salto hacia atrás.

Algo va mal. Vin esquivó y se hizo a un lado mientras un puñado de chispeantes monedas (las suyas, las que su oponente había dispersado) caían desde el cielo en la mano del rival, que se volvió y las lanzó contra ella.

Vin soltó las dagas con un gritito ahogado, parapetándose con las manos y empujando las monedas. Inmediatamente, fue impelida hacia atrás cuando su oponente igualó su empujón.

Una de las monedas saltó al aire y quedó flotando directamente entre ambos. El resto de las monedas desaparecieron en la bruma, dispersadas por fuerzas contrarias.

Vin avivó su acero mientras volaba y oyó a su oponente gruñir mientras era empujado también hacia atrás hasta que golpeó la pared. Vin chocó contra un árbol, pero avivó peltre e ignoró el dolor. Usó la madera para sostenerse y continuó empujando.

La moneda titiló en el aire, atrapada entre la fuerza amplificada de dos alománticos. La presión aumentó. Vin apretó los dientes, sintiendo el pequeño álamo doblarse tras ella.

El empuje de su oponente era implacable.

¡No... dejaré... que me venza!, pensó Vin, avivando acero y peltre a la vez, gruñendo ligeramente mientras arrojaba toda su fuerza a la moneda.

Hubo un momento de silencio. Entonces Vin saltó hacia atrás y el árbol chasqueó con fuerza en el aire nocturno.

Vin golpeó el suelo dando tumbos, rodeada de trozos de madera. Ni siquiera el estaño y el peltre fueron suficientes para mantener su mente despejada mientras rodaba por el empedrado y acababa por detenerse, mareada. Una figura oscura se acercó, las cintas de la capa de bruma revoloteando a su alrededor. Vin se puso en pie de un salto y echó mano a los cuchillos, olvidando que los había dejado caer.

Kelsier se quitó la capucha y le ofreció los cuchillos. Uno estaba roto.

—Sé que es algo instintivo, Vin, pero no tienes que extender las manos cuando empujas... ni tienes que soltar lo que llevas en las manos.

Vin hizo una mueca en la oscuridad, se frotó el hombro y asintió mientras recogía las dagas.

—Buen trabajo con la bolsa —dijo Kelsier—. Has estado a punto de engañarme.

—Para lo que ha servido —gruñó Vin.

—Solo llevas unos cuantos meses haciendo esto. Considerándolo, tu progreso es fantástico. Sin embargo, te aconsejaría que evitaras competiciones de empuje con gente que pesa más que tú. —Hizo una pausa, mirando la figura bajita y delgada de Vin—. Lo cual significa que deberías evitar enfrentarte casi con cualquiera.

Vin suspiró y se desperezó. Tendría más magulladuras. *Al menos no serán visibles*. Ahora que los moratones que le había causado Camon habían desaparecido por fin, Sazed le había advertido que tuviera cuidado. El maquillaje no los cubriría completamente y tendría que parecer una joven noble «decente» si iba a infiltrarse en la corte.

—Toma —dijo Kelsier, entregándole algo—. Un recuerdo.

Vin alzó el objeto: la moneda que habían empujado entre los dos. La presión la había doblado y aplastado.

—Te veré en la mansión —dijo Kelsier.

Vin asintió y Kelsier desapareció en la noche. *Tiene razón*, pensó. *Soy más pequeña, peso menos y tengo un alcance más breve que la gente con quien pueda enfrentarme. Si ataco a alguien de frente, perderé.*

La alternativa siempre había sido su método de cualquier manera: debatirse en silencio, permanecer invisible. Tendría que aprender a usar la alomancia del mismo modo. Kelsier seguía diciéndole que estaba desarrollando de manera sorprendentemente rápida sus habilidades alománticas. Parecía convencido de que era por sus lecciones, pero Vin creía que se debía a otra cosa. Las brumas... los paseos nocturnos... todo eso le parecía adecuado. No le preocupaba dominar la alomancia a tiempo para ayudar a Kelsier contra otros nacidos de la bruma.

Era su otra función en el plan lo que la preocupaba.

Suspirando, Vin saltó sobre la muralla para buscar su bolsa de monedas. En la mansión (no la casa de Renoux, sino la vivienda de algún otro noble) había luces encendidas y gente moviéndose. Nadie se aventuró a salir a la noche. Los skaa temían a los espectros; los nobles seguramente imaginaban que los nacidos de la bruma habían causado el alboroto. Ninguna de las dos posibilidades invitaba a una persona en su sano juicio a un enfrentamiento.

Vin localizó su bolsa siguiendo las líneas de acero en las ramas superiores de un árbol. Tiró suavemente hasta hacerla caer en su mano y luego se marchó a la calle. Kelsier debía de haber dejado allí la bolsa: las dos docenas de óbolos que contenía no merecían su tiempo. Sin embargo, durante casi toda su vida Vin había mendigado y pasado hambre. No podía permitirse derrochar. Incluso lanzar monedas para saltar la hacía sentirse incómoda.

Así que usó sus monedas lo menos que pudo mientras regresaba a la Mansión Renoux, prefiriendo empujar y tirar de edificios y trozos abandonados de metal. El paso, medio carrera medio salto, de los nacidos de la bruma ya le resultaba natural y no tenía que pensar mucho en sus movimientos.

¿Cómo le iría, cuando intentara hacerse pasar por noble? No podía ocultar sus temores, no de sí misma. Camon había sido bueno imitando a los nobles porque tenía mucha confianza en sí mismo, y ese era un atributo del que Vin carecía. Su éxito con la alomancia solo demostraba que su lugar estaba en las esquinas y las sombras, no frecuentando salas de baile con vestidos elegantes.

Kelsier, sin embargo, se negaba a dejarla renunciar. Vin aterrizó acuclillada ante la Mansión Renoux, jadeando levemente por el esfuerzo. Miró las luces con una leve sensación de aprensión.

Tienes que aprender a hacerlo, Vin, le decía Kelsier continuamente. *Eres una alomántica de talento, pero necesitarás más que empujones al acero para tener éxito con los nobles. Hasta que puedas moverte en su sociedad con la facilidad con que lo haces en las brumas, estarás en desventaja.*

Dejando escapar un silencioso suspiro, Vin se incorporó, se quitó la capa y la dejó caer para recogerla más tarde. Luego subió los escalones y entró en el edificio. Cuando preguntó por Sazed, los criados de la mansión le indicaron las cocinas, así que se encaminó hacia la sección apartada y oculta del edificio formada por las viviendas de los sirvientes.

Incluso esa parte del edificio estaba inmaculadamente limpia. Vin estaba empezando a comprender por qué Renoux era un impostor tan convincente: no permitía imperfecciones. Si mantenía su actuación la mitad de bien que mantenía el orden en su mansión, entonces Vin dudaba que nadie descubriera jamás el engaño.

Pero debe de tener algún defecto, pensó. *En la reunión de hace dos meses, Kelsier dijo que Renoux no podría soportar el escrutinio de un inquisidor. ¿Es posible que puedan percibir algo de sus emociones, algo que lo traicione?*

Era un asunto secundario, pero Vin no lo había olvidado. A pesar de las palabras sobre la sinceridad y la confianza, Kelsier todavía tenía sus secretos. Todo el mundo los tenía.

Sazed estaba, en efecto, en las cocinas. Hablaba con una criada de mediana edad. Era alta para tratarse de una skaa, aunque de pie junto a Sazed parecía diminuta. Vin la reconoció como un miembro del personal de la casa; se llamaba Cosahn. Vin había hecho el esfuerzo de memorizar los nombres de todo el personal, aunque solo fuera para no perderles la pista.

Sazed se volvió cuando ella entraba.

—Ah, dama Vin. Regresas a tiempo. —Indicó a su acompañante—. Ella es Cosahn.

Cosahn estudió a Vin con aire profesional. Vin ansió regresar a las brumas, donde la gente no podía mirarla así.

—Creo que ya es lo bastante largo —dijo Sazed.

—Es probable —respondió Cosahn—. Pero no puedo hacer milagros, maese Vaht.

Sazed asintió. «Vaht» era, al parecer, el tratamiento que se daba a los mayordomos terrisanos. Sin ser del todo skaa, pero tampoco claramente nobles, los terrisanos ocupaban un lugar muy extraño en la sociedad imperial.

Vin los estudió a los dos con recelo.

—Tu pelo, señora —dijo Sazed tranquilo—. Cosahn va a cortártelo.

—Oh —dijo Vin, tocándoselo. Lo tenía un poco largo para su gusto, aunque dudaba que Sazed fuera a hacérselo cortar como un muchacho.

Cosahn indicó una silla y Vin se sentó, reticente. La enervaba sentarse dócilmente mientras alguien trabajaba con tijeras tan cerca de su cabeza, pero no había más remedio.

Después de pasar las manos por el pelo de Vin, mientras dejaba escapar leves sonidos de desaprobación, Cosahn empezó a cortar.

—Qué pelo tan bonito —dijo, casi para sí—, denso, con un precioso tono negro. Es una lástima que lo lleve tan descuidado, maese Vaht. Muchas mujeres de la corte morirían por un pelo como este... Tiene suficiente cuerpo para ahuecarse, pero es lo bastante liso para trabajar con facilidad con él.

Sazed sonrió.

—Tendremos que encargarnos de que reciba mejores cuidados en el futuro —dijo.

Cosahn continuó su trabajo, asintiendo para sí. Al cabo de un rato, Sazed se acercó y se sentó delante de Vin.

—Supongo que Kelsier no ha regresado todavía, ¿no? —preguntó Vin.

Sazed negó con la cabeza y Vin suspiró. Kelsier no creía que tuviera suficiente práctica para acompañarlo en sus incursiones nocturnas, muchas de las cuales realizaba directamente después de sus sesiones de entrenamiento con ella. Durante los dos últimos meses, Kelsier había visitado las propiedades de una docena de casas nobles diferentes, tanto en Luthadel como en Fellise. Cambiaba de disfraz y de motivo aparente, tratando de crear confusión entre las Grandes Casas.

—¿Qué? —preguntó Vin, mirando a Sazed, que la observaba con expresión curiosa.

El terrisano asintió respetuoso.

—Me estaba preguntando si estarías dispuesta a escuchar otra propuesta.

Vin suspiró, poniendo los ojos en blanco.

—Bien.

No es que pueda hacer mucho más que quedarme aquí sentada.

—Creo que tengo la religión perfecta para ti —dijo Sazed, y su rostro normalmente estoico reveló un atisbo de ansiedad—. Se llama trelagismo, por el dios Trell. Lo adoraban los nelazanos, un pueblo que vivía muy lejos, al norte. En su tierra, el ciclo del día y la noche era muy extraño. Durante algunos meses del año estaba oscuro casi todo el día. En verano, sin embargo, solo oscurecía unas cuantas horas.

»Los nelazanos creían que había belleza en la oscuridad y que la luz del día era más profana. Consideraban las estrellas los Mil Ojos de Trell que los miraban. El sol era el único ojo celoso del hermano de Trell, Nalt. Como Nalt solo tenía un ojo, lo hacía brillar con tanta fuerza para superar a su hermano. Los nelazanos, sin embargo, no se dejaban impresionar y preferían adorar al silencioso Trell, que los vigilaba incluso cuando Nalt oscurecía el cielo.

Sazed guardó silencio. Vin no estaba segura de cómo responder, así que no dijo nada.

—Realmente es una buena religión, dama Vin —dijo Sazed—. Muy amable y a la vez muy poderosa. Los nelazanos no eran un pueblo avanzado, pero sí bastante decidido. Trazaron mapas de todo el cielo nocturno, contando y situando cada estrella importante. Sus costumbres encajan contigo... sobre todo su preferencia por la noche. Puedo contarte más cosas, si lo deseas.

Vin negó con la cabeza.

—No importa, Sazed.

—¿No te parece bien, entonces? —dijo Sazed, frunciendo levemente el ceño—. Ah, bueno. Tendré que pensarlo un poco más. Gracias, señora..., creo que eres muy paciente conmigo.

—¿Pensarlo un poco más? —preguntó Vin—. Es la quinta religión a la que tratas de convertirme, Saz. ¿Cuántas más puede haber?

—Quinientas sesenta y dos —dijo Sazed—. O, al menos, ese es el número de sistemas de creencias que conozco. Hay, probable y desafortunadamente, otras que han desaparecido de este mundo sin dejar huellas para que mi pueblo las recopile.

Vin hizo una pausa.

—¿Y tienes *memorizadas* todas esas religiones?

—Tantas como es posible. Sus oraciones, sus creencias, su mitología. Muchas son muy similares: derivaciones o sectas unas de otras.

—Incluso así, ¿cómo puedes recordar todo eso?

—Tengo... métodos.

—Pero ¿qué sentido tiene?

Sazed frunció el ceño.

—La respuesta debería ser obvia, creo. Las personas son valiosas, dama Vin, y también, por tanto, lo son sus creencias. Desde la Ascensión de hace mil años, han desaparecido muchas de esas fes. El Ministerio de Acero prohíbe adorar todo lo que no sea el lord Legislador y los inquisidores han destruido muy diligentemente cientos de religiones. Si alguien no las recuerda, desaparecerán sin más.

—¿Quieres decir que estás intentando hacerme creer en religiones que llevan mil años muertas? —preguntó Vin, incrédula.

Sazed asintió.

¿Es que todos los que se relacionan con Kelsier están locos?

—El Imperio Final no puede durar eternamente —dijo Sazed en voz baja—. No sé si maese Kelsier será quien le ponga fin, pero ese fin vendrá. Y cuando lo haga, cuando el Ministerio de Acero ya no domine, los hombres querrán regresar a las creencias de sus padres. Ese día recurrirán a los guardadores y ese día devolveremos a la humanidad sus verdades olvidadas.

—¿Guardadores? —preguntó Vin mientras Cosahn procedía a recortar su flequillo—. ¿Hay más como tú?

—No muchos. Pero algunos. Suficientes para pasar las verdades a la siguiente generación.

Vin permaneció pensativa, resistiendo la necesidad de agitarse bajo la labor de Cosahn. La mujer, desde luego, se estaba tomando su tiempo: cuando Reen le cortaba el pelo a Vin le bastaban unos cuantos trasquilones.

—¿Repasamos tus lecciones mientras esperamos, dama Vin? —preguntó Sazed.

Vin miró al terrisano, que le dedicó una leve sonrisa. Sabía que la tenía cautiva: Vin no podía esconderse, ni siquiera acercarse a la ventana para contemplar las brumas. Solo podía quedarse sentada y escuchar.

—Bien.

—¿Puedes nombrar las diez Grandes Casas de Luthadel por orden según su poder?

—Venture, Hasting, Elariel, Tekiel, Lekal, Erikeller, Erikell, Haught, Urbain y Buvidas.

—Bien. ¿Y tú eres...?

—Soy lady Valette Renoux, prima cuarta de lord Teven Renoux, dueño de esta mansión. Mis padres, lord Hadren y lady Fellete Renoux, viven en Chakath, una ciudad del Dominio Occidental. Su principal exportación, la lana. Mi familia se dedica al comercio de tintes, sobre todo rojo cárdeno, de los caracoles que son comunes allí, y amarillo margarita, hecho con corteza de árbol. Como parte de un acuerdo comercial con su primo lejano, mis padres me enviaron a Luthadel para que pueda pasar algún tiempo en la corte.

Sazed asintió.

—¿Y qué te parece esta oportunidad?

—Estoy sorprendida y un poco abrumada. La gente me prestará atención porque desea conseguir favores de lord Renoux. Como no estoy familiarizada con las costumbres de la corte, me halagará su atención. Me integraré en la comunidad cortesana, pero me mantendré tranquila y apartada de las intrigas.

—Tus dotes de memorización son admirables, señora —dijo Sazed—. Este humilde ayudante se asombra de cuánto éxito podrías tener si te dedicaras a aprender en vez de evitar tus lecciones.

Vin se lo quedó mirando.

—¿Todos los «humildes ayudantes» terrisanos dan tanta conversación a sus amos como tú?

—Solo los que tienen éxito.

Vin lo miró, luego suspiró.

—Lo siento, Saz. No pretendo evitar tus lecciones. Es que... las brumas... a veces me distraigo.

—Bueno, afortunada y sinceramente, eres muy rápida aprendiendo. Sin embargo, la gente de la corte ha tenido toda la vida para estudiar etiqueta. Incluso como noble rural, hay ciertas cosas que debes saber.

—Lo sé. No quiero destacar.

—Ay, eso no podrás evitarlo, señora. ¿Una recién llegada, de una parte lejana del imperio? Sí, se fijarán en ti. Lo que no queremos es hacerles sospechar. Debes ser estudiada y luego ignorada. Si te haces demasiado la tonta, eso levantará sospechas.

Magnífico.

Sazed ladeó ligeramente la cabeza, dirigiendo su mirada hacia la puerta. Unos cuantos segundos más tarde, Vin oyó pasos en el pasillo. Kelsier entró en la sala con paso tranquilo y una sonrisa de satisfacción. Se quitó la capa de bruma y se detuvo al ver a Vin.

—¿Qué? —preguntó ella, hundiéndose un poco más en el asiento.

—El corte de pelo está muy bien —dijo Kelsier—. Buen trabajo, Cosahn.

—No ha sido nada, maese Kelsier. —Vin captó el rubor en su voz—. Solo trabajo con lo que tengo.

—Un espejo —dijo Vin, tendiendo la mano.

Cosahn le entregó uno. Vin lo alzó y lo que vio la dejó sin habla. Parecía... una chica.

Cosahn le había igualado el pelo con gran pericia y había logrado deshacerle los enredos. Vin sabía desde siempre que, si se dejaba crecer el cabello demasiado, tendía a encresparse. Cosahn también había arreglado eso. El pelo de Vin seguía sin estar muy largo —apenas le llegaba hasta las orejas—, pero por lo menos se mantenía liso.

No quieras que piensen en ti como en una chica, le advirtió la voz de Reen. Sin embargo, por una vez, quiso ignorar aquella voz.

—¡Podríamos convertirte en toda una damisela, Vin! —dijo Kelsier con una risotada, y se ganó una mirada de reproche por su parte.

—Primero tendremos que convencerla de que no frunza tanto el ceño, maese Kelsier —comentó Sazed.

—Eso va a ser difícil. Está acostumbrada a poner mala cara. De todas formas, muy bien, Cosahn.

—Todavía me quedan unos cuantos retoques que hacer, maese Kelsier —dijo la mujer.

—Continúa pues. Pero voy a llevarme a Sazed un momento.

Kelsier le hizo un guiño a Vin, sonrió a Cosahn y después Sazed y él salieron de la habitación... dejando una vez más a Vin en situación de no poder escucharlos.

Kelsier se asomó a la cocina y vio a Vin sentada en su silla, malhumorada. El corte de pelo era realmente bueno. Sin embargo, sus cumplidos tenían un motivo ulterior: sospechaba que Vin había escuchado decir demasiadas veces que no valía nada. Tal vez con un poco más de confianza en sí misma no intentaría esconderse tanto.

Dejó que la puerta se cerrara y luego se volvió hacia Sazed. El terrisano esperaba, como siempre, con descansada paciencia.

—¿Cómo va el entrenamiento? —preguntó Kelsier.

—Muy bien, maese Kelsier —respondió Sazed—. Ella ya sabía algunas cosas por la formación recibida de su hermano. Aparte de eso, es una chica enormemente inteligente, receptiva y de memoria rápida. No esperaba tanta habilidad en alguien que creció en sus circunstancias.

—Muchos niños de la calle son listos —dijo Kelsier—. Los que no lo son, mueren.

Sazed asintió solemnemente.

—Es extremadamente reservada y creo que no aprecia mis lecciones en todo su valor. Es muy obediente, pero es rápida a la hora de aprovecharse de errores o malentendidos. Si no le digo exactamente dónde y cuándo reunirnos, suelo tener que buscarla por toda la mansión.

Kelsier asintió.

—Creo que es su forma de tener un poco de control sobre su vida. De todas maneras, lo que quería saber es si está preparada o no.

—No estoy seguro, maese Kelsier —respondió Sazed—. El conocimiento puro no equivale a habilidad. No estoy seguro de que tenga la... capacidad para imitar a una noble, aunque sea a una joven e inexperta. Hemos practicado cenas, repasado la etiqueta para conversar y memorizado chismorreos. Parece hábil en todo, en una situación controlada. Le ha ido bien en las meriendas que Renoux ha celebrado para algunos invitados nobles. Sin embargo, no podremos saber con seguridad si es capaz de hacerlo hasta que la dejemos sola en una fiesta de aristócratas.

—Ojalá pudiéramos practicar un poco más —dijo Kelsier, sacudiendo la cabeza—. Pero cada semana que pasamos preparándola aumentan las posibilidades de que el Ministerio descubra nuestro creciente ejército en las cuevas.

—Es una prueba de equilibrio, entonces —dijo Sazed—. Debemos esperar lo suficiente para reunir a los hombres que necesitamos y movernos pronto para evitar ser descubiertos.

Kelsier asintió.

—No podemos detenernos por un miembro del grupo... Tendremos que encontrar a otra persona que nos haga de topo si a Vin le sale mal. Pobre chica..., ojalá la hubiera entrenado mejor en la alomancia. Apenas hemos cubierto los primeros cuatro metales. ¡Pero no tengo suficiente tiempo!

—Si puedo hacer una sugerencia...

—Por supuesto, Saz.

—Envía a la chica con alguno de los brumosos del grupo. He oído decir que Brisa es un aplacador eficaz y sin duda los demás son igualmente dotados. Que ellos le enseñen a Vin cómo usar sus habilidades.

Kelsier hizo una pausa y reflexionó.

—Es buena idea, Sazed.

—¿Pero?

Kelsier miró hacia la puerta. Al otro lado, Vin seguía sometida a su corte de pelo.

—No estoy seguro. Hoy, cuando nos estábamos entrenando, nos enzarzamos en una pelea empujando acero. La chica debe de pesar menos de la mitad que yo, pero me ofreció de todas formas un enfrentamiento decente.

—Personas distintas tienen fuerzas distintas en la alomancia —dijo Sazed.

—Sí, pero la diferencia no suele ser tan grande —respondió Kelsier—. Además, yo tardé muchos meses en aprender a manipular mis tirones y empujones. No es tan fácil como parece: incluso comprender algo tan sencillo como empujarte a ti mismo hasta lo alto de un tejado requiere asimilar el peso, el equilibrio y la trayectoria.

»Pero Vin... parece saber todas esas cosas por instinto. Cierto, solo puede usar los primeros cuatro metales con habilidad, pero el progreso que ha hecho es sorprendente.

—Es una chica especial.

Kelsier asintió.

—Se merece más tiempo para aprender sus poderes. Me siento un poco culpable por haberla metido en nuestros planes. Seguro que acaba en una ceremonia de ejecución del Ministerio con el resto de nosotros.

—Pero esa culpabilidad no te impedirá usarla como espía de la aristocracia.

Kelsier negó con la cabeza.

—No —respondió Kelsier en voz baja—. No lo hará. Necesitamos toda la ventaja que podamos conseguir. Pero... vigílala, Saz. De ahora en adelante, actuarás como mayordomo y guardián de Vin en todos los actos a los que asista... No resultará extraño que la acompañe un sirviente terrisano.

—En absoluto —reconoció Sazed—. De hecho, sería extraño enviar a una chica de su edad a la corte sin escolta.

Kelsier asintió.

—Protégela, Sazed. Puede que sea una alomántica poderosa, pero carece de experiencia. Me sentiré mucho menos culpable enviándola a esos cubiles aristocráticos si sé que tú estás con ella.

—La protegeré con mi vida, maese Kelsier. Te lo prometo.

Kelsier sonrió y colocó agradecido una mano en el hombro de Sazed.

—Pobre del hombre que se interponga en tu camino.

Sazed inclinó la cabeza con humildad. Parecía inofensivo, pero Kelsier conocía la fuerza que escondía. Pocos hombres, alománticos o no, lo tendrían fácil para enfrentarse a un guardador cuya furia hubieran despertado. Quizá eso explicara que el Ministerio hubiese perseguido a aquella secta hasta su práctica extinción.

—Muy bien —dijo Kelsier—. Vuelve a tus enseñanzas. Lord Venture va a celebrar un baile a finales de semana y, preparada o no, Vin estará allí.

Me sorprende cuántas naciones se han unido en pos de nuestro propósito. Sigue habiendo disidentes, naturalmente, y algunos reinos, por desgracia, se han enzarzado en guerras que no he podido detener.

Sin embargo, contemplar esta unidad general es glorioso, casi abrumador. Ojalá a las naciones de la humanidad no les hubiera hecho falta una amenaza tan terrible para ver el valor de la paz y la cooperación.

10

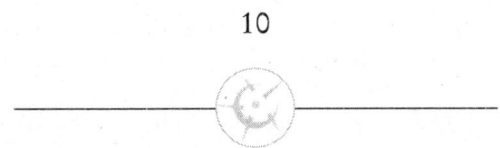

Vin caminaba por una calle de las Grietas, uno de los muchos suburbios skaa de Luthadel, con la capucha puesta. Por algún motivo, prefería el calor asfixiante de una capucha a la opresiva luz roja del sol.

Caminaba encorvada, la mirada gacha, pegada al borde de la calle. Los skaa con los que se cruzaba tenían el mismo aire de derrota. Nadie alzaba la cabeza; nadie caminaba con la espalda recta o una sonrisa optimista. En los suburbios, esas cosas podían hacerte parecer sospechoso.

Casi había olvidado lo opresiva que podía ser Luthadel. Las semanas que había pasado en Fellise la habían acostumbrado a sus árboles y su piedra limpia. Aquí no había nada blanco: ningún álamo, nada de granito encalado. Todo era negro.

Los edificios estaban manchados por incontables y sucesivas lluvias de ceniza; el aire lleno del humo de las infames herrerías de Luthadel y un millar de cocinas de nobles; el empedrado, los portales y las esquinas cubiertos de hollín: los suburbios rara vez se limpiaban.

Es como... como si las cosas fueran más brillantes de noche que durante el día, pensó Vin, arrebujándose en su capa skaa y doblando una esquina. Pasó junto a mendigos agazapados con las manos tendidas esperando una limosna; sus súplicas caían en vano en los oídos de unas personas que también pasaban hambre. Pasó junto a obreros que caminaban con la cabeza gacha y los hombros hundidos, los gorros o las capuchas caladas para mantener la ceniza apartada de sus ojos. De vez en cuando, pasaba ante escuadrones de guardias de la ciudad, armados de pies a cabeza (peto, casco y capa negra) e intentando parecer lo más intimidatorios que podían.

Este último grupo se movía en los suburbios actuando como la mano del lord Legislador en una zona que la mayoría de los obligadores encontraba demasiado repugnante para visitar. Los hombres de la Guarnición daban patadas a los mendigos para asegurarse de que eran realmente inválidos, detenían a los obreros que pasaban para acosarlos porque estaban en la calle en vez de trabajando y solían molestar a todo el que podían. Vin se encogió cuando pasó un grupo y se bajó aún más la capucha. Era lo bastante mayor para tener que estar engendrando hijos o trabajando en una fábrica, pero por su altura parecía más joven.

O bien la treta funcionó o aquel escuadrón no estaba interesado en buscar gente descarriada, pues la dejaron pasar sin apenas mirarla. Vin dobló una esquina, recorrió un callejón manchado de ceniza y se acercó al comedor comunitario que había al fondo de la pequeña calle.

Como la mayoría de las cocinas, esta era sucia y estaba pobremente mantenida. En una economía en la que los obreros rara vez obtenían una paga directa, las cocinas tenían que ser mantenidas por la nobleza. Algunos lores locales (dueños de las fábricas y fraguas de la zona, lo más probable) pagaban al dueño de la cocina para que proporcionara comida a los skaa. Los obreros recibían vales por su tiempo y se les concedía un breve descanso a mediodía para ir a comer. Los comedores evitaban a los pequeños negocios los costes de proporcionar comidas en el lugar de trabajo.

Naturalmente, como al dueño del comedor se le pagaba, podía embolsarse lo que ahorrara en ingredientes. Según la experiencia de Vin, la comida de las cocinas era tan sabrosa como el agua manchada de ceniza.

Por fortuna, no había ido a comer. Se unió a la cola en la puerta y esperó en silencio mientras los obreros mostraban sus fichas de comida. Cuando le llegó el turno, sacó un disquito de madera y se lo pasó al skaa de la puerta. El hombre aceptó la ficha con un rápido movimiento, asintiendo casi imperceptiblemente hacia la derecha.

Vin se encaminó en la dirección indicada, atravesó un sucio comedor cuyo suelo estaba cubierto de la ceniza que habían arrastrado al entrar. Cuando se acercó a la pared del fondo, vio una ajada puerta de madera en un rincón. Un hombre sentado ante la puerta la miró a los ojos, asintió brevemente y abrió la puerta. Vin pasó veloz a la habitación contigua.

—¡Vin, querida! —dijo Brisa, sentado ante una mesa situada cerca del centro de la habitación—. ¡Bienvenida! ¿Qué tal por Fellise?

Vin se encogió de hombros y se sentó a la mesa.

—Ah —dijo Brisa—. Casi había olvidado lo fascinante de tu conversación. ¿Vino?

Vin negó con la cabeza.

—Bueno, pues a mí sí que me apetece.

Brisa vestía uno de sus extravagantes trajes y tenía un bastón de duelo cruzado sobre el regazo. La habitación, iluminada por una única lámpara, estaba mucho más limpia que el comedor. De los otros cuatro hombres presentes, Vin solo reconoció a uno, un aprendiz del taller de Clubs. Los dos que había junto a la puerta eran guardias, sin duda. El último hombre parecía un obrero skaa corriente, casaca ennegrecida y rostro ceniciento incluidos. Su aire de confianza, sin embargo, demostraba que era miembro de los bajos fondos. Uno de los rebeldes de Yeden, tal vez.

Brisa alzó su copa y la golpeó con la uña. El rebelde lo miró con mala cara.

—Ahora mismo te estás preguntando si estoy usando la alomancia contigo —dijo Brisa—. Tal vez sí, tal vez no. ¿Importa? Estoy aquí por invitación de tu jefe y te ordenó que te encargaras de que me sintiera cómodo. Y, te lo aseguro, una copa de vino en la mano es absolutamente necesaria para mi comodidad.

El skaa esperó un momento y luego tomó la copa y se marchó, murmurando entre dientes sobre costes estúpidos y recursos malgastados.

Brisa alzó una ceja y se volvió hacia Vin. Parecía bastante contento consigo mismo.

—¿Así que lo has empujado? —preguntó ella.

Brisa negó con la cabeza.

—Un desperdicio de latón. ¿Te contó Kelsier por qué te pidió que vinieras aquí hoy?

—Me dijo que te observara —respondió Vin, un poco molesta por haber sido entregada a Brisa—. Dijo que no tenía tiempo de entrenarme en todos los metales.

—Bien, empecemos entonces —dijo Brisa—. Primero, debes comprender que aplacar es algo más que simple alomancia. Se trata del delicado y noble arte de la manipulación.

—Noble, en efecto —dijo Vin.

—Ah, hablas como uno de ellos.

—¿Ellos?

—Todos los demás —dijo Brisa—. ¿Viste cómo me ha tratado el caballero skaa? La gente no nos aprecia, querida. La idea de que alguien pueda jugar con sus emociones, de que pueda «místicamente» obligarlos a hacer ciertas cosas los hace sentirse incómodos. De lo que no se dan cuenta, y tú debes hacerlo, es que manipular a los demás es algo que todo el mundo hace. De hecho, la manipulación está en el meollo de nuestra interacción social.

Se echó hacia atrás, alzó su bastón de duelo e hizo un leve gesto con él mientras hablaba.

—Piénsalo. ¿Qué hace un hombre cuando busca el afecto de una joven? Bueno, intenta manipularla para que lo mire con buenos ojos. ¿Qué pasa cuando dos viejos amigos se sientan a tomar una copa? Se cuentan historias, tratando de impresionarse mutuamente. La vida del ser humano es todo postura e influencia. Esto no es malo: de hecho, dependemos de ello. Estas interacciones nos enseñan a responder a los demás. —Hizo una pausa y señaló a Vin con el bastón—. La diferencia entre los aplacadores y la gente corriente es que nosotros somos conscientes de lo que hacemos. También tenemos una ligera... ventaja. Pero ¿implica de verdad mucho más «poder» que tener una personalidad carismática o unos buenos dientes? Creo que no.

»Además, como mencionaba, un buen aplacador debe tener más dotes que su habilidad para usar la alomancia. La alomancia no te permite leer la mente ni las emociones... En cierto modo, estás tan ciego como los demás. Lanzas ráfagas emocionales dirigidas a una sola persona o a una zona y tus sujetos alterarán sus emociones... es de esperar que produciendo el efecto que deseabas. Sin embargo, los grandes aplacadores son aquellos que pueden usar con éxito sus ojos e instintos para saber cómo se siente una persona *antes* de ser manipulada.

—¿Qué importa lo que sientan? —dijo Vin, tratando de disimular su malestar—. Vas a aplacarlos de todas formas, ¿no? Así, cuando acabas, sienten lo que tú quieres que sientan.

Brisa suspiró, agitando la cabeza.

—¿Qué dirías si supieras que te he aplacado en tres ocasiones durante nuestra conversación?

Vin se envaró.

—¿Cuándo? —exigió.

—¿Importa? —preguntó Brisa—. Esta es la lección que debes aprender, querida. Si no puedes leer lo que siente alguien, nunca tendrás sutileza con la alomancia emocional. Empuja a alguien demasiado e incluso el más ciego de los skaa se dará cuenta de que está siendo manipulado de algún modo. Si tocas con demasiada suavidad, no producirás ningún efecto perceptible y las otras emociones, más potentes, seguirán dominando a su sujeto. —Brisa volvió a negar con la cabeza—. Todo se basa en comprender a la gente. Tienes que leer cómo se siente alguien, cambiar ese sentimiento dándole un empujoncito en la dirección adecuada y luego canalizar ese nuevo estado emocional para tu ventaja. ¡Ese, querida mía, es el desafío! Es difícil, pero para aquellos que lo hacen bien...

La puerta se abrió y el hosco skaa regresó con una botella entera de vino. La depositó con una copa en la mesa, delante de Brisa, y luego se situó en el otro extremo de la habitación, junto a la mirilla que daba al comedor.

—Hay enormes recompensas —dijo Brisa con una tranquila sonrisa. Le hizo un guiño y sirvió un poco de vino.

Vin no estaba segura de qué pensar. La opinión de Brisa parecía cruel. Sin embargo, Reen la había entrenado bien. Si no tenía poder sobre eso, otros lo tendrían sobre ella. Empezó a quemar cobre, como le había enseñado Kelsier, para protegerse de nuevas manipulaciones por parte de Brisa.

La puerta volvió a abrirse y una figura familiar, ataviada con un chaleco, entró.

—Hola, Vin —dijo Ham con un gesto amistoso. Se acercó a la mesa, mirando el vino—. Brisa, sabes que la rebelión no tiene dinero para este tipo de cosas.

—Kelsier las pagará —respondió Brisa con un ademán de indiferencia—. No puedo trabajar con la garganta seca, eso es todo. ¿Cómo está la zona?

—Segura —dijo Ham—. Pero he apostado ojos de estaño en las esquinas por si acaso. Tu salida de emergencia está detrás de esa puerta de la esquina.

Brisa asintió. Ham se volvió a mirar al aprendiz de Clubs.

—¿Estás ahumando por ahí atrás, Cobble?

El muchacho asintió.

—Buen chico —dijo Ham—. Eso es todo, entonces. Ahora solo tenemos que esperar el discurso de Kel.

Brisa comprobó su reloj de bolsillo.

—Todavía faltan unos minutos. ¿Pido que alguien te traiga una copa?

—Paso —dijo Ham.

Brisa se encogió de hombros y bebió vino.

Hubo un momento de silencio. Finalmente, Ham habló.

—Entonces...

—No —interrumpió Brisa.

—Pero...

—Sea lo que sea, no queremos oírlo.

Ham miró al aplacador con mala cara.

—No puedes empujarme para que obedezca, Brisa.

Brisa puso los ojos en blanco y tomó un sorbo de vino.

—¿Qué? —preguntó Vin—. ¿Qué ibas a decir?

—No lo animes, querida —dijo Brisa.

Vin frunció el ceño. Miró a Ham, que sonrió.

Brisa suspiró.

—Dejadme fuera. No estoy de humor para uno de los absurdos debates de Ham.

—Ignóralo —dijo Ham ansiosamente, acercando su silla un poco más a Vin—. Verás, me he estado preguntando... ¿Al derrocar al Imperio Final estamos haciendo algo bueno o algo malo?

Vin se lo quedó mirando.

—¿Importa?

Ham pareció sorprendido, pero Brisa se echó a reír.

—Bien contestado —dijo el aplacador.

Ham miró a Brisa, luego se volvió hacia Vin.

—Pues claro que importa.

—Bueno, supongo que estamos haciendo algo bueno —contestó Vin—. El Imperio Final lleva siglos oprimiendo a los skaa.

—Cierto. Pero hay un problema. El lord Legislador es Dios, ¿no?

Vin se encogió de hombros.

—¿Importa?

Ham se la quedó mirando.

Ella puso los ojos en blanco.

—Muy bien. El Ministerio dice que es Dios.

—La verdad es que el lord Legislador es solo un pedazo de Dios —advirtió Brisa—. Es la Lasca del Infinito... No es omnisciente ni omnipotente, sino una sección independiente de una conciencia que lo *es*.

Ham suspiró.

—Creía que no querías implicarte.

—Solo me aseguraba de que todo el mundo comprende los hechos —respondió Brisa.

—Pues bien —dijo Ham—, Dios es el creador de todas las cosas, ¿no? Es la fuerza que dicta las leyes del universo y, por tanto, es la fuente última de la ética. Es moralidad absoluta.

Vin parpadeó.

—¿Ves el dilema? —preguntó Ham.

—Veo a un idiota —murmuró Brisa.

—Estoy confusa. ¿Cuál es el problema?

—Nosotros decimos estar haciendo el bien —contestó Ham—. Pero el lord Legislador, como Dios, *define* lo que es el bien. Así que, al oponernos a él, somos el mal. Pero, como él está haciendo algo malo, ¿cuenta en este caso el mal como bien?

Vin frunció el ceño.

—¿Bien? —preguntó Ham.

—Creo que me das dolor de cabeza.

—Te lo había advertido —le recordó Brisa.

Ham suspiró.

—Pero ¿no crees que merece la pena pensarlo?

—No estoy segura.

—Yo sí —dijo Brisa.

Ham sacudió la cabeza.

—Aquí a nadie le gusta tener conversaciones decentes e inteligentes.

El rebelde skaa del rincón se volvió de repente.

—¡Ha llegado Kelsier!

Ham alzó una ceja, luego se puso en pie.

—Debería ir a asegurar el perímetro. Piensa en lo que te he dicho, Vin.

—Muy bien... —dijo Vin mientras Ham se marchaba.

—Por aquí, Vin —dijo Brisa, incorporándose—. Hay mirillas en la pared para nosotros. Sé amable y acércame la silla, ¿quieres?

Brisa no miró atrás para ver si ella hacía lo que le pedía. Vin se detuvo, insegura. Con el cobre encendido, él no podía aplacarla, pero... Al final, suspiró y llevó ambas sillas hasta un extremo de la habitación. Brisa corrió una larga y delgada pieza de madera en la pared, revelando una vista del salón.

Varios sucios skaa estaban sentados a las mesas. Vestían casacas marrones o capas harapientas. Eran un grupo sombrío, con la piel manchada de ceniza y aspecto vencido. Sin embargo, su presencia en la reunión significaba que estaban dispuestos a escuchar. Yeden ocupaba una mesa en la parte delantera, con su habitual ropa remendada de obrero y el pelo rizado más corto que la última vez que lo había visto Vin.

Vin había esperado una especie de entrada triunfal de Kelsier. En cambio, se limitó a salir en silencio de la cocina. Se detuvo junto a la mesa de Yeden, sonrió mientras conversaba brevemente con el hombre un momento y luego se plantó ante los obreros sentados.

Vin nunca lo había visto con ropa tan mundana. Llevaba una casaca skaa marrón y pantalones pardos, como muchos de los presentes. Sin embargo, el atuendo de Kelsier estaba limpio. El tejido no estaba manchado de hollín y, aunque era tan burdo como el que los skaa usaban normalmente, no tenía parches ni remiendos. La diferencia era bastante notable, decidió Vin: si se hubiera presentado con un traje, habría sido pasarse.

Él se puso los brazos a la espalda y poco a poco los obreros se fueron callando. Vin frunció el ceño mientras miraba y se preguntó por la habilidad que tenía Kelsier para imponer el silencio en una habitación de hombres ansiosos con tan solo plantarse ante ellos. ¿Estaba tal vez usando la alomancia? Sin embargo, incluso con su cobre encendido ella sentía una... presencia por su parte.

Cuando la habitación estuvo silenciosa, Kelsier empezó a hablar.

—Es probable que, a estas alturas, todos hayáis oído hablar de mí —dijo—. Y no estaríais aquí si al menos no sintierais cierta simpatía por mi causa.

Al lado de Vin, Brisa bebió de su copa.

—Aplacar y encender no son como las otras formas de alomancia —murmuró—. Con la mayoría de los metales, empujar o tirar tiene efectos opuestos. Sin embargo, con las emociones, a menudo puedes producir los mismos resultados tanto si aplacas como si enciendes.

»Esto no se cumple con los estados emocionales extremos: la completa falta de emoción o la pasión absoluta. No obstante, en la mayoría de los casos, no importa qué poder uses. Las personas no son como bloques sólidos de metal: en todo momento tendrán una docena de emociones diferentes revolviéndose en su interior. Un aplacador experimentado puede apaciguarlo todo menos la emoción que quiere que sea dominante.

Brisa se volvió.

—Rudd, que entre la criada de azul, por favor.

Uno de los guardias asintió, abrió la puerta una rendija y le susurró algo al hombre que había al otro lado. Un momento después, Vin vio que una criada vestida con un ajado vestido azul empezaba a servir bebidas a los congregados.

—Mis aplacadores están mezclados con la gente —dijo Brisa, con voz distraída—. Las criadas son un aviso que indica a mis hombres qué emociones hay que retirar. Trabajarán como lo hago yo...

Se calló y se concentró mientras miraba a la multitud.

—Fatiga... —susurró—. No es una emoción necesaria ahora mismo. Hambre... distrae. Recelo... decididamente no es útil. Sí, y a medida que los aplacadores actúan los encendedores inflaman las emociones que queremos que la multitud sienta. Curiosidad... eso es lo que necesitan ahora. Sí, escuchad a Kelsier. Habéis oído leyendas e historias. Ved al hombre en persona e impresionaos.

—Sé por qué habéis venido hoy —dijo Kelsier en voz baja. En su voz apenas quedaba rastro del descaro que Vin asociaba con él, reemplazado por un tono suave pero directo—. Doce horas al día en una fábrica, una mina o una fragua. Palizas, falta de paga, poca comida. ¿Y para qué? ¿Para que podáis volver a vuestras casuchas al final del día y encontrar otra tragedia? Un amigo muerto a manos de un capataz descuidado. Una hija convertida en el juguete de algún noble. Un hermano muerto por un lord que tenía un mal día.

—Sí —susurró Brisa—. Bien. Rojo, Rudd. Envía a la chica de rojo claro.

Otra criada entró en el salón.

—Pasión y furia —dijo Brisa, casi en un murmullo—. Pero solo un poquito. Solo un empujón... un recordatorio.

Curiosa, Vin apagó su cobre un momento y quemó bronce tratando de sentir el uso que Brisa hacía de la alomancia. No brotaba nada de él.

Por supuesto, pensó. *Me olvidaba del aprendiz de Clubs: me impide sentir ningún pulso alomántico.* Volvió a encender su cobre.

Kelsier continuó hablando.

—Amigos míos, no estáis solos en vuestra tragedia. Hay millones como vosotros. Y os necesitan. No he venido a suplicar: ya hemos tenido suficiente de eso en nuestras vidas. Lo único que os pido es que reflexionéis. ¿En qué deberíais invertir vuestras energías? ¿Forjando armas para el lord Legislador? ¿O en algo más valioso?

No menciona a nuestros soldados, pensó Vin. *Ni siquiera lo que van a hacer aquellos que se unan a él. No quiere que los obreros conozcan los detalles. Quizá sea buena idea: los que reclute podrán ser enviados al ejército y el resto no podrá revelar ninguna información específica.*

—Sabéis por qué estoy aquí —dijo Kelsier—. Conocéis a mi amigo Yeden y lo que representa. Todos los skaa de la ciudad están enterados de la rebelión. Quizá hayáis pensado uniros a ella. La mayoría de vosotros no lo hará..., la mayoría de vosotros volverá a vuestras fábricas manchadas de hollín, a vuestras ardientes fraguas, a vuestros moribundos hogares. Lo haréis porque esta vida terrible os resulta familiar. Pero algunos de vosotros..., algunos de vosotros vendrán conmigo. Y esos hombres serán recordados en los años venideros. Recordados por haber hecho algo grandioso.

Muchos de los obreros se miraron, aunque algunos siguieron con los ojos clavados en sus cuencos de sopa medio vacíos. Finalmente, alguien situado casi al fondo de la sala tomó la palabra.

—Eres un necio —dijo el hombre—. El lord Legislador te matará. No te rebelas contra Dios en su propia ciudad.

La habitación permaneció en silencio. Tensa. Vin se irguió mientras Brisa susurraba para sí.

En la sala, Kelsier no contestó inmediatamente. Finalmente estiró los brazos y se remangó la casaca, mostrando las cicatrices.

—El lord Legislador no es nuestro Dios —dijo tranquilamente—. Y no puede matarme. Lo intentó, pero fracasó. Pues soy lo que él nunca podrá matar.

Dicho esto, Kelsier se dio la vuelta y salió de la habitación por donde había venido.

—Hummm —dijo Brisa—, bueno, ha sido un poco dramático. Rudd, trae a la roja y envía a la marrón.

Una criada vestida de marrón se mezcló con los congregados.

—Asombro —dijo Brisa—. Y, sí, orgullo. Aplacar la furia, por ahora...

La multitud permaneció tranquila un momento, el salón extrañamente inmóvil. Finalmente, Yeden se levantó para hablar y animar un poco más, además de para explicar lo que deberían hacer los hombres si deseaban oír más. Mientras hablaba, los skaa volvieron a su comida.

—Verde, Rudd —dijo Brisa—. Hummm, sí. Hagamos que penséis todos y os daremos un empujoncito de lealtad. No queremos que nadie corra a avisar a los obligadores, ¿no? Kel ha cubierto bien sus huellas, pero cuanto menos oigan las autoridades, mejor, ¿eh? Ah, ¿y qué hay de ti, Yeden? Estás un poco demasiado nervioso. Aplaquemos eso, para borrar tus preocupaciones. Dejemos solo esa pasión tuya... Es de esperar que sea suficiente para contrarrestar el estúpido tono de tu voz.

Vin continuó mirando. Ahora que Kelsier se había ido, le resultaba más fácil concentrarse en las reacciones de la multitud y en el trabajo de Brisa. Mientras Yeden hablaba, los obreros parecieron reaccionar con precisión a las instrucciones que murmuraba Brisa. También en Yeden se notaron los efectos del aplacador: se sintió más cómodo, habló con más aplomo.

Curiosa, Vin dejó caer de nuevo su cobre. Se concentró para ver si podía sentir el toque de Brisa en sus emociones: estaría incluida en sus proyecciones alománticas generales. Él no tenía tiempo para elegir individuos, excepto tal vez a Yeden. Era muy, muy difícil sentirlo. Sin embargo, mientras Brisa murmuraba para sí, ella empezó a notar exactamente las emociones que él describía. No pudo dejar de sentirse impresionada. Las pocas veces que Kelsier había usado la alomancia en sus emociones, su contacto había sido como un repentino puñetazo en la cara. Tenía fuerza, pero muy poca sutileza.

El contacto de Brisa era increíblemente delicado. Aplacaba ciertas emociones, reduciéndolas, mientras dejaba otras intactas. A Vin le pareció notar a sus hombres encendiendo también sus emociones, pero esos contactos no eran tan sutiles como el de Brisa. Dejó apagado su cobre, buscando toques emocionales mientras Yeden continuaba su discurso y explicaba que los hombres que se unieran a ellos tendrían que dejar familia y amigos por un tiempo, hasta un año, pero serían bien alimentados durante ese periodo.

Vin sintió que su respeto por Brisa continuaba aumentando. De repente ya no estaba tan molesta con Kelsier por librarse de ella. Brisa solo podía hacer una cosa, pero obviamente tenía mucha práctica. Kelsier, como nacido de la bruma, había tenido que aprender todas las habilidades alománticas; era lógico que no estuviera tan concentrado en ningún poder concreto.

Tengo que asegurarme de que me envíe a aprender de los otros, pensó Vin. *Serán maestros de sus propios poderes.*

Vin volvió su atención hacia el comedor mientras Yeden concluía su exhortación.

—Habéis oído a Kelsier, el Superviviente de Hathsin —dijo—. Los rumores sobre él son ciertos: ¡ha renunciado a su oficio de ladrón y dedicado su atención a trabajar para la rebelión skaa! Nos estamos preparando para algo grande. Algo que puede, en efecto, convertirse en nuestra última lucha contra el Imperio Final. Uníos a nosotros. Uníos a vuestros hermanos. ¡Uníos al Superviviente!

El comedor permaneció en silencio.

—Rojo brillante —dijo Brisa—. Quiero que esos hombres se marchen sintiéndose apasionados por lo que han oído.

—Las emociones se consumirán, ¿no? —preguntó Vin mientras una criada vestida de rojo se acercaba al grupo.

—Sí —contestó Brisa, acomodándose en su asiento y cerrando el panel—. Pero quedan los recuerdos. Si la gente asocia una emoción fuerte con un hecho, lo recuerda mejor.

Unos momentos después, Ham entró por la puerta trasera.

—Ha salido bien. Los hombres se marchan fortalecidos y varios de ellos se quedan rezagados. Tendremos un buen puñado de voluntarios que enviar a las cuevas.

Brisa sacudió la cabeza.

—No es suficiente. Dox necesita unos cuantos días para organizar cada una de estas reuniones y solo conseguimos unos veinte hombres cada vez. A este ritmo, nunca conseguiremos diez mil a tiempo.

—¿Crees que necesitamos más reuniones? —preguntó Ham—. Va a ser difícil... Debemos tener mucho cuidado con estas cosas y por eso solo se invita a aquellos en los que se puede confiar razonablemente.

Brisa permaneció sentado un momento. Finalmente, apuró el resto de su vino.

—No sé... Pero tendremos que pensar en algo. Por ahora, volvamos al taller. Creo que Kelsier quiere celebrar una reunión para evaluar este encuentro de hoy.

Kelsier miraba hacia el oeste. El sol de la tarde, de un rojo letal, brillaba implacable desde un cielo de humo. Justo bajo el sol, Kelsier podía ver la silueta recortada de una oscura cima. Tyrian, el más cercano de los Montes de Ceniza.

Se encontraba en lo alto del terrado del taller de Clubs, escuchando a los obreros regresar a casa, abajo en las calles. Un terrado obligaba a limpiar la ceniza de vez en cuando, por eso la mayoría de los edificios skaa tenía tejado a dos aguas. Pero, en opinión de Kelsier, por la vista merecía la pena el esfuerzo.

En la calle, los obreros skaa caminaban en filas cansadas, levantando a su paso una pequeña nube de ceniza. Kelsier dejó de fijarse en ellos y se volvió hacia el norte... hacia los Pozos de Hathsin.

¿Adónde va?, pensó. *El atium llega a la ciudad, pero luego desaparece. No está en el Ministerio, los hemos vigilado, y ninguna mano skaa toca el metal. Suponemos que va al Tesoro. Esperamos que así sea, al menos.*

Mientras quemaba atium, un nacido de la bruma era virtualmente imparable, y en parte por eso era tan valioso. Pero su plan se centraba en algo más que en riquezas. Sabía cuánto atium se sacaba de los pozos y Dockson había investigado las cantidades que el lord Legislador vendía, a precios exorbitantes, a la nobleza. Apenas un diez por ciento de lo que se extraía acababa en manos de los nobles.

El noventa por ciento del atium producido en el mundo había sido acumulado, año tras año, durante mil años. Con tanto metal, el equipo de Kelsier podría intimidar incluso a las más poderosas de las casas nobles. El plan de Yeden para dominar el palacio podía parecer descabellado a muchos..., de hecho, estaba condenado al fracaso. Sin embargo, Kelsier tenía otros planes...

Contempló la barrita blancuzca que tenía en las manos. El Undécimo metal. Conocía los rumores sobre él: los había propiciado. Ya solo tenía que hacerlos valer.

Suspiró y se volvió hacia el este, hacia Kredik Shaw, el palacio del lord Legislador. «La Colina de las Mil Torres», un nombre adecuado, ya que el palacio imperial parecía una masa de enormes lanzas negras clavadas en el suelo. Algunas de las torres se retorcían, otras eran rectas. Algunas torres eran gruesas, otras finas como agujas. Variaban en altura, pero todas eran elevadas, acabadas en punta.

Kredik Shaw. Ahí era donde todo había terminado tres años antes. Y necesitaba regresar.

La trampilla se abrió y una figura salió al tejado. Kelsier se volvió alzando una ceja mientras Sazed se sacudía la túnica y luego se le acercaba con su característico paso respetuoso. Incluso un terrisano rebelde mantenía las formas en las que había sido adiestrado.

—Maese Kelsier —dijo, inclinando la cabeza.

Kelsier asintió y Sazed se colocó a su lado para contemplar el palacio imperial.

—Ah —dijo para sí, como si comprendiera los pensamientos de Kelsier.

Kelsier sonrió. Sazed había sido un valioso hallazgo, desde luego. Los guardadores eran un grupo necesariamente secreto, pues el lord Legislador los había cazado prácticamente desde el mismísimo Día de la Ascensión. Algunas leyendas decían que el sometimiento absoluto del pueblo de Terris al Legislador (incluidos los programas de reproducción y adoctrinamiento) no era más que la consecuencia del odio que profesaba a los guardadores.

—Me pregunto qué pensaría si supiera que hay un guardador en Luthadel —dijo Kelsier—, a tan corta distancia del palacio.

—Esperemos no descubrirlo nunca, maese Kelsier.

—Aprecio tu disposición para venir a la ciudad, Sazed. Sé que es un riesgo.

—Es un buen trabajo —dijo Sazed—. Y este plan es peligroso para todos los implicados. De hecho, creo que para mí vivir ya es peligroso. No es conveniente para la salud pertenecer a una secta que el propio lord Legislador teme.

—¿Temor por su parte? —preguntó Kelsier volviéndose para mirar a Sazed. A pesar de su altura por encima de la media, el terrisano seguía sacándole una cabeza—. No estoy seguro de que tema a nada, Saz.

—Teme a los guardadores. Definitiva e inexplicablemente. Tal vez sea a causa de nuestros poderes. No somos alománticos, sino... otra cosa. Algo desconocido para él.

Kelsier asintió, volviéndose hacia la ciudad. Tenía tantos planes, tanto trabajo que hacer... y en el meollo de todo estaban los skaa. Los pobres, humildes, derrotados skaa.

—Háblame de otra secta, Sazed —dijo Kelsier—, que tenga poder.

—¿Poder? —preguntó Sazed—. Eso es un término relativo cuando se aplica a la religión, creo. Tal vez te guste oír hablar del jaísmo. Sus seguidores eran bastante fieles y devotos.

—Háblame de ellos.

—El jaísmo fue fundado por un solo hombre. Su verdadero nombre se ha perdido, aunque sus seguidores lo llaman el Ja, a secas. Fue asesinado por un rey local por predicar la discordia (algo en lo que al parecer era muy bueno), pero con eso solo aumentó el número de sus seguidores.

»Los jaístas creían que la felicidad era directamente proporcional a su devoción, y eran conocidos por sus frecuentes y fervientes profesiones de fe. Al parecer, hablar con un jaísta podía ser frustrante, ya que tendían a terminar casi todas sus frases con "alabado sea el Ja".

—Eso está bien, Sazed —dijo Kelsier—. Pero el poder es algo más que palabras.

—Sí, desde luego —reconoció Sazed—. Los jaístas eran fuertes en su fe. Las leyendas dicen que el Ministerio tuvo que eliminarlos por completo, ya que ninguno aceptó al lord Legislador como Dios. No duraron mucho después de la Ascensión, pero solo porque eran tan descarados que fue fácil perseguirlos y matarlos.

Kelsier asintió y luego sonrió, mirando a Sazed.

—No me has preguntado si quería convertirme.

—Mis disculpas, maese Kelsier, pero esa religión no te conviene, creo. Su grado de exhibicionismo podría resultarte atractivo, pero la doctrina te parecería simplista.

—Estás llegando a conocerme demasiado bien —dijo Kelsier, contemplando la ciudad—. Al final, después de que reinos y ejércitos cayeran, las religiones siguieron luchando, ¿no?

—En efecto. Algunas de las religiones más resistentes duraron hasta bien avanzado el siglo quinto.

—¿Qué las hacía tan fuertes? —preguntó Kelsier—. ¿Cómo lo hicieron, Sazed? ¿Qué daba a esas doctrinas tanto poder sobre la gente?

—No una sola cosa, creo. Algunas debían su fuerza a la fe sincera, otras, a la esperanza que prometían. Otras eran coercitivas.

—Pero todas tenían pasión.

—Sí, maese Kelsier —repuso Sazed, asintiendo—. Esa afirmación es bastante certera.

—Es lo que hemos perdido —dijo Kelsier, contemplando la ciudad de cientos de miles de habitantes de los cuales apenas un puñado se atrevía a luchar—. No tienen fe en el lord Legislador, tan solo lo temen. No tienen nada más en lo que creer.

—¿En qué crees tú, si puedo preguntarlo, maese Kelsier?

Kelsier alzó una ceja.

—Todavía no estoy seguro del todo —admitió—. Pero derrocar al Imperio Final parece un buen principio. ¿Hay alguna religión en tu lista que incluya la matanza de nobles como deber sagrado?

Sazed frunció el ceño, desaprobando sus palabras.

—No lo creo, maese Kelsier.

—Tal vez debería fundar una —dijo Kelsier con una sonrisita—. Bien, ¿han regresado ya Brisa y Vin?

—Acababan de llegar cuando yo subía.

—Bien —dijo Kelsier, asintiendo—. Diles que bajo dentro de un momento.

Vin estaba sentada en su sillón tapizado, en la sala de reuniones, con las piernas dobladas, tratando de estudiar a Marsh con el rabillo del ojo.

Se parecía mucho a Kelsier. Era solo... severo. No estaba furioso ni era cascarrabias como Clubs. Pero no era feliz. Estaba sentado en su sillón, con una expresión indescifrable.

Todos los otros habían llegado ya, menos Kelsier, y charlaban tranquilamente entre ellos. Vin vio que Lestibournes la estaba mirando y lo saludó. El joven se acercó y se sentó junto a su sillón.

—Marsh —susurró Vin entre el murmullo general de la sala—. ¿Eso es un mote?

—Es más bien en el deseo de sus opás.

Vin hizo una pausa, tratando de descifrar lo que pudiera del dialecto oriental del chico.

—¿No es un mote, entonces?

Lestibournes negó con la cabeza.

—Pero en tenía uno y tó.

—¿Cuál era?

—Ojos de Hierro. Los demás en dejaron de usarlo. Demasiao paresío a un hierro en los ojos de verdá, ¿no? Inquisidor.

Vin miró de nuevo a Marsh. Su expresión era dura, sus ojos firmes, casi como si estuvieran hechos de hierro. Entendía por qué la gente había dejado de usar su mote: la simple alusión a un inquisidor de acero la hacía temblar.

—Gracias.

Lestibournes sonrió. Era un muchacho servicial. Extraño, intenso y algo nervioso... pero servicial. Se retiró a su banco cuando Kelsier llegó por fin.

—Muy bien, gente —dijo—. ¿Qué tenemos?

—¿Además de la mala noticia? —preguntó Brisa.

—Oigámosla.

—Han pasado doce semanas y hemos reunido menos de dos mil hombres —anunció Ham—. Incluso sumados a los que ya tiene la rebelión, andamos escasos.

—¿Dox? —inquirió Kelsier—. ¿Podemos celebrar más encuentros?

—A lo mejor —dijo Dockson, desde su asiento detrás de una mesa repleta de libros.

—¿Estás seguro de que quieres correr ese riesgo, Kelsier? —preguntó Yeden. Su actitud había mejorado en las últimas semanas... sobre todo desde que los reclutas de Kelsier habían empezado a aumentar. Como Reen decía siempre, los resultados hacen amigos rápidos—. Ya corremos peligro —continuó Yeden—. Corren rumores por los bajos fondos. Si seguimos causando revuelo, el Ministerio se dará cuenta de que se cuece algo importante.

—Quizá no le falte razón, Kel —dijo Dockson—. Además, hay un número limitado de skaa dispuestos a escuchar. Luthadel es grande, sí, pero nuestro movimiento aquí es limitado.

—Muy bien. Entonces empezaremos a trabajar en otras ciudades de la zona. Brisa, ¿puedes dividir tu equipo en dos grupos efectivos?

—Supongo que sí —dijo Brisa, vacilante.

—Podemos hacer que un equipo trabaje en Luthadel y el otro en las ciudades cercanas. Creo que estaré en condiciones de asistir a todas las reuniones, suponiendo que las organicemos de modo que no se celebren al mismo tiempo.

—Tantas reuniones nos expondrán aún más —dijo Yeden.

—Y eso, por cierto, nos causa otro problema —dijo Ham—. ¿No se suponía que íbamos a trabajar para infiltrarnos en las filas del Ministerio?

—¿Bien? —preguntó Kelsier, volviéndose hacia Marsh.

Marsh negó con la cabeza.

—El Ministerio es hermético... necesito más tiempo.

—No va a poder ser —gruñó Clubs—. La rebelión lo ha intentado ya.

Yeden asintió.

—Hemos intentado colocar espías en los Ministerios Internos una docena de veces. Es imposible.

Todos guardaron silencio.

—Tengo una idea —dijo Vin en voz baja.

Kelsier alzó una ceja.

—Camon estaba preparando un golpe antes de que me reclutarais —dijo ella—. La verdad es que fue el golpe que hizo que los obligadores nos localizaran. El núcleo de ese plan lo organizó otro ladrón, un jefe de bandas llamado Theron. Preparaba un falso convoy por el canal para llevar fondos del Ministerio a Luthadel.

—¿Y? —preguntó Brisa.

—En esos mismos barcos llegaban nuevos acólitos del Ministerio a Luthadel para acabar su adoctrinamiento. Theron tiene un contacto en la ruta, un obligador menor que acepta sobornos. Tal vez podamos conseguir que añada un «acólito» al grupo de su capítulo local.

Kelsier asintió, pensativo.

—Merece la pena echarle un vistazo.

Dockson escribió algo en una hoja de papel con su pluma.

—Me pondré en contacto con Theron y veré si su información es viable todavía.

—¿Cómo van nuestros recursos? —preguntó Kelsier.

Dockson se encogió de hombros.

—Ham encontró dos instructores que habían sido soldados. Las armas, sin embargo... Bueno, Renoux y yo estamos entablando contactos y llegando a acuerdos, pero no podemos movernos muy rápidamente. Por fortuna, cuando lleguen las armas lo harán todas de golpe.

Kelsier asintió.

—¿Eso es todo?

Brisa se aclaró la garganta.

—Yo... he oído un montón de rumores en las calles, Kelsier. La gente está hablando de ese Undécimo metal tuyo.

—Bien.

—¿No te preocupa que el lord Legislador se entere? Si está sobre aviso, será mucho más difícil... combatirlo.

No ha dicho «matarlo», pensó Vin. *No creen que Kelsier pueda lograrlo.*

Kelsier se limitó a sonreír.

—No te preocupes por el lord Legislador... Tengo las cosas bajo control. De hecho, pretendo hacerle una visita personal en los próximos días.

—¿Una visita? —preguntó Yeden, incómodo—. ¿Vas a visitar al lord Legislador? ¿Estás lo...? —Yeden guardó silencio y miró al resto de los presentes—. Cierto. Lo olvidaba.

—Ya se está enterando —comentó Dockson.

Sonaron pasos en el pasillo y uno de los guardias de Ham entró un momento más tarde. Se acercó al asiento de Ham y susurró un breve mensaje.

Ham frunció el ceño.

—¿Qué? —preguntó Kelsier.

—Un incidente.

—¿Incidente? —preguntó Dockson—. ¿Qué clase de incidente?

—¿Sabéis la guarida donde nos reunimos hace unas cuantas semanas? ¿Donde Kel presentó por primera vez su plan?

El cubil de Camon, pensó Vin, aprensiva.

—Bueno —dijo Ham—, al parecer, el Ministerio la ha encontrado.

Parece que Rashek representa a una facción creciente en la cultura de Terris. Gran número de jóvenes piensa que sus inusitados poderes deberían ser usados para algo más que trabajar en el campo, engendrar hijos y tallar piedras. Son rudos, incluso violentos, muy distintos a los tranquilos y razonables filósofos y hombres santos de Terris que he conocido.

Tendrán que ser vigilados con cuidado, estos terrisanos. Podrían ser muy peligrosos, si se les da ocasión y motivo.

11

Kelsier se detuvo en la puerta, tapándole la vista a Vin. Ella intentó ponerse de puntillas para ver la guarida, pero había demasiada gente en medio. Solo vio que la puerta colgaba torcida, astillada, arrancada del gozne superior.

Kelsier permaneció quieto un instante. Por fin se volvió a mirarlos a ella y a Dockson.

—Ham tiene razón, Vin. Tal vez no quieras ver esto.

Vin se quedó donde estaba, mirándolo con decisión. Finalmente, Kelsier suspiró y entró en la sala. Dockson lo siguió y Vin vio entonces qué habían estado tapándole.

El suelo estaba sembrado de cadáveres cuyos miembros torcidos asomaban entre sombras acechantes a la luz del solitario farol de Dockson. Todavía no estaban putrefactos (el ataque había sido esa misma mañana), pero había un leve olor a muerte en la sala. El hedor de la sangre secándose lentamente, el hedor de la miseria y el terror.

Vin se quedó en la puerta. Había visto la muerte: la había visto a menudo, en las calles. Apuñalamientos en los callejones. Palizas en los cubiles. Niños muertos de hambre. Una vez había visto cómo un lord molesto le rompía de un revés el cuello a una anciana. El cuerpo permaneció tirado en la calle durante tres días antes de que una cuadrilla de skaa lo retirara por fin.

Sin embargo, ninguno de aquellos incidentes tenía el mismo aire de carnicería intencionada que veía en la guarida de Camon. Esos hombres no habían sido asesinados sin más: los habían descuartizado. Los miembros estaban separados de los torsos. Sillas rotas y mesas empalaban los pechos. Solo había unas pocas zonas del suelo que no estuvieran cubiertas de sangre oscura y pegajosa.

Kelsier la miró, esperando algún tipo de reacción. Ella siguió contemplando los muertos, sintiéndose... aturdida. ¿Cuál debería ser su reacción? Aquellos eran los hombres que la habían maltratado, golpeado, que le habían robado. Y, sin embargo, eran también los hombres que la habían acogido, la habían aceptado, le habían dado de comer cuando podrían haberse limitado a entregarla a los proxenetas.

Reen la habría reprendido por la traicionera tristeza que sintió al ver aquello, lo más probable. Naturalmente, él siempre se enfadaba con ella cuando, de niña, lloraba al abandonar una ciudad u otra porque no quería dejar a la gente a quien se había acostumbrado, no importaba lo cruel o indiferente que fuera. Al parecer, no había superado esa debilidad. Entró en la habitación sin derramar ni una sola lágrima por esos hombres y, al mismo tiempo, deseando que no hubieran tenido ese final.

Además, la masacre en sí era perturbadora. Trató de obligarse a mantener una expresión impasible delante de los demás, pero tuvo que apretar los dientes en ocasiones y apartar la mirada de los cadáveres destrozados. Los autores del ataque habían sido... concienzudos.

Resulta exagerado, incluso para el Ministerio, pensó. *¿Qué clase de persona haría algo así?*

—Inquisidor —dijo Dockson en voz baja, arrodillándose junto a un cadáver.

Kelsier asintió. Tras Vin, Sazed entró en la sala, cuidando de no mancharse la túnica de sangre. Vin se volvió hacia el terrisano, dejando que sus acciones la distrajeran de un cadáver particularmente horrible. Kelsier era un nacido de la bruma y Dockson se suponía que era un guerrero capaz. Ham y sus hombres estaban asegurando la zona. Sin embargo, otros (Brisa, Yeden y Clubs) se habían quedado atrás. La zona era demasiado peligrosa. Kelsier incluso se había opuesto al deseo de Vin de ir allí. Sin embargo, había dejado que Sazed los acompañara sin vacilación aparente. La decisión, sutil como era, hizo que Vin mirara al mayordomo con nueva curiosidad. ¿Por qué era demasiado peligroso para los brumosos pero seguro para un mayordo-mo terrisano? ¿Era Sazed un guerrero? ¿Cómo había aprendido a lu-char? Se suponía que los terrisanos eran criados desde el nacimiento por formadores muy cuidadosos.

El suave paso de Sazed y su rostro tranquilo le ofrecieron pocas pistas. Sin embargo, no parecía escandalizado por la masacre.

Interesante, pensó Vin, abriéndose paso entre los muebles rotos, cuidando de no pisar los charcos de sangre, para llegar al lado de Kel-sier. Él se agachó junto a un par de cadáveres. Uno, advirtió Vin en un momento de aturdimiento, era Ulef. El rostro del muchacho estaba desencajado y la parte delantera de su pecho era una masa de huesos rotos y carne desgarrada: como si alguien le hubiera arrancado la caja torácica con las manos. Vin se estremeció y apartó la mirada.

—Esto no me gusta —dijo Kelsier en voz baja—. Los inquisidores de acero no suelen molestarse con simples bandas de ladrones. Lo normal habría sido que los obligadores hubiesen venido con los sol-dados y apresado a todo el mundo, y que luego los hubiesen utilizado para dar un buen escarmiento un día de ejecución. Un inquisidor solo se implicaría si tuviera un interés especial en la banda.

—¿Crees...? —dijo Vin—. ¿Crees que podría ser el mismo de antes? Kelsier asintió.

—Solo hay unos veinte inquisidores de acero en todo el Imperio Final y la mitad están siempre fuera de Luthadel. Me parece demasia-da coincidencia que llamaras la atención de uno, escaparas y luego ata-caran tu antigua guarida.

Vin permaneció en silencio, obligándose a mirar el cadáver de Ulef y a enfrentarse a su pena. Él la había traicionado al final, pero durante una época casi fue un amigo.

—¿Entonces el inquisidor sigue todavía mi rastro?

Kelsier asintió y se puso en pie.

—Entonces es culpa mía —dijo Vin—. Ulef y los demás...

—Fue culpa de Camon —respondió Kelsier con firmeza—. Él es quien intentó engañar a un inquisidor. —Hizo una pausa y luego la miró—. ¿Estarás bien?

Vin dejó de mirar el cadáver destrozado de Ulef, tratando de pare-cer fuerte. Se encogió de hombros.

—Ninguno era amigo mío.

—Eso es un poco frío, Vin.

—Lo sé —asintió ella.

Kelsier la observó un instante y luego cruzó la habitación para hablar con Dockson.

Vin volvió a mirar las heridas de Ulef. Parecían obra de un animal enloquecido, no de un hombre.

El inquisidor debe de haber tenido ayuda, se dijo. *Es imposible que una sola persona, aunque sea un inquisidor, haya hecho esto.* Había un puñado de cadáveres amontonados junto a la salida de emergencia, pero un rápido recuento le indicó que la mayoría de la banda, si no toda entera, había sido eliminada. Un hombre no podía haberse encargado de todos ellos con suficiente rapidez... ¿O sí?

Hay un montón de cosas que no sabemos de los inquisidores, le había dicho Kelsier. *No siguen las reglas normales.*

Vin volvió a estremecerse.

Sonaron pasos en las escaleras y Vin se envaró, preparándose para echar a correr.

La figura familiar de Ham apareció en la escalera.

—La zona es segura —dijo, alzando una segunda linterna—. No hay rastro de obligadores ni de hombres de la Guarnición.

—Es su estilo —dijo Kelsier—. Quieren que la masacre sea descubierta... Han dejado los muertos como mensaje.

La habitación quedó en silencio a excepción de los murmullos de Sazed, que estaba de pie en el extremo izquierdo de la sala. Vin se le acercó y escuchó la rítmica cadencia de su voz. Al cabo de un rato, dejó de hablar, inclinó la cabeza y cerró los ojos.

—¿Qué era eso? —preguntó Vin cuando volvió a alzar la cabeza.

—Una oración. Un canto fúnebre de los cazzi. Pretende despertar a los espíritus de los muertos y liberarlos de su carne para que puedan regresar a la montaña de las almas. —Sazed la miró—. Puedo enseñarte esa religión, si lo deseas, señora. Los cazzi fueron un pueblo interesante..., muy familiarizado con la muerte.

Vin negó con la cabeza.

—Ahora mismo no. Has dicho su oración... ¿Es esta la religión en la que crees, entonces?

—Creo en todas.

Vin frunció el ceño.

—¿Ninguna se contradice con las demás?

Sazed sonrió.

—Sí, claro, a menudo. Pero yo respeto las verdades que esconden todas... y creo en la necesidad de que cada una de ellas sea recordada.

—Entonces, ¿cómo has decidido la oración de qué religión usar?

—Me ha parecido... apropiada —dijo Sazed tranquilamente, contemplando la escena de muerte.

—Kel —llamó Dockson desde el fondo de la habitación—. Ven a ver esto.

Kelsier se reunió con él y lo mismo hizo Vin. Dockson estaba de pie junto al largo pasillo que servía de dormitorio a la banda. Vin asomó la cabeza, esperando encontrar una escena similar a la de la sala. En cambio, había solo un cadáver atado a una silla. A la débil luz apenas pudo distinguir que le habían sacado los ojos.

Kelsier permaneció en silencio un momento.

—Es el hombre que puse al mando.

—Milev —asintió Vin—. ¿Qué pasa con él?

—Lo han matado lentamente —dijo Kelsier—. Mira la cantidad de sangre en el suelo, la forma en que sus extremidades están retorcidas. Tuvo tiempo de gritar y debatirse.

—Tortura —certificó Dockson.

Vin sintió un escalofrío. Miró a Kelsier.

—¿Debemos cambiar de base? —preguntó Ham.

Kelsier negó lentamente con la cabeza.

—Cuando Clubs vino a esta guarida llevaría disfraz al entrar y al salir, ocultando su cojera. Es su trabajo como ahumador asegurarse de que no se le pueda encontrar con tan solo preguntar en la esquina. Ninguno de los miembros de esta banda podría habernos traicionado..., deberíamos estar a salvo todavía.

Nadie dijo lo que era obvio: *El inquisidor no debería haber podido encontrar esa guarida tampoco.*

Kelsier volvió a la habitación principal, llevó a Dockson aparte y le habló en voz baja. Vin se acercó, tratando de oír lo que decían, pero Sazed le colocó una mano en el hombro.

—Dama Vin —desaprobó—, si maese Kelsier quisiera que oyéramos lo que está diciendo, ¿no hablaría en voz alta?

Vin dirigió al terrisano una mirada enfadada. Luego buscó en su interior y quemó estaño.

El súbito hedor de la sangre casi la ahogó. Pudo oír la respiración de Sazed. La habitación ya no estaba oscura; de hecho, la intensa luz de las dos linternas le lastimó los ojos. Fue consciente del aire rancio y estancado.

Y pudo oír, claramente, la voz de Dockson.

—... fui a comprobarlo un par de veces, como pediste. Lo encontrarás tres calles al oeste de la Encrucijada Cuatropozos.

Kelsier asintió.

—Ham —dijo en voz alta.

Vin dio un respingo. Sazed la miró con severidad.

Sabe algo de alomancia, pensó Vin, leyendo la expresión del hombre. *Ha deducido lo que estaba haciendo.*

—¿Sí, Kel? —preguntó Ham, asomándose desde la habitación del fondo.

—Lleva a los demás de vuelta al taller. Y tened cuidado.

—Por supuesto —prometió Ham.

Vin miró a Kelsier, luego permitió a regañadientes que Sazed y Dockson se la llevaran de la guarida.

Tendría que haber tomado el carruaje, pensó Kelsier, frustrado por su lento ritmo. *Los otros podrían haber vuelto caminando de la guarida de Camon.*

Ansiaba quemar acero y ponerse a saltar hacia su destino. Por desgracia, era muy difícil no llamar la atención cuando volabas sobre la ciudad a plena luz del día.

Kelsier se ajustó el sombrero y continuó caminando. Un noble a pie no era extraño, sobre todo en el distrito comercial, donde los skaa más afortunados y los nobles con menos fortuna se mezclaban en las calles... aunque cada grupo hacía lo posible por ignorar al otro.

Paciencia. La velocidad no importa. Si saben de su existencia, ya está muerto.

Kelsier entró en una gran plaza. Había cuatro pozos en sus esquinas y una enorme fuente de cobre (su superficie verde resquebrajada y ennegrecida por el hollín) dominaba el centro de la plaza. La estatua representaba al lord Legislador de pie, en postura teatral con su capa y su armadura, sobre una representación informe de la Profundidad muerta en el agua a sus pies.

Kelsier dejó atrás la fuente de aguas sucias por la reciente lluvia de ceniza. A los lados de la calle suplicaban mendigos skaa y sus penosas voces marcaban un fino equilibrio entre lo audible y lo molesto. El lord Legislador apenas los toleraba; solo los skaa severamente desfigurados podían dedicarse a mendigar. Su penosa vida, sin embargo, no era algo que envidiaran ni siquiera los skaa de las plantaciones.

Kelsier les arrojó unas pocas monedas, sin preocuparle que eso le hiciera destacar, y continuó caminando. Cuando rebasó esas calles, encontró un cruce mucho más pequeño. También estaba lleno de mendigos, pero no había ninguna bella fuente en el centro de la intersección ni en las esquinas pozos para atraer el tráfico.

Allí los mendigos eran aún más patéticos: lamentables individuos demasiado maltrechos para luchar por un sitio en una plaza importante. Niños desnutridos y adultos envejecidos llamaban con voces llenas de aprensión; hombres sin dos o más miembros yacían acurrucados en las esquinas, sus cuerpos manchados de hollín casi invisibles en las sombras.

Kelsier echó mano por instinto a su monedero. *Sigue adelante*, se dijo. *No puedes salvarlos a todos, no con monedas. Ya habrá tiempo para ellos cuando el Imperio Final haya desaparecido.*

Ignorando los penosos gritos, que se hicieron más fuertes cuando los mendigos se dieron cuenta de que los estaba mirando, Kelsier estudió sus rostros. Solo había visto a Camon brevemente, pero pensaba que sería capaz de reconocerlo. Sin embargo, ninguno de los rostros parecía el suyo y ningún mendigo era grueso como Camon, que, a pesar de las semanas de hambre, aún tendría que estar gordo.

No está aquí, pensó Kelsier con insatisfacción. La orden que le había dado a Milev, el nuevo jefe de la banda, de convertir a Camon en mendigo, había sido ejecutada. Dockson lo había comprobado.

La ausencia de Camon de la plaza quizá solo significara que había conseguido un sitio mejor. También podía significar que el Ministerio lo había encontrado. Kelsier se detuvo un instante, escuchando los tristes gemidos de los mendigos. Unos cuantos copos de ceniza empezaron a caer del cielo.

Algo iba mal. No había mendigos en la esquina norte de la intersección. Kelsier quemó estaño y olió sangre en el aire.

Se quitó los zapatos y se soltó el cinturón. A continuación, soltó el cierre de su capa y la hermosa prenda cayó al suelo. Una vez hecho eso, el único metal que quedó sobre su cuerpo fue su bolsa de monedas. Tomó unas cuantas y avanzó con cuidado, dejando su ropa a los mendigos.

El olor de la muerte se intensificó, pero no oyó más que la carrera de los mendigos tras él. Se dirigió a la calle norte y advirtió de inmediato un estrecho callejón a su izquierda. Tras tomar aire, avivó peltre y se metió en él.

El fino y oscuro callejón estaba cubierto de basura y ceniza. Nadie le esperaba... Al menos, nadie vivo.

Camon, bandido convertido en mendigo, colgaba de una cuerda atada en lo alto. Su cuerpo giraba lentamente con la brisa y la ceniza caía a su alrededor. No lo habían colgado de la manera convencional: la cuerda estaba atada a un gancho y este hundido en su garganta. El extremo ensangrentado del gancho le salía por debajo de la barbilla. Colgaba con la cabeza echada hacia atrás, con la cuerda saliéndole por la boca. Tenía las manos atadas y su cuerpo aún grueso mostraba signos de tortura.

Mala cosa.

Un pie rozó el empedrado tras él y Kelsier se giró, avivando acero y desparramando un puñado de monedas.

Con un gritito infantil, una figura pequeña se echó al suelo desviando las monedas mientras quemaba acero.

—¿Vin? —dijo Kelsier. Maldijo, tendió la mano y la atrajo hacia el callejón. Se asomó y vio que los mendigos alzaban la cabeza al oír las monedas caer el suelo—. ¿Qué estás haciendo aquí? —exigió saber, dándose la vuelta. Vin llevaba el mismo mono marrón y la camisa gris de antes, aunque al menos había tenido el buen sentido de echarse encima una capa corriente con la capucha puesta.

—Quería ver lo que hacías —dijo ella, retrocediendo levemente ante su furia.

—¡Esto podría haber sido peligroso! ¿En qué estabas pensando?

Vin retrocedió un poco más.

Kelsier se calmó. *No puedes echarle la culpa por ser curiosa*, pensó mientras unos cuantos mendigos más valientes se colaban en el callejón en busca de las monedas. *Es solo...*

Kelsier se detuvo. Era tan sutil que casi se le pasó. Vin estaba aplacando sus emociones.

La miró. La chica estaba tratando de hacerse invisible contra la esquina. Parecía muy tímida. Sin embargo, captó un oculto brillo de determinación en sus ojos. Había convertido en un arte la capacidad de parecer inofensiva. *¡Qué sutil!*, pensó Kelsier. *¿Cómo habrá llegado a ser tan buena así de rápido?*

—No tienes que usar la alomancia, Vin —dijo en voz baja—. No voy a hacerte daño. Lo sabes.

Ella se ruborizó.

—No lo pretendía... Ha sido por costumbre.

—No pasa nada —dijo Kelsier, colocando una mano en su hombro—. Pero recuerda: no importa lo que diga Brisa, no está bien controlar las emociones de tus amigos. Además, los nobles consideran un insulto usar la alomancia en ambientes formales. Esos reflejos te meterán en un lío si no aprendes a controlarlos.

Ella asintió y se puso en pie para estudiar a Camon. Kelsier esperaba que se diera la vuelta, asqueada, pero se quedó allí de pie con una expresión de sombría satisfacción en el rostro.

No, no es nada débil, pensó Kelsier. *No importa lo que te haya hecho creer.*

—¿Lo han torturado aquí? ¿Al aire libre?

Kelsier asintió, imaginando los gritos reverberar hasta los incómodos mendigos. Al Ministerio le gustaba que sus castigos no pasaran en absoluto desapercibidos.

—¿Por qué el gancho?

—Es una muerte ritual reservada para los pecadores más terribles: gente que hace mal uso de la alomancia.

Vin frunció el ceño.

—¿Camon era alomántico?

Kelsier negó con la cabeza.

—Debió de admitir algo horrible durante su tortura. —Kelsier miró a Vin—. Debía de saber que tú lo eras, Vin. Te utilizó intencionadamente.

Ella palideció un poco.

—Entonces... ¿el Ministerio sabe que soy una nacida de la bruma?

—Tal vez. Depende de si Camon lo sabía o no. Puede que haya supuesto que eras una brumosa.

Ella guardó silencio un instante.

—¿Qué implica esto para mi parte en el trabajo, entonces?

—Continuaremos según lo planeado —dijo Kelsier—. Solo un par de obligadores te vieron en el edificio del Cantón y haría falta alguien muy especial para relacionar a la criada skaa con la noble bien vestida.

—¿Y el inquisidor? —preguntó Vin en voz baja.

Para eso, Kelsier no tenía respuesta.

—Vamos —dijo finalmente—. Ya hemos llamado demasiado la atención.

¿Cómo sería si todas las naciones, desde las islas al sur hasta las montañas de Terris al norte, estuvieran unidas bajo un solo gobierno? ¿Qué maravillas podrían conseguirse, qué progreso podría lograrse si la humanidad renunciara permanentemente a sus disputas y se uniera?

Supongo que es demasiado esperar. ¿Un único imperio humano, unificado? Nunca sucederá.

12

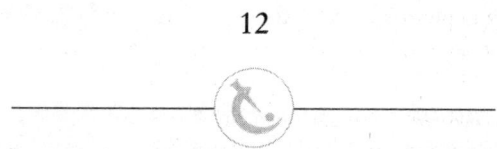

Vin resistió las ganas de tirar de su vestido de noble. Incluso después de media semana de verse obligada a llevar uno (sugerencia de Sazed), el pesado atuendo le resultaba incómodo. Le apretaba en la cintura y el pecho, y luego caía al suelo en varias capas de tejido rizado que entorpecía el andar. Seguía creyendo que iba a tropezar... y a pesar de lo ampuloso del vestido le parecía que iba desnuda por lo apretado que le quedaba en el pecho, por no mencionar el escote. Aunque enseñaba casi tanta piel cuando vestía camisas normales de botones, aquello le parecía diferente.

Sin embargo, tenía que admitir que el vestido lo cambiaba todo. La muchacha que la miraba desde el espejo era una criatura extraña y desconocida. El vestido celeste, con sus lazos y encajes blancos, hacía juego con los pasadores de zafiro de su pelo. Sazed decía que no estaría contento hasta que el pelo no le llegara al menos hasta los hombros, pero de todas formas había sugerido que comprara los pasadores y se los colocara sobre cada oreja.

—Los aristócratas no suelen ocultar sus defectos —le había explicado—. Al contrario, los resaltan. Llama la atención sobre tu pelo corto y, en vez de pensar que no vas a la moda, tal vez les impresione la declaración que estás haciendo.

Vin también llevaba un collar de zafiro; modesto para un noble, pero que valía más de doscientos cuartos. Lo complementaba con un brazalete de rubí, para acentuarlo. Al parecer, la moda del momento dictaba un único toque de color distinto para marcar contraste.

Y era todo suyo, pagado con fondos de la banda. Si se escapaba y se llevaba las joyas y sus tres mil cuartos, podría vivir durante décadas. Era más tentador de lo que quería admitir. Imágenes de los hombres de Camon, de sus cadáveres retorcidos en la silenciosa guarida, la acosaban. Eso debía de ser lo que le esperaba si se quedaba.

¿Por qué, entonces, no se marchaba?

Se apartó del espejo y se puso un chal de seda celeste, la versión femenina de una capa para los aristócratas. ¿Por qué no se marchaba? Tal vez era por su promesa a Kelsier. Él le había ofrecido el don de la alomancia, y dependía de ella. Tal vez era por su deber hacia los demás. Para sobrevivir, las bandas necesitaban que cada persona hiciera su trabajo.

Por la formación que le había dado Reen sabía que esos hombres eran unos necios, pero se sentía tentada, atraída por la posibilidad que ofrecían Kelsier y los otros. En el fondo, no eran las riquezas ni la emoción del trabajo lo que la hacían quedarse. Era la oscura perspectiva (improbable e irracional, pero seductora) de pertenecer a un grupo cuyos hombres se fiaban unos de otros. Tenía que quedarse. Tenía que saber si duraría, o si todo era, como prometían los crecientes susurros de Reen, una mentira.

Se dio la vuelta y salió de su habitación camino de la puerta de la Mansión Renoux, donde Sazed la esperaba con un carruaje. Había decidido quedarse y eso significaba que tenía que cumplir su cometido.

Era el momento de hacer su primera aparición como noble.

El carruaje dio una sacudida violenta y Vin se sobresaltó. Sin embargo, el vehículo continuó con normalidad su avance y Sazed no se movió de su lugar en el pescante.

Algo sonó en el techo. Vin avivó sus metales, tensándose, mientras una figura saltaba de la parte superior del carruaje y aterrizaba en el estribo, ante su puerta. Kelsier sonrió cuando asomó la cabeza por la ventanilla.

Vin dejó escapar un suspiro de alivio y se acomodó en su asiento.

—Podrías habernos pedido que te recogiéramos.

—No era necesario —dijo Kelsier, abriendo la puerta del carruaje y entrando. Fuera ya estaba oscuro y él llevaba su capa de bruma—. Ya le advertí a Sazed que me dejaría caer durante el viaje.

—¿Y por qué no me lo dijiste a mí?

Kelsier hizo un guiño y cerró la puerta.

—Supuse que te lo debía por la sorpresa en el callejón de la semana pasada.

—Qué madurez por tu parte —dijo Vin llanamente.

—Siempre he confiado mucho en mi inmadurez. ¿Estás preparada para la velada?

Vin se encogió de hombros, tratando de ocultar su nerviosismo. Bajó los ojos.

—¿Qué... uh, aspecto tengo?

—Espléndido —dijo Kelsier—. Igual que una noble joven. No te pongas nerviosa, Vin: el disfraz es perfecto.

Por algún motivo, a ella no le pareció que esa fuera la respuesta que quería oír.

—¿Kelsier?

—¿Sí?

—Hace tiempo que quería preguntarte algo —dijo, mirando por la ventanilla, aunque todo lo que podía ver era bruma—. Comprendo que pienses que es importante... esto de tener a una espía entre la nobleza. Pero... bueno, ¿de verdad tenemos que hacerlo así? ¿No podríamos encontrar informadores callejeros que nos dijeran lo que necesitamos saber sobre la política de las casas?

—Tal vez —respondió Kelsier—. Pero esos hombres se llaman «informadores» por un motivo, Vin. Cada pregunta que les haces les da una pista sobre tus verdaderos motivos... Incluso el hecho de reunirte con ellos revela un poco de información que podrían vender a otro. Es mejor confiar en ellos lo menos posible.

Vin suspiró.

—No te envío al peligro a ciegas, Vin —dijo Kelsier, inclinándose hacia delante—. Necesitamos a una espía entre la nobleza. Los informadores suelen conseguir sus datos de los criados, pero la mayoría de los aristócratas no son tontos. Las reuniones importantes tienen lugar donde ningún criado puede oírles.

—¿Y esperas que yo pueda participar en esas reuniones?

—Tal vez sí, tal vez no. Sea como sea, he aprendido que siempre es más útil tener a alguien infiltrado en la nobleza. Sazed y tú os enteraréis de temas vitales que los informadores callejeros no considerarían importantes. De hecho, estar en esas fiestas, aunque no te enteres de nada, ya nos proporcionará información.

—¿Cómo? —preguntó Vin, el ceño fruncido.

—Toma nota de la gente que parezca interesada en ti —dijo Kelsier—. Esas serán las casas que querremos vigilar. Si te prestan atención a ti, cabe pensar que estén prestándole atención también a lord Renoux... y hay un buen motivo para que estén haciéndolo.

—Armas —dijo Vin.

Kelsier asintió.

—La posición de Renoux como mercader de armas lo hará valioso para aquellos que planeen emprender acciones militares. Esas son las casas en las que necesitaré concentrar mi atención. Ya tendría que haber cierta tensión acumulada en la nobleza... Es de esperar que estén empezando a preguntarse qué casas van a volverse contra qué otras. No ha habido una guerra abierta entre las Grandes Casas desde hace más de un siglo, pero la última fue devastadora. Tenemos que repetirla.

—Eso podría significar la muerte de un montón de nobles.

Kelsier sonrió.

—Puedo vivir con eso. ¿Y tú?

Vin sonrió a pesar de la tensión.

—Hay otro motivo para que hagas esto —dijo Kelsier—. En algún momento durante este alocado plan mío puede que tengamos que enfrentarnos al lord Legislador. Tengo la sensación de que cuanta menos gente tengamos que colar en su presencia, mejor. Tener a una nacida de la bruma skaa oculta entre la nobleza..., bueno, podría ser una ventaja poderosa.

Vin sintió un ligero escalofrío.

—El lord Legislador... ¿estará allí esta noche?

—No. Habrá obligadores, aunque quizá no inquisidores... y, desde luego, quien no estará es el lord Legislador en persona. Una fiesta como esta no merece su atención.

Vin asintió con la cabeza. No había visto al lord Legislador: nunca había querido hacerlo.

—No te preocupes tanto —dijo Kelsier—. Aunque fueras a encontrarte con él, estarías a salvo. No puede leer la mente.

—¿Estás seguro?

Kelsier hizo una pausa.

—Bueno, no. Pero si puede leer la mente, no lo hace con todo el mundo al que ve. He conocido a varios skaa que se hicieron pasar por nobles en su presencia... Yo mismo lo hice varias veces antes de... —Se calló y se miró las manos cubiertas de cicatrices.

—Al final acabó capturándote.

—Y es probable que vuelva a hacerlo —respondió Kelsier, guiñándole un ojo—. Pero no te preocupes ahora por él: nuestro objetivo esta noche es la presentación de lady Valette Renoux. No tendrás que hacer nada peligroso ni extraño. Solo asistir y marcharte cuando te lo diga Sazed. Nos preocuparemos más tarde de ganarnos la confianza.

Vin asintió.

—Buena chica —dijo Kelsier. Abrió la puerta—. Estaré escondido cerca de la fortaleza, vigilando y escuchando.

Vin asintió, agradecida, y Kelsier saltó del carruaje y desapareció entre las brumas oscuras.

Vin no estaba preparada para lo mucho que brillaba la fortaleza de Venture en la oscuridad. El enorme edificio estaba envuelto en un aura de luz brumosa. Mientras el carruaje se acercaba, distinguió ocho luces gigantescas que ardían en el exterior del edificio rectangular. Brillaban tanto como hogueras, pero eran mucho más firmes y tenían espejos al lado para iluminar directamente la fortaleza. Vin no acababa de entender su propósito. El baile sería dentro, ¿por qué poner luz en el exterior del edificio?

—Mete la cabeza, por favor, mi señora —dijo Sazed desde su puesto en el pescante—. Las damas no se asoman.

Vin le dirigió una dura mirada que él no pudo ver, pero volvió a meter la cabeza, esperando con impaciente nerviosismo a que el carruaje se detuviera ante la enorme mansión. Al cabo de un rato se detuvo y un lacayo Venture inmediatamente le abrió la puerta. Un segundo criado se acercó y le ofreció una mano para ayudarla a bajar.

Vin aceptó la mano, tratando con toda la gracia posible de sacar del carruaje la falda de encajes de su vestido. Mientras descendía con cuidado, tratando de no tropezar, agradeció la mano firme del criado y finalmente se dio cuenta de por qué se esperaba de los hombres que ayudaran a las mujeres a salir de los carruajes. No era una costumbre tonta después de todo: lo tonto era la ropa.

Sazed entregó el carruaje y ocupó su lugar unos cuantos pasos detrás de ella. Llevaba una ropa aún más refinada que de costumbre; aunque con la misma pauta en forma de V, tenía un cinturón y anchas mangas envolventes.

—Adelante, señora —la instruyó Sazed en voz baja desde atrás—. Hasta la alfombra, para que tu vestido no roce el empedrado, y luego entra por la puerta principal.

Vin asintió, tratando de tragarse su incomodidad. Avanzó, dejando atrás nobles y damas con diversas galas y vestidos. Aunque no la miraban, se sentía observada. Sus pasos no tenían la gracia de las otras damas, que estaban hermosas y parecían cómodas con sus atuendos. Las manos empezaron a sudarle dentro de sus guantes blanquiazules de seda.

Se obligó a continuar. Sazed la llevó hasta la puerta y entregó su invitación a los encargados. Ambos hombres, vestidos con el atuendo negro y rojo propio de los sirvientes, hicieron una reverencia y le cedieron el paso. Una multitud de aristócratas se congregaba en el vestíbulo, esperando para entrar en el salón principal.

¿Qué estoy haciendo?, se preguntó Vin, frenética. Podía desafiar la bruma y la alomancia, a ladrones y rateros, espectros y palizas. Sin embargo, enfrentarse a esos nobles y sus damas..., caminar entre ellos a la luz, visible, incapaz de esconderse... Eso la aterrorizaba.

—Adelante, señora —dijo Sazed con su voz tranquilizadora—. Recuerda tus lecciones.

¡Escóndete! ¡Busca un rincón! ¡Sombras, brumas, lo que sea!

Vin caminaba hacia delante, con las manos rígidamente entrelazadas. Sazed avanzaba a su lado. Con el rabillo del ojo, pudo ver la preocupación en su rostro normalmente calmado.

¡Y bien que debe preocuparse! Todo lo que le había enseñado parecía huidizo, vaporoso como las brumas mismas. No podía recordar nombres, costumbres, nada.

Se detuvo nada más adentrarse en el vestíbulo y un noble de aspecto imperioso vestido de negro se volvió a mirarla. Vin se quedó petrificada.

El hombre la miró con gesto despectivo, luego se volvió. Ella oyó susurrar claramente la palabra «Renoux» y miró aprensiva a un lado. Varias mujeres la estaban mirando.

Y, sin embargo, no parecía que la estuviesen viendo siquiera. Estaban estudiando el vestido, el pelo y las joyas. Vin miró al otro lado, donde un grupo de hombres más jóvenes la miraba. Veían el escote, el hermoso vestido y el maquillaje, pero no la veían *a ella*.

Ninguno podía ver a Vin, solo el rostro que se había puesto, el rostro que ella quería que vieran. Veían a lady Valette. Era como si Vin no estuviera allí.

Como si... como si estuviera ocultándose, justo delante de sus ojos.

Y de repente la tensión empezó a remitir. Dejó escapar un largo suspiro para calmarse y la ansiedad se redujo. La formación de Sazed regresó y Vin adoptó la expresión de una muchacha asombrada por su primer baile de gala. Se hizo a un lado entregando el chal a un sirviente y Sazed se relajó junto a ella. Vin le dirigió una sonrisa y entró en el salón principal.

Podía hacerlo. Todavía estaba nerviosa, pero el momento de pánico había pasado. No necesitaba sombras ni rincones: solo una máscara de zafiros, maquillaje y tela azul.

El salón principal Venture era grandioso e imponente. Tenía tres o cuatro pisos de altura y era varias veces más largo que ancho, con hileras de enormes y rectangulares ventanales de cristal tintado sobre los que caían directamente las extrañas y potentes luces del exterior, proyectando una cascada de colores por toda la sala. Enormes columnas de piedra adornaban los muros entre las ventanas. Justo antes de que las columnas tocaran el suelo, la pared cedía creando un arco y una galería de una planta bajo las ventanas. Docenas de mesas con manteles blancos ocupaban esta zona, protegidas tras las columnas y bajo el arco. En la distancia, al fondo del salón, Vin distinguió un balcón bajo donde había un grupo más pequeño de mesas.

—La mesa donde cena lord Straff Venture —susurró Sazed, indicando el lejano balcón.

Vin asintió.

—¿Y esas luces de fuera?

—Candilejas, señora —explicó Sazed—. No estoy seguro de cuál es el proceso empleado: de algún modo, las piedras de cal pueden ser calentadas para que brillen sin derretirse.

Una orquesta de cuerda tocaba en un escenario a la izquierda, proporcionando música para las parejas que bailaban en el mismo centro del salón. A la derecha, las mesas ofrecían plato tras plato de comida que servían presurosos criados vestidos de blanco.

Sazed se acercó a un sirviente y le mostró la invitación de Vin. El hombre asintió, luego susurró algo al oído de un criado más joven. El muchacho hizo una reverencia a Vin y luego la guio por la sala.

—He pedido una mesa pequeña y apartada —dijo Sazed—. No necesitarás mezclarte en esta visita, creo. Solo que te vean.

Vin asintió, agradecida.

—La mesa apartada indicará que eres soltera —le advirtió Sazed—. Come despacio... Cuando acabes, los hombres vendrán a sacarte a bailar.

—¡No me has enseñado a bailar! —dijo Vin con un susurro urgente.

—No hubo tiempo, señora —respondió Sazed—. No te preocupes: respetuosamente y con todo derecho puedes rechazarlos. Ellos supondrán que estás anonadada por tu primer baile, y no pasará nada.

Vin asintió. El criado los condujo a una mesita, cerca del centro del pasillo. Vin se sentó en la única silla mientras Sazed ordenaba su comida. Luego se colocó detrás del asiento.

Vin permaneció sentada con recato, esperando. La mayoría de las mesas se encontraba justo bajo el saliente de la galería, cerca de la pista de baile, y eso dejaba un pasillo entre ellas y la pared. Parejas y grupos pasaban, hablando tranquilamente. De vez en cuando alguien señalaba hacia Vin.

Bueno, esa parte del plan de Kelsier está funcionando. Reparaban en ella. Sin embargo, tuvo que esforzarse para no rebullirse ni hundirse en su asiento cuando un alto prelado caminó por el pasillo tras ella. Por fortuna, no era uno de los que había conocido, aunque llevaba la misma túnica gris y los mismos tatuajes alrededor de los ojos.

La verdad era que había varios obligadores en la fiesta. Caminaban, mezclándose con los asistentes. Y, sin embargo, había en ellos cierto distanciamiento. Una separación. Se mantenían aparte, casi como carabinas.

La Guarnición vigila a los skaa, pensó Vin. *Al parecer, los obligadores realizan una función similar con la nobleza.* Era una constatación extraña: siempre había pensado que los nobles eran libres. Y, desde luego, eran mucho más confiados que los skaa. Muchos parecían estar divirtiéndose y los obligadores no parecían actuar como policía, ni siquiera específicamente como espías. Sin embargo, allí estaban. Deambulando, uniéndose a las conversaciones. Un recordatorio constante del lord Legislador y su imperio.

Vin dejó de prestar atención a los obligadores (su presencia aún seguía haciéndola sentirse un poco incómoda) y se concentró en otra cosa: las hermosas vidrieras. Sentada donde estaba, podía ver algunas de las que estaban directamente enfrente y encima.

Eran escenas religiosas, como muchas de las preferidas por la aristocracia. Tal vez para mostrar devoción, o tal vez se trataba de una exigencia. Vin no lo sabía con exactitud... pero Valette tampoco debía de saberlo, así que no importaba.

Por fortuna, reconoció algunas de las escenas, sobre todo por las enseñanzas de Sazed. Parecía saber tanto sobre la doctrina del lord Legislador como de otras religiones, aunque a ella le resultaba extraño que estudiara la religión que consideraba tan opresiva.

En el centro de muchas de las vidrieras estaba la Profundidad. Negra (o, en términos de vidriera, violeta), era informe, con vengativas masas en forma de tentáculos extendiéndose por varias ventanas. Vin la contempló, junto con las brillantes imágenes coloreadas del lord Legislador, y se sintió un poco absorta por las escenas a contraluz.

¿Qué era la Profundidad?, se preguntó. *¿Por qué describirla de manera tan informe? ¿Por qué no mostrar lo que realmente era?*

Nunca había pensado en la Profundidad hasta entonces, pero las lecciones de Sazed la habían hecho dudar. Su instinto gritaba que había engaño. El lord Legislador había inventado una amenaza terrible que había sido capaz de destruir en el pasado, «ganándose» por tanto su puesto como emperador. Y, sin embargo, al contemplar aquella cosa horrible y retorcida, Vin casi podía creer.

¿Y si algo así hubiera existido? De ser cierto, ¿cómo había conseguido derrotarla el lord Legislador?

Suspiró, sacudiendo la cabeza ante la idea. Ya empezaba a pensar como una noble. Estaba admirando la belleza de los adornos, pensando en lo que significaban, sin pensar más que de pasada en el dinero que habían costado. Pero todo parecía maravilloso y ornado.

Los pilares del salón no eran solo columnas normales, sino obras maestras talladas. Grandes estandartes colgaban del techo sobre las vidrieras y la suave bóveda del techo estaba cruzada por vigas y rematada con piedras angulares. De algún modo, supo que cada uno de aquellos remates estaba intrincadamente tallado, a pesar de que estaban demasiado lejos para verlos desde abajo.

Y los bailarines rivalizaban, quizá incluso superándolo, con el exquisito entorno. Las parejas se movían con gracia, siguiendo la suave música con movimientos fluidos, aparentemente sin esfuerzo. Muchos incluso charlaban mientras bailaban. Las damas se movían libremente con sus vestidos..., muchos de los cuales, advirtió Vin, hacían que su propio atuendo de encajes pareciera sencillo en comparación. Sazed tenía razón: el pelo largo estaba de moda, aunque el mismo número de damas lo llevaba recogido.

Rodeados por el majestuoso salón, los nobles con sus atuendos de gala parecían de algún modo diferentes. Distinguidos. ¿Eran estas las mismas criaturas que golpeaban a sus amigos y esclavizaban a los skaa? Parecían demasiado... perfectos, demasiado bien educados para cometer esos terribles actos.

Me pregunto si alguna vez se fijarán en el mundo exterior, pensó, cruzando los brazos sobre la mesa mientras contemplaba el baile. *Tal vez no pueden ver más allá de sus fortalezas y sus bailes... igual que no pueden ver más allá de mi vestido y mi maquillaje.*

Sazed le dio un golpecito en el hombro y Vin suspiró, adoptando una postura más digna de una dama. La comida llegó unos instantes después, un festín de sabores tan extraños que se hubiera quedado desconcertada de no haber comido cosas similares durante los últimos meses. En sus lecciones Sazed podía haber omitido la danza, pero había sido bastante puntilloso en lo referente a la etiqueta para cenar, cosa que Vin agradeció. Como había dicho Kelsier, el principal objetivo de la noche era hacer acto de presencia... y por eso era tan importante que lo hiciera de manera adecuada.

Comió con delicadeza, como le habían enseñado, y eso le permitió ser lenta y meticulosa. No le gustaba la idea de que la invitaran a bailar; en el fondo temía que fuera a dejarse llevar por el pánico si alguien llegaba a hablarle. Sin embargo, una comida podía durar un tiempo limitado... sobre todo dado lo pequeñas que eran las raciones servidas a una dama. Terminó pronto y colocó el tenedor sobre el plato indicando que había acabado.

El primer pretendiente apareció apenas dos minutos más tarde.

—¿Lady Valette Renoux? —preguntó el joven, haciendo una ligera reverencia. Llevaba un chaleco verde bajo su traje largo y oscuro—. Soy lord Rian Strobe. ¿Le gustaría bailar?

—Mi señor... —dijo Vin, bajando vergonzosa la mirada—. Es usted muy amable, pero este es mi primer baile, ¡y aquí todo es tan grandioso! Y temo tropezar por el nerviosismo. ¿Quizá la próxima vez...?

—Por supuesto, mi señora —dijo él, asintiendo cortés antes de retirarse.

—Muy bien hecho, señora —susurró Sazed—. Tu acento ha sido magistral. Naturalmente, tendrás que bailar con él en la próxima ocasión. Sin duda para entonces ya te habremos enseñado, creo.

Vin se ruborizó.

—Tal vez él no asista.

—Tal vez —dijo Sazed—. Pero no es probable. Los jóvenes nobles son muy aficionados a sus diversiones nocturnas.

—¿Hacen esto cada noche?

—Prácticamente. Los bailes son, después de todo, el principal motivo por el que la gente viene a Luthadel. Si estás en esta ciudad y hay un baile (y casi siempre lo hay), sueles asistir, sobre todo si eres joven y soltero. No esperarán que acudas con mucha frecuencia, aunque deberíamos intentar que asistieras a dos o tres por semana.

—Dos o tres... —dijo Vin—. ¡Pero voy a necesitar más vestidos!

Sazed sonrió.

—Ah, ya piensas como una noble. Ahora, señora, si me disculpas...

—¿Disculparte? —preguntó Vin, dándose la vuelta.

—Voy al comedor de los mayordomos. Normalmente un sirviente de mi categoría se retira cuando su señor ha terminado de comer. No me apetece irme y dejarte, pero esa habitación estará llena de los presumidos criados de los altos nobles. Habrá conversaciones que maese Kelsier desea que oiga.

—¿Me dejas sola?

—Hasta ahora lo has hecho bien, señora —dijo Sazed—. No has cometido ningún error importante... o al menos ninguno que no quepa esperar de una dama nueva en la corte.

—¿Como cuál? —preguntó Vin, aprensiva.

—Los discutiremos más tarde. Quédate en la mesa tomando vino... Trata de que no llenen la copa demasiado a menudo y espera mi regreso. Si otros jóvenes se acercan, recházalos tan delicadamente como has hecho con el primero.

Vin asintió, vacilante.

—Regresaré dentro de una hora —prometió Sazed. Sin embargo, se quedó allí de pie, como si esperara algo.

—Hummm, puedes retirarte —dijo Vin.

—Gracias, señora —dijo él, haciendo una reverencia antes de marcharse y dejarla sola. *No estoy sola*, pensó. *Kelsier está ahí fuera en alguna parte, vigilando en la noche*. La idea la reconfortó, aunque deseó no sentir de manera tan aguda el espacio vacío tras la silla.

Tres jóvenes más se acercaron para invitarla a bailar, pero cada uno de ellos aceptó su amable rechazo. Ningún otro vino después: debía de haberse corrido la voz de que no estaba interesada en bailar. Memorizó los nombres de los cuatro hombres que la habían abordado (Kelsier querría conocerlos) y se dispuso a esperar.

Extrañamente, pronto se sintió aburrida. La sala estaba bien ventilada, pero seguía notando calor bajo las capas de tela. Lo peor eran sus piernas, ya que tenían que soportar toda aquella ropa interior que le llegaba hasta los talones. Las mangas largas no ayudaban tampoco, aunque la seda era suave contra su piel. El baile continuó y ella lo observó con interés durante un rato. Sin embargo, pronto dedicó su atención a los obligadores.

Parecía que tenían algún tipo de función en la fiesta. Aunque a menudo se mantenían apartados de los grupos de nobles que charlaban, de vez en cuando se unían a ellos. Y, con la misma frecuencia, algún grupo se detenía y buscaba a un obligador, llamándolo con un gesto respetuoso.

Vin frunció el ceño, tratando de decidir qué estaba pasando por alto. Al cabo de un rato, un grupo sentado a una mesa cercana llamó a un obligador que pasaba. La mesa estaba demasiado lejos para oír nada sin ayuda, pero con estaño...

Buscó en su interior para quemar el metal, pero se detuvo. *Primero cobre*, pensó, encendiendo el metal. Tendría que acostumbrarse a dejarlo encendido casi todo el tiempo, para no exponerse.

Oculta su alomancia, encendió estaño. Inmediatamente, la luz de la sala se volvió cegadora y tuvo que cerrar los ojos. La música de la banda se hizo más fuerte, y una docena de conversaciones a su alrededor pasaron de ser zumbidos a voces audibles. Tuvo que intentar concentrarse con fuerza en la que le interesaba, pero la mesa era la que estaba más cerca, así que al final logró aislar las voces adecuadas.

—... juro que compartiré con él la noticia de mi compromiso antes que con nadie —dijo una de ellas. Vin abrió un poquito los ojos: era una de las nobles sentadas a la mesa.

—Muy bien —dijo el obligador—. Soy testigo y doy fe de esto.

La noble tendió una mano y las monedas tintinearon. Vin apagó su estaño, abriendo del todo los ojos a tiempo para ver al obligador marcharse, guardando algo (las monedas, seguramente) en uno de los bolsillos de su túnica.

Interesante, pensó.

Por desgracia, la gente de la mesa no tardó en levantarse y marcharse, dejando a Vin sin nadie cerca para escuchar. Su aburrimiento regresó mientras observaba al obligador cruzar la sala y acercarse a uno de sus compañeros. Empezó a tamborilear con los dedos sobre la mesa, mirando a los dos obligadores hasta que se dio cuenta de algo.

Reconoció a uno de ellos. No el que había aceptado el dinero, sino su compañero, un hombre mayor. Bajo y de rasgos firmes, tenía un aire dominante. Incluso el otro obligador lo trataba con deferencia.

Al principio, Vin creyó que su familiaridad se debía a su visita al Cantón de las Finanzas con Camon y sintió una puñalada de pánico. Entonces, sin embargo, se dio cuenta de que no se trataba del mismo hombre. Lo había visto antes, pero no allí. Era...

Mi padre, advirtió con estupefacción.

Reen se lo había señalado una vez, a su llegada a Luthadel un año antes: él estaba inspeccionando a los obreros de una fragua local. Reen coló a Vin en el lugar, insistiendo en que al menos viera una vez a su padre... aunque ella no comprendió por qué. De todas formas, había memorizado su cara.

Resistió las ganas de encogerse en su silla. Era imposible que el hombre pudiera reconocerla: ni siquiera sabía que existía. Se obligó a desviar su atención de él y miró en cambio las vidrieras. Sin embargo, no pudo echarles un buen vistazo porque las columnas y los tapices se lo impedían.

Mientras estaba allí sentada, reparó en algo que no había advertido antes: un balcón descubierto que corría por encima de la pared del fondo. Era como una contrapartida al hueco bajo las ventanas, excepto que corría por la parte superior de la pared, entre las vidrieras y el techo. Vio movimiento allí, parejas y gente sola paseando y contemplando la fiesta de abajo.

Su instinto la guio hacia el balcón, desde donde podría ver la fiesta sin ser vista. También le permitiría contemplar los maravillosos estandartes de las ventanas que había directamente sobre su mesa y estudiar las piedras angulares sin parecer curiosa.

Sazed le había dicho que se quedara allí sentada, pero cuanto más tiempo pasaba, más se dirigían sus ojos al balcón oculto. Ansiaba levantarse y moverse, estirar las piernas y airearlas un poco. La presencia de su padre (ajeno a ella o no), era otra motivación para dejar la planta principal.

No se puede decir que nadie más vaya a invitarme a bailar, pensó. *Y ya he hecho lo que quería Kelsier: los nobles me han visto.*

Se detuvo y llamó a un criado, que se acercó velozmente.

—¿Sí, lady Renoux?

—¿Cómo se llega allí arriba? —preguntó Vin, señalando el balcón.

—Hay escaleras al lado de la orquesta, mi señora —respondió el muchacho—. Conducen al rellano.

Vin asintió dándole las gracias. Entonces, decidida, se levantó y se encaminó al lugar. Nadie le dirigió más que una mirada al pasar, y caminó con más confianza cuando hubo cruzado el salón y llegó a la escalera.

El corredor de piedra se retorcía hacia arriba, enroscándose sobre sí mismo, sus escalones cortos pero empinados. Pequeñas vidrieras, no más anchas que su mano, se abrían en la pared exterior, aunque oscuras, sin contraluz. Vin subió ansiosamente, consumiendo su inquieta energía, pero pronto empezó a jadear por el peso del vestido y la dificultad de sujetarlo para no tropezar. Sin embargo, una chispa de peltre quemado la hizo subir sin esfuerzo para no sudar y no estropearse el maquillaje.

La subida mereció la pena. El balcón superior estaba iluminado solamente por varias linternitas de cristal azul en las paredes y proporcionaba un panorama sorprendente de las vidrieras. La zona estaba tranquila y Vin se sintió prácticamente sola mientras se acercaba a la barandilla de hierro entre dos columnas y se asomaba. Las losas de piedra del suelo de abajo formaban un dibujo que no había advertido, una especie de caprichosa curva de gris sobre blanco.

¿Brumas?, se preguntó, apoyada contra la barandilla, que al igual que la linterna que tenía detrás era intrincada y detallada: las dos habían sido forjadas en forma de gruesas enredaderas que se curvaban entre sí. A ambos lados, los capiteles de las columnas eran animales de piedra detenidos en el momento de saltar del balcón.

—Bueno, ese es el inconveniente que tiene ir a volver a llenar la copa de vino.

La súbita voz hizo que Vin diera un respingo y se girara. Había un joven tras ella. Su traje no era el más bonito que había visto, ni su chaleco el más brillante. La casaca y la camisa le quedaban demasiado grandes e iba un poco despeinado. Llevaba una copa de vino y en el bolsillo exterior de su casaca se notaba un bulto: un libro demasiado grande para caber en él.

—El problema es —dijo el joven—, que regresas y descubres que te ha robado tu sitio favorito una chica guapa. Un caballero se iría a otra parte, dejando a la dama con sus meditaciones. Sin embargo, este es el mejor sitio del balcón, el único lugar que está lo bastante cerca de una linterna para tener buena luz para leer.

Vin se ruborizó.

—Lo siento, mi señor.

—Ah, vaya, ahora me siento culpable. Todo por una copa de vino. Mira, hay espacio suficiente para dos personas aquí arriba..., échate un poco para allá.

Vin se detuvo. ¿Podía rechazarlo amablemente? Estaba claro que él quería que se quedara cerca. ¿Sabía quién era? ¿Debería tratar de averiguar su nombre para poder contárselo a Kelsier?

Se apartó un poco y el hombre ocupó su sitio a su lado. Se apoyó contra una columna y, sorprendentemente, sacó su libro y se puso a leer. Tenía razón: la linterna iluminaba directamente las páginas. Vin se quedó allí mirándolo un momento, pero él parecía completamente absorto. Ni siquiera se detuvo a mirarla.

¿Es que no va a prestarme atención?, pensó Vin, sorprendida de su propio malestar. *Tal vez debería haberme puesto un vestido más bonito.*

El hombre bebía vino concentrado en su libro.

—¿Siempre lees en los bailes?

El joven alzó la cabeza.

—Cada vez que puedo escaparme.

—¿No va eso en contra de la idea misma de asistir? —preguntó Vin—. ¿Por qué asistir si vas a evitar relacionarte con nadie?

—Tú también estás aquí arriba —señaló él.

Vin se ruborizó.

—Solo quería ver bien el salón.

—¿Sí? ¿Y por qué has rechazado bailar con esos tres hombres que te invitaron?

Vin se detuvo. El hombre sonrió, luego volvió a su libro.

—Han sido cuatro —rezongó—. Y los he rechazado porque no sé bailar muy bien.

El hombre bajó un poco el libro para mirarla.

—¿Sabes? Eres mucho menos tímida de lo que parece.

—¿Tímida? No soy yo quien está mirando un libro cuando hay una joven a su lado, sin que hayan sido presentados adecuadamente.

El hombre alzó una ceja, especulativo.

—Ahora hablas igual que mi padre. Más atractiva, pero igual de gruñona.

Vin se lo quedó mirando con mala cara. Finalmente, él se encogió de hombros.

—Muy bien, seamos caballerosos. —Le hizo una reverencia, formal y refinado—. Soy lord Elend. Lady Valette Renoux, ¿puedo tener el placer de compartir este balcón contigo mientras leo?

Vin se cruzó de brazos. *¿Elend? ¿Eso es nombre o apellido? ¿Debe importarme? Solo quiere recuperar su sitio. Pero... ¿cómo sabía que me he negado a bailar?* Tuvo la sospecha de que Kelsier querría enterarse de esa conversación.

Curiosamente, no sentía ningún deseo de rechazar a ese hombre como había hecho con los otros. Sintió otra punzada de malestar cuando él volvió a levantar su libro.

—Todavía no me has dicho por qué prefieres leer a participar.

El hombre suspiró y volvió a bajar el libro.

—Bueno, verás, tampoco soy exactamente el mejor de los bailarines.

—Ah.

—Pero —dijo él, levantando un dedo—, eso es solo una parte. Puede que todavía no te des cuenta, pero es difícil no hartarse de fiestas. Cuando has asistido a quinientos o seiscientos bailes de estos empiezan a parecerte un poco repetitivos.

Vin se encogió de hombros.

—Aprenderías a bailar mejor si practicaras, supongo.

Elend alzó una ceja.

—No vas a dejarme volver a mi libro, ¿verdad?

—No lo pretendía.

Él suspiró y volvió a guardarse el libro en el bolsillo de la casaca, que empezaba a mostrar signos de desgaste.

—Muy bien. ¿Quieres ir a bailar?

Vin se quedó inmóvil. Elend sonrió indiferente.

¡Señor! O es increíblemente sibilino o socialmente incompetente. Era preocupante no poder determinarlo.

—¿Debo suponer que eso es un no? —dijo Elend—. Bien... creía que debía ofrecerme, ya que has establecido que soy un caballero. Sin embargo, dudo que las parejas de abajo aprecien que les pisemos.

—Estoy de acuerdo. ¿Qué lees?

—Dilisteni —dijo Elend—. *Juicios de monumento*. ¿Lo conoces?

Vin negó con la cabeza.

—Ah, bueno. No lo conocen muchos. —Se apoyó en la barandilla y contempló el salón—. Bien, ¿qué te parece tu primera experiencia en la corte?

—Es muy... abrumadora.

Elend se echó a reír.

—Di lo que quieras sobre la Casa Venture: saben dar una fiesta.

Vin asintió.

—¿No te gusta entonces la Casa Venture? —dijo. Tal vez esta fuera una de las rivalidades que Kelsier estaba esperando.

—No particularmente, no —respondió Elend—. Son ostentosos, incluso para la alta nobleza. No pueden dar una fiesta cualquiera, no, tienen que dar la *mejor* fiesta. No les importa que sus sirvientes se queden hechos polvo preparándola, luego tienen que golpear a los pobres cuando el salón no está perfectamente limpio a la mañana siguiente.

Vin ladeó la cabeza. *No son palabras que esperara oír de un noble.*

Elend se detuvo. Parecía un poco cohibido.

—Pero, bueno, no importa. Creo que tu terrisano te está buscando.

Vin se asomó al balcón. En efecto, la alta figura de Sazed estaba junto a la mesa vacía, hablando con un criado.

Dejó escapar un gritito.

—Tengo que irme —dijo, volviéndose hacia la escalera.

—Ah, bien, volveré a leer —dijo Elend. Le hizo un gesto de despedida, pero había abierto el libro antes de que ella bajara el primer escalón.

Vin llegó abajo sin aliento. Sazed la vio de inmediato.

—Lo siento —dijo ella, avergonzada.

—No te disculpes, señora —respondió Sazed en voz baja—. Es algo extraño e innecesario. Moverte por tu cuenta ha sido buena idea, creo. Te lo habría sugerido, pero parecías nerviosa.

Vin asintió.

—¿Es hora de irse ya?

—Es un momento adecuado para retirarse, si lo deseas —dijo él, mirando hacia el balcón—. ¿Puedo preguntar qué estabas haciendo allá arriba, señora?

—Quería echar un vistazo a las vidrieras. Pero acabé charlando con alguien. Pareció interesado en mí al principio, pero ahora creo que no pretendía prestarme mucha atención. No importa... ni siquiera me parece lo bastante importante para molestar a Kelsier con su nombre.

Sazed se detuvo.

—¿Con quién has estado hablando?

—Con el hombre de aquel rincón, en el balcón.

—¿Uno de los amigos de lord Venture?

—¿Se llama Elend uno de ellos?

Sazed palideció visiblemente.

—¿Estuviste charlando con lord *Elend Venture*?

—Hummm... ¿sí?

—¿Te invitó a bailar?

Vin asintió.

—Pero no creo que lo pretendiera en serio.

—Ay, cielos —dijo Sazed—. Se acabó el anonimato controlado.

—¿Venture? —preguntó Vin, frunciendo el ceño—. ¿Como la fortaleza de Venture?

—El heredero del título.

—Hummm —dijo Vin, dándose cuenta de que quizá debería haberse sentido un poco más intimidada de lo que se sentía—. Ha sido un poco molesto... de una manera agradable.

—No deberíamos hablar de esto aquí —dijo Sazed—. Estás muy, muy por debajo de su nivel. Venga, retirémonos. No debería haberme ido a cenar...

Echó a andar, murmurando para sí mientras conducía a Vin a la salida. Ella miró una vez más hacia el salón mientras recuperaba su chal, y quemó estaño, entornó los ojos contra la luz y buscó en el balcón.

Él tenía el libro, cerrado, en una mano. Y ella hubiese jurado que la miraba. Vin sonrió y dejó que Sazed la condujera hasta el carruaje.

Sé que no debería dejar que un simple porteador me perturbe. Sin embargo, es de Terris, donde se originaron las profecías. Si alguien pudiera identificar un fraude, ¿no sería él?

Sin embargo, continúo mi viaje, acudiendo a los lugares donde los augurios escritos proclaman que me encontraré con mi destino... a pie, sintiendo los ojos de Rashek en mi espalda. Celosos. Burlones. Llenos de odio.

13

Vin estaba sentada con las piernas cruzadas en uno de los cómodos sillones de lord Renoux, contenta de haberse librado del voluminoso vestido y haberse puesto de nuevo una camisa y pantalones.

Sin embargo, la tranquila incomodidad de Sazed le daba ganas de moverse. Él estaba de pie al otro lado de la habitación y Vin tenía la clara impresión de que se había metido en un lío. Sazed la había interrogado a fondo, investigando cada detalle de su conversación con lord Elend. Las preguntas de Sazed habían sido respetuosas, naturalmente, pero también molestas.

En opinión de Vin, el terrisano parecía indebidamente preocupado por su conversación con el joven noble. En realidad no habían hablado de nada importante, y el propio Elend era decididamente poco espectacular para tratarse de un lord de una Gran Casa.

Pero sí que había algo extraño en él... algo que Vin no le había confesado a Sazed. Ella... se había sentido cómoda con Elend. Al recordar la experiencia, se daba cuenta de que durante aquellos pocos instantes no había sido en realidad lady Valette. Ni había sido Vin, pues esa parte suya, la tímida ladrona, era casi tan falsa como Valette.

No, había sido... quienquiera que fuese. Había sido una experiencia extraña. De vez en cuando sentía lo mismo cuando estaba con Kelsier y los demás, pero no tanto. ¿Cómo había podido Elend evocar su auténtico yo de manera tan rápida y concienzuda?

¡Tal vez usó alomancia conmigo!, pensó alarmada. Elend era un alto noble; tal vez fuese un aplacador. Tal vez había habido más en la conversación de lo que ella creía.

Vin se acomodó en su asiento, el ceño fruncido. Tenía el cobre encendido y eso significaba que él no había podido usar contra ella alomancia emocional. De algún modo, sin razón aparente, la había hecho bajar la guardia. Vin recordó la experiencia, pensando en lo extrañamente cómoda que se había sentido. Visto en retrospectiva, estaba claro que no había tenido suficiente cuidado.

Seré más cauta la próxima vez. Suponía que volverían a verse. Más valía.

Un criado entró y le susurró algo a Sazed. Un rápido prendimiento de estaño le permitió a Vin oír la conversación: Kelsier había regresado por fin.

—Por favor, manda llamar a lord Renoux —dijo Sazed. El criado vestido de blanco asintió, y se marchó con paso vivo—. Los demás podéis marcharos —añadió tranquilamente, y los otros sirvientes se retiraron. La silenciosa vigilia de Sazed los había obligado a quedarse, esperando en la tensa habitación, sin hablar ni moverse.

Kelsier y lord Renoux llegaron juntos, charlando tranquilamente. Como siempre, Renoux llevaba un rico traje cortado al poco común estilo occidental. El anciano mantenía su bigote gris recortado y acicalado y caminaba con aplomo. Incluso después de pasar una noche entera entre los nobles, Vin se sorprendió de nuevo por su porte aristocrático.

Kelsier todavía llevaba su capa de bruma.

—¿Saz? —dijo al entrar—. ¿Alguna noticia?

—Eso me temo, maese Kelsier. Parece que la señora Vin llamó la atención de lord Elend Venture en el baile esta noche.

—¿Elend? —preguntó Kelsier, cruzándose de brazos—. ¿No es el heredero?

—Así es —dijo Renoux—. Lo conocí hace unos cuatro años, cuando su padre visitó el oeste. Me pareció un poco indigno para tratarse de alguien de su rango.

¿Cuatro años?, pensó Vin. *Es imposible que lleve tanto tiempo haciéndose pasar por lord Renoux. ¡Kelsier escapó de los Pozos hace tan solo dos años!* Miró al impostor, pero, como siempre, fue incapaz de detectar ningún fallo en su porte.

—¿Se mostró muy atento el muchacho? —preguntó Kelsier.

—La invitó a bailar —respondió Sazed—. Pero Vin tuvo el buen sentido de rechazarlo. Al parecer, su encuentro fue casual... pero me temo que le llamara la atención.

Kelsier se echó a reír.

—La enseñaste demasiado bien, Sazed. En el futuro, Vin, tal vez deberías intentar ser un poco menos encantadora.

—¿Por qué? —preguntó Vin, tratando de ocultar su malestar—. Creía que queríamos agradar.

—No a alguien tan importante como Elend Venture, niña —dijo lord Renoux—. Te enviamos a la corte para que pudieras establecer alianzas... no armar escándalos.

Kelsier asintió.

—Venture es joven, elegible y heredero de una casa poderosa. Que tengas una relación con él podría crearnos serios problemas. Las mujeres de la corte sentirían celos de ti y los hombres mayores desaprobarían la diferencia de rango. Te apartarías de grandes sectores de la corte. Para conseguir la información que necesitamos, la aristocracia tiene que considerarte insegura, poco importante y, sobre todo, nada amenazadora.

—Además, niña —dijo lord Renoux—. Es improbable que Elend Venture tenga ningún verdadero interés por ti. Se sabe que es un cortesano excéntrico: no es descabellado que solo intente aumentar su reputación haciendo lo inesperado.

Vin sintió que su cara enrojecía. *Puede que tenga razón*, se dijo severamente. Con todo, no pudo dejar de sentirse molesta con los tres; sobre todo con Kelsier por su actitud desinteresada y desenfadada.

—Sí —dijo Kelsier—, quizá lo mejor sea que evites a Venture por completo. Intenta ofenderlo o algo. Dirígele un par de esas miradas tuyas.

Vin dirigió a Kelsier una mirada inexpresiva.

—¡Esa, esa misma mirada! —dijo Kelsier con una carcajada.

Vin apretó los dientes, luego se obligó a relajarse.

—He visto a mi padre en el baile esta noche —dijo, esperando distraer a Kelsier y los otros de lord Venture.

—¿De veras? —preguntó Kelsier con interés.

Vin asintió.

—Lo reconozco porque mi hermano me lo señaló una vez.

—¿Qué es? —preguntó Renoux.

—El padre de Vin es obligador —contestó Kelsier—. Y, al parecer, importante, si tiene suficiente poder para asistir a un baile como este. ¿Sabes cómo se llama?

Vin negó con la cabeza.

—¿Descripción?

—Hummm... Calvo, tatuajes en los ojos...

Kelsier se echó a reír.

—Señálamelo alguna vez, ¿de acuerdo?

Vin asintió y Kelsier se volvió hacia Sazed.

—¿Me traes los nombres de los nobles que la invitaron a bailar?

Sazed asintió.

—Ella me ha dado la lista, maese Kelsier. También tengo información interesante que he descubierto en la comida con los mayordomos.

—Bien —dijo Kelsier, mirando el reloj de pie que había en el rincón—. Pero tendrás que esperar a mañana por la mañana. He de irme.

—¿Irte? —preguntó Vin, irguiéndose—. ¡Pero si acabas de llegar!

—Eso es lo curioso que tiene llegar a alguna parte, Vin —contestó él con un guiño—. Una vez que llegas, lo único que te queda por hacer es volver a marcharte. Duerme un poco, se te ve cansada.

Kelsier se despidió del grupo y salió de la habitación silbando suavemente para sí.

Demasiado despreocupado, pensó Vin. *Y demasiados secretos. Normalmente nos dice a qué familia planea atacar.*

—Creo que me iré a dormir —dijo, bostezando.

Sazed la miró con recelo, pero la dejó marchar mientras Renoux empezaba a hablarle. Vin subió hasta su habitación, se puso la capa de bruma y abrió las puertas del balcón.

La bruma entró en la habitación. Ella avivó hierro y fue recompensada con la visión de una débil línea de metal azul que apuntaba a lo lejos.

Veamos adónde vas, maese Kelsier.

Vin quemó acero, empujándose a la fría y húmeda noche de otoño. El estaño agudizaba sus ojos y hacía que el aire húmedo le cosquilleara en la garganta cuando respiraba. Empujó con más fuerza tras ella y luego tiró ligeramente de las puertas de abajo. La maniobra la hizo girar en arco por encima de la verja de acero, que luego empujó para lanzarse aún más al aire.

Siguió la pista azul que apuntaba hacia Kelsier, a distancia, para no ser vista. No llevaba ningún metal consigo, ni siquiera monedas, y mantuvo su cobre encendido para ocultar su uso de la alomancia. Teóricamente, solo el sonido podía alertar a Kelsier de su presencia, por eso se movió lo más silenciosamente posible.

Sorprendentemente, Kelsier no iba a la ciudad. Después de franquear las puertas de la mansión, giró hacia el norte, hacia las afueras de la ciudad. Vin lo siguió, y aterrizó y corrió en silencio por el áspero suelo.

¿Adónde va?, pensó confundida. *¿Va a rodear Fellise? ¿Se dirige a una de las mansiones de las afueras?*

Kelsier continuó hacia el norte un rato, luego sus líneas de metal de repente empezaron a hacerse más tenues. Vin se detuvo junto a un grupo de árboles retorcidos. Las líneas se difuminaban a ritmo veloz: Kelsier había acelerado de pronto. Maldijo para sí y echó a correr.

La línea de Kelsier, por delante, se desvanecía en la noche. Vin suspiró, frenando el paso. Avivó su hierro, pero apenas era suficiente para ver un atisbo de Kelsier desapareciendo de nuevo en la distancia. Nunca lo alcanzaría.

El hierro avivado, sin embargo, le mostró algo más. Frunció el ceño y continuó adelante hasta que llegó a una fuente fija de metal: dos pequeñas barras de bronce asomaban del suelo, separadas entre sí un par de palmos. Tomó una y contempló las brumas.

Está saltando, pensó. *Pero ¿por qué?* Saltar era más rápido que correr, pero no parecía tener mucho sentido hacerlo en medio de la nada. *A menos...*

Avanzó unos pasos y encontró otras dos barras de bronce clavadas en el suelo. Vin miró hacia atrás. Era difícil decirlo en plena noche, pero parecía que las cuatro barras formaban una línea que señalaba directamente a Luthadel.

De modo que así es como lo hace, pensó. Kelsier tenía una habilidad asombrosa para moverse de Luthadel a Fellise a gran velocidad. Ella había supuesto que lo hacía a caballo, pero parecía que había un medio mejor. Él (o quizá alguien antes que él) había trazado un camino alomántico entre las dos ciudades.

Tomó la primera barra (la necesitaría para suavizar su aterrizaje si se equivocaba) y se plantó delante del segundo par de barras y se lanzó al aire.

Empujó con fuerza, avivando su acero, impulsándose lo más alto que pudo. Mientras volaba, avivó el hierro para buscar otras fuentes de metal. Pronto aparecieron: dos directamente al norte y dos más en la distancia a cada lado.

Las de los lados son para corregir el rumbo, advirtió. Tendría que seguir moviéndose directamente hacia el norte si quería permanecer en el camino de bronce. Se escoró levemente a la izquierda, moviéndose de manera que pasó directamente entre dos barras adyacentes del camino principal, y luego se lanzó de nuevo adelante trazando un arco de un salto.

Pronto le pilló el truco, saltando de punto en punto, sin acercarse nunca al suelo. En solo unos minutos llevaba tan buen ritmo que apenas tuvo que hacer ninguna corrección con los lados.

Su progreso por el yermo paisaje fue increíblemente veloz. Las brumas pasaban volando y su capa se agitaba y sacudía tras ella. Con todo, se obligó a acelerar. Había pasado demasiado tiempo estudiando las barras de bronce. Tenía que alcanzar a Kelsier; de otro modo llegaría a Luthadel pero no sabría adónde ir a partir de allí.

Empezó a lanzarse de un punto a otro a una velocidad casi temeraria, buscando a la desesperada algún signo de movimiento alomántico. Después de unos diez minutos de saltos, una línea azul apareció por fin ante ella, apuntando hacia arriba en vez de hacia las barras del suelo. Suspiró aliviada.

Entonces apareció una segunda línea, y una tercera.

Vin frunció el ceño y se dejó caer al suelo con un golpe sordo. Avivó estaño y una forma enorme apareció en la noche ante ella, su parte superior chispeando con bolas de luz.

La muralla de la ciudad, pensó divertida. *¿Tan pronto? ¡He hecho el viaje el doble de rápido que un hombre a caballo!*

Sin embargo, eso significaba que había perdido a Kelsier. Fastidiada, usó la barra que llevaba para impulsarse por encima de la muralla. Cuando aterrizó en la húmeda piedra, tiró de la barra para recogerla. Entonces se acercó al otro lado de la muralla, saltó y aterrizó acuclillándose en la barandilla de piedra mientras escrutaba la ciudad.

¿Y ahora qué?, pensó molesta. *¿De vuelta a Fellise? ¿Me paso por el taller de Clubs y veo si ha ido allí?*

Permaneció sentada, insegura, un instante. Luego se lanzó desde la muralla y empezó a abrirse camino por los tejados. Deambuló al azar, empujando picaportes de ventanas y trozos de metal, usando la barra de bronce y luego recuperándola cuando eran necesarios saltos largos.

No fue hasta que llegó que se dio cuenta de que inconscientemente se había dirigido a un destino específico.

La fortaleza de Venture se alzaba ante ella en la noche. Las candilejas estaban apagadas y solo unas cuantas antorchas fantasmales ardían cerca de los puestos de guardia.

Vin se agachó en el reborde de un tejado, tratando de decidir qué la había traído de vuelta a la imponente fortaleza. El frío viento le agitaba la capa y el pelo, y le pareció que podía sentir unas pocas gotitas de lluvia en la mejilla. Permaneció allí un buen rato, sintiendo los pies cada vez más fríos.

Entonces advirtió movimiento a su derecha. Se agazapó de inmediato, avivando su estaño.

Kelsier estaba sentado en un tejado a menos de tres casas de distancia, iluminado apenas por la luz ambiental. No parecía haber reparado en ella. Estaba contemplando el torreón, demasiado lejano el rostro como para poder leer su expresión.

Vin lo miró con recelo. Había despreciado su encuentro con Elend, pero tal vez le preocupaba más de lo que admitía. Una súbita punzada de miedo la hizo tensarse.

¿Podría haber ido a matar a Elend? El asesinato de un alto noble heredero desde luego crearía tensiones entre la nobleza.

Vin esperó, llena de aprensión. Sin embargo, al cabo de un rato, Kelsier se incorporó y se marchó, impulsándose al aire.

Vin dejó caer la barra de bronce, pues la delataría, y corrió tras él. Su hierro mostraba líneas azules moviéndose en la distancia y saltó a toda prisa por la calle y se empujó contra la reja de una alcantarilla, decidida a no volver a perderlo.

Él se dirigía hacia el centro de la ciudad. Vin frunció el ceño, tratando de adivinar su destino. La mansión Erikeller estaba en esa dirección y era una suministradora importante de armamento. Quizá Kelsier planeaba hacer algo para interrumpir su suministro, haciendo que la Casa Renoux fuera más vital para la nobleza local.

Vin aterrizó en un tejado y se detuvo, viendo a Kelsier perderse en la noche. *Vuelve a moverse con rapidez. Yo...*

Una mano se posó en su hombro.

Vin soltó un grito, saltó atrás y avivó peltre.

Kelsier la miró arqueando una ceja.

—Se supone que deberías estar en la cama, jovencita.

Vin miró a un lado, hacia la línea de metal.

—Pero...

—Mi bolsa con las monedas —dijo Kelsier, sonriendo—. Un buen ladrón puede robar trucos astutos tan fácilmente como roba otros tesoros. He empezado a ser más cuidadoso desde que me seguiste la semana pasada... Al principio, creía que eras un nacido de la bruma Venture.

—¿Tienen alguno?

—Estoy seguro de que sí. La mayoría de las Grandes Casas los tienen... pero tu amigo Elend no es uno de ellos. No es ni siquiera un brumoso.

—¿Cómo lo sabes? Podría estar ocultándolo.

Kelsier negó con la cabeza.

—Casi murió en un ataque hace un par de años. Si hubo un momento para demostrar sus poderes, fue entonces.

Vin asintió, todavía con la cabeza gacha, sin mirar a Kelsier a los ojos.

Él suspiró, se sentó en el tejado con una pierna colgando.

—Siéntate.

Vin se sentó enfrente de él en el tejado. En el cielo, las frías brumas continuaban girando y había empezado a lloviznar levemente, aunque no era muy distinto de la humedad normal de la noche.

—No puedes seguirme así, Vin. ¿Recuerdas nuestra conversación sobre la confianza?

—Si confiaras en mí, me dirías adónde vas.

—No necesariamente —dijo Kelsier—. Tal vez no quiero que tú y los demás os preocupéis por mí.

—Todo lo que haces es peligroso. ¿Por qué ibas a preocuparnos más si nos cuentas los detalles?

—Algunas tareas son más peligrosas que otras —respondió Kelsier en voz baja.

Vin se calló, miró a un lado, hacia donde iba Kelsier. El centro de la ciudad.

Hacia Kredik Shaw, la Colina de las Mil Torres. El palacio del lord Legislador.

—¡Vas a ir a enfrentarte al lord Legislador! —dijo Vin en voz baja—. La semana pasada dijiste que ibas a hacerle una visita.

—«Visita» es, tal vez, una palabra demasiado fuerte. Voy a ir al palacio, pero espero sinceramente no toparme con el lord Legislador en persona. No estoy preparado para él todavía. Y, de todas formas, tú vas a irte derechita al taller de Clubs.

Vin asintió.

Kelsier frunció el ceño.

—Vas a intentar seguirme de nuevo, ¿verdad?

Vin hizo una pausa y luego volvió a asentir.

—¿Por qué?

—Porque quiero ayudar. Hasta ahora, mi parte en todo esto ha sido asistir a una fiesta. Pero soy una nacida de la bruma: tú mismo me entrenaste. No voy a quedarme sentada y dejar que todo el mundo haga el trabajo peligroso mientras yo ocupo un asiento, ceno y veo bailar a la gente.

—Lo que haces en esos bailes es importante.

Vin asintió, bajando los ojos. Lo dejaría marchar, para seguirlo luego. Era lo que había dicho antes: estaba empezando a sentir camaradería hacia su grupo, y no se parecía a nada que hubiera conocido. Quería participar en lo que estaban haciendo. Quería ayudar.

Sin embargo, por otra parte Vin se decía que Kelsier no lo estaba contando todo. Puede que confiara en ella, puede que no. Sin duda tenía secretos. El Undécimo metal y, por tanto, el lord Legislador estaban implicados en esos secretos.

Kelsier la miró a los ojos y debió de ver en ellos la intención de seguirlo. Suspiró.

—¡Hablo en serio, Vin! No puedes venir conmigo.

—¿Por qué no? —preguntó ella, abandonando los fingimientos—. Si lo que haces es tan peligroso, ¿no sería más seguro que otro nacido de la bruma te cubriera las espaldas?

—Sigues sin conocer todos los metales.

—Solo porque tú no me has enseñado.

—Necesitas más práctica.

—La mejor práctica es hacer las cosas —dijo Vin—. Mi hermano me enseñó a robar llevándome a los robos.

Kelsier negó con la cabeza.

—Es demasiado peligroso.

—Kelsier —dijo ella muy seria—. Estamos planeando *derrocar al Imperio Final*. No espero vivir hasta finales de año de todas formas.

»Sigues diciéndoles a los otros la ventaja que es tener a dos nacidos de la bruma en el equipo. Bueno, no va a ser mucha ventaja a menos que me dejes *ser* una nacida de la bruma. ¿Cuánto tiempo vas a esperar? ¿Hasta que esté «preparada»? No creo que eso vaya a suceder nunca.

Kelsier la miró durante un instante, luego sonrió.

—La primera vez que nos vimos, apenas pude conseguir que dijeras unas palabras. Ahora me estás dando sermones.

Vin se ruborizó. Finalmente, Kelsier suspiró y rebuscó bajo su capa para sacar algo.

—No puedo creer que esté considerando esto —murmuró, tendiéndole el pedazo de metal.

Vin estudió la diminuta bola plateada. Era tan brillante y lisa que parecía una gota de líquido, aunque resultaba sólida al tacto.

—Atium —dijo Kelsier—. El décimo y más poderoso de los metales alománticos conocidos. Esa perla vale más que la bolsa entera de cuartos que te di.

—¿Este pedacito? —preguntó ella, sorprendida.

Kelsier asintió.

—El atium solo procede de un sitio: los Pozos de Hathsin, donde el lord Legislador controla la producción y distribución. Las Grandes Casas consiguen comprar una cantidad mensual de atium, y esa es una de las principales formas que tiene el lord Legislador de controlarlos. Venga, trágatelo.

Vin miró la bolita de metal, insegura de querer malgastar algo tan valioso.

—No se puede vender —dijo Kelsier—. Las bandas de ladrones lo intentan, pero sus miembros son localizados y ejecutados. El lord Legislador protege a toda costa su suministro de atium.

Vin asintió y luego tragó el metal. Inmediatamente sintió un nuevo brote de poder en su interior esperando ser quemado.

—Muy bien —dijo Kelsier, poniéndose en pie—. Quémalo en cuanto yo eche a andar.

Vin asintió. Cuando él empezó a caminar, rebuscó en su nueva fuente de poder y quemó atium.

Kelsier pareció difuminarse brevemente ante sus ojos; luego una imagen transparente, casi espectral, surgió en las brumas ante él. La imagen era exactamente igual a Kelsier y caminaba unos cuantos pasos por delante. Una segunda imagen, aún más leve, se extendía desde el duplicado hasta el propio Kelsier.

Era como... una sombra inversa. El duplicado hacía todo lo que hacía Kelsier... excepto que la imagen se movía antes. Se volvió y Kelsier siguió el mismo curso.

La boca de la imagen empezó a moverse. Un segundo después, Kelsier habló.

—El atium te permite ver un poquito del futuro. O, al menos, te permite ver lo que la gente va a hacer dentro de un momento. Además, amplía tu mente, permitiéndote captar la nueva información y reaccionar más rápida y acertadamente.

La sombra se detuvo, luego Kelsier se acercó a ella y se detuvo también. De repente, la sombra la abofeteó y Vin reaccionó instintivamente alzando la mano justo cuando la mano real de Kelsier empezaba a moverse. Capturó su brazo a mitad del gesto.

—Cuando quemas atium, nada puede sorprenderte —dijo él—. Puedes blandir una daga, sabiendo con toda confianza que tus enemigos irán directos a ella. Puedes esquivar ataques con facilidad porque podrás ver dónde caerá cada golpe. El atium te vuelve casi invencible. Amplía tu mente, volviéndote capaz de hacer uso de toda la nueva información.

De repente, docenas de imágenes salieron disparadas del cuerpo de Kelsier. Cada una de ellas saltó en una dirección distinta, algunas al tejado, otras al aire. Vin le soltó el brazo, se incorporó y retrocedió confundida.

—Acabo de quemar atium también —dijo Kelsier—. Puedo ver lo que vas a hacer, y eso cambia lo que voy a hacer yo... lo que a su vez cambia lo que vas a hacer tú. Las imágenes reflejan cada una de las posibles acciones que podemos emprender.

—Es confuso —dijo Vin, contemplando el loco amasijo de imágenes, las antiguas desapareciendo de manera constante, las nuevas apareciendo de continuo.

Kelsier asintió.

—La única manera de derrotar a alguien que está quemando atium es quemarlo tú también. De esa forma, ninguno tiene ventaja.

Las imágenes se desvanecieron.

—¿Qué has hecho? —preguntó Vin con un sobresalto.

—Nada —contestó Kelsier—. Tu atium debe de haberse consumido.

Vin advirtió con sorpresa que tenía razón: el atium se había acabado.

—¡Qué rápido se quema!

Kelsier asintió y volvió a sentarse.

—Debe de ser la fortuna más rápida que hayas quemado jamás, ¿eh?

Vin asintió, aturdida.

—Parece un despilfarro.

Kelsier se encogió de hombros.

—El atium solo es valioso para la alomancia. Así que, si no lo quemáramos, no valdría la fortuna que vale. Naturalmente, si lo quemamos, hacemos que sea aún más raro. Es una relación interesante... Pregúntale a Ham. Le encanta hablar sobre la economía del atium.

»De todas formas, lo más probable es que cualquier nacido de la bruma al que te enfrentes tenga atium. Sin embargo, se sentirá reacio a usarlo. Además, no lo habrá tragado todavía: el atium es frágil y los jugos gástricos lo estropean en cuestión de horas. Así que hay que caminar por la frontera entre la conservación y la efectividad. Si te parece que tu oponente está usando atium, entonces será mejor que también uses el tuyo. Sin embargo, asegúrate de que no te engañe para que agotes tu reserva antes de que lo haga él.

Vin asintió.

—¿Significa esto que vas a llevarme contigo esta noche?

—Sospecho que lo lamentaré —dijo Kelsier, suspirando—. Mas no veo el modo de que te quedes atrás... Amarrándote, tal vez. Pero, te lo advierto, Vin. Esto podría ser peligroso. *Muy* peligroso. No pretendo encontrarme con el lord Legislador, pero sí colarme en su fortaleza. Creo que sé dónde podríamos encontrar una pista para derrotarlo.

Vin sonrió y dio un paso al frente cuando Kelsier le indicó que se acercara. Kelsier echó mano a su faltriquera y sacó un frasquito, que le entregó. Era como un frasco alomántico normal, pero en su interior había una sola gota de metal. La perla de atium era varias veces más grande que la que le había dado para practicar.

—No la uses a menos que sea necesario —advirtió Kelsier—. ¿Necesitas algún otro metal?

Vin asintió.

—He agotado casi todo mi acero para llegar hasta aquí.

Kelsier le tendió otro frasquito.

—Primero, recuperemos mi monedero.

A veces me pregunto si me estoy volviendo loco.

Tal vez sea debido a la presión de saber que de algún modo debo soportar la carga de todo un mundo. Tal vez sea por las muertes que he visto, los amigos que he perdido. Los amigos que me he visto obligado a matar.

Sea como sea, a veces veo sombras siguiéndome. Oscuras criaturas que no comprendo, ni deseo comprender. ¿Serán acaso fruto de mi mente agotada?

14

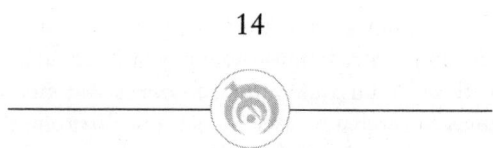

Empezó a llover justo después de que localizaran la bolsa con las monedas. No era una lluvia fuerte, pero pareció despejar un poco la bruma. Vin se estremeció, se puso la capucha y se agazapó junto a Kelsier en un tejado. Él no le prestaba mucha atención al clima, ni tampoco ella. Un poco de humedad no iría mal; quizá ayudara, de hecho, puesto que la llovizna apagaría los sonidos de sus acciones.

Kredik Shaw se alzaba ante ellos. Las torres picudas y los pabellones se erguían como oscuros espolones en la noche. Variaban enormemente en grosor: algunos eran lo bastante anchos para alojar escaleras y grandes habitaciones, pero otros no eran más que finos virotes de acero que apuntaban al cielo. La variedad daba a la masa una simetría retorcida y desviada, casi desequilibrada.

Las torres y agujas tenían un aspecto impresionante en medio de la noche húmeda y brumosa, parecidos a huesos manchados de ceniza de un cadáver putrefacto. Al mirarlos, a Vin le pareció que sentía algo... una especie de *depresión*, como si el mero hecho de estar cerca del edificio bastara para sorber su esperanza.

—Nuestro objetivo es un complejo de túneles situado en la base de una de las torres de la derecha —informó Kelsier, su voz apenas audible en el tranquilo rumor de la lluvia—. Nos dirigiremos a una sala del centro de ese complejo.

—¿Qué hay dentro?

—No lo sé. Eso es lo que vamos a averiguar. Una vez cada tres días (y hoy no es uno de ellos), el lord Legislador visita la cámara. Se queda unas tres horas y luego se marcha. Traté de entrar una vez. Hace tres años.

—El trabajo —susurró Vin—. El que...

—Logró que me capturara —asintió Kelsier—. Sí. En esa época pensábamos que el lord Legislador acumulaba riquezas en esa sala. Ahora no creo que sea verdad, pero sigo sintiendo curiosidad. La manera en que la visita es tan regular, tan... extraña. Hay algo en esa sala, Vin. Algo importante. Tal vez contenga el secreto de su poder y su inmortalidad.

—¿Por qué tenemos que preocuparnos por eso? —preguntó Vin—. Tienes el Undécimo elemento para derrotarlo, ¿no?

Kelsier frunció levemente el ceño. Vin esperó una respuesta, pero él no le dio ninguna.

—Fracasé la última vez que intenté entrar, Vin —dijo en cambio—. Nos acercamos, pero llegamos con demasiada facilidad. Cuando llegamos, había inquisidores ante la sala. Esperándonos.

—¿Alguien los avisó de vuestra llegada?

Kelsier asintió.

—Planeamos durante meses ese trabajo. Nos sentíamos muy confiados, pero teníamos buenos motivos. Mare y yo éramos los mejores... el trabajo tendría que haber sido perfecto. —Kelsier hizo una pausa, luego se volvió hacia Vin—. Esta noche no he planeado nada. Vamos a entrar sin más... silenciaremos a quien intente detenernos y luego irrumpiremos en esa sala.

Vin no dijo nada, sintiendo el frío del agua de la lluvia en sus manos y brazos. Luego asintió.

Kelsier le dedicó una leve sonrisa.

—¿No hay objeciones?

Vin negó con la cabeza.

—Te he obligado a traerme. No estaría bien que ahora pusiera pegas.

Kelsier se echó a reír.

—Supongo que he estado frecuentando demasiado tiempo a Brisa. No me siento bien a menos que alguien me diga que estoy loco.

Vin se encogió de hombros. Sin embargo, mientras se movían por el tejado, la sintió de nuevo: la sensación de depresión que procedía de Kredik Shaw.

—Hay algo, Kelsier —dijo—. El palacio parece... raro, de algún modo.

—Es el lord Legislador —dijo Kelsier—. Como si fuera un aplacador increíblemente poderoso, suaviza las emociones de todos los que se le acercan. Enciende tu cobre: eso te hará inmune.

Vin asintió y quemó cobre. Inmediatamente la sensación desapareció.

—¿Bien? —preguntó Kelsier.

Ella volvió a asentir.

—Muy bien, pues —dijo él, dándole un puñado de monedas—. Permanece cerca de mí y mantén tu atium a mano... por si acaso.

Dicho esto se lanzó desde lo alto del tejado. Vin lo siguió, los flecos de su capa esparciendo agua de lluvia. Quemó peltre mientras caía y golpeó el suelo con sus piernas reforzadas por la alomancia.

Kelsier echó a correr y ella lo siguió. Su velocidad por el empedrado húmedo hubiese sido peligrosa sin sus músculos impulsados por el peltre que reaccionaban con precisión, fuerza y equilibrio. Corrió en medio de la noche húmeda y brumosa, quemando estaño y cobre: uno para ver, el otro para esconderse.

Kelsier rodeó el complejo del palacio. Curiosamente, no tenía muralla exterior. *Pues claro que no. ¿Quién se atrevería a atacar al lord Legislador?*

Un espacio llano, empedrado, era todo lo que rodeaba la Colina de las Mil Torres. Ningún árbol, planta o estructura de madera para distraer la mirada de la perturbadora y asimétrica colección de alas, torres y agujas que era Kredik Shaw.

—Allá vamos —susurró Kelsier, pero su voz llegó a los oídos amplificados por el estaño de Vin. Se volvió, corriendo directamente hacia una sección cuadrada del palacio, parecida a un búnquer. Mientras se acercaban, Vin vio un par de guardias junto a una puerta ornamentada e imponente.

Kelsier saltó sobre ambos en un destello, abatiendo a uno con un golpe de cuchillo. El segundo hombre trató de gritar, pero Kelsier saltó y lo golpeó en el pecho con ambos pies. Lanzado hacia un lado por la patada inhumanamente fuerte, el guardia chocó contra la pared y se desplomó al suelo. Kelsier se incorporó un segundo más tarde, cargó su peso contra la puerta y la abrió.

La tenue luz de un farol se escapaba del interior de un pasillo de piedra. Kelsier atravesó la puerta. Vin redujo su estaño y lo siguió a la carrera, el corazón martilleando. Nunca en toda su vida como ladrona había hecho algo parecido. Su vida había estado plagada de timos y hurtos, no de incursiones y asaltos. Mientras seguía a Kelsier pasillo abajo y sus capas dejaban un rastro mojado en el liso suelo de piedra, Vin desenfundó nerviosa una daga de cristal, aferrando el mango envuelto en cuero con la mano sudada.

Un hombre apareció en el pasillo ante ellos, saliendo de lo que parecía ser una especie de sala para la guardia. Kelsier saltó y lo golpeó en el estómago con el codo y luego lo hizo chocar contra la pared. Mientras el guardia se desplomaba, Kelsier entró en la habitación.

Vin lo siguió y se encontró en medio del caos. Kelsier tiró de un candelabro de metal del rincón hasta que llegó a su mano, luego empezó a girar con él, abatiendo a soldado tras soldado. Los guardias gritaron, se pusieron en movimiento y echaron mano a los bastones que había a un lado de la habitación. Una mesa con platos a medio comer fue empujada a un lado mientras intentaban abrir espacio.

Un soldado se volvió hacia Vin y ella reaccionó sin pensar. Quemó acero y arrojó un puñado de monedas. Empujó y los proyectiles salieron disparados hacia delante, desgarrando la carne del guardia y haciéndolo caer.

Quemó hierro, tirando de las monedas hacia su mano. Se volvió con el puño ensangrentado, roció la habitación de metal y tumbó a tres soldados. Kelsier acabó con el último con su porra improvisada.

Acabo de matar a cuatro hombres, pensó Vin, aturdida. En el pasado Reen siempre se había encargado de hacerlo.

Oyó un ruido detrás. Vin se volvió y vio otro grupo de soldados que entraba por una puerta situada frente a ella. A su lado, Kelsier soltó su candelabro y dio un paso al frente. Las cuatro lámparas de la habitación saltaron de pronto de sus monturas y se precipitaron hacia él. Kelsier se apartó para que chocaran entre ellas.

La habitación quedó a oscuras. Vin quemó estaño y sus ojos se adaptaron a la luz del pasillo. Los guardias, sin embargo, se detuvieron.

Kelsier se plantó entre ellos un segundo más tarde. Las dagas destellaron en la oscuridad. Los hombres gritaron. Luego todo fue silencio.

Vin se encontraba rodeada de muerte, con las monedas ensangrentadas resbalando entre sus dedos aturdidos. Sin embargo, sujetaba con fuerza su daga... aunque solo fuera para reafirmar su tembloroso brazo.

Kelsier le puso una mano en el hombro y ella dio un salto.

—Eran hombres malvados, Vin —dijo—. Todos los skaa saben en el fondo de su corazón que el mayor de los crímenes es tomar las armas en defensa del Imperio Final.

Vin asintió, aturdida. Se sentía... mal. Tal vez fuera por los muertos, pero ahora que estaba dentro del edificio, hubiese jurado que aún sentía el poder del lord Legislador. Algo parecía empujar sus emociones deprimiéndola a pesar del cobre.

—Vamos. Tenemos poco tiempo. —Kelsier echó a correr de nuevo, saltando ágilmente por encima de los cadáveres, y Vin lo siguió.

Lo he obligado a traerme, pensó. *Quería luchar, como él. Voy a tener que acostumbrarme a esto.*

Llegaron corriendo a un segundo pasillo y Kelsier saltó al aire, se agazapó un instante y salió despedido hacia delante. Vin hizo lo mismo, saltando, buscando un anclaje más adelante y usándolo para impulsarse.

Los pasillos laterales pasaban veloces, el aire aullaba en sus oídos amplificados por el estaño. Delante aparecieron dos soldados. Kelsier golpeó a uno con los pies, luego dio una voltereta y clavó una daga en el cuello del otro. Ambos hombres cayeron.

No hay metal, pensó Vin, cayendo al suelo. *Ninguno de los guardias de este palacio usa metal*. Mataneblinos, se llamaban. Hombres entrenados para combatir a los alománticos.

Kelsier se desvió por un pasillo lateral y Vin tuvo que acelerar para no perderlo. Avivó peltre y obligó a sus piernas a moverse más rápido. Por delante, Kelsier se detuvo y Vin se paró tras él de golpe. A su derecha había un arco que brillaba con una luz mucho más resplandeciente que la de las pequeñas lámparas del pasillo. Vin apagó su estaño y siguió a Kelsier traspasando el arco y adentrándose en la sala.

Seis braseros ardían en las esquinas de la gran cámara abovedada. En contraste con los sencillos pasillos, la sala estaba cubierta de murales grabados en plata. Cada uno representaba obviamente al lord Legislador; eran como las vidrieras que había visto antes, pero menos abstractas. Vio una montaña. Una gran caverna. Una mancha de luz.

Y algo muy oscuro.

Kelsier avanzó y Vin se dio la vuelta. El centro de la sala quedaba dominado por una pequeña estructura; un edificio dentro del edificio. Adornado, con piedra tallada y pautas intrincadas, el edificio de una sola planta se alzaba reverente ante ellos. En conjunto, la cámara silenciosa y vacía le produjo a Vin una extraña sensación de solemnidad.

Kelsier avanzó, pisando con sus pies descalzos el liso mármol negro. Vin lo siguió, agazapada y nerviosa: la sala parecía vacía, pero tenía que haber otros guardias. Kelsier se acercó a una gran puerta de roble que había en el edificio interior, su superficie tallada con letras que Vin no reconoció. Abrió la puerta.

Dentro había un inquisidor de acero. La criatura sonrió, frunciendo los labios en una escalofriante expresión bajo los dos enormes clavos que perforaban sus ojos.

Kelsier se detuvo un instante.

—¡Vin, corre! —gritó entonces, mientras la mano del inquisidor salía disparada y lo agarraba por el cuello.

Vin no reaccionó. A los lados, vio llegar a otros dos inquisidores vestidos de negro dando zancadas a través de los arcos. Altos, delgados y calvos, también llevaban los clavos y los intrincados tatuajes del Ministerio en torno a los ojos.

El inquisidor más cercano alzó a Kelsier sujeto por el cuello.

—Kelsier, el Superviviente de Hathsin —dijo la criatura con voz rechinante. Luego se volvió hacia Vin—. Y... tú. Te he estado buscando. Dejaré que este muera rápidamente si me dices qué noble te engendró, mestiza.

Kelsier tosió, debatiéndose por respirar mientras se agitaba bajo la tenaza de la criatura. El inquisidor se dio media vuelta y miró a Kelsier con sus ojos perforados por los clavos. Kelsier volvió a toser, como si tratara de decir algo, y el inquisidor, curioso, lo atrajo un poco más hacia sí.

La mano de Kelsier clavó una daga en el cuello de la criatura. Mientras el inquisidor se tambaleaba, Kelsier golpeó con el puño su antebrazo y le rompió el hueso. El inquisidor lo soltó y Kelsier cayó tosiendo al resplandeciente suelo de mármol.

Jadeando en busca de aire, miró a Vin con expresión frenética.

—¡Te he dicho que corras! —espetó, y le lanzó algo.

Vin se detuvo a atrapar la bolsa de las monedas. Sin embargo, se agitó súbitamente en el aire, disparada hacia delante. Bruscamente, advirtió que no se la estaba lanzando sino que la había arrojado contra ella.

La bolsa la golpeó en el pecho. Empujada por la alomancia de Kelsier, proyectó a Vin hasta el otro lado de la sala, dejando atrás a los dos sorprendidos inquisidores, hasta que cayó despatarrada al suelo y siguió resbalando sobre el mármol.

Vin alzó la cabeza, todavía mareada. En la distancia, Kelsier se puso en pie. Sin embargo, el principal inquisidor no parecía muy preocupado por la daga de su cuello. Los otros dos se encontraban entre ella y Kelsier. Uno se volvió y Vin se quedó helada por su horripilante y antinatural mirada.

—¡CORRE!

La palabra resonó en la cámara abovedada. Y esta vez, por fin, surtió efecto.

Vin se puso en pie. El miedo la aturdía, le gritaba, la obligaba a moverse. Corrió hacia el pasillo más cercano, sin saber si era por el que habían venido. Agarró la bolsa de monedas de Kelsier y quemó hierro, buscando frenéticamente un anclaje en el pasillo.

¡Tengo que escapar!

Agarró el primer trozo de metal que vio y tiró, despegándose del suelo. Se lanzó por el pasillo a velocidad descontrolada, el terror avivaba su hierro.

De pronto se sacudió y todo giró. Golpeó el suelo de mala manera, su cabeza chocó contra la burda piedra y se quedó allí aturdida, preguntándose qué había sucedido. La bolsa de monedas... Alguien había tirado de ella usando su metal para obligarla a retroceder.

Vin se dio la vuelta y vio una forma oscura abalanzándose hacia ella por el pasillo. La túnica del inquisidor revoloteó cuando se posó a corta distancia. Avanzó, el rostro impasible.

Vin avivó estaño y peltre, despejando su mente y apartando el dolor. Lanzó unas cuantas monedas, empujándolas contra el inquisidor.

Él alzó una mano y las monedas se detuvieron en el aire. El propio empujón de Vin de repente la impulsó hacia atrás y cayó al suelo, resbalando contra las piedras.

Oyó las monedas resonar en el suelo mientras se detenía. Sacudió la cabeza, con una docena de nuevos moratones ardiéndole por todo el cuerpo. El inquisidor pasó por encima de las monedas esparcidas, caminando hacia ella a ritmo veloz.

¡Tengo que escapar! Incluso Kelsier había temido enfrentarse a un inquisidor. Si él no podía combatir a uno, ¿qué posibilidad tenía ella?

Ninguna. Soltó la bolsa y se puso en pie, luego echó a correr y se metió por la primera puerta abierta que vio. La habitación a la que accedió estaba vacía, pero en el centro se alzaba un altar dorado. Entre el altar, los cuatro candelabros en las esquinas y el resto de ornamentos religiosos, estaba abarrotada.

Vin se volvió y tiró de un candelabro atrayéndolo hasta sus manos, recordando el truco de Kelsier de antes. El inquisidor entró en la habitación y, casi divertido, alzó una mano y le arrancó el candelabro con un sencillo tirón alomántico.

¡Es tan fuerte!, pensó Vin con horror. Debía de estar reforzándose tirando contra las abrazaderas de las linternas que tenía detrás. Sin embargo, la fuerza de su tirón de hierro era mucho más poderosa que la de Kelsier.

Vin saltó, empujándose por encima del altar. En la puerta, el inquisidor extendió el brazo hacia un cuenco situado encima de una columna baja y sacó lo que parecían ser un puñado de pequeños triángulos de metal. Eran afilados y cortaron la mano de la criatura en una docena de sitios diferentes. Hizo caso omiso a las heridas y alzó de sopetón la mano ensangrentada hacia ella.

Vin gritó y se ocultó detrás del altar mientras las piezas de metal chocaban contra la pared del fondo.

—Estás atrapada —dijo el inquisidor con voz rechinante—. Ven conmigo.

Vin miró a un lado. No había otras puertas. Asomó la cabeza mirando al inquisidor y una pieza de metal corrió hacia su cara. Empujó contra ella, pero el inquisidor era demasiado fuerte. Tuvo que esquivar y dejar que el metal pasara, o de lo contrario la hubiese clavado contra la pared.

Necesito algo para bloquearlo. Algo que no esté hecho de metal.

Mientras oía al inquisidor entrar en la habitación, encontró lo que necesitaba: un gran libro encuadernado en cuero situado junto al altar. Lo tomó, luego hizo una pausa. No tenía sentido morir rica. Echó mano al frasquito de Kelsier, apuró el atium y lo quemó.

La sombra del inquisidor rodeó el altar y el inquisidor real la siguió un segundo más tarde. La sombra de atium abrió la mano y una lluvia de diminutas dagas traslúcidas voló hacia ella.

Vin alzó el libro cuando las dagas reales la siguieron. Agitó el libro a través del rastro de cada sombra justo cuando las dagas de verdad volaban hacia ella. Las detuvo todas y sus bordes afilados y dentados se clavaron profundamente en la tapa de cuero del libro.

El inquisidor se detuvo y ella obtuvo la recompensa de ver una expresión confundida en su rostro retorcido. Entonces un centenar de imágenes-sombra salieron disparadas de su cuerpo.

¡Lord Legislador!, pensó Vin. También él tenía atium.

Sin detenerse a preocuparse por lo que eso significaba, Vin saltó por encima del altar, llevándose el libro como protección contra nuevos proyectiles. El inquisidor giró, los ojos de clavos siguiéndola mientras se escabullía por el pasillo.

Un pelotón de soldados la esperaba. Sin embargo, todos tenían una sombra-futura. Vin pasó entre ellos sin apenas ver dónde caían sus armas, evitando de algún modo los ataques de doce hombres diferentes. Y, durante un instante, casi olvidó el dolor y el miedo, sustituidos por una increíble sensación de poder. Fue esquivando sin esfuerzo los bastones que intentaban alcanzarla y fallaban por apenas unos centímetros. Era invencible.

Se abrió paso entre las filas de hombres, sin molestarse en matarlos ni herirlos: solo quería escapar. Cuando dejó atrás al último, dobló una esquina.

Y un segundo inquisidor, el cuerpo rebosando de imágenes-sombra, avanzó un paso y la golpeó con algo afilado en el costado.

Vin jadeó de dolor. Hubo un sonido aterrador cuando la criatura liberó el arma de su cuerpo: era un palo de madera con afiladas puntas de obsidiana. Vin se llevó la mano al costado, se tambaleó hacia atrás, sintió una enorme cantidad de sangre caliente manar de la herida.

El inquisidor le resultaba familiar. *El primero, el de la otra sala*, pensó a través del dolor. *¿Significa... significa eso que Kelsier ha muerto?*

—¿Quién es tu padre? —preguntó el inquisidor.

Vin mantuvo la mano en el costado, tratando de detener la sangre. Era una herida grande. Una herida mala. Las había visto antes. Siempre mataban.

Sin embargo, todavía estaba en pie. *Peltre*, pensó su mente confusa. *¡Aviva peltre!*

Así lo hizo, y el metal le dio fuerza a su cuerpo permitiéndole seguir en pie. Los soldados se apartaron para dejar que el segundo inquisidor se le acercara por el flanco. Vin miró horrorizada a ambos inquisidores que se cernían sobre ella mientras la sangre corría entre sus dedos y por su costado. El primer inquisidor todavía llevaba el arma parecida a un hacha, el filo manchado de sangre. Su sangre.

Voy a morir, pensó aterrorizada.

Y entonces la oyó. Lluvia. Era débil, pero sus oídos amplificados por el estaño la captaron tras ella. Se dio media vuelta, se abalanzó por una puerta y vio un pasillo ancho al otro lado. La bruma se arremolinaba en el suelo y la lluvia golpeaba las piedras del exterior.

Los guardias deben de haber llegado por ahí, pensó. Mantuvo el peltre encendido, sorprendida por lo bien que funcionaba aún su cuerpo, y salió dando tumbos a la lluvia, sujetando por instinto el libro de cuero contra su pecho.

—¿Tratas de escapar? —preguntó el primer inquisidor desde atrás, divertido.

Aturdida, Vin se volvió hacia el cielo y tiró de una de las muchas torres del palacio. Oyó al inquisidor maldecir mientras se lanzaba al aire y se perdía en la noche oscura.

Las mil torres giraron a su alrededor. Tiró de una, luego pasó a otra. La lluvia era fuerte y volvía negra la noche. No había bruma que reflejara la luz ambiental y las estrellas estaban ocultas por las nubes. Vin no podía ver adónde iba: tenía que usar la alomancia para captar las puntas metálicas de las torres, y esperar que no hubiera nada en medio.

Chocó con una torre, se agarró y se detuvo. *Tengo que vendarme la herida*, pensó débilmente. Estaba empezando a marearse y sentía la cabeza aturdida a pesar del peltre y el estaño.

Algo chocó contra la torre que había encima y oyó un gruñido. Vin se apartó con un empujón alomántico mientras notaba el aire moverse por un tajo del inquisidor a su lado.

Solo tenía una oportunidad. A medio salto, tiró para desviarse a un lado, hacia una torre diferente. Al mismo tiempo, empujó contra el libro que tenía en la mano, pues aún tenía pedacitos de metal clavados en la portada. El libro continuó en la dirección que ella seguía, las líneas de metal brillando sin fuerza a la luz. Era el único metal que llevaba encima.

Vin llegó a la siguiente torre, tratando de hacer el menor ruido posible. Escrutó la noche, quemando estaño, mientras la lluvia se convertía en un trueno en sus oídos. Por encima, le pareció escuchar el claro sonido de algo que golpeaba una torre en la dirección hacia donde había empujado el libro.

El inquisidor había picado. Vin suspiró, colgando en la torre, empapada por la lluvia. Se aseguró de que su cobre estuviera aún ardiendo, tiró con suavidad de la torre para sujetarse y desgarró una tira de camisa para vendarse la herida. A pesar de su mente aturdida, no pudo dejar de advertir lo grande que era el tajo.

Ay, Señor, pensó. Sin peltre, hubiese caído inconsciente hacía un buen rato. Debería estar muerta.

Algo sonó en la oscuridad. Vin sintió un escalofrío y alzó la cabeza. Todo era negro a su alrededor.

No es posible. No puede...

Algo chocó contra su torre. Vin soltó un grito. Tiró de otra torre, la capturó débilmente e inmediatamente se impulsó de nuevo. El inquisidor la siguió, y su avance resonaba mientras saltaba de torre en torre tras ella.

Me ha encontrado. No podía verme, ni oírme, ni sentirme. Pero me ha encontrado.

Vin alcanzó una torre, se agarró con una mano y quedó colgando en la noche. Sus fuerzas casi se habían agotado. *Tengo... que huir... esconderme...*

Sentía las manos abotargadas y la mente casi igual. Sus dedos resbalaron del metal frío y mojado de la torre y se sintió caer a la oscuridad.

Cayó con la lluvia.

Sin embargo, solo recorrió una breve distancia antes de golpear algo duro: el tejado de una zona particularmente alta del palacio. Aturdida, se puso de rodillas y se arrastró en busca de una esquina.

Escóndete... escóndete... escóndete...

Se arrastró débilmente hasta el hueco formado por otra torre. Se agazapó en el oscuro rincón, en medio de un charco de agua manchada de ceniza, abrazada a sí misma. Su cuerpo estaba mojado por la lluvia y la sangre.

Pensó, durante apenas un momento, que tal vez había escapado.

Una sombra oscura saltó al tejado. La lluvia remitía y el estaño permitió ver a Vin una cabeza con dos clavos, un cuerpo envuelto en una oscura túnica.

Estaba demasiado débil para moverse, demasiado débil para hacer otra cosa que tiritar en el charco de agua, con la ropa pegada a la piel. El inquisidor se volvió hacia ella.

—Eres una criatura pequeña y problemática —dijo. Avanzó un paso, pero Vin apenas podía oír sus palabras.

Volvía a oscurecer... no, era solo su mente. Su visión se ensombrecía, cerraba los ojos. La herida ya no le dolía. Ni siquiera... podía... pensar.

Un sonido, como de ramas quebradas.

Entonces unos brazos la agarraron. Brazos cálidos, no los brazos de la muerte. Se obligó a abrir los ojos.

—¿Kelsier? —susurró.

Pero no era la cara de Kelsier la que le devolvió la mirada, marcada por la preocupación. Era una cara distinta, más amable. Ella suspiró aliviada, perdiendo el sentido mientras los fuertes brazos la acercaban y la hacían sentirse extrañamente a salvo en medio de las terribles tormentas de la noche.

No sé por qué me traicionó Kwaan. Incluso así, este hecho acosa mis pensamientos. Fue él quien me descubrió; él fue el filósofo de Terris que me llamó primero Héroe de las Eras. Parece irónicamente surrealista que ahora, después de su larga pugna por convencer a sus colegas, sea el único hombre santo terrisano de importancia que predica contra mi reino.

15

—¿Dejaste que te acompañara? —preguntó Dockson, irrumpiendo en la sala—. ¿Te llevaste a Vin a Kredik Shaw? ¿Estás loco de remate?

—Sí —replicó Kelsier—. Has tenido razón todo el tiempo. Estoy loco. Soy un lunático. ¡Tal vez debería haber muerto en los Pozos y no haber vuelto jamás para molestaros a ninguno!

Dockson se detuvo, sorprendido por la fuerza de las palabras de Kelsier, quien dio un puñetazo en la mesa lleno de frustración, quebrando la madera por la fuerza del golpe. Seguía quemando peltre, el metal que le ayudaba a resistir sus diversas heridas. Su capa de bruma yacía hecha jirones y tenía en el cuerpo media docena de cortes de poca gravedad. Todo el costado derecho le ardía de dolor. Tendría una magulladura enorme allí, y tendría suerte si no se había roto ninguna costilla.

Kelsier avivó el peltre. El fuego en su interior le sentó bien: le proporcionaba un foco para la ira y el asco que sentía por sí mismo. Uno de los aprendices trabajaba con rapidez, tratando de vendarle la herida más grande. Clubs estaba sentado junto a Ham en un rincón de la cocina; Brisa estaba fuera, en uno de los suburbios.

—Por el lord Legislador, Kelsier —dijo Dockson en voz baja.

Incluso Dockson, pensó Kelsier. *Incluso mis más viejos amigos juran en nombre del lord Legislador. ¿Qué estamos haciendo? ¿Cómo podemos enfrentarnos a esto?*

—Había tres inquisidores esperándonos, Dox.

Dockson palideció.

—¿Y la *dejaste* allí?

—Ella escapó antes de que yo lo hiciera. Traté de distraer a los inquisidores todo lo que pude, pero...

—¿Pero?

—Uno de ellos la siguió. No pude impedirlo... Quizá los otros dos inquisidores tan solo han intentado mantenerme ocupado para que su compañero pudiera encontrarla.

—Tres inquisidores —dijo Dockson, aceptando una copa de brandy que le ofrecía uno de los aprendices. La apuró.

—Debimos de hacer mucho ruido al entrar —dijo Kelsier—. Eso, o ya estaban allí por algún motivo. ¡Y seguimos sin saber qué hay en esa sala!

Todos guardaron silencio en la cocina. La lluvia en el exterior volvió a arreciar, asaltando el edificio con furia vengativa.

—Bueno... —dijo Ham—. ¿Qué ha sido de Vin?

Kelsier miró a Dockson, y vio pesimismo en sus ojos. Kelsier había escapado a duras penas y tenía años de entrenamiento. Si Vin estaba todavía en Kredik Shaw...

Kelsier sintió un agudo dolor en el pecho. *La dejaste morir también. Primero, Mare; luego, Vin. ¿A cuántos más llevarás a la muerte antes de que esto acabe?*

—Puede que esté oculta en algún lugar de la ciudad —dijo Kelsier—. Temerosa de venir al taller porque los inquisidores la están buscando. O... tal vez por algún motivo haya vuelto a Fellise.

Tal vez esté en alguna parte ahí fuera, muriendo sola bajo la lluvia.

—Ham —dijo Kelsier—, tú y yo vamos a volver al palacio. Dox, con Lestibournes, visitad a otras bandas de ladrones. Tal vez uno de sus vigías haya visto algo. Clubs, envía a un aprendiz a la Mansión Renoux para ver si ha vuelto allí.

El solemne grupo empezó a moverse, pero Kelsier no necesitó decir lo obvio. Ham y él no podrían acercarse a Kredik Shaw sin toparse con patrullas de guardia. Aunque Vin estuviera ocultándose en algún lugar de la ciudad, lo más probable era que los inquisidores la encontrasen antes. Ellos habrían...

Kelsier se detuvo y su súbito movimiento hizo que los otros lo imitaran. Había oído algo.

Sonaron pasos apresurados mientras Lestibournes bajaba corriendo las escaleras y entraba en la habitación, completamente empapado por la lluvia.

—¡Viene alguien! ¡En la noche en avisando!

—¿Vin? —preguntó Ham, esperanzado.

Lestibournes negó con la cabeza.

—Hombre grande. Túnica.

Ya está, entonces. He causado la muerte de la banda... He traído a los inquisidores hasta aquí.

Ham se puso en pie y empuñó una vara de madera. Dockson sacó un par de dagas y los seis aprendices de Clubs se dirigieron al fondo de la habitación con el espanto en los ojos.

Kelsier avivó sus metales.

La puerta trasera de la cocina se abrió. Una forma alta y oscura, con una túnica mojada, se alzaba bajo la lluvia. Y llevaba en sus brazos una figura envuelta en tela.

—¡Sazed!

—Está malherida —dijo Sazed, entrando rápidamente en la habitación, su elegante túnica chorreando—. Maese Hammond, necesito peltre. Su suministro está agotado, creo.

Ham se abalanzó mientras Sazed depositaba a Vin sobre la mesa de la cocina. Tenía la piel pegajosa y pálida y estaba totalmente empapada.

Es tan pequeña, pensó Kelsier. *Apenas poco más que una niña. ¿Cómo se me ha ocurrido llevarla conmigo?*

Tenía una enorme herida ensangrentada en el costado. Sazed dejó algo a un lado, un libro enorme que había llevado en brazos debajo de Vin, y aceptó un frasco de Hammond. Lo abrió y vertió el líquido en la garganta de la muchacha inconsciente. La habitación permaneció en silencio mientras el sonido de la lluvia seguía llegando por la puerta todavía abierta.

El rostro de Vin cobró un poco de color y su respiración pareció estabilizarse. Para los sentidos alománticos potenciados por el bronce de Kelsier, empezó a emitir un suave pulso no muy distinto a un segundo latido.

—Ah, bien —dijo Sazed, deshaciendo el vendaje improvisado de Vin—. Temí que su cuerpo estuviera demasiado poco familiarizado con la alomancia para quemar metales inconscientemente. Hay esperanza, creo. Maese Cladent, necesito una olla de agua hirviendo, vendas y la bolsa médica de mis habitaciones. ¡Rápido!

Clubs asintió e indicó a sus aprendices que trajeran lo que se había pedido. Kelsier dio un respingo mientras observaba el trabajo de Sazed. La herida era grave, peor que ninguna a las que él mismo había sobrevivido. El corte le llegaba hasta el intestino: el tipo de herida que mataba lenta pero inevitablemente.

Vin, sin embargo, no era una persona corriente: el peltre mantenía vivo a un alomántico mucho después de que su cuerpo hubiera cedido. Además, Sazed no era un curandero cualquiera. Los ritos religiosos no eran lo único que los guardadores almacenaban en su sorprendente memoria; sus mentes de metal contenían enormes tesoros de información sobre cultura, filosofía y ciencia.

Clubs echó a sus aprendices de la habitación cuando empezó la operación. El procedimiento requirió una alarmante cantidad de tiempo, con Ham aplicando presión a la herida mientras Sazed cosía lentamente el interior de Vin. Por fin, cerró la herida exterior, aplicó un vendaje limpio y luego le pidió a Ham que llevara con cuidado a la muchacha a su cama.

Kelsier se levantó, viendo cómo Ham sacaba de la cocina el cuerpo débil y flácido de Vin. Luego se volvió hacia Sazed con expresión interrogativa. Dockson, la otra única persona presente, estaba sentado en un rincón.

Sazed negó gravemente con la cabeza.

—No sé, maese Kelsier. Podría sobrevivir. Tendremos que suministrarle peltre... Eso ayudará a su cuerpo a crear nueva sangre. Incluso así, he visto a muchos hombres fuertes morir por heridas más pequeñas que esta.

Kelsier asintió.

—Creo que llegué demasiado tarde —dijo Sazed—. Cuando descubrí que se había marchado de la Mansión Renoux, vine a Luthadel lo más rápido que pude. Usé toda una mente de metal para hacer el viaje rápidamente. Y aun así, llegué tarde...

—No, amigo mío. Lo has hecho bien esta noche. Mucho mejor que yo.

Sazed suspiró y luego acarició con la mano el gran libro que había apartado antes de iniciar la operación. El tomo estaba manchado de lluvia y sangre. Kelsier lo miró, frunciendo el ceño.

—¿Qué es eso?

—No lo sé —respondió Sazed—. Lo encontré en el palacio, mientras buscaba a la muchacha. Está escrito en khlenni.

Khlenni, el lenguaje de Khlennium, la antigua tierra del lord Legislador, antes de la Ascensión. Kelsier se acercó.

—¿Puedes traducirlo?

—Tal vez —dijo Sazed, y de repente pareció muy cansado—. Pero... no por ahora, creo. Después de esta noche, necesitaré descansar.

Kelsier asintió y llamó a uno de los aprendices para que preparara una habitación para Sazed. El terrisano hizo un gesto de agradecimiento y empezó a subir cansinamente las escaleras.

—Ha salvado algo más que la vida de Vin esta noche —dijo Dockson, acercándose a Kelsier—. Lo que has hecho es una estupidez, incluso para ti.

—Tenía que saberlo, Dox. Tenía que volver. ¿Y si el atium está allí?

—Dijiste que no lo está.

—Lo dije y estoy casi seguro. Pero ¿y si me equivoco?

—Eso no es excusa —dijo Dockson, enfadado—. Ahora Vin se está muriendo y el lord Legislador sabe que existimos. ¿No fue suficiente que causaras la muerte de Mare intentando entrar en esa sala?

Kelsier estaba demasiado agotado para sentir ninguna ira. Suspiró y se sentó.

—Hay más, Dox.

Dockson frunció el ceño.

—He evitado hablar del lord Legislador a los demás, pero... estoy preocupado. El plan es bueno, pero tengo esta terrible sensación ominosa de que nunca tendremos éxito mientras él viva. Podremos robar su dinero, podremos quitarle sus ejércitos, podremos expulsarlo de la ciudad... pero sigue preocupándome no poder detenerlo.

Dockson frunció el ceño.

—¿Entonces hablas en serio de ese Undécimo metal?

Kelsier asintió.

—Llevo dos años buscando un modo de matarlo. Los hombres lo han intentado todo. No le afectan las heridas normales y la decapitación solo le molesta. Un grupo de soldados incendió la posada donde se alojaba durante una de las primeras guerras. El lord Legislador salió de allí siendo apenas un esqueleto y luego sanó en cuestión de segundos.

»Solo las historias del Undécimo metal ofrecían alguna esperanza ¡Pero no puedo hacerlo funcionar! Por esto he tenido que volver al palacio. El lord Legislador esconde algo en esa sala, puedo sentirlo. No puedo dejar de pensar que, si supiéramos qué es, lograríamos detenerlo.

—No tenías que llevarte a Vin contigo.

—Me siguió —dijo Kelsier—. Me preocupaba que intentara entrar por su cuenta, así que se lo permití. La chica es testaruda, Dox... Lo oculta bien, pero es enormemente obstinada cuando quiere serlo.

Dockson suspiró, y luego asintió lentamente.

—Y seguimos sin saber qué hay en esa sala.

Kelsier miró el libro que Sazed había dejado sobre la mesa. La lluvia lo había manchado, pero el tomo obviamente había sido diseñado para durar. Estaba bien cerrado para impedir que la lluvia se colara dentro y la tapa era de cuero bien curtido.

—No, no lo sabemos —dijo Kelsier por fin. *Pero tenemos esto, sea lo que sea.*

—¿Ha merecido la pena, Kel? —preguntó Dockson—. Esa hazaña de locos, ¿ha merecido la pena realmente que estuvieran a punto de mataros, a ti y a la chica?

—No lo sé —contestó Kelsier con sinceridad. Se volvió hacia Dockson y miró a su amigo a los ojos—. Pregúntamelo cuando sepamos si Vin va a vivir o no.

FIN DE LA SEGUNDA PARTE

TERCERA PARTE

HIJOS DE UN SOL SANGRANTE

Muchos creen que mi viaje comenzó en Khlennium, esa gran ciudad de maravillas. Olvidan que yo no era rey cuando comenzó mi misión. Nada de eso.

Creo que los hombres harían bien recordando que esta tarea no la iniciaron emperadores, sacerdotes, profetas ni generales. No comenzó en Khlennium ni en Kordel, ni vino de las grandes naciones del este o del feroz imperio del oeste.

Comenzó en un pueblo pequeño y sin importancia cuyo nombre no significará nada para vosotros. Comenzó con un joven, hijo de un herrero, que no destacaba en nada... excepto, quizá, en su habilidad para meterse en líos.

Comenzó conmigo.

16

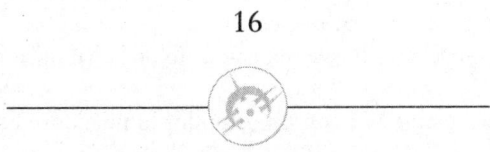

Cuando Vin despertó, el dolor le dijo que Reen había vuelto a golpearla. ¿Qué había hecho? ¿Se había mostrado demasiado amistosa con uno de los otros miembros de la banda? ¿Había hecho algún comentario tonto, despertando la ira del jefe? Tenía que permanecer callada, siempre callada, apartada de los demás, sin llamar nunca la atención. De lo contrario, él le pegaba. Tenía que aprender, decía. Tenía que aprender...

Pero su dolor parecía demasiado fuerte como para tratarse de eso. Había pasado mucho tiempo desde que podía recordar que algo le doliera tanto.

Tosió levemente, abrió los ojos. Yacía en una cama demasiado cómoda y un muchacho larguirucho estaba sentado en un silla junto a ella.

Lestibournes, pensó. Así se llama. *Estoy en el taller de Clubs.*

Lestibournes se puso en pie de un salto.

—¡Estás despierta!

Ella trató de hablar, pero solo volvió a toser, y el muchacho le dio a toda prisa un vaso de agua. Vin bebió agradecida, haciendo una mueca por el dolor que sentía interiormente. De hecho, parecía como si le hubieran golpeado a conciencia todo el cuerpo.

—Lestibournes —balbució por fin.

—En ná deso ahora —dijo él—. Kelsier me lo ha cambiao. Ahora me llamo Fantasma.

—¿Fantasma? —preguntó Vin—. Te viene bien. ¿Cuánto tiempo llevo dormida?

—Dos semanas —respondió el muchacho—. Espera aquí.

Se marchó corriendo y ella lo oyó llamar a alguien en la distancia.

¿Dos semanas? Bebió agua tratando de ordenar sus confusos recuerdos. El sol rojizo de la tarde asomaba por la ventana, iluminando la habitación. Puso a un lado el vaso, comprobó su costado y descubrió un gran vendaje blanco.

Ahí es donde me hirió el inquisidor, pensó. *Debería estar muerta.*

Tenía el costado magullado y lívido por el golpe en el tejado al caer y en su cuerpo una docena más de moratones, arañazos y cortes. En conjunto, se sentía terriblemente mal.

—¡Vin! —exclamó Dockson, entrando en la habitación—. ¡Estás despierta!

—Apenas —dijo Vin con un gruñido, tumbándose contra la almohada.

Dockson se echó a reír y se acercó para sentarse en el taburete de Lestibournes.

—¿Qué recuerdas?

—Casi todo, creo. Nos colamos en el palacio, pero había inquisidores. Nos persiguieron y Kelsier luchó... —Se detuvo, mirando a Dockson—. ¿Kelsier? ¿Está...?

—Kel está bien. Escapó del incidente en mejor estado que tú. Conoce bastante bien el palacio, por los planos que hicimos hace tres años y...

Vin frunció el ceño al ver que Dockson se callaba.

—¿Qué?

—Dijo que los inquisidores no parecían muy empeñados en matarlo. Uno se encargó de él y enviaron a otros dos a perseguirte.

¿Por qué?, pensó Vin. *¿Querrán concentrar primero su energía en el enemigo más débil? ¿O existe otro motivo?* Reflexionó, repasando los acontecimientos de aquella noche.

—Sazed —dijo por fin—. Me salvó. El inquisidor estaba a punto de matarme, pero... Dox, ¿qué es Sazed?

—¿Sazed? —dijo Dockson—. Supongo que esa pregunta debería dejar que la responda él.

—¿Está aquí?

Dockson negó con la cabeza.

—Tuvo que regresar a Fellise. Brisa y Kel siguen reclutando gente y Ham se marchó la semana pasada a inspeccionar nuestro ejército. No volverá al menos hasta dentro de un mes.

Vin asintió, mareada.

—Bébete el resto del agua —sugirió Dockson—. Tiene algo que te ayudará con el dolor.

Vin apuró el resto del vaso, luego se dio la vuelta y dejó que el sueño volviera a apoderarse de ella.

Kelsier estaba allí cuando despertó, sentado en el taburete junto a la cama, las manos unidas y los codos en las rodillas, observándola a la débil luz de una lámpara. Sonrió cuando ella abrió los ojos.

—Bienvenida.

Ella echó inmediatamente mano al vaso de agua que había en la mesita de noche.

—¿Cómo va el trabajo?

Él se encogió de hombros.

—El ejército crece y Renoux ha empezado a comprar armas y suministros. Tu sugerencia en lo referente al Ministerio resultó ser buena: encontramos al contacto de Theron y casi hemos negociado un trato que nos permitirá colocar a alguien como acólito.

—¿Marsh? —preguntó Vin—. ¿Lo hará él?

Kelsier asintió.

—Siempre ha sentido cierta... fascinación por el Ministerio. Si hay un skaa que pueda imitar a un obligador, es él.

Vin asintió y tomó un sorbo de agua. Había algo diferente en Kelsier. Era sutil, una leve alteración en sus aires y actitud. Las cosas habían cambiado durante su enfermedad.

—Vin —dijo Kelsier, vacilante—. Te debo una disculpa. Casi te matan por mi culpa.

Vin dio un leve resoplido.

—No es culpa tuya. Te obligué a llevarme.

—No debería haberlo permitido. Mi primera decisión, la de hacerte volver, fue adecuada. Por favor, acepta mis disculpas.

Vin asintió.

—¿Qué necesitas que haga ahora? El trabajo tiene que continuar, ¿no?

Kelsier sonrió.

—Por supuesto. En cuanto estés lista, me gustaría que volvieras a Fellise. Hemos difundido la historia de que lady Valette está enferma, pero empieza a haber rumores. Cuanto antes puedan verte en persona, mejor.

—Puedo ir mañana.

Kelsier se echó a reír.

—Lo dudo, pero podrás hacerlo pronto. Por ahora, solo descansa. —Se incorporó, dispuesto a marcharse.

—¿Kelsier? —preguntó Vin, deteniéndolo. Él se volvió a mirarla. Vin se esforzó para formular lo que quería decir—. El palacio... los inquisidores... No somos invencibles, ¿no?

Se ruborizó. Parecía una estupidez cuando lo decía de esa forma.

Kelsier, sin embargo, sonrió. Parecía comprender lo que ella quería decir.

—No, Vin —contestó en voz baja—. Distamos mucho de serlo.

Vin contemplaba el paisaje que desfilaba ante la ventanilla de su carruaje. El vehículo, enviado desde la Mansión Renoux, supuestamente había llevado a lady Valette a dar un paseo por Luthadel. En realidad no recogió a Vin hasta que se detuvo brevemente junto a la calle de Clubs. Ahora, sin embargo, tenía abiertas las ventanillas, mostrándose de nuevo al mundo... suponiendo que a alguien le importara.

El carruaje regresó a Fellise. Kelsier tenía razón: tuvo que descansar tres días más en el taller de Clubs antes de sentirse lo bastante fuerte para hacer el viaje. En parte había esperado tan solo porque temía tener que debatirse bajo los vestidos de noble con los brazos magullados y el costado herido.

Con todo, se sentía bien estando de nuevo en pie. Había algo... extraño en tener que estar recuperándose en cama. Tanto tiempo no se le daba a una ladrona corriente: los ladrones volvían pronto al trabajo o eran abandonados para que murieran. Los que no podían traer dinero para comer tampoco podían ocupar espacio en la guarida.

Pero esa no es la única forma en que vive la gente, pensó Vin. Todavía se sentía incómoda con ese conocimiento. A Kelsier y los demás no les había importado que ella agotara sus recursos, no habían explotado su debilidad, sino que la habían cuidado, velándola por turnos. El más notable de todos había sido Lestibournes. Vin ni siquiera creía conocerlo muy bien y, sin embargo, Kelsier le había contado que el muchacho se había pasado horas cuidándola durante su coma.

¿Qué se podía esperar de un mundo donde el jefe de la banda se preocupaba por los suyos? En los bajos fondos, cada persona era responsable de lo que le pasaba: el segmento más débil de la banda tenía que ser abandonado a su suerte para que los demás pudieran sobrevivir. Si una persona era capturada por el Ministerio, la abandonabas a su destino y esperabas que no te traicionara demasiado. No te preocupabas de si eras culpable de haberla puesto en peligro.

Están locos, respondió la voz de Reen. *Todo este plan acabará en desastre... y tu muerte será culpa tuya por no dejarlos cuando pudiste.*

Reen la abandonó cuando pudo. Tal vez sabía que los inquisidores la perseguirían por los poderes que poseía sin saberlo. Siempre comprendió cuándo tenía que marcharse: no era ningún accidente, pensó, que no hubiera acabado masacrado con el resto de la banda de Camon.

Y, sin embargo, ignoró las palabras de Reen, dejando que el carruaje la condujera hacia Fellise. No es que se sintiera completamente segura en su puesto en la banda de Kelsier. De hecho, en cierta manera su lugar entre esa gente la hacía sentirse más aprensiva. ¿Y si dejaban de necesitarla? ¿Y si se volvía inútil para ellos?

Tenía que demostrar que podía hacer lo que necesitaban que hiciera. Había bailes a los que asistir, una sociedad en la que infiltrarse. Tenía mucho trabajo que hacer; no podía permitirse pasarse más tiempo durmiendo.

Además, necesitaba regresar a sus sesiones de prácticas de alomancia. Solo habían hecho falta unos cuantos meses para que desarrollara una dependencia de sus poderes y anhelaba la libertad de saltar a través de las brumas, de tirar y empujar para abrirse paso a través de los cielos. Kredik Shaw le había enseñado que no era invencible... Pero la supervivencia de Kelsier con apenas un arañazo demostraba que era posible ser mucho mejor de lo que ella era. Vin necesitaba practicar, crecer en fuerza hasta que también pudiera escapar de los inquisidores como lo había hecho Kelsier.

El carruaje tomó una curva y se dirigió hacia Fellise. El familiar paisaje bucólico hizo que Vin sonriera. Se apoyó contra la ventanilla abierta, sintiendo la brisa. Con suerte, la gente de la calle comentaría que habían visto a lady Valette recorriendo la ciudad. Llegó a la Mansión Renoux poco después. Un sirviente abrió la puerta y Vin se sorprendió al ver que el mismísimo lord Renoux esperaba ante el carruaje para ayudarla a bajar.

—¿Mi señor? —dijo Vin, ofreciéndole la mano—. Sin duda tienes cosas más importantes que atender.

—Tonterías —respondió él—. Un lord debe tener tiempo para entretenerse con su sobrina favorita. ¿Qué tal el viaje?

¿Es que nunca se sale del personaje? No preguntó por la gente de Luthadel, ni dio muestra alguna de estar al corriente de sus heridas.

—Muy distraído, tío —dijo ella mientras subían las escalinatas hasta la mansión.

Vin agradeció que el peltre que ardía levemente en su estómago les diera fuerzas a sus piernas aún débiles. Kelsier le había advertido que no lo usara demasiado, no fuera a acabar dependiendo de su poder, pero no veía otra alternativa hasta que hubiera sanado.

—Magnífico —dijo Renoux—. Tal vez, cuando te encuentres mejor, deberíamos almorzar juntos en el balcón del jardín. Ha hecho calorcillo últimamente, a pesar de que se acerca el invierno.

—Eso sería muy agradable —contestó Vin.

Antes, el porte del noble impostor la impresionaba. Sin embargo, cuando ella adoptaba la personalidad de lady Valette experimentaba la misma calma que antes. Vin la ladrona no era nada para un hombre como Renoux, pero Valette la noble era otra cuestión.

—Muy bien —dijo Renoux, deteniéndose en la entrada—. Sin embargo, dejémoslo para otro día. Por ahora, seguro que prefieres descansar de tu viaje.

—Lo cierto, mi señor, es que me gustaría visitar a Sazed. Hay unos asuntos que me gustaría discutir con el mayordomo.

—Ah —dijo Renoux—. Lo encontrarás en la biblioteca, trabajando en uno de mis proyectos.

—Gracias.

Renoux asintió y se marchó, dando golpecitos con su bastón de duelo contra el blanco suelo de mármol. Vin frunció el ceño, tratando de decidir si estaba completamente cuerdo. ¿Podía alguien de verdad adoptar de manera tan absoluta otra personalidad?

Tú lo haces, se recordó. *Cuando te conviertes en lady Valette muestras un aspecto de ti misma completamente diferente.*

Se dio la vuelta, avivando peltre para que la ayudara a subir las escaleras del ala norte. Cuando llegó arriba, lo apagó. Como decía Kelsier, era peligroso mantener los metales avivados demasiado tiempo; un alomántico podía volverse rápidamente dependiente.

Inspiró varias veces. Subir las escaleras había sido difícil, incluso con la ayuda del peltre. Luego recorrió el pasillo hasta la biblioteca. Sazed estaba sentado a un escritorio junto a un pequeño brasero de carbón en el extremo de la pequeña sala, escribiendo en un cuaderno. Llevaba su ropa habitual de mayordomo y un par de finas gafas en el puente de la nariz.

Vin se detuvo en la puerta y contempló al hombre que le había salvado la vida. *¿Por qué lleva gafas? Lo he visto leer sin ellas.* Parecía completamente absorto en su trabajo, estudiando periódicamente un gran tomo que había sobre la mesa y volviéndose luego para tomar notas en su cuaderno.

—Eres alomántico —dijo Vin en voz baja.

Sazed se detuvo, luego soltó su pluma y se volvió.

—¿Qué te hace decir eso, señora Vin?

—Llegaste a Luthadel demasiado rápido.

—Lord Renoux mantiene varios rápidos caballos mensajeros en sus establos. Podría haber cogido uno.

—Me encontraste en el palacio.

—Kelsier me contó sus planes y supuse con acierto que lo habías seguido. Localizarte fue un golpe de suerte, aunque casi tardé demasiado tiempo en conseguirlo.

Vin frunció el ceño.

—Mataste al inquisidor.

—¿Matarlo? —preguntó Sazed—. No, señora. Hace falta mucho más poder del que yo poseo para matar a una de esas monstruosidades. Me limité a... distraerlo, sin más.

Vin se quedó un momento más en la puerta, tratando de dilucidar por qué Sazed se mostraba tan ambiguo.

—Bien, ¿eres alomántico o no?

Él sonrió y luego sacó un taburete de debajo de la mesa.

—Por favor, siéntate.

Vin hizo lo que le pedía, cruzó la sala y se sentó en el taburete, de espaldas a una enorme estantería.

—¿Qué pensarías si te dijera que no soy alomántico? —preguntó Sazed.

—Pensaría que estás mintiendo.

—¿Te he mentido alguna vez?

—Los mejores mentirosos son aquellos que dicen la verdad la mayor parte de las veces.

Sazed sonrió, mirándola a través de sus gafas.

—Es verdad. Sin embargo, ¿qué pruebas tienes de que yo sea alomántico?

—Hiciste cosas que no podrían hacerse sin recurrir a la alomancia.

—¿Sí? ¿Nacida de la bruma desde hace dos meses y ya sabes todo lo que puede hacerse?

Vin dudó. Hasta hacía muy poco, no sabía gran cosa sobre la alomancia. Tal vez había más cosas de las que había supuesto.

Siempre hay otro secreto. Las palabras de Kelsier.

—Bien —dijo con cierta parsimonia—, ¿qué es exactamente un «guardador»?

Sazed sonrió.

—Esa es una pregunta bastante más inteligente, señora. Los guardadores son... almacenes. Recordamos las cosas para que puedan ser utilizadas en el futuro.

—Como las religiones.

Sazed asintió.

—Las verdades religiosas son mi especialidad particular.

—Pero ¿también recuerdas otras cosas?

Sazed asintió de nuevo.

—¿Como cuáles?

—Bueno —dijo Sazed, cerrando el tomo que estaba estudiando—. Idiomas, por ejemplo.

Vin reconoció de inmediato la portada cubierta de glifos.

—¡El libro que encontré en el palacio! ¿Cómo lo has conseguido?

—Me lo encontré cuando te estaba buscando —dijo el terrisano—. Está escrito en un idioma muy antiguo, un idioma que no se habla desde hace casi un milenio.

—Pero ¿tú lo hablas?

Sazed asintió.

—Lo suficiente para traducirlo, creo.

—¿Y... cuántos idiomas conoces?

—Ciento setenta y dos —dijo Sazed—. La mayoría, como el khlenni, ya no se habla. El movimiento unificador del lord Legislador en el siglo quinto se aseguró de eso. El idioma que ahora habla la gente es en realidad un lejano dialecto de Terris, el lenguaje de mi tierra natal.

Ciento setenta y dos, pensó Vin, sorprendida.

—Eso... parece imposible. Ningún hombre puede recordar tantos.

—Un hombre, no —dijo Sazed—. Un guardador, sí. Lo que yo hago es similar a la alomancia, pero no es lo mismo. Tú extraes poder de los metales. Yo... los uso para crear memorias.

—¿Cómo?

Sazed negó con la cabeza.

—Quizá en otro momento, señora. Los de mi clase... preferimos mantener nuestros secretos. El lord Legislador nos da caza con notable y confusa pasión. Somos mucho menos amenazadores que los nacidos de la bruma... y, sin embargo, él ignora a los alománticos y prefiere destruirnos. Odiando al pueblo de Terris por nuestra causa.

—¿Odiar? —preguntó Vin—. Se os trata mejor que a los skaa. Se os ofrecen puestos respetables.

—Eso es cierto, señora. Pero, en cierto modo, los skaa son más libres. La mayoría de los terrisanos son educados desde que nacen para ser criados. Quedamos muy pocos y los criadores del lord Legislador controlan nuestra reproducción. Ningún mayordomo terrisano puede tener familia, ni engendrar hijos.

Vin resopló.

—Eso parece muy difícil de conseguir.

Sazed hizo una pausa, colocando una mano sobre la portada del libro.

—En absoluto —respondió, el ceño fruncido—. Todos los mayordomos terrisanos son eunucos, niña. Creía que lo sabías.

Vin se quedó helada. Luego se ruborizó hasta las cejas.

—Yo... yo... lo siento.

—No es necesario que te disculpes, de verdad. Me castraron poco después de nacer, como es común hacer con todos aquellos que serán mayordomos. A menudo, pienso que cambiaría con gusto mi vida por la de un skaa corriente. Los de mi pueblo son menos que esclavos... son autómatas fabricados, creados por programas reproductores, entrenados desde la cuna para cumplir los deseos del lord Legislador.

Vin continuó ruborizándose, maldiciendo su falta de tacto. ¿Por qué no se lo había contado nadie? Sazed, sin embargo, no parecía ofendido: nunca parecía enfadarse por nada.

Quizá sea una función de su... estado, pensó Vin. *Eso es lo que deben de querer los criadores. Mayordomos dóciles de temperamento manso.*

—Pero —dijo, frunciendo el ceño— tú eres un rebelde, Sazed. Estás combatiendo al lord Legislador.

—Soy algo parecido a una desviación —contestó Sazed—. Y mi pueblo no está tan completamente sometido como el lord Legislador cree. Ocultamos a los guardadores ante sus mismos ojos y algunos de nosotros incluso tenemos el valor de romper nuestro entrenamiento.

Sazed negó con la cabeza.

—Sin embargo, no es fácil. Somos un pueblo débil, señora. Estamos ansiosos por hacer lo que se nos dice, nos sometemos rápidamente. Incluso yo, a quien tú llamas rebelde, busqué inmediatamente un puesto como mayordomo servil. No somos tan valientes como nos gustaría, creo.

—Fuiste lo suficientemente valiente para salvarme —dijo Vin.

Sazed sonrió.

—Ah, pero también en eso hubo un elemento de obediencia. Le prometí a maese Kelsier que me encargaría de tu seguridad.

Ah, pensó ella. Se había preguntado si Sazed tenía un motivo para sus acciones. Después de todo, ¿quién arriesgaría su vida con la única intención de salvarla? Permaneció sentada un momento, pensativa, y Sazed volvió a su libro. Finalmente, volvió a hablar, atrayendo la atención del terrisano.

—¿Sazed?

—¿Sí, señora?

—¿Quién traicionó a Kelsier hace tres años?

Sazed se detuvo, luego soltó su pluma.

—Los hechos no están claros, señora. Casi toda la banda supone que fue Mare.

—¿Mare? ¿La esposa de Kelsier?

Sazed asintió.

—Al parecer, era la única persona que pudo haberlo hecho. Además, el mismo lord Legislador la implicó.

—Pero ¿no la enviaron también a los Pozos?

—Murió allí —dijo Sazed—. Maese Kelsier no suele hablar de los

Pozos, pero siento que las cicatrices que lleva de ese horrible lugar deben de ser mucho más profundas que las que se ven en sus brazos. No creo que llegara a saber nunca si ella fue la traidora o no.

—Mi hermano decía que cualquiera puede traicionarte, si tiene ocasión y un buen motivo.

Sazed frunció el ceño.

—Aunque eso fuera cierto, yo no querría vivir creyéndolo. *Parece mejor que lo que le pasó a Kelsier: ser entregado al lord Legislador por alguien a quien creías amar.*

—Kelsier está distinto últimamente —dijo Vin—. Parece más reservado. ¿Es porque se siente culpable por lo que me ha pasado?

—Sospecho que es en parte por eso —dijo Sazed—. Sin embargo, también se está dando cuenta de que hay una gran diferencia entre liderar una pequeña banda de ladrones y organizar una gran rebelión. No puede correr los riesgos que corría antes. El proceso le está cambiando a mejor, creo.

Vin no estaba tan segura. No obstante, guardó silencio, advirtiendo con frustración lo cansada que estaba. Incluso estar sentada en un taburete le parecía agotador.

—Ve a dormir, señora —dijo Sazed, tomando su pluma y marcando con un dedo el punto de lectura—. Has sobrevivido a algo que debería haberte matado. Dale a tu cuerpo las gracias que se merece: déjalo descansar.

Vin asintió, cansada, luego se puso en pie y lo dejó escribiendo silenciosamente a la luz de la tarde.

A veces me pregunto qué habría sucedido si me hubiera quedado allí, en aquella perezosa aldea de mi nacimiento. Habría sido herrero, como mi padre. Tal vez habría tenido familia, hijos propios.

Tal vez otra persona habría tenido que llevar esta terrible carga. Alguien que pudiera soportarla mejor que yo. Alguien que mereciera ser un héroe.

17

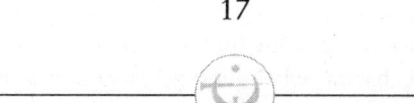

Antes de llegar a la Mansión Renoux, Vin nunca había visto un jardín cultivado. Al realizar algunos robos o en misiones de exploración había visto de vez en cuando plantas ornamentales, pero nunca les había prestado demasiada atención: como muchos intereses de los nobles, le parecían frívolas.

No había advertido lo hermosas que podían ser las plantas cuando se las atendía con cuidado. El balcón de la Mansión Renoux era una estructura pequeña y ovalada que asomaba a los campos. Los jardines no eran muy grandes: requerían demasiada agua y atenciones para ser otra cosa que una fina franja a lo largo de la parte trasera del edificio.

Con todo, eran maravillosos. En vez de los tonos blancos y marrones corrientes, las plantas cultivadas poseían colores más intensos y vibrantes: rojo, naranja y amarillo concentrados en las hojas. Los jardineros las habían plantado para que formaran pautas hermosas e intrincadas. Más cerca del balcón, árboles exóticos con pintorescas hojas amarillas daban sombra y protegían de las lluvias de ceniza. Era un invierno muy benigno y la mayoría de los árboles todavía conservaba el follaje. El aire era fresco y el rumor de las ramas al viento, relajante.

Casi tan relajante que hacía que Vin se olvidara de lo molesta que estaba.

—¿Quieres más té, niña? —preguntó lord Renoux. No esperó su

respuesta; se limitó a hacerle una seña a un sirviente, el cual se apresuró y volvió a llenarle la taza.

Vin estaba sentada en un mullido cojín, en una silla de mimbre diseñada para ser cómoda. Durante las cuatro últimas semanas había visto satisfechos todos sus deseos y caprichos. Los criados lo limpiaban todo, la atendían, la alimentaban e incluso la ayudaban a bañarse. Renoux se encargaba de que le dieran todo cuanto pedía, y desde luego no esperaban que hiciera nada trabajoso, peligroso ni remotamente inconveniente.

En otras palabras, su vida era enloquecedoramente aburrida. Antes su estancia en la Mansión Renoux había consistido en lecciones con Sazed y entrenamiento con Kelsier. Dormía de día y solo tenía un contacto mínimo con el personal de la mansión.

Sin embargo, la alomancia (o al menos los saltos nocturnos) le estaba prohibida ahora. Su herida no estaba completamente cicatrizada y si se movía mucho se le abriría. Sazed le impartía lecciones de vez en cuando, pero invertía casi todo su tiempo en la traducción del libro. Se pasaba largas horas en la biblioteca, enfrascado en sus páginas con extraño entusiasmo.

Ha encontrado un nuevo pozo de sabiduría, pensó Vin. *Para un guardador, eso debe de ser tan embriagador como una especia callejera.*

Bebió su té con contenida petulancia, mirando a los criados. Parecían aves carroñeras que esperaban cualquier oportunidad para hacer que se sintiera lo más cómoda (y frustrada) posible.

Renoux tampoco era de mucha ayuda. Su idea de «almorzar» con Vin era sentarse y atender sus propios asuntos (anotar números en libros de cuentas o dictar cartas) mientras comía. Para él parecía importante que ella asistiera, pero rara vez le prestaba atención aparte de preguntarle cómo le había ido el día.

Sin embargo, se obligaba a representar el papel de primorosa noble. Lord Renoux había contratado a algunos sirvientes nuevos que no estaban enterados del complot; no personal de la casa, sino jardineros y obreros. A Kelsier y Renoux les preocupaba que las otras casas recelaran si no podían colocar al menos a unos cuantos sirvientes-espías en las posesiones de Renoux. Kelsier no lo veía como un peligro para el trabajo, pero eso significaba que Vin tenía que mantener su falsa personalidad siempre que era posible.

No puedo creer que la gente viva así, pensó mientras algunos criados empezaban a retirar la comida. *¿Cómo pueden las mujeres nobles ocupar sus días con tanto vacío? ¡No me extraña que todo el mundo esté ansioso por acudir a esos bailes!*

—¿Es agradable tu estancia, querida? —preguntó Renoux, asomando la cabeza tras otro libro de cuentas.

—Sí, tío —respondió Vin con los labios apretados—. Bastante.

—Deberías ir de compras pronto —dijo Renoux, mirándola—. ¿Te gustaría visitar la calle Kenton? Para comprar unos pendientes nuevos que sustituyan ese tan poco refinado que llevas.

Vin se llevó la mano al lóbulo donde todavía llevaba el pendiente de su madre.

—No —dijo—. Conservaré este.

Renoux frunció el ceño, pero no dijo nada más, pues un criado se acercó y llamó su atención.

—Mi señor, acaba de llegar un carruaje de Luthadel.

Vin se irguió. Era la forma que tenía el criado de decir que había llegado un miembro del grupo.

—Ah, muy bien —dijo Renoux—. Trae a los ocupantes hasta aquí, Tawnson.

—Sí, mi señor.

Unos cuantos minutos más tarde, Kelsier, Brisa, Yeden y Dockson llegaron al balcón. Renoux despidió discretamente a los criados, quienes cerraron las puertas de cristal y los dejaron a solas. Varios hombres ocuparon sus puestos en el interior, vigilando para asegurarse de que nadie inadecuado tuviera oportunidad de escuchar nada.

—¿Interrumpimos vuestra comida? —preguntó Dockson.

—¡No! —respondió Vin rápidamente, cortando la respuesta de lord Renoux—. Sentaos, por favor.

Kelsier se acercó al borde del balcón y se asomó para contemplar los jardines y los terrenos.

—Bonita vista tienes desde aquí.

—Kelsier, ¿es eso aconsejable? —preguntó Renoux—. Algunos de los jardineros son hombres por quienes no puedo hablar.

Kelsier se echó a reír.

—Si pueden reconocerme desde esta distancia, se merecen más de lo que les pagan las Grandes Casas.

Sin embargo, se apartó del balcón, se acercó a la mesa y le dio la vuelta a una silla para sentarse a horcajadas. Durante las últimas semanas había regresado a su antiguo yo. Sin embargo, todavía había cambios. Celebraba reuniones más a menudo y discutía más sus planes con el grupo. También parecía diferente, más... reflexivo.

Sazed tenía razón, pensó Vin. *Nuestro ataque al palacio puede que fuera casi mortal para mí, pero ha cambiado a Kelsier a mejor.*

—Pensamos celebrar nuestra reunión aquí esta semana —dijo Dockson—, ya que vosotros dos apenas participáis.

—Muy atento por tu parte, maese Dockson —respondió lord Renoux—. Pero tu preocupación es innecesaria. Estamos bien...

—No —interrumpió Vin—. No estamos bien. Algunos necesitamos información. ¿Qué pasa con el grupo? ¿Cómo va el reclutamiento?

Renoux la miró con desaprobación. Sin embargo, Vin lo ignoró. *No es un lord de verdad*, se dijo. *Es solo otro miembro de la banda. ¡Mi opinión cuenta tanto como la suya! Ahora que los criados se han ido, puedo hablar como quiera.*

Kelsier se echó a reír.

—Bueno, el cautiverio la ha vuelto un poco más habladora, al menos.

—No tengo nada que hacer —dijo Vin—. Me estoy volviendo loca.

Brisa colocó su copa de vino sobre la mesa.

—Algunos considerarían tu situación envidiable, Vin —dijo.

—Entonces deben de estar locos ya.

—Bueno, casi todos son nobles —dijo Kelsier—. Así que, sí, están bastante locos.

—El trabajo —recordó Vin—. ¿Qué está pasando?

—El reclutamiento sigue yendo demasiado lento —contestó Dockson—. Pero estamos mejorando.

—Tal vez tengamos que sacrificar parte de nuestra seguridad por conseguir mayor número de hombres —dijo Yeden.

Eso también es un cambio, pensó ella, impresionada por la mesura de Yeden. Había empezado a vestir no trajes de caballero como Dockson o Brisa, pero sí ropa más bonita: una casaca y pantalones de buen corte, con una camisa abotonada, todo limpio de hollín.

—Eso no puede evitarse, Yeden —dijo Kelsier—. Por fortuna, Ham va bien con las tropas. Recibí un mensaje suyo hace unos cuantos días. Está impresionado con sus progresos.

Brisa resopló.

—Cuidado... Ham tiende a ser un poco optimista con este tipo de cosas. Si el ejército estuviera compuesto por mudos cojos, alabaría su equilibrio y su capacidad auditiva.

—Me gustaría ver el ejército —dijo Yeden ansiosamente.

—Pronto —prometió Kelsier.

—Deberíamos poder infiltrar a Marsh en el Ministerio este mismo mes —dijo Dockson, haciendo un gesto de saludo a Sazed cuando el terrisano pasó entre los centinelas y salió al balcón—. Es de esperar que Marsh pueda arrojar algo de luz sobre cómo tratar con los inquisidores de acero.

Vin se estremeció.

—Son un problema —reconoció Brisa—. Considerando lo que un par de ellos os hicieron a vosotros dos, no envidio tener que tomar el palacio con ellos dentro. Son tan peligrosos como un nacido de la bruma.

—Más —dijo Vin en voz baja.

—¿Puede el ejército luchar de verdad contra ellos? —preguntó Yeden, incómodo—. Quiero decir, se supone que son inmortales, ¿no?

—Marsh encontrará la respuesta —prometió Kelsier.

Yeden hizo una pausa y luego asintió, aceptando la palabra de Kelsier.

Sí, cambiado, desde luego, pensó Vin. Parecía que ni siquiera Yeden podía resistirse al carisma de Kelsier durante un periodo prolongado de tiempo.

—Mientras tanto, espero enterarme de qué ha descubierto Sazed sobre el lord Legislador —dijo Kelsier.

Sazed se sentó, colocando su libro sobre la mesa.

—Os diré lo que pueda, aunque este no es el libro que creí que era al principio. Pensé que la señora Vin había recuperado el texto de alguna religión antigua... pero es de naturaleza más mundana.

—¿Mundana? —preguntó Dockson—. ¿Cómo?

—Es un diario, maese Dockson —dijo Sazed—. Un archivo que parece haber sido escrito por el lord Legislador en persona... o más bien, por el hombre que se convirtió en el lord Legislador. Incluso las enseñanzas del Ministerio son que, antes de la Ascensión, era un hombre mortal.

»Este libro nos cuenta su vida antes de su batalla final en el Pozo de la Ascensión hace mil años. Sobre todo, es un registro de sus viajes: una narración de la gente a la que conoció, de los lugares que visitó y de las penurias a las que se enfrentó durante su búsqueda.

—Interesante —dijo Brisa—, pero ¿en qué nos ayuda?

—No estoy seguro, maese Ladrian. Sin embargo, creo que comprender la historia verdadera antes de la Ascensión será útil. Como mínimo, nos dará información sobre la mente del lord Legislador.

Kelsier se encogió de hombros.

—El Ministerio lo considera importante... Vin dijo que lo encontró en una especie de altar en el complejo central del palacio.

—Lo cual, por supuesto, no plantea ninguna duda sobre su autenticidad —advirtió Brisa.

—No creo que sea una falsificación, maese Ladrian —dijo Sazed—. Posee un extraordinario nivel de detalle, sobre todo acerca de asuntos importantes... como porteadores y suministros. Además, el lord Legislador que describe es un hombre lleno de conflictos. Si el Ministerio fuera a crear un libro de oración, presentaría a su dios con más... divinidad, creo.

—Querré leerlo cuando hayas terminado, Saz —dijo Dockson.

—Y yo —dijo Brisa.

—Algunos aprendices de Clubs trabajan ocasionalmente como escribanos —comentó Kelsier—. Haremos que realicen una copia para cada uno de vosotros.

—Muy útiles, ese grupito —comentó Dockson.

Kelsier asintió.

—¿Dónde nos deja eso?

Dockson señaló a Vin con la cabeza.

—Con la nobleza.

Kelsier frunció el ceño.

—Puedo volver a trabajar —dijo Vin rápidamente—. Ya casi estoy curada.

Kelsier le dirigió una mirada a Sazed, quien negó con la cabeza de forma casi imperceptible. Comprobaba su herida periódicamente. Al parecer, no le gustaba lo que veía.

—Kel —dijo Vin—, me estoy volviendo loca. Crecí siendo ladrona, peleando por comida y sitio... no puedo quedarme sentada y dejar que esos criados me mimen.

Además, tengo que demostrar que todavía puedo ser útil para esta banda.

—Bien —dijo Kelsier—. Eres uno de los motivos por los que hemos venido hoy. Este fin de semana hay un baile que...

—Iré.

Kelsier alzó un dedo.

—Escúchame, Vin. Has sufrido mucho últimamente y esta infiltración podría ser peligrosa.

—Kelsier, toda mi vida ha sido peligrosa. Yo voy.

Kelsier no parecía convencido.

—Tiene que hacerlo, Kel —dijo Dockson—. Para empezar, los nobles empezarán a recelar si no comienza a asistir de nuevo a las fiestas. Además, necesitamos saber qué ve. Tener criados actuando como espías entre el personal no es lo mismo que tener un espía escuchando las conspiraciones locales. Lo sabes.

—Muy bien —dijo Kelsier por fin—. Pero tienes que prometer que no usarás alomancia física hasta que Sazed lo autorice.

Esa noche, Vin seguía sin poder creer lo ansiosa que estaba por acudir al baile. De pie en su habitación, examinó los diferentes vestidos que Dockson había encontrado para ella. Como se había visto obligada a vestir como una noble un mes seguido, empezaba a sentir que los vestidos eran un poquito más cómodos que antes.

No es que no sean frívolos, por supuesto, pensó, inspeccionando los cuatro vestidos. *Todos esos encajes, las capas de tejido... Una camisa sencilla y unos pantalones son mucho más prácticos.*

Sin embargo, había algo especial en los vestidos, en su belleza, como en los jardines de fuera. Cuando los miraba como elementos estáticos, como una planta solitaria, los vestidos eran solo levemente impresionantes. Pero cuando pensaba en asistir al baile, los vestidos adquirían un nuevo significado. Eran hermosos y la harían hermosa. Eran el rostro que mostraría a la corte, y quería elegir el adecuado.

Me pregunto si Elend Venture estará allí... ¿No había dicho Sazed que la mayoría de los jóvenes aristócratas normalmente asistían a todos los bailes?

Pasó la mano por un vestido negro con bordados de plata. Hacía juego con su pelo, pero ¿no era demasiado oscuro? La mayoría de las mujeres llevaba vestidos de colores, mientras que los tonos más apagados se reservaban para los trajes masculinos. Contempló un vestido amarillo, pero le parecía demasiado... chillón. Y el blanco tenía demasiados adornos.

Quedaba el rojo. El escote era más bajo (no es que tuviera mucho que enseñar), pero era precioso. De gasa, con mangas abombadas de redecilla transparente en algunos sitios, le gustaba. Pero parecía tan... descarado. Acarició el suave tejido con los dedos, imaginándose con el vestido puesto.

¿Cómo he llegado a esto?, pensó. *¡Con esta cosa será imposible ocultarme! Estas creaciones de organdí no son para mí.*

Y sin embargo... parte de ella anhelaba volver al baile. La vida diaria de una mujer noble la frustraba, pero los recuerdos de aquella noche eran seductores. Las bellas parejas bailando, la perfecta atmósfera y la música, las maravillosas vidrieras...

Ya ni siquiera me doy cuenta de cuándo llevo perfume, advirtió con sorpresa. Prefería bañarse en agua perfumada cada día y los criados incluso perfumaban sus ropas. Todo era sutil, pero bastaría para delatarla mientras se escabullía de algún sitio.

Le había crecido el pelo, que la peluquera de Renoux había recortado con mucho cuidado para que le cayera alrededor de las orejas, rizándolo levemente. Ya no se veía tan delgaducha en el espejo, a pesar de su larga enfermedad: las comidas regulares le habían hecho ganar peso.

Me estoy convirtiendo en... No sabía en qué se estaba convirtiendo. Desde luego, no en una noble. Las nobles no se molestaban cuando no podían salir a acechar por la noche. Sin embargo, ya no era tampoco Vin la ladronzuela. Era una...

Nacida de la bruma.

Vin volvió a colocar cuidadosamente el vestido rojo sobre la cama y cruzó la habitación para asomarse a la ventana. El sol estaba a punto de ponerse; pronto saldrían las brumas. Aunque, como de costumbre, Sazed colocaría guardias para asegurarse de que no saliera a correr ninguna aventura alomántica sin permiso. Ella no se había quejado de las precauciones. Sazed tenía razón: sin vigilancia, lo más probable era que hubiese roto su promesa hacía tiempo.

Vio un atisbo de movimiento a su derecha y apenas pudo distinguir a una figura asomada al balcón del jardín. Kelsier. Vin se detuvo un instante, luego salió de su habitación.

Kelsier se volvió mientras ella se adentraba en el balcón. Vin era reacia a interrumpirlo, pero él le dirigió una de sus sonrisas características. Vin se reunió con él en la balaustrada de madera tallada.

Kelsier se volvió a mirar hacia el oeste: no a los terrenos de la mansión, sino más allá. Hacia las tierras yermas iluminadas por el sol poniente de las afueras de la ciudad.

—¿No te parece que están mal, Vin?

—¿Mal?

Kelsier asintió.

—Las plantas secas, el sol abrasador, el cielo negro de humo.

Vin se encogió de hombros.

—¿Cómo pueden esas cosas estar bien o mal? Son como son.

—Supongo. Pero creo que ver las cosas así es parte de lo que lo hace estar mal. El mundo no debería ser así.

Vin frunció el ceño.

—¿Cómo lo sabes?

Kelsier se metió la mano en el bolsillo del chaleco y sacó un papel. Lo desplegó con suavidad y se lo entregó a Vin.

Ella lo aceptó, sujetándolo con cuidado. Era tan viejo y gastado que parecía a punto de romperse por los pliegues. No contenía ninguna palabra, solo una imagen antigua y desgastada de una forma extraña... algo parecido a una planta, aunque se trataba de una planta que Vin no había visto nunca. Era demasiado frágil. No tenía un tallo grueso y sus hojas eran demasiado delicadas. En la parte superior tenía una extraña colección de hojas que eran de un color diferente al resto.

—Se llama flor —dijo Kelsier—. Solían crecer en las plantas antes de la Ascensión. Aparecen descripciones de ellas en los antiguos poemas e historias... cosas que solo los guardadores y los sabios rebeldes conocen ya. Al parecer, estas plantas eran hermosas y tenían un olor agradable.

—¿Plantas que huelen? —preguntó Vin—. ¿Como la fruta?

—Algo parecido, creo. Según algunos de los informes estas flores se convertían en frutos, en los días anteriores a la Ascensión.

Vin guardó silencio, el ceño fruncido, tratando de imaginar una cosa semejante.

—Ese dibujo pertenecía a mi esposa, Mare —dijo Kelsier en voz baja—. Dockson lo encontró entre sus cosas después de que nos capturaran. Lo conservó, esperando que regresáramos. Me lo dio después de que escapara.

Vin volvió a mirar el dibujo.

—A Mare le fascinaban los tiempos anteriores a la Ascensión —dijo Kelsier, todavía contemplando los jardines. En la distancia, el sol acariciaba el horizonte y se volvía de un rojo aún más intenso—. Coleccionaba cosas como este papel: dibujos y descripciones de los viejos tiempos. Creo que esa fascinación (junto con el hecho de que era una ojo de estaño) la condujo a los bajos fondos, y a mí. Ella fue quien me presentó a Sazed, aunque en esa época no lo incluí en mi banda. No le interesaba robar.

Vin dobló el papel.

—¿Y sigues guardando este dibujo? ¿Después... después de lo que ella te hizo?

Kelsier guardó silencio un momento. Luego la miró.

—Has estado escuchando otra vez detrás de las puertas, ¿eh? En fin, no te preocupes. Supongo que es de todos sabido.

En la distancia, el sol se convirtió en una llamarada y su luz rojiza encendió nubes y humo por igual.

—Sí, conservo esa flor —dijo Kelsier—. En realidad no estoy seguro de por qué. Pero... ¿dejas de amar a alguien porque te traiciona? No lo creo. Eso es lo que hace que la traición duela tanto: el dolor, la frustración, la furia... y yo seguía amándola. Y la amo todavía.

—¿Cómo? —preguntó Vin—. ¿Cómo puedes? ¿Y cómo puedes fiarte ya de nadie? ¿No aprendiste de lo que te hizo?

Kelsier se encogió de hombros.

—Creo... creo que si me dieran la opción entre amar a Mare, traición incluida, y no haberla conocido nunca, elegiría amarla. Me arriesgué y perdí, pero el riesgo mereció la pena. Lo mismo pasa con mis amigos. El recelo es sano en nuestra profesión... pero solo hasta cierto punto. Prefiero confiar en mis hombres que preocuparme sobre lo que pasará si me traicionan.

—Eso parece una tontería.

—¿Es una tontería la felicidad? —preguntó Kelsier, volviéndose hacia ella—. ¿Dónde has sido más feliz, Vin? ¿En mi banda o con Camon?

Él ya sabe la respuesta. Vin no dijo nada.

—No sé con seguridad si Mare me traicionó —dijo Kelsier, mirando de nuevo la puesta de sol—. Ella siempre dijo que no lo había hecho.

—Y la enviaron a los Pozos, ¿no? —dijo Vin—. Eso no tiene sentido, si se alió con el lord Legislador.

Kelsier negó con la cabeza, todavía contemplando la distancia.

—Apareció por los Pozos unas semanas después de que me enviaran a mí: nos separaron después de nuestra captura. No sé qué sucedió durante ese intervalo, o por qué acabaron por enviarla a los Pozos. El hecho de que ella fuera enviada a morir da a entender que tal vez no me traicionó, pero... —Se volvió hacia Vin—. No lo oíste cuando nos capturó, Vin. El lord Legislador... le dio las gracias. Le dio las gracias por traicionarme. Sus palabras, pronunciadas con una extraña sensación de sinceridad, se mezclaron con la forma en que el plan fue trazado... bueno, resultó difícil creer a Mare. Pero eso no cambió mi amor... no en lo más profundo. Casi me morí cuando ella murió un año más tarde, tras una paliza de los capataces de los Pozos. Esa noche, después de que se llevaran el cadáver, rompí.

—¿Te volviste loco? —preguntó Vin.

—No. Romper es un término alomántico. Nuestros poderes están latentes al principio... solo brotan después de un hecho traumático. Algo intenso... algo casi letal. Los filósofos dicen que un hombre no puede dominar los metales hasta que ha visto la muerte y la ha rechazado.

—Entonces... ¿cuándo me pasó a mí?

Kelsier se encogió de hombros.

—Es difícil decirlo. Creciendo como lo hiciste, seguro que hubo oportunidades de sobra para que rompieras. —Asintió como para sí—. En mi caso fue esa noche. Solo en los Pozos, los brazos sangrando por el trabajo del día. Mare estaba muerta y yo temí ser responsable... porque mi falta de fe acabó con sus fuerzas y su voluntad. Ella murió sabiendo que yo cuestionaba su lealtad. Tal vez, si la hubiera amado de verdad, no la habría puesto en duda. No lo sé.

—Pero tú no moriste.

Kelsier sacudió la cabeza.

—Decidí que vería cumplido su sueño. Crearía un mundo donde hubiese flores de nuevo, un mundo con plantas verdes, un mundo donde no cayera hollín del cielo... —Guardó silencio, luego suspiró—. Lo sé. Estoy loco.

—Lo cierto es que tiene sentido —dijo Vin en voz baja—. Por fin.

Kelsier sonrió. El sol se hundió por detrás del horizonte y, aunque su luz era todavía un fulgor por el oeste, las brumas empezaron a aparecer. No surgían de ningún punto concreto, tan solo parecían... crecer. Se extendían como tentáculos transparentes en el cielo, enroscándose adelante y atrás, ampliándose, bailando, mezclándose.

—Mare quería hijos —dijo Kelsier de repente—. Cuando nos casamos, hace una década y media. Yo... no estaba de acuerdo. Quería convertirme en el ladrón skaa más famoso de todos los tiempos, y no podía dedicarme a cosas que me pusieran freno.

»Quizá sea buena cosa que no tuviéramos hijos. El lord Legislador podría haberlos encontrado y los hubiese matado. O tal vez no... Dox y los demás sobrevivieron. Ahora, a veces, desearía tener algo de ella conmigo. Un hijo. Una hija, tal vez, con el mismo pelo oscuro de Mare y su testarudez.

Hizo una pausa y miró a Vin.

—No quiero ser responsable de que te pase algo, Vin. No otra vez.

Vin frunció el ceño.

—No voy a seguir más tiempo encerrada en esta mansión.

—No, supongo que no. Si intentamos retenerte más, es probable que aparezcas una noche por la guarida de Clubs después de haber hecho algo muy peligroso. Nos parecemos demasiado, tú y yo. Pero... ten cuidado.

Vin asintió.

—Lo tendré.

Se quedaron allí unos cuantos minutos más, viendo concentrarse la bruma. Finalmente, Kelsier se irguió y se desperezó.

—Bueno, por si sirve de algo, me alegro de que decidieras unirte a nosotros, Vin.

Ella se encogió de hombros.

—Si te digo la verdad, me gustaría ver una de esas flores personalmente.

Podríamos decir que las circunstancias me obligaron a dejar atrás mi hogar. Sin duda, si me hubiera quedado, estaría muerto. Durante aquellos días (huyendo sin saber por qué, llevando una carga que no comprendía), supuse que me perdería en Khlennium y buscaría una vida para no llamar la atención.

Empiezo a comprender poco a poco que el anonimato, como tantas otras cosas, es algo que he perdido para siempre.

18

Decidió llevar el vestido rojo. Era desde luego la opción más atrevida, pero le pareció bien. Después de todo, ocultaba su verdadero yo tras una apariencia aristocrática; cuanto más visible fuera esa apariencia, más fácil le resultaría esconderse.

Un lacayo abrió la puerta del carruaje. Vin tomó aire, el pecho un poco confinado por el corsé especial que llevaba para ocultar sus vendajes, aceptó la mano del hombre y bajó. Se alisó el vestido, hizo un gesto a Sazed y se unió a los otros aristócratas que subían la escalinata de la mansión Elariel. Era un poco más pequeña que la de la Casa Venture. Aquella mansión, sin embargo, al parecer tenía un salón de baile aparte, mientras que la Casa Venture celebraba sus eventos en el enorme salón principal.

Vin miró a las otras nobles y sintió que un poco de su confianza se desvanecía. Su vestido era precioso, pero las otras mujeres disponían de algo más que simple ropa. Sus cabellos largos y ondulados, así como sus aires de suficiencia, hacían juego con sus figuras enjoyadas. Llenaban la parte superior de sus vestidos con curvas voluptuosas y se movían con elegancia en sus esplendorosas faldas con volantes. Vin ocasionalmente llegaba a ver los pies de las mujeres, que no llevaban zapatillas sencillas como las suyas sino zapatos de tacón alto.

—¿Por qué no tengo zapatos como esos? —preguntó en voz baja mientras subía las escaleras alfombradas.

—Hay que practicar para usar tacones, señora —respondió Sazed—. Como apenas has tenido tiempo de aprender a bailar, pensamos que sería mejor que usaras zapatos planos de momento.

Vin frunció el ceño, pero aceptó la explicación. Sin embargo, el hecho de que Sazed hubiera mencionado el baile aumentó su incomodidad. Recordó los fluidos movimientos de los bailarines de su última fiesta. Ella no podía imitarlos: apenas sabía los pasos básicos.

Eso no importará, pensó. *No me verán a mí: verán a lady Valette. Se supone que es novata e insegura y todo el mundo cree que ha estado enferma últimamente. Tendrá sentido que sea mala bailarina.*

Con ese pensamiento en mente, llegó a lo alto de las escaleras sintiéndose un poco más segura.

—Debo decir, señora, que pareces mucho menos nerviosa esta vez —dijo Sazed—. De hecho, pareces entusiasmada. Esa es la actitud correcta que debe mostrar Valette.

—Gracias —sonrió ella. Sazed tenía razón: estaba entusiasmada. Entusiasmada por ser de nuevo parte del trabajo, incluso de encontrarse en medio de la nobleza, con todo su esplendor y su gracia.

Llegaron al edificio que albergaba el salón de baile, una de las varias alas bajas que surgían de la fortaleza principal, y un sirviente tomó su chal. Vin se detuvo un momento en la puerta, esperando mientras Sazed elegía su mesa y su comida.

El salón Elariel era muy distinto del majestuoso salón Venture. Solo tenía una planta y, aunque contaba con un montón de vidrieras, todas estaban en el techo. Claraboyas en forma de rosetón brillaban en lo alto, iluminadas por pequeñas candelejas en el tejado. Cada mesa estaba adornada con velas y, a pesar de la luz cenital, había cierta penumbra de intimidad en toda la sala. Parecía... privada, a pesar de la numerosa gente que asistía a la fiesta.

Aquella sala había sido obviamente diseñada para albergar fiestas. Una pista de baile hundida en el suelo ocupaba el centro, mejor iluminada que el resto. Había dos niveles de mesas alrededor de la pista: el primero estaba solo a un metro escaso de altura sobre la pista, el otro más apartado y al doble de altura.

Un criado la acompañó hasta su mesa, al fondo de la sala. Vin se sentó, Sazed ocupó su puesto de costumbre junto a ella y esperaron a que llegara la comida.

—¿Cómo se supone que voy a conseguir exactamente la información que quiere Kelsier? —preguntó ella en voz baja, escrutando la oscura sala.

Los intensos colores cristalinos de arriba proyectaban patrones sobre las mesas y la gente, creando una atmósfera impresionante, aunque costaba distinguir las caras. ¿Estaría Elend en alguna parte?

—Esta noche, algunos hombres deberían invitarte a bailar —dijo Sazed—. Acepta sus invitaciones... así tendrás un pretexto para buscarlos más tarde y mezclarte con sus grupos. No tendrás que participar en las conversaciones: solo tienes que escuchar. En bailes futuros, quizá algunos jóvenes empiecen a pedirte que los acompañes. Entonces podrás sentarte a su mesa y enterarte de todo.

—¿Quieres decir acompañar a un hombre toda la noche?

Sazed asintió.

—No es extraño. Bailarías solo con él toda la noche también.

Vin frunció el ceño. Sin embargo, dejó correr el asunto y se volvió para inspeccionar de nuevo la sala. *Lo más probable es que ni siquiera esté aquí; dijo que evitaba los bailes cuando le era posible. Y aunque estuviera, andará por ahí, por su cuenta. Ni siquiera le...*

Sonó un golpe sordo cuando alguien dejó caer un puñado de libros sobre la mesa. Vin dio un respingo, sobresaltada, y se volvió a tiempo de ver a Elend Venture acercar una silla y sentarse de manera relajada. Se acomodó en el asiento, se volvió hacia un candelabro situado junto a la mesa y abrió un libro para empezar a leer.

Sazed frunció el ceño. Vin ocultó una sonrisa, mirando a Elend. Seguía pareciendo que no se había molestado en peinarse y de nuevo llevaba los botones sin abrochar. Su atuendo no era pobretón, pero tampoco tan rico como los otros que había en la fiesta. Parecía haber sido cortado para que le quedara suelto y cómodo, desafiando la moda tradicional bien ajustada.

Elend hojeó su libro. Vin esperó pacientemente a que reparara en ella, pero él continuó leyendo. Por fin, Vin alzó una ceja.

—No recuerdo haberle dado permiso para sentarse a mi mesa, lord Venture —dijo.

—No me hagas caso —dijo Elend, sin alzar la cabeza—. Tienes una mesa grande. Hay espacio de sobra para los dos.

—Para nosotros dos, tal vez. Pero no estoy tan segura de que quepan todos estos libros. ¿Dónde van a poner mi comida los criados?

—Hay un poco de espacio a tu izquierda —respondió Elend como si tal cosa.

La expresión de preocupación de Sazed aumentó. Dio un paso adelante, recogió los libros y los colocó en el suelo junto a la silla de Elend.

El joven continuó leyendo. Sin embargo, alzó una mano para hacer un gesto.

—¿Ves? Por eso nunca recurro a sirvientes terrisanos. Son insufriblemente eficaces, debo decir.

—Sazed no es insufrible —dijo Vin con frialdad—. Es un buen amigo y, probablemente, mejor persona de lo que tú llegarás a serlo jamás, lord Venture.

Elend alzó finalmente la cabeza.

—Yo... Lo siento —dijo con tono sincero—. Pido disculpas.

Vin asintió. Sin embargo, Elend abrió su libro y se puso a leer de nuevo.

¿Por qué se sienta conmigo si solo va a leer?

—¿Qué hacías en estas fiestas antes de tenerme a mí para incordiarme? —preguntó, molesta.

—Pero ¿cómo puedo estar molestándote? De verdad, Valette. Estoy aquí sentado, leyendo en silencio.

—En *mi* mesa. Estoy segura de que podrías conseguir una propia: eres el heredero Venture. No es que fueras muy claro al respecto durante nuestro último encuentro.

—Cierto —dijo Elend—. Sin embargo, recuerdo haberte dicho que los Venture son muy molestos. Solo intento adecuarme a la descripción.

—¡Tú eres quien hizo esa descripción!

—Acertada, ¿verdad? —dijo Elend, sonriendo mientras leía.

Vin suspiró, frustrada.

Elend miró por encima del libro.

—Llevas un vestido deslumbrante. Es casi tan bonito como tú.

Vin no supo qué decir y se quedó levemente boquiabierta. Elend sonrió con malicia, luego volvió a su libro, con chispitas en los ojos, como para indicar que solo había hecho el comentario porque sabía la reacción que iba a causarle.

Sazed permaneció de pie junto a la mesa sin molestarse en disimular su desaprobación. Sin embargo, no dijo nada. Elend era demasiado importante para que un simple criado pudiera reprenderlo.

Vin acabó por encontrar la lengua.

—¿Cómo es, lord Venture, que un hombre en edad casadera como tú acude solo a estos bailes?

—Qué va, no es así. Mi familia suele tener una chica u otra haciendo cola para acompañarme. Hoy le toca a lady Stase Blanches: es esa del vestido verde que está sentada en la fila más baja, allí enfrente.

Vin la buscó con la mirada. Lady Blanches era una rubia preciosa. No paraba de mirar hacia la mesa, ocultando su malestar.

Vin se ruborizó y apartó la mirada.

—Hummm, ¿no deberías estar allí con ella?

—Tal vez —dijo Elend—. Pero, mira, te voy a confesar un secreto. La verdad es que no soy muy caballeroso. Además, yo no la he invitado: hasta que subí al carruaje no me informaron de quién era mi acompañante.

—Ya veo.

—Mi conducta, de todas formas, es deplorable. Desgraciadamente, tengo tendencia a esos arrebatos de comportamiento deplorable. Mira, por ejemplo, mi afición a leer en la mesa. Discúlpame un momento: voy a buscar algo de beber.

Se levantó, se guardó el libro en el bolsillo y se acercó a una de las mesas donde servían bebidas. Vin lo vio marchar, a la vez molesta y divertida.

—Esto no es bueno, señora —dijo Sazed en voz baja.

—No está tan mal.

—Te está utilizando, señora. Lord Venture es célebre por su actitud rebelde y estrafalaria. Mucha gente lo repudia... precisamente porque hace cosas como esta.

—¿Como esta?

—Se sienta contigo porque sabe que molestará a su familia —dijo Sazed—. Ay, niña, no deseo causarte dolor, pero debes comprender las costumbres de la corte. A este joven no le interesas sentimentalmente. Es un lord joven y arrogante, molesto por las restricciones de su padre..., así que se rebela, y actúa de manera ruda y ofensiva. Sabe que su padre cederá si sigue actuando de esa manera el tiempo suficiente.

Vin sintió que el estómago le daba un vuelco. *Seguro que Sazed tie-*

ne razón, por supuesto. ¿Por qué si no iba a buscarme Elend? Soy exactamente lo que necesita: alguien de cuna lo bastante baja para molestar a su padre, pero lo suficientemente inexperta para no ver la verdad.

Llegó la cena, pero Vin ya no tenía mucho apetito. Empezó a picotear la comida cuando regresó Elend y depositó sobre la mesa una gran copa con una bebida. Se la fue tomando mientras leía.

Veamos cómo reacciona si no interrumpo su lectura, pensó Vin, molesta, recordando sus lecciones y comiendo con la elegancia propia de una dama. No era una cena copiosa (consistía principalmente en ricos vegetales con mantequilla) y cuanto antes terminara, antes podría ponerse a bailar. Al menos no tendría que estar sentada con Elend Venture.

El joven lord se detuvo varias veces mientras ella comía, mirando por encima de su libro. Obviamente, esperaba que dijese algo, pero ella no lo hizo. Sin embargo, mientras comía, su furia se fue apaciguando. Miró a Elend, estudiando su aspecto levemente desaliñado, observando la ansiedad con la que leía su libro. ¿Podía realmente ese hombre dedicarse al retorcido tipo de manipulación que daba a entender Sazed? ¿De verdad la estaba utilizando?

Cualquiera te traicionará, susurró Reen. *Todos te traicionarán.*

Elend parecía tan... auténtico. Parecía una persona real, no una fachada ni una máscara. Y desde luego parecía deseoso de que ella hablara con él. Vin consideró una victoria personal que él finalmente soltara el libro y la mirara.

—¿Por qué estás aquí, Valette? —preguntó.

—¿Aquí en la fiesta?

—No, aquí en Luthadel.

—Porque es el centro de todo.

Elend frunció el ceño.

—Supongo que lo es, en efecto. Pero el imperio es un lugar demasiado grande para tener un centro tan pequeño. Creo que en realidad no comprendemos lo enorme que es. ¿Cuánto tardaste en llegar aquí?

Vin sintió un momento de pánico, pero las lecciones de Sazed acudieron veloces a su mente.

—Casi unos dos meses por el canal, con algunas paradas.

—Mucho tiempo —dijo Elend—. Dicen que se tarda medio año en viajar desde un extremo del imperio al otro, y, sin embargo, la mayoría lo ignoramos todo, excepto que este pedacito es el centro.

—Yo... —Vin guardó silencio. Con Reen había recorrido todo el

Dominio Central. Sin embargo, era el más pequeño de los dominios y nunca había visitado los lugares más exóticos del imperio. La zona central era buena para los ladrones; curiosamente, el sitio más cercano al lord Legislador era también el más corrupto, además de ser el que congregaba las mayores fortunas.

—¿Y qué te parece entonces la ciudad?

Vin se detuvo a pensar su respuesta.

—Está... sucia —dijo con sinceridad. Bajo la tenue luz, un criado llegó para retirar el plato vacío—. Está sucia y llena de gente. Tratan terriblemente a los skaa, pero supongo que es así en todas partes.

Elend ladeó la cabeza, dirigiéndole una extraña mirada.

No tendría que haber mencionado a los skaa. No es típico de los nobles.

Él se inclinó hacia delante.

—¿Crees que aquí tratan a los skaa peor que a los de tu plantación? Siempre creí que estaban mejor en la ciudad.

—Hummm... No estoy segura. No iba muy a menudo a los campos.

—¿Así que no te relacionabas mucho con ellos?

Vin se encogió de hombros.

—¿Por qué importa? Solo son skaa.

—Eso es lo que decimos siempre. Pero no lo sé. Tal vez soy demasiado curioso, pero me interesan. ¿Los has oído hablar alguna vez entre sí? ¿Hablan como personas corrientes?

—¿Qué? —preguntó Vin—. Pues claro que sí. ¿Cómo si no iban a hablar?

—Bueno, ya sabes lo que enseña el Ministerio.

Ella no lo sabía. Sin embargo, si tenía que ver con los skaa, seguro que no se trataba de nada favorable.

—Tengo por norma no creer nunca del todo nada de lo que dice el Ministerio.

Elend ladeó de nuevo la cabeza.

—No eres... lo que esperaba, lady Valette.

—La gente rara vez lo es.

—Háblame de los skaa de las plantaciones. ¿Cómo son?

Vin se encogió de hombros.

—Como los skaa de cualquier otra parte.

—¿Son inteligentes?

—Algunos lo son.

—Pero no como tú y yo, ¿no?

Vin se detuvo. *¿Cómo respondería una noble?*

—No, por supuesto que no. Son solo skaa. ¿Por qué te interesan tanto?

Elend parecía... decepcionado.

—Por ningún motivo —dijo, volviendo a acomodarse en su silla y abriendo su libro—. Creo que algunos de aquellos hombres de allí quieren invitarte a bailar.

Vin se volvió y vio que, en efecto, había un grupo de jóvenes de pie, a cierta distancia de la mesa. Apartaron la mirada en cuanto se giró. Al cabo de un instante uno de los hombres señaló hacia otra mesa; luego se acercó e invitó a bailar a una joven dama.

—Varias personas se han fijado en ti, mi señora —dijo Sazed—. Sin embargo, no se acercan. La presencia de lord Venture los intimida, creo.

Elend bufó.

—Deberían saber que soy cualquier cosa menos intimidatorio.

Vin frunció el ceño, pero Elend continuó leyendo. *¡Bien!*, pensó, volviéndose de nuevo hacia los jóvenes. Miró a uno de ellos a los ojos y le dedicó una leve sonrisa.

Unos instantes después, el joven se acercó. Le habló con mucha formalidad, estirado.

—Lady Renoux, soy lord Melend Liese. ¿Querría bailar conmigo?

Vin miró a Elend, pero este no levantó la cabeza de su libro.

—Me encantaría, lord Liese —respondió, tomando la mano del joven y levantándose.

Él la condujo a la pista de baile y, mientras se dirigían hacia allí, el nerviosismo de Vin regresó. De repente, una semana de práctica no le pareció suficiente. La música cesó, permitiendo que las parejas entraran en la pista o la abandonaran, y lord Liese la guio hacia delante.

Vin combatió su paranoia, recordándose que todo el mundo veía el vestido y el rango, no a ella. Miró a los ojos de lord Liese y, para su sorpresa, vio aprensión.

Comenzó la música y, con ella, el baile. El rostro de lord Liese adquirió una expresión de consternación. Ella notó su palma sudando en sus manos. *¡Vaya, pero si está casi tan nervioso como yo! Quizá incluso más.*

Liese era más joven que Elend, más de la edad de Vin. No debía de tener mucha experiencia en bailes; desde luego, no parecía que hubiera bailado mucho. Se concentraba tanto en los pasos que los movimientos eran rígidos.

Tiene sentido, advirtió Vin, relajándose y dejando que su cuerpo se moviera según le había enseñado Sazed. *Los experimentados no me invitarían a bailar, no siendo tan novata: no me prestan atención.*

Pero ¿por qué me presta atención Elend? ¿Es solo por lo que dice Sazed, para molestar a su padre? Pero entonces, ¿por qué parece interesado en las cosas que digo?

—Lord Liese —dijo Vin—. ¿Qué sabe de Elend Venture?

Liese alzó la cabeza.

—Hummm, yo...

—No se concentre tanto en el baile. Mi instructor dice que fluirá de modo más natural si no se intenta con tanto empeño.

Él se ruborizó.

¡Por el lord Legislador!, pensó Vin. *¿Tan novato es este chico?*

—Hummm, lord Venture... —dijo Liese—. No sé. Es una persona muy importante. Mucho más importante que yo.

—No deje que su linaje le intimide. Por lo que he visto, es bastante inofensivo.

—No sé, mi señora. Venture es una casa extremadamente influyente.

—Sí, bueno, pero Elend no hace honor a esa reputación. Parece aficionado a ignorar a quienes lo acompañan... ¿Hace eso con todo el mundo?

Liese se encogió de hombros, bailando de manera más natural ahora que estaban charlando.

—No lo sé. Usted... parece conocerlo bastante mejor que yo, mi señora.

—Yo... —Vin se calló. Sentía como si lo conociera bien, mucho mejor que a ningún hombre después de dos breves encuentros. Sin embargo, no podía explicárselo muy bien a Liese.

Pero tal vez... ¿No dijo Renoux que había visto a Elend una vez?

—Bueno, Elend es amigo de la familia —dijo Vin mientras giraban bajo una cristalina claraboya.

—¿Ah, sí?

—Sí. Mi tío fue muy amable al pedirle a Elend que me vigilara en estas fiestas, y hasta ahora ha sido un encanto. Pero desearía que prestara menos atención a esos libros suyos y más a presentarme.

Liese estiró el cuello y pareció un poco menos inseguro.

—Vaya. En fin, tiene sentido.

—Pues claro. Elend ha sido como un hermano mayor para mí durante mi estancia aquí en Luthadel.

Liese sonrió.

—Le pregunto por él porque no habla mucho de sí mismo —dijo Vin.

—Los Venture han estado todos muy callados últimamente —dijo Liese—. Desde el ataque a su mansión hace unos cuantos meses.

Vin asintió.

—¿Sabe mucho al respecto?

Liese negó con la cabeza.

—Nadie me cuenta nada. —Bajó la mirada para contemplar sus pies—. Baila usted muy bien, lady Renoux. Debe de haber asistido a muchos bailes en su ciudad natal.

—Me halaga, mi señor.

—No, de veras. Es usted tan... grácil.

Vin sonrió, sintiendo un leve arrebato de confianza.

—Sí —dijo Liese, casi para sí—. No es en absoluto como dijo lady Shan... —Calló, sacudiéndose levemente, como si acabara de darse cuenta de lo que estaba diciendo.

—¿Qué? —dijo Vin.

—Nada —respondió Liese, ruborizándose aún más—. Lo siento. No es nada.

Lady Shan, pensó Vin. *Recuerda ese nombre.*

Sondeó un poco más a Liese mientras seguían bailando, pero quedó claro que él era demasiado inexperto para saber gran cosa. Eso sí, consideraba que la tensión estaba creciendo entre las casas; aunque los bailes continuaban, había cada vez más ausencias, pues había quien no asistía a las fiestas celebradas por sus rivales políticos.

Cuando terminó el baile, Vin dio por buenos sus esfuerzos. Quizá no hubiese descubierto nada que resultara de mucho valor para Kelsier, pero Liese era solo el principio. Ya llegaría a gente más importante.

Lo cual significa que voy a tener que asistir a muchos bailes más, pensó mientras Liese la conducía de vuelta a su mesa. No es que los bailes en sí mismos fueran desagradables, sobre todo ahora que confiaba más en su capacidad para bailar. Sin embargo, más bailes significaban menos oportunidades para estar ahí fuera, entre las brumas.

Sazed no me permite ir, de todas formas, pensó con un suspiro, y sonrió amablemente mientras Liese hacía una reverencia y se retiraba.

Elend había esparcido sus libros sobre la mesa y su parte estaba iluminada por varios candelabros más... aparentemente de otras mesas.

Bueno, al menos tenemos el robo en común, pensó.

Elend estaba encorvado sobre la mesa, haciendo anotaciones en un librito de bolsillo. No levantó la cabeza mientras ella se sentaba. A Sazed no se lo veía por ninguna parte.

—He enviado al terrisano a cenar —dijo Elend, distraído, mientras escribía—. No hay necesidad de que pase hambre mientras tú revoloteas por ahí.

Vin alzó una ceja, mirando los libros que dominaban la mesa. Mientras Vin lo observaba, Elend apartó un tomo, dejándolo abierto por una página concreta, y acercó otro.

—Y bien, ¿qué tal el baileteo?

—La verdad es que ha sido divertido.

—Creía que no eras muy buena bailarina.

—No lo era —dijo Vin—. He practicado. Puede que esta información te parezca sorprendente, pero sentarse al fondo de una sala a leer libros en la oscuridad no ayuda exactamente a ser mejor bailarín.

—¿Eso es una proposición? —preguntó Elend, apartando su libro y seleccionando otro—. No es propio de una dama invitar a bailar a un hombre, ya sabes.

—Por favor, no quisiera distraerte de tu lectura —dijo Vin, volviendo un libro hacia ella. Hizo una mueca: el texto estaba escrito a mano, con letra pequeña e intrincada—. Además, bailar contigo estropearía todo el trabajo que acabo de hacer.

Elend se detuvo. Por fin alzó la cabeza.

—¿Trabajo?

—Sí. Sazed tenía razón: intimidas a lord Liese y yo también, por asociación. Podría ser desastroso para la vida social de una dama joven que todos los hombres la creyeran fuera de su alcance por el mero hecho de que un lord molesto decida estudiar en su mesa.

—Así que... —dijo Elend.

—Así que me he limitado a contarle que me estabas enseñando las costumbres de la corte. Como si fueras un... hermano mayor.

—¿Hermano mayor? —preguntó Elend, frunciendo el ceño.

—Mucho mayor —sonrió Vin—. Quiero decir, al menos me doblas la edad.

—Te doblo la... Valette, tengo *veintiún* años. A menos que seas una niña de diez años *muy* madura, no te «doblo la edad».

—Las matemáticas nunca se me han dado muy bien —dijo ella como si tal cosa.

Elend suspiró y puso los ojos en blanco. Cerca, lord Liese charlaba tranquilamente con su grupo de amigos, señalando hacia ellos. Con suerte, uno la invitaría a bailar pronto.

—¿Conoces a una tal lady Shan? —preguntó Vin como quien no quiere la cosa mientras esperaba.

Sorprendentemente, Elend alzó la cabeza.

—¿Shan Elariel?

—Supongo. ¿Quién es?

Elend volvió a su libro.

—Nadie importante.

Vin alzó ambas cejas.

—Elend, solo llevo unos meses haciendo esto, pero incluso yo sé que no hay que fiarse de un comentario así.

—Bueno... Puede que esté comprometido con ella.

—¿Tienes una prometida? —preguntó Vin, exasperada.

—No estoy seguro del todo. Hace como un año que no hacemos nada al respecto. Es probable que todo el mundo se haya olvidado del asunto a estas alturas.

Magnífico, pensó Vin.

Un momento después, uno de los amigos de Liese se acercó. Contenta por librarse del frustrante heredero Venture, Vin se levantó, aceptando la mano del joven lord. Mientras se dirigía a la pista, miró a Elend y lo pilló mirándola por encima del libro. Inmediatamente volvió a su lectura con aire declaradamente indiferente.

Vin se sentó a la mesa, considerablemente agotada. Resistió la tentación de quitarse los zapatos y frotarse los pies; sospechaba que no sería muy propio de una dama. Encendió con cuidado su cobre, luego quemó peltre, reforzando su cuerpo y reduciendo un poco su fatiga.

Dejó que el peltre, y luego el cobre, se agotaran. Kelsier le había asegurado que con el cobre encendido no podría ser identificada como alomántica. Vin no estaba tan segura. Con el peltre ardiendo, sus reacciones eran demasiado rápidas, su cuerpo demasiado fuerte. Le parecía que una persona observadora podría advertir esas anomalías, fuera alomántica o no.

Con el peltre agotado, su fatiga regresó. Había estado intentando últimamente no depender tanto del peltre. La herida solo le dolía mucho si se giraba sin cuidado, y quería recuperar fuerzas por su cuenta, si podía.

En cierto modo, el cansancio de esa noche era bueno: el resultado de bailar mucho tiempo. Ahora que los jóvenes consideraban a Elend una especie de guardián y no un interés romántico, no dudaban en invitar a Vin a bailar. Y, temerosa de hacer una declaración política inadecuada al negarse, Vin había accedido a todas las peticiones. Unos cuantos meses antes se hubiese reído de la idea de sentirse agotada por bailar. Sin embargo, los pies destrozados, el costado dolorido y las piernas pesadas se sumaban al esfuerzo de memorizar nombres y casas (por no mencionar el de mantener la conversación banal de sus compañeros de baile), que la había dejado mentalmente exhausta.

Menos mal que Sazed me hace llevar zapatos planos en vez de con tacón, pensó con un suspiro, mientras bebía zumo helado. El terrisano no había vuelto todavía de su cena. Curiosamente Elend tampoco estaba en la mesa, aunque sus libros aún la cubrían.

Vin miró los tomos. Tal vez si la veían leyendo, los jóvenes la dejaran en paz un rato. Acercó y revisó los libros en busca de un candidato probable. El que más le interesaba (el cuadernito encuadernado en cuero de Elend) no estaba.

Se llevó un grueso tomo azul a su lado de la mesa. Lo había escogido porque tenía la letra grande: ¿tan caro era el papel que los escribas necesitaban introducir el mayor número posible de renglones por página? Vin suspiró y repasó el volumen.

No puedo creer que la gente lea libros tan grandes, pensó. A pesar del tamaño de la letra, cada página estaba llena de palabras. Harían falta días y días para leerlo entero. Reen le había enseñado a leer para que pudiera descifrar contratos, escribir notas y tal vez hacerse pasar por noble. Sin embargo, su formación no se había extendido a textos tan largos.

Prácticas históricas en la norma política imperial, decía la primera página. Los capítulos llevaban por título cosas como «El programa de gobierno del siglo V» y «El ascenso de las plantaciones de skaa». Hojeó el libro hasta el final, suponiendo que sería lo más importante. El último capítulo se titulaba «Estructura política actual».

Empezó a leer:

Hasta ahora el sistema de plantaciones ha producido un gobierno mucho más estable que los métodos previos. La estructura de Dominios con cada lord provincial al mando de sus skaa y responsable de ellos ha engendrado un entorno competitivo donde la disciplina se mantiene de manera férrea.

El lord Legislador al parecer encuentra preocupante este sistema a causa de la libertad que permite a la aristocracia. Sin embargo, la relativa falta de rebeliones organizadas es indudablemente interesante; durante los doscientos años que el sistema lleva en funcionamiento, no ha habido ningún levantamiento importante en los Cinco Dominios Interiores.

Naturalmente, este sistema político es solo una extensión del gran gobierno teocrático. La independencia de la aristocracia ha sido templada por un renovado vigor en la aplicación de la ley por parte de los obligadores. No hay lord, por pequeño que sea, que se considere por encima de la ley. Cualquiera puede recibir la visita de un inquisidor.

Vin frunció el ceño. Aunque el texto era árido, le sorprendió que el lord Legislador permitiera semejantes discusiones analíticas sobre su imperio. Se acomodó en su asiento con el libro en las manos, pero ya no siguió leyendo. Estaba demasiado agotada por las horas que había pasado intentando sonsacar información a sus compañeros de baile.

Por desgracia, la política no prestaba atención a su cansancio. Aunque hizo todo lo posible por parecer absorta en el libro de Elend, una figura se acercó a su mesa.

Vin suspiró, preparándose para otro baile. No obstante, enseguida advirtió que el recién llegado no era un noble, sino un mayordomo terrisano. Como Sazed, llevaba ropas de capas superpuestas en V y le gustaban mucho las joyas.

—¿Lady Valette Renoux? —preguntó el hombre, con voz levemente cargada de acento.

—Sí —respondió Vin, vacilante.

—Mi señora, lady Shan Elariel requiere su presencia en su mesa.

¿Requiere?, pensó Vin. No le gustó el tono y tenía pocos deseos de conocer a la exprometida de Elend. Por desgracia, la Casa Elariel era una de las Grandes Casas más poderosas: seguro que no se trataba de alguien a quien se pudiera ignorar por capricho.

El terrisano esperó.

—Muy bien —dijo Vin, levantándose con toda la gracia de la que fue capaz.

El terrisano la condujo hacia una mesa cercana. La mesa estaba bien atendida, con cinco mujeres sentadas a su alrededor, y Vin localizó a Shan de inmediato. Lady Elariel era obviamente la escultural mujer de largo pelo oscuro. No participaba en la conversación, pero parecía dominarla de todas formas. Sus brazos chispeaban con brazaletes de color lavanda a juego con su vestido. Volvió sus ojos despectivos hacia Vin mientras se acercaba.

Aquellos ojos oscuros eran penetrantes. Vin se sintió desnuda ante ellos, despojada de su hermoso vestido, reducida a una sucia chica callejera una vez más.

—Discúlpennos, señoras —dijo Shan. Las mujeres hicieron de inmediato lo que se les ordenaba y se levantaron de la mesa a toda prisa.

Shan tomó un tenedor y empezó a diseccionar y devorar meticulosamente una pequeña tarta. Vin se quedó allí de pie, insegura, mientras el mayordomo terrisano ocupaba su puesto tras la silla de Shan.

—Puedes sentarte —dijo Shan.

Me siento de nuevo una skaa, pensó Vin, sentándose. *¿También las nobles se tratan unas a otras de esta manera?*

—Te encuentras en una posición envidiable, niña.

—¿Cómo es eso?

—Dirígete a mí como lady Shan —dijo Shan sin cambiar su tono—. O puedes llamarme «mi señora». Shan esperó con expectación, dando bocaditos a la tarta. Finalmente, Vin dijo:

—¿Cómo es eso, mi señora?

—Porque el joven lord Venture ha decidido utilizarte en sus juegos. Eso significa que tienes la oportunidad de ser también utilizada por mí.

Vin frunció el ceño. *Acuérdate de seguir interpretando tu papel. Eres Valette, que se deja intimidar fácilmente.*

—¿No sería mejor no ser utilizada por nadie, mi señora? —preguntó Vin con cautela.

—Tonterías —replicó Shan—. Incluso una simple inculta como tú debe ver la importancia de ser útil a sus superiores. —Shan dijo incluso el insulto sin vehemencia: parecía dar por hecho que Vin iba a mostrarse de acuerdo.

Vin estaba desconcertada. Ningún otro miembro de la nobleza la había tratado de aquella manera. Naturalmente, el único miembro de una Gran Casa que había conocido hasta ahora era Elend.

—Confío por tu expresión sumisa que aceptas tu lugar —dijo Shan—. Compórtate bien, niña, y tal vez te deje unirte a mi séquito. Podrías aprender mucho de las damas de Luthadel.

—¿Como qué? —preguntó Vin, tratando de apartar la brusquedad de su voz.

—Mírate en el espejo alguna vez, niña. Tienes un pelo que parece como si hubieras pasado por una enfermedad terrible y estás tan delgada que el vestido te cuelga como un saco. Ser una noble en Luthadel requiere... perfección. No *eso*. —Pronunció la última palabra mientras hacía un gesto despectivo con la mano hacia Vin.

Vin se ruborizó. Había un extraño poder en la actitud despreciativa de esa mujer. Con un sobresalto, Vin advirtió que Shan le recordaba a algunos jefes de banda que había conocido, como Camon: hombres que golpeaban a una persona sin esperar ninguna resistencia. Todo el mundo sabía que resistirse a esos hombres solo empeoraría los golpes.

—¿Qué quiere de mí? —preguntó.

Shan alzó una ceja apartando el tenedor y dejando la tarta a medio comer. El terrisano recogió el plato y se marchó con él.

—Eres un poquito obtusa, ¿no?

Vin guardó silencio.

—¿Qué quiere *mi señora* de mí?

—Te lo diré alguna vez... suponiendo que lord Venture decida seguir jugando contigo.

Vin captó un levísimo destello de odio en sus ojos cuando pronunció el nombre de Elend.

—Por ahora —continuó Shan—, cuéntame la conversación que has tenido con él esta noche.

Vin abrió la boca para responder. Pero... algo estaba mal. Solo captó una leve fluctuación. Ni siquiera la hubiese advertido sin la formación de Brisa.

¿Una aplacadora? Interesante.

Shan estaba intentando volverla complaciente. ¿Para que hablara, tal vez? Vin empezó a contarle su conversación con Elend, sin revelar nada interesante. Sin embargo, seguía pareciéndole extraña la manera en que Shan jugaba con sus emociones. Con el rabillo del ojo Vin vio que el terrisano de Shan regresaba de las cocinas. Sin embargo, no volvió a la mesa sino que se encaminó en la dirección opuesta.

Hacia la mesa de Vin. Se detuvo junto a ella y empezó a curiosear entre los libros de Elend.

Sea lo que sea lo que quiere, no puedo dejar que lo encuentre.

Vin se levantó de repente, provocando por fin una reacción en Shan, que alzó sorprendida la cabeza.

—¡Acabo de recordar que le he dicho a mi terrisano que se encontrara conmigo en mi mesa! ¡Se preocupará si no estoy sentada allí!

—Ay, por el amor del lord Legislador —murmuró Shan entre dientes—. Niña, no hay ninguna necesidad...

—Lo siento, mi señora. Tengo que irme.

Quizá fuera demasiado evidente, pero no se le ocurría otra salida. Vin ensayó una reverencia y se retiró de la mesa de Shan, dejando atrás a la disgustada mujer. El terrisano era bueno: cuando Vin estaba solo a unos pocos pasos de la mesa de Shan ya había reparado en ella y continuaba su camino, con movimientos admirablemente impasibles.

Vin regresó a su mesa, preguntándose si se habría puesto en evidencia al dejar tan bruscamente a Shan. Sin embargo, estaba demasiado cansada para que le importase. Cuando advirtió que un grupo de jóvenes la miraba, se sentó a toda prisa y abrió uno de los libros de Elend.

Por fortuna, la estratagema funcionó mejor esta vez. Los jóvenes acabaron por darse media vuelta y dejarla en paz, y Vin pudo relajarse un poco con el libro abierto delante. Se hacía tarde y el salón de baile empezaba a vaciarse lentamente.

Los libros, pensó con el ceño fruncido, levantando su copa de zumo para tomar un sorbo. *¿Para qué los quiere el terrisano?*

Escrutó la mesa, tratando de decidir si había tocado algo, pero Elend había dejado los libros en tal estado de desorden que era difícil decirlo. Sin embargo, un librito que asomaba bajo otro tomo llamó su atención. La mayoría de los textos estaban abiertos por una página específica, y ella había visto a Elend repasándolos. Aquel libro, sin embargo, estaba cerrado... y no recordaba que él lo hubiera abierto. Estaba allí desde antes (lo reconoció porque era mucho más fino que los otros), de modo que el terrisano no lo había dejado.

Curiosa, sacó el libro de debajo del otro. Tenía una negra cubierta de cuero y en el lomo ponía *Pautas climatológicas del Dominio Septentrional*. Vin frunció el ceño, volviendo el libro en sus manos. No había página de créditos ni aparecía ningún autor. Comenzaba directamente con el texto.

Cuando nos referimos al Imperio Final en su totalidad, hay un hecho inconfundible. Para tratarse de una nación gobernada por una divinidad autoproclamada, el imperio ha experimentado un aterrador número de colosales errores de liderazgo. La mayoría han sido ocultados con éxito y solo pueden encontrarse en las mentes de metal de los feruquimistas o en las páginas de los textos prohibidos. Sin embargo, solo hace falta mirar al pasado cercano para advertir errores como la Masacre de Devanex, la revisión de la Doctrina de la Profundidad y la recolocación de los pueblos de Renate.

El lord Legislador no envejece. Eso, al menos, es innegable. Este texto, sin embargo, se propone demostrar que no es en modo alguno infalible. Durante los días anteriores a la Ascensión, la humanidad sufrió el caos y la incertidumbre causados por un interminable ciclo de reyes, emperadores y otros monarcas. Se podría pensar que ahora, con un único gobernante inmortal, la sociedad tendría por fin una oportunidad para encontrar estabilidad e iluminación. La notable falta de esos atributos en el Imperio Final es el fracaso más oneroso del lord Legislador.

Vin se quedó mirando la página. Algunas de las palabras la superaban, pero comprendió lo que quería decir el autor. Estaba diciendo...

Cerró el libro y lo dejó rápidamente en su sitio. ¿Qué sucedería si los obligadores descubrían que Elend poseía un texto semejante? Miró hacia los lados. Había obligadores presentes, por supuesto, confraternizando con la multitud como en el otro baile, distinguibles por sus túnicas grises y sus rostros tatuados. Muchos estaban sentados a las mesas de los nobles. ¿Amigos o espías del lord Legislador? Nadie parecía demasiado cómodo cuando había un obligador cerca.

¿Qué está haciendo Elend con un libro como ese? ¿Un noble poderoso como él? ¿Por qué lee textos que acusan al lord Legislador?

Una mano se posó sobre su hombro y Vin se volvió instintivamente, el peltre y el cobre ardiendo en su estómago.

—Caramba —dijo Elend, dando un paso atrás y alzando la mano—. ¿No te ha dicho nadie lo nerviosa que eres, Valette?

Vin se relajó, se acomodó en su silla y apagó sus metales. Elend se dirigió a su sitio y se sentó.

—¿Disfrutando de Heberen?

Vin frunció el ceño y Elend señaló con la cabeza el libro grande y grueso que todavía tenía plantado delante.

—No. Es aburrido. Solo fingía leer para que me dejaran en paz un rato.

Elend se echó a reír.

—Ahora verás cómo tu astucia viene a jugarte una mala pasada.

Vin alzó una ceja mientras Elend empezaba a recoger sus libros y los apilaba sobre la mesa. No pareció advertir que ella había movido el libro «climatológico», pero lo deslizó con cuidado en medio del montón.

Vin apartó la mirada del libro. *Quizá no debería hablarle de Shan... no hasta que hable con Sazed.*

—Creo que mi astucia me ha servido bien —dijo en cambio—. Después de todo, he venido al baile a bailar.

—A mí bailar me parece aburridísimo.

—No puedes permanecer apartado eternamente de la corte, lord Venture: eres el heredero de una casa muy importante.

Él suspiró, se desperezó y se arrellanó en su asiento.

—Supongo que tienes razón —dijo, con sorprendente franqueza—. Pero cuanto más lo aplazo, más se molesta mi padre. Eso, en sí, es un objetivo digno.

—No es el único al que haces daño. ¿Qué hay de esas muchachas que nunca son invitadas a bailar porque tú estás demasiado ocupado repasando tus libros?

—Que yo recuerde —dijo Elend, colocando el último libro encima del montón—, alguien estaba fingiendo leer para *evitar* tener que bailar. No creo que las damas tengan ningún problema para encontrar acompañantes más amistosos que yo.

Vin alzó una ceja.

—No he tenido problemas porque soy nueva y mi rango es bajo. Sospecho que las damas que están más a tu altura tienen problemas para encontrar acompañante, amistoso o no. Tal como yo lo entiendo, los nobles se sienten incómodos bailando con mujeres que están por encima de su rango.

Elend guardó silencio, buscando obviamente una contestación.

Vin se inclinó hacia delante.

—¿Qué pasa, Elend Venture? ¿Por qué te empeñas con tanto ahínco en eludir tu deber?

—¿Deber? —preguntó Elend, inclinándose hacia ella—. Valette, esto no es deber. Este baile... es inconsecuencia y distracción. Una pérdida de tiempo.

—¿Y las mujeres? ¿También lo son?

—¿Las mujeres? Las mujeres son... como tormentas. Son hermosas de contemplar y a veces agradables de escuchar... pero la mayor parte de las veces son solo una molestia.

Vin notó que se quedaba boquiabierta. Entonces advirtió el brillo en los ojos de él, la sonrisita en las comisuras de sus labios, y tuvo que sonreír también.

—¡Solo dices esas cosas para provocarme!

La sonrisa se hizo más amplia.

—Eso me hace encantador. —Se levantó, mirándola con aprecio—. Ah, Valette. No permitas que te engañen para que acabes tomándote demasiado en serio. No merece la pena. Pero debo despedirme. Trata de no dejar pasar meses entre los bailes a los que asistas en el futuro.

Vin sonrió.

—Me lo pensaré.

—Por favor, que así sea —dijo Elend, agachándose y recogiendo el montón de libros. Se tambaleó un momento, luego recuperó el equilibrio y se asomó por un lado—. Quién sabe, tal vez un día de estos consigas que me ponga a bailar.

Vin sonrió, asintiendo con la cabeza cuando el noble se dio media vuelta y se marchó rodeando la segunda planta de la pista de baile. Se encontró con otros dos jóvenes y Vin vio con curiosidad cómo uno de ellos le daba una palmada amistosa en el hombro y luego se hacía con la mitad de los libros. Los tres se marcharon juntos, charlando.

Vin no reconoció a los recién llegados. Se quedó allí sentada, pensativa, hasta que Sazed apareció por fin en un lateral y Vin lo llamó con un gesto impaciente. Sazed se acercó sin prisas.

—¿Quiénes son esos hombres que están con lord Venture? —preguntó, señalando a Elend.

Sazed entornó los ojos tras sus gafas.

—Vaya... Uno de ellos es lord Jastes Lekal. El otro es un Hasting, aunque no conozco su nombre.

—Pareces sorprendido.

—Las Casas Lekal y Hasting son rivales políticas de la Casa Venture, señora. Los nobles suelen visitarse en fiestas más pequeñas tras los bailes, para hacer alianzas... —El terrisano hizo una pausa y se volvió hacia ella—. Creo que maese Kelsier querrá enterarse de esto. Es hora de marcharnos.

—Estoy de acuerdo. Y mis pies también. Vámonos.

Sazed asintió y los dos se dirigieron hacia la puerta.

—¿Por qué has tardado tanto? —preguntó Vin mientras esperaban a que un criado le trajera su chal.

—He regresado varias veces, señora —dijo Sazed—. Pero siempre estabas bailando. Me ha parecido mejor hablar con los criados que estar de pie detrás de tu mesa.

Vin asintió, aceptó su chal y ambos bajaron las escaleras alfombradas, Sazed detrás. El paso de Vin era rápido: quería volver y contarle a Kelsier los nombres que había memorizado antes de olvidar la lista entera. Se detuvo en el rellano, esperando a que un criado trajera su carruaje. Mientras lo hacía, notó algo extraño. Una pequeña perturbación tenía lugar a poca distancia entre las brumas. Dio un paso adelante, pero Sazed colocó una mano sobre su hombro, reteniéndola. Una dama no se internaría en las brumas.

Recurrió al cobre y el estaño, pero esperó: la perturbación se acercaba. Un guardia salió de la bruma tirando de una forma pequeña que se debatía: un niño skaa con la ropa sucia y la cara manchada de hollín. El soldado hizo ante Vin una amplia reverencia, pidiéndole disculpas mientras se acercaba a uno de los capitanes de la guardia. Vin quemó estaño para oír lo que decían.

—Un pinche de las cocinas —dijo el soldado en voz baja—. Trató de pedir limosna a uno de los nobles que iba en un carruaje cuando se ha detenido a esperar a que abrieran las verjas.

El capitán se limitó a asentir con la cabeza. El soldado se llevó a su cautivo entre las brumas camino del lejano patio. El niño se debatía y el soldado gruñó, molesto, agarrándolo con fuerza. Vin lo vio marchar mientras Sazed mantenía la mano sobre su hombro, como intentando retenerla. Naturalmente, no podía ayudar al niño. No debería haber...

En la bruma, más allá de la vista de la gente corriente, el soldado sacó una daga y le cortó la garganta al pequeño. Vin dio un respingo, anonadada, mientras los sonidos de la resistencia del niño se apagaban. El guardia dejó caer el cuerpo, luego lo agarró por una pierna y empezó a arrastrarlo.

Vin se quedó allí de pie, conmocionada, mientras llegaba su carruaje.

—Señora —la instó Sazed, pero ella no reaccionó.

Lo han matado, pensó. *Aquí mismo, a unos pocos pasos de donde los nobles esperan sus carruajes. Como si... la muerte no fuera nada extraordinario. Solo otro skaa sacrificado. Como un animal.*

O menos que un animal. Nadie mataría un cerdo en el patio de una fortaleza. La postura del guardia mientras llevaba a cabo el asesinato indicaba que estaba demasiado molesto por la resistencia del niño para esperar a estar en un sitio más adecuado. Si otros nobles habían advertido lo sucedido no prestaron atención y continuaron charlando mientras esperaban. De hecho, parecían charlar un poco más ahora que los gritos habían cesado.

—Señora —repitió Sazed, empujándola hacia delante.

Ella permitió que la llevara hasta el carruaje, su mente todavía distraída. El contraste le parecía imposible. La agradable nobleza, bailando, dentro de una habitación que resplandecía con luces y vestidos. Muerte en el patio. ¿No les importaba? ¿No sabían?

Esto es el Imperio Final, Vin, se dijo mientras el carruaje se ponía en marcha. *No olvides la ceniza porque veas un poco de seda. Si esa gente de ahí dentro supiera que eres una skaa, te habrían matado con la misma facilidad que a ese pobre niño.*

Fue un pensamiento amargo que la mantuvo absorta durante todo el viaje de regreso a Fellise.

Kwaan y yo nos conocimos por casualidad... aunque supongo que él diría que fue la «providencia».

He conocido a muchos otros filósofos terrisanos desde aquel día. Son, cada uno de ellos, hombres de gran sabiduría y sorprendente sagacidad. Hombres de una importancia casi palpable.

No es así Kwaan. En cierto modo, era tan improbable que fuese profeta como yo héroe. Nunca tuvo un aire de sabiduría ceremoniosa; tampoco era un erudito religioso. La primera vez que nos vimos, estaba investigando uno de sus ridículos intereses en la gran biblioteca de Khlenni; creo que trataba de determinar si los árboles pueden pensar o no.

Que fuera quien finalmente descubrió al gran Héroe de la profecía de Terris es un asunto que me habría dado risa si los hechos hubieran sucedido de manera algo distinta.

19

Kelsier percibió a otro alomántico latiendo entre las brumas. Las vibraciones lo sacudieron como olas rítmicas que besaran una orilla tranquila. Eran débiles, pero inconfundibles.

Se agazapó sobre el muro bajo de un jardín escuchando las vibraciones. La arremolinada bruma blanca continuaba su habitual y plácido revoloteo, indiferente, salvo por la más cercana a su cuerpo, que se enroscaba en la corriente alomántica normal en torno a sus extremidades.

Kelsier escrutó la noche, avivando estaño y buscando al otro alomántico. Le pareció ver a una figura agazapada sobre un muro distante, pero no podía estar seguro. Sin embargo, reconocía las vibraciones alománticas. Cada metal, cuando ardía, emitía una señal clara, reconocible para aquellos experimentados con el bronce. El hombre lejano quemaba estaño, como hacían los otros cuatro que Kelsier había sentido ocultos alrededor de la fortaleza Tekiel. Los cinco ojos de estaño formaban un círculo vigilando la noche en busca de intrusos.

Kelsier sonrió. Las Grandes Casas se estaban poniendo nerviosas. Mantener a cinco ojos de estaño de guardia no sería tan complicado para una casa como Tekiel, pero a los nobles alománticos no les haría ninguna gracia verse obligados a actuar como simples guardias. Y si había cinco ojos de estaño a la vez, era muy probable que varios violentos, lanzamonedas y atraedores estuvieran también de servicio. Luthadel se hallaba en silencioso estado de alerta.

De hecho, las Grandes Casas estaban tan inquietas que Kelsier tenía problemas para encontrar huecos en sus defensas. Era un solo hombre y aunque fuese un nacido de la bruma tenía sus límites. Su éxito hasta el momento había que atribuirlo al factor sorpresa. Sin embargo, con cinco ojos de estaño de guardia, Kelsier no podría acercarse mucho a la mansión sin correr un serio riesgo de ser sorprendido.

Por fortuna, Kelsier no necesitaba poner a prueba las defensas de Tekiel esa noche. Se arrastró por la muralla hasta los terrenos exteriores. Se detuvo junto al pozo del jardín y (quemando bronce para asegurarse de que no había alománticos cerca) se acercó a unos arbustos para recoger un gran saco. Era tan pesado que tuvo que quemar peltre para echárselo al hombro. Se detuvo un momento en la noche, tratando de escuchar sonidos en la bruma, y luego cargó con el saco hasta la mansión.

Se detuvo junto a un gran porche encalado próximo a un pequeño estanque. Allí, descargó el saco y dejó caer al suelo su contenido, un cadáver reciente.

El cuerpo, de un tal lord Charrs Entrone, rodó hasta detenerse boca abajo, con las heridas de dagas gemelas brillando en su espalda. Kelsier había emboscado al hombre medio borracho en la calle de un barrio skaa y había librado al mundo de otro noble. Lord Entrone, en particular, no sería añorado: era famoso por su retorcido sentido del placer. Las peleas de skaa, por ejemplo, eran una de sus diversiones favoritas. Dedicado a ellas había ido a pasar la noche.

Entrone, y no por coincidencia, era un importante aliado político de la Casa Tekiel. Kelsier dejó el cadáver tendido en un charco de su propia sangre. Los jardineros lo encontrarían y, cuando los criados se enteraran de la muerte, la obstinación de los nobles no podría mantenerla en secreto. El asesinato provocaría un clamor y la culpa sería achacada a la Casa Izenry, rival de la Casa Tekiel. Sin embargo, la muerte inesperada y sospechosa de Entrone haría recelar a la Casa Tekiel. Si empezaban a hacer indagaciones, descubrirían que quien había apostado contra Entrone la noche de la pelea de skaa había sido Crews Geffenry, un hombre cuya casa había solicitado a los Tekiel una alianza más fuerte. Crews era un nacido de la bruma reputado y un experto con los cuchillos.

Y así comenzaría la intriga. ¿El asesinato era responsabilidad de la Casa Izenry o tal vez un intento de la Casa Geffenry para alarmar aún más a Tekiel y animarlo a buscar alianzas con la baja nobleza? ¿O había una tercera casa que quería reforzar la rivalidad entre Tekiel e Izenry?

Kelsier saltó del muro del jardín rascándose la barba falsa que llevaba. En realidad no importaba a quién decidiera echar la culpa la Casa Tekiel; el verdadero propósito de Kelsier era hacerlos dudar y preocuparse, recelar y malinterpretar sus actos. El caos era su mejor aliado para alentar una guerra entre casas. Cuando esa guerra estallara por fin, cada noble muerto sería una persona menos a quien los skaa tendrían que enfrentarse en su rebelión.

En cuanto Kelsier se encontró a cierta distancia de la mansión Tekiel, lanzó una moneda y se subió a los tejados. De vez en cuando, se preguntaba qué pensaba la gente de las casas por las que pasaba al oír pasos en sus tejados. ¿Sabían que los nacidos de la bruma convertían sus viviendas en una conveniente carretera, un lugar por donde moverse sin ser molestados por guardias o ladrones? ¿O atribuían los golpes a los siempre aterradores espectros?

No deben de darse ni cuenta. Las personas cuerdas ya duermen cuando salen las brumas. Aterrizó en un tejado a dos aguas, recuperó su reloj de bolsillo del hueco donde lo había dejado, comprobó la hora y luego lo guardó de nuevo, junto con el peligroso metal del que estaba hecho. Muchos nobles llevaban metal de manera ostentosa, una bravata estúpida. Habían heredado la costumbre directamente del lord Legislador. A Kelsier, sin embargo, no le gustaba llevar encima ningún metal (reloj, anillo o brazalete) innecesario.

Se lanzó de nuevo al aire y se dirigió hacia los Laberintos de Hollín, un suburbio skaa situado en el extremo norte de la ciudad. Luthadel era enorme y se extendía en todas direcciones; cada pocas décadas se añadían nuevos barrios y la muralla de la ciudad se ampliaba con el sudor y el esfuerzo de la mano de obra skaa. Con la llegada de la moderna era de los canales, la piedra se había vuelto relativamente barata y fácil de trasladar.

Me pregunto por qué se preocupa por la muralla, pensó Kelsier, moviéndose por los tejados en paralelo a la enorme estructura. *¿Quién va a atacar? El lord Legislador lo controla todo. Ni siquiera las islas occidentales resisten ya.*

Hacía siglos que no había una verdadera guerra en el Imperio Final. La «rebelión» ocasional consistía en unos cuantos miles de hombres ocultos en montañas o cuevas que realizaban ataques esporádicos. Ni siquiera la rebelión de Yeden se basaba mucho en la fuerza: contaban con que el caos de una guerra entre casas, mezclado con la confusión estratégica de la Guarnición de Luthadel les diera una oportunidad. En una campaña extensa, Kelsier perdería. El lord Legislador y el Ministerio de Acero podían reunir literalmente a millones de soldados si era necesario.

Naturalmente, tenía otro plan. Kelsier no hablaba de él y apenas se atrevía a considerarlo. Tal vez no hubiera ocasión de llevarlo a cabo. Pero si se daba...

Saltó al suelo en los Laberintos de Hollín, luego se arrebujó en su capa y caminó por la calle con paso confiado. Su contacto estaba sentado a la puerta de un taller cerrado, fumando tranquilamente una pipa. Kelsier alzó una ceja: el tabaco era un lujo caro. O bien Hoid era un manirroto, o bien tenía tanto éxito como había dado a entender Dockson.

Hoid apartó la pipa con tranquilidad y se puso en pie... aunque eso no lo convirtió en mucho más alto. Delgado y calvo, ensayó una profunda reverencia en la neblinosa noche.

—Saludos, mi señor.

Kelsier se paró ante el hombre, los brazos cuidadosamente ocultos bajo la capa de bruma. No le interesaba que un informador callejero se diera cuenta de que el noble desconocido con el que se reunía tenía en los brazos las cicatrices de Hathsin.

—Vienes bien recomendado —dijo Kelsier, imitando el acento despectivo de un noble.

—Soy uno de los mejores, mi señor.

Todo el que es capaz de sobrevivir tanto como tú debe de ser bueno, pensó Kelsier. A los lores no les gustaba la idea de que otros hombres conocieran sus secretos. Los informadores no solían vivir mucho.

—Necesito saber algo, informador —prosiguió Kelsier—. Pero primero debes jurar que nunca le hablarás a nadie de este encuentro.

—Por supuesto, mi señor —dijo Hoid. Lo más probable era que

terminase faltando a su palabra antes de que la noche tocase a su fin: otro motivo por el que los informadores no solían vivir mucho—. Está, sin embargo, el asunto del pago...

—Tendrás tu dinero, skaa —replicó Kelsier.

—Por supuesto, mi señor —dijo Hoid, agachando rápidamente la cabeza—. Pediste información sobre la Casa Renoux, creo...

—Sí. ¿Qué se sabe? ¿Con qué casas está aliada? Debo saber esas cosas.

—En realidad no hay mucho que saber, mi señor. Lord Renoux es nuevo en la zona, y es un hombre cuidadoso. No tiene ni aliados ni enemigos por el momento... Está comprando gran número de armas y armaduras, aunque quizá lo haga para una amplia gama de casas y mercaderes, a fin de congraciarse con todos. Una sabia táctica. Tendrá, tal vez, un exceso de mercancía, pero también un exceso de amigos, ¿no?

Kelsier bufó.

—No veo por qué debería pagarte por eso.

—Tendrá demasiada mercancía, mi señor —dijo Hoid rápidamente—. Podrías sacar un buen beneficio de saber que Renoux consigna con pérdidas.

—No soy ningún mercader, skaa —dijo Kelsier—. ¡No me importan los beneficios ni las consignaciones!

Dejemos que se lo trague. Ahora piensa que pertenezco a una Gran Casa... Naturalmente, si no lo ha sospechado ya por la capa, entonces no se merece la reputación que tiene.

—Por supuesto, mi señor —se apresuró a decir Hoid—. Hay más, claro...

Ah, ahora lo veremos. ¿Se sabe en la calle que la Casa Renoux está relacionada con los rumores de rebelión? Si alguien había descubierto ese secreto, entonces el grupo de Kelsier corría un serio peligro.

Hoid tosió con suavidad, tendiendo la mano.

—¡Hombre insufrible! —gruñó Kelsier lanzando una bolsa de monedas a los pies de Hoid.

—Sí, mi señor —dijo Hoid, cayendo de rodillas y rebuscando con la mano—. Pido disculpas, mi señor. Mi vista es débil. Apenas puedo ver mis propios dedos delante de la cara.

Astuto, pensó Kelsier mientras Hoid encontraba la bolsa y la guardaba. El comentario sobre su agudeza visual era, naturalmente, mentira: nadie llegaba muy lejos en los bajos fondos con semejante impedimento. Sin embargo, un noble que creyera que su informador era medio ciego temería menos ser identificado. No es que a Kelsier le preocupara: llevaba uno de los mejores disfraces de Dockson. Además de la barba, llevaba una nariz falsa pero realista, plataformas en los zapatos y maquillaje para aclararse la tez.

—¿Has dicho que había más? Te lo juro, skaa, si no merece la pena...

—La merece —dijo Hoid rápidamente—. Lord Renoux está considerando una unión entre su sobrina, lady Valette, y lord Elend Venture.

Kelsier se quedó parado. *No me esperaba esto...*

—Eso es una tontería. Venture está *muy* por encima de Renoux.

—Se vio a los dos jóvenes hablando, y largamente, en el baile de los Venture hace un mes.

Kelsier se rio, despectivo.

—Eso lo sabe todo el mundo. No significó nada.

—¿No? —preguntó Hoid—. ¿Sabe todo el mundo que lord Elend Venture habló muy bien de la muchacha a sus amigos, un grupo de nobles filósofos que frecuentan la Pluma Rota?

—Los jóvenes hablan de mujeres —dijo Kelsier—. No significa nada. Devuélveme esas monedas.

—¡Espera! —dijo Hoid, aprensivo por primera vez—. Hay más. Lord Renoux y lord Venture han tenido tratos secretos.

¿Qué?

—Es cierto —continuó Hoid—. Es una noticia fresca... Yo mismo la he oído hace apenas una hora. Hay una relación entre Renoux y Venture. Y, por algún motivo, lord Renoux ha podido conseguir que asignaran a Elend Venture para que vigilara a lady Valette en los bailes —bajó la voz—. Incluso se susurra que lord Renoux ejerce algún tipo de... presión sobre la Casa Venture.

¿Qué sucedió anoche en el baile?, pensó Kelsier. Sin embargo, en voz alta, dijo:

—Todo eso parece muy poca cosa, skaa. ¿No tienes nada más que tontas especulaciones?

—No sobre la Casa Renoux, mi señor —dijo Hoid—. ¡Lo intenté, pero tu interés por esa casa carece de sentido! Deberías buscar una casa más centrada en la política. Como, por ejemplo, la Casa Elariel...

Kelsier frunció el ceño. Al mencionar a Elariel, Hoid estaba dando a entender que tenía información importante que valdría el pago de Kelsier. Parecía que los secretos de la Casa Renoux estaban a salvo. Era el momento de pasar a hablar de otras casas, para que Hoid no recelara del interés de Kelsier en Renoux.

—Muy bien —dijo Kelsier—. Pero si esto no merece mi tiempo...

—Lo merece, mi señor. Lady Shan Elariel es una aplacadora.

—¿Pruebas?

—La sentí tocar mis emociones, mi señor —dijo Hoid—. Durante un incendio en la mansión Elariel hace una semana, ella estuvo allí calmando las emociones de los criados.

Kelsier había provocado ese incendio. Por desgracia, no se había extendido más allá de las casetas de los guardias.

—¿Qué más?

—La Casa Elariel le ha dado recientemente permiso para usar sus poderes en actos de la corte —dijo Hoid—. Temen una guerra entre casas y desean que establezca todas las alianzas posibles. Siempre lleva un sobrecito de recortes de latón en el guante derecho. Que un buscador se acerque a ella en un baile y ya verás. ¡Mi señor, no miento! Mi vida como informador depende únicamente de mi reputación. Shan Elardiel *es* una aplacadora.

Kelsier calló, como si reflexionara. La información le resultaba inútil, pero su verdadero propósito (averiguar cosas sobre la Casa Renoux) ya había sido satisfecho. Hoid se había ganado sus monedas, se diera cuenta o no.

Kelsier sonrió. *Ahora a sembrar un poco más de caos.*

—¿Qué hay de la relación encubierta de Shan con Salmen Tekiel? —preguntó, escogiendo al azar el nombre de un joven noble—. ¿Crees que usó sus poderes para ganar su favor?

—Bueno, mi señor —se apresuró a responder Hoid—, sin duda.

Kelsier pudo ver el brillo de excitación en sus ojos: creía que Kelsier le había dado un jugoso bocado de chismorreo político gratis.

—Tal vez fue ella quien garantizó a Elariel el trato con la Casa Hasting la semana pasada —murmuró Kelsier. No había habido semejante trato.

—Lo más probable, mi señor.

—Muy bien, skaa. Te has ganado tus monedas. Tal vez te llame en otra ocasión.

—Gracias, mi señor —dijo Hoid, haciendo una profunda reverencia.

Kelsier dejó caer una moneda y se lanzó al aire. Mientras aterrizaba en un tejado vio a Hoid abalanzarse para recogerla del suelo. No tuvo ningún problema para localizarla, a pesar de su «vista débil». Kelsier sonrió, luego continuó su camino. Hoid no había mencionado la tardanza de Kelsier, pero el protagonista de su siguiente cita no sería tan comprensivo.

Se dirigió al este, hacia la plaza Ahlstrom. Se quitó la capa mientras avanzaba, luego se despojó del chaleco revelando la ajada camisa que ocultaba. Saltó a un callejón, donde dejó la capa y el chaleco, y luego recogió de la esquina dos puñados de ceniza. Frotó los copos oscuros y crujientes sobre sus brazos, enmascarando sus cicatrices, y luego los roció por su cara y su falsa barba.

El hombre que salió del callejón segundos más tarde era muy distinto del noble que se había reunido con Hoid. La barba, antes limpia, era ahora una maraña a la que le faltaban unos cuantos mechones, lo que le daba un aspecto enfermizo. Kelsier avanzó a trompicones, fingiendo ser cojo de una pierna, y llamó a una figura en sombras que esperaba cerca de la silenciosa fuente de la plaza.

—¿Mi señor? —preguntó Kelsier con voz rasposa—. Mi señor, ¿eres tú?

Lord Straff Venture, jefe de la Casa Venture, era un hombre imponente, incluso entre los nobles. Kelsier distinguió a un par de guardias a su lado; el lord no parecía impresionado en lo más mínimo por las brumas: era bien sabido que era un ojo de estaño. Venture avanzó con firmeza, golpeando el suelo con el bastón de duelo.

—¡Llegas tarde, skaa! —exclamó.

—Mi señor, yo... yo... ¡estaba esperando en el callejón, mi señor, como acordamos!

—¡No acordamos nada de eso!

—Lo siento, mi señor —repitió Kelsier, haciendo una reverencia y tropezando a causa de su pierna «coja»—. Lo siento, lo siento. Estaba en el callejón. No pretendía haceros esperar.

—¿No podías vernos, hombre?

—Lo siento, mi señor. Mi vista... no es muy buena, ya sabes. Apenas puedo ver mis propias manos delante de mi cara. —*Gracias por el apunte, Hoid.*

Venture bufó, tendió su bastón a un guardia y abofeteó a Kelsier con fuerza.

Kelsier cayó tambaleándose al suelo, sujetándose la mejilla.

—Lo siento, mi señor —murmuró de nuevo.

—La próxima vez que me hagas esperar, será el bastón —dijo Venture, cortante.

Bueno, ya sé adónde iré la próxima vez que necesite un cadáver que dejar en el jardín de alguien, pensó Kelsier, poniéndose en pie, tambaleante.

—Ahora, vayamos al grano. ¿Cuál es esa noticia importante que prometiste darme?

—Tiene que ver con la Casa Erikell, mi señor —dijo Kelsier—. Sé que Su Alteza ha tenido tratos con ellos en el pasado.

—¿Y?

—Bueno, mi señor, te están estafando descaradamente. ¡Han estado vendiendo sus espadas y bastones a la Casa Tekiel por la mitad del precio que tú has estado pagando!

—¿Tienes pruebas?

—Solo hay que mirar al nuevo armamento de Tekiel, mi señor. Mi palabra es sincera. ¡No tengo nada más que mi reputación! Si no tengo eso, no tengo mi vida.

Y no mentía. O, al menos, no del todo. Sería inútil que Kelsier difundiera información que Venture pudiera corroborar o descartar con facilidad. Parte de lo que decía era cierto: Tekiel le estaba dando una ligera ventaja a Erikell. Kelsier la estaba exagerando, naturalmente. Si jugaba bien sus cartas, propiciaría la ruptura entre Erikell y Venture, y al mismo tiempo lograría que Venture se sintiera celoso de Tekiel. Y, si Venture acudía a Renoux en busca de armas en vez de a Erikell... Bueno, eso sería un beneficio colateral.

Straff Venture soltó un bufido. Su casa era poderosa, increíblemente poderosa, y no dependía de ninguna industria o empresa específica para mantener sus riquezas. Era muy difícil conseguir una posición semejante en el Imperio Final, considerando los impuestos del lord Legislador y el coste del atium. Por eso Venture era también una poderosa herramienta para Kelsier. Si podía ofrecerle a aquel hombre la mezcla adecuada de verdad y ficción...

—Eso me sirve de poco —dijo Venture de pronto—. Veamos cuánto sabes realmente, informador. Háblame del Superviviente de Hathsin.

Kelsier se quedó de una pieza.

—¿Disculpa, mi señor?

—¿Quieres cobrar? —preguntó Venture—. Bien, háblame del Superviviente. Según los rumores ha vuelto a Luthadel.

—Solo son rumores, mi señor —dijo Kelsier rápidamente—. Nunca he visto a ese Superviviente, pero dudo que esté en Luthadel... si es que vive siquiera.

—He oído decir que está planeando una rebelión skaa.

—Siempre hay necios susurrando que va a haber una rebelión skaa, mi señor —dijo Kelsier—. Y siempre hay quienes intentan usar el nombre del Superviviente, pero no creo que ningún hombre pueda haber sobrevivido a los Pozos. Podría indagar al respecto, si lo deseas, pero me temo que te decepcionará lo que encuentre. El Superviviente está muerto: el lord Legislador no permite ese tipo de errores.

—Cierto —reflexionó Venture—. Pero los skaa parecen convencidos con los rumores referidos a un Undécimo metal. ¿Has oído algo de eso, informador?

—Ah, sí —dijo Kelsier, disimulando la sorpresa—. Una leyenda, mi señor.

—Una leyenda de la que yo nunca había oído nada —dijo Venture—. Y presto *mucha* atención a esas cosas. No hay tal «leyenda». Alguien muy listo está manipulando a los skaa.

—Ah... interesante conclusión, mi señor.

—En efecto —dijo Venture—. Y, suponiendo que el Superviviente muriera en los Pozos, y si alguien se hubiera apoderado de su cadáver... sus huesos... siempre hay maneras de imitar el aspecto de un hombre. ¿Sabes de lo que hablo?

—Sí, mi señor.

—Investiga eso —dijo Venture—. No me importan tus chismorreos: tráeme algo sobre ese hombre, o lo que sea, que dirige a los skaa. *Entonces* recibirás algunas monedas mías.

Venture se volvió en la oscuridad, hizo un gesto a sus hombres y dejó atrás a un pensativo Kelsier.

Kelsier llegó a la Mansión Renoux poco después; el camino de clavos entre Fellise y Luthadel permitía viajar rápidamente entre ambas ciudades. Él no había colocado esos clavos, ni sabía quién lo había hecho. A menudo se preguntaba qué haría si, mientras viajaba por el camino de clavos se encontraba con otro nacido de la bruma que viajara en dirección contraria.

Lo más probable es que nos ignorásemos el uno al otro, pensó Kelsier mientras aterrizaba en el patio de la Mansión Renoux. *En eso somos bastante buenos.*

Vislumbró a través de la bruma la mansión iluminada por faroles mientras su capa recuperada se agitaba suavemente con el viento. El carruaje vacío indicaba que Vin y Sazed habían regresado de la Casa Elariel. Kelsier los encontró dentro, esperándolo en un salón y hablando tranquilamente con lord Renoux.

—Veo que tienes otro aspecto —comentó Vin mientras Kelsier entraba en la habitación. Todavía llevaba su hermoso vestido rojo, aunque estaba sentada en una postura muy poco adecuada para una dama, con las piernas dobladas en el asiento.

Kelsier sonrió para sí. *Hace unas cuantas semanas se habría quitado ese vestido nada más regresar. Acabaremos por convertirla en una dama.* Tomó asiento y se mesó la falsa barba manchada de hollín.

—¿Te refieres a esto? He oído decir que la barba va a volver a ponerse de moda. Intento mantenerme al día.

Vin resopló.

—Al día en la moda de los mendigos, tal vez.

—¿Cómo te ha ido la noche, Kelsier? —preguntó lord Renoux.

Kelsier se encogió de hombros.

—Como la mayoría de las noches. Por fortuna, parece que la Casa Renoux sigue libre de sospechas... aunque yo me he convertido en una preocupación para algunos nobles.

—¿Tú? —preguntó Renoux.

Kelsier asintió mientras un criado le traía un paño húmedo y caliente para limpiarse la cara y los brazos... aunque Kelsier no estaba seguro de si los criados se preocupaban de su comodidad o de que la ceniza manchara los muebles. Se limpió los brazos, revelando las blancas cicatrices, y luego empezó a quitarse la barba.

—Parece que los skaa se han enterado de lo del Undécimo metal —continuó—. Algunos nobles han oído los rumores crecientes y los más inteligentes empiezan a preocuparse.

—¿Cómo nos afecta esto? —preguntó Renoux.

Kelsier se encogió de hombros.

—Difundiremos rumores contrarios para hacer que los nobles se concentren más en sí mismos y menos en mí. Aunque lo más divertido es que lord Venture me animó a buscar información sobre mí mismo. Un hombre podría confundirse con este tipo de juego escénico... No sé cómo lo haces, Renoux.

—Soy quien soy —dijo el kandra, sucinto.

Kelsier volvió a encogerse de hombros y se volvió hacia Vin y Sazed.

—¿Cómo os ha ido la noche?

—Frustrante —dijo Vin con acritud.

—La señora Vin está un poco molesta —dijo Sazed—. Cuando volvíamos de Luthadel, me contó los secretos que había recopilado mientras bailaba.

Kelsier se echó a reír.

—¿Poca cosa de interés?

—¡Sazed ya lo sabía todo! —exclamó Vin—. ¡Me he pasado horas dando vueltas y parloteando con esos hombres, y todo para nada!

—Para nada no, Vin —dijo Kelsier, quitándose los restos de la barba falsa—. Has hecho algunos contactos, te han visto y has puesto en práctica tus chismorreos. En cuanto a la información... Bueno, nadie va a decirte nada importante todavía. Dales un poco de tiempo.

—¿Cuánto?

—Ahora que te encuentras mejor, podrás asistir a los bailes con mayor regularidad. Dentro de unos cuantos meses deberías haber establecido suficientes contactos para empezar a buscar la información que necesitamos.

Vin asintió, suspirando. Sin embargo, no parecía tan reacia como antes a la idea de asistir regularmente a bailes.

Sazed se aclaró la garganta.

—Maese Kelsier, creo que tengo que mencionar algo. En nuestra mesa estuvo sentado lord Elend Venture casi toda la noche, aunque la señora Vin encontró un modo de hacer que sus atenciones fueran menos amenazadoras para la corte.

—Sí, eso tengo entendido —respondió Kelsier—. ¿Qué le dijiste a esa gente, Vin? ¿Que Renoux y Venture son amigos?

Vin palideció ligeramente.

—¿Cómo lo sabes?

—Soy misteriosamente poderoso —dijo Kelsier haciendo un gesto de indiferencia con la mano—. De cualquier manera, todo el mundo piensa que la Casa Renoux y la Casa Venture han hecho acuerdos comerciales secretos. Deben de suponer que Venture ha estado acumulando armas.

Vin frunció el ceño.

—No pretendía llegar tan lejos...

Kelsier asintió, mientras se quitaba el pegamento de la barbilla.

—Así es la corte, Vin. Las cosas pueden escurrirse pronto de las manos. Sin embargo, no es un gran problema... aunque vas a tener que ser muy cuidadoso cuando trates con la Casa Venture, lord Renoux. Habrá que ver qué tipo de reacción provocan los comentarios de Vin.

Lord Renoux asintió.

—De acuerdo.

Kelsier bostezó.

—Ahora, si no hay nada más, hacer de noble y de mendigo en una misma noche me ha dejado agotado...

—Hay una cosa más, maese Kelsier —dijo Sazed—. Al final de la velada, la señora Vin vio a lord Elend salir del baile con dos jóvenes lores de las Casas Lekal y Hasting.

Kelsier frunció el ceño.

—Una extraña combinación.

—Eso pensé yo —dijo Sazed.

—Quizá intente incordiar a su padre —murmuró Kelsier—. Confraternizar con el enemigo en público...

—Tal vez. Pero los tres parecían buenos amigos.

Kelsier asintió. Se puso en pie.

—Investiga eso, Saz. Cabe la posibilidad de que lord Venture y su hijo estén jugando con todos nosotros.

—Sí, maese Kelsier.

Kelsier salió de la habitación, se desperezó y entregó su capa de bruma a un criado. Mientras subía la escalera este oyó rápidos pasos. Se volvió para descubrir que Vin lo seguía, el deslumbrante vestido rojo recogido para no tropezar en los escalones.

—Kelsier —dijo en voz baja—. Hay algo más. Algo que me gustaría contarte.

Kelsier alzó una ceja. *¿Algo que no quiere que ni siquiera Sazed oiga?*

—A mi habitación —dijo, y ella lo siguió, subiendo la escalera hasta la cámara—. ¿De qué se trata? —preguntó mientras cerraba la puerta tras ella.

—Lord Elend —dijo Vin, bajando la cabeza, como cohibida—. Sazed no lo aprecia, así que no quería mencionar esto delante de los demás. Pero he encontrado algo extraño esta noche.

—¿Qué? —preguntó Kelsier con curiosidad, apoyado en su escritorio.

—Elend llevaba un puñado de libros.

Nombre de pila, pensó Kelsier con desaprobación. *Se está enamorando del muchacho.*

—Es sabido que lee mucho —continuó Vin—, pero alguno de esos libros... bueno, cuando se fue, les eché un vistazo.

Buena chica. Las calles te dieron al menos un puñado de buenos instintos.

—Uno de ellos llamó mi atención. Por el título iba de algo sobre el clima, pero las palabras del interior hablaban del Imperio Final y sus defectos.

Kelsier alzó una ceja.

—¿Qué decía exactamente?

Vin se encogió de hombros.

—Algo así como que puesto que el lord Legislador es inmortal su imperio debería ser más avanzado y pacífico.

Kelsier sonrió.

—*El libro del Falso Amanecer*... cualquier guardador podría citártelo entero. No creía que quedara ningún ejemplar físico. Su autor, Deluse Couvre, escribió algunos otros libros aún más condenatorios. Aunque no blasfemó contra la alomancia, los obligadores hicieron una excepción en su caso y lo colgaron de un gancho de todas formas.

—Bueno —dijo Vin—. Elend tiene un ejemplar. Creo que una de las nobles intentaba encontrar el libro. Vi a uno de sus servidores rebuscar entre ellos.

—¿Qué noble?

—Shan Elariel.

Kelsier asintió.

—Su exprometida. Debe de estar buscando algo con lo que chantajear al muchacho.

—Creo que es alomántica, Kelsier.

Kelsier asintió, distraído, mientras reflexionaba sobre la información.

—Es una aplacadora. Quizá haya tenido una buena idea con esos libros: si el heredero Venture está leyendo un título como *Falso Amanecer*, por no mencionar que es lo suficientemente idiota como para llevarlo encima...

—¿Tan peligroso es?

Vin se encogió de hombros.

—Moderadamente. Es un libro antiguo y no alienta a la rebelión, así que podría pasar.

Vin frunció el ceño.

—El libro parecía bastante crítico con el lord Legislador. ¿Permite que la nobleza lea esas cosas?

—En realidad no les «permite» nada. Más bien, a veces ignora lo que hacen. Los libros prohibidos son un asunto peliagudo, Vin: cuanto más alboroto cree el Ministerio con un texto, más atención llamará y más gente se sentirá tentada de leerlo. *Falso amanecer* es un libro intenso y, al no prohibirlo, el Ministerio lo condenó al anonimato.

Vin asintió lentamente.

—Además, el lord Legislador es mucho más permisivo con la nobleza que con los skaa. Los considera hijos de sus amigos y aliados muertos; los hombres que supuestamente lo ayudaron a derrotar la Profundidad. Ocasionalmente les permite salirse con la suya en asuntos como leer textos comprometidos o asesinar a familiares.

—Entonces... ¿el libro no es motivo de preocupación? —preguntó Vin.

Kelsier se encogió de hombros.

—Tampoco diría eso. Si el joven Elend tiene *Falso amanecer*, puede que también tenga otros libros que están explícitamente prohibidos. Si los obligadores tuvieran pruebas de ello, entregarían al joven Elend a los inquisidores... sea noble o no. La cuestión es: ¿cómo nos aseguramos de que eso suceda? Si el heredero Venture fuera ejecutado, la confusión política de Luthadel aumentaría.

Vin palideció visiblemente.

Ah, pensó Kelsier con un suspiro interno. *Decididamente, se está enamorando de él. Tendría que haberlo previsto. ¿Enviar a una chica joven y bonita entre los nobles? Un buitre u otro tenía que lanzarse sobre ella.*

—¡No te lo he dicho para que lo hagamos matar, Kelsier! —dijo ella—. Me había parecido que tal vez... bueno, está leyendo libros prohibidos y parece un buen hombre. Tal vez podríamos usarlo como aliado o algo.

Ay, chiquilla, pensó Kelsier. *Espero que no te haga demasiado daño cuando se harte de ti. Tendrías que ser más lista.*

—No cuentes con ello —dijo en voz alta—. Puede que lord Elend estuviera leyendo un libro prohibido, pero eso no lo convierte en nuestro amigo. Siempre ha habido nobles como él: jóvenes filósofos y soñadores que creen que sus ideas son nuevas. Les gusta beber con sus amigos y criticar al lord Legislador; pero, en el fondo de sus corazones, siguen siendo nobles. Nunca se enfrentarán al sistema.

—Pero...

—No, Vin. Tienes que fiarte de mí. A Elend Venture no le importamos nosotros ni los skaa. Es un caballero anarquista porque está de moda y es excitante.

—Me habló de los skaa —dijo Vin—. Quiso saber si eran inteligentes y si actuaban como personas de verdad.

—¿Y su interés era compasivo o intelectual?

Ella no contestó.

—¿Lo ves? Vin, ese hombre no es nuestro aliado... De hecho, recuerdo haberte dicho claramente que te mantuvieras apartada de él. Cuando pasas el tiempo con Elend Venture pones la operación, y a tus compañeros de grupo, en peligro. ¿Comprendido?

Vin bajó la cabeza, asintiendo.

Kelsier suspiró. *¿Por qué sospecho que mantenerse apartada de él es lo último que pretende hacer? Demonios... no tengo tiempo para ocuparme de esto ahora.*

—Duerme un poco —dijo Kelsier—. Ya hablaremos de esto más adelante.

No es una sombra.

Esta cosa oscura que me sigue, la cosa que solo yo puedo ver.... no es realmente una sombra. Es negruzca y transparente, pero no tiene el contorno sólido de una sombra. Es insustancial, retorcida e informe. Como si estuviera hecha de niebla negra.

O de bruma, tal vez.

20

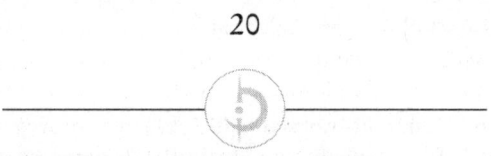

Vin empezaba a cansarse del paisaje entre Luthadel y Fellise. Había hecho el viaje al menos una docena de veces durante las últimas semanas, viendo las mismas colinas marrones, los árboles macilentos y la capa de matorrales y cañizos. Empezaba a sentirse capaz de distinguir cada bache del camino.

Asistía a numerosos bailes... Pero eso no era todo. Almuerzos, meriendas y otras formas de diversión diarias eran igual de populares. A menudo, Vin viajaba entre las ciudades dos o tres veces al día. Al parecer, las jóvenes nobles no tenían nada mejor que hacer que pasarse sentadas en sus carruajes seis horas diarias.

Vin suspiró. No muy lejos, un grupo de skaa trabajaba junto a un canal, tirando de una barcaza hacia Luthadel. Su propia vida podría haber sido mucho peor, pero, a pesar de todo, se sentía llena de frustración. Todavía era mediodía, pero no ocurriría nada importante hasta la tarde, así que no tenía otra cosa que hacer sino volver a Fellise. No dejaba de pensar que haría el viaje mucho más rápido si usara el camino de clavos. Anhelaba saltar de nuevo entre las brumas, pero Kelsier se había mostrado reacio a continuar su entrenamiento. La dejaba salir un breve periodo de tiempo cada noche para mantener sus habilidades, pero no le permitía ningún salto extremo ni excitante. Solo algunos movimientos básicos, sobre todo empujar y tirar de objetos pequeños con los pies en el suelo.

Empezaba a sentirse frustrada por su continua debilidad. Habían transcurrido más de tres meses desde su encuentro con el inquisidor; lo peor del invierno había pasado sin un copo de nieve. ¿Cuánto iba a tardar en recuperarse?

Al menos puedo seguir acudiendo a los bailes, pensó. A pesar de que le molestaba estar viajando constantemente, Vin empezaba a disfrutar de su misión. Fingir ser una noble era algo mucho más relajado que el trabajo normal de una ladrona. Cierto, su vida correría peligro si descubrían su secreto, pero de momento la nobleza parecía dispuesta a aceptarla, a bailar con ella, a cenar con ella, a charlar con ella. Era una buena vida, un poco carente de emoción, pero su regreso a la alomancia, tarde o temprano, le aportaría eso.

Dos cosas la incomodaban. La primera era su incapacidad para recopilar información útil: cada vez se molestaba más cuando ignoraban sus preguntas. Estaba adquiriendo la suficiente experiencia para darse cuenta de que había un buen montón de intrigas en marcha, pero ella era demasiado nueva para que le permitieran formar parte de aquello.

Sin embargo, aunque su posición de recién llegada era un inconveniente, Kelsier confiaba en que cambiaría. La segunda incomodidad de Vin tenía más difícil solución. Lord Elend Venture había estado ausente de varios bailes durante las últimas semanas y todavía tenía que volver a pasar toda la velada con ella. Aunque Vin ya rara vez se sentaba sola, estaba empezando a comprender que ninguno de los otros nobles tenía la misma... profundidad que Elend. Ninguno de ellos tenía su chispeante ingenio, ni sus ojos sinceros y curiosos. Los demás no parecían *reales*. No como él.

No parecía que estuviera evitándola. Sin embargo, tampoco parecía que hiciese muchos esfuerzos por estar con ella.

¿Lo he interpretado mal?, se preguntó mientras el carruaje llegaba a Fellise. Elend era difícil de comprender en ocasiones. Por desgracia, su aparente indecisión no había cambiado el temperamento de su exprometida. Vin estaba empezando a comprender por qué Kelsier le había advertido que tratara de no llamar la atención de gente demasiado importante. Por suerte, no se encontraba muy a menudo con Shan Elariel, pero cuando lo hacía, Shan aprovechaba cualquier ocasión para despreciar, insultar y humillar a Vin. Lo hacía de manera tranquila y aristocrática, recordando incluso en su porte lo inferior que era Vin.

Tal vez me estoy identificando demasiado con mi papel de Valette, pensó Vin. Valette era solo una fachada: se suponía que era todas las cosas que decía Shan de ella. Sin embargo, los insultos seguían doliéndole.

Vin sacudió la cabeza, apartando de su mente tanto a Shan como a Elend. Había caído ceniza durante su viaje a la ciudad y, aunque la lluvia había cesado, su efecto se notaba en los pequeños remolinos y corrientes negras que revoloteaban por las calles. Los obreros skaa recogían el hollín en cubos y lo sacaban de la población. De vez en cuando tenían que apresurarse para apartarse del carruaje de algún noble, que nunca se molestaba en frenar el paso por unos obreros.

Pobrecillos, pensó Vin al pasar ante un grupo de niños harapientos que sacudían álamos para que cayera la ceniza: no hubiese estado bien que a un noble se le cayera en la cabeza, al pasar, la carga de ceniza acumulada en la copa de un árbol. Los niños sacudían los árboles por parejas, haciendo caer copiosas precipitaciones negras sobre sus cabezas. Cuidadosos capataces, bastón en ristre, caminaban de un lado a otro de la calle, asegurándose de que el trabajo continuaba.

Elend y los demás no pueden comprender lo dura que es la vida para los skaa, pensó ella. *Viven en sus bonitas mansiones, bailando, sin comprender de verdad el alcance de la opresión del lord Legislador.*

Podía ver belleza en la nobleza: no era como Kelsier, que la odiaba por completo. Algunos nobles eran bastante agradables, a su modo, y estaba empezando a pensar que algunas de las historias que los skaa contaban sobre su crueldad debían de ser exageraciones. Y, sin embargo, cuando veía hechos como la ejecución de aquel pobre niño o los chiquillos skaa, tenía que dudar. ¿Cómo podían no verlo los nobles? ¿Cómo podían no comprenderlo?

Suspiró y apartó la mirada mientras el carruaje llegaba por fin a la Mansión Renoux. Advirtió de inmediato la mucha gente reunida en el patio interior y tomó un frasquito nuevo de metales, preocupada porque el lord Legislador hubiera enviado soldados para arrestar a lord Renoux. Sin embargo, comprendió rápidamente que la multitud no estaba compuesta por soldados, sino por skaa vestidos con su sencilla ropa de obrero.

El carruaje cruzó las puertas y la confusión de Vin aumentó. Había cajas y sacos apilados entre los skaa, muchos de los cuales estaban manchados de hollín de la reciente caída de ceniza. Los obreros trabajaban activamente cargando una serie de carros. El carruaje de Vin se detuvo delante de la mansión y ella no esperó a que Sazed abriera la puerta. Saltó del vehículo por su cuenta, sujetándose el vestido, y corrió hacia Kelsier y Renoux, que supervisaban la operación.

—¿Vais a enviar material a las cuevas *desde aquí*? —preguntó Vin entre dientes cuando alcanzó a los dos hombres.

—Hazme una reverencia, niña —dijo lord Renoux—. Mantén las apariencias mientras puedan vernos.

Vin hizo lo que le ordenaban, conteniendo su malestar.

—Pues claro que sí, Vin —contestó Kelsier—. Renoux tiene que hacer algo con todas las armas y suministros que ha estado reuniendo. La gente empezará a sospechar si no ve que las envía a alguna parte.

Renoux asintió.

—Aparentemente, vamos a enviar los suministros en barcaza por el canal hasta mis plantaciones del oeste. Sin embargo, las barcazas se detendrán para descargar los suministros y muchos de los hombres en las cuevas rebeldes. Las embarcaciones y unos cuantos hombres continuarán su camino para guardar las apariencias.

—Nuestros soldados ni siquiera saben que Renoux forma parte del plan —dijo Kelsier, sonriendo—. Creen que es un noble a quien estoy timando. Además, esto será una gran oportunidad para que vayamos a inspeccionar el ejército. Después de una semana o así en las cuevas, podremos regresar a Luthadel en una de las barcazas de Renoux que vuelva al este.

Vin se detuvo.

—¿«Podremos»? —preguntó, imaginando de repente semanas en la barcaza, contemplando el mismo paisaje aburrido día tras día mientras viajaban. Eso sería aún peor que viajar continuamente de Luthadel a Fellise.

Kelsier alzó una ceja.

—Pareces preocupada. Al parecer, alguien está empezando a disfrutar de sus bailes y fiestas.

Vin se ruborizó.

—Me ha parecido que debía asistir. Quiero decir, después de todo el tiempo que perdí cuando estaba enferma, yo...

Kelsier alzó una mano, riendo.

—Tú te quedas: Yeden y yo somos los que van a ir. Necesito pasar revista a las tropas y Yeden va a encargarse de echarle un vistazo al ejército para que Ham pueda volver a Luthadel. También llevaremos a mi hermano con nosotros y lo dejaremos en el punto de encuentro con los acólitos del Ministerio, en Vennis. Menos mal que has vuelto: quiero que pases algún tiempo con él antes de que nos marchemos.

Vin frunció el ceño.

—¿Con Marsh?

Kelsier asintió.

—Es un brumoso buscador. El bronce es uno de los metales menos útiles, sobre todo para un nacido de la bruma pleno, pero Marsh dice que puede enseñarte unos cuantos trucos. Quizá esta sea tu última oportunidad de entrenarte con él.

Vin contempló la caravana.

—¿Dónde está?

Kelsier frunció el ceño.

—Llega tarde.

Cosa de familia, supongo.

—Estará aquí pronto, niña —dijo lord Renoux—. ¿Te gustaría tomar un refresco dentro?

He tomado refrescos de sobra últimamente, pensó ella, controlando su malestar. En vez de entrar en la mansión, deambuló por el patio, estudiando los artículos y los obreros, que cargaban los suministros en carros para transportarlos a los muelles de los canales locales. El terreno estaba bien cuidado y, aunque no habían limpiado la ceniza todavía, la hierba corta permitía que no tuviera que subirse el vestido para no arrastrarlo por la suciedad.

Aparte de eso, la ceniza era sorprendentemente fácil de quitar de la ropa. Con un lavado adecuado y un poco de jabón caro, incluso un atuendo blanco podía limpiarse de ceniza. Por eso la nobleza llevaba siempre la ropa flamante. Era un asunto muy simple que dividía a los skaa y la aristocracia.

Kelsier tiene razón, pensó Vin. *Estoy empezando a disfrutar de ser noble.* Y le preocupaban los cambios que su nuevo estilo de vida estaban propiciando en su interior. Antes sus problemas eran el hambre y las palizas; ahora eran cosas como los pesados viajes en carruaje y los acompañantes que llegaban tarde a las citas. ¿Qué le hacía a una persona una transformación como esa?

Suspiró para sí mientras caminaba entre los suministros. Algunas de las cajas estarían llenas de armas (espadas, bastones de guerra, arcos), pero el grueso del material eran alimentos. Kelsier decía que formar un ejército requería mucho más grano que acero.

Pasó los dedos por un montón de cajas, cuidando de no rozar la ceniza que había encima. Sabía que iban a enviar una barcaza ese mismo día, pero no esperaba que Kelsier se fuera en ella. Lo más probable era que no hubiera tomado la decisión hasta poco tiempo antes: incluso el Kelsier nuevo y más responsable seguía siendo un hombre impulsivo. Tal vez era un buen atributo para un líder. No tenía miedo de incorporar ideas nuevas, no importaba cuándo se le ocurrieran.

A lo mejor tendría que pedirle que me dejara acompañarlo. He estado haciendo de noble demasiado tiempo, pensó Vin. Hacía unos días se había sorprendido a sí misma sentada con la espalda recta en el carruaje, manteniendo una postura recatada a pesar de que estaba sola. Temía estar perdiendo sus instintos: ser Valette ya era casi más natural para ella que ser Vin.

Pero no podía ir. Tenía una cita para comer con lady Flavine, por no mencionar el baile de Hasting, que iba a ser el acontecimiento social del mes. Si Valette se ausentaba, era probable que tardase semanas en reparar el daño. Además, siempre estaba Elend. Seguro que la olvidaría si volvía a desaparecer.

Ya te ha olvidado, se dijo. *Apenas te ha hablado en las tres últimas fiestas. Mantén la cabeza en su sitio, Vin. Esto es solo un timo más: un juego, como lo que hacías antes. Te estás labrando una reputación para conseguir información, no para flirtear y tontear.*

Asintió, decidida. A su lado, unos cuantos skaa cargaron uno de los carros. Vin se detuvo junto a un puñado de cajas y observó trabajar a los hombres. Según Dockson, el reclutamiento estaba mejorando.

Estamos ganando adeptos, pensó. *Supongo que se está corriendo la voz.* Eso era bueno... suponiendo que no se corriera demasiado.

Observó a los hombres un momento, sintiendo algo... extraño. Parecían desconcentrados. Al cabo de un momento pudo determinar la fuente de su distracción. No paraban de mirar a Kelsier, susurrando mientras trabajaban. Vin se acercó con disimulo, manteniéndose al otro lado de las cajas, y quemó estaño.

—... no, es él seguro —susurraba uno de los hombres—. He visto las cicatrices.

—Es alto —dijo otro.

—Pues claro que lo es. ¿Qué esperabas?

—Habló en la reunión donde me reclutaron —dijo otro—. El Superviviente de Hathsin. —Había asombro en su voz.

Los hombres se acercaron a otro grupo de cajas. Vin ladeó la cabeza, luego los siguió, escuchando. No todos los hombres hablaban de Kelsier, pero sí un número sorprendente. También oyó varias referencias al Undécimo metal.

Así que es por eso, pensó. *La rebelión no está ganando adeptos... es Kelsier.* Los hombres hablaban de él en voz baja, casi con reverencia. Por algún motivo, eso hizo que Vin se sintiera incómoda. Nunca hubiese podido soportar oír cosas similares sobre ella. Sin embargo, Kelsier las aceptaba sin inconveniente: su carismático ego seguro que avivaba aún más los rumores.

Me pregunto si podrá dejarlo cuando todo esto haya acabado. Los otros miembros de la banda no tenían ningún interés evidente en el liderazgo, pero a Kelsier parecía que le complacía mandar. ¿Dejaría realmente que la rebelión skaa se hiciera cargo de la situación? ¿Era hombre alguno capaz de renunciar a ese tipo de poder?

Vin frunció el ceño. Kelsier era un buen hombre; quizá fuese también buen gobernante. Sin embargo, si intentaba hacerse con el control, eso olería a traición, sería renegar de las promesas que le había hecho a Yeden. No quería ver hacer eso a Kelsier.

—Valette —llamó Kelsier.

Vin dio un ligero respingo, sintiéndose un poco culpable. Kelsier señaló un carruaje que se acercaba a los terrenos de la mansión. Marsh había llegado. Ella regresó mientras el carruaje se detenía y alcanzó a Kelsier al mismo tiempo que Marsh.

Kelsier sonrió y señaló a Vin con un gesto.

—No estaremos listos para partir hasta dentro de un rato —le dijo a Marsh—. Si tienes tiempo, ¿podrías enseñarle unas cuantas cosas a la chica?

Marsh se volvió hacia ella. Era tan alto y tan rubio como Kelsier, pero no era tan guapo. Tal vez fuese porque no sonreía.

Él señaló hacia el balcón principal de la mansión.

—Espérame ahí arriba.

Vin abrió la boca para responder, pero algo en la expresión de Marsh le hizo volver a cerrarla. Le recordaba los viejos tiempos, varios meses atrás, cuando no cuestionaba a sus superiores. Se volvió, los dejó a los tres y se dirigió hacia la mansión.

El trayecto por la escalera hasta el balcón fue breve. Cuando llegó, se sentó en una silla junto a la barandilla de madera pintada de blanco. Ya habían limpiado el balcón de ceniza. Abajo, Marsh seguía hablando con Kelsier y Renoux. Más allá de ellos, incluso más allá de la caravana que se extendía, Vin vio las colinas yermas ante la ciudad, iluminadas por la luz rojiza del sol.

Solo unos meses de hacerme pasar por noble y ya considero inferior todo lo que no está cultivado. Nunca había pensado que el paisaje fuera «yermo» durante los años que había viajado con Reen. *Y Kelsier dice que toda la tierra solía ser aún más fértil que el jardín de un noble.*

¿Pensaba recuperar esas cosas? Los guardadores podían, tal vez, memorizar lenguas y religiones, pero no crear semillas para plantas que llevaban tantísimo tiempo extintas. No podían hacer que la ceniza dejara de caer o que las brumas desaparecieran. ¿Cambiaría realmente el mundo si el Imperio Final cayese?

Además, ¿no tenía el lord Legislador cierto derecho a todo aquello? Había derrotado la Profundidad, o eso decía. Había salvado al mundo, lo cual, de manera algo retorcida, hacía que fuese suyo. ¿Qué derecho tenían a intentar quitárselo?

Se preguntaba a menudo esas cosas, aunque no expresaba sus preocupaciones a los demás. Todos parecían comprometidos con el plan de Kelsier: algunos incluso compartían su visión. Pero Vin dudaba más. Como le había enseñado Reen, había aprendido a ser escéptica con el optimismo.

Y si había un plan sobre el que cabía dudar era aquel.

Sin embargo, estaba llegando más allá del punto en que se cuestionaba a sí misma. Conocía el motivo por el que permanecía en la banda. No era por el plan: era por la gente. Le gustaba Kelsier. Le gustaban Dockson, Brisa y Ham. Incluso le gustaban el extraño y pequeño Fantasma y su tío cascarrabias. Era una banda diferente a todas las otras con las que había trabajado.

¿Y eso es un buen motivo para dejar que te maten?, preguntó la voz de Reen.

Ese pensamiento la detuvo. Últimamente escuchaba sus susurros cada vez con menos frecuencia, pero todavía estaban allí. Las enseñanzas de Reen, grabadas en ella durante dieciséis años de vida, no podían ser descartadas tan fácilmente.

Marsh llegó al balcón momentos después. La miró con aquellos duros ojos suyos antes de hablar.

—Al parecer Kelsier espera que me pase la tarde entrenándote en alomancia. Empecemos.

Vin asintió.

Marsh la miró, esperando obviamente otro tipo de respuesta. Vin no dijo nada más. *No eres el único que puede ser brusco, amigo.*

—Muy bien —dijo Marsh, sentándose junto a ella y apoyando un brazo en la barandilla del balcón. Su voz pareció un poco menos agria cuando continuó—. Kelsier dice que has pasado muy poco tiempo entrenándote en las habilidades mentales internas. ¿Correcto?

Vin volvió a asentir.

—Sospecho que muchos nacidos de la bruma plenos descuidan esos poderes —dijo Marsh—. Y eso es un error. El bronce y el cobre tal vez no sean tan deslumbrantes como los otros metales, pero pueden ser muy poderosos en manos de alguien bien entrenado. Los inquisidores actúan manipulando el bronce y los brumosos de los bajos fondos sobreviven porque confían en el cobre.

»De los dos poderes, el bronce es con diferencia el más sutil. Puedo enseñarte a usarlo adecuadamente... Si practicas lo que te enseñe, entonces tendrás una ventaja que muchos nacidos de la bruma descartan.

—Pero ¿los otros nacidos no saben quemar cobre? —preguntó Vin—. ¿Qué sentido tiene aprender el bronce si todos los que combatas son inmunes a sus poderes?

—Veo que ya piensas como uno de ellos —dijo Marsh—. No todo el mundo es un nacido de la bruma, niña: de hecho, muy poca gente lo es. Y, a pesar de lo que os guste pensar, los brumosos normales también pueden matar gente. Saber que el hombre que te ataca es un violento en vez de un lanzamonedas podría salvarte la vida.

—Muy bien.

—El bronce también te ayudará a identificar a un nacido de la bruma —dijo Marsh—. Si ves a alguien usando alomancia cuando no hay ningún ahumador cerca y sin embargo no percibes que emita ningún pulso alomántico, entonces sabrás que es un nacido de la bruma... o un inquisidor. En cualquier caso, deberías echar a correr.

Vin asintió en silencio. La herida en su costado latió levemente.

—Hay grandes ventajas en quemar bronce en vez de ir por ahí con el cobre encendido. Cierto, te ahúmas al usar cobre... pero en cierto modo también te ciega. El cobre te vuelve inmune a que tiren o empujen de tus emociones.

—Pero eso es bueno.

Marsh ladeó un poco la cabeza.

—¿Sí? ¿Y qué es más ventajoso? ¿Ser inmune, pero ignorar las atenciones de algún aplacador? ¿O saber, en cambio, por tu bronce, exactamente qué emociones está intentando suprimir?

—¿Se puede ver algo tan específico?

Marsh asintió.

—Con cuidado y práctica, puedes reconocer cambios muy pequeños en los movimientos alománticos de tus oponentes. Puedes identificar exactamente en qué emoción de una persona intenta influir un aplacador o un encendedor. También podrás saber si alguien está avivando su metal. Si desarrollas una buena habilidad, puede que incluso sepas cuándo se están quedando sin metales.

Vin consideró las implicaciones de aquello.

—Empiezas a verle las ventajas —dijo Marsh—. Bien. Ahora quema bronce.

Vin así lo hizo. Inmediatamente sintió dos rítmicos golpes en el aire. Los pulsos mudos la inundaron como el golpeteo lejano de varios tambores. Eran confusos.

—¿Qué sientes? —preguntó Marsh.

—Yo... creo que hay dos metales diferentes quemándose. Uno viene de Kelsier, de allá abajo; el otro es tuyo.

—Bien —aprobó Marsh—. Has practicado.

—No mucho —admitió Vin.

Él enarcó una ceja.

—¿No mucho? Ya puedes determinar el origen de los pulsos. Eso requiere práctica.

Vin se encogió de hombros.

—A mí me parece natural.

Marsh guardó silencio un momento.

—Muy bien —dijo por fin—. ¿Los dos pulsos son diferentes?

Vin se concentró, el ceño fruncido.

—Cierra los ojos. Elimina otras distracciones. Concéntrate solo en los pulsos alománticos.

Vin obedeció. No era como oír... No realmente. Tuvo que concentrarse para distinguir algo específico en los pulsos. Uno parecía... que latía contra ella. El otro, una extraña sensación, parecía como si la atrajera con cada latido.

—Uno está tirando de metal, ¿no? —preguntó Vin, abriendo los ojos—. Ese es Kelsier. Tú estás empujando.

—Muy bien —dijo Marsh—. Él está quemando hierro, como le pedí que hiciera para que tú pudieras practicar. Yo, naturalmente, estoy quemando bronce.

—¿Lo son todos? ¿Diferentes, quiero decir?

Marsh asintió.

—Se puede distinguir un tirón al metal de un empujón por la firma alomántica. Lo cierto es que así es como algunos de los metales se dividieron originalmente en categorías. No es intuitivo, por ejemplo, que el estaño tire mientras que el peltre empuja. No te he dicho que abrieras los ojos.

Vin los cerró.

—Concéntrate en los pulsos —dijo Marsh—. Trata de distinguir sus longitudes. ¿Puedes notar la diferencia entre ellos?

Vin frunció el ceño. Se concentró con todas sus fuerzas, pero su sentido de los metales parecía... apagado. Nublado. Al cabo de unos minutos las longitudes de los distintos pulsos seguían pareciéndole iguales.

—No puedo sentir nada —dijo, frustrada.

—Bien —dijo Marsh llanamente—. Yo tuve que practicar seis meses para distinguir las longitudes de los pulsos... Si lo hubieras hecho a la primera, me habría sentido un incompetente.

Vin abrió los ojos.

—Entonces, ¿por qué me has pedido que lo hiciera?

—Porque necesitas practicar. Si ya puedes distinguir tirar de metales de empujarlos... Bueno, al parecer tienes talento. Tal vez tanto talento como va pregonando que tienes Kelsier.

—¿Qué se suponía que debía ver, entonces?

—Con tiempo, podrás sentir dos longitudes distintas de pulso. Los metales internos, como el bronce y el cobre, emiten pulsos más largos que los metales externos, como el hierro y el acero. La práctica también te permitirá sentir las tres pautas dentro de los pulsos: una para los metales físicos, otra para los metales mentales y la otra para los dos metales más grandes.

»Longitud de pulso, grupo metálico y variación tirón-empuje...
Cuando conozcas estas tres cosas, podrás decir exactamente qué metales está quemando tu oponente. Un pulso largo que late contra ti y tiene una pauta rápida será peltre: el metal físico de empujón interno.

—¿Por qué dices externo e interno? —preguntó Vin.

—Los metales vienen en grupos de cuatro... o al menos los ocho inferiores lo hacen. Dos metales externos, dos metales internos: uno de cada empuja, otro de cada tira. Con el hierro, tiras de algo fuera de ti, con acero empujas algo fuera de ti. Con estaño tiras de algo dentro de ti mismo, con peltre empujas algo dentro de ti mismo.

—Pero el bronce y el cobre... —dijo Vin—. Kelsier los llamó metales internos, pero parece que influyen en cosas externas. El cobre impide que la gente note cuándo usas la alomancia.

Marsh negó con la cabeza.

—El cobre no cambia a tus oponentes: cambia algo dentro de ti que tiene efecto sobre tus oponentes. Por eso es un metal interno. El latón, sin embargo, altera directamente las emociones de otra persona, y es un metal externo.

Vin asintió, pensativa. Luego se volvió y miró hacia Kelsier.

—Sabes mucho sobre metales, pero solo eres brumoso, ¿no?

Marsh asintió. Pero no parecía dispuesto a responder.

Probemos otra cosa, pues, pensó Vin, apagando su bronce. Empezó a quemar ligeramente cobre para enmascarar su alomancia. Marsh no reaccionó, sino que continuó contemplando a Kelsier y la caravana.

Debería ser invisible para sus sentidos, pensó ella, quemando cuidadosamente cinc y latón a la vez. Se proyectó, tal como Brisa le había enseñado a hacer, y sutilmente tocó las emociones de Marsh. Suprimió sus sospechas e inhibiciones potenciando al mismo tiempo su predisposición. Teóricamente, eso le haría sentir más ganas de hablar.

—Debes de haber aprendido en alguna parte —dijo Vin con cuidado. *Verá lo que he hecho con toda seguridad. Se enfadará y...*

—Rompí cuando era muy joven —contestó Marsh—. He tenido mucho tiempo para practicar.

—Igual que mucha gente.

—Yo... tenía motivos. Es difícil de explicar.

—Siempre lo es —dijo Vin, aumentando levemente su presión alomántica.

—¿Sabes lo que piensa Kelsier de los nobles? —preguntó Marsh, volviéndose hacia ella, los ojos como el hielo.

Ojos de hierro, pensó Vin. *Como decían.* Asintió en respuesta a su pregunta.

—Bueno, pues a mí me pasa lo mismo con los obligadores. Haré cualquier cosa por hacerles daño. Se llevaron a nuestra madre... Fue entonces cuando rompí y cuando juré destruirlos. Así que me uní a la rebelión y empecé a aprender todo lo que pude sobre alomancia. Los inquisidores la usan, así que tenía que entenderla..., comprender todo lo que pudiera, ser tan bueno como fuera posible y... ¿me estás aplacando?

Vin dio un respingo y apagó bruscamente sus metales. Marsh se volvió de nuevo hacia ella, su expresión fría.

¡Corre!, pensó Vin. Estuvo a punto de hacerlo. Era bueno saber que sus viejos instintos seguían allí, aunque un poco enterrados.

—Sí —dijo mansamente.

—Eres buena —dijo Marsh—. No me habría dado cuenta si no hubiera empezado a farfullar. Para.

—Ya lo he hecho.

—Bien. Es la segunda vez que alteras mis emociones. No vuelvas a hacerlo jamás.

Vin asintió.

—¿La segunda vez?

—La primera fue en mi taller, hace ocho meses.

Es cierto. ¿Por qué no lo recordaba?

—Lo siento.

Marsh sacudió la cabeza, y finalmente se volvió.

—Eres una nacida de la bruma... eso es lo que haces. Él hace lo mismo. —Estaba mirando a Kelsier.

Permanecieron callados unos instantes.

—¿Marsh? —preguntó Vin—. ¿Cómo supiste que yo era una nacida de la bruma? Entonces solo sabía aplacar.

—No es así. Conocías los otros metales instintivamente. También estuviste quemando peltre y estaño ese día... solo un poquito, algo apenas perceptible. Me imagino que obtenías los metales del agua y los utensilios de cocina. ¿Te has preguntado alguna vez por qué sobreviviste cuando tantos otros murieron?

Vin reflexionó al respecto. *He sobrevivido a un montón de pali-*

zas. *Un montón de días sin comida, noches en callejones bajo la lluvia o las nevadas de ceniza...*

Marsh asintió.

—Muy poca gente, incluso los nacidos de la bruma, están tan en sintonía con la alomancia para quemar metales instintivamente. Eso es lo que me interesó de ti... Por eso te seguí y le dije a Dockson dónde encontrarte. Y... ¿estás empujando de nuevo mis emociones?

Vin negó con la cabeza.

—Te lo prometo.

Marsh frunció el ceño y la miró con una de sus miradas de piedra.

—Eres tan severo como mi hermano —dijo Vin en voz baja.

—¿Erais íntimos?

—Lo odiaba —susurró Vin.

Marsh continuó observando a Vin, luego se volvió.

—Ya veo.

—¿Odias a Kelsier?

Marsh negó con la cabeza.

—No, no lo odio. Es frívolo y engreído, pero sigue siendo mi hermano.

—¿Y eso es suficiente?

Marsh asintió.

—A mí... me cuesta entender eso —dijo Vin con sinceridad, contemplando a los skaa, las cajas y los sacos.

—Asumo que tu hermano no te trataba bien.

Vin negó con la cabeza.

—¿Y tus padres? —preguntó Marsh—. Uno era un noble. ¿La otra?

—Loca —dijo Vin—. Oía voces. La cosa se puso tan mal que mi hermano tenía miedo de dejarnos a solas con ella. Pero, claro, no tenía otra opción...

Marsh no dijo nada.

¿Cómo se ha vuelto esto contra mí?, pensó Vin. *Él no es aplacador y sin embargo me está sonsacando tanto como yo a él.*

De todas formas, era un alivio poder contarlo por fin. Vin se acarició el pendiente.

—No lo recuerdo —dijo—, pero Reen me contó que volvió un día a casa y encontró a mi madre cubierta de sangre. Había matado a mi hermana pequeña. Ensañándose con ella. A mí, sin embargo, no me había tocado... excepto para darme un pendiente. Reen dijo... Dijo que me tenía en el regazo, farfullando, diciendo que yo era una reina, con el cadáver de mi hermana a nuestros pies. Me rescató de mi madre y ella huyó. Es probable que me salvara la vida. En parte me quedé con él por eso, supongo. Incluso cuando las cosas iban mal. —Miró a Marsh—. No sabes la suerte que tienes, con un hermano como Kelsier.

—Supongo —dijo Marsh—. Tan solo... desearía que no tratara a la gente como juguetes. Yo he matado a obligadores, pero asesinar a hombres solo porque son nobles... —Marsh sacudió la cabeza—. Y no es solo eso. Le gusta que la gente lo adore.

En eso llevaba razón. Sin embargo, Vin también detectó algo en su voz. *¿Celos? Eres el hermano mayor, Marsh. Eras el responsable... Te uniste a la rebelión en vez de trabajar con ladrones. Debe de haberte dolido que Kelsier fuera aquel al que apreciaba todo el mundo.*

—De cualquier forma, está mejorando —dijo Marsh—. Los Pozos lo han cambiado. La muerte de... ella lo ha cambiado.

¿Qué es esto?, pensó Vin, alzando levemente la cabeza. Aquí también había algo. Dolor. Profundo, más del que un hombre debería sentir por una cuñada.

Así que es eso. No es que cualquiera apreciara más a Kelsier, era una persona en concreto. Alguien a quien tú amabas.

—De todas maneras —dijo Marsh, la voz más firme—. La arrogancia del pasado queda atrás. Este plan suyo es una locura y estoy seguro de que lo hace en parte para enriquecerse, pero... bueno, no tenía por qué acudir a la rebelión. Está intentando hacer algo bueno... aunque lo más probable es que consiga que lo maten.

—¿Por qué continúas si estás seguro de que fracasará?

—Porque va a meterme en el Ministerio —dijo Marsh—. La información que consiga allí ayudará a la rebelión durante siglos después de que Kelsier y yo hayamos muerto.

Vin asintió, contemplando el patio. Habló con vacilación.

—Marsh, no creo que eso sea todo. La manera en que se está situando entre los skaa... la forma en que empiezan a mirarlo...

—Lo sé —dijo Marsh—. Empezó con ese plan suyo del Undécimo metal. No creo que tengamos que preocuparnos. Es Kelsier, jugando como de costumbre.

—Me pregunto por qué hace este viaje —dijo Vin—. Estará apartado de la acción todo un mes.

Marsh sacudió la cabeza.

—Tendrá un ejército entero de hombres ante los que actuar. Además, necesita salir de la ciudad. Su reputación está creciendo demasiado y los nobles empiezan a tener demasiado interés en el Superviviente. Si empiezan a correr rumores de que un hombre con cicatrices en los brazos se aloja con lord Renoux...

Vin asintió, comprendiendo.

—Ahora mismo, se hace pasar por uno de los parientes lejanos de Renoux —dijo Marsh—. Ese hombre tiene que marcharse antes de que alguien lo relacione con el Superviviente. Cuando Kel regrese, tendrá que llamar poco la atención... colarse en la mansión en vez de entrar por la puerta principal y llevar la capucha puesta cuando esté en Luthadel. —Marsh guardó silencio, luego se puso en pie—. Bueno, ya sabes lo más básico. Ahora solo tienes que practicar. Cada vez que estés con brumosos, que quemen para ti y concéntrate en sus pulsos alománticos. Si volvemos a encontrarnos, te enseñaré más, pero no puedo hacer otra cosa hasta que hayas practicado.

Vin asintió y Marsh salió por la puerta sin despedirse. Unos momentos más tarde, ella lo vio acercarse de nuevo a Kelsier y Renoux.

Es verdad que no se odian, pensó Vin, cruzando ambos brazos sobre la barandilla. *¿Cómo será eso?* Tras pensarlo un poco, decidió que el concepto de hermanos que se tuvieran aprecio era un poco como las longitudes de pulso alomántico que se suponía que debía buscar: algo demasiado desacostumbrado como para comprenderlo de momento.

«El Héroe de las Eras no será un hombre, sino una fuerza. Ninguna nación lo reclamará, ninguna mujer lo conservará y ningún rey podrá matarlo. No pertenecerá a nadie, ni siquiera a sí mismo.»

21

Kelsier leía tranquilamente mientras su barco se dirigía por el canal hacia el norte. «A veces, me preocupa no ser el héroe que todos creen que soy», decía el texto.

¿Qué prueba tenemos? ¿Las palabras de hombres muertos y que solo ahora parecen proféticas? Aunque aceptemos las profecías, solo interpretaciones superficiales las relacionan conmigo. ¿Es mi defensa de la Montaña de Verano realmente la «carga por la que será mencionado el héroe»? Mis diversos matrimonios podrían darme unos «lazos sin sangre con los reyes del mundo», si se considera su lado propicio. Hay docenas de frases similares que podrían referirse a acontecimientos de mi vida. Pero, una vez más, todo podrían ser coincidencias.

Los filósofos me aseguran que este es el momento, que las señales se han hecho realidad. Pero yo me sigo preguntando si no se habrán equivocado de hombre. Son tantas las personas que dependen de mí... Dicen que tendré en mis brazos el futuro del mundo entero.

¿Qué pensarían si supieran que su paladín, el Héroe de las Eras, su salvador, dudó de sí mismo? Tal vez no se sorprendieran en absoluto. En cierto modo, eso es lo que más me preocupa. Quizá también ellos duden, en el fondo de sus corazones, al igual que yo.

Cuando me miran, ¿será un mentiroso lo que ven?

Rashek parece pensar así. Sé que no debería dejar que un simple porteador me perturbe. Aunque, él es de Terris, donde se originaron las profecías. Si alguien pudiera identificar un fraude, ¿no sería él?

Sin embargo, continúo mi viaje, acudiendo a los lugares donde los augurios escritos proclaman que me encontraré con mi destino... a pie, sintiendo los ojos de Rashek en mi espalda. Celosos. Burlones. Llenos de odio.

En el fondo, me preocupa que mi arrogancia nos destruya a todos.

Kelsier soltó el librito mientras su cabina se estremecía levemente por los esfuerzos de quienes tiraban del barco. Se alegró de que Sazed le hubiera proporcionado un ejemplar de los fragmentos que había traducido del diario del lord Legislador antes de que el convoy de barcos zarpara. Había muy poco que hacer durante el viaje.

Por fortuna, el diario era fascinante. Fascinante y extraño. Resultaba perturbador leer palabras escritas por el mismísimo lord Legislador. Para Kelsier, el lord Legislador era menos que un hombre, más bien una... criatura. Una fuerza maligna que tenía que ser destruida.

Sin embargo, la persona que se presentaba en el libro parecía perfectamente mortal. Se hacía preguntas y reflexionaba: era un hombre profundo e incluso de carácter.

Aunque sería mejor no confiar demasiado en la narración, pensó Kelsier, pasando los dedos por la página. *Los hombres rara vez consideran injustificadas sus propias acciones.*

Con todo, la historia del lord Legislador le recordaba a Kelsier las leyendas que había oído, historias susurradas por los skaa, discutidas por los nobles y memorizadas por los guardadores. Decían que una vez, antes de la Ascensión, el lord Legislador había sido el más grande de los hombres. Un líder amado, un hombre a quien se había confiado el destino de toda la humanidad.

Por desgracia, Kelsier sabía cómo terminaba la historia. El Imperio Final mismo era el legado de aquel diario. El lord Legislador no había salvado a la humanidad: la había esclavizado. Leer una narración de primera mano, ver las dudas y las luchas internas del lord Legislador, solo hacía que la historia fuese aún más trágica.

Kelsier volvió a coger el libro para continuar leyendo; sin embargo, el barco redujo la marcha. Miró por la ventana de su camarote, contemplando el canal. Docenas de hombres lo remolcaban por el pequeño camino que corría en paralelo al canal, tirando de las cuatro barcazas y los dos barquitos que componían el convoy. Era una forma eficaz de viajar, aunque esforzada: al tirar de la barcaza por el canal los hombres podían mover más kilos de peso que si hubiesen tenido que cargarlos.

Sin embargo, los hombres tuvieron que detenerse. Ante ellos, Kelsier vio un mecanismo de compuertas más allá del cual el canal se bifurcaba en una especie de cruce de caminos de agua. *Por fin*, pensó. Sus semanas de viaje habían terminado.

Kelsier no esperó a que llegara ningún mensajero, sino que subió a la cubierta del barco y sacó unas cuantas monedas de su bolsa. *Hora de ser un poco ostentoso*, pensó, dejando caer una moneda sobre las tablas. Quemó acero y se empujó al aire.

Se abalanzó en ángulo, ganando rápidamente altura para poder ver toda la hilera de hombres, la mitad tirando de los barcos, la otra mitad caminando y esperando su turno. Kelsier voló en arco, dejó caer otra moneda mientras pasaba por encima de una de las barcazas cargadas de suministros y luego empujó contra ella cuando empezaba a descender. Los aspirantes a soldado miraron hacia arriba y señalaron con asombro mientras Kelsier sobrevolaba el canal.

Kelsier quemó peltre, reforzando su cuerpo mientras chocaba contra la cubierta del barco que lideraba el convoy.

Yeden salió de su cabina, sorprendido.

—¡Lord Kelsier! Hemos... llegado a la encrucijada.

—Ya lo veo —dijo Kelsier, contemplando la fila de barcos.

Los hombres que tiraban hablaban entre sí, señalando entusiasmados. Parecía extraño usar la alomancia tan claramente a plena luz del día, y ante tanta gente.

No se puede evitar, pensó. *Esta visita es la última oportunidad que tendrán los hombres de verme durante meses. Tengo que impresionarlos, darles algo a lo que puedan aferrarse, si es que todo esto va a funcionar...*

—¿Vamos a ver si el grupo de las cuevas ya ha llegado a recibirnos? —preguntó Kelsier, volviéndose hacia Yeden.

—Por supuesto —dijo Yeden, indicando a un criado que acercara su barco a la orilla del canal y tendiera la plancha.

Yeden parecía entusiasmado; era, en efecto, un hombre de bien, y eso Kelsier lo respetaba, aunque le faltara un poco de presencia.

Casi toda mi vida he tenido el problema contrario, pensó Kelsier, divertido, mientras bajaba con Yeden del barco. *Demasiada presencia, no demasiada bondad.*

Los dos hombres caminaron entre la fila de trabajadores del canal. Casi al frente de todos, uno de los violentos de Ham, que se hacía pasar por el capitán de la guardia de Kelsier, los saludó.

—Hemos llegado a la encrucijada, lord Kelsier.

—Ya lo veo —repitió Kelsier. Ante ellos se alzaba un denso bosquecillo que se perdía hacia las colinas. Los canales se mantenían apartados de los bosques: había mejores fuentes de madera en otras partes del Imperio Final. El bosque se mantenía solitario e ignorado por casi todos.

Kelsier quemó estaño y dio un leve respingo porque la luz del sol fue súbitamente cegadora. Sus ojos se adaptaron y pudo captar detalles, y algo de movimiento, en el bosque.

—Allí —dijo, lanzando una moneda al aire, y luego empujándola. La moneda se abalanzó hacia delante y se estampó contra un árbol. Respondiendo a la señal acordada, un grupito de hombres camuflados salió de entre los árboles, cruzando la tierra manchada de ceniza en dirección al canal.

—Lord Kelsier —dijo el primero de todos, saludando—. Soy el capitán Demoux. Por favor, reúna a los reclutas y que vengan conmigo... El general Hammond está ansioso por verlo.

El «capitán» Demoux era un hombre joven para ser tan disciplinado. Con apenas veinte años, lideraba a su pequeña tropa con una solemnidad que podría haber resultado fatua de haber sido menos competente.

Hombres más jóvenes que él han conducido soldados a la batalla, pensó Kelsier. *Que yo fuera un cretino cuando tenía su edad no significa que todo el mundo lo sea. Mira a la pobre Vin: apenas dieciséis años y ya rivaliza con Marsh en seriedad.*

Dieron un rodeo a través del bosque: siguiendo órdenes de Ham, cada soldado seguía un camino distinto para evitar dejar rastro. Kelsier miró a los doscientos hombres que le seguían, frunciendo levemente el ceño. Su rastro resultaría muy visible, casi con toda seguridad, pero había poco que hacer al respecto: los movimientos de tantos hombres serían casi imposible de enmascarar.

Demoux se detuvo, agitó un brazo y varios miembros de su escuadrón avanzaron; no tenían ni la mitad del sentido militar del decoro de su jefe. De todas formas, Kelsier se sintió impresionado. Durante su anterior visita los hombres se habían mostrado indecisos y descoordinados, como la mayoría de los parias skaa. Ham y sus oficiales habían hecho bien su trabajo.

Los soldados retiraron unos matorrales falsos revelando una grieta en el suelo. Dentro estaba oscuro y las paredes eran de granito cristalino. No era una caverna normal en la falda de la montaña, sino una simple hendidura en el suelo que conducía directamente hacia abajo.

Kelsier se detuvo, contemplando el negro agujero de piedra. Se estremeció levemente.

—¿Kelsier? —preguntó Yeden, frunciendo el ceño—. ¿Qué pasa?

—Me recuerda a los Pozos. Eran así... grietas en el suelo.

Yeden palideció.

—Oh. Yo, hummm...

Kelsier se encogió de hombros.

—Sabía que esto llegaría. Bajé a esas cuevas todos los días durante un año y siempre salí de ellas. Las derroté. No tienen ningún poder sobre mí.

Para demostrarlo, avanzó y se internó en la estrecha grieta. Apenas tenía anchura suficiente para que pasara un hombre. Mientras descendía, Kelsier vio que los soldados, tanto los hombres de Demoux como los nuevos reclutas, observaban. Había hablado intencionadamente en voz alta para que lo oyeran.

Que vean mi debilidad y me vean también superarla.

Eran pensamientos valientes. Sin embargo, una vez que estuvo bajo la superficie fue como si hubiera vuelto a los Pozos. Aplastado entre dos paredes de piedra, buscó asidero para bajar con dedos temblorosos. Frío, humedad, oscuridad. Quienes recuperaban el atium tenían que ser esclavos. Los alománticos podían haber sido más efectivos, pero usar ciertos tipos de alomancia cerca de los cristales de atium los quebraba. Por eso el lord Legislador empleaba a hombres condenados. Los obligaba a bajar a los Pozos. Los obligaba a arrastrarse hacia abajo, siempre hacia abajo...

Kelsier se obligó a continuar. Aquello no era Hathsin. La grieta no descendería durante horas y no habría agujeros de aristas de cristal a los que agarrarse con brazos arañados y sangrantes, estirándose y buscando las geodas de atium de su interior. Una geoda equivalía a una semana más de vida. Vida bajo los látigos de los capataces. Vida bajo la férula de un dios sádico. Vida bajo el sol convertido en rojo.

Cambiaré las cosas para los demás, pensó Kelsier. *¡Las mejoraré!*

El descenso le resultó difícil, mucho más de lo que habría admitido. Por fortuna, la grieta pronto desembocó en una caverna más grande y Kelsier atisbó una luz abajo. Se dejó caer el resto del camino, aterrizó en el irregular suelo de piedra y le sonrió al hombre que estaba allí esperando.

—Vaya entradita que tenéis aquí, Ham —dijo Kelsier, sacudiéndose las manos.

Ham sonrió.

—Tendrías que ver el cuarto de baño.

Kelsier se echó a reír y se hizo a un lado para dejar sitio a los demás. Varios túneles naturales surgían de la cámara y una pequeña escala de cuerda colgaba desde el pie del agujero para facilitar la subida. Yeden y Demoux bajaron por la escala hasta la cueva, con la ropa llena de desgarrones y sucia por el descenso. No era una entrada fácil. Esa era precisamente la idea.

—Me alegro de verte, Kel —dijo Ham. Resultaba extraño verlo con ropa a la que no le faltaban las mangas. De hecho, su atuendo militar tenía un aspecto bastante formal, con líneas cuadradas y botones en la parte delantera—. ¿Cuántos me has traído?

—Más de doscientos cuarenta.

Ham alzó las cejas.

—El reclutamiento está mejorando, ¿eh?

—Por fin —asintió Kelsier. Los soldados empezaron a llegar a la cueva y varios de los ayudantes de Ham avanzaron para ayudar a los recién llegados y dirigirlos a un túnel lateral.

Yeden se acercó a Kelsier y Ham.

—¡Esta caverna es sorprendente, lord Kelsier! Nunca la había visto en persona. ¡No me extraña que el lord Legislador no haya encontrado a los hombres que se esconden aquí abajo!

—El complejo es completamente seguro —dijo Ham con orgullo—. Solo hay tres entradas, todas ellas grietas como esta. Con los suministros adecuados, podríamos defender este lugar indefinidamente contra una fuerza invasora.

—Además, este no es el único complejo de cavernas que hay bajo estas montañas —dijo Kelsier—. Aunque el lord Legislador decidiera destruirnos, su ejército podría pasarse semanas buscándonos sin encontrarnos.

—Sorprendente —comentó Yeden. Se volvió a mirar a Kelsier—. Me equivocaba contigo, lord Kelsier. Esta operación... este ejército... Bueno, has hecho algo impresionante.

Kelsier sonrió.

—Lo cierto es que no te equivocaste conmigo. Creíste en mí cuando esto empezó, y es justo reconocer que solo estamos aquí gracias a ti.

—Yo... supongo que así fue, ¿no? —dijo Yeden, sonriendo.

—Sea como sea, aprecio el voto de confianza. Los hombres tardarán un buen rato en bajar por esa grieta... ¿Te importaría dirigir las cosas? Me gustaría hablar un momento con Hammond.

—Naturalmente, lord Kelsier. —Había respeto, incluso un poco de adulación, en la voz de Yeden.

Kelsier hizo un gesto hacia un lado. Ham frunció levemente el ceño, agarró un farolillo y siguió a Kelsier. Salieron de la primera cámara, entraron en un túnel lateral y, cuando no los pudo oír nadie, Ham se detuvo y miró hacia atrás.

Kelsier se detuvo, alzando una ceja.

Ham señaló con la cabeza hacia la entrada de la cámara tras ellos.

—Desde luego, Yeden ha cambiado.

—Causo ese efecto en la gente.

—Debe de ser por tu asombrosa humildad —dijo Ham—. En serio, Kel. ¿Cómo lo haces? Ese hombre prácticamente te odiaba; ahora te mira como un crío que idolatra a su hermano mayor.

Kelsier se encogió de hombros.

—Yeden nunca había formado parte de un equipo efectivo... Creo que ha empezado a darse cuenta de que podemos tener posibilidades. En poco más de seis meses hemos organizado una rebelión más grande de lo que había visto jamás. Ese tipo de resultados pueden convertir incluso a los más testarudos.

Ham no parecía convencido. Finalmente, se encogió de hombros y echó a andar de nuevo.

—¿De qué querías hablar?

—Lo cierto es que me gustaría visitar las otras dos entradas, si es posible —dijo Kelsier.

Ham asintió, e indicó un túnel lateral y abrió la marcha. El túnel, como la mayoría, no había sido creado por manos humanas: era un desarrollo natural del complejo de cuevas. Había cientos de sistemas de cavernas similares en el Dominio Central, aunque la mayoría no eran tan extensos. Y solo en uno, los Pozos de Hathsin, había geodas de atium.

—De todos modos Yeden tiene razón —dijo Ham, abriéndose paso por el estrecho túnel—. Escogiste un lugar magnífico para esconder a esta gente.

Kelsier asintió.

—Varios grupos rebeldes han usado estos complejos de cavernas durante siglos. Están demasiado cerca de Luthadel, pero el lord Legislador nunca ha dirigido una incursión con éxito contra ninguno. Ahora ignora el lugar... Demasiados fracasos, supongo.

—No lo dudo —repuso Ham—. Con todos estos recovecos y cuellos de botella, sería un lugar desagradable para librar una batalla.

Salió del pasadizo y entró en otra pequeña caverna. También tenía una grieta en el techo por donde se colaba una tenue luz. En la sala había un escuadrón de diez soldados, que se pusieron firmes en cuanto Ham entró.

Kelsier asintió, aprobando la medida.

—¿Diez hombres en todo momento?

—En cada una de las entradas.

—Bien —dijo Kelsier.

Se acercó a inspeccionar a los soldados. Iba remangado, mostrando las cicatrices, y vio que los hombres las miraban. En realidad no sabía qué inspeccionar, pero trató de parecer severo. Examinó las armas: bastones para ocho de los hombres, espadas para dos, y cepilló unos cuantos hombros, aunque ninguno de los hombres llevaba uniforme.

Finalmente, se volvió hacia un hombre que llevaba una insignia en el hombro.

—¿A quién permites salir de las cuevas, soldado?

—¡Solo a los hombres que lleven una carta sellada por el general Hammond en persona, señor!

—¿Sin excepción?

—¡No, señor!

—¿Y si yo quisiera salir ahora mismo?

El hombre vaciló.

—Hummm...

—¡Me detendrías! —dijo Kelsier—. Nadie está exento, soldado. Ni yo, ni tu compañero de litera, ni un oficial... nadie. ¡Si no tienen ese sello, no salen!

—¡Sí, señor!

—Buen soldado —dijo Kelsier—. Si todos tus hombres son así de buenos, general Hammond, el lord Legislador tiene buenos motivos para tener miedo.

Los soldados hincharon el pecho levemente al oír esas palabras.

—Continúen —dijo Kelsier, haciendo un gesto a Ham para que le siguiera mientras abandonaba la sala.

—Muy amable por tu parte —dijo Ham en voz baja—. Llevan semanas esperando tu visita.

Kelsier se encogió de hombros.

—Solo quería asegurarme de que guardan bien la grieta. Ahora que tienes más hombres, quiero que pongas guardias en todos los túneles que conduzcan a las cavernas de salida.

Ham asintió.

—Pero me parece un poco raro.

—Compláceme —dijo Kelsier—. Un único desertor o alguien descontento podría traicionarnos a todos ante el lord Legislador. Es bueno que consideres que podéis defender este sitio, pero si un ejército acampara ahí fuera para atraparos, este ejército sería absolutamente inútil para nosotros.

—Muy bien —dijo Ham—. ¿Quieres ver la tercera entrada?

—Por favor.

Ham asintió y lo condujo por otro túnel.

—Una cosa más —dijo Kelsier después de caminar un poco—. Reúne un grupo de cien hombres, gente en quien puedas confiar, y mándalos a recorrer el bosque. Si alguien viene a buscarnos, no podrá negar el hecho de que un montón de gente ha pasado por la zona. Sin embargo, podríamos confundir las huellas para que todas las pistas no conduzcan a ninguna parte.

—Buena idea.

—Estoy lleno de ellas —dijo Kelsier mientras entraban en otra cámara, esta mucho más grande que las dos anteriores. No era un hueco de entrada, sino más bien una sala de entrenamiento.

Había grupos de hombres armados con espadas o con bastones, combatiendo bajo la mirada atenta de instructores uniformados. Los uniformes para los oficiales habían sido idea de Dockson. No podían permitirse uniformar a todos los hombres: hubiese sido demasiado caro y conseguir tantos uniformes habría parecido sospechoso. Sin embargo, tal vez ver a sus líderes de uniforme los ayudaría a conseguir una sensación de cohesión.

Ham se detuvo en la entrada de la cueva en vez de continuar. Miró a los soldados y habló en voz baja.

—Tenemos que hablar de esto en algún momento, Kel. Los hombres empiezan a sentirse soldados, pero... Bueno, son skaa. Se han pasado la vida trabajando en las fábricas o en los campos. No sé cómo lo harán cuando se enfrenten en un campo de batalla.

—Si lo hacemos todo bien, no tendrán que luchar mucho —dijo Kelsier—. Solo un par de cientos de soldados guardan los Pozos... El lord Legislador no puede tener demasiados hombres allí para no dar pistas acerca de la importancia del lugar. Nuestros mil hombres podrán hacerse con los Pozos y retirarse en cuanto llegue la Guarnición. Los otros nueve mil puede que tengan que enfrentarse a unos pocos escuadrones de guardias de las Grandes Casas y a los soldados de palacio, pero nuestros hombres deberían contar con la superioridad numérica.

Ham asintió, aunque sus ojos todavía mostraban incertidumbre.

—¿Qué? —preguntó Kelsier, apoyado contra la lisa boca cristalina de la caverna.

—¿Y cuando acabemos con ellos, Kel? —preguntó Ham—. Cuando tengamos nuestro atium, le entregamos la ciudad y el ejército a Yeden. ¿Y luego qué?

—Eso es cosa de Yeden.

—Los masacrarán —dijo Ham en voz muy baja—. Diez mil hombres no podrán defender Luthadel contra todo el Imperio Final.

—Pretendo darles una posibilidad mejor de lo que crees, Ham. Si podemos volver a los nobles unos contra otros y desestabilizar al gobierno...

—Tal vez —dijo Ham, pero no estaba convencido.

—Estuviste de acuerdo con el plan. Esto es lo que hemos pretendido desde el principio. Levantar un ejército y entregárselo a Yeden.

—Lo sé —dijo Ham, suspirando y apoyándose en una de las paredes de la caverna—. Supongo... Bueno, es diferente ahora que los he estado dirigiendo. Tal vez no estoy hecho para estar al mando. Soy guardaespaldas, no general.

Sé cómo te sientes, amigo mío, pensó Kelsier. *Yo soy ladrón, no profeta. A veces, tenemos que hacer lo que el trabajo exige.*

Kelsier puso una mano sobre el hombro de Ham.

—Has hecho un buen trabajo aquí.

Ham le dirigió una mirada interrogativa.

—¿He hecho?

—He traído a Yeden para sustituirte. Dox y yo decidimos que sería mejor nombrarlo comandante del ejército..., de esa forma, la tropa se acostumbrará a considerarlo su líder. Además, te necesitamos en Luthadel. Alguien tiene que visitar la Guarnición y recopilar datos, y tú eres el único con contactos militares.

—Entonces ¿voy a volver contigo?

Kelsier asintió.

Ham pareció abatido un momento, pero luego se relajó y sonrió.

—¡Por fin podré librarme de este uniforme! Pero ¿crees que Yeden podrá encargarse?

—Tú mismo has dicho que ha cambiado mucho durante los últimos meses. Y lo cierto es que es un administrador excelente: ha hecho un buen trabajo con la rebelión desde que se marchó mi hermano.

—Supongo...

Kelsier sacudió apenado la cabeza.

—Somos pocos, Ham. Tú y Brisa sois los únicos hombres en quienes sé que puedo confiar, y os necesito en Luthadel. Yeden no es perfecto para el trabajo que hay que hacer aquí, pero el ejército será suyo tarde o temprano. Bien podemos dejarlo que lo lidere durante un tiempo. Además, eso le dará algo que hacer: está empezando a protestar de su puesto en el grupo. —Kelsier sonrió divertido—. Creo que está celoso de la atención que presto a los demás.

Ham sonrió.

—Eso sí que es un cambio.

Echaron a andar de nuevo, dejando atrás la cámara de prácticas. Entraron en otro serpenteante túnel de piedra que conducía hacia abajo, con el farol de Ham como única iluminación.

—¿Sabes? Hay algo agradable en este sitio —dijo Ham tras unos minutos de caminata—. Es probable que ya te hayas percatado antes, pero a veces hay belleza aquí abajo.

Kelsier no lo había advertido. Miró hacia un lado mientras caminaban. Un borde de la cámara había sido formado por los minerales que goteaban del techo, finas estalactitas y estalagmitas, como sucios trozos de hielo, se mezclaban para formar una especie de barrera. Los minerales chispeaban a la luz del farol, y el camino ante ellos parecía petrificado en forma de serpenteante río fundido.

No, pensó Kelsier. *No, no veo su belleza, Ham.* Otros hombres podrían ver arte en las capas de color y roca fundida. Kelsier solo veía los Pozos. Cuevas interminables, la mayoría a pico. Se había visto obligado a reptar entre grietas, avanzando en la oscuridad, sin una sola luz que le aclarara el camino.

A menudo había pensado no volver a subir. Pero entonces encontraba un cadáver en las cuevas: el cuerpo de otro prisionero, un hombre que se había perdido o que tal vez se había rendido. Kelsier palpaba sus huesos y se prometía más. Cada semana tenía que encontrar una geoda de atium. Cada semana evitaba la ejecución por medio de brutales palizas.

Excepto la última vez. No se merecía estar vivo: tendrían que haberlo matado. Pero Mare le dio una geoda de atium, tras prometerle que había encontrado dos esa semana. Hasta después de entregarla no descubrió su mentira. La mataron a golpes al día siguiente. A golpes, delante de él.

Esa noche, Kelsier rompió, consiguiendo sus poderes como nacido de la bruma. La noche siguiente, murieron hombres.

Muchos hombres.

Superviviente de Hathsin. Un hombre que no debería vivir. Incluso después de verla morir, no fui capaz de decidir si me había traicionado o no. ¿Me dio esa geoda por amor? ¿O por un sentimiento de culpa?

No, no podía ver belleza en las cavernas. Otros hombres se habían vuelto locos en los Pozos, aterrorizados por los espacios pequeños y cerrados. Eso no le había sucedido a él. Sin embargo, sabía que no importaba qué maravillas contuvieran los laberintos, no importaba lo sorprendentes que fueran las vistas o lo delicado de las bellezas, nunca las reconocería. No con Mare muerta.

No puedo seguir pensando en esto, decidió Kelsier, mientras la caverna parecía volverse más oscura a su alrededor. Miró hacia un lado.

—Muy bien, Ham. Continúa. Dime qué estás pensando.

—¿De verdad? —dijo Ham ansiosamente.

—Sí —contestó Kelsier, resignado.

—Muy bien. Esto es lo que me ha estado preocupando últimamente: ¿son los skaa diferentes de los nobles?

—Claro que lo son —dijo Kelsier—. La aristocracia tiene el dinero y la tierra; los skaa no tienen nada.

—No me refiero a la economía... Estoy hablando de diferencias físicas. Sabes lo que dicen los obligadores, ¿verdad?

Kelsier asintió.

—Bien, ¿es cierto? Quiero decir, los skaa tienen un montón de hijos y he oído decir que los aristócratas tienen problemas para reproducirse.

El Equilibrio, se llamaba. Supuestamente, era la forma en que el lord Legislador se aseguraba de que no hubiese demasiados nobles para que los skaa los apoyaran, y la manera de asegurarse también de que, a pesar de las palizas y las muertes al azar, siempre hubiera suficientes skaa para cultivar la tierra y trabajar en las fábricas.

—Siempre había supuesto que era retórica del Ministerio —dijo Kelsier sinceramente.

—He conocido a mujeres skaa que han tenido hasta una docena de hijos. Pero no puedo nombrar a ninguna familia noble importante que haya tenido más de tres.

—Es algo cultural.

—¿Y la diferencia de estatura? Dicen que a los skaa y los nobles bastaba con mirarlos para distinguirlos. Eso ha cambiado, quizá merced al mestizaje, pero la mayoría de los skaa siguen siendo bajos.

—Mayormente es debido a la nutrición. Los skaa no comen lo suficiente.

—¿Y la alomancia?

Kelsier frunció el ceño.

—Tienes que admitir que en eso hay una diferencia física —dijo Ham—. Los skaa nunca se convierten en brumosos a menos que tengan sangre aristócrata de las últimas cinco generaciones.

Eso, al menos, era cierto.

—Los skaa no piensan como los nobles, Kel —dijo Ham—. ¡Incluso estos soldados son tímidos, y son los valientes! Yeden tiene razón respecto a la población general skaa: nunca se rebelará. ¿Y si... y si realmente hay algo físicamente diferente en nosotros? ¿Y si los nobles tienen *derecho* a gobernarnos?

Kelsier se detuvo en medio del pasillo.

—No lo dirás en serio.

Ham se detuvo también.

—Supongo que... no, no. Pero a veces me pregunto... Los nobles tienen la alomancia, ¿verdad? Tal vez estén hechos para mandar.

—¿Hechos por quién? ¿Por el lord Legislador?

Ham se encogió de hombros.

—No, Ham. No está bien. Esto no está bien. Sé que es difícil aceptarlo, las cosas han sido de este modo muchísimo tiempo, pero algo está muy mal en el modo de vida de los skaa. Tienes que creer eso.

Ham se detuvo, luego asintió.

—Vamos —dijo Kelsier—. Quiero visitar esa otra entrada.

La semana pasó despacio. Kelsier pasó revista a las tropas, supervisó el entrenamiento, la comida, las armas, los suministros, los exploradores, los guardias y casi todo lo que se le ocurrió. Lo más importante: visitó a los hombres. Los alabó y los animó... y se aseguró de usar la alomancia con frecuencia delante de ellos.

Aunque muchos skaa habían oído hablar de la alomancia, muy pocos sabían específicamente en qué consistía. Los brumosos nobles rara vez utilizaban sus poderes delante de otra gente, y los mestizos tenían que ser aún más cuidadosos. Los skaa corrientes, incluso los skaa de ciudad, no sabían nada de empujar acero o quemar peltre. Cuando veían a Kelsier volar por los aires o combatir con fuerza sobrenatural, lo atribuían a una misteriosa magia alomántica. A Kelsier no le importaba el malentendido.

Sin embargo, a pesar de todas las actividades de la semana, nunca olvidó su conversación con Ham.

¿Cómo pudo preguntarse siquiera si los skaa son inferiores?, pensó Kelsier, hurgando en su comida en la alta mesa colocada en la caverna de reuniones. La enorme sala era lo bastante grande para albergar a todo el ejército de siete mil hombres, aunque muchos ocupaban salas laterales o los túneles. La mesa estaba situada sobre una formación rocosa al fondo de la cámara.

Sospecho que me preocupo en exceso. Ham tenía tendencia a pensar en cosas que ningún hombre sensato consideraba: aquel era otro de sus dilemas filosóficos. De hecho, ya parecía haber olvidado sus anteriores desvelos. Se reía junto a Yeden, disfrutando de su comida.

En cuanto a Yeden, el delgado líder rebelde parecía bastante satisfecho de su uniforme de general y se había pasado la semana tomando notas de Ham referidas a la dirección del ejército. Parecía estar encajando de modo muy natural en sus responsabilidades.

De hecho, Kelsier parecía ser el único hombre que no estaba disfrutando del festín. La comida, traída en barcaza especialmente para la ocasión, era humilde para los aristócratas, pero mucho mejor que los alimentos a los que estaban acostumbrados los soldados. Los hombres disfrutaban de la cena con alegre escándalo, bebiendo su pequeña ración de cerveza y celebrando el momento.

Y, sin embargo, Kelsier seguía preocupado. ¿Por qué creían estar luchando estos hombres? Parecían entusiasmados con su entrenamiento, pero eso podía deberse también a que ahora tenían asegurada la comida. ¿De verdad creían que se merecían derrocar al Imperio Final? ¿Pensaban que los skaa eran inferiores a los nobles?

Kelsier notaba sus reservas. Muchos de los hombres eran conscientes del peligro inminente y solo las estrictas reglas les impedían huir. Aunque estaban ansiosos por hablar de su entrenamiento, evitaban hacerlo sobre la tarea final: la toma del palacio y las murallas de la ciudad, y el enfrentamiento con la Guarnición de Luthadel.

No creen que vayan a tener éxito, supuso Kelsier. *Necesitan confianza. Los rumores sobre mí son un principio, pero...*

Le dio un codazo a Ham para llamar su atención.

—¿Hay aquí algún hombre que te haya causado un problema de disciplina? —preguntó en voz baja.

Ham frunció el ceño al oír la extraña pregunta.

—Hay un par, desde luego. En un grupo tan grande siempre tiene que haber disidentes.

—¿Alguien en concreto? —preguntó Kelsier—. ¿Hombres que hayan querido marcharse? Necesito a alguien que se haya destacado en su oposición a lo que estamos haciendo.

—Ahora mismo hay un par en el calabozo.

—¿Y aquí? Alguien sentado en alguna mesa a quien todos podamos ver.

Ham pensó un momento observando la multitud.

—El hombre sentado en la segunda mesa, el de la capa roja. Lo pillaron intentando escapar hace un par de semanas.

El hombre en cuestión era delgaducho y nervioso; estaba sentado a su mesa, encorvado y solitario.

Kelsier negó con la cabeza.

—Necesito a alguien un poco más carismático.

Ham se frotó la barbilla, pensativo. Entonces se detuvo y señaló con la cabeza hacia otra mesa.

—Bilg. El grandullón sentado en la cuarta mesa de la derecha.

—Ya lo veo —dijo Kelsier. Bilg era un hombretón barbudo, vestido con chaleco.

—Es demasiado listo para insubordinarse —dijo Ham—, pero ha estado creando problemas a la chita callando. No cree que tengamos ninguna posibilidad contra el Imperio Final. Por mí lo encerraría, pero no puedo castigar a nadie por expresar temor... o, al menos, si lo hiciera, tendría que hacer lo mismo con la mitad del ejército. Además, es demasiado buen guerrero para descartarlo a la ligera.

—Es perfecto —dijo Kelsier.

Quemó cinc, luego miró a Bilg. Aunque el cinc no le permitía leer las emociones del hombre, era posible, al quemar el metal, aislar a un solo individuo para aplacarlo o encenderlo, igual que se puede aislar un solo pedazo de metal entre cientos para tirar de él.

Incluso así, era difícil destacar a Bilg entre una multitud tan grande, así que Kelsier se concentró en la mesa entera, manteniendo las emociones de todos «a mano» para usarlas después. Entonces se levantó. Lentamente, la caverna guardó silencio.

—Antes de marcharme, me gustaría expresar por última vez cuánto me ha impresionado esta visita. —Sus palabras resonaron en la sala, amplificadas por la acústica natural de la caverna—. Os estáis convirtiendo en un buen ejército. Pido disculpas por robaros al general Hammond, pero os dejo a un hombre muy competente en su lugar. Muchos de vosotros conocéis al general Yeden, conocéis sus muchos años sirviendo como líder de la rebelión. Confío en su habilidad para entrenaros aún más en las labores del ejército.

Empezó a inflamar a Bilg y sus acompañantes, alterando sus emociones, contando con el hecho de que ya sentirían desagrado.

—Es una gran tarea la que os pido —dijo Kelsier, sin mirar a Bilg—. Los skaa de Luthadel, de hecho, la mayoría de los skaa en todas partes, no tienen ni idea de lo que estáis a punto de hacer por ellos. No son conscientes del entrenamiento que soportáis ni de las batallas que os preparáis para librar. Sin embargo, cosecharán la recompensa. Algún día, os llamarán héroes.

Siguió inflamando un poco más las emociones de Bilg.

—La Guarnición de Luthadel es fuerte, pero podemos derrotarla... sobre todo si tomamos rápido las murallas de la ciudad. No olvidéis por qué habéis venido aquí. No se trata tan solo de aprender a blandir una espada o llevar un casco. Esta es la mayor revolución que ha visto el mundo: se trata de tomar el gobierno, de expulsar al lord Legislador. No perdáis de vista vuestro objetivo.

Kelsier hizo una pausa. Con el rabillo del ojo vio la expresión sombría de los hombres de la mesa de Bilg. Por fin, en medio del silencio, oyó un comentario... y la acústica de la caverna llevó el murmullo a muchos oídos.

Kelsier frunció el ceño y se volvió hacia Bilg. Toda la caverna pareció volverse aún más silenciosa.

—¿Has dicho algo? —preguntó. Era el momento decisivo. *¿Resistirá o se acobardará?*

Bilg le devolvió la mirada. Kelsier inflamó al hombre con su poder. Obtuvo su recompensa cuando Bilg se levantó de la mesa con la cara enrojecida.

—Sí, señor —replicó el hombretón—. He dicho algo. He dicho que algunos de nosotros no hemos perdido de vista nuestro objetivo. Pensamos en él todos los días.

—¿Y cómo es eso? —preguntó Kelsier. Empezaron a sonar murmullos al fondo de la caverna mientras los soldados pasaban la noticia a aquellos que estaban demasiado lejos para oír.

Bilg tomó aire.

—Porque, *señor*, pensamos que nos envías al suicidio. Los ejércitos del Imperio Final son más grandes que una sola guarnición. No importará si tomamos las murallas: acabarán por masacrarnos tarde o temprano. No se derroca a un imperio con un par de miles de soldados.

Perfecto, pensó Kelsier. *Lo siento, Bilg. Pero alguien tenía que decirlo y desde luego no podía ser yo.*

—Veo que tenemos un desacuerdo —dijo Kelsier en voz alta—. Yo sí creo en estos hombres y en su propósito.

—Pues yo creo que eres un necio que se engaña —gritó Bilg—. Y yo fui más necio aún al venir a estas malditas cuevas. Si tan seguro estás de nuestras posibilidades, ¿por qué no puede marcharse nadie? ¡Estamos atrapados aquí hasta que nos envíes a morir!

—Me insultas —repuso Kelsier—. Sabes muy bien por qué no se os permite marcharos. ¿Por qué quieres irte, soldado? ¿Estás ansioso por vender a tus compañeros al lord Legislador? ¿Unos cuantos cuartos rápidos a cambio de siete mil vidas?

El rostro de Bilg se volvió aún más rojo.

—¡Yo nunca haría una cosa así, pero tampoco voy a dejar que me envíes a la muerte! Este ejército es una tontería.

—Lo que dices es traición. —Kelsier se volvió hacia la multitud—. No es adecuado que un general luche contra un hombre bajo su mando. ¿Hay aquí algún soldado dispuesto a defender el honor de esta rebelión?

Inmediatamente, un par de docenas de hombres se levantaron. Kelsier advirtió a uno en concreto. Era más pequeño que el resto, pero tenía la sencilla disposición que Kelsier había advertido antes.

—Capitán Demoux.

Inmediatamente, el joven capitán dio un salto adelante.

Kelsier echó mano a su espada y se la lanzó.

—¿Sabes usar una espada, muchacho?

—¡Sí, señor!

—Que alguien traiga un arma para Bilg y un par de chalecos reforzados. —Kelsier se volvió hacia el hombretón—. Los nobles tienen una tradición. Cuando surge una disputa, la zanjan con un duelo. Derrota a mi campeón y serás libre para marcharte.

—¿Y si él me derrota a mí? —preguntó Bilg.

—Entonces, morirás.

—Estoy muerto si me quedo —dijo Bilg, aceptando una espada de un soldado cercano—. Acepto los términos.

Kelsier asintió e indicó a unos hombres que apartaran las mesas e hicieran espacio. Los soldados empezaron a ponerse en pie, congregándose para ver la pelea.

—Kel, ¿qué estás haciendo? —siseó Ham a su lado.

—Algo que hay que hacer.

—Que hay que... ¡Kelsier, ese chico no es rival para Bilg! Confío en Demoux, por eso lo he ascendido, pero no es un gran guerrero. ¡Bilg es uno de los mejores espadachines del ejército!

—¿Los hombres lo saben?

—Por supuesto. Cancela esto. Bilg dobla a Demoux en tamaño... El chico está en desventaja en alcance, fuerza y habilidad. ¡Lo va a matar!

Kelsier ignoró la petición. Se sentó tranquilamente mientras Bilg y Demoux sopesaban sus espadas y un par de soldados les colocaban las corazas de cuero. Cuando estuvieron listos, Kelsier agitó una mano, indicando que la pelea podía comenzar.

Ham gruñó.

Sería una pelea breve. Ambos hombres tenían espadas largas y poca armadura. Bilg avanzó confiado, haciendo unos cuantos pases de prueba hacia Demoux. El muchacho era competente: bloqueó los golpes, pero reveló gran parte de sus habilidades al hacerlo.

Inspirando profundamente, Kelsier quemó acero y hierro.

Bilg golpeó y Kelsier empujó la hoja a un lado, dando espacio a Demoux para escapar. El joven intentó una estocada que Bilg paró con facilidad. El hombretón atacó entonces con un molinete, haciendo que Demoux retrocediera tambaleándose. Demoux trató de apartarse del último golpe, pero fue demasiado lento. La hoja cayó implacablemente.

Kelsier avivó hierro, tirando de la abrazadera de una lámpara para estabilizarse, y luego asió los remaches de hierro del vestido de Demoux. Kelsier tiró mientras Demoux saltaba, apartando al muchacho de Bilg y haciéndolo trazar un arco.

Demoux aterrizó tropezando torpemente mientras la espada de Bilg golpeaba el suelo de piedra. El hombretón alzó la cabeza, sorprendido, y un murmullo de asombro recorrió la multitud.

Bilg gruñó y echó a correr con la espada en alto. Demoux bloqueó el potente golpe, pero Bilg le arrebató el arma al muchacho sin esfuerzo. Volvió a golpear y Demoux alzó instintivamente una mano para defenderse.

Kelsier empujó, deteniendo la espada de Bilg en medio del golpe. Demoux se levantó, la mano por delante, como si hubiera detenido el arma atacante con un pensamiento. Los dos se quedaron así un momento, Bilg tratando de mover la espada, Demoux mirándose la mano, asombrado. Enderezándose un poco, Demoux adelantó la mano, vacilante.

Kelsier empujó y arrojó a Bilg hacia atrás. El gran guerrero cayó al suelo con un grito de sorpresa. Cuando se levantó, un momento después, Kelsier no tuvo que encender sus emociones para enfurecerlo. Aulló de ira, agarró la espada con las dos manos y se abalanzó contra Demoux.

Algunos hombres no saben cuándo tienen que dejarlo, pensó Kelsier mientras Bilg atacaba.

Demoux empezó a esquivar. Kelsier empujó al chico a un lado, apartándolo del camino. Entonces Demoux se volvió, agarró su propia arma con las dos manos y atacó a Bilg. Kelsier cogió el arma de Demoux en mitad del golpe y tiró contra ella con fuerza, adelantando el acero con un poderoso avivar de hierro.

Las espadas entrechocaron, y el golpe de Demoux, amplificado por Kelsier, le arrancó a Bilg el arma de las manos. Hubo un fuerte golpe y el grandullón cayó al suelo, perdido completamente el equilibrio por la fuerza del mandoble de Demoux. El arma de Bilg rebotó en el suelo de piedra un poco más allá.

Demoux avanzó, alzando la espada sobre el aturdido Bilg. Y entonces se detuvo. Kelsier quemó hierro con la intención de apoderarse del arma y tirar de ella hacia abajo, para forzar el golpe de gracia, pero Demoux se resistió.

Este hombre debería morir, pensó enfadado. En el suelo, Bilg gemía. Kelsier apenas podía ver su brazo torcido, el hueso roto por el poderoso golpe. Estaba sangrando.

No, pensó Kelsier. *Es suficiente.*

Soltó el arma de Demoux, quien bajó la espada y miró a Bilg. Entonces Demoux alzó las manos y se las miró asombrado; los brazos le temblaban levemente.

Kelsier se puso en pie y la multitud guardó silencio una vez más.

—¿Creéis que os enviaría contra el lord Legislador sin estar preparados? —preguntó en voz alta—. ¿Creéis que os enviaría a morir? ¡Lucháis por lo que es justo! Lucháis *por mí.* No os faltará ayuda cuando marchéis contra los soldados del Imperio Final.

Kelsier alzó las manos y mostró una diminuta barra de metal.

—Habéis oído hablar de esto, ¿verdad? ¿Conocéis los rumores sobre el Undécimo metal? Bien, yo lo tengo... y lo usaré. ¡El lord Legislador morirá!

Los hombres empezaron a aplaudir.

—¡No es nuestra única herramienta! —gritó Kelsier—. ¡Tenéis en vuestro interior un poder inenarrable! ¿Habéis oído hablar de las magias arcanas que usa el lord Legislador? ¡Bien, nosotros tenemos algunas propias! ¡Disfrutad del festín, soldados míos, y no temáis la batalla que ha de venir! ¡Anheladla!

La sala irrumpió en una salva de aplausos y Kelsier indicó que sirvieran más cerveza. Un par de criados se apresuró a sacar a Bilg del lugar. Cuando Kelsier se sentó, Ham puso mala cara.

—No me gusta esto, Kel.

—Lo sé —respondió este tan tranquilo.

Ham estuvo a punto de seguir hablando, pero Yeden se inclinó hacia él.

—¡Ha sido sorprendente! Yo... ¡Kelsier, no lo sabía! Tendrías que haberme dicho que podías pasar tus poderes a otros. Con esas habilidades, ¿cómo es posible perder?

Ham colocó una mano sobre el hombro de Yeden, obligándolo a sentarse.

—Come —ordenó. Se volvió hacia Kelsier, acercó su silla y habló en voz baja—. Acabas de mentirle a todo mi ejército, Kel.

—No, Ham. Le he mentido a *mi* ejército.

El rostro de Ham se ensombreció.

Kelsier suspiró.

—Ha sido solo una mentira a medias. No tienen que ser guerreros, solo tienen que parecer lo suficientemente amenazadores para que nosotros nos apoderemos del atium. Con él sobornaremos a la Guarnición y nuestros hombres ni siquiera tendrán que pelear. Eso es virtualmente lo mismo que les he prometido.

Ham no respondió.

—Antes de que nos marchemos —continuó Kelsier—, quiero que selecciones a unas cuantas docenas de nuestros soldados más dedicados y dignos de confianza. Los enviaremos de vuelta a Luthadel, bajo juramento de no revelar dónde está el ejército, para que puedan difundir entre los skaa la noticia de lo que ha pasado esta noche.

—Entonces ¿esto es cosa de tu ego? —replicó Ham.

Kelsier negó con la cabeza.

—A veces tenemos que hacer cosas que nos parecen repulsivas, Ham. Mi ego puede ser considerable, pero se trata de otra cosa.

Ham permaneció sentado un momento, luego se concentró en su comida. Sin embargo, no comió: se quedó mirando la sangre que había en el suelo ante la mesa.

Ah, Ham, pensó Kelsier. *Ojalá pudiera explicártelo todo.*

Planes detrás de los planes, esquemas más allá de los esquemas.

Siempre había otro secreto.

Al principio, estaban aquellos que no creían que la Profundidad fuera un peligro serio, al menos no para ellos. Sin embargo, trajo consigo una plaga que he visto infectar a casi toda la tierra. Los ejércitos son inútiles contra ella. Las grandes ciudades son arrasadas por su poder. Las cosechas se pierden y la tierra muere.

A eso combato. Este es el monstruo que debo derrotar. Me preocupa haber tardado demasiado. Ya se ha producido tanta destrucción que temo por la supervivencia de la humanidad.

¿Es verdaderamente el fin del mundo, como predicen tantos filósofos?

22

Llegamos a Terris a principios de semana —leyó Vin—, y debo decir que el paisaje me parece maravilloso. Las grandes montañas al norte, con sus cimas nevadas y sus faldas boscosas, se alzan como dioses guardianes sobre esta tierra de verde fertilidad. Mis propias tierras del sur son muy llanas: creo que resultarían menos monótonas con unas pocas montañas que dieran variedad al terreno.

Aquí la gente se dedica sobre todo al pastoreo, aunque no es raro ver a leñadores y granjeros. Es una tierra de pastos, eso desde luego. Parece extraño que un lugar tan agrícola pudiera ser la cuna de las profecías y las teologías en las que se basa el mundo entero en la actualidad.

Escogimos a un grupo de porteadores terrisanos para que nos guíen por los difíciles pasos montañosos. Sin embargo, no son hombres corrientes. Parece que las historias son ciertas: algunos terrisanos tienen una habilidad destacada que resulta muy intrigante.

De algún modo acumulan fuerzas para usarlas al día siguiente. Antes de dormir, por la noche, se pasan una hora acostados y, durante ese tiempo, se vuelven muy frágiles de aspecto, casi como si hubieran envejecido medio siglo. Sin embargo, cuando se despiertan a la mañana siguiente se vuelven muy musculosos. Al parecer, sus poderes tienen algo que ver con los brazaletes y pendientes de metal que llevan siempre.

El líder de los porteadores se llama Rashek y es bastante taciturno. Sin embargo, Braches (inquisitivo como siempre) ha prometido interrogarlo con la esperanza de descubrir exactamente cómo se consigue esa maravillosa capacidad para hacer acopio de fuerzas.

Mañana comenzaremos la fase final de nuestra peregrinación, las Montañas Lejanas de Terris. Allí, es de esperar que encuentre la paz, tanto para mí como para nuestra pobre tierra.

Mientras leía su ejemplar del diario, Vin tomó rápidamente varias decisiones. Primero, quedó firmemente convencida de que no le gustaba leer. Sazed no escuchaba sus quejas: solo decía que no había practicado lo suficiente. ¿No veía que leer no era una habilidad práctica como manejar una daga o recurrir a la alomancia?

A pesar de todo, continuó leyendo según sus órdenes, aunque solo fuera para demostrar testarudamente que podía hacerlo. Le costaba entender muchas de las palabras del diario de viaje y tenía que leer en una zona apartada de la Mansión Renoux donde podía pronunciar las palabras para sí misma, tratando de descifrar el extraño estilo de escritura del lord Legislador.

La lectura continuada la llevó a la segunda conclusión: el lord Legislador era mucho más quejica de lo que tenía derecho a ser ningún dios. Cuando las páginas del libro no estaban llenas de aburridas notas sobre los viajes del lord Legislador, estaban repletas de reflexiones y extensas divagaciones morales. Vin estaba empezando a desear no haber encontrado aquel libro.

Suspiró, acomodándose en su silla de mimbre. Una fresca brisa de principios de primavera agitaba los jardines de abajo, pasando sobre la pequeña fuente a su izquierda. El aire era confortablemente húmedo, y los árboles la protegían del sol de la tarde. Ser noble, incluso una noble falsa, tenía desde luego sus ventajas.

Sonaron pasos tras ella. Estaban lejos, pero Vin se había acostumbrado a quemar un poco de estaño en todo momento. Se dio la vuelta y miró con disimulo por encima del hombro.

—¿Fantasma? —dijo con sorpresa cuando vio al joven Lestibournes recorrer el sendero del jardín—. ¿Qué estás haciendo aquí?

Fantasma se detuvo, ruborizado.

—Perando que el Dox venga y en sequede.

—¿Dockson? —dijo Vin—. ¿Está aquí también?

¡Tal vez tenga noticias de Kelsier!

Fantasma asintió y se acercó.

—Armas paendaytomá porenprimera vé.

Vin vaciló.

—Me he perdido.

—Teníamos que repartir algunas armas más —dijo Fantasma, esforzándose por no hablar en su dialecto—. Y las almacenaremos aquí durante un tiempo.

—Ah —dijo Vin, levantándose y cepillándose el vestido—. Debería ir a verlo.

Fantasma pareció de pronto avergonzado, se ruborizó de nuevo, y Vin ladeó la cabeza.

—¿Había algo más?

Con un súbito movimiento, Fantasma echó mano al chaleco y sacó algo. Vin avivó peltre en respuesta, pero no era más que un pañuelo blanco y rosa. Fantasma se lo tendió.

Vin lo aceptó, vacilante.

—¿Para qué es esto?

Fantasma se ruborizó otra vez, se dio media vuelta y se marchó.

Vin lo vio irse, desconcertada. Miró el pañuelo. Estaba hecho de suave encaje, pero no parecía haber nada extraño en él.

Qué chico tan raro, pensó, guardándose el pañuelo en la manga. Recogió su ejemplar del diario de viajes y echó a andar por el sendero. Se estaba acostumbrando tanto a llevar vestido que apenas tenía que prestar atención a que las capas inferiores rozaran los matojos o las piedras.

Supongo que eso es en sí mismo una habilidad valiosa, pensó mientras llegaba a la entrada del jardín sin haberse enganchado el vestido en una sola rama. Abrió la puerta de muchos paneles de cristal y detuvo al primer criado que vio.

—¿Ha llegado maese Delton? —preguntó, usando el nombre falso de Dockson. Se hacía pasar por uno de los mercaderes que Renoux tenía como contacto dentro de Luthadel.

—Sí, mi señora —dijo el criado—. Está reunido con lord Renoux.

Vin lo dejó marchar. Hubiese podido participar en la reunión, pero no le pareció bien. Lady Valette no tenía ningún motivo para asistir a un encuentro mercantil entre Renoux y Delton.

Vin se mordió los labios, pensativa. Sazed siempre le decía que tenía que guardar las apariencias. *Bien*, pensó. *Esperaré. Tal vez Sazed pueda decirme qué espera que haga ese muchacho loco con el pañuelo.*

Se marchó a la biblioteca de arriba con la agradable sonrisa propia de una dama mientras trataba de deducir de qué estaban hablando Renoux y Dockson. El hecho de traer las armas era una excusa; Dockson no hubiese hecho personalmente algo tan mundano. Tal vez Kelsier se había retrasado. O tal vez Dockson había entrado por fin en contacto con Marsh: el hermano de Kelsier, junto con los otros nuevos iniciados de los obligadores, debía llegar pronto a Luthadel.

Dockson y Renoux podrían haberme mandado llamar, pensó, molesta. Valette solía atender a los invitados con su tío.

Sacudió la cabeza. Aunque Kelsier hubiera dicho que era miembro pleno de la banda, los demás obviamente seguían considerándola todavía una niña. Eran amistosos y la aceptaban, pero no parecían incluirla. Quizá lo hicieran sin intención, pero no por eso resultaba menos frustrante.

Había luz en la biblioteca. En efecto, Sazed estaba sentado traduciendo las últimas páginas del diario. Alzó la cabeza cuando Vin entró, sonrió y asintió respetuosamente.

Tampoco lleva gafas esta vez, advirtió Vin. *¿Por qué las usó durante tan poco tiempo antes?*

—Señora Vin —dijo, levantándose y acercándole una silla—. ¿Cómo van tus estudios del libro?

Vin contempló las páginas que tenía en la mano.

—Bien, supongo. No comprendo por qué tengo que molestarme en leerlo... Les diste copias a Kel y Brisa también, ¿no?

—Desde luego —respondió Sazed, colocando la silla junto a su mesa—. Sin embargo, maese Kelsier pidió que todos los miembros del grupo leyeran las páginas. Creo que hace bien. Cuantos más ojos lean esas palabras, más probable es que descubramos los secretos ocultos que hay en ellas.

Vin suspiró, se alisó el vestido y se sentó. El vestido blanco y azul era precioso: aunque pretendidamente para uso diario, era solo ligeramente menos lujoso que los vestidos que usaba para las fiestas.

—Debes admitir que el texto es sorprendente —dijo Sazed mientras se sentaba—. Esta obra es el sueño de un guardador. ¡Estoy descubriendo cosas sobre mi cultura que ni siquiera sospechaba!

Vin asintió.

—Acabo de llegar a la parte en que llegan a Terris.

Con suerte, la siguiente contendrá menos listas de suministros. Sinceramente, para tratarse de un dios maligno de la oscuridad puede ser bastante aburrido.

—Sí, sí —dijo Sazed, hablando con extraño entusiasmo—. ¿Has visto que describe Terris como un lugar de «verde fertilidad»? Las leyendas de los guardadores hablan de eso. Terris es ahora una tundra de tierra congelada donde no sobrevive casi ninguna planta. Pero antiguamente fue verde y hermosa, como dice el texto.

Verde y hermosa, pensó Vin. *¿Por qué tiene el verde que ser hermoso? Sería como tener plantas azules o púrpura... solo algo extraño.*

Sin embargo, había algo más en el libro de viajes que despertaba su curiosidad: algo que tanto Sazed como Kelsier no habían querido mencionar.

—Acabo de leer la parte en la que el lord Legislador contrata a unos porteadores de Terris —dijo Vin con cuidado—. Habla de que se volvían más fuertes durante el día porque se dejaban debilitar durante la noche.

Sazed de pronto se volvió más retraído.

—Sí, en efecto.

—¿Sabes algo de esto? ¿Tiene que ver con ser guardador?

—Sí. Pero debe permanecer en secreto, creo. No es que no seas digna de confianza, dama Vin. Sin embargo, cuanta menos gente sepa cosas sobre los guardadores, menos rumores se contarán acerca de nosotros. Lo mejor sería que el lord Legislador empezara a creer que nos ha destruido por completo, tal como ha sido su objetivo durante los últimos mil años.

Vin se encogió de hombros.

—Bien. Esperemos que ninguno de los secretos que Kelsier quiere que descubramos en este texto estén relacionados con los poderes terrisanos... Si lo están, se me han pasado por completo.

Sazed levantó una ceja.

—Ah, bien —dijo Vin desenfadadamente, hojeando las páginas que no había leído—. Parece que se pasa mucho tiempo hablando de los terrisanos. Supongo que no podré ayudar gran cosa cuando Kelsier vuelva.

—Tienes razón —dijo Sazed lentamente—. Aunque lo expreses de manera un poco melodramática.

Vin le dirigió una sonrisa descarada.

—Muy bien —dijo Sazed con un suspiro—. Creo que no deberíamos haberte dejado pasar tanto tiempo con maese Brisa.

—Los hombres del libro de viajes. ¿Son guardadores?

Sazed asintió.

—Lo que ahora llamamos guardadores eran mucho más corrientes entonces... quizá incluso más corrientes que actualmente los brumosos entre los nobles modernos. Nuestro arte se llama «feruquimia»: la habilidad de almacenar ciertos atributos físicos dentro de trozos de metal.

Vin frunció el ceño.

—¿También quemáis metales?

—No —dijo Sazed, sacudiendo la cabeza—. Los feruquimistas no son como los alománticos: no quemamos nuestros metales. Los usamos como depósito. Cada trozo de metal, dependiendo del tamaño y la aleación, puede almacenar cierta cualidad física. El feruquimista conserva un atributo y recurre a esa reserva posteriormente.

—¿Atributo? ¿Como la fuerza?

Sazed asintió.

—En el texto, los porteadores de Terris se debilitan durante la noche, acumulando fuerzas en sus brazaletes para usarlas al día siguiente.

Vin estudió el rostro de Sazed.

—¡Por eso llevas tantos pendientes!

—Sí, señora —dijo él, y se subió las mangas. Bajo la túnica llevaba gruesos brazaletes de hierro en los antebrazos—. Mantengo ocultas algunas de mis reservas... pero llevar muchos anillos, pendientes y otras joyas siempre ha sido parte de la cultura de Terris. El lord Legislador intentó prohibir una vez que los terrisanos tocaran o poseyeran metal alguno... de hecho, intentó imponer que llevar metales fuera privilegio de los nobles y no de los skaa.

Vin frunció el ceño.

—Qué extraño —dijo—. Cabría pensar que son los nobles quienes no querrían llevar metal, porque eso los haría vulnerables a la alomancia.

—En efecto. Sin embargo, la moda ha sido siempre adornar los vestidos con metal. Comenzó, sospecho, con el deseo del lord Legislador de negar a los terrisanos el derecho a tocar metal. Él mismo empezó a llevar anillos y brazaletes de metal, y los nobles siempre lo imitaron en sus modas. Hoy en día, los más ricos a menudo llevan metal como símbolo de poder y orgullo.

—Parece una estupidez.

—La moda suele serlo. De todas formas, el intento fracasó: muchos nobles solo llevan madera pintada para que parezca metal y los terrisanos consiguieron capear el descontento del lord Legislador en este tema. Sencillamente, era imposible llevar a la práctica que los sirvientes nunca manejen metal. Sin embargo, eso no ha impedido que el lord Legislador tratara de exterminar a los guardadores.

—Os teme.

—Y nos odia. No solo a los feruquimistas, sino a todos los terrisanos. —Sazed colocó una mano sobre la parte del texto que aún no había traducido—. Espero encontrar ese secreto aquí también. Nadie recuerda por qué el lord Legislador persigue al pueblo de Terris, pero sospecho que tiene algo que ver con esos porteadores. Su líder, Rashek, parece un hombre muy extraño. El lord Legislador habla a menudo de él en su narración.

—Menciona la religión —dijo Vin—. La religión de Terris. Algo sobre unas profecías.

Sazed negó con la cabeza.

—No puedo responder a eso, señora, pues no sé más que tú de la religión de Terris.

—Pero si recopilas religiones. ¿Es que no conoces la tuya propia?

—No —respondió Sazed solemnemente—. Verás, por eso se formaron los guardadores. Hace siglos, mi pueblo ocultó a los últimos feruquimistas de Terris. Las purgas del lord Legislador se volvían muy violentas: eso fue antes de que iniciara el programa reproductor. Entonces no éramos criados ni mayordomos... ni siquiera éramos skaa. Éramos algo que había que destruir.

»Sin embargo, algo impidió que el lord Legislador nos aniquilara por completo. No sé por qué... Quizá pensó que el genocidio era un castigo demasiado laxo. De todas formas, destruyó con éxito nuestra religión durante los dos primeros siglos de su dominio. La organización de guardadores se formó durante el siglo siguiente y sus miembros se dedicaron a descubrir lo que se había perdido y recordarlo para el futuro.

—¿Con feruquimia?

Sazed asintió, pasando los dedos por el brazalete de su brazo derecho.

—Este es de cobre: permite almacenar recuerdos y pensamientos. Cada guardador lleva varios brazaletes como este, llenos de conocimiento: canciones, relatos, oraciones, historias y lenguajes. Muchos guardadores tienen un área de interés concreta (la mía es la religión), pero todos recordamos la colección entera. Si tan solo uno de nosotros sobrevive hasta la muerte del lord Legislador, entonces los habitantes del mundo podrán recuperar todo lo que han perdido. —Hizo una pausa y se bajó la manga—. Bueno, no todo lo que se ha perdido. Todavía hay cosas que faltan.

—Vuestra propia religión —dijo Vin en voz baja—. Nunca la encontrasteis, ¿verdad?

Sazed sacudió la cabeza.

—El lord Legislador da a entender en su libro de viajes que fueron nuestros profetas quienes le condujeron al Pozo de la Ascensión, pero incluso esto es información nueva para nosotros. ¿Qué creíamos? ¿A qué, o a quién, adorábamos? ¿De dónde procedían esos profetas de Terris, y cómo predecían el futuro?

—Yo... lo siento.

—Seguimos buscando. Acabaremos por encontrar nuestras respuestas. Aunque no lo hagamos, habremos proporcionado un servicio de valor incalculable a la humanidad. Otra gente nos considera dóciles y serviles, pero a nuestro modo hemos luchado contra él.

Vin asintió.

—¿Y qué otras cosas puedes almacenar? Fuerza y recuerdos. ¿Algo más?

Sazed se la quedó mirando.

—Ya he dicho demasiado. Entiendes la mecánica de lo que hacemos: si el lord Legislador menciona estas cosas en su texto, no te confundirás.

—Capacidad de visión —dijo Vin, alzando la cabeza—. Por eso llevaste gafas durante unas cuantas semanas después de rescatarme.

Necesitabas poder ver mejor esa noche, cuando me salvaste, y por eso agotaste tu provisión. Luego pasaste unas semanas con visión débil hasta que pudiste recargarla.

Sazed no respondió al comentario. Tomó su pluma con la evidente intención de volver a su trabajo como traductor.

—¿Alguna cosa más, señora?

—La verdad es que sí —respondió Vin, sacando el pañuelo de su manga—. ¿Tienes idea de lo que es esto?

—Parece un pañuelo, señora.

Vin alzó una ceja.

—Muy gracioso. Has pasado demasiado tiempo con Kelsier, Sazed.

—Lo sé —contestó él con un suspiro—. Creo que me ha corrompido. De todas maneras, no comprendo tu pregunta. ¿Qué tiene de particular ese pañuelo en concreto?

—Eso es lo que quiero saber. Fantasma me lo ha dado hace un ratito.

—Ah. Entonces tiene sentido.

—¿Qué?

—En la sociedad noble, un pañuelo es el regalo tradicional que un joven hace a una dama cuando desea cortejarla en serio.

Vin vaciló y miró anonadada el pañuelo.

—¿*Qué*? ¿Ese chaval está loco?

—Creo que la mayoría de los hombres de su edad están un poco locos —dijo Sazed con una sonrisa—. Sin embargo, no es inesperado. ¿No te has dado cuenta de cómo te mira cuando entras en la habitación?

—Solo me parece que es un poco raro. ¿En qué está pensando? Es mucho más joven que yo.

—El muchacho tiene quince años, Vin. Solo tiene uno menos que tú.

—Dos —dijo Vin—. Cumplí diecisiete la semana pasada.

—De todas maneras, no es mucho más joven que tú.

Vin miró al cielo.

—No tengo tiempo para sus atenciones.

—Cabría pensar que agradecerías las oportunidades que tienes. No todo el mundo es tan afortunado.

Vin hizo una mueca para sus adentros. *Es un eunuco, idiota.*

—Sazed, lo siento. Yo...

Sazed agitó una mano.

—Es algo de lo que nunca he sabido lo suficiente, señora. Tal vez soy afortunado... Viviendo en los bajos fondos no es fácil criar una familia. Vaya, el pobre maese Hammond lleva meses alejado de su esposa.

—¿Ham está casado?

—Pues claro. Igual que maese Yeden, creo. Protegen a sus familias separándolas de las actividades del submundo, pero para eso tienen que pasar largos periodos de tiempo separados.

—¿Quién más? —preguntó Vin—. ¿Brisa? ¿Dockson?

—Maese Brisa está un poco demasiado... centrado en sí mismo para tener familia, creo. Maese Dockson no ha hablado de su vida sentimental, pero sospecho que hay algo doloroso en su pasado. Eso no es nada extraño en los skaa de las plantaciones, como cabría esperar.

—¿Dockson es de una plantación? —preguntó Vin, un tanto sorprendida.

—Naturalmente. ¿Es que no hablas nunca con tus amigos?

Amigos. Tengo amigos. Era una idea extraña.

—Tendría que continuar con mi trabajo —dijo Sazed—. Lamento tener que despedirte, pero casi he terminado la traducción...

—Por supuesto —dijo Vin, poniéndose en pie y alisándose el vestido—. Gracias.

Encontró a Dockson sentado en el estudio de invitados, escribiendo en silencio en un papel, con un montón de documentos perfectamente organizados al lado. Llevaba un traje de noble clásico, y como siempre parecía más cómodo con esa ropa que los demás. Kelsier era descarado, Brisa, inmaculado y llamativo, pero Dockson... sencillamente llevaba con naturalidad aquel atuendo.

Alzó la cabeza al verla entrar.

—¿Vin? Lo siento... tendría que haberte mandado llamar. Por algún motivo supuse que estabas fuera.

—A menudo lo estoy, de un tiempo a esta parte —respondió Vin, cerrando la puerta—. Hoy me he quedado en casa: escuchar a las nobles parlotear en el almuerzo puede ser un poco pesado.

—Me lo imagino —sonrió Dockson—. Siéntate.

Vin asintió con la cabeza y entró en la habitación. Era un lugar tranquilo, decorado con colores cálidos y maderas oscuras. Todavía había un poco de luz en el exterior, pero Dockson ya había corrido las cortinas y trabajaba a la luz de las velas.

—¿Alguna noticia de Kelsier? —preguntó Vin mientras se sentaba.

—No —respondió Dockson, haciendo a un lado el documento—. Pero era de esperar. No iba a estar mucho tiempo en las cuevas, así que enviar un mensajero de vuelta habría sido un poco tonto..., como alomántico, él podría llegar incluso antes que un hombre a caballo. Sea como sea, sospecho que llegará unos cuantos días tarde. Después de todo, estamos hablando de Kel.

Vin asintió y guardó silencio un momento. No había pasado tanto tiempo con Dockson como con Kelsier y Sazed... o con Ham y Brisa. Sin embargo, parecía un hombre agradable. Muy estable y muy listo. Mientras que la mayoría de los otros contribuía con algún tipo de poder alomántico al grupo, Dockson era valioso por su capacidad organizativa.

Cuando había que conseguir algo (como los vestidos de Vin), Dockson se encargaba de hacerlo. Cuando había que alquilar un edificio, procurar suministros u obtener un permiso, Dockson hacía que sucediera. No estaba en primera fila, engañando a nobles, luchando en las brumas o reclutando soldados. Sin embargo, sin él, Vin sospechaba que todo el grupo se haría pedazos.

Es un hombre agradable, se dijo. *No le importará si se lo pregunto.*

—Dox, ¿cómo era vivir en una plantación?

—¿Hummm? ¿La plantación?

Vin asintió.

—Creciste en una, ¿no? ¿Eres un skaa de plantación?

—Sí —dijo Dockson—. O al menos lo fui. ¿Cómo era? No estoy seguro de cómo responder, Vin. Era una vida dura, pero la mayoría de los skaa lleva una vida dura. No se me permitía salir sin permiso de la plantación, ni salir siquiera de la comunidad. Comíamos de manera más regular que un montón de skaa callejeros, pero trabajábamos tan duro como cualquier trabajador de fábrica. Quizá más.

»Las plantaciones son algo distintas de las ciudades. Allí, cada lord es su propio amo. En teoría, el lord Legislador es el dueño de los skaa, pero los nobles los alquilan y se les permite matar a tantos como quieran. Cada lord solo tiene que asegurarse de entregar las cosechas.

—Lo dices con una... frialdad.

Dockson se encogió de hombros.

—Ha pasado tiempo desde que vivía allí, Vin. No creo que la plantación fuera demasiado traumática. Era solo la vida... No conocíamos nada mejor. De hecho, ahora sé que de entre los lores de las plantaciones el mío era bastante compasivo.

—¿Por qué te marchaste, entonces?

Dockson dudó.

—Sucedió... algo —dijo, con voz casi melancólica—. ¿Conoces la ley que dice que un lord puede acostarse con cualquier mujer skaa que desee?

Vin asintió.

—Únicamente tiene que matarla cuando termine.

—O poco después —dijo Dockson—. Lo bastante rápido para que no engendre hijos mestizos.

—¿El lord tomó a una mujer que amabas, entonces?

Dockson asintió.

—No hablo mucho de ello. No porque no pueda, sino porque creo que sería inútil. No soy el único skaa que perdió a un ser querido por la pasión de un lord, o incluso por la indiferencia de un lord. De hecho, apuesto a que tendrías problemas para encontrar a un skaa que no tenga a algún ser querido que no haya sido asesinado por la aristocracia. Es solo... como son las cosas.

—¿Quién era ella?

—Una chica de la plantación. Como decía, mi historia no es original. Recuerdo... colarme entre las chozas por las noches para estar con ella. Toda la comunidad nos siguió el juego, ocultándonos de los capataces... Se suponía que yo no podía salir después de oscurecer, ya sabes. Me interné entre las brumas por primera vez, por ella, y aunque muchos me consideraron un necio por salir de noche, otros superaron sus supersticiones y me ayudaron. Creo que el romance los inspiró; Kareien y yo recordamos a todos que había algo por lo que vivir.

»Cuando lord Devinshae se llevó a Kareien... y luego devolvió su cuerpo a las chozas para que fuera enterrado... algo... murió en las chozas de los skaa. Me marché esa noche. No sabía que hubiera una vida mejor, pero no podía quedarme, no con la familia de Kareien allí, no con lord Devinshae viéndonos trabajar...

Dockson suspiró, sacudiendo la cabeza. Vin por fin vio emoción en su cara.

—¿Sabes? A veces hasta me sorprende que lo intentemos —dijo él—. Con todo lo que nos han hecho (las muertes, las torturas, las agonías) cabría pensar que renunciaríamos a cosas como la esperanza y el amor. Pero no lo hacemos. Los skaa siguen enamorándose. Siguen tratando de tener familia y siguen afanándose. Quiero decir... aquí estamos, luchando en la loca guerra de Kel, resistiéndonos a un dios que sabemos que va a matarnos a todos.

Vin no dijo nada, tratando de comprender el horror de lo que él describía.

—Yo... creía que habías dicho que tu señor era amable.

—Sí, y lo era —replicó Dockson—. Lord Devinshae rara vez mataba a palizas a sus skaa y solo purgaba a los viejos cuando la población se descontrolaba por completo. Tiene una reputación impecable entre la nobleza. Lo habrás visto en alguno de los bailes... Ha estado en Luthadel recientemente, para pasar el invierno, entre las temporadas de plantación.

Vin sintió frío.

—¡Dockson, eso es horrible! ¿Cómo pueden dejar a un monstruo semejante entre ellos?

Dockson frunció el ceño y luego se inclinó ligeramente hacia delante, apoyando los brazos sobre la mesa.

—Vin, *todos* son así.

—Sé que eso es lo que dicen algunos skaa, Dox —respondió Vin—. Pero la gente de los bailes no es así. Los he conocido, he bailado con ellos. Dox, muchos de ellos son buena gente. Creo que no se dan cuenta de lo terribles que son las cosas para los skaa.

Dockson la miró con expresión extraña.

—¿De verdad estoy oyendo esto de ti, Vin? ¿Por qué crees que luchamos contra ellos? ¿No te das cuenta de las cosas de las que esa gente, toda esa gente, es capaz?

—Crueldad, tal vez —dijo Vin—. E indiferencia. Pero no son monstruos... no todos ellos. No como tu antiguo lord de la plantación.

Dockson sacudió la cabeza de nuevo.

—No los ves como son, Vin. Un noble puede violar y asesinar a una mujer skaa una noche y ser alabado por su moralidad y virtud al día siguiente. Para ellos los skaa no son personas. Las mujeres nobles ni siquiera consideran que sus señores las engañan cuando se acuestan con una mujer skaa.

—Yo... —Vin no supo qué decir, cada vez más insegura. Esa era una parte de la cultura noble a la que no había querido enfrentarse. Las palizas tal vez pudiera perdonarlas, pero eso...

—Te estás dejando engañar, Vin. Estas cosas son menos visibles en las ciudades porque hay casas de prostitución, pero los asesinatos siguen. Algunos burdeles usan a mujeres de muy pobre cuna, pero nobles. La mayoría, sin embargo, mata periódicamente a sus prostitutas skaa para contentar a los inquisidores.

Vin se sintió un poco débil.

—Yo... conozco los burdeles, Dox. Mi hermano siempre me amenazaba con venderme a uno. Pero que los burdeles existan no significa que todos los hombres vayan a ellos. Hay montones de obreros que no visitan los burdeles skaa.

—Los nobles son diferentes, Vin —dijo Dockson severamente—. Son criaturas horribles. ¿Por qué crees que no me quejo cuando Kelsier los mata? ¿Por qué crees que trabajo para derrocar su gobierno? A alguno de esos niños bonitos con los que bailas deberías preguntarle con qué frecuencia se han acostado con una mujer skaa a la que sabían que matarían poco después. Todos lo han hecho, en un momento u otro.

Vin agachó la cabeza.

—No se les puede redimir, Vin —dijo Dockson. No parecía tan apasionado por el tema como Kelsier, tan solo... resignado—. No creo que Kel sea feliz hasta que estén todos muertos. Dudo que lleguemos tan lejos, o incluso que podamos hacerlo, pero yo, por mi parte, me sentiría más que contento si viera su sociedad desmoronarse.

Vin no dijo nada. *Todos no pueden ser así*, pensó. *Son tan hermosos, tan distinguidos. Elend nunca ha tomado y asesinado a una mujer skaa... ¿verdad?*

Apenas duermo unas cuantas horas cada noche. Debemos conti-
nuar adelante, viajando cuanto podamos cada día, pero cuando final-
mente me acuesto, el sueño me elude. Los mismos pensamientos que
me preocupan durante el día aumentan en la quietud de la noche.

Y, por encima de todo, oigo los golpeteos de las alturas, los pulsos
de las montañas. Atrayéndome con cada latido.

23

—Dicen que la muerte de los hermanos Geffenry fue en venganza
por el asesinato de lord Entrone —dijo lady Kliss en voz baja.

Tras el grupo de Vin, los músicos tocaban en el escenario, pero se
hacía tarde ya y poca gente bailaba.

El círculo de asistentes a la fiesta que rodeaba a lady Kliss frunció
el ceño al oír la noticia. Eran unos seis, incluyendo a Vin y su acompañante, un tal Milen Davenpleu, un joven heredero de una casa menor.

—Vamos, Kliss —dijo Milen—. Las Casas Geffenry y Tekiel son
aliadas. ¿Por qué iba Tekiel a asesinar a dos nobles Geffenry?

—¿Por qué, eh? —respondió Kliss, inclinándose hacia delante
con un gesto conspirador, con su enorme moño rubio oscilando levemente. Kliss no tenía demasiado sentido de la moda. Sin embargo, era
una excelente fuente de chismorreos—. ¿Recuerdas cuando encontraron muerto a lord Entrone en los jardines de Tekiel? —preguntó—.
Bueno, parecía obvio que uno de los enemigos de la Casa Tekiel lo
había asesinado. Pero la Casa Geffenry ha estado solicitando una alianza a Tekiel... Al parecer, una facción de la casa pensó que si sucedía
algo que enardeciera a los Tekiel, estarían más dispuestos a buscar
aliados.

—¿Estás diciendo que Geffenry mató *a propósito* a un aliado Tekiel? —preguntó Rene, el acompañante de Kliss. Arrugó su ancha
frente con gesto pensativo.

Kliss le dio un golpecito en el brazo.

—No te preocupes demasiado, querido —le aconsejó, y luego volvió ansiosamente a la conversación—. ¿No lo veis? Al matar en secreto a lord Entrone, Geffenry esperaba conseguir la alianza que necesita. Eso le daría acceso a las rutas por el canal hacia las llanuras del este.

—Pero le salió mal —dijo Milen, pensativo—. Tekiel descubrió la añagaza y mató a Ardous y Callins.

—Bailé con Ardous un par de veces en la última fiesta —dijo Vin. *Ahora está muerto, su cadáver abandonado en las calles junto a un arrabal skaa.*

—¿Sí? —preguntó Milen—. ¿Era bueno?

Vin se encogió de hombros.

—No mucho.

¿Eso es todo lo que sabes preguntar, Milen? ¿Un hombre ha muerto y solo quieres saber si me gustaba más que tú?

—Bien, ahora está bailando con los gusanos —dijo Tyden, el último hombre del grupo.

Milen dejó escapar una risa forzada, más de lo que el comentario merecía. Los intentos de Tyden por hacer gracia generalmente dejaban algo que desear. Parecía el tipo que se habría sentido más a gusto con los rufianes de la banda de Camon que con los nobles de un salón de baile.

Naturalmente, Dox dice que en el fondo todos son así.

La conversación que había mantenido con Dockson todavía dominaba sus pensamientos. Cuando Vin había empezado a asistir a las fiestas de los nobles aquella primera noche (la noche que estuvieron a punto de matarla), todo le había parecido falso. ¿Cómo había olvidado su primera impresión? ¿Cómo se había dejado atrapar y había empezado a admirar su pose y su esplendor?

Ahora, el brazo de los nobles alrededor de su cintura la hacía rechinar los dientes, como si pudiera sentir la podredumbre en sus corazones. ¿A cuántas skaa había matado Milen? ¿Y Tyden? Parecía el tipo capaz de disfrutar una noche de putas.

Pero, de todas formas, ella les seguía el juego. Finalmente, se había puesto el vestido negro aquella noche, obedeciendo a la necesidad de diferenciarse de las otras mujeres con sus colores vivos y sus sonrisas resplandecientes. Sin embargo, no podía evitar la compañía de los demás: Vin había empezado por fin a ganarse la confianza que necesitaba su banda. Kelsier estaría encantado de conocer que su plan para la Casa Tekiel estaba funcionando, y eso no era lo único que ella había podido descubrir. Tenía docenas de pequeños fragmentos de información que serían vitales para los esfuerzos de la banda.

Uno de esos fragmentos era acerca de la Casa Venture. La familia se estaba atrincherando para lo que se esperaba que fuera una prolongada guerra entre casas; una prueba de ello era el hecho de que Elend asistía a muchos menos bailes que antes. No es que a Vin le importara. Cuando asistía, normalmente la evitaba, y en realidad ella no quería hablar con él. El recuerdo de lo que le había dicho Dockson la hacía sospechar que mantener con Elend una actitud cortés le resultaría complicado.

—¿Milen? —preguntó lord Rene—. ¿Sigues planeando unirte a nosotros para jugar mañana a las conchas?

—Por supuesto, Rene.

—¿No lo prometiste la última vez? —preguntó Tyden.

—Estaré allí —dijo Milen—. La última vez me salió un compromiso.

—¿Y no volverá a salirte otra vez? Sabes que no podemos jugar a menos que tengamos un cuarto hombre. Si no vas a asistir, podríamos invitar a otro...

Milen suspiró, y luego alzó una mano haciendo un gesto brusco hacia el lado. El movimiento llamó la atención de Vin, que solo había estado escuchando a medias la conversación. Miró a un lado y casi dio un respingo al ver a un obligador acercarse al grupo.

Hasta ese momento había conseguido evitar a los obligadores en los bailes. Después de su primer encuentro con un alto prelado, unos meses antes (y la subsiguiente alerta de un inquisidor), había temido acercarse a ninguno.

El obligador se aproximó, sonriendo de una manera algo torcida. Tal vez fueran los brazos cruzados con las manos ocultas por dentro de las mangas grises. Tal vez fueran los tatuajes alrededor de los ojos, arrugados por la vejez. Tal vez fuera la manera en que sus ojos la miraban, como si pudieran ver a través de su disfraz. No se trataba solo de un noble: era un *obligador*, los ojos del lord Legislador, el que aplicaba su ley.

El obligador se detuvo al llegar junto al grupo. Sus tatuajes lo identificaban como miembro del Cantón de la Ortodoxia, el principal brazo burocrático del Ministerio. Miró al grupo y habló con voz suave.

—¿Sí?

Milen sacó unas cuantas monedas.

—Prometo reunirme con estos dos para jugar a las conchas mañana —dijo, tendiendo las monedas al viejo obligador.

Parecía un motivo algo tonto para llamar a un obligador... o al menos eso pensó Vin. El obligador, sin embargo, no se rio ni recalcó la frivolidad de la demanda. Se limitó a sonreír, acariciando las monedas con la misma destreza que cualquier ladrón.

—Soy testigo de ello, lord Milen —dijo.

—¿Satisfechos? —les preguntó Milen a los otros dos.

Ellos asintieron.

El obligador se dio media vuelta, sin dirigir a Vin otra mirada, y se marchó. Ella dejó escapar un silencioso suspiro al ver que se iba.

Deben de saber todo lo que sucede en la corte, advirtió. *Si la nobleza los llama para que sean testigos de algo tan simple...* Cuanto más sabía sobre el Ministerio, más se daba cuenta de lo astuto que había sido el lord Legislador al organizarlos. Eran testigos de cada contrato mercantil; Dockson y Renoux tenían que tratar con los obligadores casi a diario. Solo ellos podían autorizar matrimonios, divorcios, compras de terrenos o ratificar títulos hereditarios. Si un obligador no había actuado como testigo de un hecho, no había sucedido, y si uno no había sellado un documento, entonces bien podría no haber sido escrito.

Vin sacudió la cabeza mientras la conversación pasaba a otros temas. La noche había sido larga y su mente estaba llena de información que anotar en el camino de vuelta a Fellise.

—Disculpe, lord Milen —dijo, posando una mano en su brazo... aunque tocarlo la hizo temblar levemente—. Creo que tal vez sea hora de que me retire.

—La acompañaré a su carruaje.

—No será necesario —dijo ella dulcemente—. Quiero refrescarme y luego tendré que esperar a mi terrisano, de todas formas. Iré a sentarme a nuestra mesa.

—Muy bien —respondió él, asintiendo respetuosamente.

—Vete si quieres, Valette —dijo Kliss—. Pero nunca sabrás la noticia que tengo sobre el Ministerio...

Vin se detuvo.

—¿Qué noticia?

Los ojos de Kliss chispearon y miró al obligador que se marchaba.

—Los inquisidores zumban como insectos. Han golpeado al doble de bandas skaa que de costumbre estos últimos meses. Ni siquiera hacen prisioneros para ejecutarlos: los matan a todos.

—¿Cómo sabes eso? —preguntó Milen, escéptico. Parecía tan sincero y noble. Nadie hubiese sospechado lo que realmente era.

—Tengo mis fuentes —contestó Kliss con una sonrisa—. Los inquisidores han encontrado a otra banda esta misma tarde. Un escondite no muy lejos de aquí.

Vin sintió un escalofrío. No estaban muy lejos del taller de Clubs... *No, no pueden ser ellos. Dockson y los demás son demasiado listos. Incluso sin Kelsier en la ciudad, estarán a salvo.*

—Malditos ladrones —escupió Tyden—. Los malditos skaa no saben cuál es su sitio. ¿No es la comida y la ropa que les damos suficiente saqueo de nuestros bolsillos?

—Es sorprendente que las criaturas puedan sobrevivir como ladrones —dijo Carlee, la joven esposa de Tyden, con su habitual vocecita ronroneante—. No imagino qué incompetente puede dejar que los skaa le roben.

Tyden se ruborizó y Vin lo miró con curiosidad. Carlee rara vez hablaba excepto para lanzar una pulla contra su marido. *Deben de haberle robado. ¿Un timo, tal vez?*

Atesorando la información para investigarla más tarde, Vin se volvió para marcharse... Un movimiento que la plantó cara a cara con una recién llegada al grupo: Shan Elariel.

La exprometida de Elend iba inmaculada, como de costumbre. Su largo cabello castaño tenía un brillo casi luminoso y su preciosa figura le recordó a Vin lo flaca que estaba. Consciente de su propia importancia de un modo que podía hacer que incluso una persona confiada se sintiera insegura, Shan era, como Vin estaba empezando a comprender, exactamente lo que la mayoría de los aristócratas consideraba la mujer perfecta.

Los hombres del grupo saludaron respetuosamente con la cabeza y las mujeres hicieron una reverencia, honradas de que alguien tan importante se uniera a su conversación. Vin miró a un lado, tratando de escapar, pero Shan estaba justo delante.

Shan sonrió.

—Ah, lord Milen —le dijo al acompañante de Vin—, lástima que su cita de esta noche enfermara. Parece que se ha tenido que contentar con las pocas opciones que quedaban.

Milen se ruborizó, pues el comentario de Shan lo situaba hábilmente en una situación difícil. ¿Defendía a Vin y se ganaba con ello la ira de una mujer muy poderosa? ¿O en cambio convenía con lo dicho e insultaba por tanto a su acompañante?

Tomó la salida del cobarde: ignoró el comentario.

—Lady Shan, es un honor que se una a nosotros.

—Por supuesto —dijo Shan llanamente, los ojos brillando de placer mientras advertía la incomodidad de Vin.

¡Maldita mujer!, pensó Vin. Parecía que cada vez que Shan se aburría buscaba a Vin para ponerla en ridículo.

—No obstante, me temo que no he venido a charlar —dijo Shan—. Por desagradable que pueda ser, tengo asuntos que tratar con esta niña Renoux. ¿Nos disculpan?

—Naturalmente, mi señora —dijo Milen, retrocediendo—. Lady Valette, gracias por su compañía esta noche.

Vin le asintió a él y a los demás, sintiéndose un poco como un animal herido abandonado por el rebaño. No tenía ningunas ganas de lidiar con Shan aquella noche.

—Lady Shan —dijo, una vez que estuvieron a solas—. Creo que su interés en mí carece de fundamento. No he pasado mucho tiempo con Elend últimamente.

—Lo sé —respondió Shan—. Parece que sobrestimé tu competencia, niña. Cualquiera pensaría que, en caso de ganarte el favor de un hombre mucho más importante que tú, no lo dejarías escapar tan fácilmente.

¿No debería estar celosa?, pensó Vin, reprimiendo un escalofrío mientras sentía el inevitable contacto de la alomancia de Shan sobre sus emociones. *¿No debería odiarme por ocupar su lugar?*

Pero los nobles no actuaban de esa forma. Vin no era nada: una diversión momentánea. Shan no estaba interesada en reconquistar el afecto de Elend: solo quería desquitarse del hombre que la había despreciado.

—Una chica inteligente se colocaría en situación de utilizar la única ventaja que tiene —dijo Shan—. Si crees que cualquier otro noble importante te prestará atención alguna vez, estás muy equivocada. A Elend le gusta escandalizar a la corte... así que, naturalmente, eligió para hacerlo a la mujer más pueblerina y simple que pudo hallar. Aprovecha esta oportunidad: no encontrarás a otro pronto.

Vin apretó los dientes contra los insultos y la alomancia: Shan obviamente era una experta en el arte de obligar a la gente a aceptar los abusos que quisiera cometer.

—Bien —dijo Shan—. Quiero información sobre ciertos textos que Elend tiene en su poder. Sabes leer, ¿no?

Vin asintió bruscamente.

—Bien. Lo único que tienes que hacer es memorizar los títulos de sus libros... No mires las portadas, pueden confundirte. Lee las primeras páginas y luego infórmame.

—¿Y si en lugar de eso le dijera a Elend lo que está planeando?

Shan se echó a reír.

—Querida, no sabes lo que estoy planeando. Además, parece que estás haciendo algunos progresos en la corte. Sin duda, te das cuenta de que traicionarme no es algo que ni siquiera puedas plantearte.

Con esas palabras, Shan se marchó, para ser rodeada al momento por un grupo de jóvenes nobles. Debilitado el poder aplacador de Shan, Vin sintió que su frustración y su ira aumentaban. Hubo una época en que se habría quitado de en medio sin más, con el ego demasiado herido ya como para molestarse por los insultos de Shan. Esa noche, sin embargo, deseó poder contraatacar.

Cálmate. Esto es bueno. Te has convertido en un peón en los planes de una Gran Casa: la mayoría de los nobles menores soñaría con una oportunidad semejante.

Suspiró, retirándose hacia la mesa vacía que había compartido con Milen. El baile esa noche se celebraba en el maravilloso Torreón de Hasting. Su alta y cilíndrica atalaya central estaba rodeada por seis torres auxiliares, cada una erigida a corta distancia del edificio principal y conectada a él por un puente colgante. Las siete torres estaban adornadas con diseños sinuosos de cristal tintado.

El salón de baile ocupaba la planta superior de la ancha torre central. Por fortuna, un sistema de plataformas con poleas tiradas por skaa evitaba que los nobles invitados tuvieran que subir andando hasta allí. El salón en sí no era tan espectacular como algunos de los que Vin había visto: solo una cámara cuadrada con techos en cúpula y vidrieras rodeando el perímetro.

Es curioso, lo fácil que es acostumbrarse, pensó Vin. *Tal vez por eso los nobles pueden hacer todas esas cosas terribles. Llevan tanto tiempo matando que ya no les inquieta.*

Le pidió a un criado que fuera a buscar a Sazed y se sentó a descansar. *Ojalá Kelsier se dé prisa y regrese pronto*, pensó. La banda, Vin incluida, parecía menos motivada sin él cerca. No es que no quisiera trabajar, pero la viva inteligencia y el optimismo de Kelsier la ayudaban a seguir adelante.

Alzó la cabeza por casualidad y sus ojos se toparon con Elend Venture, que charlaba con un grupito de jóvenes nobles. Se envaró. Una parte de ella (la parte de Vin) quiso escabullirse y esconderse. Cabía bajo la mesa, con vestido y todo.

Sin embargo, curiosamente, descubrió que su parte de Valette era más fuerte. *Tengo que hablar con él*, pensó. *No por Shan, sino porque tengo que averiguar la verdad. Dockson está exagerando. Tiene que estar haciéndolo.*

¿Cuándo se había vuelto tan combativa? Mientras se levantaba, Vin se sorprendió por su firme resolución. Cruzó el salón de baile, comprobando brevemente su vestido negro mientras caminaba. Uno de los compañeros de Elend le dio un golpecito en el hombro y señaló con la cabeza a Vin. Elend se volvió y los otros dos hombres se apartaron.

—Vaya, Valette —dijo el joven cuando se le puso delante—. He llegado tarde. Ni siquiera sabía que estuvieras aquí.

Mentiroso. Claro que lo sabías. Valette no se perdería el baile de Hasting. ¿Cómo abordar el tema? ¿Cómo preguntar?

—Me has estado evitando —dijo.

—Bueno, yo no diría eso. He estado ocupado. Asuntos de la Casa, ya sabes. Además, te advertí que era grosero... —Guardó silencio—. ¿Valette? ¿Todo va bien?

Vin advirtió que moqueaba levemente y sintió una lágrima en su mejilla. *¡Idiota!*, pensó, frotándose los ojos con el pañuelo de Lestibournes. *¡Te echarás a perder el maquillaje!*

—¡Valette, estás temblando! —dijo Elend, preocupado—. Ven, vamos al balcón a que te dé el aire.

Ella permitió que la apartara de los sonidos de la música y la charla y salieron al aire tranquilo y oscuro del balcón, uno de los muchos que sobresalían de la cima de la torre central Hasting y que en aquel momento estaba vacío. Uno único farol de piedra formaba parte de la balaustrada y algunas plantas de buen gusto adornaban las esquinas.

La bruma flotaba en el aire, dominante como siempre, aunque el balcón estaba lo suficientemente cerca del calor de la torre como para que allí no fuera densa. Elend no le prestó atención. Como la mayoría de los nobles, consideraba que el miedo a la bruma era una necia superstición skaa... cosa que, suponía Vin, era cierta.

—¿De qué va todo esto? —preguntó Elend—. Lo admito, te he estado ignorando. Lo siento. No te lo merecías, pero es que yo... bueno, me pareció que estabas encajando tan bien que no necesitabas que un tipo problemático como yo te...

—¿Te has acostado alguna vez con una mujer skaa? —preguntó Vin.

Elend levantó ambas cejas, sorprendido.

—¿De eso se trata? ¿Quién te lo ha dicho?

—¿Lo has hecho? —exigió saber Vin.

Lord Legislador. Es cierto.

—Siéntate —dijo Elend, acercándole una silla.

—Es cierto, ¿no? —preguntó ella, sentándose—. Lo has hecho. Él tenía razón, todos sois unos monstruos.

—Yo...

Elend colocó una mano sobre el brazo de Vin, pero ella lo apartó, solo para sentir que una lágrima le corría por la cara y le manchaba el vestido. Se secó los ojos, ensuciando el pañuelo de maquillaje.

—Sucedió cuando yo tenía trece años —dijo Elend en voz baja—. Mi padre pensó que era el momento de que me convirtiera en «un hombre». Yo ni siquiera sabía que iban a matar a la chica después, Valette. De verdad, no lo sabía.

—¿Y después de eso? —insistió ella, enfadada—. ¿A cuántas muchachas has asesinado, lord Venture?

—¡A ninguna! Nunca, Valette. No después de que descubriera lo que pasó aquella primera vez.

—¿Esperas que te crea?

—No lo sé —dijo Elend—. Mira, sé que las mujeres de la corte suelen tachar a los hombres de brutos, pero tienes que creerme. No todos somos así.

—Me dijeron que lo eras.

—¿Quién? ¿La nobleza rural? Valette, no nos conocen. Tienen envidia porque nosotros controlamos la mayoría de los canales... Y puede que tengan razón. Sin embargo, su envidia no nos convierte en gente terrible.

—¿Qué porcentaje? —preguntó Vin—. ¿Cuántos nobles hacen estas cosas?

—Tal vez un tercio —dijo Elend—. No estoy seguro. No es gente que yo suela frecuentar.

Ella quería creerlo y ese deseo tendría que haberla vuelto más escéptica. Pero al mirar aquellos ojos, ojos que siempre le habían parecido tan sinceros, se sintió vacilar. Por primera vez que ella pudiera recordar, apartó por completo los susurros de Reen y, sencillamente, creyó.

—Un tercio —susurró. *Tantos. Pero eso es mejor que todos ellos.* Se llevó la mano a los ojos para secárselos y Elend vio el pañuelo.

—¿Quién te ha regalado eso? —preguntó con curiosidad.

—Un pretendiente.

—¿El que te ha estado contando todas esas cosas sobre mí?

—No, ese fue otro —dijo Vin—. Él... dijo que todos los nobles... o más bien todos los nobles de Luthadel eran gente terrible. Dijo que las mujeres de la corte ni siquiera consideran que las engañan cuando sus maridos se acuestan con putas skaa.

Elend bufó.

—Tu informador no conoce muy bien a las mujeres, entonces. Te reto a que me encuentres una dama a quien no le moleste que su esposo se divierta con otra... sea skaa o noble.

Vin asintió, tomó aire y se calmó. Se sentía ridícula... pero también en paz. Elend se arrodilló junto a su silla, todavía claramente preocupado.

—Bueno —dijo ella—. ¿Tu padre forma parte de ese tercio?

Elend se ruborizó a la tenue luz y agachó la cabeza.

—Le gustan toda clase de mujeres... skaa, nobles, no le importa. Todavía pienso en aquella noche, Valette. Desearía... no sé.

—No fue culpa tuya, Elend. Solo eras un chico de trece años que hacía lo que le dijo su padre.

Elend apartó la mirada, pero ella ya había visto la ira y la culpa en sus ojos.

—Alguien tiene que impedir que sucedan estas cosas —dijo, y Vin se asombró por la pasión de su voz.

Este es un hombre que se preocupa, pensó. *Un hombre como Kelsier o como Dockson. Un buen hombre. ¿Por qué no pueden verlo?*

Finalmente, Elend suspiró, se levantó y acercó una silla. Se sentó, el codo contra el reposabrazos, y se pasó la mano por el pelo alborotado.

—Bueno, quizá no seas la primera dama a la que hago llorar en un baile, pero sí la primera a la que hago llorar que me preocupa sinceramente. Mi caballerosidad ha alcanzado nuevas cotas.

Vin sonrió.

—No es por ti —dijo, echándose atrás—. Han sido... unos meses muy duros. Cuando me enteré de estas cosas, no pude aceptarlas.

—Hay que combatir la corrupción de Luthadel —dijo Elend—. El lord Legislador ni siquiera la ve... no quiere hacerlo.

Vin asintió, luego miró a Elend.

—¿Por qué me has estado evitando exactamente?

Elend volvió a ruborizarse.

—Supuse que tenías nuevos amigos que te mantenían ocupada.

—¿Y eso qué significa?

—No me gusta mucho de esa gente a la que has estado frecuentando, Valette. Has conseguido encajar muy bien en la sociedad de Luthadel y he descubierto que jugar a la política cambia a la gente.

—Eso es fácil de decir —repuso Vin—. Sobre todo cuando estás en la cima de la estructura política. Puedes permitirte ignorar la política... Algunos no somos tan afortunados.

—Supongo.

—Además, tú juegas a la política igual que el resto. ¿O vas a decirme que tu interés inicial no se debió al deseo de fastidiar a tu padre?

Elend alzó las manos.

—Muy bien, considérame justamente castigado. Fui un necio y un cabeza de chorlito. Es cosa de familia.

Vin suspiró, se acomodó en su asiento y sintió el frío susurro de la bruma en sus mejillas húmedas. Elend no era un monstruo; en eso lo creía. Tal vez fuese un necio, pero Kelsier la estaba afectando. Empezaba a confiar en la gente que la rodeaba y no había nadie en quien quisiera confiar más que en Elend Venture.

Y, si no estaban directamente relacionados con Elend, le parecía más fácil soportar los horrores de la relación nobles-skaa. Aunque un tercio de los nobles asesinara a mujeres skaa, debía de haber algo salvable en esa sociedad. La nobleza no tendría que ser purgada: esa era su propia táctica. Vin tendría que asegurarse de que ese tipo de cosas no le sucedieran a nadie, fuese de la sangre que fuese.

Lord Legislador, pensó, *estoy empezando a pensar como los demás... Es casi como si pensara que podemos cambiar las cosas.*

Miró a Elend, que estaba sentado de espaldas a las brumas. Parecía pensativo.

He despertado malos recuerdos, pensó Vin, sintiéndose culpable. *No me extraña que odie tanto a su padre.* Anheló hacer algo que le ayudara a sentirse mejor.

—Elend —dijo, llamando su atención—. Son como nosotros.

Él alzó la mirada.

—¿Cómo?

—Los skaa de las plantaciones —explicó Vin—. Me preguntaste por ellos una vez. Tuve miedo, así que actué como una noble... pero pareciste decepcionado cuando no dije nada más.

Él se inclinó hacia delante.

—Entonces ¿has estado alguna vez con los skaa?

Vin asintió.

—Muchas veces. Demasiadas, si le preguntas a mi familia. Tal vez por eso me enviaron aquí. Conocí muy bien a algunos skaa... a un hombre mayor, en concreto. Perdió a alguien, a una mujer a la que amaba, por un noble que quería un juguete para pasar la noche.

—¿En tu plantación?

Vin negó rápidamente con la cabeza.

—Se escapó y llegó a las tierras de mi padre.

—¿Y lo escondiste? —preguntó Elend, sorprendido—. ¡Se supone que los skaa fugitivos tienen que ser ejecutados!

—Le guardé el secreto. No lo conocí mucho tiempo, pero... bueno, puedo asegurarte una cosa, Elend: su amor era tan fuerte como el de cualquier noble. Más fuerte que el de la mayoría de los que viven en Luthadel, con toda seguridad.

—¿Y su inteligencia? —preguntó Elend ansiosamente—. ¿Parecían... retardados?

—Por supuesto que no —replicó Vin—. Yo diría, Elend Venture, que he conocido a varios skaa más listos que tú. Puede que no tengan educación, pero siguen siendo inteligentes. Y están furiosos.

—¿Furiosos?

—Algunos de ellos. Por la forma en que los tratan.

—¿Lo saben, entonces? ¿Lo de las desigualdades entre ellos y nosotros?

—¿Cómo no van a saberlo? —dijo Vin, secándose la nariz con el pañuelo. Se detuvo al advertir cuánto se había manchado de maquillaje.

—Toma —dijo Elend, ofreciéndole su propio pañuelo—. Cuéntame más. ¿Cómo sabes estas cosas?

—Me lo dijeron ellos mismos. Confiaron en mí. Sé que están furiosos porque se quejan de la vida que llevan. Sé que son inteligentes por las cosas que mantienen ocultas a la nobleza.

—¿Como cuáles?

—Como la red subterránea —dijo Vin—. Los skaa ayudan a los fugitivos a recorrer los canales de plantación en plantación. Los nobles no lo advierten porque nunca prestan atención a las caras de los skaa.

—Interesante.

—Además, están las bandas de ladrones. Supongo que esos skaa deben de ser bastante listos si pueden ocultarse de los obligadores y los nobles, robando a las Grandes Casas justo delante de las narices del lord Legislador.

—Así es —dijo Elend—. Ojalá pudiera conocer a uno de ellos, para preguntarle cómo se esconden tan bien. Deben de ser gente fascinante.

Vin se disponía a añadir algo más, pero se mordió la lengua. *Lo más probable es que ya haya hablado más de la cuenta.*

Elend la miró.

—Tú también eres fascinante, Valette. Tendría que haberme dado cuenta de que no te habías dejado corromper por todos ellos. Tal vez puedas corromperlos tú.

Vin sonrió.

—Pero tengo que marcharme —dijo Elend, poniéndose en pie—. He venido a la fiesta de esta noche con un propósito concreto: algunos amigos míos van a reunirse.

¡Eso es!, pensó Vin. *Uno de los hombres con los que Elend estaba antes, aquellos que Kelsier y Sazed consideraban extraño que fueran sus amigos, era un Hasting.*

Vin se levantó también y le devolvió a Elend su pañuelo.

Él no lo aceptó.

—Quizá quieras quedártelo. No pretendía ser exclusivamente funcional.

Vin miró el pañuelo. *Cuando un noble quiere cortejar a una dama, le da su pañuelo.*

—¡Oh! —dijo ella, guardándolo—. Gracias.

Elend sonrió y se le acercó.

—Ese otro hombre, sea quien sea, puede llevarme ventaja a causa de mi estupidez. Sin embargo, no soy tan tonto como para dejar pasar la oportunidad de hacerle un poco la competencia.

Hizo un guiño, una leve reverencia, y regresó al salón de baile.

Vin esperó un momento, luego echó a andar y entró por la puerta del balcón. Elend estaba reunido con los dos mismos jóvenes que antes, un Lekal y un Hasting, enemigos políticos de los Venture. Se detuvieron un instante y luego los tres se dirigieron hacia unas escaleras situadas a un lado de la sala.

Esas escaleras solo conducen a un sitio, pensó Vin mientras entraba en la sala. *A las torres auxiliares.*

—¿Señora Valette?

Vin dio un respingo y se volvió para ver a Sazed que se acercaba.

—¿Podemos marcharnos?

Vin se acercó a él rápidamente.

—Lord Elend Venture acaba de desaparecer por esas escaleras con sus amigos Hasting y Lekal.

—Interesante —dijo Sazed—. Y por qué... ¿Qué le ha pasado a tu maquillaje?

—No importa —respondió Vin—. Creo que deberíamos seguirlos.

—¿Eso es otro pañuelo, señora? —preguntó Sazed—. Has estado ocupada.

—Sazed, ¿me estás escuchando?

—Sí, señora. Supongo que podrías seguirlos si quisieras, pero sería demasiado evidente. No creo que sea el mejor método de conseguir información.

—No los seguiría al descubierto —dijo Vin en voz baja—. Usaría la alomancia. Pero necesito tu permiso para hacerlo.

—Ya veo. ¿Cómo está tu costado?

—Hace siglos que está curado. Ni siquiera lo noto ya.

Sazed suspiró.

—Muy bien. Maese Kelsier pretendía comenzar de nuevo tu entrenamiento cuando regrese, de todas formas. Pero... ten cuidado. Es ridículo decirle esto a una nacida de la bruma, pero te lo pido igualmente.

—Lo tendré —dijo Vin—. Me reuniré contigo en ese balcón dentro de una hora.

—Buena suerte, señora —dijo Sazed.

Vin corría ya hacia el balcón. Dobló la esquina y se plantó ante la balaustrada de piedra y las brumas más allá. El hermoso y revoloteante vacío. *Ha pasado demasiado tiempo*, pensó, rebuscando en su manga y sacando un frasquito de metales. Lo bebió ansiosamente y sacó un puñado de monedas.

Entonces, por fin, se subió a la balaustrada y se abalanzó hacia las oscuras brumas.

El estaño le proporcionó visión mientras el viento agitaba su vestido. El peltre le dio fuerzas mientras volvía los ojos hacia la muralla que corría entre la torre y el edificio principal. El acero le dio poder cuando arrojó una moneda hacia abajo, al interior de la oscuridad.

Se zambulló en el aire, cuya resistencia hizo que su vestido revoloteara y se sintió como si estuviera intentando arrastrar un fardo de tela tras de sí, pero su alomancia era lo bastante fuerte para contrarrestarlo. La torre de Elend era la siguiente; necesitaba llegar al puente colgante que la unía a la torre central. Vin avivó acero, empujándose un poco más hacia arriba y luego lanzó otra moneda a las brumas, detrás de ella. Cuando golpeó la muralla, la usó para impulsarse hacia delante.

Chocó contra la pared que era su objetivo demasiado despacio (los pliegues de ropa amortiguaron el golpe), pero consiguió agarrarse al borde del puente colgante. Una Vin sin el refuerzo del metal habría tenido problemas para encaramarse al muro, pero Vin la alomántica lo hizo fácilmente.

Se agazapó en su vestido negro y recorrió en silencio el pasadizo elevado. No había guardias, pero la torre que se alzaba ante ella tenía un puesto de guardia iluminado en su base.

No puedo ir por ahí, pensó, mirando hacia arriba. La torre parecía tener varias habitaciones, y un par de ellas estaban iluminadas. Vin arrojó una moneda y se catapultó hacia arriba, luego tiró de la moldura de una ventana y se lanzó hasta aterrizar con suavidad en el alféizar de piedra. Los postigos estaban cerrados y tuvo que acercarse, avivando estaño, para escuchar lo que sucedía dentro.

—... los bailes duran hasta bien entrada la noche. Me imagino que tendremos que poner doble guardia.

Guardias, pensó Vin, y saltó y empujó contra el dintel de la ventana, que se sacudió cuando se impulsaba hacia el lado de la torre. Se agarró al siguiente alféizar y se aupó.

—... no lamento mi tardanza —dijo una voz familiar desde dentro. Elend—. Es más atractiva que tú, Telden.

Una voz masculina se echó a reír.

—El poderoso Elend Venture, finalmente capturado por una cara bonita.

—Es más que eso, Jastes —dijo Elend—. Es amable: ayudó a algunos skaa fugitivos en su plantación. Creo que tendríamos que traerla para que hablara con nosotros.

—Ni hablar —dijo un hombre de voz grave—. Mira, Elend, no me importa que quieras hablar de filosofía. Demonios, incluso compartiré unas cuantas copas contigo cuando lo hagas. Pero no voy a dejar que gente cualquiera venga a unirse a nosotros.

—Estoy de acuerdo con Telden —dijo Jastes—. Cinco somos suficientes.

—Creo que no estáis siendo justos —dijo la voz de Elend.

—Elend... —suplicó otra voz.

—Muy bien —dijo Elend—. Telden, ¿te leíste el libro que te di?

—Lo intenté. Es un poquito denso.

—Pero es bueno, ¿no?

—Bastante bueno —dijo Telden—. Comprendo por qué el lord Legislador lo odia tanto.

—Las obras de Redalevin son mejores —dijo Jastes—. Más concisas.

—No pretendo llevar la contraria —comentó una quinta voz—. Pero ¿esto es todo lo que vamos a hacer? ¿Leer?

—¿Qué tiene de malo leer? —preguntó Elend.

—Es un poco aburrido —dijo la quinta voz.

Ahí lleva razón, pensó Vin.

—¿Aburrido? —preguntó Elend—. Caballeros, estas ideas, estas palabras... lo son todo. Esos hombres sabían que iban a ser ejecutados por sus palabras. ¿No podéis sentir su pasión?

—Su pasión, sí —dijo la quinta voz—. Su utilidad, no.

—Podemos cambiar el mundo —dijo Jastes—. Dos de nosotros son herederos de sus casas, los otros tres son segundos herederos.

—Algún día seremos los que estén al mando —dijo Elend—. Si

llevamos estas ideas a la práctica... Justicia, diplomacia, moderación...
¡Podremos ejercer presión incluso sobre el lord Legislador!

La quinta voz bufó.

—Puede que seas heredero de una casa poderosa, Elend, pero los demás no somos tan importantes. Teldes y Jastes es probable que no hereden nunca, y Kevoux... sin ánimo de ofender... no puede decirse que sea muy influyente. No podemos cambiar el mundo.

—Pero sí que podemos cambiar la forma en que actúan nuestras casas —dijo Elend—. Si las casas dejaran de pelear, podríamos ganar algún poder real en el gobierno, en vez de plegarnos a los caprichos del lord Legislador.

—Cada año la nobleza se vuelve más débil —reconoció Jastes—. Nuestros skaa pertenecen al lord Legislador, igual que nuestras tierras. Sus obligadores determinan con quién podemos casarnos y qué podemos creer. Incluso nuestros canales son oficialmente de su propiedad. Los asesinos del Ministerio acaban con los hombres que hablan demasiado a las claras, o que tienen demasiado éxito. Esto no es manera de vivir.

—Estoy de acuerdo contigo en eso —dijo Telden—. El parloteo de Elend sobre la desigualdad de clases me parece una tontería, pero entiendo la importancia de formar un frente unido contra el lord Legislador.

—Exactamente —dijo Elend—. Eso es lo que tenemos que...

—¡Vin! —susurró una voz.

Vin dio un respingo y estuvo a punto de caerse del alféizar. Miró a su alrededor, alarmada.

—Aquí arriba —susurró la voz.

Ella alzó la mirada. Kelsier colgaba de otro alféizar, más arriba. Sonrió, hizo un guiño y luego indicó el puente colgante de abajo.

Vin miró hacia la habitación de Elend mientras Kelsier caía junto a ella a través de las brumas. Finalmente se soltó de su asidero y siguió a Kelsier, usando su misma moneda para aminorar la velocidad del descenso.

—¡Has vuelto! —dijo ansiosamente mientras aterrizaba.

—He llegado esta tarde.

—¿Qué haces aquí?

—Estudiaba a nuestro amigo —dijo Kelsier—. No parece que haya cambiado mucho desde la última vez.

—¿La última vez?

Kelsier asintió.

—Espié a ese grupito un par de veces desde que me hablaste de ellos. No tendría que haberme molestado: no son ninguna amenaza. Solo un puñado de nobles que se reúnen para beber y debatir.

—¡Pero quieren derrocar al lord Legislador!

—Qué va —dijo Kelsier con un bufido—. Están haciendo lo que hacen los nobles: planean alianzas. No es extraño que la siguiente generación empiece a organizar coaliciones para sus casas antes de llegar al poder.

—Esto es diferente.

—¿Sí? —preguntó Kelsier, divertido—. ¿Eres noble desde hace tanto tiempo que ya puedes decir eso?

Ella se ruborizó, y él se echó a reír mientras le pasaba un brazo amistoso sobre los hombros.

—Venga ya, no te pongas así. Parecen chicos bastante agradables, para ser nobles. Te prometo que no mataré a ninguno de ellos, ¿de acuerdo?

Vin asintió con la cabeza.

—Tal vez podamos encontrar un modo de utilizarlos... Parecen de mente más abierta que la mayoría. Pero no quiero que te lleves una decepción, Vin. Siguen siendo nobles. Tal vez no puedan evitar ser lo que son, pero eso no cambia su naturaleza.

Igual que Dockson, pensó Vin. *Kelsier asume lo peor acerca de Elend*. Pero ¿de verdad tenía ella algún motivo para esperar lo contrario? Para librar una batalla como la que habían emprendido Kelsier y Dockson quizá fuese más práctico (y mucho mejor para la mente) asumir que todos sus enemigos eran malvados.

—¿Qué le ha pasado a tu maquillaje, por cierto? —preguntó Kelsier.

—No quiero hablar de eso —dijo Vin, recordando su conversación con Elend. *¿Por qué he tenido que llorar? ¡Qué idiota soy! Y la forma en que he farfullado la pregunta de si se había acostado con alguna skaa...*

Kelsier se encogió de hombros.

—Está bien. Tendríamos que irnos... Dudo que el joven Venture y sus camaradas discutan acerca de nada relevante.

Vin le miró.

—Los he escuchado en tres ocasiones distintas, Vin —dijo Kelsier—. Te lo resumiré, si quieres.

—De acuerdo —dijo ella con un suspiro—. Pero le he dicho a Sazed que me reuniría con él en la fiesta.

—Vete, pues. Prometo que no le diré que estabas espiando y usando la alomancia.

—Él me ha dicho que podía hacerlo —repuso Vin, a la defensiva.

—¿Ah, sí?

Vin asintió con la cabeza.

—Me he equivocado, entonces —dijo Kelsier—. Tendrás que pedirle a Saz que te busque una capa antes de abandonar la fiesta: tienes todo el vestido manchado de ceniza por delante. Me reuniré con vosotros en el taller de Clubs. Que el carruaje os deje allí y luego continúe hasta salir de la ciudad, para guardar las apariencias.

Vin volvió a asentir y Kelsier le hizo un guiño, saltó y se sumergió en las brumas.

Al final, he de confiar en mí mismo. He visto hombres capaces de arrancar de su interior la capacidad de reconocer la verdad y la bondad, y creo que no soy uno de ellos. Sigo viendo las lágrimas en los ojos de un niño y siento el dolor de su sufrimiento.

Si alguna vez pierdo esto, entonces sabré que he llegado a un punto más allá de ninguna esperanza de redención.

24

Kelsier ya estaba en el taller cuando llegaron Vin y Sazed, sentado con Ham, Clubs y Fantasma en la cocina, disfrutando de una bebida tardía.

—¡Ham! —exclamó Vin cuando entró por la puerta trasera—. ¡Has vuelto!

—Así es —dijo él alegremente, alzando su copa.

—¡Parece que hayas estado fuera una eternidad!

—A mí me lo dices —contestó Ham, divertido.

Kelsier se echó a reír y se levantó para servirse otra copa.

—Ham está un poco cansado de hacer de general.

—Tenía que llevar uniforme —se quejó Ham, desperezándose. En aquel momento llevaba su pantalón y su chaleco de costumbre—. Ni siquiera los skaa de las plantaciones tienen que soportar esa tortura.

—Prueba a ponerte alguna vez un vestido de gala —dijo Vin, sentándose. Se había cepillado la parte delantera del suyo y no estaba ni la mitad de mal de lo que se había temido. La ceniza grisácea y negruzca todavía se notaba un poco sobre el tejido oscuro y las fibras estaban ásperas por haberlas frotado contra la piedra, pero apenas se notaba.

Ham soltó una carcajada.

—Parece que te has convertido en toda una damisela mientras he estado fuera.

—A duras penas —dijo Vin mientras Kelsier le ofrecía una copa de vino. Vaciló un momento, luego dio un sorbo.

—La señora Vin está siendo modesta, maese Hammond —dijo Sazed mientras tomaba asiento—. Está demostrando mucha habilidad en la corte..., lo hace mucho mejor que muchos nobles que he conocido.

Vin se ruborizó y Ham volvió a reírse.

—¿Humildad, Vin? ¿Dónde has adquirido una mala costumbre como esa?

—De mí no, desde luego —dijo Kelsier, ofreciendo a Sazed una copa de vino. El terrisano alzó una mano en gesto de respetuoso rechazo.

—Pues claro que no ha aprendido humildad de ti, Kel —dijo Ham—. Tal vez se la haya enseñado Fantasma. Parece el único del grupo capaz de mantener la boca cerrada, ¿eh, chaval?

Fantasma se ruborizó, tratando claramente de evitar mirar a Vin.

Tengo que hablar de esto con él en algún momento, pensó ella. *Pero... no esta noche. Kelsier ha vuelto y Elend no es un asesino: esta es una noche para relajarse.*

Oyeron pasos en las escaleras y un momento después Dockson entró en la habitación.

—¿Una fiesta? ¿Y nadie me ha mandado llamar?

—Parecías ocupado —dijo Kelsier.

—Además —añadió Ham—, sabes que eres demasiado responsable para sentarte y emborracharte con un puñado de crápulas como nosotros.

—Alguien tiene que encargarse de mantener este equipo en funcionamiento —dijo Dockson alegremente, sirviéndose una copa. Vaciló y miró a Ham—. Ese chaleco me resulta familiar...

Ham sonrió.

—Le arranqué las mangas a la guerrera de mi uniforme.

—¡No serías capaz! —dijo Vin con una sonrisa.

Ham asintió, satisfecho consigo mismo.

Dockson suspiró y siguió llenando su copa.

—Ham, esas cosas cuestan dinero.

—Todo cuesta dinero —contestó Ham—. Pero ¿qué es el dinero? Una representación física de un esfuerzo abstracto. Bien, llevar ese uniforme durante tanto tiempo ha sido un esfuerzo terrible. Yo diría que este chaleco y yo estamos empatados.

Dockson puso los ojos en blanco. En la habitación principal, la puerta delantera del taller se abrió y se cerró, y Vin oyó a Brisa saludar al aprendiz de guardia.

—Por cierto, Dox —manifestó Kelsier—. Voy a necesitar unas cuantas representaciones físicas de un esfuerzo abstracto. Me gustaría alquilar un pequeño almacén para reunirme con mis informadores.

—Quizá podamos arreglarlo —dijo Dockson—. Suponiendo que mantengamos controlado el presupuesto de los vestidos de Vin, yo... —Se interrumpió, mirando a Vin—. ¿Qué le has hecho a ese vestido, jovencita?

Vin se ruborizó y se encogió en su asiento. *Tal vez se nota un poco más de lo que creía...*

Kelsier se echó a reír.

—Deberías acostumbrarte a la ropa sucia, Dox. Vin ha vuelto a actuar como nacida de la bruma esta noche.

—Interesante —dijo Brisa entrando en la cocina—. ¿Puedo sugerir que evite luchar contra tres inquisidores de acero esta vez?

—Haré todo lo posible.

Brisa se acercó a la mesa y escogió un asiento con su característico decoro. El corpulento hombre alzó su bastón de duelo y apuntó con él a Ham.

—Veo que mi periodo de respiro intelectual ha llegado a su fin.

Ham sonrió.

—Se me ocurrieron un par de preguntas peliagudas mientras estuve fuera, y las he estado reservando para ti, Brisa.

—Me muero de curiosidad —dijo Brisa. Volvió el bastón hacia Lestibournes—. Fantasma, bebida.

Fantasma se apresuró a servirle una copa de vino.

—Es tan buen chico —comentó Brisa, aceptando la bebida—. Casi no tengo que darle ningún empujoncito alomántico. Si el resto de vosotros, rufianes, fuerais tan serviciales...

Fantasma frunció el ceño.

—Nostá bien el nostar de sin jugar.

—No tengo ni idea de lo que acabas de decir, chico —repuso Brisa—. Así que voy a fingir que era coherente y pasaré a otra cosa.

Kelsier puso los ojos en blanco.

—Perder la tensión del recorte —dijo—. Sin la en necesidad de cuidao.

—Enredar el enredo de los rizos del racimo —asintió Fantasma.

—Pero ¿qué estáis diciendo? —preguntó Brisa, picado.

—Siendo el ser de la iluminia —dijo Fantasma—. Cortar el tener de desear de to esto.

—Siempre teniendo el hacer de to esto —coincidió Kelsier.

—Siempre teniendo el deseo de tener to lo que tenemos —añadió Ham con una sonrisa—. Luminando el deseo de siendo el no.

Brisa se volvió hacia Dockson, exasperado.

—Creo que nuestros compañeros se han vuelto locos de remate, querido amigo.

Dockson se encogió de hombros. Entonces, con la cara completamente seria, dijo:

—En no ser es ser queriendo.

Brisa se sentó, abrumado, mientras todos estallaban en carcajadas. Puso los ojos en blanco, indignado, sacudiendo la cabeza y murmurando acerca del descarado infantilismo del grupo.

Vin estuvo a punto de atragantarse con el vino por la risa.

—¿Qué has dicho? —le preguntó a Dockson cuando este se sentaba a su lado.

—No estoy seguro —confesó él—. Pero me sonaba bien.

—No creo que hayas dicho nada, Dox —dijo Kelsier.

—Sí, claro que ha dicho algo —repuso Fantasma—. Pero no significaba nada.

Kelsier se echó a reír.

—Suele ser así casi siempre. He descubierto que puedes ignorar la mitad de las cosas que dice Dox y no perderte demasiado... excepto tal vez la queja ocasional de que gastas en exceso.

—¡Eh! —exclamó Dockson—. ¿Una vez más he de señalar que *alguien* tiene que hacerse responsable? Sinceramente, la forma en que gastáis los cuartos...

Vin sonrió. Incluso las quejas de Dockson eran amables. Clubs estaba sentado junto a la pared con aspecto de cascarrabias como siempre, pero Vin captó una ligera sonrisa en sus labios. Kelsier se levantó y abrió otra botella de vino, volvió a llenar las copas y le contó al grupo los preparativos del ejército skaa.

Vin se sentía... contenta. Mientras bebía vino vio la puerta abierta que conducía al taller a oscuras. Se imaginó, por un instante, que podía ver una figura en las sombras: una niña delgaducha y asustada, desconfiada, recelosa. Tenía el pelo corto y despeinado, y llevaba una sencilla camisa sucia y un par de pantalones marrones.

Vin recordó aquella segunda noche en el taller de Clubs, cuando escuchó a los demás conversar desde la oscura sala de trabajo. ¿De verdad había sido aquella niña capaz de esconderse en la fría oscuridad para ser testigo de las risas y la amistad, con envidia oculta pero sin atreverse a unirse a ellos?

Kelsier hizo entonces un comentario jocoso que arrancó las risas de todos los presentes.

Tienes razón, Kelsier, pensó Vin con una sonrisa. *Esto es mejor*.

Todavía no era como ellos: no del todo. Seis meses no podían acallar los susurros de Reen, ni ella podía ser tan confiada como Kelsier. Pero... por fin comprendía, al menos un poco, por qué él actuaba como lo hacía.

—Muy bien —dijo Kelsier, acercándose una silla y sentándose a horcajadas—. Parece que el ejército estará listo en el tiempo previsto, y Marsh está en su puesto. Tenemos que movernos. Vin, ¿alguna noticia del baile?

—La Casa Tekiel es vulnerable —informó ella—. Sus aliados se dispersan y los buitres se acercan. Algunos susurran que las deudas y los negocios perdidos obligarán a Tekiel a vender su fortaleza a finales de mes. Es imposible que puedan permitirse continuar pagando los impuestos que exige el lord Legislador.

—Lo cual elimina de la ciudad, y de modo efectivo, una Gran Casa —dijo Dockson—. La mayoría de los nobles de Tekiel, incluidos brumosos y nacidos de la bruma, tendrá que dirigirse a las plantaciones para tratar de recuperar pérdidas.

—Bien —se felicitó Ham. Cuantas más casas nobles pudieran alejar de la ciudad más fácil sería apoderarse de ella.

—Siguen quedando nueve Grandes Casas —dijo Brisa.

—Pero han empezado a matarse entre sí por las noches —dijo Kelsier—. Están a un paso de la guerra declarada. Sospecho que veremos el inicio de un éxodo muy pronto... Todo el que no esté dispuesto a arriesgarse a ser asesinado por mantener el dominio en Luthadel dejará la ciudad durante un par de años.

—Pero las casas fuertes no parecen tener miedo —dijo Vin—. Siguen celebrando fiestas.

—Ya, y seguirán haciéndolo hasta el final —contestó Kelsier—. Los bailes son magníficas excusas para reunirse con sus aliados y no perder de vista a los enemigos. Las guerras entre casas son principalmente políticas y por eso exigen campos de batalla políticos.

Vin asintió.

—Ham —dijo Kelsier—, tenemos que echarle un ojo a la Guarnición de Luthadel. ¿Sigues planeando visitar mañana a tus contactos entre los soldados?

Ham asintió con la cabeza.

—No puedo prometer nada, pero debería poder restablecer algunos contactos. Dame un poco de tiempo y descubriré qué van a hacer los militares.

—Bien.

—Me gustaría ir con él —dijo Vin.

Kelsier la miró, sorprendido.

—¿Con Ham?

Vin asintió.

—No me he entrenado todavía con un violento. Ham podría enseñarme unas cuantas cosas.

—Ya sabes quemar peltre —dijo Kelsier—. Lo hemos practicado.

—Lo sé —respondió Vin. ¿Cómo podía explicarlo? Ham había practicado exclusivamente con peltre: tenía que ser mejor en eso que Kelsier.

—Venga, deja de incordiar a la chica —dijo Brisa—. Estará cansada de fiestas y bailes. Deja que vuelva a ser una golfilla callejera durante un rato.

—Está bien —respondió Kelsier, poniendo los ojos en blanco. Se sirvió otra copa—. Brisa, ¿cómo podrían apañárselas tus aplacadores si estuvieras fuera una temporada?

Brisa hizo un gesto de indiferencia.

—Yo soy, naturalmente, el miembro más efectivo del grupo. Pero he entrenado a los demás: reclutarán bien sin mí, sobre todo ahora que las historias sobre el Superviviente se están haciendo tan populares.

—Por cierto, tenemos que hablar de eso, Kel —dijo Dockson, frunciendo el ceño—. No estoy muy seguro de que me guste todo ese misticismo acerca de ti y el Undécimo metal.

—Podemos discutirlo más tarde.

—¿Por qué preguntas por mis hombres? —dijo Brisa—. ¿Por fin sientes tanta envidia de mi impecable sentido de la moda que has decidido librarte de mí?

—Podríamos decir que sí —contestó Kelsier—. Estaba pensando en enviarte a sustituir a Yeden dentro de unos cuantos meses.

—¿Sustituir a Yeden? —preguntó Brisa, sorprendido—. ¿Quieres decir que yo dirija el ejército?

—¿Por qué no? Eres muy bueno dando órdenes.

—En segundo plano, querido amigo —dijo Brisa—. No destaco al frente. Vaya, y encima sería *general*. ¿Te das cuenta de lo ridículo que suena?

—Piénsatelo. El reclutamiento ya habría terminado para entonces, así que nos serías más útil si fueras a las cuevas y dejaras que Yeden regresara para trabajar aquí sus contactos.

Brisa frunció el ceño.

—Supongo.

—Muy bien —dijo Kelsier, poniéndose en pie—. Creo que no he tomado suficiente vino. Fantasma, sé buen chico y corre a la bodega por otra botella, ¿quieres?

El muchacho asintió y la conversación pasó a temas más ligeros. Vin se acomodó en su asiento, sintiendo el calor de la estufa de carbón que había a un lado de la habitación, contenta por el momento con disfrutar sin más de la paz de no tener que preocuparse, luchar, ni planear.

Si Reen hubiese conocido algo así, pensó, acariciando abstraída su pendiente. *Tal vez entonces las cosas habrían sido diferentes para él. Para nosotros.*

Ham y Vin se marcharon al día siguiente a visitar la Guarnición de Luthadel.

Después de tantos meses haciéndose pasar por noble, Vin había creído que le resultaría extraño vestir de nuevo ropa de calle. Sin embargo, no fue así. Cierto, era un poco *diferente*: no tenía que preocuparse por sentarse con decoro o caminar de modo que su vestido no rozara el suelo o las paredes sucias. De todas formas, la ropa sencilla todavía le parecía natural.

Llevaba pantalones marrones, una camisa blanca suelta metida en la cintura y un chaleco de cuero. Se había recogido el pelo largo bajo una gorra. La gente de la calle la tomaría por un chico, aunque a Ham no parecía importarle.

Y no le importaba. Vin se había acostumbrado a que la gente la estudiara y la evaluara, pero nadie en la calle se molestó en dirigirle una sola mirada. Los esforzados obreros skaa, los nobles despreocupados, incluso skaa bien situados como Clubs... todos la ignoraron.

Casi había olvidado lo que es ser invisible, pensó Vin. Por fortuna, las antiguas actitudes (agachar la cabeza mientras caminaba, apartarse del paso de la gente, encogerse para no llamar la atención) regresaron fácilmente. Convertirse en Vin, la skaa callejera, fue tan sencillo como recordar una vieja melodía familiar.

En realidad, esto es otro disfraz, pensó mientras caminaba junto a Ham. *Mi maquillaje es una leve capa de ceniza, cuidadosamente aplicada sobre mis mejillas. Mi vestido, un par de pantalones manchados para que parezcan viejos y gastados.*

¿Quién era ella en realidad? ¿Vin la ladronzuela? ¿Valette la dama? ¿Ninguna de las dos? ¿La conocía alguno de sus amigos? ¿Se conocía a sí misma siquiera?

—Ah, cómo extrañaba esto —dijo Ham, caminando feliz a su lado. Ham siempre parecía feliz; ella no podía imaginarlo insatisfecho a pesar de lo que había dicho sobre el tiempo que había estado dirigiendo el ejército—. Es curioso —dijo, volviéndose hacia Vin. No caminaba con el mismo aire de sumisión que Vin había cultivado: ni siquiera parecía importarle destacar entre los otros skaa—. No debería echar de menos este lugar..., quiero decir, Luthadel es la ciudad más abarrotada y sucia del Imperio Final. Pero también tiene algo...

—¿Es aquí donde vive tu familia? —preguntó Vin.

—Viven en una ciudad más pequeña, no muy lejos. Mi esposa es costurera allí; le dice a la gente que pertenezco a la Guarnición de Luthadel.

—¿Los echas de menos?

—Pues claro que sí. Es duro. Solo puedo pasar unos cuantos meses seguidos con ellos... pero es mejor así. Si me mataran en un trabajo, a los inquisidores les sería difícil localizar a mi familia. Ni siquiera le he dicho a Kel en qué ciudad viven.

—¿Crees que el Ministerio se tomaría tantas molestias? Quiero decir, si ya estuvieras muerto.

—Soy un brumoso, Vin, eso significa que todos mis descendientes tendrán algo de sangre noble. Mis hijos podrían ser alománticos, y sus hijos. No, cuando los inquisidores matan a un brumoso, se aseguran de eliminar también a sus vástagos. La única forma de mantener a salvo a mi familia es estar alejado de ellos.

—Podrías no usar tu alomancia.

Ham sacudió la cabeza.

—No sé si podría hacer eso.

—¿Por el poder?

—No, por el dinero —dijo Ham con sinceridad—. Los violentos... o los brazos de peltre, como prefiere llamarlos la nobleza, son los brumosos más buscados. Un violento competente puede enfrentarse a media docena de hombres normales y levantar más, soportar más y moverse más rápido que nadie. Estas cosas significan mucho cuando solo puedes permitirte un equipo reducido. Mezcla a un par de lanzamonedas con cinco violentos y tendrás un pequeño ejército móvil. Hay quien está dispuesto a pagar un montón por ese tipo de protección.

Vin asintió.

—Comprendo que el dinero resulta tentador.

—Es más que tentador, Vin. Mi familia no tiene que vivir en casas de vecinos abarrotadas de skaa, ni tiene que pasar hambre. Mi esposa solo trabaja para guardar las apariencias: lleva una buena vida, para ser skaa. Cuando tenga suficiente dinero, nos mudaremos fuera del Dominio Central. Hay sitios en el Imperio Final que mucha gente no conoce... sitios donde un hombre con dinero suficiente puede llevar la vida de un noble. Sitios donde puedes dejar de preocuparte y tan solo vivir.

—Eso parece... atractivo.

Ham asintió, se volvió y tomó por una calle más ancha hacia las puertas principales de la ciudad.

—Kel me contagió ese sueño. Es lo que siempre decía que quería hacer. Espero tener más suerte que él...

Vin frunció el ceño.

—Todo el mundo dice que era rico. ¿Por qué no se marchó?

—No lo sé. Siempre había otro trabajo... cada uno más grande que el anterior. Supongo que cuando eres jefe de una banda como él, el juego puede volverse adictivo. Pronto el dinero ni siquiera pareció importarle. Con el tiempo, se enteró de que el lord Legislador guardaba un secreto de valor incalculable en ese santuario oculto. Si Mare y él se hubieran marchado antes de ese trabajo... Pero, bueno, no lo hicieron. No sé... tal vez no habrían sido felices si no hubiesen tenido que preocuparse.

La idea parecía intrigarlo, y Vin percibió que empezaba a rumiar sobre otra de sus «cuestiones». *Supongo que cuando eres jefe de una banda como él, el juego puede volverse adictivo...*

Volvió a sentir la antigua aprensión. ¿Y si Kelsier se apoderaba del trono imperial? No sería tan malo como el lord Legislador, pero... Vin había seguido leyendo el libro de viajes. El lord Legislador no siempre había sido un tirano. Una vez, fue un buen hombre. Un buen hombre cuya vida se había torcido.

Kelsier es distinto, se obligó a decirse a sí misma Vin. *Hará lo adecuado.*

Con todo, vacilaba. Ham tal vez no lo comprendiera, pero Vin le veía el incentivo. A pesar de la depravación de los nobles, había algo embriagador en la alta sociedad. Vin se sentía cautivada por la belleza, la música y los bailes. Su fascinación no era la misma que la de Kelsier (no le interesaban los juegos políticos ni los timos), pero comprendía por qué él habría sido reacio a dejar Luthadel.

Esa reluctancia había destruido al antiguo Kelsier, pero había producido algo mejor: un Kelsier más decidido, menos volcado en sí mismo. Quizá.

Naturalmente, sus planes también le costaron a la mujer que amaba. ¿Por eso odia tanto a la nobleza?

—¿Ham? ¿Kelsier ha odiado siempre a los nobles?

Ham asintió.

—Pero ahora es peor.

—A veces me asusta. Parece que quiere matarlos a todos, no importa quiénes sean.

—A mí también me preocupa eso —dijo Ham—. Esa historia del Undécimo metal... es casi como si estuviera convirtiéndose en una especie de santo. —La miró a los ojos—. No te preocupes demasiado. Brisa, Dox y yo ya hemos hablado de eso. Vamos a enfrentarnos a Kel, a ver si podemos controlarlo un poco. Tiene buenas intenciones, pero tiende a pasarse un poco algunas veces.

Vin asintió. Ante ellos, la gente en apretadas filas esperaba el permiso para cruzar las puertas de la ciudad. Ham y ella dejaron atrás el solemne grupo: obreros enviados a los muelles, hombres que iban a trabajar a una de las fábricas del otro lado del río o el lago, nobles menores que deseaban viajar. Todos debían tener buenos motivos para salir de la ciudad: el lord Legislador controlaba estrictamente los viajes dentro de su reino.

Pobrecillos, pensó Vin mientras pasaba junto a un harapiento grupo de niños que cargaban cubos y cepillos, disponiéndose tal vez a subir a la muralla para limpiar el liquen que producía la bruma en los parapetos. Ante ellos, cerca de las puertas, un oficial maldijo y empujó a un hombre fuera de la fila. El obrero skaa cayó al suelo, pero poco a poco logró ponerse en pie y se arrastró hasta el final de la cola. Puede que si no lo dejaban salir de la ciudad no podría trabajar aquel día... Y no tener trabajo significaba no conseguir vales de comida para su familia.

Vin siguió a Ham y ambos se encaminaron por una calle paralela a las murallas de la ciudad, al fondo de la cual Vin vio un gran complejo de edificios. Nunca había estudiado antes los cuarteles de la Guarnición: la mayoría de los miembros de las bandas tendía a mantenerse a distancia prudente de ellos. Sin embargo, mientras se acercaban, le impresionó su aspecto defensivo. Había grandes picas montadas en la pared, rodeando todo el complejo. Los edificios del interior eran enormes y estaban fortificados. Soldados apostados en las puertas miraban con hostilidad a los transeúntes.

Vin vaciló.

—Ham, ¿cómo vamos a entrar ahí?

—No te preocupes —dijo él, deteniéndose a su lado—. En la Guarnición me conocen. Además, no es tan malo como parece: los soldados solo ponen mala cara para intimidar. Como puedes imaginar, no son muy apreciados. La mayoría de los de ahí dentro son skaa..., hombres que, a cambio de una vida mejor, se han vendido al lord Legislador. Cada vez que hay disturbios skaa en la ciudad, la guarnición local es atacada por los descontentos. Por eso las fortificaciones.

—Entonces... ¿conoces a estos hombres?

Ham asintió.

—No soy como Brisa o Kel, Vin..., no sé fingir. Soy quien soy. Esos soldados no saben que soy un brumoso, pero sí que trabajo en los bajos fondos. Conozco a muchos de esos tipos desde hace años; siempre han intentado reclutarme. Generalmente tienen mejor suerte reclutando a gente como yo, que ya está fuera de la corriente principal de la sociedad.

—Pero tú vas a traicionarlos —dijo Vin en voz baja, apartando a Ham a un lado del camino.

—¿Traicionarlos? No, no será ninguna traición. Esos hombres son mercenarios, Vin. Han sido contratados para pelear y atacarán a sus amigos, incluso a sus parientes, en una algarada o una rebelión. Los soldados aprenden a comprender este tipo de cosas. Puede que seamos amigos, pero cuando se trata de luchar ninguno de nosotros vacilaría en matar a los otros.

Vin asintió lentamente. Parecía... duro. *Pero así es la vida. Dura. Esa parte de las enseñanzas de Reen no era mentira.*

—Pobres muchachos —dijo Ham, mirando la Guarnición—. Podríamos haber usado a hombres como ellos. Antes de marcharme a las cuevas, conseguí reclutar a los pocos que pensé que podrían ser receptivos. El resto... bueno, eligieron su camino. Como yo, solo intentan dar a sus hijos una vida mejor. La diferencia es que ellos están dispuestos a trabajar para *él* para hacerlo.

Ham se volvió hacia ella.

—Muy bien, ¿querías algún consejo para quemar peltre?

Vin asintió ansiosamente.

—Los soldados suelen dejarme entrenar con ellos. Puedes verme pelear... Quema bronce para ver cuándo uso la alomancia. Lo primero y más importante que aprenderás sobre los brazos de peltre es cuándo usar tu metal. He advertido que los jóvenes alománticos tienden a avivar siempre su peltre, pensando que cuanto más fuertes sean, mejor. Sin embargo, no siempre quieres golpear con todas tus fuerzas.

»La fuerza es una parte importante de una pelea, pero no la única. Si siempre golpeas con todas tus fuerzas te cansarás más rápido y le darás a tu oponente información sobre tus limitaciones. Un hombre listo golpea más fuerte *al final* de una batalla, cuando su oponente está más débil. Y, en una batalla prolongada, como una guerra, el soldado listo es el que sobrevive más tiempo. Será el hombre que sepa controlarse.

Vin asintió.

—Pero ¿no tardas más en cansarte cuando usas la alomancia?

—Sí. De hecho, un hombre con suficiente peltre puede seguir luchando con casi la máxima eficacia durante horas. Pero arrastrar peltre de ese modo requiere práctica, y tarde o temprano se te acabarán los metales. Cuando ocurra eso, la fatiga podría matarte.

»Lo que estoy tratando de explicarte es que suele ser mejor controlar la quema de peltre. Si usas más fuerza de la necesaria, podrías quedar en desequilibrio. Además, he visto a violentos que se apoyan tanto en su peltre que descuidan el entrenamiento y la práctica. El peltre aumenta tus habilidades físicas, no tu capacidad innata. Si no sabes cómo usar un arma, o si no tienes práctica pensando con rapidez en una pelea, perderás, no importa lo fuerte que seas.

»Tendré que ser muy cuidadoso con la Guarnición, puesto que no saben que soy alomántico. Te sorprenderá lo a menudo que eso es importante. Observa cómo uso el peltre. No lo avivaré solo para conseguir fuerza: si me tambaleo, lo quemaré para que me proporcione una instantánea sensación de equilibrio. Cuando esquive, puede que lo queme para ayudarme a que me aparte un poco más rápido. Hay docenas de pequeños trucos que puedes usar si sabes cuándo hay que darse un impulso.

Vin asintió.

—Muy bien —dijo Ham—. Vamos, pues. Diré a los soldados de la Guarnición que eres la hija de un pariente. Tienes aspecto bastante joven para tu edad y ni siquiera se lo pensarán dos veces. Obsérvame pelear y hablaremos más tarde.

Vin volvió a asentir y los dos se acercaron a la Guarnición. Ham saludó a uno de los guardias.

—Hola, Bevidon. Tengo el día libre. ¿Anda por ahí Sertes?

—Está aquí, Ham —dijo Bevidon—. Pero no creo que sea el mejor día para practicar...

Ham alzó una ceja.

—¿No?

Bevidon compartió una mirada con uno de los otros soldados.

—Ve por el capitán —le dijo.

Instantes después, un soldado de aspecto atareado salió de un edificio lateral y saludó en cuanto vio a Ham. Su uniforme tenía unas cuantas tiras de color y unos cuantos trozos de metal dorado en el hombro.

—Ham —dijo el recién llegado cruzando la puerta.

—Sertes —respondió Ham con una sonrisa, estrechando la mano del hombre—. Ahora eres capitán, ¿eh?

—Desde el mes pasado —asintió Sertes. Se detuvo a mirar a Vin.

—Es mi sobrina —dijo Ham—. Buena chica.

Sertes asintió.

—¿Podríamos hablar a solas un momento, Ham?

Ham se encogió de hombros y dejó que lo llevara a un lugar más apartado, junto a las puertas del complejo. La alomancia permitió a Vin captar lo que decían. *¿Qué haría yo sin el estaño?*

—Mira, Ham —dijo Sertes—. No podrás venir a entrenarte durante una temporada. La Guarnición va a estar... ocupada.

—¿Ocupada? —preguntó Ham—. ¿Cómo?

—No puedo decirlo. Pero... Bueno, nos vendría bien un soldado como tú ahora mismo.

—¿Para combatir?

—Sí.

—Debe de ser algo serio si requiere la atención de la Guarnición entera.

Sertes guardó silencio un momento y luego volvió a hablar en voz baja... tan baja que Vin tuvo que esforzarse para oír.

—Una rebelión —susurró Sertes—, justo aquí en el Dominio Central. Nos hemos enterado. Un ejército de rebeldes skaa apareció y atacó la Guarnición de Holstep, al norte.

Vin sintió un súbito escalofrío.

—*¿Qué?* —dijo Ham.

—Deben de haber surgido de las cavernas que hay por allí —respondió el soldado—. Las últimas noticias son que las fortificaciones de Holstep aguantan... pero Ham, solo son mil hombres. Necesitan refuerzos desesperadamente y los koloss no llegarán a tiempo. La Guarnición de Valtroux envió cinco mil soldados, pero no vamos a dejárselo a ellos. Parece que las fuerzas rebeldes son numerosas y el lord Legislador nos ha dado permiso para acudir en su ayuda.

Ham asintió.

—¿Qué te parece? —preguntó Sertes—. Una lucha de verdad, Ham. Con paga de lucha de verdad. Nos vendría bien un hombre de tu habilidad... Te haré oficial ahora mismo y tendrás tu propio escuadrón.

—Yo... tendré que pensármelo —dijo Ham. No era bueno ocultando sus emociones y su sorpresa no le pareció convincente a Vin. Sertes, sin embargo, no se dio cuenta.

—No tardes demasiado —dijo Sertes—. Tenemos previsto ponernos en marcha dentro de dos horas.

—Lo haré —dijo Ham, con voz de desconcierto—. Déjame que vaya a dejar a mi sobrina y recoja algunas cosas. Volveré antes de que os marchéis.

—Buen hombre —dijo Sertes, y Vin pudo ver que le daba una palmada a Ham en el hombro.

Nuestro ejército ha sido descubierto, pensó Vin, horrorizada. *¡No están preparados! Se suponía que tenían que tomar Luthadel con rapidez y sigilo... no enfrentarse directamente a la Guarnición.*

¡Van a masacrar a esos hombres! ¿Qué ha pasado?

Ningún hombre muere por mi mano o por mi orden a no ser que piense que no hay otro remedio. Sin embargo, los mato. A veces, desearía no ser un maldito realista.

25

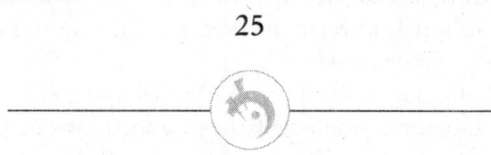

Kelsier metió otra cantimplora de agua en su mochila.

—Brisa, haz una lista de todos los escondites donde hemos reclutado gente. Ve a advertirles de que el Ministerio puede que pronto tenga prisioneros que podrán delatarlos.

Brisa asintió, absteniéndose por una vez de hacer ninguna observación. Tras él, los aprendices corrían por todo el taller de Clubs, recogiendo y preparando los suministros que Kelsier había ordenado.

—Dox, este taller debería ser seguro a menos que capturen a Yeden. Pon de guardia a los tres ojos de estaño de Clubs. Si hay problemas, dirigíos al refugio seguro.

Dockson asintió mientras daba apresuradas órdenes a los aprendices. Uno ya se había marchado, con un aviso para Renoux. Kelsier pensaba que la mansión estaría a salvo: solo un grupo de barcazas había partido de Fellise y sus hombres creían que Renoux no formaba parte del plan. Renoux no se quitaría de en medio a menos que fuera absolutamente necesario: su desaparición implicaría apartarlo a él y a Valette de sus puestos tan cuidadosamente preparados.

Kelsier metió un puñado de raciones de comida en la mochila y se la echó a la espalda.

—¿Y yo, Kel? —preguntó Ham.

—Vas a volver a la Guarnición, como prometiste. Fue una buena idea: necesitamos un informador allí dentro.

Ham frunció el ceño, aprensivo.

—No tengo tiempo para ocuparme de tus nervios, Ham —dijo Kelsier—. No tienes que fingir, solo ser tú mismo y escuchar.

—No me volveré contra la Guarnición si voy con ellos —dijo—. Escucharé, pero no voy a atacar a hombres que piensan que soy su aliado.

—Bien —dijo Kelsier, cortante—. Pero, sinceramente, espero que puedas encontrar un modo de no matar a ninguno de nuestros soldados tampoco. ¡Sazed!

—¿Sí, maese Kelsier?

—¿Cuánta velocidad has acumulado?

Sazed se ruborizó levemente y miró a la numerosa gente que correteaba por los alrededores.

—Tal vez dos, tres horas. Es un atributo muy difícil de acumular.

—No es suficiente —dijo Kelsier—. Iré solo. Dox queda al mando hasta que regrese.

Kelsier se dio media vuelta, luego vaciló. Vin estaba de pie tras él, vestida con los mismos pantalones, la gorra y la camisa con los que había visitado la Guarnición. Tenía una mochila como la suya al hombro y lo miraba retadora.

—Va a ser un viaje difícil, Vin —dijo él—. Nunca has hecho nada semejante.

—No me importa.

Kelsier asintió. Sacó su arcón de debajo de la mesa, luego lo abrió y le entregó a Vin una bolsita de perlas de peltre. Ella la aceptó sin hacer ningún comentario.

—Traga cinco de estas perlas.

—¿*Cinco?*

—Por ahora. Si necesitas tomar más, llámame para que podamos dejar de correr.

—¿Correr? —preguntó la muchacha—. ¿No vamos a tomar un barco?

Kelsier frunció el ceño.

—¿Para qué necesitamos un barco?

Vin miró la bolsa, luego tomó un vaso de agua y empezó a tragar perlas.

—Asegúrate de llevar suficiente agua en la mochila —dijo Kelsier—. Lleva tanta como puedas. —Se volvió hacia Dockson y le puso una mano en el hombro—. Faltan unas tres horas para el anochecer. Si nos esforzamos, estaremos allí mañana a mediodía.

Dockson asintió.

—Puede que sea a tiempo.

Tal vez, pensó Kelsier. *La Guarnición de Valtroux solo está a tres días de marcha de Holstep. Incluso cabalgando toda la noche, un mensajero no podría llegar a Luthadel en menos de dos días. Para cuando yo alcance el ejército...*

Dockson pudo leer claramente la preocupación en los ojos de Kelsier.

—Sea como sea, el ejército ya no nos sirve —dijo.

—Lo sé. Hay que salvar la vida de esos hombres. Te informaré en cuanto pueda.

Dockson asintió.

Kelsier se volvió, avivando peltre. La mochila de pronto le pareció tan liviana como si estuviera vacía.

—Quema peltre, Vin. Nos vamos.

Ella asintió y Kelsier sintió un latido brotar de ella.

—Avívalo —ordenó, sacando dos capas de su arcón y lanzándole una. Se puso la otra, luego entró en la cocina para abrir la puerta trasera. El sol rojo brillaba en el cielo. Los frenéticos miembros del grupo se detuvieron un momento y se volvieron para ver cómo Kelsier y Vin salían del edificio.

La chica se apresuró para alcanzar a Kelsier.

—Ham me dijo que debería aprender a usar el peltre solo cuando lo necesitara..., dice que es mejor ser sutil.

Kelsier se volvió a mirarla.

—No es momento de sutilezas. No te alejes de mí, trata de mantener el ritmo y asegúrate de no quedarte sin peltre.

Vin asintió y, de pronto, sintió un poco de aprensión.

—Muy bien —dijo Kelsier, inhalando profundamente—. Allá vamos.

Kelsier corrió por el callejón a velocidad sobrehumana. Vin se puso en movimiento, siguiéndolo hasta la calle. El peltre era un fuego vivo en su interior. Avivado como estaba, lo más probable era que consumiese las cinco perlas en menos de una hora.

La calle estaba repleta de obreros skaa y carruajes de nobles. Kelsier ignoró el tráfico y salió disparado hacia el centro de la calle a la misma increíble velocidad. Vin lo siguió, cada vez más preocupada sobre el embrollo en el que se había metido.

No puedo dejarlo solo, pensó. Naturalmente, la última vez que lo había obligado a llevarla con él había acabado medio muerta en cama durante un mes.

Kelsier se metió entre los carruajes, abriéndose paso entre los peatones como si la calle fuera solo para él. Vin lo siguió lo mejor que pudo. El suelo era un borrón bajo sus pies y la gente pasaba demasiado rápidamente para verle la cara. Algunos la llamaron, molestos. Un par, sin embargo, se callaron inmediatamente, guardando silencio.

Las capas, pensó Vin. *Por eso las llevamos... por eso las llevamos siempre. Los nobles que ven las capas de bruma saben mantenerse apartados.*

Kelsier giró y corrió directamente hacia las puertas del norte de la ciudad. Vin lo siguió. Kelsier no frenó al acercarse a las puertas y la gente que hacía cola empezó a señalar. Los guardias se volvieron, sorprendidos.

Kelsier saltó.

Uno de los guardias armados se desplomó con un grito, aplastado por el peso alomántico de Kelsier mientras el jefe de la banda le pasaba por encima. Vin tomó aliento, lanzó una moneda para impulsarse y saltó. Esquivó fácilmente a un segundo guardia, quien se quedó mirando sorprendido mientras su compañero se agitaba en el suelo.

Vin empujó contra la armadura del soldado, lanzándose al aire. Aunque el hombre se tambaleó, permaneció en pie: Vin no era tan pesada como Kelsier.

Saltó por encima de la muralla mientras oía los gritos de sorpresa de los soldados. Esperaba que no la reconociera nadie. No era probable. Aunque la gorra se le escapó mientras volaba por los aires, los que estaban familiarizados con Valette la dama de la corte quizá nunca la relacionarían con una nacida de la bruma vestida con pantalones sucios.

La capa de Vin se agitó furiosa en el aire. Kelsier completó su arco ante ella y empezó a descender, y Vin pronto lo siguió. Le parecía muy extraño usar la alomancia a plena luz del día. Incluso antinatural. Cometió el error de mirar hacia abajo mientras caía. En vez del reconfortante remolino de las brumas, vio el suelo muy por debajo.

¡Tan alto!, pensó horrorizada. Por fortuna, no estaba demasiado desorientada y empujó contra la moneda que Kelsier había utilizado para aterrizar. Redujo la velocidad de su descenso a un grado manejable antes de saltar a la tierra cenicienta.

Kelsier echó a correr inmediatamente por el camino. Vin lo siguió, ignorando a los mercaderes y viajeros. Ahora que estaban fuera de la ciudad, ella pensó que tal vez Kelsier frenara el ritmo. No lo hizo. Aceleró.

Y, de repente, lo comprendió. Kelsier no pretendía caminar, ni siquiera correr hasta las cuevas.

Planeaba ir disparado hacia allí.

Era un viaje de dos semanas por el canal. ¿Cuánto tardarían ellos? Se movían rápido, tremendamente rápido. Más despacio que un caballo al galope, sin duda, pero estaba claro que ningún caballo podía mantener semejante galope durante mucho tiempo.

Vin no sentía fatiga mientras corría. Recurría al peltre, pasando solo una parte del esfuerzo a su cuerpo. Apenas sentía sus pisadas en el suelo y, con una reserva de peltre tan grande, le parecía que podría mantener la velocidad un buen rato.

Alcanzó a Kelsier y se situó a su lado.

—Esto es más fácil de lo que creía.

—El peltre aumenta tu equilibrio —dijo Kelsier—. De lo contrario, ahora mismo estarías dando tumbos.

—¿Qué crees que encontraremos? En las cuevas, me refiero.

Kelsier sacudió la cabeza.

—No hables. Ahorra energías.

—¡Pero si no me siento cansada!

—Veremos qué dices dentro de dieciséis horas —dijo Kelsier, acelerando aún más mientras se apartaba de la carretera y corría por el ancho sendero junto al canal de Luth-Davn.

¡Dieciséis horas!

Vin se quedó algo rezagada tras Kelsier, dejándose espacio de sobra para correr. Kelsier aumentó su velocidad hasta alcanzar un ritmo enloquecedor. Tenía razón: en otro contexto ella fácilmente hubiese tropezado en el irregular terreno. Sin embargo, con el peltre y el estaño guiándola, conseguía permanecer en pie... aunque hacerlo requería una atención constante mientras oscurecía y salían las brumas.

De vez en cuando, Kelsier lanzaba una moneda y se abalanzaba de una colina a otra. Sin embargo, los mantuvo principalmente corriendo a un ritmo regular, sin alejarse del canal. Pasaron las horas y Vin empezó a sentir la fatiga que él había anunciado. Mantuvo la velocidad, pero notaba algo por debajo. Una resistencia interior, un ansia por detenerse a descansar.

A pesar del poder del peltre su cuerpo se estaba quedando sin fuerzas.

Se aseguró de no permitir que la reserva de peltre menguara. Temía que, si lo hacía, la fatiga se apoderaría tan fuertemente de ella que no podría volver a ponerse en marcha. Kelsier también le ordenó que bebiera una cantidad de agua descomunal, aunque no tenía tanta sed.

La noche se volvió más oscura y silenciosa, sin ningún viajero que se atreviera a adentrarse en las brumas. Pasaron junto a barcos y barcazas atracadas junto al canal para pasar la noche, además de junto al campamento ocasional de viajeros, las tiendas muy juntas para protegerse de las brumas. Dos veces vieron espectros de las brumas en el camino; el primero le produjo a Vin un terrible sobresalto. Kelsier pasó de largo ignorando por completo a los terribles restos transparentes de las personas y animales que habían sido ingeridos y cuyos huesos formaban ahora el esqueleto del espectro.

A pesar de todo él siguió corriendo. El tiempo se volvió difuso y la carrera llegó a dominarlo todo. Moverse exigía tanta atención que Vin apenas podía concentrarse en Kelsier, que corría delante de ella en medio de la bruma. Seguía poniendo un pie delante del otro y su cuerpo conservaba sus fuerzas, pero al mismo tiempo se sentía terriblemente agotada. Cada paso, por rápido que fuera, se convertía en un esfuerzo. Empezó a anhelar el descanso.

Kelsier no se lo dio. Seguía corriendo, obligándola, manteniendo la increíble velocidad. El mundo de Vin se convirtió en un ente atemporal de dolor forzado y debilidad ignorada. Reducían el ritmo ocasionalmente para beber agua o tragar más perlas de peltre... pero nunca dejaba de correr. Era como... como si no pudiera hacerlo. Vin dejó que el agotamiento embotara su mente. Avivar peltre lo era todo. Ella no era nada más.

La luz la sorprendió. El sol empezó a salir y las brumas se desvanecieron. Pero Kelsier no dejó que la claridad los detuviera. ¿Cómo podía hacerlo? Tenían que correr. Tenían que... seguir... corriendo...

Voy a morir.

No era la primera vez que a Vin se le ocurría ese pensamiento durante la carrera. De hecho, la idea volvía una y otra vez, dando vueltas y picoteando su cerebro como un ave carroñera. Siguió moviéndose. Corriendo.

Odio correr, pensó. *Por eso he vivido siempre en la ciudad, no en el campo. Para no tener que correr.*

Algo en su interior sabía que la idea no tenía ningún sentido. Sin embargo, la lucidez no era en ese momento una de sus virtudes.

Odio a Kelsier también. Solo sigue corriendo. ¿Cuánto tiempo ha pasado desde que salió el sol? ¿Horas? ¿Semanas? ¿Años? Juro que no lo sé...

Kelsier se detuvo por delante de ella en el camino.

Vin estaba tan aturdida que casi chocó contra él. Tropezó, redujo el paso a duras penas, como si se hubiera olvidado de hacer otra cosa que no fuera correr. Se detuvo, luego se miró los pies, anonadada.

Esto está mal, pensó. *No puedo quedarme aquí. Tengo que seguir moviéndome.*

Sintió que empezaba a moverse de nuevo, pero Kelsier la agarró. Ella se debatió débilmente.

Descansa, dijo algo en su interior. *Relájate. Has olvidado lo que es, pero resulta tan hermoso...*

—¡Vin! —dijo Kelsier—. No apagues tu peltre. ¡Sigue quemándolo o caerás inconsciente!

Vin sacudió la cabeza, desorientada, tratando de entender sus palabras.

—¡El estaño! —dijo él—. Avívalo. ¡Ahora!

Ella lo hizo. La cabeza le ardió con un repentino dolor que casi había olvidado y tuvo que cerrar los ojos para protegerse de la cegadora luz del sol. Le dolían las piernas y los pies todavía más. Sin embargo, la súbita oleada de percepción sensorial le devolvió la cordura. Parpadeó y miró a Kelsier.

—¿Mejor? —preguntó él.

Ella asintió.

—Acabas de hacerle a tu cuerpo algo increíblemente injusto —dijo Kelsier—. Debería haberse desmoronado hace horas, pero tenías el peltre para que siguiera adelante. Te recuperarás... Incluso mejorarás al forzarte así, pero ahora mismo tienes que seguir quemando peltre y continuar despierta. Ya dormiremos más tarde.

Vin volvió a asentir.

—¿Por qué...? —espetó—. ¿Por qué hemos parado?

—Escucha.

Ella así lo hizo. Oyó... voces. Gritando.

Lo miró.

—¿Una batalla?

Kelsier asintió.

—La ciudad de Holstep está a cosa de una hora al norte, pero creo que hemos encontrado lo que buscábamos. Vamos.

La soltó, arrojó una moneda y saltó por encima del canal. Vin lo siguió en su carrera por la ladera de una colina cercana. Kelsier la rebasó y se detuvo en la cima para mirar al este. Vin se puso a su lado y vio la batalla en la distancia. Un cambio en el viento le permitió oler.

Sangre. El valle estaba sembrado de cadáveres. Los hombres seguían luchando al otro lado del valle: un pequeño grupo maltrecho con ropa variopinta estaba rodeado por un ejército mucho más grande y uniformado.

—Llegamos demasiado tarde —dijo Kelsier—. Nuestros hombres deben de haber eliminado a la Guarnición de Holstep y luego han tratado de volver a las cuevas. Pero la ciudad de Valtroux está solo a unos pocos días de distancia y su guarnición cuenta con cinco mil hombres. Esos soldados han llegado antes que nosotros.

Entornando los ojos y usando estaño a pesar de la luz, Vin vio que él tenía razón. El ejército más numeroso vestía el uniforme imperial y, a juzgar por la línea de cadáveres, se había dedicado a emboscar a los soldados skaa a medida que iban pasando. Su ejército no había tenido la menor oportunidad. Mientras miraba, los skaa empezaban a alzar los brazos, pero los soldados seguían matándolos. Algunos de los que quedaban luchaban a la desesperada, pero caían con la misma rapidez.

—Es una matanza —dijo Kelsier, furioso—. La Guarnición de Valtroux seguramente tiene órdenes de aniquilar a todo el grupo. —Dio un paso hacia delante.

—¡Kelsier! —dijo Vin, agarrándolo por el brazo—. ¿Qué vas a hacer?

Él se volvió a mirarla.

—Todavía hay hombres ahí abajo. Mis hombres.

—¿Qué vas a hacer..., atacar a un ejército entero tú solo? ¿Para qué? Tus rebeldes no tienen alomancia: no podrán escapar corriendo velozmente. No puedes detener a un ejército entero, Kelsier.

Él se soltó de su tenaza: ella tampoco tenía fuerzas para sujetarlo.

Se tambaleó y cayó al áspero suelo negro, levantando una polvareda de ceniza. Kelsier empezó a bajar la colina hacia el campo de batalla.

Vin logró ponerse de rodillas.

—Kelsier —dijo, temblando de fatiga—. No somos invencibles, ¿recuerdas?

Él aminoró el paso hasta detenerse en la colina.

—No eres invencible —susurró ella—. No puedes detenerlos a todos. No puedes salvar a esos hombres.

Kelsier permaneció en silencio, los puños apretados. Entonces, lentamente, agachó la cabeza. En la distancia, la masacre continuaba, aunque no quedaban muchos rebeldes.

—Las cuevas —susurró Vin—. Nuestro ejército habrá dejado hombres allí, ¿no? Tal vez puedan decirnos por qué el ejército se ha descubierto de esa forma. Tal vez puedas salvar a esos otros. Los hombres del lord Legislador sin duda buscarán el cuartel general del ejército... si no lo están haciendo ya.

Kelsier asintió.

—Muy bien. Vamos.

Kelsier bajó a la caverna. Tuvo que avivar estaño para ver en la oscuridad, iluminada apenas por un poco de luz reflejada en las alturas. El roce de Vin asomada a la grieta le sonó como un trueno en los oídos amplificados. En la caverna en sí... nada. Ningún sonido, ninguna luz.

Así que estaba equivocada, pensó Kelsier. *No quedó nadie atrás.*

Kelsier soltó aire despacio, tratando de encontrar una salida a su frustración y su furia. Había abandonado a los hombres en el campo de batalla. Sacudió la cabeza, ignorando lo que le decía la lógica en ese momento. Su furia estaba todavía demasiado fresca.

Vin se posó en el suelo junto a él, su figura apenas una sombra para sus ojos.

—Vacía —declaró él, y su voz resonó en la caverna—. Te equivocabas.

—No —susurró Vin—. Allí.

De repente, echó a correr con la agilidad de un gato. Kelsier la llamó en la oscuridad, apretó los dientes, y luego la siguió a través de uno de los pasillos, guiándose por el sonido.

—¡Vin, vuelve aquí! No hay nada...

Kelsier se detuvo. Apenas pudo distinguir el fluctuar de una luz en el pasillo. *¡Demonios! ¿Cómo lo ha visto desde tan lejos?*

Todavía oía a Vin por delante. Kelsier avanzó con más cuidado, comprobando sus reservas de metal, preocupado de que los agentes del Ministerio les hubieran tendido una trampa. Mientras se acercaba a la luz, una voz llamó.

—¿Quién anda ahí? ¡Di la contraseña!

Kelsier continuó avanzando, mientras la luz se volvía lo suficientemente intensa para permitirle ver una figura que empuñaba una lanza, recortada en el corredor. Vin esperaba agazapada en la oscuridad. Miró a Kelsier cuando pasó por su lado, vacilante. Parecía haberse recuperado del desgaste por arrastrar peltre, de momento. Cuando finalmente se detuvieran a descansar, lo sentiría.

—¡Puedo oírte! —dijo ansiosamente el guardia. Su voz era familiar—. Identifícate.

El capitán Demoux, se dijo Kelsier. *Uno de los nuestros. No es una trampa.*

—¡Di la contraseña! —ordenó Demoux.

—No necesito ninguna contraseña —dijo Kelsier, avanzando hacia la luz.

Demoux bajó su lanza.

—¿Lord Kelsier? Has venido... ¿Significa eso que hemos triunfado?

Kelsier ignoró la pregunta.

—¿Por qué no estás vigilando la entrada de atrás?

—Nosotros... pensamos que podríamos defendernos mejor retirándonos al complejo interno, mi señor. No quedamos muchos.

Kelsier miró hacia el pasadizo de entrada. *¿Cuánto tiempo pasará hasta que los hombres del lord Legislador encuentren a un cautivo dispuesto a hablar? Vin tenía razón, después de todo: tenemos que llevar a estos hombres a un lugar seguro.*

Vin se incorporó y se acercó, estudiando al joven soldado con aquella mirada tranquila suya.

—¿Cuántos sois?

—Unos dos mil —dijo Demoux—. Nosotros... nos equivocamos, mi señor. Lo siento.

Kelsier lo miró.

—¿Os equivocasteis?

—Pensamos que el general Yeden actuaba a ciegas —dijo Demoux, ruborizándose de vergüenza—. Nos quedamos atrás. Nosotros... pensamos que estábamos siéndote leales, a ti y no a él. Pero tendríamos que haber ido con el resto del ejército.

—El ejército ha sido destruido —dijo Kelsier, cortante—. Reúne a tus hombres, Demoux. Tenemos que marcharnos ahora mismo.

Esa noche, sentado en un tocón con las brumas congregándose a su alrededor, Kelsier finalmente se obligó a enfrentarse a los hechos del día.

Estaba sentado con las manos cruzadas, escuchando los últimos débiles sonidos de la tropa al acostarse. Por fortuna, alguien había pensado en preparar al grupo para partir velozmente. Cada hombre tenía un petate, un arma y suficiente comida para dos semanas. En cuanto Kelsier descubriera quién había sido tan previsor, pretendía concederle un buen ascenso.

No es que quedara mucho ya a lo que dar órdenes. Entre los dos mil hombres restantes había una proporción tristemente elevada de soldados cuyo mejor momento no había llegado aún o estaba rebasado: hombres lo bastante sabios como para comprender que el plan de Yeden había sido una locura y hombres lo bastante jóvenes como para tener miedo.

Kelsier sacudió la cabeza. *Tantos muertos.* Habían reunido a casi siete mil hombres antes de ese fiasco y la mayoría había muerto. Yeden había decidido al parecer poner a prueba el ejército atacando de noche la Guarnición de Holstep. ¿Qué le había llevado a tomar una decisión tan estúpida?

Yo, pensó Kelsier. *Es culpa mía.* Les había prometido ayuda sobrenatural. Se había promocionado a sí mismo, había convertido a Yeden en parte de la banda y había hablado con ligereza de hacer lo imposible. ¿Era extraño que Yeden hubiera pensado que podía atacar de frente al Imperio Final, considerando la confianza que Kelsier le había mostrado? ¿Era extraño que los soldados lo acompañaran, considerando las promesas que Kelsier había hecho?

Ahora estaban muertos y Kelsier era el responsable. La muerte no era nueva para él. Ni el fracaso. Ya no. Pero no podía evitar tener las tripas revueltas. Cierto, los hombres habían muerto combatiendo al Imperio Final, lo cual era mucho más de lo que los skaa podían esperar. Sin embargo, el hecho de que hubieran muerto esperando tal vez algún tipo de ayuda divina por parte de Kelsier... eso era preocupante.

Sabías que esto sería duro, se dijo. *Comprendías la carga que habías reclamado para ti.*

Pero ¿qué derecho tenía? Incluso los miembros de su propio grupo, Ham, Brisa y los demás, asumían que el Imperio Final era invencible. Lo seguían porque tenían fe en él y porque había dado forma a sus planes como si de un golpe de ladrones se tratara. Bueno, ahora el patrón de ese golpe estaba muerto: un explorador enviado a comprobar el campo de batalla había confirmado, para bien o para mal, la muerte de Yeden. Los soldados habían clavado su cabeza en una pica junto al camino, junto a la de varios oficiales de Ham.

El golpe había finalizado. Habían fracasado. El ejército estaba destruido. No habría ninguna rebelión, ninguna toma de la ciudad.

Se acercaron unos pasos. Kelsier alzó la cabeza, preguntándose si tenía fuerzas para levantarse. Vin estaba enroscada junto al tocón, dormida en el duro suelo, con solo su capa de bruma como colchón. Arrastrar el peltre durante tanto tiempo se había cobrado un alto precio en la chica, que prácticamente se había derrumbado en el momento en que Kelsier dio por concluida la jornada. Deseó poder hacer lo mismo. Sin embargo, él tenía mucha más experiencia arrastrando peltre que ella. Su cuerpo cedería tarde o temprano, pero podía aguantar un poco más.

Una figura apareció entre la bruma, cojeando hacia él. El hombre era viejo, mucho más viejo que ningún otro que Kelsier hubiera reclutado. Debía de formar parte de la rebelión desde mucho antes: uno de los skaa que vivía en las cuevas antes de que Kelsier se apoderara de ellas.

El hombre eligió una piedra grande junto al tocón de Kelsier y se sentó con un suspiro. Era sorprendente que alguien tan viejo pudiera mantenerse en pie. Kelsier había hecho moverse al grupo a ritmo rápido, con la intención de distanciarlo lo máximo posible de las cuevas.

—Los hombres dormirán mal —dijo el viejo—. No están acostumbrados a las brumas.

—No tienen elección —contestó Kelsier.

El anciano sacudió la cabeza.

—Supongo que no. —Permaneció en silencio un instante, los ancianos ojos ilegibles—. No me reconoces, ¿verdad?

Kelsier rebuscó entre sus recuerdos.

—Lo siento. ¿Te recluté yo?

—Más o menos. Yo era uno de los skaa de la plantación de lord Tresting.

Kelsier abrió la boca sorprendido y, de pronto, reconoció levemente la cabeza calva del hombre y su postura cansada y, sin embargo, fuerte.

—El anciano con el que me senté aquella noche. Te llamabas...

—Mennis. Después de que mataras a Tresting, nos retiramos a las cuevas. Allí nos aceptaron los rebeldes. Muchos acabaron por marcharse en busca de otras plantaciones. Algunos nos quedamos.

Kelsier asintió.

—Estás detrás de todo esto, ¿no? —dijo, indicando el campamento—. Los preparativos.

Mennis se encogió de hombros.

—Algunos no podemos combatir, así que hacemos otras cosas.

Kelsier se inclinó hacia delante.

—¿Qué ha pasado, Mennis? ¿Por qué ha hecho esto Yeden?

Mennis sacudió la cabeza.

—Aunque la mayoría espera que los jóvenes sean necios, he advertido que un poco de edad puede hacer que un hombre sea mucho más necio que un niño. Yeden... Bueno, era de los que se dejan impresionar con demasiada facilidad... tanto por ti como por la reputación que dejaste para él. Algunos de sus generales pensaron que sería buena idea permitir que los hombres hicieran un experimento práctico y libraran una batalla, y supusieron que un ataque nocturno a la Guarnición de Holstep sería un movimiento astuto. Al parecer, resultó más difícil de lo que habían pensado.

Kelsier sacudió la cabeza.

—Aunque hubieran tenido éxito, revelar el ejército lo habría vuelto inútil para nosotros.

—Ellos creían en ti —repuso Mennis en voz baja—. Pensaron que no podían fracasar.

Kelsier suspiró y echó atrás la cabeza. Contempló las cambiantes brumas. Resopló lentamente y el aire de su aliento se mezcló con las volutas.

—Bueno, ¿qué va a ser de nosotros? —preguntó Mennis.

—Os dividiremos y os llevaremos a Luthadel en grupos pequeños, para que os mezcléis entre la población skaa.

Mennis asintió. Parecía cansado, exhausto, pero no se rendía. Kelsier podía comprender ese sentimiento.

—¿Recuerdas nuestra conversación en la plantación de Tresting? —preguntó Mennis.

—Un poco. Trataste de disuadirme para que no creara problemas.

—Pero eso no te detuvo.

—Crear problemas es prácticamente lo único que hago bien, Mennis. ¿Recuerdas lo que hice allí, en qué os obligué a convertiros?

Mennis vaciló, luego asintió.

—Pero, en cierto modo, agradezco ese resentimiento. Creía que mi vida estaba acabada... Me despertaba cada día esperando no tener fuerzas para levantarme. Pero... Bueno, encontré de nuevo un sentido en las cavernas. Por eso, me siento agradecido.

—¿Incluso después de lo que le he hecho al ejército?

Mennis bufó.

—Te das demasiada importancia, joven. Esos hombres se hicieron matar ellos solos. Puede que fueras su motivación, pero no decidiste por ellos.

»En cualquier caso esta no es la primera rebelión skaa que es masacrada. Ni de lejos. En cierto modo, has conseguido mucho: congregaste un ejército de tamaño considerable y luego lo armaste y lo entrenaste más de lo que nadie tenía derecho a esperar. Las cosas se han desarrollado un poco más rápidamente de lo que preveías, pero tendrías que estar orgulloso de ti mismo.

—¿Orgulloso? —preguntó Kelsier, poniéndose en pie para controlar su agitación—. Se suponía que este ejército iba a ayudar a derrocar al Imperio Final, no a dejarse matar en una batalla sin sentido en un valle que está a semanas de Luthadel.

—Derrocar al... —Mennis alzó la cabeza, el ceño fruncido—. ¿De verdad esperabas conseguir algo así?

—Por supuesto. ¿Por qué si no iba a reunir un ejército semejante?

—Para resistir —dijo Mennis—. Para luchar. Por eso vinieron esos muchachos a las cuevas. No era una cuestión de ganar o perder, sino de hacer algo, cualquier cosa, contra el lord Legislador.

Kelsier se volvió.

—¿Esperabas que el ejército perdiera desde el principio?

—¿Qué otro final podía haber? —preguntó Mennis. Se levantó, sacudiendo la cabeza—. Puede que algunos empezaran a soñar lo contrario, muchacho, pero el lord Legislador no puede ser derrotado. Una vez te di un consejo: te dije que tuvieras cuidado con las batallas que decidías librar. Bueno, me he dado cuenta de que ha merecido la pena librar esta.

»Ahora, déjame que te dé otro consejo, Kelsier, Superviviente de Hathsin. Tienes que saber cuándo renunciar. Lo has hecho bien, mejor de lo que nadie habría esperado. Esos skaa tuyos mataron a toda una guarnición de soldados antes de ser rodeados y destruidos. Es la mayor victoria que los skaa han conocido en décadas, quizá en siglos. Ahora es el momento de retirarse.

Dicho esto, el anciano asintió con la cabeza en señal de respeto y empezó a caminar de vuelta hacia el centro del campamento.

Kelsier se quedó allí de pie, aturdido. *La mayor victoria que los skaa han conocido en décadas...*

Contra eso luchaba. No solo contra el lord Legislador, no solo contra la nobleza. Luchaba contra mil años de condicionamiento, mil años de vida en una sociedad que consideraba la muerte de cinco mil hombres una «gran victoria». La vida albergaba tan poca esperanza para los skaa que habían quedado reducidos a encontrar consuelo en las derrotas esperadas.

—Esto no ha sido una victoria, Mennis —susurró Kelsier—. Yo os enseñaré lo que es una victoria.

Se obligó a sonreír. No con placer, ni con satisfacción. Sonrió a pesar de la pena que sentía por la muerte de sus hombres; sonreía porque eso era lo que hacía. Así era como demostraba al lord Legislador, y se demostraba a sí mismo, que no estaba derrotado.

No, no iba a retirarse. No había terminado todavía. Ni por asomo.

FIN DE LA TERCERA PARTE

CUARTA PARTE

BAILARINES EN UN MAR DE BRUMA

26

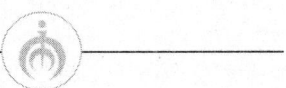

Vin estaba acostada en su cama en el taller de Clubs, sintiendo que la cabeza le latía.

Por fortuna, el dolor iba menguando. Todavía podía recordar haberse despertado aquella primera horrible mañana: el dolor fue tan fuerte que apenas podía pensar, mucho menos moverse. No sabía cómo Kelsier era capaz de continuar adelante, dirigiendo a los restos de su ejército a lugar seguro.

Hacía más de dos semanas de eso. Quince días enteros y todavía le dolía la cabeza. Kelsier decía que era bueno para ella. Sostenía que Vin tenía que practicar el arrastre de peltre, entrenando el cuerpo para funcionar más allá de lo que el propio cuerpo creía posible. Sin embargo, a pesar de lo que él decía, dudaba que algo que dolía tanto pudiera ser «bueno» para ella.

Pero podría ser una habilidad útil. Lo reconocía, ahora que la cabeza no le dolía tanto. Kelsier y ella habían podido correr hasta el campo de batalla en un solo día. El viaje de regreso había durado dos semanas.

Vin se levantó y se desperezó, cansada. En realidad, habían vuelto hacía menos de un día. Kelsier debía de haberse pasado media noche en vela, explicando los acontecimientos a los demás miembros de la banda. Vin, sin embargo, se había sentido feliz de irse directa a la cama. Las noches pasadas durmiendo sobre la dura tierra le habían recordado que una cama cómoda era un lujo al que había empezado a acostumbrarse.

Bostezó, se frotó de nuevo las sienes, luego se puso una bata y entró en el cuarto de baño. Le alegró ver que los aprendices de Clubs se habían acordado de traerle una bañera. Cerró la puerta, se desnudó y se metió en el agua cálida y levemente perfumada. ¿De verdad que alguna vez le habían parecido molestos esos olores? Con el perfume pasaba menos desapercibida, cierto, pero eso parecía un precio muy bajo por librarse de la suciedad y la mugre que había acumulado durante el viaje.

Sin embargo, el pelo largo le seguía pareciendo un engorro. Se lo lavó y se lo desenredó, preguntándose cómo las mujeres de la corte podían soportar un pelo que les llegaba hasta la cintura. ¿Cuánto tiempo pasarían sentadas mientras una criada se lo peinaba y arreglaba? A Vin todavía no le llegaba a los hombros y ya le molestaba. Revoloteaba y le golpeaba la cara cuando saltaba, por no mencionar que proporcionaría a sus enemigos algo a lo que agarrarse.

Cuando terminó de bañarse, regresó a su habitación, se vistió con ropa cómoda y bajó las escaleras. Los aprendices trabajaban en el taller y las criadas en el piso superior, pero la cocina estaba en silencio. Clubs, Dockson, Ham y Brisa estaban desayunando. Alzaron la cabeza cuando Vin entró.

—¿Qué? —preguntó ella, huraña, deteniéndose en la puerta. El baño le había aliviado un poco el dolor de cabeza, pero todavía notaba una leve pulsación en la nuca.

Los cuatro hombres intercambiaron miradas. Ham habló primero.

—Estábamos discutiendo el estado del plan, ahora que nuestro patrón y nuestro ejército han desaparecido.

Brisa alzó una ceja.

—¿Estado? Qué forma tan interesante de expresarlo, Hammond. Yo habría dicho «impracticabilidad».

Clubs gruñó en asentimiento y los cuatro se volvieron hacia ella, al parecer esperando su reacción.

¿Por qué les importa tanto lo que yo piense?, pensó Vin, entrando en la habitación y acercándose una silla.

—¿Quieres comer algo? —preguntó Dockson, poniéndose en pie—. El servicio de Clubs ha preparado unos rollitos para...

—Cerveza —dijo Vin.

Dockson se quedó parado.

—Ni siquiera es mediodía.

—Cerveza. Ahora. Por favor.

Vin se inclinó hacia delante, cruzó los brazos sobre la mesa y apoyó la cabeza en ellos.

Ham tuvo el valor de echarse a reír.

—¿Arrastre de peltre?

Vin asintió.

—Se te pasará.

—Si no me muero antes —gruñó Vin.

Ham volvió a reírse, pero la risa parecía forzada. Dox le tendió una jarra a Vin y luego se sentó, mirando a los demás.

—Bien, Vin. ¿Qué opinas tú?

—No lo sé —contestó ella con un suspiro—. El ejército era prácticamente el centro de todo, ¿no? Brisa, Ham y Yeden se pasaron un montón de tiempo reclutando; Dockson y Renoux se ocupaban de los suministros. Ahora que los soldados han muerto... Bueno, eso solo deja el trabajo de Marsh en el Ministerio y los ataques de Kel a la nobleza... y para eso no nos necesitan a ninguno. El equipo está de más.

Todos guardaron silencio.

—Tiene una forma deprimentemente brusca de expresarlo —dijo Dockson.

—Es lo que tiene el arrastre de peltre —comentó Ham.

—¿Cuándo has vuelto, por cierto? —preguntó Vin.

—Anoche, después de que te fueras a dormir. La Guarnición envió pronto de vuelta a los soldados temporales, para no tener que pagarnos.

—¿Siguen ahí fuera, entonces? —preguntó Dockson.

Ham asintió.

—Cazando al resto de nuestro ejército. La Guarnición de Luthadel relevó a las tropas de Valtroux, que estaban bastante maltrechas tras la batalla. La mayor parte de las tropas de Luthadel estará fuera una temporada todavía, buscando a los rebeldes. Al parecer, varios grupos grandes se separaron de nuestro ejército principal y huyeron antes de que empezara la batalla.

La conversación se sumió en otro silencio. Vin bebió cerveza, más por coraje que por creer que fuera a hacerla sentir mejor. Unos cuantos minutos después sonaron pasos en las escaleras.

Kelsier entró en la cocina.

—Buenos días a todos —dijo con su alegría de costumbre—. Rollitos otra vez, veo. Clubs, tienes que contratar unas cocineras con más imaginación.

A pesar del comentario, dio un gran bocado a un rollito. Luego sonrió agradablemente mientras se servía algo de beber.

El grupo permaneció en silencio. Los hombres se miraron. Kelsier se quedó de pie, apoyado contra la alacena mientras comía.

—Kel, tenemos que hablar —dijo Dockson por fin—. El ejército ha desaparecido.

—Sí —contestó Kelsier entre bocado y bocado—. Ya me he dado cuenta.

—El trabajo se acabó, Kelsier —dijo Brisa—. Fue un buen intento, pero fracasamos.

Kelsier hizo una pausa. Frunció el ceño bajando el rollito.

—¿Fracasar? ¿Qué te hace decir eso?

—El ejército ha desaparecido, Kel —dijo Ham.

—El ejército era solamente una pieza de nuestros planes. Hemos tenido un contratiempo, sí..., pero no hemos terminado.

—¡Por todos los diablos, hombre! —exclamó Brisa—. ¿Cómo puedes estar ahí plantado tan alegre? Nuestros hombres han muerto. ¿Es que no te importa?

—Me importa, Brisa —contestó Kelsier, solemne—. Pero lo hecho, hecho está. Tenemos que seguir adelante.

—¡Exactamente! —dijo Brisa—. Seguir adelante y olvidar este descabellado trabajo tuyo. Es hora de renunciar. ¡Sé que no te gusta, pero es la pura verdad!

Kelsier dejó su plato en la encimera.

—No me aplaques, Brisa. *Nunca* me aplaques.

Brisa vaciló, la boca entreabierta.

—Bien —dijo por fin—. No usaré la alomancia: solo usaré la verdad. ¿Sabes qué creo? Creo que tu intención no fue nunca apoderarte del atium.

»Nos has estado utilizando. Nos prometiste riquezas para que nos uniéramos a ti, pero nunca tuviste intención de hacernos ricos. Todo esto es por tu ego..., por convertirte en el jefe de bandas más famoso que haya existido jamás. Por eso has estado divulgando esos rumores, haciendo todos esos reclutamientos. Has conocido la riqueza..., ahora quieres convertirte en una leyenda.

Brisa guardó silencio, la mirada llena de reproche. Kelsier permaneció en pie, cruzado de brazos, mirando al grupo. Varios apartaron la mirada, mostrando en la vergüenza de sus ojos que habían pensado lo que Brisa estaba diciendo. Vin era uno de ellos. El silencio continuó, mientras todos esperaban una negativa.

Volvieron a sonar pasos en las escaleras y Fantasma irrumpió en la cocina.

—¡En voluntando el cuidado y en depie pa ver! ¡Una reunión, en la plaza de la Fuente!

Kelsier no pareció sorprendido por el anuncio del muchacho.

—¿Una reunión en la plaza de la Fuente? —dijo Ham lentamente—. Eso significa...

—Vamos —dijo Kelsier, irguiéndose—. Tenemos que ir a ver.

—Preferiría no hacer esto, Kel —dijo Ham—. Evito estas cosas por un motivo.

Kelsier lo ignoró. Se puso a la cabeza del grupo. Todos ellos (incluido Brisa) iban vestidos con ropajes y capas vulgares de skaa. Había empezado a nevar ceniza y los copos revoloteaban en el cielo, como hojas caídas de un árbol invisible.

Enormes grupos de skaa obstruían las calles, en su mayoría trabajadores de las fábricas o los molinos. Vin solo conocía un motivo por el que los obreros eran enviados a reunirse en la plaza central de la ciudad.

Ejecuciones.

Nunca había asistido a una. En teoría, todos los hombres de la ciudad, skaa o nobles, debían asistir a las ceremonias de ejecución, pero las bandas de ladrones sabían cómo permanecer ocultas. Sonaban campanas a lo lejos, anunciando el evento, y los obligadores vigilaban en las aceras de las calles. Entrarían en las fábricas, fraguas y casas buscando a aquellos que desoyeran la llamada, castigándolos con la muerte. Reunir a tantísima gente era una labor enorme; pero, en cierto modo, hacer cosas así solo servía para demostrar lo poderoso que era el lord Legislador.

Las calles se abarrotaron aún más mientras la banda se acercaba a la plaza de la fuente. Los tejados de los edificios estaban repletos y la gente llenaba las calles, empujando. *Es imposible que quepan todos.* Luthadel no era como la mayoría de las ciudades: su población era enorme. Incluso solo con la asistencia de los hombres, era imposible que todo el mundo pudiera ver las ejecuciones.

Sin embargo, seguían acudiendo. En parte porque se les exigía, en parte porque no tenían que trabajar mientras las contemplaban y, en parte, sospechaba Vin, porque tenían la misma curiosidad morbosa que todos los hombres.

Mientras la muchedumbre aumentaba, Kelsier, Dockson y Ham empezaron a abrirse paso entre los curiosos. Algunos de los skaa los miraron con resentimiento, aunque muchas de aquellas miradas eran solo turbias y complacientes. Algunos parecían sorprendidos, incluso entusiasmados, cuando vieron a Kelsier, aunque no mostraba sus cicatrices. Esos se apartaron ansiosamente.

Por fin llegaron a la fila de edificios que rodeaban la plaza. Kelsier escogió uno, indicándolo con un gesto, y Dockson avanzó. Un hombre apostado en la puerta trató de bloquearles el camino, pero Dox señaló hacia el tejado y luego sopesó su bolsa. Unos minutos más tarde, tenían todo el terrado para ellos.

—Ahúmanos, por favor, Clubs —dijo Kelsier en voz baja.

El nudoso artesano asintió y volvió invisible al grupo a los sentidos alománticos del bronce. Vin se acercó al borde del terrado, se agazapó y apoyó las manos sobre la barandilla de piedra mientras escrutaba la plaza.

—Tanta gente...

—Has vivido en ciudades siempre, Vin —dijo Ham, a su lado—. Sin duda habrás visto multitudes.

—Sí, pero...

¿Cómo podía explicarlo? La masa apretujada y cambiante no se parecía a nada que hubiera visto jamás. Era enorme, casi infinita, y ocupaba todas las calles que confluían en la plaza central. Los skaa estaban tan apretujados que se preguntó cómo tenían espacio para respirar.

Los nobles ocupaban el centro de la plaza, separados de los skaa por los soldados. Estaban cerca de la fuente central, que se alzaba a metro y medio sobre el resto de la plaza. Alguien había construido asientos para la nobleza, y allí estaban, como si asistieran a una representación teatral o a una carrera de caballos. Muchos iban acompañados de criados que sujetaban parasoles para protegerlos de la ceniza, pero caía tan poca que algunos ni siquiera le prestaron la menor atención.

Junto a los nobles se hallaban los obligadores: los regulares, de gris; los inquisidores, de negro. Vin se estremeció. Había ocho inquisidores, sus formas larguiruchas destacándose una cabeza por encima de los obligadores. Pero no era solo la estatura lo que separaba a las oscuras criaturas de sus primos. Había un aire, una postura distintiva en los inquisidores de acero.

Vin se puso a estudiar a los obligadores normales. La mayoría se pavoneaba con sus túnicas administrativas: cuanto más alta era su posición, mejor era la túnica. Vin entornó los ojos, quemó estaño y reconoció un rostro moderadamente familiar.

—Allí —dijo, señalando—. Ese es mi padre.

Kelsier se asomó.

—¿Dónde?

—En la primera fila de los obligadores. El bajo con la capucha dorada.

Kelsier guardó silencio.

—¿*Ese* es tu padre? —preguntó por fin.

—¿Quién? —preguntó Dockson, entornando los ojos—. No les distingo la cara.

—Tevidian —dijo Kelsier.

—¿El *sumo prelado*? —preguntó Dockson, sorprendido.

—¿Qué? ¿Quién es ese? —quiso saber Vin.

Brisa se echó a reír.

—El sumo prelado es el jefe del Ministerio, querida. Es el más importante de los obligadores del lord Legislador: a efectos prácticos, posee un rango aún más alto que los inquisidores.

Vin se sentó, aturdida.

—El sumo prelado —murmuró Dockson, sacudiendo la cabeza—. Esto no hace más que mejorar.

—¡Mirad! —señaló de pronto Fantasma.

La multitud de skaa empezó a agitarse. Vin había supuesto que estaban demasiado apretujados para moverse, pero al parecer estaba equivocada. La gente empezó a abrir un amplio pasillo que conducía a la plataforma central.

¿Qué puede hacerles...?

Entonces lo sintió. El opresivo aturdimiento, como una enorme manta encima que le quitara el aire y le robara la voluntad. Inmediatamente quemó cobre. Sin embargo, como antes, le pareció que podía sentir al lord Legislador aplacando a pesar del metal. Lo sintió acercarse, tratar de hacerle perder toda su voluntad, todo su deseo, toda fuerza y emoción.

—Viene —susurró Fantasma, agachándose junto a ella.

Un carruaje negro tirado por una pareja de enormes caballos blancos apareció en una calle lateral. Recorrió el pasillo dejado por los skaa, moviéndose con una sensación de... inexorabilidad. Vin vio a varias personas apretujadas a su paso y sospechó que, si alguien caía ante el carruaje, el vehículo lo aplastaría sin ni siquiera detenerse.

Los skaa se apretaron un poco más mientras llegaba el lord Legislador, una ola visible barrió la multitud y la postura de la gente denotaba el sometimiento de sentir su poderosa fuerza aplacadora. El rugido de fondo de susurros y charlas se apagó y un silencio sobrenatural se apoderó de la enorme plaza.

—Es tan *poderoso* —dijo Brisa—. Incluso al máximo de mi poder, yo solo puedo aplacar a un par de cientos de hombres. ¡Aquí tiene que haber decenas de miles!

Fantasma se asomó a la barandilla.

—Me dan ganas de caer. De dejarme ir...

Dejó de hablar. Sacudió la cabeza como si despertara. Vin frunció el ceño. Algo era diferente. Probó a apagar su cobre y se dio cuenta de que ya no sentía el poder aplacador del lord Legislador. La sensación de horrible depresión, de carencia y vacío había desaparecido extrañamente. Fantasma alzó la cabeza y el resto de los miembros de la banda se irguió un poco más.

Vin miró alrededor. Los skaa de abajo no parecían haber notado el cambio. Sin embargo, sus amigos...

Sus ojos encontraron a Kelsier. El jefe de la banda permanecía erguido, contemplando con decisión el carruaje que se acercaba, con una expresión de concentración en el rostro.

Está encendiendo nuestras emociones, comprendió Vin. *Está contrarrestando el poder del lord Legislador*. Era obviamente una dura pugna de Kelsier por proteger a su pequeño grupo.

Brisa tiene razón, pensó Vin. *¿Cómo podemos combatir algo así? ¡El lord Legislador está aplacando a cien mil personas a la vez!*

Pero Kelsier siguió esforzándose. Por si acaso, Vin encendió su cobre. Luego quemó cinc y trató de ayudar a Kelsier, encendiendo las emociones de los que tenía cerca. Parecía como si estuviera tirando de una enorme pared inmóvil. Sin embargo, debió de servir de algo, porque Kelsier se relajó ligeramente y le dirigió una mirada de agradecimiento.

—Mirad —dijo Dockson, casi con toda seguridad ajeno a la batalla invisible que había tenido lugar a su alrededor—. Los carros de los prisioneros.

Señaló un grupo de diez carros con barrotes que seguían al del lord Legislador.

—¿Reconocéis a alguno? —preguntó Ham, inclinándose hacia delante.

—No soy de los en vedores —respondió Fantasma, inquieto—. Tío, ¿estás en quemando?

—Sí, mi cobre está encendido —dijo Clubs—. Estás a salvo. Estamos tan lejos del lord Legislador que no importa, de todas formas. La plaza es enorme.

Fantasma asintió y empezó a quemar estaño. Un momento después, sacudió la cabeza.

—No en reconozco a ninguno.

—No estuviste presente en gran parte del reclutamiento, Fantasma —dijo Ham, forzando la vista.

Kelsier se subió a la cornisa y se protegió los ojos con una mano.

—Puedo ver a los prisioneros. No, no reconozco ninguna cara. No son soldados cautivos.

—¿Quiénes, entonces? —preguntó Ham.

—Parece que son mujeres y niños.

—¿Las familias de los soldados? —preguntó Ham, horrorizado.

Kelsier sacudió la cabeza.

—Lo dudo. No habrán dedicado tiempo a identificar a los skaa muertos.

Ham frunció el ceño, confundido.

—Gente al azar, Hammond —dijo Brisa con un suspiro—. Ejemplos... Ejecuciones aleatorias para castigar a los skaa por albergar rebeldes en su seno.

—No, ni siquiera eso —dijo Kelsier—. Dudo que el lord Legislador sepa siquiera, ni le importe, que la mayoría de esos hombres fueron reclutados aquí, en Luthadel. Debe de imaginarse que se ha tratado de otra rebelión campesina. Esto... esto es solo una forma de recordarle a todo el mundo quién tiene el control.

El carruaje del lord Legislador subió por una plataforma hasta el patio central. El ominoso vehículo se detuvo en el centro exacto de la plaza, pero el lord Legislador permaneció en su interior.

Los carros de los prisioneros se detuvieron y un grupo de obligadores y soldados empezaron a hacer bajar a sus ocupantes. Seguía cayendo ceniza negra cuando el primer grupo de prisioneros, la mayoría debatiéndose débilmente, fueron arrastrados hacia la plataforma elevada central. Un inquisidor dirigía el trabajo, indicando que los prisioneros fueran congregados junto a cada una de las cuatro fuentes en forma de cuenco de la plataforma.

Cuatro prisioneros fueron obligados a arrodillarse, uno junto a cada una de las fuentes, y cuatro inquisidores alzaron hachas de obsidiana. Las cuatro hachas cayeron y cuatro cabezas rodaron. Los cuerpos, todavía sujetos por los soldados, vaciaron su sangre en los cuencos de las fuentes.

Las fuentes empezaron a manar rojas. Los soldados arrojaron los cadáveres y trajeron a otras cuatro personas.

Fantasma apartó la mirada, asqueado.

—¿Por qué... por qué no hace nada Kelsier? ¿Para en salvarlos, quiero decir?

—No seas necio —dijo Vin——. Hay *ocho* inquisidores ahí abajo... por no mencionar al mismísimo lord Legislador. Kelsier sería un idiota si intentara algo.

Aunque no me sorprendería que lo considerara, pensó, recordando que Kelsier había estado dispuesto a enfrentarse a un ejército entero él solo. Miró a un lado. Parecía que Kelsier se estaba obligando a contenerse, agarrándose con las manos lívidas a la chimenea que tenía al lado, para no correr a impedir las ejecuciones.

Fantasma se arrastró al otro lado del tejado, donde poder vomitar sin rociar de bilis a la gente de abajo. Ham gimió, e incluso Clubs pareció entristecido. Dockson observaba con solemnidad, como si ser testigo de las muertes fuera una especie de vigilia. Brisa solo sacudía la cabeza.

Kelsier, sin embargo... Kelsier estaba furioso. Tenía la cara roja, los músculos tensos, los ojos en llamas.

Cuatro muertes más, una de ellas de un niño.

—Esto —dijo Kelsier, indicando furioso la plaza central—. Esto es nuestro enemigo. No hay cuartel, no hay vuelta atrás. No es un trabajo sencillo, no es algo que podamos descartar cuando nos encontremos con unos cuantos contratiempos inesperados.

Cuatro muertes más.

—¡Miradlos! —exigió Kelsier, señalando los palcos llenos de nobles. La mayoría de ellos parecían aburridos y unos cuantos incluso parecían estar divirtiéndose, y se volvían y bromeaban entre sí mientras las decapitaciones continuaban.

—Sé que dudáis de mí —dijo Kelsier, volviéndose hacia el grupo—. Creéis que he sido demasiado duro con los nobles, creéis que me gusta demasiado matarlos. Pero ¿podéis sinceramente ver a esos hombres reír y decirme que no se merecen morir por mi espada? Solo hago justicia.

Cuatro muertes más.

Vin escrutó los palcos con ojos ansiosos amplificados por el estaño. Encontró a Elend sentado entre un grupo de jóvenes. Ninguno reía, y no eran los únicos. Cierto, muchos de los nobles hacían bromas, pero había una pequeña minoría que parecía horrorizada.

—Brisa —continuó Kelsier—, me preguntaste por el atium. Seré sincero. Nunca fue mi objetivo principal: reuní a este grupo porque quería cambiar las cosas. Nos apoderaremos del atium, lo necesitaremos para apoyar un nuevo gobierno, pero este trabajo no es para que yo me haga rico, ni ninguno de vosotros.

»Yeden está muerto. Era nuestra excusa, un modo de poder hacer algo bueno mientras seguíamos fingiendo ser solo ladrones. Ahora que ya no está, podéis renunciar, si queréis. Renunciad. Pero eso no cambiará nada. La lucha continuará. Seguirán muriendo hombres. La única diferencia estribará en que, esta vez, lo estaréis ignorando.

Cuatro muertes más.

—Es hora de detener esta charada —dijo Kelsier, mirándolos uno a uno—. Si vamos a hacerlo, tenemos que ser sinceros y leales unos con otros. Tenemos que admitir que no es por dinero. Es para detener *eso*.

Señaló el patio con sus fuentes rojas, un signo visible de muerte para los miles de skaa que estaban demasiado lejos para ver lo que estaba sucediendo.

—Pretendo continuar mi lucha —dijo Kelsier suavemente—. Me doy cuenta de que algunos cuestionáis mi liderazgo. Creéis que me he estado haciendo demasiada propaganda entre los skaa. Susurráis que me estoy convirtiendo en otro lord Legislador... Creéis que mi ego es más importante para mí que derrocar al imperio.

Calló, y Vin vio culpa en los ojos de Dockson y los demás. Fantasma se reunió con el grupo, todavía con mala cara.

Cuatro muertes más.

—Os equivocáis —dijo Kelsier en voz baja—. Tenéis que confiar en mí. Me ofrecisteis vuestra confianza cuando comenzamos este plan, a pesar de lo peligroso que parecía. ¡Sigo necesitando esa confianza! ¡No importa lo que parezca, no importa lo terribles que sean las probabilidades en contra, tenemos que seguir luchando!

Cuatro muertes más.

El grupo se volvió lentamente hacia Kelsier. Contrarrestar el empujón del lord Legislador sobre sus emociones ya no parecía difícil para Kelsier, aunque Vin había dejado que se apagase su cinc.

Tal vez... tal vez pueda lograrlo, pensó Vin, a su pesar. Si alguna vez había existido un hombre que pudiera derrotar al lord Legislador, era Kelsier.

—No os elegí por vuestra competencia, aunque sois ciertamente hábiles —dijo Kelsier—. Os elegí a cada uno específicamente porque sabía que sois hombres con conciencia. Ham, Brisa, Dox, Clubs... Sois hombres con fama de honradez, incluso de caridad. Sabía que, si este plan iba a tener éxito, necesitaría a hombres que se preocuparan.

»No, Brisa, esto no es por los cuartos ni por la gloria. Esto es una guerra... una guerra que llevamos mil años librando, una guerra que pretendo terminar. Podéis marcharos, si queréis. Sabéis que os dejaré marchar, sin hacer preguntas, sin exigir nada, si deseáis iros.

»Sin embargo —prosiguió, la mirada dura—, si os quedáis tenéis que prometer que dejaréis de cuestionar mi autoridad. Podéis expresar vuestras preocupaciones sobre el trabajo en sí, pero no habrá más susurros sobre mi liderazgo. Si os quedáis, seguidme. ¿Entendido?

Uno a uno, fue mirando a los ojos a los miembros del grupo. Cada uno de ellos asintió.

—Creo que no te hemos cuestionado realmente, Kel —dijo Dockson—. Estábamos... estábamos preocupados, y me parece que con razón. El ejército era una parte muy importante de nuestros planes.

Kelsier señaló al norte, hacia las puertas principales de la ciudad.

—¿Qué ves en la distancia, Dox?

—¿Las puertas de la ciudad?

—¿Y qué tienen de diferente?

Dockson se encogió de hombros.

—Nada fuera de lo corriente. Están un poco escasas de personal, pero...

—¿Por qué? —interrumpió Kelsier—. ¿Por qué faltan hombres? Dockson caviló.

—¿Porque la Guarnición no está?

—Exactamente —dijo Kelsier—. Ham dice que la Guarnición podría estar persiguiendo los restos de nuestro ejército durante meses, y que solo el diez por ciento de sus hombres se ha quedado. Eso tiene sentido: la Guarnición fue creada para apresar rebeldes. Luthadel puede quedar indefensa, pero nadie ataca Luthadel. Nadie lo ha hecho nunca.

Una silenciosa comprensión pasó entre los miembros del grupo.

—Parte de nuestro plan para apoderarnos de la ciudad se ha cumplido —dijo Kelsier—. Hemos sacado a la Guarnición de Luthadel. Nos costó más de lo que esperábamos... mucho más de lo que tendría que haber costado. Ojalá los Dioses Olvidados hubieran querido que todos esos muchachos no hubieran muerto. Por desgracia, no podemos cambiar eso ya... solo podemos aprovechar la oportunidad que nos han ofrecido.

»El plan sigue en pie... La principal fuerza de pacificación de la ciudad no está. Si estalla una guerra entre casas, el lord Legislador tendrá problemas para detenerlas. Suponiendo que quiera hacerlo. Por algún motivo, tiende a retirarse y a dejar que la nobleza luche entre sí cada cien años aproximadamente. Tal vez piensa que dejar que se acuchillen mutuamente impide que se vuelvan contra él.

—Pero ¿y si la Guarnición vuelve? —preguntó Ham.

—Si no me equivoco, el lord Legislador la dejará perseguir a los supervivientes de nuestro ejército durante varios meses, dando a la nobleza la oportunidad de soltar un poco de vapor. Pero va a encontrarse con más de lo que esperaba. Cuando empiece esa guerra de casas, aprovecharemos el caos para apoderarnos del palacio.

—¿Con qué ejército, mi querido amigo? —preguntó Brisa.

—Todavía nos quedan soldados —dijo Kelsier—. Además, tenemos tiempo de reclutar más. Tendremos que ser cuidadosos..., no podemos usar las cuevas, así que tendremos que ocultar a nuestros soldados en la ciudad. Eso no permitirá reclutar a muchos. Sin embargo, ese no será el problema... Veréis, la Guarnición regresará tarde o temprano.

Los miembros del grupo compartieron una mirada mientras las ejecuciones continuaban abajo. Vin guardó silencio, tratando de decidir qué había querido decir Kelsier con aquellas últimas palabras.

—Exactamente, Kel —dijo Ham, muy despacio—. La Guarnición regresará y no tendremos un ejército lo bastante grande para luchar contra ella.

—Pero tendremos el tesoro del lord Legislador —sonrió Kelsier—. ¿Qué es lo que has dicho siempre de esos soldados, Ham?

El violento vaciló, luego también él sonrió.

—Que son mercenarios.

—Nos apoderamos del dinero del lord Legislador —dijo Kelsier—, y eso significa que conseguimos también su ejército. Esto puede funcionar todavía, caballeros. Podemos hacer que salga bien.

El grupo pareció recuperar la confianza. Vin, sin embargo, se volvió hacia la plaza. Las fuentes eran tan rojas que parecían completamente llenas de sangre. Por encima de todo, el lord Legislador observaba desde su carruaje negro. Las ventanas estaban abiertas y, con estaño, Vin apenas pudo distinguir su silueta sentada en el interior.

Ese es nuestro verdadero enemigo, pensó. *No la Guarnición que falta, ni los inquisidores con sus hachas. Ese hombre. El hombre del libro.*

Tenemos que encontrar un modo de derrotarlo o, de lo contrario, todo lo demás que hagamos será inútil.

Creo que he descubierto por fin por qué me odia tanto Rashek. No cree que un extraño como yo, un forastero, pueda ser el Héroe de las Eras. Cree que de algún modo he engañado a los filósofos, que llevo injustamente las marcas del Héroe.

Según Rashek, solo un terrisano de pura sangre debería haber sido elegido como el Héroe. Curiosamente, me siento más decidido a causa de su odio. Debo demostrarle que puedo realizar esta tarea.

27

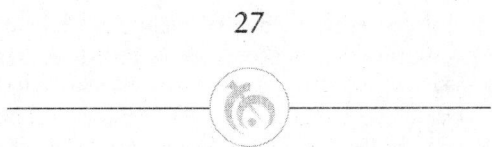

Esa tarde, el grupo regresó en silencio al taller de Clubs. Las ejecuciones habían durado horas. No había habido ninguna proclama, ninguna explicación por parte del Ministerio ni del lord Legislador: solo ejecución tras ejecución tras ejecución. Cuando se acabaron los cautivos, el lord Legislador y sus obligadores se marcharon dejando un montón de cadáveres en la plataforma y el agua ensangrentada fluyendo en las fuentes.

Mientras el grupo de Kelsier regresaba a la cocina, Vin advirtió que el dolor de cabeza ya no la molestaba. Era... insignificante. Los rollitos, que una de las doncellas de la casa había tapado cuidadosamente, seguían sobre la mesa. Nadie comió.

—Muy bien —dijo Kelsier, ocupando su lugar de costumbre contra la alacena—. Planeemos esto. ¿Cómo deberíamos actuar?

Dockson recuperó un fajo de papeles y se dispuso a sentarse.

—Sin la Guarnición, nuestro foco principal es la nobleza.

—En efecto —dijo Brisa—. Si de verdad pretendemos apoderarnos del tesoro con solo unos pocos miles de soldados, van a necesitar algo que distraiga a la guardia de palacio e impida a la nobleza arrebatarnos la ciudad. Por tanto, la guerra entre casas adquiere una importancia fundamental.

Kelsier asintió.

—Es exactamente lo que yo pienso.

—Pero ¿qué sucederá cuando termine la guerra entre casas? —dijo Vin—. Algunas acabarán venciendo y entonces tendremos que tratar con ellas.

Kelsier sacudió la cabeza.

—No pretendo que la guerra entre casas termine jamás, Vin... o, al menos, no hasta dentro de mucho tiempo. El lord Legislador dicta las leyes y el Ministerio controla a sus seguidores, pero es la nobleza quien obliga a los skaa a trabajar. Así que, si derribamos a suficientes casas nobles, el gobierno tal vez caiga por su cuenta. No podemos combatir a todo el Imperio Final en su conjunto: es demasiado grande. Aunque sí podemos sacudirlo y hacer que las piezas luchen entre sí.

—Tenemos que causar problemas financieros en las Grandes Casas —dijo Dockson, revisando sus papeles—. La aristocracia es principalmente una institución financiera, y la falta de fondos hundirá cualquier casa.

—Brisa, puede que tengamos que utilizar a algunos de tus álter egos —dijo Kelsier—. Hasta ahora, he sido el único del grupo dedicado a la guerra entre casas... pero si vamos a intentar tomar la ciudad antes de que regrese la Guarnición, tendremos que redoblar nuestros esfuerzos.

Brisa suspiró.

—Muy bien. Deberemos tener mucho cuidado para asegurarnos de que nadie me reconoce accidentalmente como a otra persona que no debería ser. No puedo ir a fiestas ni celebraciones... aunque quizá pueda visitar alguna casa yo solo.

—Lo mismo vale para ti, Dox —dijo Kelsier.

—Eso pensaba.

—Será peligroso para ambos —dijo Kelsier—. Pero la velocidad será esencial. Vin seguirá siendo nuestra principal espía... Y nos convendría que empezara a difundir información falsa. Cualquier cosa que inquiete a la nobleza.

Ham asintió.

—En tal caso, creo que lo mejor sería enfocar nuestra atención en la cúpula.

—En efecto —dijo Brisa—. Si logramos que las casas más poderosas parezcan vulnerables, entonces sus enemigos se dispondrán a golpear rápidamente. Solo después de que las casas poderosas hayan caído el pueblo se dará cuenta de que es realmente él quien sostiene la economía.

Todos guardaron silencio durante un segundo. Luego varias cabezas se volvieron hacia Vin.

—¿Qué? —preguntó ella.

—Están hablando de la Casa Venture, Vin —dijo Dockson—. Es la más poderosa de las Grandes Casas.

Brisa asintió.

—Si Venture cae, todo el Imperio Final sentirá los temblores.

Vin no dijo nada durante un momento.

—No todos son mala gente —dijo por fin.

—Tal vez —contestó Kelsier—. Pero lord Straff Venture desde luego lo es, y su familia ocupa el puesto más destacado del Imperio Final. La Casa Venture tiene que caer... y tú ya tienes algo ganado con uno de sus miembros más importantes.

Creí que querías que me mantuviera alejada de Elend, pensó ella, molesta.

—Mantén los oídos abiertos, niña —dijo Brisa—. Mira a ver si consigues que el muchacho hable de las finanzas de su casa. Encuéntranos un hueco y nosotros haremos el resto.

Igual que los juegos que tanto odia Elend. Sin embargo, las ejecuciones estaban todavía frescas en su mente. Esas cosas tenían que acabar. Además, ni siquiera a Elend le agradaban su padre y su casa. Tal vez... tal vez pudiera dar con algo.

—Veré qué puedo hacer —dijo.

Llamaron a la puerta. Uno de los aprendices fue a abrir. Unos momentos más tarde, Sazed, vestido con una capa skaa para ocultar sus rasgos, entró en la cocina.

Kelsier miró la hora.

—Llegas temprano, Saz.

—Trato de convertirlo en costumbre, maese Kelsier —repuso el terrisano.

Dockson alzó una ceja.

—Una costumbre que alguien más debería adquirir.

Kelsier bufó.

—Si siempre llegas a tiempo, eso significa que nunca tienes nada mejor que hacer. Saz, ¿cómo están los hombres?

—Todo lo bien que cabe esperar, maese Kelsier —repuso Sazed—. Pero no pueden estar escondidos eternamente en los almacenes de Renoux.

—Lo sé. Dox, Ham, necesito que os ocupéis de este problema. Quedan dos mil hombres de nuestro ejército. Quiero que los introduzcáis en Luthadel.

Dockson asintió, pensativo.

—Encontraremos un modo.

—¿Quieres que sigamos entrenándolos? —preguntó Ham.

Kelsier asintió.

—Entonces tendremos que esconderlos por escuadrones. No tenemos recursos para entrenarlos individualmente. Digamos... ¿un par de cientos de hombres por equipo? ¿Ocultos en los suburbios, cerca unos de otros?

—Asegúrate de que ninguno de los equipos sepa nada de los demás —dijo Dockson—, ni que intentamos atacar el palacio. Con tantos hombres en la ciudad cabe la posibilidad de que sean apresados por los obligadores por uno u otro motivo.

Kelsier asintió.

—Decid a cada grupo que es el único que no está disuelto, que lo conservamos por si fuese necesario en algún momento del futuro.

—También dijiste que el reclutamiento tenía que continuar —dijo Ham.

Kelsier asintió.

—Me gustaría tener al menos el doble de soldados antes de intentar actuar.

—Eso va a ser difícil —dijo Ham—, considerando el fracaso de nuestro ejército.

—¿Qué fracaso? —preguntó Kelsier—. Diles la verdad: que nuestro ejército consiguió neutralizar con éxito a la Guarnición.

—Aunque la mayoría muriera haciéndolo.

—Podemos saltarnos esa parte —dijo Brisa—. El pueblo estará furioso por las ejecuciones... Debería estar más dispuesto a escucharnos.

—Reunir soldados va a ser tu principal tarea en los próximos meses, Ham —dijo Kelsier.

—No es mucho tiempo, pero veré qué puedo hacer.

—Bien —dijo Kelsier—. Saz, ¿llegó la nota?

—Llegó, maese Kelsier —respondió Sazed, sacando una carta de su capa y entregándosela.

—¿Qué es eso? —preguntó Brisa con curiosidad.

—Un mensaje de Marsh —dijo Kelsier, abriendo la carta y repasando su contenido—. Está en la ciudad y tiene noticias.

—¿Qué noticias? —preguntó Ham.

—No lo dice —respondió Kelsier, tomando un rollito—. Pero da instrucciones acerca de dónde reunirse con él esta noche.

Kelsier se puso una capa de skaa.

—Voy a explorar el lugar antes de que oscurezca. ¿Vienes, Vin?

Ella asintió y se puso en pie.

—Los demás, seguid trabajando en el plan —dijo Kelsier—. Dentro de dos meses, quiero que esta ciudad esté tan tensa que cuando finalmente se rompa ni siquiera el lord Legislador pueda volver a recomponerla.

—Hay algo que no nos estás diciendo, ¿verdad? —dijo Vin, volviéndose hacia Kelsier desde la ventana—. Una parte del plan.

Kelsier la miró en la oscuridad. El sitio elegido por Marsh era un edificio abandonado de los Quiebros, uno de los barrios skaa más empobrecidos. Kelsier había localizado un segundo edificio abandonado enfrente de donde iban a reunirse y Vin y él esperaban en la planta superior, vigilando la calle hasta que llegara Marsh.

—¿Por qué me preguntas eso? —dijo Kelsier finalmente.

—Por el lord Legislador —respondió Vin, hurgando en un trocito de la madera podrida del alféizar—. He sentido su poder, hoy. No creo que los otros lo hayan hecho, no como lo hace alguien nacido de la bruma. Pero sé que tú debes de haberlo sentido también. —Alzó la cabeza de nuevo y miró a Kelsier a los ojos—. Sigues planeando hacer que salga de la ciudad antes de que intentemos tomar el palacio, ¿no?

—No te preocupes por el lord Legislador. El Undécimo metal se encargará de él.

Vin frunció el ceño. En el exterior, el sol se ponía con una feroz llamarada de frustración. Las brumas saldrían pronto y, supuestamente, Marsh llegaría poco después.

El Undécimo metal, pensó ella, recordando el escepticismo con el que los otros miembros de la banda se referían a él.

—¿Es real? —preguntó Vin.

—¿El Undécimo metal? Por supuesto que sí. Te lo mostré, ¿recuerdas?

—No me refiero a eso. ¿Son auténticas las leyendas? ¿Estás mintiendo?

Kelsier se volvió hacia ella con el ceño levemente fruncido. Entonces sonrió.

—Eres una muchacha muy brusca, Vin.

—Lo sé.

La sonrisa de Kelsier aumentó.

—La respuesta es no. No estoy mintiendo. Las leyendas son auténticas, aunque tardé algún tiempo en encontrarlas.

—¿Y ese pedazo de metal que nos enseñaste es de verdad el Undécimo metal?

—Eso creo.

—Pero no sabes cómo usarlo.

Kelsier pareció sopesar su pregunta, luego negó con la cabeza.

—No, no lo sé.

—Eso no es muy reconfortante.

Kelsier se encogió de hombros y se volvió hacia la ventana.

—Aunque no descubra el secreto a tiempo, dudo que el lord Legislador sea un problema tan grande como crees. Es un alomántico poderoso, pero no lo sabe todo: si lo supiera, ahora mismo estaríamos muertos. Tampoco es omnipotente: si lo fuera, no habría necesitado ejecutar a todos esos skaa para intentar someter a la ciudad por el miedo.

»No sé lo que es... pero creo que es más hombre que dios. Las palabras de ese libro de viajes... son las palabras de una persona corriente. Su verdadero poder procede de sus ejércitos y sus riquezas. Si eliminamos eso, no podrá hacer nada para impedir que su imperio se desplome.

Vin frunció el ceño.

—Puede que no sea un dios, pero... es algo, Kelsier. Algo diferente. Hoy, cuando estuvo en la plaza, sentí su contacto en mis emociones a pesar de que estaba quemando cobre.

—Eso no es posible, Vin —dijo Kelsier, negando con la cabeza—. Si lo fuera, los inquisidores percibirían la alomancia aunque hubiese un ahumador cerca. Si ese fuera el caso, ¿no crees que perseguirían a todos los brumosos skaa y los matarían?

Vin se encogió de hombros.

—Sabes que el lord Legislador es fuerte y te parece que deberías poder sentirlo. Eso es todo —dijo Kelsier.

Tal vez tenga razón, pensó ella, arrancando otro trocito del marco de la ventana. *Después de todo, lleva siendo alomántico más tiempo que yo.*

Pero... sentí algo, ¿no? Y el inquisidor que estuvo a punto de matarme, me encontró en medio de la oscuridad y la lluvia. Debió de sentir algo.

Sin embargo, no insistió.

—El Undécimo metal. ¿No podríamos intentar ver qué hace?

—No es tan sencillo —dijo Kelsier—. ¿Recuerdas que te dije que nunca quemaras un metal que no fuese uno de los diez?

Vin asintió.

—Quemar otro metal puede ser mortífero. Incluso la mezcla equivocada en una aleación puede hacerte enfermar. Si me equivoco con el Undécimo metal...

—Te matará —aseveró Vin.

Kelsier asintió.

Así que no estás tan seguro como pretendes, decidió ella. *De lo contrario, ya lo habrías intentado.*

—Eso es lo que quieres encontrar en el libro —dijo Vin—. Una pista para usar el Undécimo metal.

Kelsier asintió.

—Me temo que no hemos tenido mucha suerte en ese aspecto. Hasta ahora, el libro ni siquiera menciona la alomancia.

—Aunque sí la feruquimia.

Kelsier la miró, un hombro apoyado contra la pared.

—¿Así que Sazed te ha hablado de eso?

Vin bajó la mirada.

—Yo... más o menos lo obligué.

Kelsier se echó a reír.

—Me pregunto qué he lanzado al mundo al enseñarte alomancia. Aunque, mi maestro dijo lo mismo de mí.

—Tenía razón en preocuparse.

—Por supuesto que sí.

Vin sonrió. En el exterior el sol casi se había puesto del todo y empezaban a formarse en el aire diáfanas acumulaciones de bruma. Flotaban como fantasmas, creciendo lentamente, extendiendo su influencia a medida que la noche se acercaba.

—Sazed no tuvo tiempo de hablarme mucho sobre la feruquimia

—dijo Vin con cuidado—. ¿Qué cosas puede hacer? —Esperó nerviosa, convencida de que Kelsier la pillaría en la mentira.

—La feruquimia es completamente interna —dijo Kelsier—. Puede proporcionar algunas de las cosas que nosotros conseguimos con el peltre y el estaño: fuerza, resistencia, visión... Pero cada atributo tiene que ser guardado por separado. Puede amplificar también un montón de otras cosas que la alomancia no puede: memoria, velocidad física, claridad de pensamiento... Incluso algunas cosas extrañas como el peso de alguien o la edad pueden ser alteradas con la feruquimia.

—¿Entonces es más poderosa que la alomancia?

Kelsier se encogió de hombros.

—La feruquimia no tiene ningún poder externo: no puede empujar ni tirar de emociones, ni puede empujar acero ni tirar de hierro. La mayor limitación de la feruquimia es que tienes que almacenar todas sus habilidades extrayéndolas de tu propio cuerpo.

»¿Quieres ser el doble de fuerte durante un tiempo? Bueno, tienes que pasarte varias horas siendo débil para almacenar la fuerza. Si quieres almacenar la habilidad de sanar rápidamente, tienes que pasarte mucho tiempo enfermo. En la alomancia, los metales son nuestro combustible: podemos hacer que las cosas duren mientras tengamos suficiente metal que quemar. En la feruquimia, los metales son solo elementos de almacenamiento: tu propio cuerpo es el auténtico combustible.

—Entonces vas y robas los metales almacenados por otro, ¿no? —dijo Vin.

Kelsier negó con la cabeza.

—No funciona. Los feruquimistas solo pueden acceder al metal almacenado que ellos mismos han creado.

—Oh.

Kelsier asintió.

—Así que no, yo no diría que la feruquimia sea más poderosa que la alomancia. Ambas tienen ventajas y limitaciones. Por ejemplo, un alomántico solo puede avivar un metal hasta un punto, de modo que su fuerza máxima es limitada. Los feruquimistas no tienen esa limitación; si un feruquimista tiene suficiente fuerza almacenada para ser el doble de fuerte de lo normal durante una hora, puede elegir ser tres veces más fuerte durante un periodo de tiempo más corto... O incluso cuatro, cinco, seis veces más fuerte periodos de tiempo aún más cortos.

Vin frunció el ceño.

—Parece una ventaja muy grande.

—Cierto —dijo Kelsier, buscando dentro de su capa y sacando un frasquito que contenía varias perlas de atium—. Pero nosotros tenemos *esto*. No importa si un feruquimista es tan fuerte como cinco hombres o como cincuenta... Si sé qué va a hacer a continuación, lo derrotaré.

Vin asintió.

—Toma —dijo Kelsier, abriendo el frasquito y sacando una de las perlas. Cogió otro frasco, este lleno de la solución de alcohol normal, y dejó caer la perla en él—. Toma una. Puede que la necesites.

—¿Esta noche? —preguntó Vin, aceptando el frasquito.

Kelsier asintió.

—Pero si es solo Marsh.

—Podría ser —respondió él—. Pero también es posible que los obligadores lo hayan capturado y le hayan obligado a escribir esa carta. Tal vez lo estén siguiendo, o tal vez lo hayan capturado desde que la escribió y lo hayan torturado para descubrir el lugar de la reunión. Marsh está en un sitio muy peligroso: imagínate intentar hacer lo mismo que tú estás haciendo en esos bailes, pero cambiando a los nobles por obligadores e inquisidores.

Vin se estremeció.

—Supongo que tienes razón —añadió, guardando la perla de atium—. Sabes, me sucede algo... Ya ni siquiera me paro a pensar cuánto vale esto.

Kelsier no respondió inmediatamente.

—A mí me cuesta olvidar cuánto vale —dijo en voz baja.

—Yo... —Vin se calló y le miró las manos. Normalmente llevaba camisas de manga larga y guantes: su reputación hacía peligroso que sus cicatrices características fueran visibles en público. Sin embargo, Vin sabía que estaban allí. Como miles de diminutos arañazos blancos superpuestos.

—Tienes razón en lo del libro —dijo Kelsier—. Esperaba que hiciera mención al Undécimo metal. Pero la alomancia ni siquiera se menciona en referencia a la feruquimia. Los dos poderes son similares en muchos aspectos: lo normal sería que los comparara.

—Tal vez le preocupaba que alguien leyera el libro y no quiso revelar que era alomántico.

Kelsier asintió.

—Tal vez. Es posible que no hubiera roto todavía. Lo que sucedió en esas montañas de Terris hizo de un héroe un tirano; tal vez también despertara sus poderes. Supongo que no lo sabremos hasta que Sazed termine su traducción.

—¿Le falta poco?

Kelsier asintió

—Solo un poquito. La parte importante, espero. Me siento un poco frustrado con el texto. ¡El lord Legislador ni siquiera nos ha dicho qué tiene que conseguir en esas montañas! Dice que va a hacer algo para proteger al mundo entero, pero puede que solo sea su ego el que habla.

A mí no me pareció muy egoísta en el texto, pensó Vin. *Más bien lo contrario.*

—De cualquier forma, sabremos más cuando las últimas partes hayan sido traducidas —dijo Kelsier.

Fuera oscurecía y Vin tuvo que encender su estaño para ver bien. La calle ante su ventana se volvió visible, adoptando la extraña mezcla de sombra y luz que era el resultado de la visión amplificada por el estaño. Sabía que estaba oscuro, lógicamente. Sin embargo, podía ver. No como lo hacía con la luz normal (todo estaba apagado), pero con visión de todas formas.

Kelsier comprobó su reloj de bolsillo.

—¿Cuánto falta? —preguntó Vin.

—Otra media hora. Suponiendo que llegue a tiempo... y dudo que lo haga. Es mi hermano, al fin y al cabo.

Vin asintió y apoyó los brazos cruzados sobre el alféizar roto. Aunque era muy poca cosa, se sentía cómoda teniendo el atium que Kelsier le había dado.

Pensar en el atium le recordó algo importante. Algo que la había preocupado en varias ocasiones.

—¡Nunca me has enseñado el noveno metal! —lo acusó, volviéndose.

Kelsier se encogió de hombros.

—Te dije que no era muy importante.

—Da igual. ¿Qué es? ¿Alguna aleación de atium, supongo?

Kelsier negó con la cabeza.

—No, los dos últimos metales no siguen la misma pauta que los ocho básicos. El noveno metal es el oro.

—¿El oro? —preguntó Vin—. ¿Eso? ¡Podría haberlo intentado hace tiempo por mi cuenta!

Kelsier se echó a reír.

—Suponiendo que quisieras. Quemar oro es una experiencia un poco... incómoda.

Vin entornó los ojos, luego se volvió hacia la ventana. *Ya veremos*, pensó.

—Vas a intentarlo de todas formas, ¿verdad? —dijo Kelsier, sonriendo.

Vin no respondió.

Kelsier suspiró, rebuscó en su mochila y sacó un cuarto de oro y una lima.

—Deberías usar una de estas —dijo, alzando la lima—. Sin embargo, si consigues el metal tú misma, quema primero un poquito para asegurarte de que es puro o está correctamente mezclado.

—¿Y si no lo está?

—Lo sabrás —prometió Kelsier, y empezó a limar la moneda—. ¿Recuerdas el dolor de cabeza que te dio arrastrar el peltre?

—Sí.

—El metal malo es peor. Mucho peor. Compra tus metales cuando puedas: en cada ciudad encontrarás un grupito de mercaderes que proporciona metales en polvo a los alománticos. A esos mercaderes les interesa asegurarse de que todos sus metales son puros: un nacido de la bruma molesto y con dolor de cabeza no es exactamente el tipo de cliente con el que uno quiere hacer tratos.

Kelsier terminó de limar y luego recogió una pizca de polvo de metal en un cuadradito de tela. Con el dedo recogió parte y se la tragó.

—Es bueno —dijo, entregándole la tela—. Adelante... pero recuerda: quemar el noveno metal es una experiencia extraña.

Vin asintió, algo aprensiva. *No lo sabrás si no lo pruebas*, pensó, y luego se metió el polvillo en la boca y se lo tragó con un poco de agua de su cantimplora.

Una nueva reserva de metal apareció en su interior, desconocido y distinto de los que conocía. Miró a Kelsier, tomó aliento y quemó oro.

Estuvo en dos lugares a la vez. Podía ver y podía verse.

Una de las dos era una mujer extraña: la niña que había sido siempre, pero cambiada y transformada. Esa niña había sido cautelosa y cuidadosa... nunca habría quemado un metal desconocido basándose solo en la palabra de un hombre. Aquella mujer era una necia: había olvidado muchas de las cosas que le habían permitido sobrevivir. Bebía copas preparadas por otros. Confraternizaba con desconocidos. No vigilaba a la gente que la rodeaba. Seguía siendo mucho más cautelosa que la mayoría de la gente, pero había perdido mucho.

La otra ella era algo que siempre había odiado en secreto. Una niña, en realidad. Delgada hasta el punto de la flaqueza, solitaria, llena de odio, desconfiada. No amaba a nadie y nadie la amaba a ella. Siempre se decía que no le importaba. ¿Había algo por lo que mereciera la pena vivir? Tenía que haberlo. La vida no podía ser tan patética como parecía. Sí, tenía que haberlo. No había nada más.

Vin era ambas. Estaba en ambos sitios, moviendo ambos cuerpos, siendo a la vez niña y mujer. Extendió unas manos vacilantes e inseguras y se tocó las caras.

Vin jadeó y desapareció. Sintió un súbito tropel de emociones, una sensación de vacío y confusión. No había sillas en la habitación, así que se sentó en el suelo, de espaldas a la pared, las rodillas en alto, los brazos en torno a ellas.

Kelsier se acercó y se agachó para posar una mano en su hombro.

—No pasa nada.

—¿Qué ha sido eso? —susurró ella.

—El oro y el atium se complementan, como las otras parejas de metales —dijo Kelsier—. El atium te permite ver el futuro, aunque sea marginalmente. El oro funciona de un modo similar, pero te permite ver el pasado. O, al menos, te permite ver otra versión de ti mismo, si las cosas hubieran sido diferentes en el pasado.

Vin se estremeció. La experiencia de ser dos personas a la vez, de verse a sí misma dos veces, había sido perturbadora. Su cuerpo todavía temblaba y su mente ya no se sentía bien.

Por fortuna, la sensación parecía estar remitiendo.

—Recuérdame que te haga caso en el futuro —dijo—. Al menos, cuando hables de alomancia.

Kelsier se echó a reír.

—Intenté sacártelo de la cabeza el máximo tiempo posible. Pero tenías que probarlo tarde o temprano. Lo superarás.

Vin asintió.

—Ya... casi ha pasado. Pero no era solo una visión, Kelsier. Ha sido *real*. He podido tocarla, a mi otro yo.

—Puede que te lo parezca. Pero no estaba aquí: al menos yo no la he visto. Es una alucinación.

—Las visiones del atium no son solo alucinaciones —dijo Vin—. Las sombras muestran lo que va a hacer la gente.

—Cierto. No sé. El oro es extraño, Vin. Creo que nadie lo entiende. Mi maestro, Gemmel, decía que una sombra de oro era una persona que no existía... pero que podría haberlo hecho. Una persona en la que podrías haberte convertido si no hubieras tomado ciertas decisiones. Naturalmente, Gemmel era un poco raro, así que no estoy seguro de hasta qué punto creí lo que decía.

Vin asintió. Sin embargo, era improbable que quisiera descubrir más cosas sobre el oro en el futuro inmediato. No pretendía volver a quemarlo, si podía. Siguió sentada, dejando que sus emociones se calmaran, y Kelsier regresó junto a la ventana. Al cabo de un rato, hizo un gesto.

—¿Está aquí? —preguntó Vin, poniéndose en pie.

Kelsier asintió.

—¿Quieres quedarte aquí y descansar un poco?

Vin negó con la cabeza.

—Muy bien, pues —dijo él, dejando sobre la ventana el reloj, la lima y otros metales—. Vamos.

No salieron por la ventana: Kelsier no quería llamar la atención, aunque esa zona de los Quiebros estaba tan desierta que Vin no estaba segura de por qué se molestaban. Abandonaron el edificio por unas escaleras maltrechas y cruzaron la calle en silencio.

El edificio que Marsh había elegido estaba aún más ruinoso que el que Vin y Kelsier habían usado como escondite. Le faltaba la puerta principal, aunque Vin vio restos de ella en el suelo. El interior olía a polvo y hollín. Tuvo que sofocar un estornudo. Una figura, de pie al otro lado de la habitación, se volvió al oír el sonido.

—¿Kel?

—Soy yo. Y Vin.

Mientras Vin se acercaba, vio a Marsh escrutando la oscuridad. Era extraño tenerlo a plena vista sabiendo que para él Kelsier y ella no eran más que sombras. La pared del fondo del edificio se había desplomado y la bruma entraba libremente en la habitación, casi tan densa como en el exterior.

—¡Llevas los tatuajes del Ministerio! —dijo Vin, mirando a Marsh.

—Por supuesto —respondió Marsh con tanta severidad como de costumbre—. Me los hice antes de unirme a la caravana. Fue necesario para interpretar el papel de un acólito.

No eran grandes ya que se hacía pasar por un obligador de rango inferior. Líneas oscuras rodeando los ojos, extendiéndose hacia fuera como relámpagos quebrados. Una línea mucho más gruesa, de un rojo vivo, le recorría un lado de la cara. Vin reconoció el dibujo: era el de un obligador perteneciente al Cantón de la Inquisición. Marsh no se había infiltrado únicamente en el Ministerio: había elegido la sección más peligrosa.

—Pero los tendrás para siempre —dijo Vin—. Son tan distintivos... Adondequiera que vayas te reconocerán como un obligador o como un fraude.

—Es parte del precio que tuvo que pagar por infiltrarse en el Ministerio, Vin —dijo Kelsier en voz baja.

—No importa —dijo Marsh—. No tenía mucha vida antes de todo esto, de cualquier forma. Mirad, ¿podemos darnos prisa? Tengo que estar en otra parte pronto. Los obligadores llevan una vida muy atareada y solo tengo unos minutos.

—De acuerdo —dijo Kelsier—. Supongo que tu infiltración salió bien, entonces.

—Salió bien —dijo Marsh llanamente—. Demasiado bien, en realidad: creo que me he distinguido del grupo. Suponía que estaría en desventaja, ya que no tuve los mismos cinco años de formación que los otros acólitos. Me aseguré de contestar a sus preguntas con el mayor acierto posible y de ocuparme de mis deberes con aplicación. Sin embargo, al parecer sé más sobre el Ministerio que algunos de sus miembros. Desde luego soy más competente que esta hornada de recién llegados, y los prelados se han dado cuenta.

Kelsier se echó a reír.

—Siempre has sido muy aplicado.

Marsh bufó levemente.

—Mis conocimientos, por no mencionar mi habilidad como buscador, ya me han labrado una reputación destacada. No estoy seguro de hasta qué punto quiero que los prelados me presten atención... Ese pasado que esbozamos empieza a sonar un poco débil cuando un inquisidor te interroga.

Vin frunció el ceño.

—¿Les has dicho que eres un brumoso?

—Claro que sí. El Ministerio (sobre todo el Cantón de la Inquisición) recluta con diligencia a los buscadores nobles. El hecho de que yo sea uno de ellos es suficiente para impedir que hagan demasiadas preguntas sobre mi pasado. Están contentos de tenerme, a pesar de que soy más viejo que la mayoría de los acólitos.

—Además —dijo Kelsier—, tenía que decirles que es un brumoso para poder entrar en las sectas más secretas del Ministerio. La mayoría de los obligadores de alto rango son brumosos de algún tipo. Tienden a favorecer a los suyos.

—Por buenos motivos —dijo Marsh, hablando rápidamente—. Kel, el Ministerio es mucho más competente de lo que suponíamos.

—¿Qué quieres decir?

—Hacen uso de sus brumosos. Buen uso. Tienen bases por toda la ciudad... comisarías aplacadoras, las llaman. Cada una dispone de un par de aplacadores del Ministerio cuyo único deber es extender una influencia mitigadora a su alrededor, calmando y deprimiendo las emociones de todos los que hay en la zona.

Kelsier siseó.

—¿Cuántas?

—Docenas —dijo Marsh—. Concentradas en las secciones de skaa de la ciudad. Saben que los skaa están derrotados, pero quieren asegurarse de que las cosas sigan así.

—¡Infiernos! —exclamó Kelsier—. Siempre me había parecido que los skaa de Luthadel estaban más sometidos que los demás. No me extraña que tuviéramos tantos problemas para reclutarlos. ¡Las emociones de la gente están bajo un aplacamiento constante!

Marsh asintió.

—Los aplacadores del Ministerio son buenos, Kel. Muy buenos. Incluso mejores que Brisa. Lo único que hacen es aplacar todo el día, todos los días. Y como no intentan que hagas nada específico, en vez de apartarte de gamas emocionales extremas, son muy difíciles de detectar.

»En cada grupo hay un ahumador que lo mantiene oculto y un buscador para detectar alománticos. Apuesto que es así como los inquisidores obtienen un montón de pistas: la mayoría de los nuestros son lo bastante listos para no quemar metal cuando saben que hay un obligador en la zona, pero están más relajados en los suburbios.

—¿Puedes darnos una lista de las comisarías? —preguntó Kelsier—. Tenemos que saber dónde están esos buscadores, Marsh.

Marsh asintió.

—Lo intentaré. Voy camino de una comisaría ahora mismo... Siempre hacen los cambios de personal de noche, para no desvelar su secreto. Los rangos superiores se han interesado en mí y me van a dejar visitar algunas comisarías para que me familiarice con su trabajo. Veré si puedo conseguirte esa lista.

Kelsier asintió en la oscuridad.

—Pero... no hagas tonterías con la información, ¿de acuerdo? —dijo Marsh—. Tenemos que ser cuidadosos, Kel. El Ministerio mantiene estas comisarías en secreto desde hace mucho tiempo. Ahora que sabemos de su existencia, tenemos una clara ventaja. No la desperdicies.

—No lo haré —prometió Kelsier—. ¿Qué hay de los inquisidores? ¿Has descubierto algo sobre ellos?

Marsh guardó silencio un instante.

—Son... extraños, Kel. No sé. Parecen tener todos los poderes alománticos, así que supongo que fueron nacidos de la bruma en algún momento. No puedo averiguar mucho de ellos... aunque sé que envejecen.

—¿De verdad? —preguntó Kelsier, interesado—. Entonces ¿no son inmortales?

—No —respondió Marsh—. Los obligadores dicen que los inquisidores cambian de vez en cuando. Esas criaturas tienen una vida muy larga, pero acaban por morir de viejas. Se reclutan otras entre las filas de los nobles. Son personas, Kel... Pero han sido... cambiadas.

Kelsier asintió.

—Si pueden morir de viejos, entonces quizá haya también otras formas de matarlos.

—Eso es lo que yo pienso —dijo Marsh—. Veré qué puedo averiguar, pero no esperes gran cosa. Los inquisidores no tienen mucha relación con los obligadores normales..., hay tensión política entre los dos grupos. El sumo prelado controla la Iglesia, pero los inquisidores creen que son ellos quienes deberían estar al mando.

—Interesante —dijo Kelsier muy despacio. Vin prácticamente pudo oír su mente reflexionando sobre esta nueva información.

—He de marcharme —dijo Marsh—. He tenido que venir corriendo y voy a llegar tarde a mi cita.

Kelsier asintió y Marsh empezó a marcharse abriéndose paso entre los escombros, envuelto en su oscura túnica de obligador.

—Marsh —dijo Kelsier mientras llegaba a la puerta.

Marsh se volvió.

—Gracias. Me imagino lo peligroso que es esto.

—No lo hago por ti, Kel —dijo Marsh—. Pero... agradezco tus palabras. Trataré de enviarte otra misiva cuando tenga más información.

—Ten cuidado.

Marsh desapareció en la noche brumosa. Kelsier se quedó en la habitación destrozada unos minutos, mirando el lugar por donde se había desvanecido su hermano.

No mentía tampoco en eso, pensó Vin. *Se preocupa de verdad por Marsh.*

—Vámonos —dijo Kelsier—. Deberías regresar a la Mansión Renoux... La Casa Lekal va a dar otra fiesta dentro de unos cuantos días y es necesario que estés presente.

A veces, mis compañeros dicen que me preocupo y me cuestiono demasiado. Sin embargo, aunque puedo dudar de mi estatura como héroe, hay una cosa que nunca he puesto en duda: el bien final de nuestra misión.

La Profundidad tiene que ser destruida. La he visto y la he sentido. Este nombre que le damos es una palabra demasiado débil, creo. Sí, es profunda e insondable, pero también es terrible. Muchos no se dan cuenta de que es sentiente, pero yo he sentido su mente, tal como es, las pocas veces que me he enfrentado a ella directamente.

Es un ser de destrucción, locura y corrupción. Arrasaría este mundo, no por rencor o animosidad, sino tan solo porque eso es lo que hace.

28

El salón de baile de la fortaleza Lekal tenía forma de pirámide. La pista estaba en una plataforma, a la altura de la cintura, en el mismo centro de la sala, y las mesas ocupaban cuatro plataformas similares que la rodeaban. Los criados corrían por los pasillos entre las plataformas, sirviendo la cena a los aristócratas.

Cuatro filas de balcones cubrían el perímetro de la sala piramidal, cada una un poco más cercana al vértice, cada una asomándose un poco más sobre la pista de baile. Aunque el espacio estaba bien iluminado, los balcones quedaban ensombrecidos por los que tenían encima. El diseño pretendía que pudiera verse bien el rasgo artístico más distintivo de la fortaleza: las pequeñas vidrieras de cada balcón.

Los nobles Lekal alardeaban de que, aunque otras torres contaban con vidrieras más grandes, el Torreón de Lekal tenía las más detalladas. Vin tuvo que admitir que eran impresionantes. Había visto tantas vidrieras en los últimos meses que empezaba a no fijarse en ellas. Sin embargo, las vidrieras de la fortaleza Lekal dejaban a las demás en ridículo. Cada una era una extravagante y detallada maravilla de color resplandeciente. Animales exóticos saltaban, paisajes lejanos seducían y los nobles miraban orgullosos desde sus retratos.

También había, naturalmente, las imágenes habituales dedicadas a la Ascensión. Vin las reconocía ya con mayor facilidad y le sorprendió ver referencias a cosas que había leído en el libro de viajes. Las colinas verde esmeralda. Las escarpadas montañas, con débiles líneas como olas surgiendo de las cimas. Un lago profundo y oscuro. Y... negrura. La Profundidad. Un caótico ser de destrucción.

Él la derrotó, pensó Vin. *Pero... ¿qué era?* Tal vez el final del libro revelaría más. Sacudió la cabeza y dejó atrás el recoveco y su negra ventana. Recorrió el segundo balcón, ataviada con un vestido de blanco puro, un atuendo que nunca hubiese imaginado durante su vida como skaa. La ceniza y el hollín habían formado parte de su vida anterior, tanto que no creía haber tenido siquiera el concepto de cómo era un blanco prístino. Saber eso hacía que el vestido le pareciera aún más maravilloso. Esperaba no perder nunca esa sensación interior de saber cómo había sido la vida antes. La hacía apreciar lo que tenía mucho más que a la nobleza.

Continuó caminando por el balcón, buscando a su presa. Colores chispeantes brillaban en las ventanas, desparramando luz por todo el salón. La mayoría de las vidrieras brillaba desde el interior de pequeños huecos situados a lo largo del balcón, y por eso el que tenía delante estaba moteado de bolsas de oscuridad y color. Vin no se detuvo a estudiar ninguna vidriera: ya lo había hecho durante sus primeros bailes en la fortaleza Lekal. Esa noche tenía asuntos que atender.

Encontró a su presa en el pasillo del balcón situado al este. Lady Kliss hablaba con un grupo de personas, así que Vin se detuvo, fingiendo estudiar una vidriera. El grupo de Kliss pronto se dispersó: solo se podía soportar a Kliss a pequeñas dosis. La mujer menuda empezó a caminar por el balcón en dirección a Vin. Mientras lo hacía, Vin se volvió fingiendo sorpresa.

—¡Vaya, lady Kliss! No te he visto en toda la noche.

Kliss se volvió al momento, obviamente entusiasmada ante la perspectiva de tener a otra persona con quien chismorrear.

—¡Lady Valette! —dijo, avanzando—. ¡Te perdiste el baile de lord Cabe la semana pasada! No habrás vuelto a recaer en tu enfermedad, ¿verdad?

—No —dijo Vin—. Pasé esa noche cenando con mi tío.

—Oh —comentó Kliss, decepcionada. Una recaída habría sido una historia mejor—. Bueno, eso está bien.

—He oído que tienes noticias interesantes sobre lady Tren-Pedri Delouse —dijo Vin con cuidado—. Yo misma he oído algunas cosas interesantes últimamente. —Miró a Kliss, dando a entender que estaba dispuesta a intercambiar chismes.

—¡Ah, eso! —dijo Kliss con manifiesta ansiedad—. Bueno, me he enterado de que Tren-Pedri no está demasiado interesada en una unión con la Casa Aime, aunque su padre dice que habrá boda pronto. Ya sabes cómo son los hijos de Aime. Vaya, Fedren es un bufón redomado.

Vin se esforzó por no demostrar su hartazgo interno. Kliss siguió hablando, sin darse cuenta siquiera de que Vin tenía algo que ella misma quería compartir. *Usar la sutileza con esta mujer es tan efectivo como intentar vender aguas perfumadas a un skaa de plantación.*

—Qué interesante —dijo Vin, interrumpiéndola—. Tal vez la duda de Tren-Pedri se deba a la relación de la Casa Aime con la Casa Hasting.

La boca de Kliss se entreabrió ligeramente y acto seguido centró su mirada en Vin.

—¿Cómo dices?

—Bueno, todo el mundo sabe lo que está planeando la Casa Hasting.

—¿Ah, sí?

Vin fingió rubor.

—Oh. Tal vez no se sabe todavía. Por favor, lady Kliss, olvida lo que he dicho.

—¿Olvidar? —dijo Kliss—. Vaya, ya está olvidado. Pero vamos, no puedes pararte ahora. ¿A qué te refieres?

—No debería decirlo. Es algo que oí comentar a mi tío.

—¿Tu tío? —preguntó Kliss, cada vez más ansiosa—. ¿Qué dijo? Sabes que puedes fiarte de mí.

—Bueno... Dijo que la Casa Hasting estaba desviando un montón de recursos hacia sus plantaciones del Dominio Sur. Mi tío estaba bastante contento: Hasting se ha retirado de alguno de sus contratos y mi tío esperaba conseguirlos.

—Desviando... —dijo Kliss—. Bueno, no harían eso a menos que estuvieran planeando irse de la ciudad...

—¿Puedes reprochárselo? —preguntó Vin en voz baja—. Quiero

decir, ¿quién quiere arriesgarse a quedarse aquí con lo que le ha pasado a la Casa Tekiel?

—Quién, desde luego... —dijo Kliss. Prácticamente temblaba de ansiedad por enterarse.

—Pero, por favor, estamos hablando solo de oídas —dijo Vin—. No deberías contárselo a nadie.

—Por supuesto. Hummm... Discúlpame. Necesito ir a refrescarme.

—Por supuesto —dijo Vin, viendo a la mujer dirigirse con prisa a la escalera del balcón.

Sonrió. La Casa Hasting no estaba haciendo ningún preparativo, naturalmente. Hasting era una de las familias más fuertes de la ciudad y no era probable que se retirara de nada. Sin embargo, Dockson estaba en el taller falsificando documentos que, cuando fueran entregados en los lugares adecuados, implicarían que Hasting planeaba hacer justo lo que Vin había dicho.

Si todo salía bien, la ciudad entera esperaría pronto la marcha de Hasting. Sus aliados harían planes y tal vez incluso empezaran a marcharse también. La gente que compraba armas pondría sus ojos en otros temiendo que Hasting no pudiera hacer buenos contratos cuando se marchara. Cuando Hasting no se fuera los haría parecer indecisos. Sin sus aliados, con sus ingresos debilitados, bien podrían ser la siguiente casa en caer.

No obstante, la Casa Hasting era una de las casas contra las que actuar era más fácil. Tenía fama por sus subterfugios y la gente creería que planeaba una retirada en secreto. Además, Hasting era una fuerte casa mercantil, lo que significaba que dependía mucho de sus contratos para sobrevivir. Una casa con una fuente de ingresos tan obvia y dominante también tenía una debilidad clara. Lord Hasting había trabajado duro para aumentar la influencia de su casa en las últimas décadas, y al hacerlo había estirado sus recursos hasta el límite.

Otras casas eran mucho más estables. Vin suspiró, se dio la vuelta y recorrió el pasillo, mirando el enorme reloj colocado entre balcones al otro lado de la sala.

Venture no caería fácilmente. Seguía siendo poderosa por su fortuna: aunque participaba en algunos contratos, no basaba su economía en ellos como las otras casas. Venture era lo suficientemente rica, y lo suficientemente poderosa, para que incluso un desastre mercantil la sacudiera apenas.

En cierto modo, la estabilidad de Venture era buena cosa: para Vin, al menos. La casa no tenía ninguna debilidad clara, así que tal vez la banda no se sintiera demasiado decepcionada cuando ella no pudiera descubrir ninguna forma de hacerla caer. Después de todo, no necesitaban *imperiosamente* destruir la Casa Venture; hacerlo solo facilitaría el plan.

Pasara lo que pasase, Vin tenía que asegurarse de que Venture no sufriera el mismo destino que la Casa Tekiel. Destruida su reputación, sus finanzas al descubierto, los Tekiel habían intentado marcharse de la ciudad... y esta última muestra de debilidad había sido demasiado. Algunos de los nobles de Tekiel habían sido asesinados antes de marcharse; el resto habían sido encontrados en las ruinas calcinadas de sus barcos, en el canal, al parecer después de ser atacados por bandidos. Vin, sin embargo, no conocía ninguna banda de ladrones que se atreviera a matar a tantos nobles.

Kelsier aún no había podido descubrir qué casa estaba detrás de los asesinatos, pero a la nobleza de Luthadel ni siquiera parecía importarle quién era el culpable. La Casa Tekiel se había permitido ir debilitándose, y nada resultaba más embarazoso para la nobleza que una Gran Casa que no podía mantenerse. Kelsier tenía razón: aunque en los bailes se mostraban amables, los nobles estaban más que dispuestos a apuñalarse si eso los beneficiaba.

Más o menos como en las bandas de ladrones, pensó Vin. *Los nobles no son tan diferentes de la gente con la que crecí.*

Tanta amabilidad fingida solo volvía la atmósfera más peligrosa. Bajo aquella fachada había planes, asesinatos y (tal vez lo más importante) nacidos de la bruma. No era ninguna casualidad que en todos los bailes a los que había asistido recientemente hubiera gran número de guardias, con armadura y sin ella. Las fiestas servían al propósito adicional de hacer advertencias y demostrar fuerzas.

Elend está a salvo, se dijo. *A pesar de lo que piense de su familia, han hecho un buen trabajo manteniendo su posición en la jerarquía de Luthadel. Es el heredero... lo protegerán de los asesinos.*

Deseó que esas aseveraciones fueran un poco más convincentes. Sabía que Shan Elariel estaba planeando algo. La Casa Venture podía estar a salvo, pero Elend se mostraba a veces un poco... ajeno. Si Shan hacía algo contra él en el ámbito personal, podría ser o no un golpe importante para la Casa Venture, pero sería un golpe importante para Vin.

—Lady Valette Renoux —dijo una voz—. Creo que llegas tarde.

Vin se volvió para ver a Elend en un hueco en la pared, a su izquierda. Sonrió, mirando el reloj, y advirtió que en efecto habían pasado unos minutos de la hora en que había prometido reunirse con él.

—Debo de estar contagiándome de las malas costumbres de algunos amigos míos —dijo, entrando en el hueco.

—Bueno, veamos, yo no he dicho que sea mala cosa —dijo Elend, sonriendo—. Hasta diría que es el deber cortés de toda dama retrasarse. A los caballeros les viene bien esperar un poco por capricho de las mujeres... O eso me decía siempre mi madre.

—Parece que era una mujer sabia —contestó Vin. El hueco en la pared era lo bastante grande para que dos personas cupieran de pie y de lado. Se encontraba frente a él, con el balcón a la izquierda y una maravillosa vidriera de color lavanda a la derecha. Sus pies casi se tocaban.

—Bueno, no estaría yo tan seguro. Se casó con mi padre, después de todo.

—Uniéndose así a la casa más poderosa del Imperio Final. No se puede hacer nada mejor... aunque supongo que podría haber intentado casarse con el lord Legislador. Pero lo último que sé es que no estaba buscando esposa.

—Lástima —dijo Elend—. Tal vez parecería un poco menos deprimido si hubiera una mujer en su vida.

—Supongo que eso dependería de la mujer. —Vin miró a un grupo de asistentes a la fiesta que pasaban—. Por cierto, este no es un lugar exactamente privado. La gente nos mira con mala cara.

—Tú eres la que ha entrado aquí conmigo.

—Sí, bueno, no he pensado en los chismes que podrían desatarse.

—Pues que chismorreen —dijo Elend, irguiéndose.

—¿Porque eso enfadará a tu padre?

Elend negó con la cabeza.

—Eso ya no me importa, Valette. —Elend dio un paso adelante, acercándose más a ella. Vin pudo sentir su aliento. Él tardó un momento en hablar—. Creo que voy a besarte.

Vin se estremeció ligeramente.

—No creo que quieras hacer eso, Elend.

—¿Por qué?

—¿Cuánto sabes realmente de mí?

—No tanto como me gustaría.

—No tanto como necesitas, tampoco —dijo Vin, mirándolo a los ojos.

—Entonces, cuéntame.

—No puedo. Ahora, no.

Elend guardó silencio un instante, luego asintió y se retiró. Salió al pasillo.

—¿Vamos a dar un paseo, entonces?

—Sí —dijo Vin, aliviada... pero también un poco decepcionada.

—Es lo mejor —aseguró Elend—. Ese hueco tiene una luz absolutamente terrible para leer.

—Ni te atrevas —dijo Vin, mirando el libro que tenía en el bolsillo mientras se reunía con él—. Lee cuando estés con otra, no conmigo.

—¡Pero si es así como empezó nuestra relación!

—Y así es como podría terminar también —dijo ella, tomándolo del brazo.

Elend sonrió. No eran la única pareja que paseaba por el balcón y, abajo, otras parejas bailaban lentamente siguiendo la suave música.

Parece tan pacífico todo. Y, sin embargo, hace solo unos días mucha de esta gente vio tan tranquila cómo decapitaban a mujeres y niños.

Sintió el brazo de Elend, su calor junto a ella. Kelsier decía que sonreía tanto porque sentía la necesidad de tomar la alegría que pudiera del mundo, para saborear los momentos de felicidad que parecían tan infrecuentes en el Imperio Final. Al pasear junto a Elend, Vin pensó que empezaba a comprender cómo se sentía Kelsier.

—Valette... —dijo Elend, despacio.

—¿Qué?

—Quiero que te marches de Luthadel.

—¿Qué?

Él se detuvo, se volvió a mirarla.

—He pensado mucho en esto. Puede que no te des cuenta, pero la ciudad se está volviendo peligrosa. Muy peligrosa.

—Lo sé.

—Entonces sabes que una casa pequeña sin aliados no tiene nada que hacer en el Dominio Central ahora mismo —dijo Elend—. Tu tío fue valiente al venir aquí y tratar de establecerse, pero eligió el momento equivocado. Yo... creo que las cosas van a estallar muy pronto. Cuando eso suceda, no puedo garantizar tu seguridad.

—Mi tío sabe lo que está haciendo, Elend.

—Esto es *diferente*, Valette. Casas enteras van a caer. La familia Tekiel no fue asesinada por bandidos... Eso fue obra de la Casa Hasting. No serán las últimas muertes antes de que esto haya terminado.

Vin vaciló, pensando de nuevo en Shan.

—Pero... tú estás a salvo, ¿verdad? La Casa Venture... no es como las otras. Es estable.

Elend negó con la cabeza.

—Somos aún más vulnerables que el resto, Valette.

—Pero vuestra fortuna es grande. No dependéis de ningún contrato.

—Puede que no sean visibles, pero están ahí —dijo Elend en voz baja—. Somos buenos actores y la gente supone que tenemos más de lo que tenemos. Sin embargo, con los impuestos del lord Legislador a las casas... bueno, la única forma de mantener tanto poder en esta ciudad es a través de otros ingresos. Ingresos secretos.

Vin frunció el ceño y Elend se acercó más, hablando casi en un susurro.

—Mi familia atiende las minas de atium del lord Legislador, Valette —dijo—. De ahí procede nuestra riqueza. En cierto modo, nuestra estabilidad depende casi por completo de los caprichos del lord Legislador. No le gusta molestarse él mismo en recoger el atium, pero se molesta mucho si la entrega prevista se interrumpe.

¡Averigua más!, le dijo el instinto a Vin. *Este es el secreto: esto es lo que necesita Kelsier.*

—Ay, Elend —susurró—. No deberías contarme esto.

—¿Por qué no? Confío en ti. Mira, tienes que comprender lo peligrosa que es la situación. Ha habido problemas con el suministro de atium últimamente. Desde que... bueno, sucedió algo hace unos cuantos años. Desde entonces, las cosas han sido distintas. Mi padre no puede satisfacer las cuotas del lord Legislador y la última vez que eso sucedió...

—¿Qué?

—Bueno —dijo Elend, y parecía preocupado—. Digamos que las cosas podrían ponerse feas para los Venture. El lord Legislador depende de ese atium, Valette: es una de las principales formas con las que controla a la nobleza. Una casa sin atium es una casa que no puede defenderse de los nacidos de la bruma. Al mantener una gran reserva, el lord Legislador controla el mercado y se hace enormemente rico al mismo tiempo. Financia sus ejércitos haciendo que el atium sea escaso y luego vende pequeñas porciones a precios exorbitantes. Si supieras más sobre la economía alomántica, todo esto tendría más sentido para ti.

Oh, créeme. Comprendo más de lo que piensas. Y ahora sé mucho más de lo que debería.

La expresión de Elend se transformó en una agradable sonrisa cuando un obligador pasó caminando por el balcón junto a ellos. El obligador los miró, con ojos pensativos.

Elend se volvió hacia ella en cuanto el obligador pasó.

—Quiero que te marches —repitió—. La gente sabe que te he prestado atención. Con suerte, supondrán que ha sido solo por incordiar a mi padre, pero podrían intentar utilizarte de todas formas. Las Grandes Casas no tendrán ningún resquemor en aplastar a toda tu familia solo por llegar a mí y a mi padre. Tienes que irte.

—Yo... lo pensaré.

—No queda mucho tiempo para pensar —le advirtió Elend—. Quiero que te marches antes de que te impliques demasiado en lo que está sucediendo en esta ciudad.

Ya estoy implicada mucho más de lo que crees.

—He dicho que me lo pensaré. Mira, Elend, creo que deberías preocuparte más por ti mismo. Creo que Shan Elariel va a intentar hacer algo contra ti.

—¿Shan? —dijo Elend, divertido—. Es inofensiva.

—No creo que lo sea, Elend. Tienes que tener más cuidado.

Él se echó a reír.

—Míranos... cada uno intentando convencer al otro de lo terrible que es la situación, y cada uno rehusando tozudamente escuchar al otro.

Vin tuvo que admitir que tenía razón. Sonrió.

Elend suspiró.

—No vas a hacerme caso, ¿verdad? ¿Hay algo que pueda hacer para que te marches?

—Ahora mismo no —dijo ella en voz baja—. Mira, Elend, ¿no podemos disfrutar del tiempo que estamos juntos? Si las cosas continúan como están, puede que no tengamos más oportunidades como esta en algún tiempo.

Él se detuvo y, finalmente, asintió. Ella notó que seguía preocupado, pero siguió andando, prestándole caballerosamente su brazo para que lo tomara mientras paseaban. Caminaron un rato juntos, en silencio, hasta que algo llamó la atención de Vin. Apartó la mano de su brazo y le cogió la mano.

Él la miró, frunciendo el ceño por su confusión mientras acariciaba el anillo de su dedo.

—Es de metal de verdad —dijo ella, un poco sorprendida, a pesar de lo que le habían dicho.

Elend asintió.

—Oro puro.

—¿No te preocupan los...?

—¿Alománticos? —preguntó Elend. Se encogió de hombros—. No sé... No son el tipo de cosa con lo que haya tenido que enfrentarme. ¿No os ponéis metal en las plantaciones?

Vin negó con la cabeza y señaló uno de los alfileres de su pelo.

—Madera pintada.

Elend asintió.

—Quizá sea lo mejor —dijo—. Pero, bueno, cuanto más tiempo estás en Luthadel, más te das cuenta de lo poco que se hace en nombre de la cordura. El lord Legislador lleva anillos de metal... y, por tanto, también los lleva la nobleza. Algunos filósofos dicen que todo es parte de Su plan. El lord Legislador lleva metal porque sabe que la nobleza lo imitará y por tanto dará a sus inquisidores poder sobre ella.

—¿Y tú estás de acuerdo? —preguntó Vin colgándose de nuevo de su brazo—. Con los filósofos, quiero decir.

Elend negó con la cabeza.

—No —dijo en voz aún más baja—. El lord Legislador... es solo arrogante. He leído historias de guerreros, hace tiempo, que corrían a la batalla sin armadura, supuestamente para demostrar lo valientes y fuertes que eran. Esto es igual, creo..., aunque admito que en un grado mucho más sutil. Él lleva metal para alardear de su poder, para demostrar lo poco que teme lo que le podríamos hacer.

Bueno, pensó Vin, *está dispuesto a llamar arrogante al lord Legislador. Tal vez consiga que admita algo más...*

Elend se detuvo, miró el reloj.

—Me temo que no tengo mucho tiempo esta noche, Valette.

—No importa. Tienes que ir a reunirte con tus amigos. —Lo miró, tratando de calibrar su reacción.

Él, que no parecía sorprendido, se limitó a enarcar una ceja.

—En efecto. Eres muy observadora.

—No hay que observar gran cosa. Cada vez que estamos en las fortalezas de Hasting, Venture, Lekal o Elariel, corres a reunirte con la misma gente.

—Mis amigos de bebida —dijo Elend con una sonrisa—. Un grupo poco probable en el clima político de hoy en día, pero molesta a mi padre.

—¿Qué hacéis en esas reuniones? —preguntó Vin.

—Hablamos de filosofía, principalmente. Somos un poco pesados... Lo cual no es sorprendente, supongo, si nos conoces a alguno. Hablamos del gobierno, de política... del lord Legislador.

—¿Y qué decís de él?

—Bueno, no nos gustan algunas cosas que ha hecho con el Imperio Final.

—¡Entonces queréis derrocarlo!

Elend le dirigió una mirada extraña.

—¿Derrocarlo? ¿Qué te hace pensar eso, Valette? Él es el lord Legislador... Es Dios. No podemos hacer nada a ese respecto. —Apartó la mirada mientras continuaban caminando—. No, mis amigos y yo tan solo... deseamos que el Imperio Final sea un poco diferente. No podemos cambiar las cosas ahora, pero tal vez algún día, suponiendo que sobrevivamos a este año que se avecina, estaremos en situación de influir en el lord Legislador.

—¿Y conseguir qué?

—Bueno, pongamos esas ejecuciones de hace unos días. No creo que sirvieran para nada. Los skaa se rebelaron. En represalia, el Ministerio ejecutó a unos cuantos cientos de personas al azar. ¿Qué se consigue con eso aparte de enfadar aún más al pueblo? Así que la próxima vez la rebelión será más grande. ¿Significa eso que el lord Legislador ordenará que decapiten todavía a más gente? ¿Cuánto tiempo puede continuar eso antes de que no quede ningún skaa?

Vin se mostró pensativa.

—¿Y qué harías tú, lord Venture? —dijo por fin—. Si estuvieras al mando.

—No lo sé —confesó Elend—. He leído un montón de libros, incluso algunos que supuestamente no debería haber leído, y no he encontrado ninguna respuesta sencilla. Sin embargo, estoy bastante seguro de que decapitar a la gente no resolverá nada. El lord Legislador lleva mucho tiempo en el poder... Cabría pensar que tendría que haber encontrado un modo mejor. Pero, de todas formas, tendremos que continuar con la conversación más adelante...

Se volvió a mirarla.

—¿Ya es la hora? —preguntó ella.

Elend asintió.

—Prometí que me reuniría con ellos y más o menos soy su referente. Supongo que podría decirles que llegaré tarde...

Vin negó con la cabeza.

—Ve a beber con tus amigos. Estaré bien... Hay unas cuantas personas con las que tengo que hablar.

Tenía que volver a trabajar: Brisa y Dockson se habían pasado horas planeando y preparando las mentiras que tenía que difundir y estarían esperando su informe en el taller de Clubs después de la fiesta.

Elend sonrió.

—Tal vez no debería preocuparme tanto por ti. Quién sabe... Considerando todas vuestras maniobras políticas, tal vez la Casa Renoux pronto sea el poder de esta ciudad y yo no sea más que un pobre mendigo.

Vin sonrió y él hizo una reverencia, guiñándole un ojo, y luego se marchó escaleras abajo. Vin se acercó lentamente a la barandilla del balcón y contempló a la gente que bailaba y cenaba abajo.

Así que no es ningún revolucionario, pensó. *Kelsier tenía razón una vez más. Me pregunto si alguna vez se cansará de eso.*

Pero, de todas formas, no podía sentirse decepcionada con Elend. No todo el mundo estaba tan loco como para pensar que podía derrocar al dios-emperador. El simple hecho de que Elend estuviera dispuesto a pensar por su cuenta lo diferenciaba del resto; era un buen hombre, un hombre que se merecía una mujer que fuera digna de su confianza.

Por desgracia, tenía a Vin.

Así que la Casa Venture explota en secreto las minas de atium del lord Legislador, pensó. *Tienen que ser los que administran los Pozos de Hathsin.*

Era una posición aterradoramente precaria para una casa: sus finanzas dependían directamente de complacer al lord Legislador. Elend pensaba que era cuidadoso, pero Vin estaba preocupada. No se tomaba a Shan Elariel lo suficientemente en serio, de eso estaba segura. Se dio la vuelta y bajó a la planta principal.

Encontró fácilmente la mesa de Shan; la mujer siempre se sentaba con un gran número de nobles asistentes, presidiendo como un lord dirige su plantación. Vin vaciló. Nunca había abordado a Shan directamente. Alguien, sin embargo, tenía que proteger a Elend: obviamente, él era demasiado necio para hacerlo por su cuenta.

Vin avanzó. El terrisano de Shan la estudió mientras se acercaba. Era muy diferente a Sazed: no tenía el mismo... espíritu. Aquel hombre mantenía una expresión neutra, como una criatura tallada en piedra. Unas cuantas damas miraron a Vin con desaprobación, pero la mayoría de ellas, Shan incluida, la ignoraron.

Vin se plantó torpemente junto a la mesa, esperando una pausa en la conversación. No la hubo. Finalmente, se acercó unos pasos a Shan.

—¿Lady Shan? —preguntó.

Ella se volvió con mirada de hielo.

—No te he mandado llamar, campesina.

—Sí, pero he encontrado unos libros como me...

—Ya no requiero tus servicios —dijo Shan, volviéndose—. Puedo tratar yo sola con Elend Venture. Ahora, sé una niñita buena y deja de molestarme.

Vin vaciló, aturdida.

—Pero tu plan...

—He dicho que ya no eres necesaria. ¿Crees que he sido brusca contigo antes, niña? Eso fue cuando estaba de buen humor. Trata de molestarme ahora.

Vin se arrugó ante la mirada despectiva de la mujer. Parecía... disgustada. Incluso furiosa. ¿Celosa?

Debe de haberlo descubierto, pensó Vin. *Finalmente se ha dado cuenta de que no estoy jugando con Elend. Sabe que me interesa y no confía en mí para que guarde sus secretos.*

Vin se alejó de la mesa. Al parecer, tendría que usar otros métodos para descubrir los planes de Shan.

A pesar de lo que solía decir, Elend Venture no se consideraba a sí mismo un hombre grosero. Era más bien un... filósofo verbal. Le gustaba sondear una conversación y darle la vuelta para ver cómo reaccionaba la gente. Como los grandes pensadores de antaño, probaba los límites y experimentaba con métodos poco convencionales.

Naturalmente, pensó, alzando la copa de brandy ante los ojos e inspeccionándola, *la mayoría de esos antiguos filósofos fueron ejecutados por traición*. No eran precisamente los modelos más recomendables.

La conversación política con su grupo había terminado y se había retirado con varios amigos al salón de caballeros de la fortaleza Lekal, una pequeña cámara adyacente al salón de baile. Estaba amueblado en tonos verdes y los sillones eran cómodos; habría sido un buen lugar para leer, si hubiera estado de mejor humor. Jastes estaba sentado frente a él, fumando su pipa. Era bueno ver al joven Lekal tan tranquilo. Aquellas últimas semanas habían sido difíciles para él.

Guerra de casas, pensó Elend. *Qué terrible momento. ¿Por qué ahora? Las cosas iban tan bien...*

Telden regresó con una nueva copa momentos más tarde.

—¿Sabes? —dijo Jastes, haciendo un gesto con la pipa en la mano—, cualquiera de los criados podría haberte traído otra bebida.

—Me apetecía estirar las piernas —dijo Telden, sentándose en el tercer sillón.

—Y has coqueteado con no menos de tres mujeres mientras volvías —repuso Jastes—. Las he contado.

Telden sonrió y tomó un sorbo de su copa. El hombretón nunca se sentaba sin más, sino que se reclinaba. Telden podía parecer relajado y cómodo no importaba cuál fuera la situación, sus elegantes trajes y su pelo bien cuidado envidiablemente atractivos.

Tal vez debería prestar un poco más de atención a este tipo de cosas, pensó Elend. *Valette soporta mi pelo tal como es, pero ¿le gustaría más si me lo cuidara?*

A menudo, Elend pensaba acudir a un estilista o un sastre, pero otras cosas tendían a robar su atención. Se perdía en sus estudios o pasaba demasiado tiempo leyendo y luego llegaba tarde a sus citas. Otra vez.

—Elend está callado esta noche —comentó Telden. Aunque había otros grupos de caballeros sentados en el salón, los sillones estaban lo bastante apartados para permitir conversaciones privadas.

—Lleva así mucho tiempo últimamente —dijo Jastes.

—Ah, sí —replicó Telden, frunciendo levemente el ceño.

Elend los conocía bastante bien para entender sus pullas.

—¿Por qué tiene que ser así la gente? —dijo—. Si tenéis algo que decir, ¿por qué no lo decís sin rodeos?

—Política, amigo mío —contestó Jastes—. Somos, por si no te has dado cuenta, nobles.

Elend puso los ojos en blanco.

—Muy bien, lo diré yo. —Jastes se pasó la mano por el pelo, una costumbre nerviosa que, Elend estaba seguro, contribuía a la incipiente calvicie del joven—. Has estado pasando mucho tiempo con esa chica Renoux, Elend.

—Hay una explicación muy sencilla para eso. Verás, da la casualidad de que me gusta.

—Eso no es bueno, Elend —dijo Telden, sacudiendo la cabeza—. No es bueno.

—¿Por qué? Tú mismo pareces bastante satisfecho ignorando las diferencias de clase, Telden. Te he visto flirtear con la mitad de las sirvientas de la sala.

—Yo no soy heredero de mi casa.

—Y —dijo Jastes—, estas chicas son de fiar. Mi familia contrató a estas mujeres: conocemos su casa, su pasado y sus alianzas.

Elend frunció el ceño.

—¿Qué estáis dando a entender?

—Hay algo extraño en esa muchacha, Elend —dijo Jastes. Había vuelto a su nerviosismo habitual, la pipa olvidada sobre la mesa.

Telden asintió.

—Se acercó a ti con demasiada rapidez, Elend. Quiere algo.

—¿Como qué? —preguntó Elend, cada vez más molesto.

—Elend, Elend —dijo Jastes—. No puedes evitar el juego diciendo que no quieres jugarlo. Te encontrará. Renoux se mudó a la ciudad justo cuando las tensiones entre las casas empezaban a aumentar y trajo consigo a un pariente desconocido..., una chica que inmediatamente empezó a tontear con el joven más importante y buscado de Luthadel. ¿No te parece extraño?

—Lo cierto es que yo la abordé primero —puntualizó Elend—. Aunque solo fuera porque me quitó el sitio donde leía.

—Pero tienes que admitir que es sospechoso lo pronto que se ha pegado a ti —dijo Telden—. Si vas a dedicarte a los amoríos, Elend, tienes que aprender una cosa. Puedes jugar con las mujeres si quieres, pero no te permitas acercarte demasiado a ellas, pues empezarán los problemas.

Elend negó con la cabeza.

—Valette es diferente.

Los otros dos intercambiaron una mirada. Entonces Telden se encogió de hombros y volvió a su bebida. Jastes, sin embargo, suspiró, se puso en pie y se desperezó.

—Bueno, creo que me marcho.

—Una copa más —dijo Telden.

Jastes negó con la cabeza y se pasó una mano por el pelo.

—Ya sabes cómo son mis padres las noches de baile: si no salgo y despido al menos a alguno de los invitados, me darán la lata durante semanas.

El joven les dio las buenas noches a todos y regresó al salón principal. Telden bebió de su copa, mirando a Elend.

—No estoy pensando en ella —dijo Elend, picado.

—¿En qué, entonces?

—En la reunión de esta noche. No estoy seguro de que me guste el resultado.

—Bah —dijo el hombretón, agitando la mano—. Eres peor que Jastes. ¿Qué sucedió con el hombre que asistía a esas reuniones solo para relajarse y pasar un rato con los amigos?

—Está preocupado —dijo Elend—. Algunos de sus amigos podrían acabar al mando de sus casas antes de lo que esperaban, y le preocupa que ninguno de nosotros esté preparado.

Telden hizo una mueca.

—No seas tan melodramático —dijo, sonriendo y guiñándole un ojo a la joven sirvienta que se acercó a retirar las copas vacías—. Tengo la impresión de que todo esto va a quedar en nada. Dentro de unos cuantos meses lo recordaremos y nos preguntaremos a qué venía tanto alboroto.

Kale Tekiel no podrá recordarlo, pensó Elend.

La conversación se fue apagando, sin embargo, y Telden acabó por marcharse. Elend se quedó allí sentado un rato, abriendo *Los dictados de la sociedad* para leer un poco, pero tuvo problemas para concentrarse. Acarició la copa de brandy entre sus dedos, pero no bebió mucho.

Me pregunto si Valette se habrá marchado ya... Había tratado de buscarla al término de su reunión, pero al parecer ella estaba en una reunión privada propia.

Esa chica está demasiado interesada en política para su propio bien, pensó ociosamente. Tal vez estuviera solo celoso: unos cuantos meses en la corte y ya parecía más competente que él. Era tan intrépida, tan osada, tan... interesante. No encajaba con ninguno de los estereotipos de la corte.

¿Podría tener razón Jastes?, se preguntó. *Desde luego, es diferente de las otras mujeres, y dio a entender que había cosas de ella que no conocía.*

Elend descartó el pensamiento. Valette era distinta, cierto... pero también era inocente, a su modo. Estaba ansiosa, llena de asombro y coraje.

Se sentía preocupado por ella: obviamente, no sabía lo peligrosa que podía ser Luthadel. Había mucho más en la política de la ciudad que simples fiestas y pequeñas intrigas. ¿Qué sucedería si alguien decidía enviar a un nacido de la bruma a tratar con ella y su tío? Renoux tenía pocos contactos y ninguno de los miembros de la corte habría parpadeado dos veces por unos cuantos asesinatos en Fellise. ¿Sabía el tío de Valette tomar las precauciones adecuadas? ¿Le preocupaban siquiera los alománticos?

Elend suspiró. Tenía que asegurarse de que Valette dejara la zona. Era la única opción.

Para cuando su carruaje llegó a la mansión Venture, Elend había decidido que había bebido demasiado. Se marchó a sus habitaciones, ansiando su cama y su almohada.

De camino a su dormitorio, sin embargo, pasó ante el estudio de su padre. La puerta estaba abierta y había luz a pesar de la hora. Elend trató de caminar sin hacer ruido sobre la alfombra, pero nunca había sido muy sigiloso.

—¿Elend? —llamó la voz de su padre desde el estudio—. Ven un momento.

Elend suspiró para sí. A lord Straff Venture no se le pasaba ni una. Era un ojo de estaño: sus sentidos eran tan agudos que debía de haber oído llegar al carruaje. *Si no hablo con él ahora me enviará a los criados a molestarme hasta que baje a hacerlo...*

Elend se volvió y entró en el estudio. Su padre estaba sentado en su sillón, hablando tranquilamente con TenSoon, el kandra Venture. Elend todavía no estaba acostumbrado al último cuerpo de la criatura, que una vez había pertenecido a un criado de la Mansión Hasting. Elend se estremeció al verlo. La criatura lo saludó inclinando la cabeza y se retiró en silencio.

Elend se apoyó en el marco de la puerta. El sillón de Straff estaba delante de varios estantes de libros, ninguno de los cuales había leído: Elend estaba seguro de ello. La habitación quedaba iluminada por dos lámparas, cuyas pantallas apenas dejaban escapar un resquicio de luz.

—Has asistido al baile esta noche —dijo Straff—. ¿Qué has descubierto?

Elend se frotó la frente.

—Que tengo tendencia a beber demasiado brandy.

A Straff no le hizo gracia el comentario. Era el perfecto noble imperial: alto, de hombros firmes, siempre vestido con traje y chaleco.

—¿Has vuelto a ver a esa... mujer?

—¿Valette? Hummm, sí. Aunque no tanto como me hubiera gustado.

—Te prohibí que estuvieras con ella.

—Sí —dijo Elend—. Lo recuerdo.

La expresión de Straff se ensombreció. Se levantó y rodeó la mesa.

—Ay, Elend. ¿Cuándo vas a superar este temperamento infantil que tienes? ¿Crees que no me doy cuenta de que actúas como un necio tan solo para molestarme?

—Lo cierto es que superé mi temperamento infantil hace tiempo, padre: solo que parece que mis inclinaciones naturales te molestan aún más. Ojalá lo hubiera sabido antes: me habría ahorrado un montón de esfuerzos en mis años jóvenes.

Su padre bufó, luego alzó una carta.

—Le dicté esto a Staxles hace poco. Para aceptar una invitación a almorzar con lord Tegas mañana. Si se declara una guerra de casas, quiero asegurarme de que estamos en situación de destruir a los Hasting lo más rápido posible, y Tegas podría ser un aliado fuerte. Tiene una hija. Me gustaría que comieras con ella.

—Lo consideraré —dijo Elend, dándose un golpecito en la cabeza—. No estoy seguro de en qué estado me encontraré mañana por la mañana. Demasiado brandy, ¿recuerdas?

—Estarás allí, Elend. Esto no es una petición.

Elend reprimió una réplica. Una parte de él no quería más que contradecirle, enfrentarse a él... no porque le preocupara dónde comer, sino por algo más importante.

Hasting es la segunda casa más poderosa de la ciudad. Si hiciéramos una alianza con ellos, juntos podríamos impedir que Luthadel se hun-

diera en el caos. Podríamos detener la guerra de casas, no inflamarla.

Eso era lo que los libros habían provocado en él: lo habían cambiado de muchachito rebelde a aprendiz de filósofo. Por desgracia, había sido un necio demasiado tiempo. ¿Era extraño que Straff no hubiera advertido el cambio en su hijo? El propio Elend estaba empezando a advertirlo él mismo.

Straff continuó mirándolo, y Elend agachó la cabeza.

—Lo pensaré.

Straff agitó la mano, despidiéndolo, y se dio media vuelta.

Tratando de salvar algo de su orgullo, Elend continuó:

—Es probable que ni siquiera debas preocuparte por los Hasting: parece que se están preparando para abandonar la ciudad.

—¿¡Qué!? ¿Dónde te has enterado de eso?

—En el baile.

—No habías descubierto nada importante, creía.

—No, nunca he dicho nada por el estilo. Es que no me apetecía compartirlo contigo.

Lord Venture frunció el ceño.

—No sé por qué me molesto siquiera..., cualquier cosa que descubras seguro que no vale nada. Intenté entrenarte en política, muchacho. De veras. Pero ahora... bueno, espero vivir para verte muerto, porque esta casa va a pasar momentos difíciles si tú tomas el control.

—Sé más de lo que crees, padre.

Straff se echó a reír y volvió a tomar asiento.

—Lo dudo, muchacho. Ni siquiera eres capaz de llevarte a una mujer a la cama..., la última, y única vez que sé que lo intentaste, yo mismo tuve que llevarte al burdel.

Elend se ruborizó. *Cuidado*, se dijo. *Lo hace a propósito. Sabe lo mucho que te molesta.*

—Ve a acostarte, muchacho —dijo Straff, agitando una mano—. Tienes un aspecto terrible.

Elend vaciló un instante, luego salió por fin al pasillo, suspirando para sí.

Esa es la diferencia entre tú y ellos, Elend, pensó. *Esos filósofos a los que lees... fueron revolucionarios. Estaban dispuestos a arriesgarse a ser ejecutados. Tú ni siquiera puedes enfrentarte a tu padre.*

Se encaminó hacia sus habitaciones, donde, extrañamente, encontró a un criado esperándolo.

Elend frunció el ceño.

—¿Sí?

—Lord Elend, tienes una visita.

—¿A esta hora?

—Es lord Jastes Lekal, mi señor.

Elend ladeó la cabeza. *¡En nombre del lord Legislador, qué...!*

—¿Está esperando en el salón?

—Sí, mi señor.

Elend se dio media vuelta, pesaroso, y volvió a recorrer el pasillo. Encontró a Jastes esperándolo impaciente.

—¿Jastes? —preguntó Elend, cansado, mientras entraba en el salón—. Espero que tengas algo muy importante que decirme.

Jastes se agitó un instante, incómodo. Parecía más nervioso que de ordinario.

—¿Qué? —exigió saber Elend, agotada su paciencia.

—Es la chica.

—¿Valette? —preguntó Elend—. ¿Has venido a hablar de Valette? ¿Ahora?

—Deberías confiar más en tus amigos.

Elend bufó.

—¿Confiar en tus conocimientos sobre las mujeres? No te ofendas, Jastes, pero mejor no.

—La hice seguir —estalló Jastes.

Elend clavó su mirada en él.

—¿Qué?

—Hice seguir su carruaje. O, al menos, hice que alguien lo vigilara en las puertas de la ciudad. Ella no estaba dentro cuando salió.

—¿Qué quieres decir? —preguntó Elend, el ceño cada vez más fruncido.

—Ella no estaba en el carruaje, Elend —repitió Jastes—. Mientras su terrisano entregaba los salvoconductos a los guardias, mi hombre se asomó a la ventanilla, y no había nadie dentro.

»El carruaje debió de dejarla en algún lugar de la ciudad. Es una espía de alguna de las otras casas: están intentando llegar hasta tu padre a través de ti. Crearon a la mujer perfecta para atraerte: morena, un poco misteriosa y que no pertenece a la estructura política corriente. De baja cuna, para que fuera un escándalo que te interesaras en ella. Luego la lanzaron contra ti.

—Jastes, eso es ridícu...

—Elend —interrumpió Jastes—. Dímelo de nuevo: ¿cómo la conociste la primera vez?

Elend titubeó.

—Estaba en el balcón.

—En el sitio donde leías. Todo el mundo sabe que es ahí donde sueles ir. ¿Coincidencia?

Elend cerró los ojos. *Valette, no. No puede formar parte de todo esto.* Pero, inmediatamente, otro pensamiento lo asaltó. *¡Le he hablado del atium! ¿Cómo he podido ser tan estúpido?*

No podía ser cierto. Era increíble que se hubiera dejado engañar tan fácilmente. Pero... ¿podía arriesgarse? Era un mal hijo, cierto, pero no un traidor a la casa. No quería ver caer a los Venture; quería liderarlos algún día y tal vez cambiar las cosas.

Se despidió de Jastes, luego regresó a sus habitaciones con paso distraído. Se sentía demasiado cansado para pensar en la política de las casas. Sin embargo, cuando finalmente se metió en la cama, descubrió que no podía dormir.

Al cabo de un rato, se levantó y llamó a un criado.

—Dile a mi padre que quiero hacer un trato —le explicó al hombre—. Iré mañana al almuerzo, si quiere. —Hizo una pausa, de pie en la puerta del dormitorio, la bata puesta—. A cambio —dijo por fin—, quiero que me preste un par de espías para que puedan seguir a alguien por mí.

Todos los demás piensan que debería haber ordenado ejecutar a Kwaan por traicionarme. Siendo sinceros, casi con toda seguridad lo mataría ahora mismo si supiera dónde se ha metido. En ese momento, sin embargo, no pude hacerlo.

El hombre se había convertido en un padre para mí. Hasta hoy no sé por qué de pronto decidió que yo no era el Héroe. ¿Por qué se volvió contra mí, denunciándome ante el Cónclave de los forjamundos al completo?

¿Prefería que ganara la Profundidad? Sin duda, aunque yo no sea el adecuado, como ahora dice Kwaan, mi presencia en el Pozo de la Ascensión no podría ser peor de lo que sucederá si la Profundidad continúa destruyendo la tierra.

29

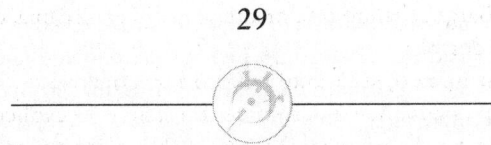

Casi ha terminado, leyó Vin.

Podemos ver la cueva desde nuestro campamento. Harán falta unas cuantas horas más de caminata para alcanzarla, pero sé que es el lugar adecuado. De algún modo, puedo sentirlo, sentirlo allí arriba... latiendo, en mi mente.

Hace mucho frío. Juro que las rocas mismas están hechas de hielo, y la nieve es tan profunda en algunos sitios que tenemos que abrirnos paso cavando. El viento sopla constantemente. Temo por Fedik: no ha sido el mismo desde que la criatura hecha de bruma lo atacó y me preocupa que se caiga por un precipicio o resbale por uno de los muchos agujeros de hielo que hay en el terreno.

Los terrisanos, sin embargo, son una maravilla. Es una suerte que los trajéramos, porque ningún porteador normal habría sobrevivido al viaje. A los terrisanos no parece importarles demasiado el frío: algo en sus extraños metabolismos les otorga una habilidad sobrenatural para resistir las inclemencias de los elementos. ¿Tal vez han «guardado» calor de sus cuerpos para usarlo más tarde?

No hablan de sus poderes, y estoy seguro de que Rashek es el responsable. Los otros porteadores lo consideran su líder, aunque no creo que tenga un control completo sobre ellos. Antes de que fuera apuñalado, Fedik temía que los terrisanos nos abandonaran aquí, en el hielo. Sin embargo, no creo que eso vaya a suceder. Estoy aquí por la providencia de las profecías de Terris: esos hombres no desobedecerán su propia religión tan solo porque uno de los suyos no me aprecie.

Por fin me enfrenté a Rashek. No quiso hablar conmigo, naturalmente, pero lo obligué. Habló largamente de su odio por Khlennium y mi pueblo. Cree que hemos convertido a los de su pueblo en poco más que esclavos. Cree que los terrisanos se merecen mucho más: sigue diciendo que su pueblo debería ser «dominante» a causa de sus poderes sobrenaturales.

Temo sus palabras, pues veo algo de verdad en ellas. Ayer, uno de los porteadores levantó un peñasco de enorme tamaño y lo apartó del camino como si nada. No he visto una hazaña de fuerza semejante en mi vida.

Estos terrisanos podrían ser muy peligrosos, creo. Tal vez los hayamos tratado injustamente. Sin embargo, hombres como Rashek deben ser contenidos: cree irracionalmente que todos los pueblos lo han oprimido. Es un hombre muy joven para sentir tanto odio.

Hace mucho frío. Cuando esto termine, creo que debería irme a vivir a un sitio donde haga calor todo el año. Braches me ha hablado de esos sitios, islas al sur donde las grandes montañas crean fuego.

¿Cómo será, cuando todo esto haya acabado? Volveré a ser un hombre corriente. Un hombre sin importancia. Parece bien: más deseable, incluso, que un sol cálido y un cielo sin viento. Estoy cansado de ser el Héroe de las Eras, cansado de entrar en ciudades para encontrar hostilidad armada o fanática adoración. Estoy cansado de que me amen o me odien por lo que un puñado de viejos dice que haré algún día.

Quiero ser olvidado. Oscuridad. Sí, eso estaría bien.

Si los hombres leen estas palabras, que sepan que el poder es una pesada carga. No busquéis caer en sus redes. Las profecías de Terris dicen que yo tendré el poder para salvar el mundo. Sin embargo, dan a entender que también tendré poder para destruirlo.

Tendré la habilidad para cumplir cualquier deseo de mi corazón. «Tomará sobre sí mismo la autoridad que ningún mortal debería ostentar.» Sin embargo, los filósofos me advirtieron que, si me sirvo a mí mismo con el poder, mi egoísmo lo manchará.

¿Es una carga que debe soportar algún hombre? ¿Es una tentación que algún hombre puede resistir? Ahora me siento fuerte, pero ¿qué sucederá cuando acaricie el poder? Salvaré al mundo, sin duda... pero ¿trataré de apoderarme de él también?

Estos son mis temores mientras escribo con una pluma helada la víspera del renacer del mundo. Rashek me mira. Me odia. La cueva se encuentra ahí delante. Latiendo. Mis dedos tiemblan. No de frío.

Mañana habrá terminado.

Vin pasó la página, ansiosa. Sin embargo, la última del librito estaba en blanco. Volvió atrás y releyó las últimas líneas. ¿Dónde estaba la siguiente?

Sazed no habría terminado todavía la traducción. Vin se levantó, suspirando mientras se desperezaba. Había terminado la última parte del libro de viajes de una sentada, una hazaña de la que incluso ella se sorprendía. Los jardines de la Mansión Renoux se extendían ante sus ojos: los senderos cuidados, los árboles de gruesas ramas y el tranquilo arroyo creaban un ambiente magnífico para leer. El sol estaba bajo en el cielo y empezaba a hacer algo de frío.

Se dirigió hacia la mansión. A pesar del fresco de la tarde apenas podía imaginar un lugar como el que describía el lord Legislador. Había visto la nieve en picos lejanos, pero rara vez la había visto caer y solo era hielo sucio. Experimentar tanta nieve día tras día, correr el peligro de que te cayera encima en grandes avalanchas capaces de aplastarte...

Una parte de ella deseaba poder visitar otros lugares, no importaba lo peligrosos que fueran. Aunque el libro no relataba el viaje entero del lord Legislador, algunas de las maravillas que describía (los campos helados del norte, el gran lago negro y las cataratas de Terris) parecían sorprendentes.

¡Si al menos diera más detalles sobre cómo son las cosas!, pensó molesta. El lord Legislador pasaba demasiado tiempo preocupándose. Aunque, cierto, estaba empezando a sentir una extraña especie de... familiaridad con él a través de sus palabras. Le resultaba difícil asociar la persona que imaginaba con la oscura criatura que había causado tanta muerte. ¿Qué había sucedido en el Pozo de la Ascensión? ¿Qué podía haberlo cambiado de manera tan drástica? Tenía que saberlo.

Llegó a la mansión y fue en busca de Sazed. Había vuelto a usar vestidos: parecía extraño que la viera con pantalones gente que no pertenecía a la banda. Sonrió al mayordomo de lord Renoux al pasar, subió las escaleras y se dirigió a la biblioteca.

Sazed no se encontraba allí. Su pequeño escritorio estaba desocupado, la lámpara apagada, el tintero vacío. Vin frunció el ceño, molesta.

¡Esté donde esté, más le vale estar trabajando en la traducción!

Volvió a bajar las escaleras, preguntó por Sazed y una doncella la dirigió a la cocina principal. Vin frunció el ceño y recorrió el pasillo trasero. *¿En busca de un tentempié, quizá?*

Encontró a Sazed sentado entre un grupito de criados, indicando una lista en la mesa y hablando en voz baja. No se dio cuenta de la presencia de Vin.

—¿Sazed? —preguntó ella, interrumpiéndolo.

Él se volvió.

—¿Sí, señora Valette? —preguntó, inclinando levemente la cabeza.

—¿Qué estás haciendo?

—Me encargo de los suministros de alimentos de lord Renoux, señora. Aunque me han asignado que te ayude, sigo siendo su mayordomo y tengo deberes que atender cuando no estoy ocupado en otra cosa.

—¿Vas a volver pronto a la traducción?

Sazed ladeó la cabeza.

—¿La traducción, señora? Está terminada.

—¿Dónde está la última parte, entonces?

—Te la di.

—No, no lo hiciste —dijo ella—. Esa parte termina la noche antes de que entren en la cueva.

—Ese es el final, señora. Hasta ahí llega el libro.

—¿*Qué*? Pero...

Sazed miró a los otros criados.

—Deberíamos hablar de estas cosas en privado, creo.

Les dio unas cuantas instrucciones más señalando la lista y luego le hizo un gesto a Vin para que lo siguiera mientras salía por la puerta trasera de la cocina camino de los jardines.

Vin se quedó allí parada un momento, luego corrió tras él.

—No puede terminar así, Sazed. ¡No sabemos qué sucedió!

—Podemos deducirlo, creo —dijo Sazed, recorriendo el sendero. Los jardines de la zona este de la mansión no eran tan opulentos como los que Vin frecuentaba, consistían básicamente en suave hierba marrón y algún que otro matorral.

—¿Deducir qué?

—Bueno, el lord Legislador debió de hacer lo que era necesario para salvar el mundo, pues seguimos aquí.

—Supongo —dijo Vin—. Pero luego tomó el poder para sí mismo. Esto fue lo que debió pasar, que no pudo resistir la tentación de usar el poder con motivos egoístas. Pero ¿por qué no hay más capítulos? ¿Por qué no seguir hablando de sus logros?

—Tal vez el poder lo cambió demasiado —dijo Sazed—. O tal vez no sintiera la necesidad de registrar nada más. Había conseguido su objetivo y se había vuelto inmortal como efecto secundario. Escribir un diario para la posteridad se convierte en algo redundante cuando vas a vivir eternamente, creo.

—Eso es... —Vin apretó los dientes, frustrada—. Es un final muy poco satisfactorio, Sazed.

Él sonrió, divertido.

—Ten cuidado, señora: si te acostumbras demasiado a leer, puedes convertirte en una erudita.

Vin negó con la cabeza.

—¡No si todos los libros acaban como este!

—Si te sirve de consuelo, no eres la única decepcionada con el contenido del libro de viajes. No hay gran cosa que maese Kelsier pueda utilizar; desde luego, no hay nada del Undécimo metal. Me siento algo culpable, pues soy quien más se ha beneficiado del libro.

—Pero tampoco hay mucho sobre la religión de Terris.

—No mucho —admitió Sazed—. Pero, verdadera y lamentablemente, «no mucho» es bastante más de lo que sabíamos antes. Solo me preocupa no tener una oportunidad para transmitir esta información.

He enviado una copia de la traducción a un sitio donde mis hermanos y hermanas guardadores sabrán buscar... Sería una lástima si este conocimiento muriera conmigo.

—No morirá.

—¿No? ¿Mi señora de pronto se ha vuelto optimista?

—¿Mi terrisano de pronto se ha vuelto un bocazas? —replicó Vin.

—Siempre lo ha sido, creo —dijo Sazed con una sonrisita—. Es una de las cosas que hacen de él un pobre mayordomo: al menos, a los ojos de la mayoría de sus amos.

—Entonces deben de haber sido tontos —dijo Vin sinceramente.

—Eso solía pensar yo, señora —respondió Sazed—. Deberíamos regresar a la mansión: creo que no nos conviene estar en los jardines cuando lleguen las brumas.

—Voy a volver a internarme en ellas.

—Hay muchos miembros del personal que no saben que eres una nacida de la bruma, señora. Sería mejor guardar el secreto.

—Lo sé. Regresemos, pues —dijo Vin dando la vuelta.

—Buena idea.

Caminaron unos instantes, disfrutando de la sutil belleza de los jardines del este. La hierba estaba cuidadosamente recortada y había sido dispuesta en agradables capas, por lo que los matorrales la acentuaban. El jardín de la zona sur era mucho más espectacular, con su arroyuelo, sus árboles y sus plantas exóticas. Pero el jardín del este tenía su propia paz: la serenidad de la sencillez.

—¿Sazed? —preguntó Vin en voz baja.

—¿Sí, señora?

—Todo va a cambiar, ¿verdad?

—¿A qué te refieres en concreto?

—A todo. Aunque no estemos todos muertos dentro de un año, los miembros de la banda andarán por ahí, trabajando en otros proyectos. Ham me imagino que volverá con su familia, Dox y Kelsier planearán alguna nueva escapada, Clubs alquilará su tienda a otra banda... Incluso estos jardines en los que hemos gastado tanto dinero pertenecerán a otra persona.

Sazed asintió.

—Es probable. Aunque, si las cosas salen bien, tal vez la rebelión skaa esté gobernando Luthadel el año que viene.

—Tal vez —dijo Vin—. Pero incluso así... las cosas cambiarán.

—Esa es la naturaleza de la vida, señora —dijo Sazed—. El mundo debe cambiar.

—Lo sé —suspiró Vin—. Pero desearía... Bueno, lo cierto es que me gusta mi vida ahora, Sazed. Me gusta pasar el tiempo con la banda y me gusta entrenarme con Kelsier. Me encanta ir a los bailes con Elend los fines de semana, me encanta pasear contigo por estos jardines. No quiero que estas cosas cambien. No quiero que mi vida vuelva a ser como era hace un año.

—No tiene por qué serlo, señora. Podría cambiar a mejor.

—No lo hará. Está empezando ya... Kelsier me ha dado a entender que mi entrenamiento casi ha terminado. Cuando practique en el futuro, tendré que hacerlo sola.

»En cuanto a Elend, ni siquiera sabe que soy una skaa... Y mi trabajo es intentar destruir a su familia. Aunque la Casa Venture no caiga por mi mano, otras la derribarán. Sé que Shan Elariel está planeando algo y no he podido descubrir nada sobre sus planes.

»Y eso es solo el comienzo. Nos enfrentamos al Imperio Final. Es probable que fracasemos... Sinceramente, no soy capaz de imaginar cómo puede ser de otro modo. Lucharemos, haremos algo bien, pero no cambiaremos mucho... Y los que sobrevivan de nosotros se pasarán el resto de la vida huyendo de los inquisidores. Todo va a cambiar, Sazed, y no puedo impedirlo.

Sazed sonrió amablemente.

—Entonces, señora, disfruta de lo que tienes sin preocupaciones. El futuro te sorprenderá, creo.

—Tal vez —dijo Vin, sin dejarse convencer.

—Ah, necesitas esperanza, señora. Tal vez tengas un poco de buena fortuna. Había un grupo de gente antes de la Ascensión llamados los astalsi. Decían que cada persona nacía con una cantidad definida de mala suerte. Y así, cuando les sucedía un hecho desafortunado, se consideraban bendecidos: a partir de entonces su vida solo podía mejorar.

Vin alzó una ceja.

—Me parece un poco tonto.

—Yo creo que no —dijo Sazed—. Los astalsi estaban bastante avanzados: mezclaban profundamente religión y ciencia. Creían que colores distintos eran indicativos de distintos tipos de fortuna y eran particularmente detallistas en sus descripciones de luz y color. Es gracias a ellos que tenemos algunas de nuestras mejores ideas de cómo pudieron ser las cosas antes de la Ascensión. Tenían una escala de colores y la usaban para describir el cielo del azul más intenso y las diversas plantas en sus tonos de verde.

»Además, considero reveladora su filosofía en lo referente a la suerte y la fortuna. Para ellos, una vida pobre era solo un signo de la fortuna venidera. A lo mejor sería buena para ti, señora: podrías beneficiarte del conocimiento de que tu suerte no siempre va a ser mala.

—No sé —dijo Vin, escéptica—. Quiero decir, si tu mala suerte es limitada, ¿no lo será también tu buena suerte? Cada vez que algo bueno sucediera, me preocuparía haber agotado mi buena suerte.

—Hummm —dijo Sazed—. Supongo que eso depende del punto de vista, señora.

—¿Cómo podéis ser tan optimistas? —inquirió Vin—. Tú y Kelsier.

—No lo sé, señora. Tal vez nuestras vidas han sido más fáciles que la tuya. O tal vez seamos más necios.

Vin guardó silencio. Caminaron un rato más, regresando al edificio, pero sin apresurarse.

—Sazed —dijo ella por fin—. Cuando me salvaste aquella noche bajo la lluvia, usaste feruquimia, ¿verdad?

Sazed asintió.

—Así es. El inquisidor estaba muy concentrado en ti y pude colocarme detrás de él y golpearlo con una piedra. Me hice muchas veces más fuerte que un hombre normal y mi golpe lo lanzó contra la pared, rompiéndole varios huesos, sospecho.

—¿Eso es todo?

—Pareces decepcionada, señora. —Sazed sonreía—. ¿Esperabas algo más espectacular?

Vin asintió.

—Es que... hablas tan poco de la feruquimia que eso hace que parezca más mística, supongo.

Sazed suspiró.

—En realidad hay poco que ocultarte, señora. El poder verdaderamente único de la feruquimia, la habilidad para almacenar y recuperar recuerdos, ya lo habrás deducido. El resto de los poderes no son diferentes a los poderes que te otorgan el peltre y el estaño. Unos cuantos son un poco más extraños (hacer más pesado a un feruquimista o cambiar su edad), pero tienen pocas aplicaciones marciales.

—¿Cambiar de edad? —dijo Vin, alzando la cabeza—. ¿Podrías volverte más joven?

—En realidad, no, señora. Recuerda, un feruquimista debe extraer sus poderes de su propio cuerpo. Podría, por ejemplo, pasar unas cuantas semanas con el cuerpo envejecido hasta el punto de que se sintiera y se viera diez años mayor de lo que realmente es. Luego podría recuperar esa edad para parecer diez años más joven durante una cantidad similar de tiempo. Sin embargo, en la feruquimia debe haber un equilibrio.

Vin reflexionó un momento.

—¿Importa el metal que se utilice? ¿Como en la alomancia?

—Desde luego. El metal determina lo que puede almacenarse.

Vin asintió mientras continuaban andando, reflexionando sobre lo que él acababa de decir.

—Sazed, ¿puedes darme algo de metal tuyo? —pidió por fin.

—¿Metal mío, señora?

—Algo que hayas usado como depósito feruquimista —dijo Vin—. Quiero intentar quemarlo... Tal vez así me permita usar parte de su poder.

Sazed frunció el ceño, curioso.

—¿Lo ha intentado alguien? —preguntó Vin.

—Supongo que alguien lo habrá hecho —dijo Sazed—. Pero, sinceramente, no sé citarte ningún ejemplo concreto. Tal vez si fuera a buscar mis mentecobres de memoria...

—¿Por qué no me dejas intentarlo ahora? ¿Tienes algo hecho de uno de los metales básicos? ¿Algo donde no hayas almacenado nada demasiado valioso?

Sazed lo meditó, luego se llevó la mano a uno de sus enormes lóbulos y soltó un pendiente muy parecido al que llevaba Vin. Le entregó el diminuto cierre del pendiente.

—Es peltre puro, señora. He guardado en él una cantidad moderada de fuerza.

Vin asintió y tragó la diminuta perla. Escrutó su reserva alomántica, pero el metal del cierre no hacía nada diferente. Quemó peltre por probar.

—¿Algo? —preguntó Sazed.

Vin negó con la cabeza.

—No, no... —Guardó silencio. Sí que había algo... diferente.

—¿Qué ocurre, señora? —preguntó Sazed, con una ansiedad poco común en él.

—Yo... puedo sentir el poder, Saz. Es débil, más allá de mi alcance, pero juro que hay otra reserva en mi interior, una reserva que solo aparece cuando quemo tu metal.

Sazed frunció el ceño.

—¿Débil, dices? Como... ¿como si pudieras ver una sombra de la reserva, pero sin lograr acceder al poder en sí?

Vin asintió.

—¿Cómo lo sabes?

—Es lo que sientes cuando intentas usar los metales de otro feruquimista, señora —dijo Sazed, suspirando—. Tendría que haber sospechado que este iba a ser el resultado. No puedes acceder al poder porque no te pertenece.

—Oh.

—No te sientas demasiado decepcionada, señora. Si los alománticos pudieran robar la fuerza a mi gente, ya se sabría. Sin embargo, ha sido una idea inteligente. —Se volvió y señaló hacia la mansión—. El carruaje ha llegado ya. Creo que llegamos tarde a la reunión.

Vin asintió y ambos avivaron el paso hacia la mansión.

Qué curioso, pensó Kelsier para sí mientras cruzaba el patio oscuro ante la Mansión Renoux. *Tengo que colarme en mi propia casa como si estuviera atacando el torreón de algún noble.*

Pero no podía evitarse: no con su reputación. Kelsier el ladrón había llamado demasiado la atención; Kelsier el instigador a la rebelión y líder espiritual skaa era todavía más conocido. Eso no le impedía, por supuesto, esparcir el caos cada noche: solo tenía que ser más cuidadoso. Más y más familias se marchaban de la ciudad y las casas poderosas se volvían cada vez más recelosas. En cierto modo eso facilitaba el manipularlos, pero rondar sus moradas se estaba volviendo muy peligroso.

En comparación, la Mansión Renoux estaba prácticamente desprotegida. Había guardias, pero no brumosos. Renoux tenía que llamar poco la atención: demasiados alománticos lo habrían hecho destacar. Kelsier se mantuvo en las sombras mientras se dirigía con cuidado al lado este del edificio. Entonces lanzó una moneda y se guio hasta el balcón de Renoux.

Aterrizó con suavidad antes de asomarse a las puertas de cristal del balcón. Los visillos estaban corridos, pero reconoció a Dockson, Vin, Sazed, Ham y Brisa alrededor de la mesa de Renoux, quien estaba sentado al fondo de la habitación, apartado. Su contrato era para interpretar el papel de lord Renoux, pero no deseaba implicarse en el plan más de lo necesario.

Kelsier sacudió la cabeza. *Sería muy fácil para un asesino entrar aquí. Tengo que asegurarme de que Vin siga durmiendo en el taller de Clubs.* No le preocupaba Renoux: la naturaleza del kandra era tal que no necesitaba temer la hoja de ningún asesino.

Kelsier llamó a la puerta y Dockson se acercó a abrirla.

—¡Y así hace su sorprendente entrada! —anunció Kelsier, entrando en la habitación y despojándose de su capa de bruma.

Dockson bufó, cerrando las puertas.

—Eres un verdadero espectáculo, Kel. Lo mejor, las manchas de hollín en las rodillas.

—He tenido que gatear un poco esta noche —dijo Kelsier, agitando una mano, indiferente—. Hay una zanja de drenaje sin usar que pasa por debajo de la muralla defensiva de la fortaleza Lekal. Cabía pensar que la habrían reparado.

—Dudo que tengan que preocuparse —dijo Brisa desde la mesa—. La mayoría de los nacidos de la bruma sois demasiado orgullosos para arrastraros. Me sorprende que estuvieras dispuesto a hacerlo tú.

—¿Demasiado orgullosos? —exclamó Kelsier—. ¡Tonterías! Bueno, yo diría que los nacidos de la bruma son demasiado orgullosos para no humillarse arrastrándose... de una manera digna, por supuesto.

Dockson frunció el ceño, acercándose a la mesa.

—Kel, eso no tiene sentido.

—Los nacidos de la bruma no tenemos por qué tener sentido —dijo Kelsier orgullosamente—. ¿Qué es esto?

—De tu hermano —dijo Dockson, señalando un gran mapa desplegado sobre la mesa—. Ha llegado esta tarde en el hueco de una pata rota que el Cantón de la Inquisición mandó a Clubs para su reparación.

—Interesante —dijo Kelsier, estudiando el mapa—. Es una lista de las comisarías de aplacadores, supongo.

—Así es —dijo Brisa—. Todo un descubrimiento: nunca había

visto un mapa de la ciudad tan detallado y meticuloso. No solo muestra cada una de las treinta y cuatro comisarías de aplacadores, sino también los lugares de actividad de los inquisidores, así como los lugares que interesan a los diferentes cantones. No he tenido la oportunidad de trabajar mucho con tu hermano, ¡pero está claro que ese hombre es un genio!

—Es casi difícil creer que esté emparentado con Kel, ¿eh? —dijo Dockson con una sonrisa. Tenía un cuaderno delante y estaba haciendo una lista de todas las comisarías de aplacadores.

Kelsier hizo una mueca.

—Puede que Marsh sea el genio, pero yo soy el guapo. ¿Qué son esos números?

—Las detenciones y las fechas en que los inquisidores las llevaron a cabo —dijo Ham—. Fíjate que el escondite de la banda de Vin aparece en la lista.

Kelsier asintió.

—¿Cómo demonios consiguió Marsh robar un mapa como este?

—No lo hizo —dijo Dockson mientras escribía—. Había una nota con el mapa. Al parecer, los altos prelados se lo dieron... Están muy impresionados con Marsh y querían que estudiara la ciudad y recomendara sitios para establecer nuevas comisarías. Parece que el Ministerio está un poco preocupado por la guerra entre casas. Quieren enviar a unos cuantos aplacadores para intentar controlar las cosas.

—Se supone que tenemos que devolver el mapa dentro de la pata reparada —dijo Sazed—. Cuando terminemos esta noche, me dedicaré a copiarlo en el menor tiempo posible.

Y a memorizarlo también, convirtiéndolo en parte del archivo de todos los guardadores, pensó Kelsier. *El día en que dejes de memorizar y empieces a enseñar no tardará en llegar, Saz. Espero que tu gente esté preparada.*

Kelsier se volvió a estudiar el mapa. Era tan impresionante como había dicho Brisa. De hecho, Marsh debía de haber corrido un riesgo enorme al enviarlo. Incluso un riesgo excesivo, pero la información que contenía...

Tendremos que devolverlo rápidamente, pensó. *Mañana por la mañana, si es posible.*

—¿Qué es esto? —preguntó Vin sin levantar la voz, inclinándose sobre el amplio mapa y señalando.

Vestía como una noble, con un hermoso atuendo de una pieza que apenas estaba un poco menos ornamentado que un vestido de baile.

Kelsier sonrió. Aún recordaba la época en la que Vin parecía inquietamente incómoda con un vestido, pero parecía que les había ido tomando cada vez más gusto. Seguía sin moverse del todo como una dama de noble cuna. Tenía gracia, pero la gracia diestra de un depredador, no la gracia deliberada de una cortesana. Con todo, los vestidos le sentaban bien y no por su corte.

Ah, Mare, pensó Kelsier. *Siempre quisiste tener una hija a la que poder enseñar a caminar por la línea que separa a la noble de la ladrona.* Se habrían gustado: las dos tenían una veta oculta tendente a lo poco convencional. Tal vez si su esposa hubiese seguido viva le habría enseñado a Vin cosas para fingir ser noble que ni siquiera Sazed conocía.

Naturalmente, si Mare estuviera todavía viva yo no estaría haciendo nada de esto. No me atrevería.

—¡Mirad! —dijo Vin—. Una de las fechas de los inquisidores es nueva: ayer.

Dockson miró a Kelsier.

Tendríamos que habérselo dicho tarde o temprano, de todas formas...

—Es la banda de Theron —dijo Kelsier—. Un inquisidor los atacó ayer por la noche.

Vin palideció.

—¿Tendría que conocer ese nombre? —preguntó Ham.

—La banda de Theron era parte del equipo que intentaba engañar al Ministerio con Camon —dijo Vin—. Esto significa... que todavía deben de andar tras mi pista.

El inquisidor de acero la reconoció aquella noche cuando nos infiltramos en el palacio, quería saber quién era su padre. Es una suerte que esos seres inhumanos incomoden a la nobleza... de lo contrario, tendría que preocuparnos enviarla a los bailes.

—La banda de Theron —dijo Vin—. Fue... ¿como la última vez?

Dockson asintió.

—No hubo supervivientes.

Siguió un incómodo silencio. Vin parecía claramente asqueada.

Pobrecilla, pensó Kelsier. Sin embargo, había poco que pudieran hacer excepto seguir adelante.

—Muy bien. ¿Cómo vamos a usar este mapa?

—Tiene algunas notas del Ministerio sobre las defensas de cada casa —dijo Ham—. Nos serán útiles.

—Sin embargo, no parece que haya ninguna pauta en los ataques de los inquisidores —comentó Brisa—. Lo más probable es que vayan adonde la información los conduzca.

—Tendremos que abstenernos de actuar demasiado cerca de esas comisarías —dijo Dox, soltando la pluma—. Por fortuna, el taller de Clubs no está cerca de ninguna: la mayoría está en los suburbios.

—Tenemos que hacer algo más que evitar las comisarías —dijo Kelsier—. Tenemos que estar preparados para eliminarlas.

Brisa frunció el ceño.

—Si lo hacemos, corremos el riesgo de ser demasiado intrépidos.

—Pero piensa en el daño que causaría. Marsh dijo que había al menos tres aplacadores y un buscador en cada una de esas comisarías. Son ciento treinta brumosos del Ministerio... Deben de haberlos reclutado por todo el Dominio Central para alcanzar esa cifra. Si pudiéramos eliminarlos a todos a la vez...

—Nunca conseguiremos matar a tantos —dijo Dockson.

—Lo lograríamos si usáramos el resto de nuestro ejército —dijo Ham—. Tenemos hombres repartidos por todos los suburbios.

—Tengo una idea mejor —dijo Kelsier—. Contratar a otras bandas de ladrones. Si tuviéramos diez bandas, cada una asignada a tomar tres estaciones, podríamos despejar la ciudad de aplacadores y buscadores del Ministerio en unas pocas horas.

—Pero habría que decidir el momento —repuso Dockson—. Brisa tiene razón: matar a tantos obligadores en una noche implica un compromiso importante. Los inquisidores no tardarían mucho en desquitarse.

Kelsier asintió. *Tienes razón, Dox. El momento será crucial.*

—¿Quieres estudiarlo? Encuentra las bandas adecuadas, pero espera a que decidamos el momento para actuar antes de decirles el emplazamiento de las comisarías de aplacadores.

Dockson asintió.

—Bien. Hablando de nuestros soldados, Ham, ¿cómo van las cosas con ellos?

—En realidad, mejor de lo que esperaba —contestó Ham—. Se

entrenaron en las cuevas, así que son bastante competentes. Y se consideran el segmento más fiel del ejército, ya que no siguieron a Yeden a la batalla contra tu voluntad.

Brisa resopló.

—Una manera muy conveniente de pasar por alto el hecho de que perdieron tres cuartas partes del ejército en una pifia táctica.

—Son buenos hombres, Brisa —dijo Ham firmemente—. Y también lo eran los que murieron. No hables mal de ellos. De todas formas, me preocupa esconder el ejército tal como estamos haciendo: no pasará mucho antes de que descubran uno de los equipos.

—Por eso ninguno sabe dónde encontrar a los otros —dijo Kelsier.

—Quiero mencionar algo al respecto —dijo Brisa, sentándose en una de las sillas de Renoux—. Veo la importancia de enviar a Hammond a entrenar a los soldados, pero, sinceramente, ¿cuál es el motivo de obligarnos a Dockson y a mí a visitarlos?

—Los hombres tienen que saber quiénes son sus líderes —contestó Kelsier—. Si Ham estuviera indispuesto, alguien tendría que tomar el mando.

—¿Por qué no tú?

—Hazme caso —dijo Kelsier, sonriendo—. Es lo mejor.

Brisa puso los ojos en blanco.

—Hacerte caso. Parece que lo hacemos demasiado últimamente...

—De todas maneras, Vin, ¿qué noticias hay de la nobleza? —preguntó Kelsier—. ¿Has descubierto algo útil sobre la Casa Venture?

Ella vaciló.

—No.

—Pero el baile de la semana próxima será en la fortaleza Venture, ¿no? —preguntó Dockson.

Vin asintió con la cabeza.

Kelsier miró a la chica. *¿Nos lo diría si lo supiera?* Ella lo miró a los ojos y él no pudo leer nada en ellos. *La maldita muchacha es una mentirosa demasiado experimentada.*

—Muy bien —le dijo—. Sigue investigando.

—Lo haré.

A pesar de su fatiga, Kelsier no logró dormir esa noche. Por desgracia no podía salir a recorrer los pasillos: solo unos pocos criados sabían que estaba en la mansión y era necesario que no llamara la atención ahora que su reputación iba en aumento.

Su reputación. Suspiró mientras se apoyaba en la barandilla del balcón y contemplaba las brumas. En cierto modo, los acontecimientos le preocupaban incluso a él. Los demás no hacían preguntas en voz alta, obedeciendo su petición, pero notaba que seguían preocupados por su creciente fama.

Es la mejor forma. Puede que no necesite todo esto... pero si lo hago, voy a alegrarme de haberme tomado la molestia.

Llamaron a la puerta. Se volvió, curioso, cuando Saz asomaba la cabeza.

—Pido disculpas, maese Kelsier. Pero un guardia ha venido a verme diciendo que podía verte en el balcón. Le preocupaba que te descubrieras.

Kelsier suspiró, pero abandonó el balcón, cerró las puertas y corrió las cortinas.

—No estoy hecho para el anonimato, Sazed. Para ser un ladrón, no se me da demasiado bien esconderme.

Sazed sonrió y se dispuso a retirarse.

—¿Sazed? —preguntó Kelsier, haciendo que el terrisano se detuviera—. No puedo dormir. ¿Tienes alguna nueva propuesta para mí?

Sazed sonrió ampliamente y entró en la habitación.

—Por supuesto, maese Kelsier. Últimamente he estado pensando que deberías oír las Verdades de los bennet. Creo que van muy bien contigo. Los bennet eran un pueblo muy desarrollado que vivía en las islas del sur. Eran valientes marineros y brillantes cartógrafos: algunos de los mapas que todavía usa el Imperio Final fueron trazados por exploradores bennet.

»Su religión fue diseñada para que pudiera practicarse a bordo de barcos que se pasaban meses seguidos en el mar. El capitán era también su sacerdote y no se cedía el mando a ningún hombre hasta que hubiera recibido formación teológica.

—No se habrán producido muchos motines.

Sazed sonrió.

—Era una buena religión, maese Kelsier. Se concentraba en el descubrimiento y el conocimiento: para esa gente trazar mapas era un deber sagrado. Creían que cuando todo el mundo fuera conocido, comprendido y catalogado, los hombres encontrarían por fin la paz y la armonía. Muchas religiones enseñan esos ideales, pero pocos consiguen ponerlos en práctica tan bien como los bennet.

Kelsier frunció el ceño apoyándose en la pared, junto a las cortinas.

—Paz y armonía —dijo lentamente—. En realidad no busco ninguna de esas dos cosas ahora mismo, Saz.

—Ah.

Kelsier alzó la cabeza y miró al techo.

—¿Podrías... podrías hablarme de nuevo de los valla?

—Naturalmente —dijo Sazed, acercando una silla del escritorio y sentándose—. ¿Qué quieres saber en concreto?

Kelsier sacudió la cabeza.

—No estoy seguro. Lo siento, Saz. Estoy de un humor extraño esta noche.

—Siempre estás de un humor extraño, creo —dijo Sazed con una leve sonrisa—. Sin embargo, has preguntado por una secta interesante. Los valla duraron más en el dominio del lord Legislador que ninguna otra religión.

—Por eso lo pregunto. Yo... necesito comprender qué los mantuvo tanto tiempo en activo, Sazed. ¿Qué los impulsó a seguir luchando?

—Eran los más decididos, creo.

—Pero no tenían líderes. El lord Legislador mató a todo el consejo religioso vallano en su primera conquista.

—Sí, claro que tenían líderes, maese Kelsier —dijo Sazed—. Muertos, bien es cierto, pero líderes al fin y al cabo.

—Algunos dirían que su devoción no tenía sentido —dijo Kelsier—. La pérdida de los líderes vallanos debería haber destrozado al pueblo, no haberlo decidido todavía más a continuar.

Sazed sacudió la cabeza.

—Los hombres son más resistentes que eso, creo. Nuestra fe es a menudo más fuerte cuando debería ser más débil. Esa es la naturaleza de la esperanza.

Kelsier asintió.

—¿Quieres más información sobre los valla?

—No. Gracias, Saz. Necesitaba recordar que había gente que luchaba incluso cuando parecía que no quedaba esperanza.

Sazed asintió y se puso en pie.

—Creo que lo comprendo, maese Kelsier. Buenas noches, entonces.

Kelsier asintió distraído, dejando que el terrisano se marchara.

La mayoría de los terrisanos no son tan malos como Rashek. Sin embargo, puedo ver que creen en él, hasta cierto punto. Son hombres sencillos, no filósofos ni eruditos, y no comprenden que sus propias profecías dicen que el Héroe de las Eras será un extranjero. Solo ven lo que señala Rashek: que son un pueblo ostensiblemente superior y deberían «dominar» en vez de estar sometidos.

Ante tanta pasión y odio, incluso los hombres buenos pueden ser engañados.

30

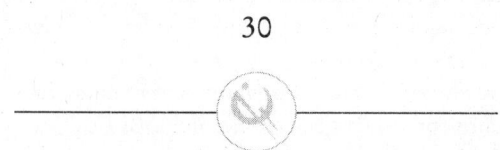

Fue necesario volver al salón de baile Venture para que Vin recordara qué era la auténtica majestad.

Había visitado tantas fortalezas que empezaba a ser insensible al esplendor. Sin embargo, había algo especial en la mansión de Venture: algo que las otras mansiones ansiaban, pero no conseguían del todo. Era como si Venture fuera el padre y los demás, niños bien enseñados. Todas las mansiones eran hermosas, pero no se podía negar cuál era la mejor.

El inmenso salón Venture, flanqueado por una fila de enormes columnas a cada lado, parecía aún más grandioso que de costumbre. Vin no acababa de entender por qué. Lo pensó mientras esperaba a que un sirviente se llevara su chal. Las candilejas normales brillaban al otro lado de las vidrieras, inundando la sala con motas de luz. Las mesas estaban inmaculadas bajo sus palios. La del lord, situada en el pequeño balcón del fondo del salón, tenía un aspecto tan regio como siempre.

Es casi... demasiado perfecto, pensó Vin. Todo parecía levemente exagerado. Los manteles eran aún más blancos y estaban mejor planchados que de costumbre. Los uniformes de los criados parecían particularmente elegantes. En vez de soldados regulares, en las puertas había mataneblinos de aspecto intencionadamente imponente, reconocibles por sus escudos de madera y su falta de armadura. En conjunto, la sala daba la impresión de que incluso el estándar de perfección Venture se había incrementado.

—Algo va mal, Sazed —susurró mientras un criado se disponía a preparar su mesa.

—¿Qué quieres decir, señora? —preguntó el alto mayordomo, de pie, un poco hacia el lado tras ella.

—Hay demasiada gente —dijo Vin, advirtiendo que era una de las cosas que la estaban molestando.

La asistencia a los bailes había menguado durante los últimos meses. Sin embargo, parecía que todo el mundo hubiese regresado para la fiesta Venture. Y todos llevaban sus mejores galas.

—Está sucediendo algo —dijo Vin en voz baja—. Algo que no sabemos.

—Sí... —respondió Sazed—. Yo también lo siento. Tal vez debería ir a cenar pronto con los otros mayordomos.

—Buena idea. Creo que me saltaré la cena esta noche. Llegamos un poco tarde y parece que la gente ya ha empezado a charlar.

Sazed sonrió.

—¿Qué?

—Recuerdo una época en que nunca te saltabas una cena, señora.

Vin bufó.

—Alégrate de que nunca intentara llenarme los bolsillos de comida en estos bailes... Créeme, estuve tentada. Ahora, márchate.

Sazed asintió y se marchó al comedor de los mayordomos. Vin escrutó los grupos de gente que charlaba. *Ni rastro de Shan, afortunadamente,* pensó. Por desgracia, tampoco Kliss estaba a la vista, así que tuvo que elegir a otra persona para chismorrear. Avanzó, sonriéndole a lord Idren Seeris, primo de la Casa Elariel, con quien había bailado en varias ocasiones. Él la reconoció con un estirado saludo y Vin se unió a su grupo.

—Hacía algún tiempo que no venía a la mansión Venture —dijo Vin, adoptando su personalidad de chica del campo—. ¡Había olvidado lo majestuosa que es!

—En efecto —dijo una de las damas—. Discúlpenme... voy a buscar algo de beber.

—Te acompaño —dijo otra, y ambas abandonaron el grupo.

Vin las vio marchar y frunció el ceño.

—Ah —dijo Yestal—. Nuestra cena ha llegado. ¿Vienes, Triss?

—Naturalmente —dijo la última dama, y se marchó junto a Yestal.

Idren se ajustó las gafas, dirigió a Vin una tibia mirada de disculpa, y se retiró. Vin se quedó allí sola, aturdida. No había recibido una recepción tan fría desde sus primeros bailes.

¿Qué está pasando?, pensó, con nerviosismo creciente. *¿Es obra de Shan? ¿Puede volver en mi contra un salón entero?*

No, no parecía eso. Hubiese requerido demasiado esfuerzo. Además, lo raro no era solo el comportamiento con ella. Todos los grupos de nobles eran... diferentes esa noche.

Vin probó un segundo grupo, con resultados aún peores. En cuanto se unió a ellos, la ignoraron al instante. Vin se sintió tan fuera de lugar que se retiró, huyendo a servirse una copa de vino. Mientras caminaba, advirtió que el primer grupo (el de Yestal e Idren) había vuelto a formarse con exactamente los mismos miembros.

Se colocó bajo la sombra del balcón oriental y estudió a la multitud. Había muy poca gente bailando y los reconoció a todos como parejas formales. También parecía haber poca relación entre grupos o mesas. Aunque la sala estaba llena, parecía que la mayoría de los asistentes estaba tratando claramente de ignorarse entre sí.

Tengo que echar un buen vistazo a esto, pensó, yendo hacia las escaleras. Al poco tiempo salió al largo balcón, casi un pasillo, incrustado en la pared sobre la pista de baile, cuyas familiares lámparas azules conferían un tono suave y melancólico a la mampostería.

Vin vaciló. El refugio de Elend estaba entre la columna de la derecha y la pared, iluminado por una sola lámpara. Casi siempre se pasaba los bailes en Venture leyendo allí: no le gustaban la pompa y la ceremonia que implicaba ser anfitrión de una fiesta.

El refugio estaba vacío. Vin se acercó a la barandilla y se asomó a contemplar el otro extremo del gran salón. La mesa del anfitrión estaba situada al mismo nivel de los balcones, y se sorprendió al ver a Elend sentado junto a su padre.

¿Qué?, pensó incrédula. Ni una sola vez, durante la media docena de bailes a los que había asistido en la mansión Venture, había visto a Elend sentado con su familia.

Allá abajo vio una figura familiar ataviada con una colorida túnica caminando entre la multitud. Llamó a Sazed, pero él ya la había visto. Mientras lo esperaba, a Vin le pareció oír una voz familiar al otro lado del balcón. Se volvió a mirar y vio una figura bajita que había pasado por alto antes. Kliss charlaba con un reducido grupo de lores menores. *Así que aquí está Kliss*, pensó. *Tal vez hable conmigo.* Se puso en pie, esperando a que Kliss terminara su conversación o a que Sazed llegara.

Sazed llegó primero, jadeando por haber subido las escaleras.

—Señora —dijo en voz baja, uniéndose a ella junto a la barandilla.

—Dime que has descubierto algo, Sazed. Este baile es... extraño. Todo el mundo está tan frío y solemne. Es casi como si estuviéramos en un funeral, no en una fiesta.

—Es una metáfora adecuada, mi señora. Nos hemos perdido un anuncio importante. La Casa Hasting ha dicho que no va a celebrar su baile habitual esta semana.

Vin frunció el ceño.

—¿Y? Las casas han cancelado bailes antes.

—La Casa Elariel lo ha cancelado también. Normalmente, Tekiel vendría a continuación... pero esa casa ya no existe. La Casa Shunah ya ha anunciado que no celebrará más bailes.

—¿Qué estás diciendo?

—Parece, señora, que este será el último baile durante un tiempo... Quizá durante mucho tiempo.

Vin contempló las magníficas vidrieras del salón, que se alzaban sobre los grupos de personas distantes, casi hostiles.

—Eso es lo que está pasando —dijo—. Están finalizando alianzas. Todos se sitúan con sus amigos y partidarios más fuertes. Saben que es el último baile, así que vienen por las apariencias, pero saben que no les queda tiempo para el politiqueo.

—Eso parece, señora.

—Todos van a pasar a la defensiva —dijo Vin—. Se retiran tras sus murallas, como si dijéramos. Por eso nadie quiere hablar conmigo: hemos hecho de Renoux una fuerza demasiado neutral. No soy de ninguna facción y es mal momento para apostar por un elemento político aleatorio.

—Maese Kelsier tiene que enterarse de esto, señora —dijo Sazed—. Planeaba hacerse pasar por informador de nuevo esta noche. Si desconoce esta situación, su credibilidad podría resultar seriamente dañada. Deberíamos marcharnos.

—No —respondió Vin, volviéndose hacia Sazed—. No puedo

irme... No cuando todo el mundo se queda. Todos pensaban que era muy importante venir y que los vieran en este último baile, y por eso yo no debería marcharme hasta que ellos empiecen a hacerlo.

Sazed asintió.

—Muy bien.

—Vete tú, Sazed. Alquila un carruaje y ve a decirle a Kel lo que hemos descubierto. Yo me quedaré un poco más, y luego me marcharé cuando no haga parecer débil a la Casa Renoux.

—Yo... no sé si apruebo eso, señora.

Vin puso los ojos en blanco.

—Agradezco la ayuda que me has prestado, pero no es necesario que me sigas llevando de la mano. Mucha gente viene a estos bailes sin mayordomo que la atienda.

Sazed suspiró.

—Muy bien, señora. Sin embargo, regresaré cuando haya localizado a maese Kelsier.

Vin asintió, se despidió de él y Sazed se retiró bajando la escalera de piedra. Vin se apoyó contra el balcón en el sitio de Elend y miró hasta ver que Sazed aparecía debajo y se encaminaba hacia la puerta principal.

¿Y ahora qué? Aunque pueda encontrar a alguien con quien hablar, ya no tiene sentido difundir rumores.

Sintió un atisbo de temor. ¿Quién habría pensado que llegaría a disfrutar tanto de la frivolidad de los nobles? La experiencia quedaba empañada por el conocimiento de lo que muchos nobles eran capaces de hacer, pero incluso así, había sido un... sueño disfrutar de todo aquello.

¿Volvería a asistir a bailes como esos? ¿Qué sucedería con Valette la noble? ¿Tendría que guardar los vestidos y el maquillaje y volver a no ser más que Vin, la ladrona callejera? Casi con toda seguridad no habría tiempo para grandes bailes en el nuevo reino de Kelsier, y tal vez no fuera mala cosa: ¿qué derecho tenía ella a bailar mientras los otros skaa morían de hambre? Sin embargo... el mundo perdería algo hermoso sin las mansiones y los bailarines, los vestidos y las fiestas.

Suspiró, se apartó de la barandilla y se miró el vestido. Era de un profundo azul brillante, con diseños circulares blancos en la base de la falda. No tenía mangas, pero los guantes de seda azul le llegaban por encima de los codos.

Antes el vestido le hubiese parecido frustrantemente recargado. Ahora, sin embargo, le parecía maravilloso. Le gustaba su diseño, que le realzaba el pecho y sin embargo acentuaba también su fino torso. Le gustaba cómo le encajaba en la cintura y se desplegaba en una amplia campana que crujía cuando caminaba.

Lo echaría de menos... Lo echaría de menos todo. Pero Sazed tenía razón. No podía detener el paso del tiempo, solo podía disfrutar del momento.

No voy a dejarlo ahí sentado toda la noche en la mesa, ignorándome, decidió.

Se dio media vuelta y recorrió el balcón, saludando a Kliss al pasar. El balcón terminaba en un pasillo que giraba y, como Vin había deducido correctamente, daba al saliente donde se encontraba la mesa del anfitrión.

Se quedó en el pasillo un momento, asomada. Los lores y las damas estaban acomodados con sus regios vestidos, disfrutando del privilegio de haber sido invitados a sentarse con lord Straff Venture. Vin esperó, tratando de llamar la atención de Elend. Uno de los invitados reparó en ella, al cabo, y le dio un codazo a Elend. Este se volvió, sorprendido, vio a Vin y se ruborizó levemente.

Ella lo saludó y él se levantó, excusándose. Vin volvió al pasillo para poder hablar en privado.

—¡Elend! —dijo mientras él se acercaba por el pasillo de piedra—. ¡Estás sentado con tu padre!

Él asintió.

—Este baile se ha convertido en un acontecimiento especial, Valette, y mi padre insistió en que siguiera el protocolo.

—¿Cuándo vamos a tener tiempo para hablar?

—No estoy... seguro de que podamos.

Vin frunció el ceño. Él parecía... reservado. En lugar de su habitual traje, algo gastado y arrugado, llevaba uno nuevo y elegante. Incluso iba peinado.

—¿Elend? —dijo ella, avanzando un paso.

Él alzó una mano, deteniéndola.

—Las cosas han cambiado, Valette.

No, pensó ella. *¡Esto no puede cambiar, todavía no!*

—¿Cosas? ¿Qué cosas? Elend, ¿de qué estás hablando?

—Soy heredero de la Casa Venture —dijo él—. Y se avecinan tiempos peligrosos. La Casa Hasting ha perdido un convoy entero esta tarde y eso es solo el comienzo. Dentro de un mes, las fortalezas estarán abiertamente en guerra. No son cosas que pueda ignorar, Valette. Es hora de que deje de ser una molestia para mi familia.

—Muy bien. Pero eso no significa...

—Valette —la interrumpió Elend—. Tú también eres una molestia. Muy grande. No mentiré y diré que nunca me has importado... Me importabas y todavía es así. Sin embargo, supe desde el principio (igual que tú) que esto nunca podría ser más que una relación de pasada. La verdad es que mi casa me necesita... y es más importante que tú.

Vin palideció.

—Pero...

Él se dio media vuelta para marcharse.

—Elend, por favor, no me dejes —dijo en un susurro.

Él dudó al dar el siguiente paso y se volvió a mirarla.

—Sé la verdad, Valette. Sé que has mentido sobre tu identidad. No me importa, en realidad. No estoy enfadado, ni siquiera decepcionado. La verdad es que lo esperaba. Estás solo... jugando el juego. Como hacemos todos. —Al decir eso, sacudió la cabeza y se dio media vuelta—. Como hago yo.

—¿Elend? —dijo ella, tendiendo la mano hacia él.

—No me hagas avergonzarte en público, Valette.

Vin se sintió aturdida. Y luego se sintió demasiado furiosa para estar aturdida: demasiado furiosa, demasiado frustrada... y demasiado aterrorizada.

—No me dejes —susurró—. No me dejes tú también.

—Lo siento. Pero tengo que ir con mis amigos. Ha sido... divertido.

Y se marchó. Vin se quedó en el pasillo a oscuras. Se sintió temblar y se volvió para regresar tambaleándose al balcón principal. Al lado, pudo ver a Elend despedirse de su familia y luego encaminarse por un pasillo trasero hacia las viviendas de la mansión.

No puede hacerme esto. Elend, no. Ahora no...

Sin embargo, una voz en su interior (una voz que casi había olvidado) empezó a hablar. *Pues claro que te ha dejado,* susurró Reen. *Pues claro que te ha abandonado. Todos te traicionarán, Vin. ¿Qué fue lo que te enseñé?*

¡No!, pensó ella. *Se debe solo a la tensión política. Cuando esto se termine, podré convencerle de que vuelva...*

Yo nunca volví por ti, susurró Reen. *Él tampoco lo hará.* La voz parecía tan real que era como si pudiera escuchar a su hermano a su lado.

Vin se apoyó en la barandilla del balcón, usando la reja de hierro para sostenerse y erguirse. No dejaría que él la destruyera. Una vida en las calles no había podido romperla; no dejaría que un noble cargado de importancia lo hiciera. Se lo repitió una y otra vez.

Pero ¿por qué aquello dolía mucho más que el hambre, mucho más que las palizas de Camon?

—Vaya, Valette Renoux —dijo una voz tras ella.

—Kliss. No estoy... de humor para hablar, ahora mismo.

—Ah —dijo Kliss—. Así que Elend Venture por fin se ha librado de ti. No te preocupes, niña: pronto recibirá lo que se merece.

Vin se dio la vuelta, el ceño fruncido por el extraño tono de voz de Kliss. La mujer no parecía ella misma. Parecía demasiado... controlada.

—Entrégale un mensaje a tu tío de mi parte, ¿quieres, querida? —preguntó Kliss animosamente—. Dile que un hombre como él, sin alianzas de casas, podría tener problemas para recopilar información en los meses venideros. Si necesita una buena fuente de información, dile que me llame. Sé un montón de cosas interesantes.

—¡Eres una informadora! —dijo Vin, ignorando su dolor por el momento—. Pero, eres...

—¿Una chismosa tonta? —preguntó la mujer bajita—. Bueno, sí, lo soy. Es fascinante, las cosas de las que te enteras cuando te conocen como a la chismosa de la corte. La gente viene a ti para difundir mentiras obvias... como las que me contaste sobre la Casa Hasting la semana pasada. ¿Por qué querías que difundiera tales falsedades? ¿Podría la Casa Renoux estar intentando hacerse con el mercado de armas durante la guerra de casas? De hecho... ¿podría Renoux estar *detrás* del reciente ataque a los barcos Hasting? —Los ojos de Kliss brillaron—. Dile a tu tío que puedo guardar silencio sobre lo que sé... por una pequeña tarifa.

—Me has estado engañando durante todo este tiempo... —dijo Vin, aturdida.

—Naturalmente, querida —dijo Kliss, dándole una palmadita en el brazo—. Es lo que hacemos aquí en la corte. Acabarás por aprenderlo... si sobrevives. Ahora, sé una buena chica y entrega mi mensaje, ¿de acuerdo?

Kliss se volvió, su traje cuadrado y chillón de pronto le pareció a Vin un disfraz brillante.

—¡Espera! ¿Qué es lo que has dicho antes sobre Elend? ¿Que va a recibir lo que se merece?

—¿Hummm? —dijo Kliss, volviéndose—. Bueno... eso es. Te has estado preguntando por los planes de Shan Elariel, ¿no?

¿Shan?, pensó Vin, con creciente preocupación.

—¿Qué está planeando?

—Ah, querida, eso sí que es un secreto caro. Podría decírtelo... pero ¿qué obtendría a cambio? Una mujer de una casa poco importante como yo necesita encontrar sustento en alguna parte...

Vin se quitó el collar de zafiros, la única pieza de joyería que llevaba.

—Toma. Cógelo.

Kliss aceptó el collar con expresión pensativa.

—Hummm, sí, muy bonito, desde luego.

—¿Qué es lo que sabes? —le espetó Vin.

—El joven Elend va a ser una de las primeras bajas Venture en la guerra de casas, me temo —dijo Kliss, guardándose el collar en un bolsillo de su manga—. Una lástima... Parece un muchacho agradable. Demasiado agradable, quizá.

—¿Cuándo? —exigió Vin—. ¿Dónde? ¿Cómo?

—Tantas preguntas y un solo collar... —dijo Kliss de forma distraída.

—¡Es todo lo que tengo ahora mismo! —dijo Vin sinceramente. Su monedero contenía solo piezas de cobre para empujarlas.

—Pero es un secreto muy valioso, querida. Como decía —continuó Kliss—, al decírtelo mi propia vida correría...

¡Ya basta!, pensó Vin, furiosa. *¡Estúpidos juegos aristocráticos!*

Vin quemó cinc y latón golpeando a Kliss con una poderosa andanada de alomancia emocional. Aplacó todos los sentimientos de la mujer menos el miedo y luego se apoderó de ese miedo y dio un firme tirón de él.

—¡Dímelo! —rugió Vin.

Kliss jadeó, se tambaleó y estuvo a punto de caer al suelo.

—¡Una alomántica! ¡No me extraña que Renoux trajera a una prima lejana a Luthadel!

—¡Habla! —dijo Vin, dando un paso hacia delante.

—Es demasiado tarde para ayudarle. ¡Yo nunca vendería un secreto así si pudiera volverse contra mí!

—¡Dímelo!

—Será asesinado por alománticos de Elariel esta noche —susurró Kliss—. Puede que ya esté muerto: se suponía que iba a pasar en cuanto se retirara de la mesa de su padre. Pero si quieres venganza, tendrás que mirar también a lord Straff Venture.

—¿El padre de Elend? —preguntó Vin con sorpresa.

—Naturalmente, niña tonta —dijo Kliss—. Nada le gustaría más a lord Venture que tener una excusa para entregar el título de la casa a su sobrino. Todo lo que Venture ha tenido que hacer ha sido retirar a unos cuantos soldados del tejado, cerca de la habitación de Elend, para dejar entrar a los asesinos de Elariel. ¡Y como el asesinato tendrá lugar durante una de las pequeñas reuniones filosóficas de Elend, lord Venture podrá deshacerse también de un Hasting y un Lekal!

Vin se dio media vuelta. *¡Tengo que hacer algo!*

—Naturalmente —dijo Kliss con una risita—. A lord Venture le espera también una sorpresa. He oído que tu Elend tiene algunos libros muy... escogidos en su poder. El joven Venture debería tener más cuidado con las cosas que cuenta a sus mujeres, creo.

Vin se volvió hacia la sonriente Kliss. La mujer le guiñó un ojo.

—Mantendré tu alomancia en secreto, niña. Pero asegúrate de que cobro mañana por la tarde. Una dama tiene que comprar comida... Y como puedes ver, yo necesito bastante.

»En cuanto a la Casa Venture... Bueno, yo me distanciaría de ellos, si fuera tú. Los asesinos de Shan van a crear un buen alboroto esta noche. No me extrañaría si la mitad de la corte acabara en la habitación del muchacho para ver a qué se debe tanto jaleo. Cuando la corte vea esos libros que tiene Elend... Bueno, digamos que los obligadores se van a interesar mucho en la Casa Venture durante un tiempo. Lástima que Elend ya esté muerto... ¡Hace mucho que no asistimos a la ejecución de un noble!

La habitación de Elend, pensó Vin a la desesperada. *¡Ahí deben de estar!* Se volvió, sujetándose la falda y corriendo frenéticamente hacia el pasillo que había dejado momentos antes.

—¿Adónde vas? —preguntó Kliss, sorprendida.

—¡Tengo que impedirlo!

Kliss se echó a reír.

—Ya te he dicho que es demasiado tarde. La de Venture es una fortaleza muy antigua, y los pasadizos que conducen a las habitaciones de los lores son todo un laberinto. Si no sabes el camino, te perderás durante horas.

Vin miró alrededor, sintiéndose indefensa.

—Además, niña —añadió Kliss, volviéndose para marcharse—. ¿No te acaba de rechazar el muchacho? ¿Qué le debes?

Al oír eso, Vin vaciló. *Tiene razón. ¿Qué le debo?*

La respuesta le llegó inmediatamente. *Lo amo.*

Con esa idea, recuperó fuerzas. Echó a correr a pesar de las carcajadas de Kliss. Tenía que intentarlo. Entró en el pasillo y se internó en los oscuros pasadizos. Sin embargo, las palabras de Kliss pronto se revelaron ciertas: los oscuros corredores de piedra eran extraños y sin adornos. Nunca encontraría el camino a tiempo.

El tejado, pensó. *Las habitaciones de Elend tendrán un balcón al exterior. ¡Necesito una ventana!*

Se abalanzó por el pasillo, quitándose los zapatos y tirando de las medias. Luego corrió como mejor pudo con el vestido. Buscó frenéticamente una ventana lo bastante grande como para caber por ella. Se adentró corriendo en un pasillo más grande, vacío a excepción de las fluctuantes antorchas.

Al otro lado había una enorme vidriera de color lavanda.

Esto me vale, pensó Vin. Avivando acero, se lanzó al aire y tomó impulso en una enorme puerta de hierro que tenía detrás. Voló hacia delante un momento, luego empujó con mucha fuerza el marco de hierro de la ventana.

Se detuvo en el aire, empujando hacia atrás y hacia delante al mismo tiempo. Se esforzó, flotando en el corredor vacío, avivando el peltre para no ser aplastada. El rosetón de la ventana era enorme, pero estaba hecho casi todo de cristal. ¿Sería resistente?

Muy resistente. Vin gruñó por la tensión. Oyó algo quebrarse tras ella y la puerta empezó a retorcerse en sus goznes.

¡Tienes... que... ceder!, pensó enfadada, avivando su acero. Lascas de piedra cayeron alrededor de la ventana.

Entonces, con un crujido, el rosetón se soltó de la pared de piedra. Cayó hacia la noche oscura y Vin salió despedida detrás.

La fría bruma la envolvió. Tiró levemente contra la puerta de la habitación, impidiéndose llegar demasiado lejos, y luego empujó con fuerza contra la ventana que caía. La enorme vidriera giró bajo ella, agitando las brumas mientras Vin salía despedida directa hacia el tejado.

La ventana chocó con el suelo justo cuando Vin llegaba al borde del tejado, el vestido aleteando locamente con el viento. Aterrizó de golpe contra el tejado recubierto de bronce y se agachó al instante. Sintió el metal frío bajo los pies y las manos.

Avivó estaño, iluminando la noche. No vio nada fuera de lo corriente.

Quemó bronce, usándolo como Marsh le había enseñado, en busca de signos de alomancia. No había ninguno: los asesinos llevaban a un ahumador consigo.

¡No puedo buscar en todo el edificio!, pensó Vin, desesperada, avivando su bronce. *¿Dónde están?*

Entonces, curiosamente, le pareció que sentía algo. Un pulso alomántico en la noche. Leve. Oculto. Pero suficiente.

Vin se levantó para echar a correr por el tejado, confiando en sus instintos. Mientras corría, avivó peltre, se agarró el vestido por el cuello y rasgó su parte delantera hacia abajo de un solo tirón. Sacó el monedero y los frasquitos de metal del bolsillo oculto, y luego, todavía corriendo, terminó de quitarse el vestido, los encajes y las medias y lo tiró todo. El corsé y los guantes siguieron el mismo camino. Debajo llevaba una fina camisa sin mangas y unos pantaloncitos blancos.

Corrió frenética. *No puedo llegar tarde*, pensó. *Por favor. No puedo.*

En la niebla se movían unas figuras. Se encontraban junto a una claraboya, en el tejado. Vin había pasado junto a otras similares mientras corría. Una de las figuras señaló la claraboya con un arma brillando en su mano.

Vin gritó. Se impulsó lejos del tejado de bronce y trazó un arco al saltar. Aterrizó en el mismo centro del sorprendido grupo y lanzó su bolsa de monedas, rompiéndola en dos.

Las monedas se esparcieron por el aire reflejando la luz de la ventana de abajo. Mientras, la brillante lluvia de metal caía a su alrededor, Vin empujó.

Las monedas volaron como un enjambre de insectos, dejando un surco en la bruma. Las figuras gritaron cuando golpearon sus cuerpos y varias de las formas oscuras cayeron.

Otras no lo hicieron. Algunas de las monedas fueron desviadas, empujadas a un lado por invisibles manos alománticas. Cuatro personas permanecieron de pie: dos de ellas llevaban capa de bruma; una le era familiar.

Shan Elariel. Vin no necesitó ver la capa para comprender: solo había un motivo para que una mujer tan importante como Shan participara en una misión de asesinato como esa. Era una nacida de la bruma.

—¿*Tú?* —preguntó Shan, sorprendida. Llevaba pantalones y camisa negra, el pelo oscuro recogido atrás y vestía la capa de bruma casi con elegancia.

Dos nacidos de la bruma, pensó Vin. *Mala cosa*. Echó a correr y esquivó a uno de los asesinos cuando blandió su bastón de duelo contra ella.

Vin se deslizó por el tejado, luego se empujó para detenerse, girando con una mano apoyada contra el frío bronce. Se volvió y tiró contra las pocas monedas que no se habían perdido en la noche, atrayéndolas hacia su mano.

—¡Matadla! —exclamó Shan.

Los dos hombres que Vin había derribado gemían en el tejado. No estaba muertos; de hecho, uno trataba de ponerse en pie.

Violentos, pensó Vin. *Los otros dos deben de ser lanzamonedas.*

Como dándole la razón, uno de los hombres trató de empujar lejos de ella el frasquito de metales. Por fortuna, no contenía suficientes para proporcionarle un buen anclaje y ella lo sujetó fácilmente.

Shan volvió su atención hacia la claraboya.

¡No, eso sí que no!, pensó Vin, echando a correr de nuevo.

El lanzamonedas gritó cuando se acercó. Vin disparó una moneda contra él. El hombre la devolvió de un empujón, pero Vin se ancló contra el tejado de bronce y avivó acero para empujar a su vez con firmeza.

El empujón de acero del hombre, transmitido de la moneda a Vin y al tejado, lo lanzó por el aire. Dejó escapar un grito mientras se perdía en la oscuridad. Era solo un brumoso, no podía tirar de sí mismo para volver al tejado.

El otro lanzamonedas trató de rociarla de monedas, pero Vin las esquivó con facilidad. Por desgracia, no era tan necio como su compañero y soltó las monedas poco después de empujarlas. Sin embargo, estaba claro que no podía golpearla. ¿Por qué entonces...?

¡El otro nacido de la bruma!, pensó Vin, y rodó mientras la figura saltaba de la oscuridad con los cuchillos de cristal destellando en el aire.

Vin apenas logró apartarse. Tuvo que avivar peltre para recuperar el equilibrio. Se incorporó junto al violento herido, que intentaba levantarse, debilitado. Avivando de nuevo peltre, Vin le hundió el hombro en el pecho al hombre, apartándolo de un empujón. Este se tambaleó, todavía sujetándose el costado sangrante. Luego resbaló y cayó por la claraboya. El fino cristal tintado se hizo añicos y los oídos de Vin amplificados por el estaño oyeron gritos de sorpresa abajo, seguidos de un golpe cuando el violento llegó al suelo.

Vin alzó la cabeza, sonriendo con malicia a la aturdida Shan. Tras ella, el segundo nacido de la bruma maldijo en silencio.

—Tú... Tú... —farfulló Shan, los ojos ardiendo peligrosamente de furia en la noche.

Acepta la advertencia, Elend, pensó Vin, *y escapa. Es hora de que me marche.*

No podía enfrentarse a dos nacidos de la bruma a la vez: ni siquiera podía derrotar a Kelsier la mayoría de las noches. Avivando acero, Vin se lanzó hacia atrás. Shan dio un paso adelante y, con decisión, se impulsó tras ella. El segundo nacido de la bruma la imitó.

¡Demonios!, pensó Vin, girando en el aire y tirando de sí hacia el borde del tejado, cerca de donde había roto la vidriera. Debajo corrían figuras y sus faroles iluminaban las brumas. Lord Venture debía de pensar que la confusión significaba que su hijo había muerto. Le esperaba una sorpresa.

Vin se lanzó de nuevo al aire, saltando al neblinoso vacío. Oyó a los dos nacidos de la bruma aterrizar tras ella, luego se impulsó otra vez.

Esto no va bien, pensó nerviosa mientras recorría las corrientes de aire. No le quedaban monedas, ni tenía dagas... y se enfrentaba a dos nacidos de la bruma bien entrenados.

Quemó hierro, buscando frenéticamente un anclaje en la noche. Una línea azul, moviéndose despacio, apareció bajo ella a la derecha.

Vin tiró de la línea, cambiando su trayectoria. Se lanzó hacia abajo: la muralla de los terrenos Venture apareció como una sombra oscura. Su anclaje era el peto de un desafortunado guardia de la muralla que se agarraba frenético a una de las almenas para no ser arrastrado hacia Vin.

Esta chocó contra el hombre con los pies, luego giró en el aire brumoso, volviéndose para aterrizar en la fría piedra. El guardia se desplomó, luego gimió, agarrándose desesperado a su asidero de piedra mientras otra fuerza alomántica tiraba de él.

Lo siento, amigo, pensó Vin, soltando de una patada la mano del hombre de la almena. El guardia salió inmediatamente despedido hacia arriba, como impulsado por un poderoso cable.

En la oscuridad se oyó el sonido de cuerpos chocando y Vin vio un par de formas caer flácidas al patio. Sonrió mientras echaba a correr por la muralla. *Espero que fuera Shan.*

Saltó y aterrizó encima de la caseta de guardia. Cerca de la fortaleza, la gente se congregaba y subía a sus carruajes para huir.

Y así empieza la guerra de casas, pensó. *No creí que fuera a ser yo quien la iniciara oficialmente.*

Una figura salida de la bruma se abalanzó hacia ella. Vin dejó escapar un grito, avivó peltre y saltó a un lado. Shan aterrizó con destreza, los flecos de la capa de bruma aleteando, encima de la garita. Empuñaba dos dagas y sus ojos resplandecían de ira.

Vin saltó a un lado, rodó de la garita y aterrizó en la muralla de abajo. Un par de guardias se alarmaron, sorprendidos al ver a una muchacha medio desnuda caer entre ellos. Shan saltó a la pared, tras ellos, luego empujó y lanzó a uno de los guardias contra Vin.

El hombre gritó cuando Vin empujó también su peto, pero era más pesado que ella y cayó de espaldas. Tiró del guardia para detenerse y el hombre chocó contra la parte superior de la muralla. Vin aterrizó ágilmente a su lado y recogió su bastón cuando ya rodaba libre de su mano.

Shan atacó en un destello de dagas giratorias, y Vin se vio obligada a saltar de nuevo hacia atrás. *¡Es muy buena!*, pensó ansiosa. Vin apenas se había entrenado con las dagas: en aquel momento deseó haberle pedido a Kelsier un poco más de práctica. Blandió el bastón, pero nunca había usado uno y su ataque fue ridículo.

Shan descargó un golpe y Vin sintió una llamarada de dolor en la mejilla mientras esquivaba. Dejó caer aturdida el bastón, se llevó la mano a la cara y sintió la sangre. Retrocedió tambaleándose, viendo la sonrisa en el rostro de Shan.

Y, entonces, Vin recordó el frasquito. El que todavía llevaba... El que le había dado Kelsier.

Atium.

No se molestó en sacárselo de la cintura. Quemó acero, empujándolo al aire ante sí. Luego inmediatamente quemó hierro y tiró de la perla de atium. El frasquito se hizo añicos, la perla voló hacia Vin. La atrapó con la boca y se la tragó en el acto.

La mano de Shan salió disparada hacia su propia cintura. Entonces, antes de que Vin pudiera hacer nada, bebió de su propio frasquito.

¡Naturalmente, también tiene atium!

Pero ¿cuánto tenía? Kelsier no le había dado mucho a Vin... El suficiente para unos treinta segundos. Shan saltó hacia delante, sonriendo, su largo cabello negro ondeando en el aire. Vin apretó los dientes. No tenía elección.

Quemó atium. Inmediatamente, la forma de Shan despidió docenas de sombras de atium fantasma. Era un empate entre nacidas de la bruma: la primera que se quedara sin atium sería vulnerable. No se podía escapar de un oponente que sabía exactamente lo que ibas a hacer.

Vin retrocedió, sin perder de vista a Shan. La noble avanzó al acecho, sus fantasmas formando una demencial burbuja de movimiento traslúcido a su alrededor. Parecía calmada. Segura.

Tiene atium de sobra, pensó Vin, sintiendo que su propia reserva se agotaba. *Tengo que escapar.*

De pronto, una fantasmal pieza alargada de madera atravesó el pecho de Vin, que se echó a un lado mientras la verdadera flecha, al parecer sin punta metálica, cruzaba el aire donde había estado un momento antes. Miró hacia la garita, donde varios soldados estaban alzando sus arcos.

Maldijo, mirando a un lado, hacia las brumas. Al hacerlo, captó una sonrisa en Shan.

Está esperando a que mi atium se consuma. Quiere que corra... sabe que puede alcanzarme.

Solo quedaba una opción: atacar.

Shan frunció el ceño, sorprendida, cuando Vin se abalanzó hacia delante. Unas flechas fantasma rozaron las piedras antes de que sus contrapartidas reales llegaran. Vin esquivó dos flechas (su mente amplificada por el atium sabía exactamente cómo moverse), pasando tan cerca entre ambas que sintió los proyectiles en el aire a cada lado.

Shan blandió sus dagas y Vin se volvió de lado esquivando un tajo, bloqueando el otro golpe con el antebrazo, con lo que se llevó un profundo corte. Su propia sangre voló por los aires mientras giraba, cada gotita proyectando una traslúcida imagen de atium. Avivó peltre y dio un puñetazo a Shan en la tripa.

Shan gruñó de dolor, se dobló levemente, pero no cayó.

El atium casi se ha consumido, pensó Vin, desesperada. *Solo quedan unos pocos segundos.*

Por eso apagó su atium, exponiéndose.

Shan sonrió con malicia, se irguió, empuñando confiada la daga con la mano derecha. Supuso que Vin se había quedado sin atium... y que por tanto había quedado expuesta. Que era vulnerable.

En ese momento Vin quemó el último ápice de atium. Shan se detuvo brevemente, confundida, dejando a Vin un resquicio mientras una flecha fantasma surcaba las brumas sobre ellas.

Vin atrapó la flecha real que la seguía (el grano de la madera le quemó los dedos) y se la clavó en el pecho a Shan. El astil se quebró en su mano y se clavó sobresaliendo aproximadamente una pulgada del cuerpo de Shan. La mujer se tambaleó hacia atrás sin llegar a caer.

Maldito peltre, pensó Vin, desenvainando la espada del soldado inconsciente que tenía a sus pies. Saltó, apretando decidida los dientes, y Shan, todavía aturdida, alzó una mano para empujar la espada.

Vin soltó el arma (era solo una distracción) mientras clavaba la otra mitad de la flecha rota en el pecho de Shan, justo al lado de la primera.

Esta vez Shan cayó. Trató de levantarse, pero uno de los astiles debió de causar un grave daño a su corazón, pues su rostro palideció. Se debatió un momento y cayó sin vida al suelo.

Vin se irguió, jadeando entrecortadamente mientras se limpiaba la sangre de la mejilla... solo para advertir que su brazo ensangrentado empeoraba el estado de su cara. Tras ella, los soldados gritaban y seguían disparando flechas.

Vin miró hacia el torreón, se despidió de Elend y se abalanzó hacia la noche.

A otros hombres les preocupa si serán recordados o no. Yo no siento esos temores; incluso descartando las profecías de Terris, he traído tal caos, conflicto y esperanza a este mundo que hay pocas posibilidades de que sea olvidado.

Me preocupa lo que dirán de mí. Los historiadores pueden hacer con el pasado lo que quieran. Dentro de mil años, ¿seré recordado como el hombre que protegió a la humanidad de un poderoso mal? ¿O seré recordado como un tirano que arrogantemente trató de convertirse en leyenda?

31

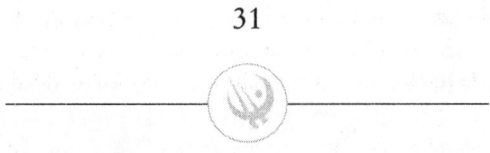

—No sé —dijo Kelsier, sonriendo mientras se encogía de hombros—. Brisa sería un buen ministro de Sanidad.

Todos se echaron a reír, aunque Brisa puso los ojos en blanco.

—Sinceramente, no sé por qué soy siempre el blanco de vuestras bromas. ¿Por qué elegís a la única persona digna de este grupo como objeto de vuestras burlas?

—Porque, mi querido amigo —dijo Ham, imitando el acento de Brisa—, tú eres, con diferencia, el mejor blanco que tenemos.

—Ay, por favor —dijo Brisa mientras Fantasma casi rodaba por el suelo de risa—. Esto se está volviendo infantil. El adolescente es el único que ha encontrado divertido ese comentario, Hammond.

—Soy un soldado —respondió Ham, alzando su copa—. Tus ingeniosos ataques verbales no tienen ningún efecto sobre mí, pues soy demasiado cerrado de mollera para comprenderlos.

Kelsier se echó a reír, apoyado en la alacena. Un problema de trabajar de noche era que se perdía las reuniones en la cocina de Clubs. Brisa y Ham continuaron con sus pullas. Dox estaba sentado en un extremo de la mesa, repasando libros de cuentas e informes, mientras que Fantasma se sentaba ansioso junto a Ham, tratando lo mejor posible de participar en la conversación. Clubs estaba sentado en su rincón, supervisando, sonriendo de vez en cuando, disfrutando de su habilidad de fruncir el ceño mejor que nadie.

—Tendría que irme ya, maese Kelsier —dijo Sazed, mirando el reloj de pared—. La señora Vin debe de estar a punto de marcharse.

Kelsier asintió.

—Yo también debería ponerme en marcha. Aún tengo que...

La puerta de la cocina se abrió de golpe. La silueta de Vin apareció recortada en la bruma, apenas vestida con su ropa interior: una fina camisa blanca y pantalones. Ambos estaban manchados de sangre.

—¡Vin! —exclamó Ham, poniéndose en pie.

Tenía en la mejilla un arañazo largo y fino, y llevaba un vendaje en el antebrazo.

—Estoy bien —dijo, cansada.

—¿Qué le ha pasado a tu vestido? —exigió saber inmediatamente Dockson.

—¿Te refieres a esto? —preguntó ella, en tono de disculpa, y alzó una masa azul de tela desgarrada y manchada de hollín—. Me.. estorbaba. Lo siento, Dox.

—¡Por el lord Legislador, niña! —dijo Brisa—. Olvida el vestido. ¿Qué te ha pasado *a ti*?

Vin sacudió la cabeza y cerró la puerta. Fantasma se ruborizó hasta las orejas viéndola como iba y Sazed intervino al instante para comprobar la herida de su mejilla.

—Creo que he hecho algo malo —dijo Vin—. Creo... que quiza he matado a Shan Elariel.

—¿Que has hecho *qué*? —preguntó Kelsier mientras Sazed chasqueaba la lengua, dejaba de inspeccionar la mejilla y deshacía el vendaje del brazo.

Vin dio un leve respingo mientras Sazed la atendía.

—Era una nacida de la bruma. Luchamos. Vencí.

¿Mataste a una nacida de la bruma plenamente entrenada?, pensó Kelsier, asombrado. *¡Apenas llevas ocho meses practicando!*

—Maese Hammond —solicitó Sazed—, ¿quieres traer mi bolsa de curandero?

Ham asintió y se puso en pie.

—Puede que quieras traerle también algo que ponerse —sugirió Kelsier—. Creo que al pobre Fantasma está a punto de darle un ataque al corazón.

—¿Qué tiene esto de malo? —preguntó Vin, indicando su ropa—. No es que enseñe mucho más que con alguna de la ropa de ladrona que he usado.

—Es ropa interior, Vin —dijo Dockson.

—¿Y?

—Esa es la cuestión. Las damas jóvenes no van por ahí corriendo en ropa interior, no importa cuánto se pueda parecer esa ropa interior a la ropa normal.

Vin se encogió de hombros y se sentó mientras Sazed le vendaba el brazo. Parecía... agotada. Y no solo por la lucha. *¿Qué más sucedió en esa fiesta?*

—¿Dónde luchaste con la mujer Elariel? —preguntó Kelsier.

—Frente a la fortaleza Venture —dijo Vin, agachando la cabeza—. Yo... creo que algunos de los guardias me vieron. Puede que algunos nobles también, no estoy segura.

—Esto va a traer problemas —suspiró Dockson—. Naturalmente, esa herida en la mejilla va a resultar bastante obvia, incluso con maquillaje. Sinceramente, ¿es que vosotros los alománticos nunca os preocupáis del aspecto que vais a tener al día siguiente de una de vuestras peleas?

—Estaba más concentrada en conservar la vida, Dox.

—Se está quejando porque se preocupa por ti —dijo Kelsier mientras Ham regresaba con la bolsa—. Eso es lo que le pasa.

—Ambas heridas requieren sutura inmediata, señora —dijo Sazed—. Creo que la del brazo ha llegado al hueso.

Vin asintió y Sazed le frotó el brazo con un ungüento anestésico antes de empezar a trabajar. Ella lo soportó sin demasiada incomodidad visible... aunque obviamente había avivado peltre.

Parece tan agotada, pensó Kelsier. Era una muchachita de aspecto frágil, toda brazos y piernas. Hammond le echó una capa sobre los hombros, pero ella parecía demasiado cansada para importarle.

Y yo la he metido en esto.

Ella debería saber que no tenía que meterse en aquella clase de líos. Por fin Sazed terminó de coser, luego colocó un nuevo vendaje en la herida del brazo. Pasó a la mejilla.

—¿Por qué combatir con una nacida de la bruma? —preguntó Kelsier, severo—. Tendrías que haber huido. ¿Es que no aprendiste nada de tu batalla con los inquisidores?

—No podía escapar sin darle la espalda —dijo Vin—. Además,

tenía más atium que yo. Si no hubiera atacado, me habría perseguido. Tuve que golpear mientras estábamos igualadas.

—Pero ¿cómo te metiste en esa pelea, para empezar? —exigió saber Kelsier—. ¿Te atacó ella?

Vin se miró los pies.

—Ataqué yo primero.

—¿Por qué?

Vin guardó silencio un momento, mientras Sazed le curaba la mejilla.

—Iba a matar a Elend —dijo por fin.

Kelsier resopló, exasperado.

—¿A Elend Venture? ¿Arriesgaste tu vida... arriesgaste el plan, y nuestras vidas, por ese muchacho idiota?

Vin alzó la cabeza y lo miró a la cara.

—Sí.

—¿Qué pasa contigo, muchacha? —preguntó Kelsier—. Elend Venture no merece la pena.

Ella se levantó enfadada. Sazed retrocedió y la capa cayó al suelo.

—¡Es un buen hombre!

—¡Es un noble!

—¡Y *vosotros* también! —replicó ella. Agitó una mano, llena de frustración, señalando la cocina y la banda—. ¿Qué piensas que es esto, Kelsier? ¿La vida de un skaa? ¿Qué sabe ninguno de vosotros de los skaa? ¿Trajes de aristócrata, acechar a vuestros enemigos de noche, comidas completas y copas alrededor de la mesa con los amigos? ¡Esa no es la vida del skaa!

Dio un paso adelante, mirando a Kelsier. Él parpadeó, sorprendido del estallido.

—¿Qué sabes de ellos, Kelsier? —preguntó—. ¿Cuándo fue la última vez que dormiste en un callejón, temblando bajo la fría lluvia, escuchando al mendigo que tenías al lado toser de la enfermedad que sabías que iba a matarlo? ¿Cuándo fue la última vez que te pasaste toda la noche sin dormir, aterrorizado porque uno de los hombres de tu banda podía intentar violarte? ¿Te has arrodillado alguna vez, muerto de hambre, deseando tener el valor de acuchillar al bandido que tenías al lado, solo para poder quitarle su pedazo de pan? ¿Te has acobardado ante tu hermano mientras te golpeaba, agradecido todo el tiempo porque al menos *tenías a alguien que te prestaba atención*?

Guardó silencio, jadeando levemente. Todos la miraron.

—No me hables de nobles —dijo—. Y no digas cosas sobre gente que no conoces. No sois skaa: solo sois nobles sin título.

Se dio media vuelta y salió de la habitación. Kelsier la vio salir, aturdido, y la oyó subir las escaleras. Se quedó allí de pie, anonadado, sintiendo un sorprendente arrebato de culpa y vergüenza.

Y, por una vez, no supo qué decir.

Vin no fue a su habitación. Subió al tejado, donde las brumas se revolvían en la noche tranquila y oscura. Se sentó en un rincón, sintiendo el áspero borde de piedra del tejado plano contra su espalda casi desnuda, la madera bajo ella.

Tenía frío, pero no le importaba. Le dolía un poco el brazo, pero sobre todo lo notaba entumecido. No se sentía lo bastante aturdida.

Cruzó los brazos y contempló las brumas, encogida sobre sí misma. No sabía qué pensar, mucho menos qué sentir. No debería haberle gritado a Kelsier, pero todo lo sucedido... la lucha, la traición de Elend... la hacía sentirse frustrada. Necesitaba estar furiosa con alguien.

Deberías estar furiosa contigo misma, susurró la voz de Reen. *Tú eres la que los dejó acercarse. Ahora todos van a abandonarte.*

No podía impedir que le doliera. Solo podía permanecer allí sentada y temblar mientras caían las lágrimas, preguntándose cómo todo se había desmoronado tan rápidamente.

La trampilla del tejado se abrió con un silencioso crujido y apareció la cabeza de Kelsier.

¡Ay, lord Legislador! No quiero enfrentarme a él ahora. Trató de secarse las lágrimas, pero solo consiguió agravar la herida recién cosida de su mejilla.

Kelsier cerró la trampilla tras él y luego se incorporó, tan alto y orgulloso, y contempló las brumas. *No se merece las cosas que le he dicho. Ninguno de ellos se las merece.*

—Contemplar las brumas es reconfortante, ¿verdad?

Vin asintió.

—¿Qué te dije una vez? Las brumas te protegen, te dan poder... te ocultan... —Agachó la cabeza, se acercó, y se acuclilló delante de ella, tendiéndole una capa—. Hay cosas de las que no te puedes ocultar, Vin. Lo sé: lo he intentado.

Ella aceptó la capa y se arropó los hombros.

—¿Qué ha pasado esta noche? —preguntó él—. ¿Qué ha pasado *de verdad*?

—Elend me dijo que no quería volver a verme.

—Ah —dijo Kelsier, moviéndose para sentarse a su lado—. ¿Eso fue antes o después de que mataras a su exprometida?

—Antes.

—¿Y aun así lo protegiste?

Vin asintió, sorbiendo lentamente.

—Lo sé. Soy una idiota.

—No más que el resto de nosotros —dijo Kelsier con un suspiro. Contempló las brumas—. Yo también seguí amando a Mare, incluso después de que me traicionase. Nada pudo cambiar lo que sentía.

—Y por eso duele tanto —dijo Vin, recordando lo que Kelsier había dicho antes.

Creo que por fin lo comprendo.

—No dejas de amar a alguien solo porque te hace daño —dijo él—. Desde luego, las cosas serían más fáciles.

Ella empezó a sollozar de nuevo y él la rodeó paternalmente con un brazo. Vin se acercó, tratando de usar su calor para ignorar el dolor.

—Lo quería, Kelsier —susurró.

—¿A Elend? Lo sé.

—No, no a Elend. A Reen. Me pegaba, una y otra y otra vez. Me maldecía, me gritaba, decía que me traicionaría. Cada día, pensaba en lo mucho que lo odiaba.

»Y lo quería. Todavía lo quiero. Me duele tanto pensar que ya no está, aunque siempre me decía que se marcharía.

—Ay, niña —dijo Kelsier, atrayéndola—. Lo siento.

—Todo el mundo me deja —susurró ella—. Apenas puedo recordar a mi madre. Trató de matarme, ¿sabes? Oía voces en su cabeza, y esas voces la llevaron a quitarle la vida a mi hermana pequeña. Quizá se propusiera acabar conmigo a continuación, pero Reen la detuvo a tiempo.

»Fuera como fuese, me dejó. Después de eso, me aferré a Reen. También se marchó. Amo a Elend, pero él ya no me quiere —miró a Kelsier—. ¿Cuándo vas a irte tú? ¿Cuándo me dejarás?

Kelsier parecía entristecido.

—Yo... Vin, no lo sé. Este trabajo, el plan...

Ella lo miró a los ojos, buscando los secretos de su interior. *¿Qué* *me estás ocultando, Kelsier? ¿Tan peligroso es?* Se frotó de nuevo los ojos, apartándose de él, sintiéndose una tonta.

Kelsier sacudió la cabeza.

—Mira, me has manchado de sangre todo mi bonito y sucio traje de informador.

Vin sonrió.

—Al menos parte de la sangre es noble. Le di bien a Shan.

Kelsier se echó a reír.

—Es probable que tengas razón, ¿sabes? No les doy muchas oportunidades a los nobles, ¿no?

Vin se ruborizó.

—Kelsier, no tendría que haber dicho esas cosas. Eres una buena persona y este plan tuyo... Bueno, me doy cuenta de lo que intentas hacer por los skaa.

—No, Vin —Kelsier negó con la cabeza—. Lo que has dicho es cierto. No somos skaa de verdad.

—Pero eso es bueno. Si fuerais skaa normales, no tendríais la experiencia ni el valor para planear algo así.

—Puede que ellos carezcan de experiencia —dijo Kelsier—, pero no de valor. Nuestro ejército perdió, cierto, pero estuvieron dispuestos, con un entrenamiento mínimo, a enfrentarse a una fuerza superior. No, los skaa no carecen de valor. Solo de oportunidades.

—Entonces es tu posición como medio skaa medio noble lo que te ha dado esa oportunidad, Kelsier. Y has elegido usar esa oportunidad para ayudar a tu mitad skaa. Eso te hace digno de ser skaa.

Kelsier sonrió.

—Digno de ser skaa. Me gusta cómo suena. De todas formas, tal vez necesite pasarme menos tiempo preocupándome por qué nobles matar y un poco más preocupándome de a qué campesinos ayudar.

Vin asintió, arrebujándose en la capa mientras contemplaba las brumas. *Nos protegen... nos dan poder... nos ocultan...*

No había sentido la necesidad de ocultarse desde hacía mucho tiempo. Pero ahora, después de las cosas que había dicho abajo, casi deseaba poder salir volando como un hilillo de bruma.

Tengo que decírselo. Podría significar el éxito o el fracaso del plan. Tomó aire.

—La Casa Venture tiene un punto flaco, Kelsier.

Él alzó la cabeza.

—¿Sí?

Vin asintió.

—El atium. Se aseguran de que el metal sea recolectado y entregado: es la fuente de su riqueza.

Kelsier aspiró aire de sopetón.

—¡Naturalmente! Así es como pueden pagar los impuestos, por eso son tan poderosos... Él necesita que alguien se encargue de las cosas...

—¿Kelsier?

Él se volvió a mirarla.

—No... no hagas nada a menos que sea necesario, ¿de acuerdo?

Kelsier frunció el ceño.

—Yo... no sé si puedo prometerte nada, Vin. Intentaré encontrar otro modo, pero tal como están ahora las cosas, Venture tiene que caer.

—Comprendo.

—Pero me alegro de que me lo hayas dicho.

Vin asintió. *Y ahora he traicionado también a Elend.* Sin embargo, había paz en saber que no lo había hecho por rencor. Kelsier tenía razón: la Casa Venture era un poder que tenía que ser derribado. Curiosamente, que mencionara la casa pareció molestar a Kelsier más que a ella. Permaneció sentado, contemplando las brumas, extrañamente melancólico. Se rascó ausente el brazo.

Las cicatrices, pensó Vin. *No está pensando en la Casa Venture... sino en los Pozos. En ella.*

—¿Kelsier?

—¿Sí? —Sus ojos todavía parecían un poco... ausentes mientras contemplaba las brumas.

—No creo que Mare te traicionara.

Él sonrió.

—Me alegra que pienses así.

—No, lo digo en serio. Los inquisidores os estaban esperando cuando llegasteis al centro del palacio, ¿no?

Kelsier asintió.

—También nos estaban esperando a nosotros.

Kelsier negó con la cabeza.

—Tú y yo luchamos contra algunos guardias, hicimos algo de ruido. Cuando Mare y yo entramos, lo hicimos en silencio. Llevábamos un año planeándolo: fuimos sigilosos, silenciosos y muy cuidadosos. Alguien nos tendió una trampa.

—Mare era alomántica, ¿verdad? Es posible que os sintieran venir.

Kelsier negó con la cabeza.

—Teníamos a un ahumador con nosotros. Se llamaba Redd... Los inquisidores lo mataron en el acto. Me he preguntado si él fue el traidor, pero no encaja. Redd ni siquiera sabía que nos infiltraríamos hasta esa misma noche, cuando fuimos a buscarlo. Solo Mare sabía lo suficiente para traicionarnos: fechas, horas, objetivos. Además, está el comentario del lord Legislador. No lo viste, Vin, sonriendo mientras le daba las gracias a Mare. Había... sinceridad en sus ojos. Dicen que el lord Legislador no miente. ¿Para qué iba a hacerlo?

Vin guardó silencio un momento, considerando lo que él había dicho.

—Kelsier —dijo lentamente—, creo que los inquisidores pueden sentir la alomancia aunque se esté quemando cobre.

—Imposible.

—Yo lo he hecho esta noche. He perforado la nube de cobre de Shan para localizarla a ella y los otros asesinos. Así fue como llegué a Elend a tiempo.

Kelsier frunció el ceño.

—Tienes que estar equivocada.

—También sucedió antes. Puedo sentir el contacto del lord Legislador sobre mis emociones, incluso cuando estoy quemando cobre. Y te juro que cuando me estaba ocultando de aquel inquisidor que me daba caza, me encontró cuando no debería haberlo hecho. Kelsier, ¿y si es posible? ¿Y si esconderte ahumando no es tan solo cuestión de tener encendido el cobre o no? ¿Y si solo depende de lo fuerte que eres?

Kelsier reflexionó.

—Podría ser, supongo.

—¡Entonces Mare no habría tenido que traicionarte! —dijo Vin, agitada—. Los inquisidores son enormemente poderosos. ¡Los que os estaban esperando tal vez os sintieron quemar metales! Sabían que un alomántico intentaba colarse en el palacio. ¡Y el lord Legislador le dio las gracias porque ella fue quien os descubrió! Ella fue la alomántica que, al quemar estaño, los condujo hacia vosotros.

El rostro de Kelsier adquirió una expresión de preocupación. Se volvió para sentarse directamente delante de ella.

—Hazlo ahora, entonces. Dime qué metal estoy quemando.

Vin cerró los ojos, avivó bronce, escuchó... sintiendo, como Marsh le había enseñado. Recordó sus entrenamientos en solitario, el tiempo pasado enfocado en las ondas que Brisa, Ham o Fantasma desprendían para ella. Trató de detectar el ritmo difuso de la alomancia. Trató...

Durante un instante, le pareció sentir algo. Algo muy extraño: un pulso lento, como un tambor lejano, distinto a ningún otro ritmo alomántico que hubiera sentido antes. Pero no procedía de Kelsier. Era lejano... distante. Se concentró con más fuerza, tratando de detectar la dirección de donde procedía.

Pero de repente, al concentrarse más, algo llamó su atención. Un ritmo más familiar, que brotaba de Kelsier. Era débil, difícil de sentir por encima del latido de su propio corazón. Era un latir atrevido y rápido.

Abrió los ojos.

—¡Peltre! Estás quemando peltre.

Kelsier parpadeó, sorprendido.

—Imposible —susurró—. ¡Otra vez!

Ella cerró los ojos.

—Estaño —dijo al cabo de un instante—. Ahora acero: has cambiado mientras hablaba.

—¡Demonios!

—Yo tenía razón —dijo Vin ansiosamente—. ¡Se pueden sentir los pulsos alománticos a través del cobre! Son suaves, pero supongo que hay que concentrarse lo suficiente para...

—Vin —interrumpió Kelsier—, ¿no crees que los alománticos habrán intentado hacer esto antes? ¿No crees que, en mil años, alguien habría advertido que se puede perforar una nube de cobre? Incluso yo lo he intentado. Me concentré durante horas en mi maestro, tratando de sentir algo a través de su nube de cobre.

—Pero... —dijo Vin—. Pero ¿por qué...?

—Debe de tener algo que ver con la fuerza, como dices. Los inquisidores pueden empujar y tirar más fuerte que ningún nacido de la bruma corriente... Tal vez son tan fuertes que pueden superar el metal de otra persona.

—Pero, Kelsier, yo no soy una inquisidora.

—Pero eres fuerte. Más fuerte de lo normal. ¡Has matado a una nacida de la bruma esta noche!

—Por suerte —dijo Vin, colorada—. La he engañado.

—La alomancia no son más que trucos, Vin. No, hay algo especial en ti. Lo advertí aquel primer día, cuando rechazaste mis intentos de empujar y tirar de tus emociones.

Ella se ruborizó.

—No puede ser eso, Kelsier. Tal vez he practicado con el bronce más que tú... No sé, es que...

—Vin, sigues teniéndote en muy poca estima. Eres buena en esto: eso está muy claro. Si es por eso que puedes ver a través de las nubes de cobre... Bueno, no sé. ¡Pero aprende a enorgullecerte un poco de tu valía, chiquilla! Si hay algo que yo puedo enseñarte, es a tener confianza en ti misma.

Vin sonrió.

—Vamos —dijo él, levantándose y tendiéndole una mano para ayudarla a incorporarse—. Sazed va a pasarse toda la noche preocupado si no lo dejas que termine de coserte esa herida en la mejilla y Ham se muere por escucharte contar la batalla. Buena cosa dejar el cadáver de Shan en la mansión Venture, por cierto: cuando la Casa Elariel se entere de que la encontraron en las propiedades Venture...

Vin permitió que la ayudara a levantarse, pero miró con aprensión la trampilla.

—Yo... no sé si quiero bajar todavía, Kelsier. ¿Cómo puedo mirarlos a la cara?

Kelsier se echó a reír.

—Bueno, no te preocupes. Si no dices estupideces de vez en cuando, no encajas en este grupo, eso tenlo por seguro. Vamos.

Vin vaciló, luego lo dejó conducirla de vuelta al calor de la cocina.

—Elend, ¿cómo puedes leer en un momento como este? —preguntó Jastes.

Elend levantó la cabeza.

—Me relaja.

Jastes alzó una ceja. El joven Lekal estaba sentado impaciente en el carruaje, tamborileando con los dedos sobre el reposabrazos. Las cortinas estaban echadas, en parte para ocultar la luz de la lámpara con la que leía Elend y en parte para que no entraran las brumas. Aunque Elend no lo admitiría nunca, la niebla lo ponía nervioso. Se suponía que los nobles no tenían que temer esas cosas, pero eso no cambiaba el hecho de que la densa y pegajosa bruma era extraña y misteriosa.

—Tu padre se pondrá hecho una furia cuando vuelvas —le advirtió Jastes, aún tamborileando con los dedos en el reposabrazos.

Elend se encogió de hombros, aunque el comentario lo puso un poco nervioso. No por su padre, sino por lo que había sucedido esa noche. Al parecer, unos alománticos estaban espiando la reunión de Elend con sus amigos. ¿Qué información habían conseguido? ¿Sabían los libros que leía?

Por fortuna, uno de ellos había resbalado y caído por la claraboya de Elend. Después de eso, todo había sido confusión y caos: los soldados y los asistentes a la fiesta corrían con algo cercano al pánico. El primer pensamiento de Elend había sido para los libros: los peligrosos, los que podrían causarle serios problemas si los obligadores descubrían que los tenía.

Así que, en la confusión, los metió todos en un saco y siguió a Jastes a una salida lateral del palacio. Tomar un carruaje y escapar del palacio había sido un movimiento extremo, tal vez, pero había resultado ridículamente sencillo. Con el número de carruajes que huían de los dominios Venture, nadie se había detenido a fijarse en que el propio Elend iba en el carruaje con Jastes.

Todo habrá terminado ya, se dijo Elend. *La gente se dará cuenta de que la Casa Venture no intentaba atacarlos y de que no había en realidad ningún peligro. Solo unos espías descuidados.*

Tendría que haber regresado ya. Sin embargo, su conveniente ausencia del palacio le proporcionaba la excusa perfecta para consultar con otro grupo de espías. Y esta vez, el propio Elend los había enviado.

Llamaron de pronto a la puerta. Jastes dio un respingo y Elend cerró su libro. Luego abrió la puerta del carruaje. Felt, uno de los principales espías de la Casa Venture, subió al carruaje, hizo un respetuoso gesto de saludo con su rostro aguileño y bigotudo, primero a Elend, luego a Jastes.

—¿Bien? —preguntó Jastes.

Felt se sentó con la ágil premura de su clase.

—El edificio es sin duda un taller de artesanía, mi señor. Uno de mis hombres ha oído hablar del lugar: lo dirige un tal maese Cladent, un carpintero skaa de suma habilidad.

Elend frunció el ceño.

—¿Por qué ha ido allí el mayordomo de Valette?

—Creemos que el taller es una tapadera, mi señor —dijo Felt—.

Lo hemos estado vigilando desde que el mayordomo nos condujo hasta allí, como ordenaste. Sin embargo, hemos tenido que ser muy cuidadosos: hay varios puestos de vigilancia en el tejado y los pisos superiores.

Elend frunció el ceño.

—Una extraña precaución para un simple taller de artesanía, ¿no?

Felt asintió.

—Eso no es todo, mi señor. Hemos conseguido colar a uno de nuestros mejores hombres en el edificio. Creo que no lo localizaron, pero le costó mucho trabajo oír lo que sucedía dentro. Las ventanas están selladas y aisladas contra el sonido.

Otra extraña precaución, pensó Elend.

—¿Qué crees que significa eso? —le preguntó a Felt.

—Tiene que ser un escondite de los bajos fondos, mi señor. Y bastante bueno. Si no hubiéramos estado vigilando con atención, sabiendo lo que buscábamos, nunca habríamos advertido los signos. Mi deducción es que los hombres del interior, incluso el terrisano, son miembros de una banda de ladrones skaa. Una banda bien dotada y hábil.

—¿Una banda de ladrones skaa? —preguntó Jastes—. ¿Y lady Valette también?

—Es probable, mi señor —dijo Felt.

Elend se reclinó en su asiento.

—Una... banda de ladrones skaa... —dijo, aturdido. *¿Por qué enviarían a uno de sus miembros a los bailes? ¿Para dar algún tipo de golpe?*

—¿Mi señor? —preguntó Felt—. ¿Quieres que entremos? Tengo suficientes hombres para enfrentarme a la banda entera.

—No. Llama a tus hombres y no cuentes a nadie lo que has visto esta noche.

—Sí, mi señor —dijo Felt, y bajó del carruaje.

—¡Por el lord Legislador! —exclamó Jastes mientras la puerta se cerraba—. No me extraña que no pareciera una noble corriente. No era por su educación rural... ¡No es más que una ladrona!

Elend asintió, pensativo, sin saber qué pensar.

—Me debes una disculpa —dijo Jastes—. Tenía razón respecto a ella, ¿no?

—Tal vez —respondió Elend—. Pero... en cierto modo, te equivocabas también. No trataba de espiarme... solo trataba de robarme.

—¿Y?

—Yo... tengo que pensar en esto —dijo Elend. Golpeó con una

mano el techo para que el carruaje se pusiera en marcha. Se acomodó en el asiento mientras regresaban a la mansión Venture.

Valette no era la persona que había dicho ser. Sin embargo, él ya estaba preparado para esa noticia. No solo las palabras de Jastes sobre ella le habían hecho sospechar: la propia Valette no había negado sus acusaciones esa misma noche. Estaba claro que le había estado mintiendo. Interpretando un papel.

Tendría que haberse puesto furioso. Se daba cuenta de eso de manera lógica, y una parte de él se lamentaba por la traición. Pero, curiosamente, la emoción primaria que sentía... era alivio.

—¿Qué? —preguntó Jastes, estudiando a Elend con el ceño fruncido.

Elend sacudió la cabeza.

—Me has tenido preocupado con esto durante días, Jastes. Me sentía tan mal que apenas podía hacer nada... Todo porque pensaba que Valette era una traidora.

—¡Pero si lo es! ¡Elend, seguro que intenta timarte!

—Sí, pero al menos no es una espía de otra casa. A la vista de todas las intrigas, maniobras políticas y puñaladas por la espalda que ha habido últimamente, algo tan sencillo como un robo parece ligeramente refrescante.

—Pero...

—Es solo dinero, Jastes.

—El dinero es importante para algunos de nosotros, Elend.

—No tan importante como Valette. Esa pobre chica... ¡Todo este tiempo debió de sentirse preocupada por el timo que iba a hacerme!

Jastes no dijo nada de momento; luego negó con la cabeza.

—Elend, solo tú podrías sentirte aliviado al descubrir que alguien intentaba robarte. ¿Tengo que recordarte que esa chica te ha estado mintiendo todo el tiempo? Puede que te hayas aficionado a ella, pero dudo que sus sentimientos sean auténticos.

—Tal vez tengas razón —admitió Elend—. Pero... no sé, Jastes. Siento que conozco a esta chica. Sus emociones... parecen demasiado reales, demasiado sinceras, para ser falsas.

—Lo dudo.

—No tenemos suficiente información para juzgarla todavía. Felt piensa que es una ladrona, pero puede que haya otros motivos para que un grupo como ese envíe a alguien a los bailes. Tal vez sea solo una informadora. O tal vez sea una ladrona... pero no alguien que intentara robarme a mí. Se pasó muchísimo tiempo mezclándose con otros nobles: ¿por qué iba a hacerlo si el objetivo era yo? De hecho, pasó relativamente poco tiempo conmigo y nunca me pidió ningún regalo.

Vaciló, imaginando su encuentro con Valette como un agradable accidente, un hecho que había causado un terrible quiebro en ambas vidas. Sonrió, luego sacudió la cabeza.

—No, Jastes. Hay más de lo que vemos. Hay algo en ella que sigue sin tener sentido.

—Yo... supongo, El —dijo Jastes, frunciendo el ceño.

Elend se enderezó: acababa de ocurrírsele una idea, un pensamiento que hacía que sus especulaciones sobre la motivación de Valette parecieran bastante menos importantes.

—Jastes —dijo—. ¡Ella es una skaa!

—¿Y?

—Y me engañó... Nos engañó a ambos. Representó el papel de una aristócrata casi a la perfección.

—Una aristócrata sin experiencia, tal vez.

—¡Tuve a una verdadera ladrona skaa a mi lado! Piensa en las preguntas que podría haberle hecho.

—¿Preguntas? ¿Qué tipo de preguntas?

—Preguntas sobre lo que es ser skaa —dijo Elend—. Ese no es el tema. Jastes, nos *engañó*. Si no podemos ver la diferencia entre una skaa y una noble, eso significa que los skaa no pueden ser muy diferentes de nosotros. Y si no son tan diferentes de nosotros, ¿qué derecho tenemos a tratarlos como los tratamos?

Jastes se encogió de hombros.

—Elend, creo que no estás viendo las cosas con objetividad. Estamos en medio de una guerra de casas.

Elend asintió, distraído. *He sido tan duro con ella esta noche. ¿Demasiado duro?*

Había hecho que Valette creyera, de manera total y absoluta, que no quería saber nada más de ella. En parte era verdad, pues sus propias preocupaciones le habían convencido de que no era de fiar. Y no podía serlo, no en ese momento. Fuera como fuese, quería que se marchara de la ciudad. Había pensado que lo mejor era interrumpir la relación hasta que la guerra de casas terminara.

Pero, suponiendo que no sea una noble de verdad, entonces no hay ningún motivo para que se marche.

—¿Elend? —preguntó Jastes—. ¿Me estás prestando atención?

Elend alzó la cabeza.

—Creo que he hecho algo mal esta noche. Quería que Valette se marchara de Luthadel. Pero ahora creo que le he hecho daño sin motivo.

—¡Demonios, Elend! Había alománticos escuchando nuestra reunión esta noche. ¿Te das cuenta de lo que podría haber sucedido? ¿Y si hubieran decidido matarnos, en vez de espiarnos nada más?

—Ah, sí, tienes razón —asintió Elend, distraído—. Es mejor que Valette se marche a pesar de todo. Cuantos estén cerca de mí correrán peligro en los días venideros.

Jastes vaciló, cada vez más molesto, hasta que al final se echó a reír.

—No tienes remedio.

—Lo intento —dijo Elend—. Pero, en serio, no hay de qué preocuparse. Los espías se descubrieron ellos solos y, lo más probable, es que los hayan perseguido e incluso capturado en medio del caos. Conocemos algunos de los secretos que oculta Valette, así que en eso vamos también por delante. ¡Ha sido una noche muy productiva!

—Supongo que esa es la forma optimista de verlo...

—Una vez más, lo intento.

Incluso así, se sentiría más cómodo cuando regresaran a la mansión Venture. Tal vez había sido una locura escapar del palacio antes de oír los detalles de lo sucedido, pero Elend no estaba pensando exactamente con calma en ese momento. Además, ya había concertado una reunión con Felt, y el caos le había proporcionado una oportunidad perfecta para escabullirse.

El carruaje cruzó lentamente las puertas de la Mansión Venture.

—Deberías irte —dijo Elend mientras bajaba—. Llévate los libros.

Jastes asintió, tomó el saco y se despidió de Elend mientras cerraba la puerta del carruaje. Elend esperó a que cruzara las puertas. Luego se volvió y fue andando el resto del camino hasta la mansión. Los sorprendidos guardias lo dejaron pasar sin problemas.

Los terrenos estaban todavía iluminados. Había guardias esperándolo en la entrada de la mansión y un grupo de ellos salió corriendo a través de las brumas para recibirlo. Y a rodearlo.

—Mi señor, tu padre...

—Sí —interrumpió Elend, suspirando—. Supongo que tengo que presentarme ante él de inmediato.

—Sí, mi señor.

—Guíame entonces, capitán.

Entraron por la puerta privada situada a un lado del edificio. Lord Straff Venture estaba en su estudio, hablando con un grupo de oficiales de la guardia. Elend notó por sus pálidos rostros que habían recibido una firme reprimenda, tal vez incluso amenazas de azotes. Eran nobles, así que Venture no podía ejecutarlos, pero era muy aficionado a los castigos disciplinarios más brutales.

Lord Venture despidió a los soldados con un brusco gesto y luego se volvió hacia Elend con ojos hostiles. Elend frunció el ceño mientras veía marchar a los soldados. Todo parecía un poco demasiado... tenso.

—¿Bien? —exigió lord Venture.

—¿Bien qué?

—¿Dónde has estado?

—Me marché por ahí —respondió Elend, sin concederle mayor importancia.

Lord Venture suspiró.

—Bien. Ponte en peligro si quieres, muchacho. En cierto modo, es una lástima que el nacido de la bruma no te atrapara: me habría ahorrado muchas frustraciones.

—¿Nacido de la bruma? —preguntó Elend, frunciendo el ceño—. ¿Qué nacido de la bruma?

—El que planeaba asesinarte —replicó lord Venture.

Elend parpadeó, asombrado.

—Entonces... ¿no era solo un equipo de espías?

—Uy, no —dijo Venture, sonriendo con malicia—. Un equipo de asesinos al completo, enviado a por ti y tus amigos.

¡Por el lord Legislador!, pensó Elend, advirtiendo lo necio que había sido al salir solo. *¡No esperaba que la guerra de casas se volviera tan peligrosa tan pronto! Al menos, no para mí...*

—¿Cómo sabemos que era un nacido de la bruma? —preguntó Elend, recuperándose.

—Nuestros guardias consiguieron matarla cuando huía.

Elend frunció el ceño.

—¿Una nacida de la bruma? ¿Y la han matado soldados corrientes?

—Arqueros —dijo lord Venture—. Al parecer, la pillaron por sorpresa.

—¿Y el hombre que ha caído por mi claraboya? —preguntó Elend.

—Muerto. Se rompió el cuello.

Elend frunció el ceño.

Ese hombre seguía vivo cuando huimos. ¿Qué estás ocultando, padre?

—La nacida de la bruma. ¿Es alguien que yo conozca?

—Yo diría que sí —respondió lord Venture, sentándose en su sillón, sin alzar la cabeza—. Era Shan Elariel.

Elend se quedó de piedra. *¿Shan?*, pensó, anonadado. Habían estado prometidos y ella nunca había mencionado que fuera alomántica. Eso debía de significar...

Había sido un topo todo el tiempo. Tal vez la Casa Elariel había planeado hacer matar a Elend cuando naciera un nieto Elariel para heredar el título de la casa.

Tienes razón, Jastes. No puedo evitar la política ignorándola. Llevo formando parte de todo esto mucho más tiempo del que creía.

Su padre estaba obviamente satisfecho consigo mismo. Un miembro importante de la Casa Elariel había muerto en territorio Venture después de intentar asesinar a Elend... Con semejante triunfo, lord Venture sería insufrible durante días.

Elend suspiró.

—¿Capturamos vivo a alguno de los asesinos?

Straff negó con la cabeza.

—Uno cayó al patio cuando intentaba huir. Escapó... Puede que fuera también un nacido de la bruma. Encontramos a un hombre muerto en el tejado, pero no estamos seguros de si había otros en el equipo o no. —Parecía que tenía más que decir, pero vaciló.

—¿Qué? —preguntó Elend, leyendo la leve confusión en los ojos de su padre.

—Nada. —Straff agitó una mano—. Algunos de los guardias dicen que había un tercer nacido de la bruma, luchando contra los otros dos, pero dudo de los informes: no era uno de los nuestros.

Elend vaciló. *Un tercer nacido de la bruma, combatiendo a los otros dos...*

—Tal vez alguien se enteró de lo del asesinato y trató de impedirlo.

Lord Venture bufó.

—¿Por qué iba a intentar protegerte a ti el nacido de la bruma de otra casa?

—Tal vez solo querían impedir que asesinaran a un hombre inocente.

Lord Venture sacudió la cabeza, riendo.

—Eres un idiota, muchacho. Lo entiendes, ¿verdad?

Elend se ruborizó, luego se dio media vuelta. No parecía que lord Venture quisiera nada más, así que se marchó. No podía volver a sus habitaciones, no con la ventana rota y los guardias, así que se dirigió al cuarto de invitados tras llamar a un grupo de mataneblinos para que se apostaran ante su puerta y su balcón... por si acaso.

Se dispuso a acostarse, pensando en la conversación. Quizá su padre tuviera razón en lo concerniente al tercer nacido de la bruma. Las cosas no funcionaban de esa forma.

Pero... así es como debería ser. Como podría ser, tal vez.

Había muchas cosas que Elend deseaba poder hacer. Pero su padre gozaba de buena salud y era joven para tratarse de un lord con tanto poder. Pasarían décadas hasta que Elend asumiera el título de la casa, suponiendo que sobreviviera tanto. Deseó poder hablar con Valette, explicarle sus frustraciones. Ella comprendería lo que pensaba; por algún motivo, ella siempre parecía comprenderlo mejor que nadie.

¡Y es una skaa! No lograba asimilar aquella idea. Tenía tantas preguntas, tantas cosas que quería descubrir de ella.

Más tarde, pensó mientras se metía en la cama. *Por ahora, concéntrate en mantener unida la casa.* Las palabras que le había dirigido a Valette no eran falsas: tenía que asegurarse de que su familia sobreviviera a la guerra de casas.

Después de eso... Bueno, tal vez pudieran encontrar un modo de sortear las mentiras y los engaños.

Aunque muchos terrisanos expresan cierto desprecio por Khlennium, también sienten envidia. He oído a los porteadores hablar con asombro de las catedrales khlenni, con sus sorprendentes vidrieras pintadas y sus amplios salones. También parecen muy aficionados a nuestra moda en el vestir: en las ciudades, vi cómo muchos jóvenes terrisanos cambiaban sus pieles y pellizas por trajes de caballero hechos a medida.

32

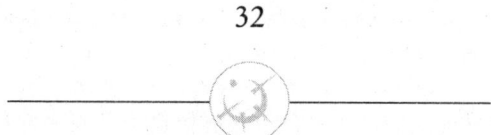

Dos calles más allá del taller de Clubs había un edificio de altura inusitada comparado con los que lo rodeaban. Era una especie de casa de vecinos, pensó Vin: un lugar donde hacinar a familias skaa. Sin embargo, nunca había estado dentro.

Lanzó una moneda y se impulsó a lo largo del costado del edificio de seis plantas. Aterrizó ágilmente en el tejado, haciendo que la figura agazapada en la oscuridad diera un respingo de sorpresa.

—Solo soy yo —susurró, caminando en silencio por el tejado inclinado.

Fantasma le sonrió en la oscuridad. Siendo el mejor ojo de estaño de la banda, normalmente se encargaba de las guardias más importantes. Recientemente, eran las que tenían lugar durante las primeras horas de la noche: era el momento en que el conflicto entre las Grandes Casas solía convertirse en lucha abierta.

—¿Todavía siguen en ello? —preguntó Vin en voz baja, avivando estaño y escrutando la ciudad. Un brillante resplandor en la distancia prestaba a las brumas una extraña luminiscencia.

Fantasma asintió, señalando hacia la luz.

—El Torreón de Hasting. Soldados de Elariel en atacando esta noche.

Vin asintió. La destrucción de la Casa Hasting se esperaba desde hacía algún tiempo: había sufrido media docena de ataques de diferentes casas durante la última semana. Con los aliados retirándose y las finanzas en bancarrota, era cuestión de tiempo que cayera.

Extrañamente, ninguna de las casas atacaba de día. Había un fingido aire de secretismo en la guerra, como si la aristocracia reconociera el dominio del lord Legislador y no quisiera molestarlo recurriendo a una guerra diurna. Todo se hacía de noche, bajo una capa de bruma.

—En queriendo el querer desto —dijo Fantasma.

Vin vaciló.

—Hummm, Fantasma. ¿Podrías intentar hablar... normal?

Fantasma señaló una lejana y oscura estructura en la distancia.

—El lord Legislador. Es probable que le en guste la lucha.

Vin asintió. *Kelsier tenía razón. No ha habido ninguna reacción del Ministerio ni de palacio en lo referente a la guerra de casas, y la Guarnición se está tomando su tiempo para regresar a Luthadel. El lord Legislador esperaba la guerra de casas... y pretende dejar que siga su curso. Como un fuego salvaje, para que arrase y renueve el campo.*

Excepto que esta vez, cuando un fuego se apagara, otro se encendería: el ataque de Kelsier a la ciudad.

Suponiendo que Marsh pueda averiguar cómo detener a los inquisidores de acero. Suponiendo que podamos tomar el palacio. Y, naturalmente, suponiendo que Kelsier encuentre un modo de encargarse del lord Legislador...

Vin sacudió la cabeza. No quería pensar mal de Kelsier, pero no era capaz de imaginar cómo iba a suceder todo aquello. La Guarnición no había regresado todavía; sin embargo, según los informes estaba cerca, a una semana o dos de viaje. Algunas casas nobles estaban cayendo, pero no parecía que reinara el caos general que Kelsier había querido causar. El Imperio Final se tensaba, pero ella dudaba que acabara por quebrarse.

Sin embargo, tal vez esa no fuera la cuestión. La banda había hecho un trabajo sorprendente al instigar una guerra entre casas: tres Grandes Casas enteras ya no existían y el resto estaban seriamente debilitadas. La aristocracia tardaría décadas en recuperarse de sus propias luchas.

Hemos hecho un trabajo sorprendente, decidió Vin. *Aunque no ataquemos el palacio, o si el ataque fracasa, habremos conseguido algo maravilloso.*

Con los datos de Marsh sobre el Ministerio y la traducción de Sazed del libro, la rebelión tendría información nueva y útil para una resistencia futura. No era lo que Kelsier había esperado; no era el derrocamiento completo del Imperio Final. Sin embargo, se trataba de una victoria importante: una victoria a la que los skaa podrían referirse durante años como fuente de valor.

Y, con un sobresalto de sorpresa, Vin advirtió que se sentía orgullosa de haber tomado parte en ello. Tal vez, en el futuro, podría ayudar a iniciar una verdadera rebelión, en un lugar donde los skaa no estuvieran tan sometidos.

Si existe ese lugar... Vin estaba empezando a comprender que no eran solo Luthadel y sus comisarías aplacadoras lo que sometía a los skaa. Era *todo*: los obligadores, el trabajo constante en el campo y las fábricas, la manera de pensar potenciada por mil años de opresión. Había un motivo por el que las rebeliones skaa eran siempre tan pequeñas. El pueblo sabía (o creía saber) que no se podía combatir contra el Imperio Final.

Incluso Vin, que se consideraba una ladrona «liberada», hasta hacía poco lo creía. Había hecho falta el plan loco e imposible de Kelsier para convencerla de lo contrario. Tal vez por eso había planteado unos objetivos tan elevados para la banda: sabía que solo un reto semejante les haría darse cuenta, de manera extraña, de que *podían* resistir.

Fantasma la miró. Su presencia todavía lo hacía sentirse incómodo.

—Fantasma —dijo Vin—, sabes que Elend rompió su relación conmigo.

Fantasma asintió, estirando levemente el cuello.

—Sin embargo —lamentó Vin—, todavía lo amo. Lo siento, Fantasma. Pero es la verdad.

Él agachó la cabeza, entristecido.

—No eres tú —dijo Vin—. De verdad que no. Es que... bueno, no se puede evitar amar a alguien. Créeme, hay personas a las que preferiría no haber amado. No se lo merecían.

Fantasma asintió.

—Comprendo.

—¿Puedo quedarme el pañuelo?

Él se encogió de hombros.

—Gracias —dijo ella—. Significa mucho para mí.

Él alzó la cabeza y contempló las brumas.

—No soy un zangolotino. Yo... sabía que no en iba a pasá. Veo cosas, Vin. Veo un puñao de cosas.

Ella le puso una mano en el hombro para tratar de consolarlo. *Veo cosas...* Una declaración apropiada, viniendo de un ojo de estaño como él.

—¿Hace mucho tiempo que eres alomántico? —le preguntó.

Fantasma asintió.

—En llegué a romper cuando tenía cinco años. Casi no en macuerdo.

—¿Y desde entonces has estado practicando con el estaño?

—Casi siempre. Fue una en buena cosa pa mí. Me en dejaba ver, me en dejeba oír, me en dejaba sentir.

—¿Hay algún consejo que puedas darme?

Él reflexionó, sentado en el borde del tejado inclinado, con un pie colgando.

—Quemar estaño... No es como ver. Es como no ver.

Vin frunció el ceño.

—¿Qué quieres decir?

—Cuando quemas, to viene. Montones de to. Distracciones aquí, allí. Si en quieres el poder de los quereres, ignora las distracciones de los dos.

Si quieres ser buena quemando estaño, pensó ella, traduciendo lo mejor posible, *aprende a manejar la distracción. No es lo que ves: es lo que puedes ignorar.*

—Interesante —dijo, pensativa.

Fantasma asintió.

—Cuando miras, ves la bruma y ves las casas y sientes la madera y oyes las ratas debajo. Elige uno y no te distraigas.

—Buen consejo.

Fantasma asintió mientras algo sonaba tras ellos. Ambos dieron un respingo y se agacharon, y Kelsier se echó a reír mientras cruzaba el tejado.

—Tendríamos que encontrar un modo mejor de advertir a la gente de que venimos. Cada vez que visito un nido de espías me preocupa que alguien se caiga del susto desde lo alto del tejado.

Vin se levantó y se sacudió el polvo de la ropa. Llevaba capa de bruma, camisa y pantalones: hacía días que no se ponía un vestido. Solo los usaba en sus apariciones protocolarias en la Mansión Renoux.

A Kelsier le preocupaban demasiado los asesinos para dejar que se quedara allí demasiado tiempo.

Al menos hemos comprado el silencio de Kliss, pensó Vin, molesta por el gasto.

—¿Es la hora? —preguntó.

Kelsier asintió.

—Casi, al menos. Quiero hacer una pequeña parada por el camino.

Vin asintió. Para su segundo encuentro, Marsh había elegido un lugar que supuestamente estaba explorando para el Ministerio. Era una ocasión perfecta para reunirse, ya que Marsh tenía una excusa para estar en el edificio de noche buscando actividad alomántica por allí cerca. Tendría a un aplacador con él casi a todas horas, pero habría un intervalo en plena noche durante el que Marsh suponía que pasaría más de una hora a solas. No era mucho tiempo para escabullirse y regresar, pero sí para que un par de sigilosos nacidos de la bruma le hicieran una rápida visita.

Se despidieron de Fantasma y se lanzaron a la noche. Sin embargo, no viajaron mucho rato por los tejados: Kelsier no tardó en bajar a la calle y echó a andar para conservar fuerza y metales.

Es extraño, pensó Vin, recordando la primera noche en que practicó con Kelsier la alomancia. *Ya ni siquiera me parece que las calles vacías sean temibles.*

El empedrado estaba resbaladizo por la humedad de la bruma y la calle desierta acabó por desaparecer en la neblina. Oscuridad, silencio y soledad: ni siquiera la guerra lo había cambiado mucho. Los grupos de soldados, cuando atacaban, lo hacían en tropel, golpeando rápidamente y tratando de rebasar las defensas de una casa enemiga.

Sin embargo, a pesar del vacío de la noche en la ciudad, Vin se sentía cómoda. Las brumas la acompañaban.

—Vin —dijo Kelsier mientras caminaban—. Quiero darte las gracias.

Ella se volvió hacia él, una figura alta y orgullosa vestida con una majestuosa capa de bruma.

—¿Darme las gracias? ¿Por qué?

—Por las cosas que dijiste de Mare. He estado pensando mucho en ese día... en ella. No sé si tu habilidad para ver a través de las nubes de cobre lo explica todo, pero... bueno, si me dan a escoger, prefiero creer que Mare no me traicionó.

Vin asintió, sonriendo.

Él sacudió tristemente la cabeza.

—Parece una locura, ¿no? Como si... todos estos años hubiera estado esperando un motivo para ceder al autoengaño.

—No sé —dijo Vin—. En otra época tal vez hubiese pensado que estabas loco, pero... bueno, en eso consiste la confianza, ¿no? ¿Un deseo de engañarse a uno mismo? Tienes que acallar esa voz que susurra traiciones y esperar que tus amigos no vayan a hacerte daño.

Kelsier se echó a reír.

—No creo que estés mejorando el planteamiento, Vin.

Ella se encogió de hombros.

—Para mí tiene sentido. La desconfianza es realmente lo mismo... solo que desde el otro lado. Puedo comprender que una persona, si se le da a elegir entre dos puntos de vista, elija confiar.

—Pero ¿tú no?

Vin volvió a encogerse de hombros.

—Ya no lo sé.

Kelsier le puso una mano en el hombro.

—Ese... Elend tuyo. Existe la posibilidad de que solo quisiera asustarte para que abandonaras la ciudad, ¿no? Tal vez dijo esas cosas por tu propio bien.

—Tal vez. Pero había algo diferente en él... en la forma en que me miró. Sabía que le estaba mintiendo, pero creo que no se daba cuenta de que soy una skaa. Quizá pensara que se trataba del espía de una de las otras casas. Sea como sea, parecía sincero en su deseo de librarse de mí.

—Tal vez pensaste eso porque ya estabas convencida de que iba a dejarte.

—Yo... —Vin guardó silencio y miró la calle resbaladiza y cenicienta mientras caminaban—. No sé... Es culpa tuya, ¿sabes? Antes lo entendía todo. Ahora todo es confuso.

—Sí, te hemos dejado la cabeza hecha un lío —dijo Kelsier con una sonrisa.

—No pareces molesto por eso.

—No. Ni pizca. Ah, ya estamos aquí.

Se detuvo junto a un edificio grande y ancho, casi con seguridad otra casa de vecinos skaa. Dentro estaba oscuro: los skaa no podían permitirse lámparas de aceite y habrían apagado la chimenea central después de preparar la cena.

—¿Aquí? —preguntó Vin, inquieta.

Kelsier asintió. Se acercó a llamar con suavidad a la puerta. Para sorpresa de Vin, se abrió vacilante y una delgada cara skaa asomó a las brumas.

—¡Lord Kelsier! —dijo el hombre en voz baja.

—Te dije que vendría de visita —sonrió Kelsier—. Esta noche me ha parecido un buen momento.

—Pasa, pasa —dijo el hombre, abriendo la puerta. Dio un paso atrás, cuidando de no dejar que la bruma le tocara mientras Kelsier y Vin entraban.

Vin había estado antes en habitáculos de skaa, pero nunca le habían parecido tan... deprimentes. El olor a humo y cuerpos sin lavar era casi abrumador, y tuvo que apagar su estaño para no asfixiarse. La tenue luz de una pequeña estufa de carbón mostraba a un puñado de gente hacinada, durmiendo en el suelo. Mantenían el cuarto limpio de ceniza, pero solo podían hacerlo hasta cierto punto: seguía habiendo manchas negras en la ropa, las paredes, los rostros. Los muebles eran escasos y las mantas para repartir pocas.

Yo antes también vivía así, pensó Vin, horrorizada. *Los cubiles de las bandas eran iguales..., a veces aún más abarrotados. Esta... era mi vida.*

La gente despertó al advertir que tenían visita. Vin se percató de que Kelsier iba remangado y las cicatrices de sus brazos eran visibles incluso a la luz de las ascuas. Destacaban claramente desde las muñecas hasta los codos, entrecruzándose y solapándose.

Los susurros comenzaron de inmediato.

—El Superviviente...

—¡Está aquí!

—Kelsier, el Señor de las Brumas...

Esa es nueva, pensó Vin, alzando una ceja. Permaneció en segundo plano mientras Kelsier sonreía y avanzaba al encuentro de los skaa. La gente se congregó a su alrededor con entusiasmo, tendiendo sus manos para tocarle los brazos y la capa. Otros tan solo se quedaron mirando, observándolo con reverencia.

—He venido a difundir la esperanza —les dijo Kelsier—. La Casa Hasting ha caído esta noche.

Hubo murmullos de sorpresa y asombro.

—Sé que muchos de vosotros trabajasteis en las forjas y refinerías de acero de Hasting —dijo Kelsier—. Y, sinceramente, no puedo decir lo que esto significa para vosotros. Pero es una victoria para todos nosotros. Durante un tiempo, al menos, vuestros hombres no morirán en las fraguas o bajo los látigos de los capataces Hasting.

Se produjeron murmullos entre la pequeña multitud y alguien finalmente expresó la preocupación en voz lo suficientemente alta para que Vin la oyera.

—¿La Casa Hasting ha caído? ¿Quién nos dará de comer?

Qué asustado, pensó Vin. *Yo nunca fui así... ¿verdad?*

—Os enviaré otro cargamento de comida —prometió Kelsier—. Suficiente para una temporada, al menos.

—Has hecho mucho por nosotros —dijo otro hombre.

—Tonterías. Si queréis devolverme el favor, empezad a caminar algo más erguidos. Tened un poco menos de miedo. *Ellos* pueden ser derrotados.

—Por hombres como tú, lord Kelsier —susurró una mujer—. Pero no por nosotros.

—Os sorprendería —dijo Kelsier.

La multitud empezó a dejar espacio para que los padres pusieran en primera fila a sus hijos. Parecía que todo el mundo en el cuarto quería que sus hijos conocieran a Kelsier en persona. Vin lo observó con sentimientos encontrados. La banda todavía tenía sus reservas sobre la creciente fama de Kelsier con los skaa, aunque todos habían mantenido su palabra y guardaban silencio.

Parece que le importan de verdad, pensó Vin, viendo a Kelsier tomar en brazos a un niño pequeño. *No creo que sea fingido. Así es como es él: ama a la gente, ama a los skaa. Pero... es más bien el amor de un padre por un hijo que el de un hombre por sus iguales.*

¿Qué tenía de malo? Era, después de todo, una especie de padre para los skaa. Era el noble señor que siempre *deberían* haber tenido. Con todo, Vin no pudo dejar de sentirse incómoda mientras veía los rostros sucios de aquellas familias skaa, sus ojos llenos de adoración y reverencia.

Kelsier se despidió del grupo, diciéndoles que tenía una cita. Vin y él salieron de la abarrotada habitación al bendito aire fresco. Kelsier guardó silencio mientras viajaban hacia la nueva comisaría de aplacadores de Marsh, aunque había algo más de viveza en su paso.

Al cabo de un rato, Vin no pudo evitar preguntárselo.

—¿Los visitas a menudo?

Kelsier asintió.

—Al menos un par de casas por noche. Rompe la monotonía de mi otro trabajo.

Matar nobles y difundir rumores falsos, pensó Vin. *Sí, visitar a los skaa debe de ser un buen cambio.*

El punto de reunión estaba solo a unas cuantas calles de distancia. Kelsier se detuvo en un portal y escrutó la oscura noche. Finalmente, señaló una ventana apenas iluminada.

—Marsh dijo que dejaría una luz encendida si los otros obligadores se marchaban.

—¿Ventana o escaleras?

—Escaleras —dijo Kelsier—. La puerta no debería estar cerrada con llave y el Ministerio es dueño del edificio entero. Estará vacío.

Kelsier tenía razón en ambas cosas. El edificio no olía lo suficientemente a cerrado como para estar abandonado, pero las plantas inferiores no habían sido utilizadas. Vin y él subieron rápidamente las escaleras.

—Marsh debería poder decirnos la reacción del Ministerio a la guerra —dijo Kelsier mientras llegaban al piso superior. La luz de la lámpara fluctuaba a través de la puerta de arriba, y Kelsier la abrió sin dejar de hablar—. Es de esperar que la Guarnición no vuelva demasiado pronto. El daño está casi hecho, pero me gustaría que la guerra continuara durante...

Se detuvo en la puerta, bloqueando la visión de Vin.

Ella avivó peltre y estaño inmediatamente y se agazapó, atenta a la presencia de algún atacante. No había nada. Solo silencio.

—No... —susurró Kelsier.

Entonces Vin vio el hilillo de oscuro líquido rojo que se arremolinaba junto al pie de Kelsier. Creó un charquito y luego empezó a caer por el primer escalón.

Por el lord Legislador...

Kelsier entró tambaleándose en la habitación. Vin lo siguió, pero ya sabía lo que iba a ver. El cadáver yacía cerca del centro de la cámara, desollado y desmembrado, la cabeza completamente aplastada. Apenas era reconocible como un ser humano. Las paredes estaban manchadas de rojo.

¿Puede un cuerpo contener realmente tanta sangre? Era igual que la otra vez, en el sótano de la guarida de Camon... pero con una sola víctima.

—Inquisidores —susurró Vin.

Kelsier, ajeno a la sangre, se arrodilló junto al cadáver de Marsh. Alzó una mano como para tocar el cuerpo sin piel, pero detuvo el gesto, aturdido.

—Kelsier —dijo Vin urgentemente—. Esto es reciente... el inquisidor podría estar cerca todavía.

Él no se movió.

—¡Kelsier! —exclamó Vin.

Kelsier se estremeció, miró alrededor. Sus ojos se encontraron con los de ella y la lucidez regresó. Se puso en pie.

—La ventana —dijo Vin, cruzando la habitación.

Sin embargo, se detuvo al ver algo sobre una mesita, junto a la pared. La pata de madera de una silla, medio oculta bajo una hoja de papel en blanco. Vin la recogió mientras Kelsier llegaba a la ventana.

Él se dio la vuelta, contempló la habitación una vez más y saltó a la noche.

Adiós, Marsh, pensó apenada Vin, y lo siguió.

—«Creo que los inquisidores sospechan de mí» —leyó Dockson. El papel, una única hoja recuperada del interior de la pata de la mesa, estaba limpio y blanco, sin la sangre que manchaba las rodillas de Kelsier y el borde inferior de la capa de Vin.

Dockson continuó leyendo, sentado a la mesa de la cocina del taller de Clubs:

—«He estado haciendo demasiadas preguntas y sé que enviaron al menos un mensaje al obligador corrupto que supuestamente me entrenó como acólito. Quería descubrir los secretos que la rebelión ha necesitado siempre conocer. ¿Cómo recluta el Ministerio a los nacidos de la bruma para ser inquisidores? ¿Por qué son los inquisidores más poderosos que los alománticos normales? ¿Cuáles son sus debilidades, si las hay?

»"Por desgracia, apenas he descubierto nada sobre los inquisidores: aunque las maniobras políticas dentro de las filas regulares del Ministerio siguen sorprendiéndome. Es como si a los obligadores normales no les importara el mundo exterior, excepto por el prestigio que adquieren por ser los más listos o tener más éxito al aplicar los dictados del lord Legislador.

»"Los inquisidores son diferentes. Son mucho más leales al lord Legislador que los obligadores normales... y esta es en parte, tal vez, la causa de la disensión entre los dos grupos.

»"En cualquier caso, me parece que estoy cerca. Tienen un secreto, Kelsier. Una debilidad. Estoy seguro. Los otros obligadores hablan de ello en susurros, aunque ninguno lo conoce.

»"Me temo que he sondeado demasiado. Los inquisidores me siguen, me vigilan, preguntan por mí. Así que me preparo esta noche. Tal vez mi cautela es innecesaria.

»"Tal vez no."

Dockson dejó de leer.

—Es... todo lo que dice.

Kelsier estaba de pie al otro lado de la cocina, la espalda apoyada en la alacena, en su postura habitual. Pero... no había ligereza en ella. Estaba cruzado de brazos, la cabeza ligeramente inclinada. Su pesadumbre parecía haberse desvanecido, sustituida por otra emoción... Una emoción que Vin había visto en ocasiones ardiendo oscura tras sus ojos. Normalmente cuando hablaba de la nobleza.

Vin se estremeció a su pesar. De pie como Kelsier estaba, ella fue súbitamente consciente de su ropa: una oscura capa de bruma gris, una camisa negra de manga larga, pantalones negros. En la noche, la ropa servía únicamente de camuflaje. En la habitación iluminada, sin embargo, los colores oscuros le daban un aspecto amenazador.

Kelsier se irguió y todos en la habitación se envararon.

—Decidle a Renoux que desaparezca —dijo suavemente, la voz como el hierro—. Puede usar la historia que planeamos para marcharse... Que se retira a sus tierras a causa de la guerra de casas. Pero quiero que esté fuera de aquí mañana. Enviad con él a un violento y un ojo de estaño para que lo protejan, pero decidle que abandone sus barcos a un día de la ciudad y que luego regrese con nosotros.

Dockson miró a Vin y los demás.

—De acuerdo...

—Marsh lo sabía todo, Dox —dijo Kelsier—. Lo torturaron antes de matarlo... Así es como actúan los inquisidores.

Dejó flotar las palabras. Vin sintió un escalofrío. La guarida corría peligro.

—¿Al refugio de emergencia, entonces? —preguntó Dockson—. Solo tú y yo conocemos su emplazamiento.

Kelsier asintió con firmeza.

—Quiero a todo el mundo fuera de este taller, aprendices incluidos, dentro de quince minutos. Me reuniré contigo en el refugio de emergencia dentro de dos días.

Dockson miró a Kelsier, el ceño fruncido.

—¿Dos días? Kel, ¿qué estás planeando?

Kelsier se encaminó hacia la puerta. La abrió, dejando entrar la bruma, y luego miró al grupo con ojos tan duros como los clavos de los inquisidores.

—Me han golpeado donde más me hiere. Voy a hacer lo mismo.

Walin se abrió paso en la oscuridad, palpando a través de las estrechas cavernas, obligando a su cuerpo a pasar por grietas que casi resultaban demasiado pequeñas. Continuó bajando, buscando con los dedos, ignorando sus numerosos roces y cortes.

Debo continuar, debo continuar... Los restos de su cordura le decían que ese era su último día. Habían pasado seis días desde su último éxito. Si fracasaba una séptima vez, moriría.

Debo continuar.

No podía ver; estaba demasiado por debajo de la superficie para captar siquiera el reflejo de un atisbo de luz. Pero, incluso sin iluminación, podía encontrar el camino. Solo había dos direcciones: arriba y abajo. Los movimientos hacia los lados carecían de importancia y eran rechazados sin más. No podría perderse mientras continuara descendiendo.

Mientras tanto, tanteaba con los dedos buscando la áspera delación de la flor de cristal. No podría regresar esta vez, no hasta que hubiera tenido éxito, no hasta que...

Debo continuar.

Sus manos rozaron algo blando y frío mientras se movía. Un cadáver, pudriéndose atrapado entre dos rocas. Walin continuó. Los cadáveres no eran infrecuentes en las estrechas cavernas: algunos de los cuerpos estaban frescos aún, la mayoría era solo huesos. A menudo, Walin se preguntaba si los muertos no eran afortunados.

Debo continuar.

El tiempo apenas importaba en las cavernas. Normalmente, regresaba arriba para dormir: aunque en la superficie había capataces con látigos, también había comida. Era escasa, apenas lo suficiente para mantenerlo con vida, pero era mejor que el hambre que lo asaltaría si se quedaba abajo demasiado tiempo.

Debo continu...

Se detuvo. Tenía el torso metido en una estrecha grieta en la roca y estaba a punto de pasar. Sin embargo, sus dedos (siempre buscando, incluso cuando apenas era consciente) palpaban las paredes. Y habían encontrado algo.

Su mano tembló de expectación mientras palpaba las flores de cristal. Sí, sí, eso eran. Crecían en una amplia pauta circular en la pared; pequeñas por los bordes, se hacían gradualmente mayores cerca del centro. Justo en la parte central de la estructura circular los cristales se curvaban hacia dentro siguiendo un agujero en la pared. Allí los cristales se hacían largos y cada uno tenía un borde irregular dentado. Como si fuesen dientes alrededor de las fauces de una bestia de piedra.

Tomando aliento, rezando al lord Legislador, Walin metió la mano en la abertura circular del tamaño de un puño. Los cristales le arañaron el brazo, marcando largos y estrechos surcos en su piel. Ignoró el dolor, obligó a su brazo a seguir sondeando, hasta el codo, mientras sus dedos buscaban...

¡Allí! Sus dedos encontraron una pequeña roca en el centro del hueco: una roca formada por misteriosas gotas de cristal. Una geoda de Hathsin.

La agarró ansiosamente, la sacó, arañándose de nuevo el brazo mientras lo sacaba del agujero recubierto de cristales. Acunó la pequeña esfera rocosa, jadeando entrecortadamente de alegría.

Otros siete días. Viviría otros siete días.

Antes de que el hambre y la fatiga pudieran seguir debilitándolo, Walin empezó la laboriosa escalada hacia arriba. Se escurrió entre grietas, remontó los salientes de la pared. A veces tenía que moverse a derecha o izquierda hasta que el techo se abría, pero siempre lo hacía. En realidad solo había dos direcciones: arriba y abajo. Tan solo arriba y abajo. Arriba y abajo.

Mantenía su oído atento por si aparecía alguien más. Había visto buscadores muertos, asesinados por hombres más jóvenes y más fuertes que esperaban robar una geoda. Por fortuna, no encontró a nadie. Eso era bueno. Era un hombre mayor, lo suficiente para saber que nunca debería haber intentado robar comida a un lord en su plantación.

Tal vez se había ganado aquel castigo. Tal vez se merecía morir en los Pozos de Hathsin.

Pero no moriré hoy, pensó, oliendo por fin el aire dulce y fresco. Era de noche arriba. No le importó. Las brumas no lo molestaban ya: ni siquiera las palizas lo molestaban ya. Estaba demasiado cansado para que le importase.

Walin empezó a salir de la grieta, una de las docenas que había en el pequeño valle conocido como los Pozos de Hathsin. Entonces se detuvo.

Había un hombre ante él en la noche. Iba vestido con una gran capa que parecía haber sido rasgada en tiras. El hombre miró a Walin, silencioso y poderoso con su ropa negra. Entonces le tendió la mano.

Walin dio un respingo. El hombre, sin embargo, agarró la mano de Walin y lo sacó de la grieta.

—¡Vete! —dijo el hombre suavemente en medio del torbellino de las brumas—. La mayoría de los guardias ha muerto. Reúne a cuantos prisioneros puedas y escapad de este lugar. ¿Tienes una geoda?

Walin retrocedió, llevándose la mano al pecho.

—Bien —dijo el desconocido—. Rómpela. Encontrarás una perla de metal dentro: es muy valiosa. Véndela en los bajos fondos de cualquier ciudad a la que vayas: deberías ganar lo suficiente para vivir durante años. ¡Vete rápido! No sé cuánto tiempo tienes hasta que den la alarma.

Walin retrocedió, confundido.

—¿Quién... quién eres tú?

—Soy lo que *tú* serás pronto —dijo el desconocido, acercándose a la grieta. Los lazos de su envolvente capa negra revoloteaban a su alrededor mezclándose con las brumas mientras se volvía hacia Walin—. Soy un superviviente.

Kelsier estudió la oscura cicatriz en la roca mientras escuchaba cómo el prisionero se perdía en la distancia.

—Y así regreso —susurró. Le ardían las cicatrices y los recuerdos regresaron. Recuerdos de meses pasados internándose entre grietas, arañándose los brazos con puñales cristalinos, buscando cada día una geoda... Solo una, para poder seguir viviendo.

¿Podía de verdad volver a bajar a aquellas estrechas y silenciosas profundidades? ¿Podía entrar de nuevo en esa oscuridad? Kelsier alzó los brazos, mirándose las cicatrices, todavía blancas y destacando en sus brazos.

Sí. Por los sueños de ella, podía.

Se acercó a la grieta y se obligó a bajar a su interior. Entonces quemó estaño para iluminar su trayecto hacia abajo. Aunque la grieta se ensanchaba, también se ramificaba en fisuras retorcidas hacia todas las direcciones. Era parte cueva, parte grieta, parte túnel.

Ya alcanzaba a vislumbrar el primer agujero cristalino de atium. Mientras contemplaba los largos y plateados cristales que había allí, sus cicatrices parecieron palpitar en anticipación, siguiendo un ritmo ignoto.

Atraer o empujar los cristales de atium mediante la alomancia provocaba que se fragmentaran. Por eso el lord Legislador tenía que emplear esclavos, y no alománticos, para que le recogieran el atium.

Ahora, la verdadera prueba, pensó Kelsier mientras se apretaba para internarse más en la grieta y acercarse más a los primeros cristales. Quemó hierro y al instante vio varias líneas azules apuntando hacia ellos además de hacia abajo, en la dirección de otros agujeros de atium. Auqnue el que tenía ante él no albergaba ninguna geoda de atium y los más próximos sin duda ya estaban recolectados también, los cristales en sí emitían tenues líneas azules por las trazas residuales de atium.

Kelsier se concentró en unas pocas líneas azules y tiró con suavidad. Los cristales que tenía delante se quebraron, entrelazados por finas líneas, y cayeron algunos fragmentos. Sus oídos amplificados por el estaño captaron más cristales haciéndose añicos en la grieta, por debajo de él.

Kelsier sonrió.

Casi tres años antes, mientras se alzaba sobre los cadáveres ensangrentados de los capataces que habían golpeado a Mare hasta la muerte, había advertido por primera vez que podía usar el hierro para sentir dónde estaban los huecos de cristal. Apenas comprendía entonces sus poderes alománticos, pero desde ese momento un plan había comenzado a fraguarse en su mente. Un plan de venganza.

Ese plan había evolucionado, creciendo hasta abarcar mucho más de lo que pretendía originalmente. Sin embargo, uno de los elementos clave había permanecido recluido en un rincón de su mente. Podía encontrar los huecos de cristal. Podía romperlos usando la alomancia.

Y eran el único medio de producir atium en todo el Imperio Final.

Tratasteis de destruirme, Pozos de Hathsin, pensó, mientras se internaba cada vez más en la grieta. *Es hora de que os devuelva el favor.*

Ahora ya estamos cerca. Extrañamente, en estas alturas de las montañas parecemos finalmente libres del opresivo contacto de la Profundidad. Ha pasado algún tiempo desde que descubrí lo que era eso.

El lago que descubrió Fedik está bajo nosotros: puedo verlo desde aquí. Parece aún más extraño desde esta perspectiva, con su brillo vítreo, casi metálico. Casi deseo haberle permitido tomar una muestra de sus aguas.

Tal vez su interés era lo que enfadó a la criatura de la bruma que nos sigue. Tal vez... Tal vez por eso decidió atacarlo, apuñalándolo con su cuchillo invisible.

Curiosamente, el ataque me consoló. Al menos sé desde entonces que alguien más la ha visto. Eso significa que no estoy loco.

33

—¿Así que... se acabó? —preguntó Vin—. El plan, quiero decir.

Ham se encogió de hombros.

—Si los inquisidores torturaron a Marsh, eso significa que lo saben todo. O, al menos, que saben suficiente. Sabrán que planeamos atacar el palacio y que vamos a usar la guerra de casas como tapadera. Ahora nunca lograremos que el lord Legislador salga de la ciudad y, desde luego, nunca conseguiremos que envíe a la ciudad a la guardia de palacio. Las cosas no pintan bien, Vin.

Ella no dijo nada mientras digería la información. Ham estaba sentado en el suelo sucio, apoyado contra los ladrillos de la pared del fondo, las piernas cruzadas. El refugio de emergencia era un apestoso sótano con solo tres habitaciones. El aire olía a polvo y ceniza. Los aprendices de Clubs ocuparon una habitación para ellos, aunque Dockson había despedido a todos los otros criados antes de ir al refugio.

Brisa estaba de pie al otro lado. De vez en cuando dirigía alguna mirada incómoda hacia el suelo sucio y los taburetes llenos de polvo, pero luego decidía seguir de pie. Vin no comprendía por qué se molestaba: iba a serle imposible mantener el traje limpio mientras viviesen en lo que era, en esencia, un agujero en el suelo.

Brisa no era el único que lamentaba su cautiverio autoimpuesto. Vin había oído gruñir a varios aprendices que casi preferían ser capturados por el Ministerio. Sin embargo, en los dos días que llevaban en el sótano nadie había salido de la casa a menos que fuera absolutamente necesario. Comprendían el peligro: Marsh podía haber dado a los inquisidores descripciones y alias de cada miembro de la banda.

Brisa sacudió la cabeza.

—Tal vez, caballeros, sea hora de dar por finalizada esta operación. Lo hemos intentado con todas nuestras fuerzas y, considerando el hecho de que nuestro plan original, reunir el ejército, terminó de manera tan trágica, yo diría que hemos hecho un trabajo maravilloso.

Dockson suspiró.

—Bueno, desde luego no podemos vivir de los fondos ahorrados durante mucho tiempo... sobre todo si Kelsier sigue dando nuestro dinero a los skaa.

Estaba sentado tras la mesa, que era el único mueble de la habitación, con sus libros de cuentas, notas y contratos más importantes organizados en montones ante él. Había recogido eficazmente todos los papeles que podrían haber incriminado a la banda u ofrecido más información sobre su plan.

Brisa asintió.

—Yo, por una vez, estoy deseando cambiar. Todo esto ha sido divertido, delicioso, y todas esas otras emociones positivas, pero trabajar con Kelsier puede ser un poco agotador.

Vin frunció el ceño.

—¿No vas a quedarte con su banda?

—Depende de su siguiente trabajo —dijo Brisa—. No somos como las otras bandas que has conocido: trabajamos como nos place, no porque nos lo digan. Nos recompensa ser muy exigentes con los trabajos que aceptamos. Los beneficios son grandes, pero también los riesgos.

Ham sonrió, mientras descansaba con los brazos tras la cabeza, completamente ajeno a la suciedad.

—Hace que uno se pregunte cómo acabamos en este trabajo concreto, ¿eh? Riesgos muy altos, beneficios ínfimos.

—Ninguno, en realidad —advirtió Brisa—. Ya nunca conseguiremos ese atium. Kelsier habla de altruismo y de ayudar a los skaa. Eso está muy bien, pero siempre esperé poder echarle mano al tesoro.

—Cierto —dijo Dockson, dejando de mirar sus notas—. Pero ¿ha merecido la pena al menos? ¿El trabajo que hemos hecho..., las cosas que hemos conseguido?

Brisa y Ham vacilaron, luego ambos asintieron.

—Y por eso nos quedamos —dijo Dockson—. El propio Kel lo dijo: nos escogió porque sabía que intentaríamos algo un poco distinto por conseguir un objetivo digno. Sois buenos hombres... incluso tú, Brisa. Deja de mirarme con esa cara.

Vin sonrió escuchando la discusión familiar. Todos lamentaban la muerte de Marsh, pero aquellos hombres sabían cómo actuar a pesar de sus pérdidas. En ese aspecto, eran realmente iguales que los skaa, después de todo.

—Una guerra de casas —comentó Ham, sonriendo para sí—. ¿Cuántos nobles creéis que han muerto?

—Centenares, al menos —respondió Dockson sin levantar la cabeza—. Todos muertos por sus propias manos nobles.

—Admito que tenía mis dudas sobre todo este fiasco —dijo Brisa—. Pero la interrupción en el comercio que esto causará, por no mencionar el desorden en el gobierno..., bueno, tienes razón, Dockson. Ha merecido la pena.

—¡Por supuesto! —dijo Ham, imitando la relamida voz de Brisa.

Voy a echarlos de menos, lamentó Vin. *Tal vez Kelsier me lleve consigo en su próximo trabajo.*

Las estrellas chispeaban y Vin se ocultó instintivamente en la oscuridad. La ajada puerta se abrió y una silueta familiar, ataviada de negro, entró. Llevaba en el brazo la capa de bruma y su rostro parecía increíblemente agotado.

—¡Kelsier! —dijo Vin, avanzando un paso.

—Hola a todos —respondió él con voz cansada.

Conozco ese cansancio, pensó Vin. *Arrastre de peltre. ¿Dónde ha estado?*

—Llegas tarde, Kel —dijo Dockson, todavía sin levantar la cabeza de sus libros.

—Si por algo me esfuerzo, es por ser consistente —dijo Kelsier mientras dejaba caer la capa de bruma al suelo, se desperezaba y se sentaba—. ¿Dónde están Clubs y Fantasma?

—Clubs está durmiendo en la habitación de atrás —respondió Dockson—. Fantasma se fue con Renoux. Supusimos que querrías que se llevara a nuestro mejor ojo de estaño para que vigilara.

—Buena idea —dijo Kelsier, dejando escapar un profundo suspiro y cerrando los ojos mientras se apoyaba contra la pared.

—Mi querido amigo, tienes un aspecto terrible —comentó Brisa.

—No es tan malo como parece... Me lo tomé con calma para regresar, incluso me detuve a dormir unas cuantas horas por el camino.

—Sí, pero ¿dónde has estado? —preguntó Ham—. Nos preocupaba que hubieras estado haciendo algo..., bueno, algo estúpido.

—Lo cierto es que dábamos por hecho que estabas haciendo algo estúpido —puntualizó Brisa—. Nos preguntábamos qué grado de estupidez tendría este hecho concreto. Así pues, ¿qué ha sido? ¿Asesinaste al sumo prelado? ¿Mataste a docenas de nobles? ¿Le robaste la capa al lord Legislador de su propia espalda?

—He destruido los Pozos de Hathsin —dijo Kelsier tranquilamente.

La habitación se sumió en un silencio de estupor.

—¿Sabéis? —dijo Brisa por fin—. Cabría pensar que a estas alturas ya habríamos aprendido a no subestimarlo.

—¿Los has destruido? —preguntó Ham—. ¿Cómo se destruyen los Pozos de Hathsin? ¡No son más que un puñado de grietas en el suelo!

—Bueno, no he destruido los pozos en sí —explicó Kelsier—. Rompí los cristales que producen las geodas de atium.

—¿Todos? —preguntó Dockson, aturdido.

—Todos los que pude encontrar. Y fueron varios cientos de huecos. Fue mucho más fácil moverme por allí abajo, ahora que domino la alomancia.

—¿Cristales? —preguntó Vin, confusa.

—Cristales de atium, Vin —explicó Dockson—. Producen las geodas (no creo que nadie sepa cómo) que tienen perlas de atium en su interior.

Kelsier asintió.

—Los cristales son el motivo por el que el lord Legislador no puede enviar a alománticos allá abajo para tirar de las geodas de atium. Usar la alomancia cerca de los cristales hace que se rompan... Y tardan siglos en volver a crecer.

—Siglos durante los cuales no producirán atium —añadió Dockson.

—Así que tú... —Vin se interrumpió.

—He puesto fin a la producción de atium en el Imperio Final, por lo menos hasta dentro de trescientos años o así.

Elend. La Casa Venture. Están a cargo de los Pozos. ¿Cómo reaccionará el lord Legislador cuando se entere de esto?

—¡Loco! —dijo Brisa en voz baja, los ojos muy abiertos—. El atium es la base de la economía imperial: controlarlo es una de las principales formas que tiene el lord Legislador de mantener su dominio sobre la nobleza. Puede que nosotros no nos hagamos con sus reservas, pero esto acabará por tener el mismo efecto. ¡Bendito lunático... bendito *genio*!

Kelsier sonrió con tristeza.

—Agradezco ambos cumplidos. ¿Han actuado ya los inquisidores contra el taller de Clubs?

—No que nuestros vigilantes hayan visto —dijo Dockson.

—Bien. Tal vez no consiguieron que Marsh hablara. Como mínimo, tal vez no se den cuenta de que sus comisarías aplacadoras han sido descubiertas. Ahora, si no os importa, me voy a dormir. Tenemos muchos planes que hacer mañana.

Los miembros del grupo intercambiaron miradas silenciosas.

—¿Planes? —preguntó Dox por fin—. Kel... estábamos pensando que deberíamos dejarlo. Hemos provocado una guerra de casas y acabas de cargarte la economía imperial. Con nuestra tapadera, y nuestro plan, en peligro... Bueno, no puedes sinceramente esperar que hagamos nada más, ¿verdad?

Kelsier sonrió, se puso en pie tambaleándose y se marchó a la habitación del fondo.

—Hablaremos mañana.

—¿Qué crees que está planeando, Sazed? —preguntó Vin, sentada en un taburete junto a la chimenea del sótano mientras el terrisano preparaba la cena. Kelsier llevaba durmiendo desde la noche anterior y todavía no se había levantado en toda la tarde.

—No tengo ni la menor idea, señora —respondió Sazed, probando el guiso—. Aunque este momento, con la ciudad tan desequilibrada, parece la oportunidad perfecta para actuar contra el Imperio Final.

Vin reflexionó.

—Supongo que todavía podríamos tomar el palacio... Eso es lo que Kel ha querido hacer siempre. Pero si el lord Legislador está advertido, los demás no querrán. Además, no parece que tengamos suficientes soldados para hacer gran cosa en la ciudad. Ham y Brisa nunca terminaron su reclutamiento.

Sazed se encogió de hombros.

—Tal vez Kelsier tiene planeado hacer algo con el lord Legislador —musitó Vin.

—Tal vez.

—¿Sazed? —dijo Vin lentamente—. Tú recopilas leyendas, ¿no?

—Como guardador recopilo muchas cosas. Historias, leyendas, religiones. Cuando era joven, otro guardador me recitó todo su conocimiento para que pudiera almacenarlo, y luego aumentarlo.

—¿Has oído hablar alguna vez de esa leyenda del Undécimo metal de la que Kelsier habla?

Sazed negó con la cabeza.

—No, señora. Esa leyenda me la contó maese Kelsier por primera vez.

—Pero él jura que es cierta. Y yo... por algún motivo, lo creo.

—Es muy posible que haya leyendas de las que yo no he oído hablar —dijo Sazed—. Si los guardadores lo supieran todo, ¿para qué necesitaríamos seguir buscando?

Vin asintió, todavía un poco dubitativa.

Sazed continuó removiendo la sopa. Parecía tan... digno, aunque realizara una tarea tan sencilla. Llevaba su ropa de mayordomo, ajeno al sencillo servicio que estaba realizando, sustituyendo a los criados que la banda había despedido.

En la escalera sonaron unos rápidos pasos y Vin se volvió y se levantó de su taburete.

—¿Señora? —preguntó Sazed.

—Hay alguien en las escaleras —dijo ella, acercándose a la puerta.

Uno de los aprendices (Vin creía que se llamaba Tase) irrumpió en la habitación principal. Ahora que Lestibournes se había marchado, Tase se había convertido en el vigía de la banda.

—La gente se está congregando en la plaza —dijo Tase, señalando hacia la escalera.

—¿Qué ocurre? —preguntó Dockson mientras entraba desde la otra habitación.

—Gente en la plaza de la fuente, maese Dockson —dijo el muchacho—. En la calle se dice que los obligadores planean más ejecuciones.

Venganza por lo de los Pozos, pensó Vin. *No han tardado mucho.*

La expresión de Dockson se ensombreció.

—Ve a despertar a Kel.

—Pretendo observarlos —dijo Kelsier, vestido con sencilla ropa de skaa y una capa, mientras caminaba por la habitación.

El estómago de Vin dio un vuelco. *¿Otra vez?*

—Vosotros podéis hacer lo que queráis —dijo él. Tenía mucho mejor aspecto después de su prolongado descanso: su agotamiento había desaparecido, sustituido por la característica fuerza que Vin esperaba siempre de él—. Las ejecuciones quizá sean una reacción a lo que hice en los Pozos —continuó diciendo—. Voy a ver la muerte de esa gente... porque, indirectamente, yo soy la causa.

—No es culpa tuya, Kel —dijo Dockson.

—Todo es culpa nuestra —replicó él bruscamente—. Eso no significa que lo que hagamos esté mal... Sin embargo, si no fuera por nosotros, esa gente no tendría que morir. Yo, para empezar, pienso que lo menos que podemos hacer por esa gente es ser testigos de su muerte.

Abrió la puerta y empezó a subir las escaleras. Lentamente, el resto del grupo lo siguió, aunque Clubs, Sazed y los aprendices se quedaron en el refugio.

Vin subió los escalones y se reunió con los demás en una sucia calle en medio de un barrio skaa. Caía ceniza del cielo, flotando en perezosos copos. Kelsier ya había echado a andar y los demás (Brisa, Ham, Dockson y Vin) apretaron el paso para alcanzarlo.

El refugio no estaba cerca de la plaza de la Fuente. Kelsier, sin embargo, se detuvo a unas cuantas calles de distancia de su destino. Skaa con ojos turbios continuaban pasando ante ellos, uniéndose a la multitud. A lo lejos sonaba una campana.

—¿Kel? —preguntó Dockson.

Kelsier ladeó la cabeza.

—Vin, ¿oyes eso?

Ella cerró los ojos y luego avivó su estaño. *Concéntrate,* pensó.

Como dijo Fantasma: aísla los pasos y los murmullos. Oye por encima de las puertas cerrándose y la gente respirando. Escucha...

—Caballos —dijo, reduciendo su estaño y abriendo los ojos—. Y carruajes.

—Carros —dijo Kelsier, volviéndose hacia un lado de la calle—. Los carros de los prisioneros. Vienen hacia aquí.

Miró los edificios que lo rodeaban, luego se agarró a una tubería de desagüe y empezó a escalar por la pared. Brisa puso los ojos en blanco, le dio un codazo a Dockson y señaló la parte delantera del edificio, pero Vin y Ham, con peltre, siguieron fácilmente a Kelsier hasta el tejado.

—Allí —dijo Kelsier, señalando una calle cercana. Vin apenas pudo distinguir una fila de carros con barrotes que se dirigía hacia la plaza.

Dockson y Brisa salieron al tejado inclinado a través de una ventana. Kelsier se quedó donde estaba, al borde, contemplando los carros de prisioneros.

—Kel —advirtió Ham—. ¿En qué estás pensando?

—Todavía estamos a cierta distancia de la plaza —respondió él lentamente—. Y los inquisidores no viajan con los prisioneros: vendrán desde palacio, como la última vez. No puede haber más de un centenar de soldados vigilando a esa gente.

—Cien hombres son bastantes, Kel.

Kelsier no pareció oír las palabras de Ham. Dio otro paso adelante y se encaramó al borde del tejado.

—Puedo detener esto... Puedo salvarlos.

Vin se colocó junto a él.

—Kel, es posible que no haya muchos guardias con los prisioneros, pero la plaza de la Fuente está a pocas manzanas de distancia. ¡Está repleta de soldados, por no mencionar a los inquisidores!

Ham, inesperadamente, no la apoyó. Se dio media vuelta para mirar a Dockson y Brisa. Dox vaciló, luego se encogió significativamente de hombros.

—¿Estáis todos locos? —preguntó Vin.

—Espera un momento —dijo Brisa, entornando los ojos—. No soy ningún ojo de estaño, pero ¿no os parece que esos prisioneros van un poco demasiado bien vestidos?

Kelsier se quedó quieto, luego maldijo. Sin avisar, saltó del tejado y echó a correr por la calle de abajo.

—¡Kel! —llamó Vin—. ¿Qué...?

Entonces calló, alzó la vista a la roja luz del sol y contempló la lenta procesión de carros. Sus ojos amplificados por el estaño le permitieron reconocer a alguien sentado en la parte delantera de uno de ellos.

Fantasma.

—Kelsier, ¿qué está pasando? —preguntó Vin, corriendo tras él calle abajo.

Él frenó un poco el ritmo.

—He visto a Renoux y Fantasma en el primer carro. El Ministerio debe de haber atacado el convoy de Renoux... La gente de esas jaulas son los criados, el personal y los guardias que contratamos para que trabajaran en la mansión.

El convoy... pensó Vin. *El Ministerio debe de saber que Renoux era un fraude. Marsh confesó después de todo.*

Tras ellos, Ham salió del edificio. Brisa y Dox tardaron más en llegar.

—¡Tenemos que actuar rápido! —dijo Kelsier, avivando de nuevo el paso.

—¡Kel! —Vin lo agarró por el brazo—. Kelsier, no puedes salvarlos. Están demasiado bien vigilados y es de día. ¡Solo conseguirás que te maten!

Él se detuvo y se dio media vuelta. La miró a los ojos, decepcionado.

—No comprendes nada de todo esto, ¿verdad, Vin? Nunca lo has hecho. Te dejé detenerme una vez antes, en la colina, junto al campo de batalla. Pero esta vez no. Esta vez puedo hacer algo.

—Pero...

Él se soltó el brazo.

—Todavía tienes que aprender algunas cosas sobre la amistad, Vin. Espero que algún día te des cuenta de cuáles son.

Entonces echó a correr en dirección a los carros. Ham adelantó a Vin, corriendo en una dirección distinta, abriéndose paso entre los skaa que confluían hacia la plaza.

Vin se quedó allí plantada unos momentos, estúpidamente, sintiendo la ceniza caer. Dockson la alcanzó.

—Es una locura —murmuró—. No podemos hacer esto, Dox. No somos invencibles.

Dockson hizo una mueca.

—Tampoco estamos indefensos.

Brisa los alcanzó resoplando y señaló una calle lateral.

—Allí. Tengo que conseguir un sitio desde donde pueda ver a los soldados.

Vin los siguió, sintiendo de pronto que su vergüenza se mezclaba con su preocupación.

Kelsier...

Kelsier arrojó al suelo un par de frasquitos vacíos después de ingerir su contenido. Los frascos chispearon en el aire junto a él, cayeron y se hicieron añicos contra los adoquines. Se lanzó hacia un último callejón y echó a correr por una calle extrañamente vacía.

Los carros de prisioneros rodaban hacia él mientras entraban en una placita formada por la intersección de dos calles. Los vehículos tenían barrotes y estaban repletos de personas que ya resultaban claramente familiares: criados, soldados, sirvientes... Algunos eran rebeldes, pero muchos eran solo personas normales. Ninguno de ellos se merecía la muerte.

Demasiados skaa han muerto ya, pensó Kelsier, avivando sus metales. *Cientos. Miles. Cientos de miles.*

Hoy no. No más.

Lanzó una moneda y saltó, impulsándose por los aires en un amplio arco. Los soldados levantaron la cabeza, señalando. Kelsier aterrizó directamente entre ellos.

Hubo un momento de silencio mientras los soldados se volvían, sorprendidos. Kelsier se agazapó entre ellos. Del cielo caían trozos de ceniza.

Entonces empujó.

Avivó acero con un alarido, se irguió y empujó hacia fuera. El estallido de poder alomántico empujó a los soldados por sus petos, lanzó a una docena de hombres por los aires e hizo que se estrellaran contra sus compañeros y contra las paredes.

Los hombres gritaron. Kelsier giró, empujó contra un grupo de soldados y voló hacia un carro de prisioneros. Avivando su peltre, chocó contra él y agarró con las manos la puerta de metal.

Los prisioneros retrocedieron, sorprendidos. Kelsier soltó la puerta con un estallido de poder amplificado por el peltre y luego la lanzó contra un grupo de soldados que se acercaba.

—¡Salid! —les dijo a los prisioneros.

Saltó del carro y aterrizó en la calle. Giró.

Y se encontró cara a cara con una alta figura ataviada con una túnica marrón. Kelsier vaciló, retrocediendo mientras la alta figura se bajaba la capucha y revelaba un par de ojos atravesados por clavos.

El inquisidor sonrió y Kelsier oyó pasos acercándose por los callejones laterales. Docenas. Cientos.

—¡Maldición! —exclamó Brisa mientras los soldados inundaban la plaza.

Dockson empujó a Brisa hacia un callejón. Vin los siguió, agazapándose en las sombras, mientras oía a los soldados gritar en las encrucijadas.

—¿Qué? —preguntó.

—¡Un inquisidor! —dijo Brisa, señalando la figura con la túnica que se alzaba ante Kelsier.

—¿Qué? —dijo Dockson, poniéndose de pie.

Es una trampa, advirtió Vin con horror. Los soldados empezaban a confluir hacia la plaza, saliendo de ocultas callejas laterales.

¡Kelsier, sal de ahí!

Kelsier se impulsó en un guardia caído, lanzándose de espaldas en una voltereta por encima de uno de los carros de prisioneros. Aterrizó agazapado, observó los nuevos escuadrones de soldados. Muchos de ellos llevaban bastones, sin armadura. Mataneblinos.

El inquisidor se empujó por el aire lleno de ceniza y aterrizó con un golpe ante Kelsier. La criatura sonrió.

Es el mismo hombre. El inquisidor de antes.

—¿Dónde está la chica? —dijo tranquilamente la criatura.

Kelsier ignoró la pregunta.

—¿Por qué solo uno de vosotros? —exigió saber.

La sonrisa de la criatura aumentó.

—Yo gané el sorteo.

Kelsier avivó peltre y se escoró hacia un lado mientras el inquisidor sacaba un par de hachas de obsidiana. La plaza se estaba llenando rápidamente de soldados. En el interior de los carros oyó gritar a la gente.

—¡Kelsier! ¡Lord Kelsier! ¡Por favor!

Kelsier maldijo en voz baja mientras el inquisidor se cernía sobre él. Tiró contra uno de los carros todavía llenos y se abalanzó por los aires sobre un grupo de soldados. Aterrizó, luego corrió hacia el carro, pretendiendo liberar a sus ocupantes. Sin embargo, cuando ya llegaba, el carro se estremeció. Kelsier alzó la mirada justo a tiempo de ver a un monstruo de ojos de acero sonriéndole desde el techo del vehículo.

Kelsier se lanzó hacia atrás, sintiendo el viento del golpe del hacha junto a su cabeza. Aterrizó ágilmente, pero de inmediato tuvo que saltar a un lado para esquivar el ataque de un grupo de soldados. Mientras tomaba tierra tiró contra uno de los carros para anclarse y de la puerta de hierro que había arrojado antes. La puerta de barrotes voló por los aires y chocó contra el escuadrón de soldados.

El inquisidor atacó desde atrás, pero Kelsier se apartó de un salto. La puerta, todavía dando tumbos, resbalaba por el suelo y, cuando pasó por encima de ella, Kelsier empujó, lanzándose al aire.

Vin tenía razón, pensó Kelsier, frustrado. Abajo, el inquisidor lo observaba, siguiéndolo con sus ojos antinaturales. *No debería haber hecho esto.* Un grupo de soldados rodeaba a los skaa que había liberado.

Debería correr... tratar de despistar al inquisidor. Lo he hecho antes.

Pero... no podía. No lo haría, no esta vez. Había transigido demasiadas veces. Aunque le costara todo lo demás, tenía que liberar a esos prisioneros.

Y, entonces, cuando empezaba a caer, vio a un grupo de hombres correr hacia las encrucijadas. Llevaban armas, pero no uniforme. A la cabeza corría una figura familiar.

¡Ham! Así que ahí es adonde fuiste.

—¿Qué pasa? —preguntó Vin ansiosamente, poniéndose de puntillas para ver la plaza. En alto, la figura de Kelsier se abalanzaba hacia la lucha, la capa oscura ondeando a su espalda.

—¡Es una de nuestras unidades de soldados! —dijo Dockson—. Ham debe de haberlos ido a buscar.

—¿Cuántos?

—Formaban grupos de un par de centenares.

—Entonces estarán en desventaja numérica.

Dockson asintió.

Vin se puso en pie.

—Voy para allá.

—No —dijo Dockson firmemente, agarrándola por la capa y haciéndola retroceder—. No quiero que se repita lo que te ocurrió la última vez que te enfrentaste a uno de esos monstruos.

—Pero...

—Kelsier lo hará bien —dijo Dockson—. Tratará de ganar tiempo para que Ham libere a los prisioneros y luego escapará. Observa.

Vin dio un paso atrás.

A su lado, Brisa murmuraba para sí.

—Sí, tienes miedo. Concentrémonos en eso. Olvida todo lo demás. Teme. Son un inquisidor y un nacido de la bruma luchando... No querrás entrometerte en *eso*...

Vin miró de nuevo hacia la plaza, donde vio a un soldado soltar su bastón y echar a correr. *Hay otras formas de luchar*, comprendió, arrodillándose junto a Brisa.

—¿Cómo puedo ayudar?

Kelsier huyó de nuevo del inquisidor mientras la unidad de Ham se enfrentaba a los soldados imperiales y empezaba a abrirse paso hacia los carros de prisioneros. El ataque dividió la atención de los soldados, que parecieron muy contentos dejando a Kelsier y el inquisidor librar su solitaria batalla.

A un lado, Kelsier vio a los skaa que empezaban a ocupar las calles alrededor de la placita, pues la lucha llamaba la atención de los que esperaban en la plaza de la Fuente. Vio otros escuadrones de guardias imperiales tratando de abrirse paso hacia la lucha, pero los miles de skaa que abarrotaban las calles dificultaban seriamente su avance.

El inquisidor atacó y Kelsier esquivó. La criatura empezaba a frustrarse. A un lado, un grupito de hombres de Ham llegó a uno de los carros y rompió el candado, liberando a los prisioneros. El resto de los hombres de Ham mantuvo ocupados a los soldados mientras los prisioneros escapaban.

Kelsier sonrió, mirando al molesto inquisidor. La criatura gruñó.

—¡Valette! —gritó una voz.

Kelsier se volvió, sorprendido. Un noble bien vestido se abría paso entre los soldados hacia el centro de la pelea. Llevaba un bastón de duelos y lo protegían dos fornidos guardaespaldas, pero sobre todo evitaba que lo hirieran porque ningún bando parecía seguro de querer golpear a un hombre de sangre noble.

—¡Valette! —gritó de nuevo Elend Venture. Se dirigió a uno de los soldados—. ¿Quién os ordenó atacar el convoy de la Casa Renoux? ¿Quién autorizó esto?

Magnífico, pensó Kelsier, sin dejar de controlar al inquisidor. La criatura miró a Kelsier con expresión odiosa y retorcida.

Sigue odiándome, pensó Kelsier. *Solo tengo que aguantar lo suficiente para que Ham libere a los prisioneros. Luego, podré evitarte.*

El inquisidor descargó un golpe y decapitó a un criado que huía al pasar.

—¡No! —gritó Kelsier mientras el cadáver caía a los pies del inquisidor.

La criatura atrapó a otra víctima y alzó su hacha.

—¡Muy bien! —dijo Kelsier, avanzando, sacando un par de frasquitos de su bolsa—. Muy bien. ¿Quieres luchar conmigo? ¡Vamos!

La criatura sonrió, empujó a un lado a la mujer capturada y avanzó hacia Kelsier.

Kelsier descorchó los dos frascos y los apuró a la vez, luego los arrojó al suelo. Los metales ardieron en su pecho, junto a su furia. Su hermano, muerto. Su esposa, muerta. Familia, amigos y héroes. Todos muertos.

¿Quieres que busque venganza?, pensó. *¡Bien, la tendrás!*

Kelsier se detuvo a unos pocos pasos del inquisidor. Con los puños cerrados, avivó su acero en un enorme empujón. A su alrededor, la gente fue impulsada hacia atrás por sus metales al ser golpeada por una espantosa e invisible oleada de poder. La plaza, repleta de soldados imperiales, prisioneros y rebeldes, abrió un pequeño hueco alrededor de Kelsier y el inquisidor.

—Adelante —dijo Kelsier.

Nunca quise ser temido.

Si lamento una cosa, es el temor que he causado. El miedo es la herramienta de los tiranos. Por desgracia, cuando el destino del mundo está en juego, usas las herramientas que tienes a mano.

34

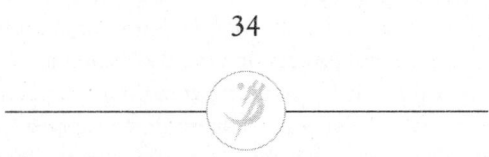

Hombres muertos y moribundos se desplomaron sobre el empedrado. Los skaa abarrotaban las calles. Los prisioneros gritaban, llamándolo por su nombre. El calor del sol rojizo quemaba.

Y del cielo caía ceniza.

Kelsier saltó hacia delante, avivando peltre y blandiendo sus dagas. Quemó atium, igual que el inquisidor: los dos debían de tener suficiente para un largo combate.

Kelsier golpeó dos veces en el aire caliente, atacando al inquisidor, los brazos convertidos en un borrón. La criatura esquivó entre un loco vértice de sombras de atium, luego descargó un hachazo.

Kelsier saltó. El peltre prestó a su salto una altura inhumana y pasó por encima del arma. Empujó contra un grupo de soldados que había tras él, lanzándose hacia delante. Plantó ambos pies en la cara del inquisidor y golpeó, dando una voltereta hacia atrás en el aire.

El inquisidor se tambaleó. Mientras Kelsier caía, tiró de un soldado, lanzándose hacia atrás. El soldado salió despedido por la fuerza del tirón de hierro y se precipitó hacia Kelsier. Ambos hombres volaron por el aire.

Kelsier avivó hierro, tiró contra un grupo de soldados situados a su derecha mientras seguía haciéndolo de aquel otro soldado. El resultado fue un giro. Kelsier voló de lado y el soldado (sujeto como por un cable al cuerpo de Kelsier), trazó un amplio arco como una bola en el extremo de una cadena.

El desgraciado soldado chocó contra el inquisidor y ambos cayeron contra los barrotes de un carro vacío.

El soldado quedó inconsciente en el suelo. El inquisidor rebotó en la jaula de hierro y cayó al suelo a cuatro patas. Un reguero de sangre corrió por el rostro de la criatura, cruzando los tatuajes de sus ojos, pero alzó la cabeza, sonriendo. No parecía afectado en lo más mínimo mientras se ponía en pie.

Kelsier aterrizó, maldiciéndose por lo bajo.

Con un increíble estallido de velocidad, el inquisidor agarró el carro vacío por un par de barrotes y lo arrancó de las ruedas.

¡Demonios!

La criatura giró y arrojó la enorme jaula de hierro hacia Kelsier, que estaba a muy poca distancia. No había tiempo de esquivar. Un edificio se alzaba justo detrás de Kelsier: de empujarse hacia atrás, quedaría aplastado.

La jaula se precipitó hacia él, así que saltó usando un empujón de acero para guiar su cuerpo a través de la puerta abierta de la jaula que giraba. Se retorció dentro de la celda, empujando hacia fuera en todas direcciones, manteniéndose en el centro exacto de la jaula metálica mientras esta topaba contra la pared y rebotaba.

La jaula rodó y comenzó a deslizarse por el suelo. Kelsier se dejó caer y aterrizó en la parte inferior del techo mientras la jaula se detenía lentamente. A través de los barrotes, pudo ver al inquisidor que lo miraba entre un mar de soldados luchando, su cuerpo rodeado por una retorcida nube en movimiento de imágenes de atium. El inquisidor le hizo a Kelsier un gesto con la cabeza en señal de respeto.

Kelsier empujó con un grito, avivando peltre para no aplastarse. La jaula explotó, la parte superior de metal salió despedida por los aires, los barrotes sueltos en todas direcciones. Kelsier tiró de los que tenía detrás y empujó los que tenía delante, enviando un río de metal disparado contra el inquisidor.

La criatura alzó una mano, desviando diestramente los enormes proyectiles. Kelsier, sin embargo, siguió los barrotes con su propio cuerpo, disparándose hacia el inquisidor con un empujón de acero. El inquisidor se impulsó hacia un lado, usando un desgraciado soldado como anclaje. El hombre gritó al verse arrancado del combate, pero su grito se apagó cuando el inquisidor saltó, empujó contra él, y lo aplastó contra el suelo.

El inquisidor se lanzó al aire. Kelsier frenó con un empujón contra un grupo de soldados, siguiendo a su enemigo. Tras él, la parte superior de la jaula chocaba contra el suelo, arrancando lascas de piedra. Kelsier se lanzó contra ella y surcó el aire detrás del inquisidor.

Copos de ceniza pasaron a su lado. Delante, el inquisidor se volvió, tirando de algo que había abajo. La criatura cambió de dirección inmediatamente para lanzarse contra Kelsier.

Choque de frente. Mala idea para un tipo sin clavos en la cabeza. Kelsier tiró frenéticamente de un soldado, lanzándose hacia abajo mientras el inquisidor pasaba en diagonal por encima. Avivó peltre y chocó contra el soldado del que había tirado. Los dos giraron en el aire. Por fortuna, el soldado no era uno de los de Ham.

—Lo siento, amigo —dijo Kelsier, empujándose a un lado.

El soldado salió disparado y acabó por precipitarse contra un edificio mientras Kelsier lo usaba para volar sobre el campo de batalla. Debajo, el principal escuadrón de Ham había llegado por fin al último carro de prisioneros. Por desgracia, varios grupos más de soldados imperiales se habían abierto paso entre los asombrados skaa. Uno de ellos era de arqueros armados con flechas con punta de obsidiana.

Kelsier maldijo, dejándose caer. Los arqueros se prepararon para disparar contra la multitud que combatía. Matarían a algunos de sus propios soldados, pero el grueso del ataque lo soportarían los prisioneros que huían.

Kelsier cayó al suelo de adoquines. Moviendo la mano a un lado, tiró de algunos barrotes caídos de la jaula que había destruido. Volaron hacia él.

Los arqueros apuntaron. Pero Kelsier pudo ver sus sombras de atium. Soltó los barrotes y se empujó a un lado levemente, permitiendo que volaran entre los arqueros y los prisioneros que huían.

Los arqueros dispararon.

Kelsier agarró los barrotes, avivando a la vez hierro y acero, empujó contra una punta de cada barrote y tiró de la punta opuesta. Los barrotes salieron proyectados e inmediatamente empezaron a girar como molinos de viento enloquecidos. La mayoría de las flechas en vuelo fueron desviadas por las barras de hierro giratorias.

Los barrotes cayeron al suelo entre las flechas dispersas. Los arqueros se levantaron, estupefactos, mientras Kelsier saltaba de nuevo a un lado y luego daba un leve tirón a los barrotes y los hacía saltar por el aire ante sí. Empujó, enviándolos contra los arqueros. Se dio la vuelta mientras los hombres gritaban y morían, buscando con la mirada a su verdadero enemigo.

¿Dónde se esconde esa criatura?

Contempló una escena caótica. Hombres que luchaban, corrían, huían y morían... cada uno con una profética sombra de atium visible para Kelsier. En aquel caso, sin embargo, las sombras duplicaban el número de personas que se movían en el campo de batalla y solo servían para aumentar la sensación de confusión.

Llegaban más y más soldados. Muchos de los hombres de Ham habían caído, la mayoría se retiraba: por fortuna, bastaba con que se quitaran la armadura y se mezclaran con los grupos de skaa. A Kelsier le preocupaba más el último carro de prisioneros, donde iban Renoux y Fantasma. La trayectoria del grupo de Ham en la batalla lo había hecho recorrer la fila de carros de atrás hacia delante. Tratar de llegar primero a Renoux habría requerido pasar de largo los otros cinco carros, dejando a sus reclusos todavía atrapados.

Ham obviamente no pretendía marcharse hasta que Fantasma y Renoux estuvieran libres. Y, donde Ham luchaba, los soldados rebeldes aguantaban. Había un motivo por el que los brazos de peltre eran llamados también violentos: no había ninguna sutileza en su forma de luchar, ningún astuto tirón de hierro ni empujón de acero. Ham se limitaba a atacar con velocidad y fuerza bruta, apartando de su camino a los soldados enemigos, arrasando sus filas, guiando a sus cincuenta hombres hacia el último carro de prisioneros. Cuando lo alcanzaron, Ham se dio la vuelta para enfrentarse a un equipo de soldados enemigos mientras uno de sus hombres rompía el candado del carro.

Kelsier sonrió con orgullo, buscando todavía al inquisidor. Sus hombres eran pocos, pero los soldados enemigos parecían visiblemente inquietos por la determinación de los skaa. Los hombres de Kelsier luchaban con pasión: a pesar de sus numerosos defectos, todavía tenían una ventaja.

Esto es lo que sucede cuando por fin los convences para que luchen. Esto es lo que se oculta dentro de todos ellos. Solo que es difícil liberarlo...

Renoux salió del carro y se hizo a un lado viendo cómo sus criados escapaban de la jaula. De repente, una figura bien vestida surgió de la turba y agarró a Renoux por la camisa.

—¿Dónde está Valette? —exigió saber Elend Venture; su voz desesperada llegó a los sentidos amplificados por el estaño de Kelsier—. ¿En qué jaula estaba?

Chaval, estás empezando a molestarme de verdad, pensó Kelsier, empujándose a través de los soldados que corrían hacia el carro.

El inquisidor apareció, saltando detrás de un grupo de soldados. Aterrizó en el techo de la jaula, que se estremeció, con un hacha de obsidiana agarrada en cada mano como una garra. La criatura miró a Kelsier a los ojos y sonrió, luego saltó de la jaula y enterró un hacha en la espalda de Renoux.

El kandra se estremeció, los ojos muy abiertos. Después, el inquisidor se giró hacia Elend. Kelsier no estaba seguro de que la criatura hubiera reconocido al muchacho. Tal vez el inquisidor pensaba que era miembro de la familia de Renoux. Tal vez no le importaba.

Kelsier vaciló solo un instante.

El inquisidor alzó el hacha para golpear.

Ella lo ama.

Kelsier avivó acero en su interior, lo agitó, inflamándolo hasta que su pecho ardió como los mismos Montes de Ceniza. Se empujó contra los soldados que tenía detrás, enviando a docenas de ellos al suelo, y se dirigió veloz hacia el inquisidor. Chocó contra la criatura cuando empezaba a descargar el golpe.

El hacha perdida recorrió unos pasos tintineando contra las piedras. Kelsier agarró al inquisidor por el cuello mientras los dos golpeaban el suelo; entonces empezó a apretar con los músculos amplificados por el peltre. El inquisidor sujetó las manos de Kelsier, intentando desesperadamente separarlas.

Marsh tenía razón, pensó Kelsier a través del caos. *Teme por su vida. Se le puede matar.*

El inquisidor jadeó, los clavos de metal que sobresalían de sus ojos apenas a unas pulgadas del rostro de Kelsier. A su lado, Kelsier vio retroceder a Elend Venture.

—¡La chica se encuentra bien! —dijo Kelsier, entre dientes apretados—. ¡No estaba en la barcaza de Renoux! ¡Vete!

Elend vaciló, entonces apareció por fin uno de sus guardaespaldas. El muchacho dejó que se lo llevara.

No puedo creer que acabo de salvar a un noble, pensó Kelsier, esforzándose por estrangular al inquisidor. *Será mejor que lo aprecies, muchacha.*

Lentamente, hinchando los músculos, el inquisidor obligó a Kelsier a separar las manos. La criatura volvió a sonreír de nuevo.

¡Son tan fuertes!

El inquisidor empujó a Kelsier hacia atrás, luego tiró contra un soldado para deslizarse sobre el empedrado. Golpeó un cadáver y dio una voltereta hacia atrás hasta caer de pie. Tenía el cuello rojo por la tenaza de Kelsier y trozos de carne arrancados por sus uñas, pero seguía sonriendo.

Kelsier empujó contra un soldado, dando también una voltereta. A su lado, vio a Renoux apoyado contra el carro. Kelsier miró al kandra a los ojos y asintió levemente.

Renoux cayó al suelo con un suspiro, el hacha clavada en la espalda.

—¡Kelsier! —gritó Ham por encima de la multitud.

—¡Márchate! —le dijo Kelsier—. Renoux está muerto.

Ham miró el cuerpo de Renoux, luego asintió. Se volvió hacia sus hombres y les dio una orden.

—Superviviente —susurró una voz.

Kelsier se giró. El inquisidor avanzaba, inflamado por el poder del peltre, rodeado por una neblina de sombras de atium.

—Superviviente de Hathsin —dijo—. Me prometiste una pelea. ¿He de matar a más skaa?

Kelsier avivó sus metales.

—Nunca he dicho que hubiéramos terminado —dijo. Sonrió. Estaba preocupado, dolorido, pero también entusiasmado. Toda su vida una parte de él había deseado plantarse y combatir.

Siempre había querido ver si podía vencer a un inquisidor.

Vin se irguió, desesperada, esforzándose por ver por encima de la multitud.

—¿Qué? —preguntó Dockson.

—¡Me ha parecido ver a Elend!

—¿Aquí? Eso suena un poco ridículo, ¿no te parece?

Vin se ruborizó. *Probablemente.*

—De todas formas, voy a intentar echar un buen vistazo.

—Ten cuidado —dijo Dox, mientras ella se dirigía callejón arriba—. Si ese inquisidor te ve...

Vin asintió, mientras subía por la pared. Cuando estuvo lo bastante alto, escrutó el cruce en busca de caras familiares. Dockson tenía razón: no se veía a Elend por ninguna parte. Uno de los carros, el que el inquisidor había destrozado, yacía de costado. Los caballos se encabritaban, atrapados entre la lucha y la multitud de skaa.

—¿Qué ves? —preguntó Dox.

—¡Renoux ha caído! —dijo Vin, entornando los ojos y quemando estaño—. Parece que por un hachazo en la espalda.

—Puede que sea o no sea fatal para él —dijo Dockson de manera algo críptica—. No sé mucho sobre los kandra.

¿Los kandra?

—¿Y los prisioneros?

—Todos están libres —contestó Vin—. Las jaulas están vacías. ¡Dox, hay un montón de skaa ahí fuera!

Parecía que todos los que estaban en la plaza de la Fuente habían corrido a ese cruce. La zona formaba una pequeña depresión y Vin veía a miles de skaa en las calles y extendiéndose en todas direcciones.

—¡Ham está libre! —dijo Vin—. ¡No lo veo, vivo ni muerto, por ninguna parte! Fantasma también se ha escapado.

—¿Y Kel? —preguntó Dockson ansiosamente.

Vin respiró profundamente.

—Sigue luchando contra el inquisidor.

Kelsier avivó su peltre, golpeando al inquisidor, cuidando de evitar los planos discos de metal que asomaban de sus ojos. La criatura se tambaleó y Kelsier enterró el puño en su estómago. El inquisidor gruñó y abofeteó a Kelsier en la cara, derribándolo de un solo golpe.

Kelsier sacudió la cabeza. *¿Qué hace falta para matar a esta cosa?*, pensó, empujándose para ponerse en pie y retrocediendo.

El inquisidor avanzó. Algunos de los soldados intentaban buscar a Ham y sus hombres entre la multitud, pero muchos se quedaron quietos. Una batalla entre dos poderosos alománticos era algo de lo que se hablaba en susurros pero que nunca se había visto. Los soldados y los campesinos se quedaron allí boquiabiertos, contemplando asombrados la batalla.

Es más fuerte que yo, reconoció Kelsier, mirando al inquisidor con cautela. *Pero la fuerza no lo es todo.*

Kelsier se hizo con pequeñas fuentes de metal y las arrancó de un tirón de sus dueños: yelmos, hermosas espadas de acero, monederos, dagas. Las lanzó contra el inquisidor, manipulando con cuidado empujones de acero y tirones de hierro, y manteniendo su atium ardiendo para que cada pieza que controlaba tuviera una multitud de imágenes de atium en abanico ante los ojos del inquisidor.

La criatura maldijo entre dientes mientras desviaba el enjambre de piezas de metal. Kelsier, sin embargo, usó los propios empujones del inquisidor, tirando de cada pieza y haciéndolas girar alrededor de la criatura. El inquisidor empujó hacia fuera todas las piezas a la vez, y Kelsier las soltó. Sin embargo, en cuanto el inquisidor dejó de empujar, Kelsier tiró de sus armas, recuperándolas.

Los soldados imperiales formaban un corro, observando con cautela. Kelsier los usó, empujando contra los petos, lanzándose adelante y atrás en el aire. Los rápidos cambios de posición le permitían moverse constantemente, desorientando al inquisidor, y empujar sus distintas piezas voladoras de metal donde las quería.

—Échale un ojo a la hebilla de mi cinturón —pidió Dockson, tambaleándose levemente mientras se agarraba a los ladrillos, junto a Vin—. Si me caigo, dame un tirón para detener la caída, ¿eh?

Vin asintió, pero no le estaba prestando mucha atención a Dox. Estaba mirando a Kelsier.

—¡Es increíble!

Kelsier saltaba de un lado a otro en el aire y sus pies no llegaban nunca a tocar el suelo. Trozos de metal zumbaban a su alrededor, respondiendo a sus empujones y tirones. Los controlaba con tanta habilidad que podría haberse pensado que eran seres vivos. El inquisidor los apartaba con furia, pero obviamente tenía problemas para seguir la cuenta de todos.

Subestimé a Kelsier, pensó Vin. *Supuse que tenía menos habilidad que los brumosos porque abarcaba demasiadas cosas. Pero no era así. Esta. Esta es su especialidad: empujar y tirar con control experto.*

Y el hierro y el acero son los metales en los que se entrenó personalmente. Tal vez lo ha sabido siempre.

Kelsier giraba y volaba en medio de un remolino de metal. Cada vez que algo golpeaba el suelo, lo volvía a levantar. Las piezas volaban en línea recta, pero él seguía moviéndose, empujándose alrededor, manteniéndolas en el aire, disparándolas periódicamente contra el inquisidor.

La criatura giraba, confusa. Trató de empujarse hacia arriba, pero Kelsier disparó varias piezas de metal más grandes por encima de la cabeza de su contrincante, que tuvo que empujar contra ellas interrumpiendo su salto.

Una barra de hierro golpeó al inquisidor en la cara.

La criatura se tambaleó, con los tatuajes ensangrentados. Un casco de acero lo golpeó en el costado, empujándolo hacia atrás.

Kelsier empezó a lanzar rápidamente piezas de metal, sintiendo que su ira y su furia aumentaban.

—¿Fuiste tú el que mató a Marsh? —gritó, sin molestarse en esperar una respuesta—. ¿Estabas ahí cuando me condenaron hace años?

El inquisidor alzó una mano protectora, empujando el siguiente enjambre de metales para desviarlos. Cojeó hacia atrás, apoyando la espalda en el carro de metal volcado.

Kelsier oyó a la criatura gruñir y un súbito empujón de fuerza recorrió la multitud, derribando soldados y haciendo que las armas de metal de Kelsier se dispersaran.

Kelsier las dejó marchar. Se lanzó hacia delante, hacia el desorientado inquisidor, y empuñó una piedra suelta del suelo.

Mientras la criatura se volvía hacia él, Kelsier gritó y descargó un golpe con la piedra, su fuerza aumentada más por la ira que por el peltre.

Golpeó al inquisidor entre los ojos. La cabeza de la criatura se echó hacia atrás y chocó contra el fondo del carro volcado. Kelsier golpeó de nuevo, chillando, descargando una y otra vez su pedrusco contra la cara del inquisidor, que aulló de dolor, extendiendo sus manos como garras hacia Kelsier, como dispuesto a saltar hacia delante. Entonces, súbitamente, se quedó quieto. Su cráneo chocó contra la madera del carro. Las puntas de los clavos que asomaban de su nuca habían quedado clavadas en la madera por el ataque de Kelsier.

Kelsier sonrió mientras la criatura gritaba de rabia, esforzándose por soltar la cabeza de la madera. Kelsier se volvió a un lado, buscando algo que había visto en el suelo unos momentos antes. Le dio una patada a un cadáver y recogió del suelo el hacha de obsidiana. La hoja de piedra toscamente afilada brillaba bajo el sol rojo.

—Me alegro de que me convencieras para hacer esto —dijo tranquilamente. Luego descargó un golpe con ambas manos, clavando el hacha en el cuello del inquisidor y la madera de detrás.

El cuerpo de la criatura se desplomó sobre el empedrado. La cabeza permaneció donde estaba, mirando con sus ojos escalofriantes, antinaturales y tatuados, clavada a la madera por sus propios clavos.

Kelsier se volvió hacia la multitud, sintiéndose de pronto increíblemente cansado. Le dolía el cuerpo por docenas de cortes y magulladuras, y ni siquiera sabía cuándo se le había caído la capa. Sin embargo, se enfrentó retador a los soldados, los brazos llenos de cicatrices claramente visibles.

—¡El Superviviente de Hathsin! —susurró uno.

—Ha matado a un inquisidor... —dijo otro.

Y, entonces, empezó el cántico. Los skaa de las calles cercanas empezaron a gritar su nombre. Los soldados miraron alrededor, advirtiendo con horror que estaban rodeados. Los campesinos avanzaron y Kelsier captó su ira y su esperanza.

Tal vez esto no tenga que salir como había supuesto, pensó Kelsier, triunfante. *Tal vez no tengo que...*

Entonces golpeó. Como una nube ante el sol, como una súbita tormenta en una noche tranquila, como un par de dedos apagando una vela. Una mano opresiva sofocó las emociones skaa acumuladas. La gente vaciló y los gritos murieron. El fuego que Kelsier había encendido en ellos era demasiado nuevo.

Tan cerca... pensó.

Ante ellos, un carruaje negro remontó la cuesta y empezó a bajar desde la plaza de la fuente.

El lord Legislador había llegado.

Vin estuvo a punto de perder su asidero cuando la oleada de depresión la alcanzó. Avivó su cobre, pero, como siempre, aún alcanzaba a notar el abrumador aplacamiento.

—¡El lord Legislador! —dijo Dockson, aunque Vin no supo si era una observación o una maldición.

Los skaa que se habían congregado para ver la batalla de algún modo consiguieron dejar sitio al oscuro carruaje, que recorrió un pasillo de gente hacia la plaza sembrada de cadáveres.

Los soldados retrocedieron y Kelsier se apartó del carro volcado, disponiéndose a enfrentarse al carruaje que se acercaba.

—¿Qué está haciendo? —preguntó Vin, volviéndose hacia Dockson, que se había aupado a un pequeño saliente—. ¿Por qué no escapa? ¡No es un inquisidor... no es algo contra lo que se pueda luchar!

—Ya está, Vin —dijo Dockson, asombrado—. Esto es lo que ha estado esperando. Una oportunidad para enfrentarse al lord Legislador... Una oportunidad para demostrar esas leyendas suyas.

Vin se volvió hacia la plaza. El carruaje se había detenido.

—Pero... —dijo en voz baja—. El Undécimo metal. ¿Lo ha traído?

—Debe de haberlo hecho.

Kelsier siempre había dicho que el lord Legislador era su tarea, pensó Vin. *Dejó que los demás nos encargáramos de la nobleza, la Guarnición y el Ministerio. Pero esto... Kelsier siempre planeó hacer esto personalmente.*

El lord Legislador bajó de su carruaje y Vin se inclinó hacia delante, quemando estaño. Parecía...

Un hombre.

Iba vestido con un uniforme blanco y negro similar a los trajes de los nobles, pero mucho más exagerado. La casaca le llegaba hasta los pies y lo seguía al andar. Su chaleco no era de colores, sino de un negro puro, aunque acentuado por brillantes marcas blancas. Como Vin había oído, sus dedos estaban cuajados de anillos, el símbolo de su poder.

Soy mucho más fuerte que vosotros, proclamaban los anillos. *Tanto, que no importa que lleve metal.*

Guapo, con el pelo muy negro y la piel pálida, el lord Legislador era alto, delgado, confiado. Y era joven... Más joven de lo que Vin había esperado, incluso más joven que Kelsier. Cruzó la plaza, evitando cadáveres, mientras sus soldados espantaban a los skaa.

De repente, un grupito de figuras se abrió paso entre las filas de soldados. Llevaban las armaduras variopintas de los rebeldes, y un hombre que los dirigía parecía levemente familiar. Era uno de los violentos de Ham.

—¡Por mi esposa! —dijo el violento, alzando una lanza y atacando.

—¡Por lord Kelsier! —gritaron los otros cuatro.

Ay, no... pensó Vin.

Sin embargo, el lord Legislador los ignoró. El cabecilla rebelde lanzó un grito de desafío y luego le clavó su lanza en el pecho.

El lord Legislador continuó andando, dejando atrás al soldado, con la lanza sobresaliéndole del cuerpo.

El rebelde se lo quedó mirando, empuñó entonces la lanza de uno de sus amigos y se la clavó al lord Legislador en la espalda. De nuevo, el lord Legislador ignoró a los hombres... como si ellos, y sus armas, no merecieran ni siquiera su desprecio.

El líder rebelde retrocedió y luego se dio media vuelta mientras sus amigos empezaban a gritar bajo el hacha de un inquisidor. Él se reunió con ellos poco después y el inquisidor se alzó sobre los cadáveres durante un momento, cortando alegremente.

El lord Legislador continuó avanzando, con las dos lanzas asomando de su cuerpo, ajeno a ellas. Kelsier lo esperó. Se le veía cansado con su ajada ropa skaa. Sin embargo, se mostró orgulloso. No se inclinó ni cedió ante el peso del poder aplacador del lord Legislador.

El lord Legislador se detuvo a unos pasos de distancia, y una de las lanzas casi tocó el pecho de Kelsier. Negra ceniza caía levemente alrededor de los dos hombres y algunos trozos revoloteaban en espiral con el leve viento. La plaza quedó sumida en un horrible silencio: incluso el inquisidor detuvo su terrible tarea. Vin se inclinó hacia delante, agarrándose precariamente a los ásperos ladrillos.

¡Haz algo, Kelsier! ¡Usa el metal!

El lord Legislador miró al inquisidor que Kelsier había matado.

—Esos son muy difíciles de reemplazar. —Su voz cargada de acento llegó fácilmente a los oídos amplificados por el estaño de Vin.

Incluso desde la distancia, vio a Kelsier sonreír.

—Te maté una vez —dijo el lord Legislador, volviéndose hacia Kelsier.

—Lo intentaste —replicó Kelsier. Su voz fuerte y firme se hizo oír en toda la plaza—. Pero no puedes matarme, lord Tirano. Represento aquello que nunca has podido matar, no importa cuánto lo hayas intentado. Yo soy la esperanza.

El lord Legislador bufó despectivo. Alzó un brazo y descargó como si tal cosa un revés tan poderoso a Kelsier que Vin oyó el impacto resonar en toda la plaza.

Kelsier se tambaleó y giró, chorreando sangre mientras caía.

—¡NO! —gritó Vin.

El lord Legislador se arrancó una de las lanzas del cuerpo y la clavó en el pecho de Kelsier.

—Que empiecen las ejecuciones —dijo, volviéndose hacia su carruaje y arrancándose la segunda lanza, que arrojó a un lado.

Se produjo el caos. Dirigidos por el inquisidor, los soldados se volvieron y atacaron a la multitud. Llegaron más inquisidores procedentes de la otra plaza cabalgando negros corceles, las hachas de ébano brillando a la luz de la tarde.

Vin lo ignoró todo.

—¡Kelsier! —gritó.

Su cuerpo yacía donde había caído, la lanza asomando en su pecho, en un charco escarlata.

No. No. ¡NO! Vin saltó del edificio, empujándose contra alguna gente y lanzándose por encima de la masacre. Aterrizó en el centro de la plaza extrañamente vacía: el lord Legislador se había marchado, los inquisidores estaban ocupados matando skaa. Corrió junto a Kelsier.

Casi no quedaba nada del lado izquierdo de su cara. El lado derecho, sin embargo..., todavía sonreía levemente, el ojo muerto contemplando el cielo rojinegro. Copos de ceniza caían suavemente sobre su rostro.

—Kelsier... —dijo Vin, las lágrimas corriéndole por la cara.

Sondeó su cuerpo, buscándole el pulso. No lo había.

—¡Dijiste que no te podían matar! —gritó—. ¿Qué hay de tus planes? ¿Qué hay del Undécimo metal? ¿Qué hay de mí?

Él no se movió. Vin no podía ver bien a través de las lágrimas. *Es imposible. Siempre dijo que no éramos invencibles... pero se refería a mí. No a él. No a Kelsier. Era invencible.*

Debería haberlo sido.

Alguien la agarró y ella se rebulló, llorando.

—Hora de irnos, niña —dijo Ham. Sus ojos examinaron a Kelsier por última vez, como para suprimir cualquier posible esperanza de que el cuerpo de su amigo todavía retuviera una chispa de vida.

Entonces se la llevó a la fuerza. Vin continuaba debatiéndose débilmente, pero se sentía aturdida. En el fondo de su mente oyó la voz de Reen.

¿Ves? Te dije que te dejaría. Te lo advertí.

Te lo prometí...

FIN DE LA CUARTA PARTE

QUINTA PARTE

CREYENTES EN UN MUNDO OLVIDADO

Sé lo que sucederá si tomo la decisión equivocada. Debo ser fuerte; no he de quedarme el poder para mí.

Porque he visto lo que sucederá si lo hago.

35

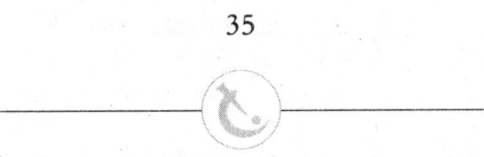

Para trabajar conmigo, había dicho Kelsier, *solo os pido que me prometáis una cosa: confiad en mí.*

Vin flotaba en la bruma, inmóvil. Fluía a su alrededor como un arroyo silencioso. Arriba, por delante, a los lados y debajo. Todo era bruma a su alrededor.

Confía en mí, Vin, había dicho él. *Confiaste lo suficiente para saltar desde lo alto de la muralla y te sostuve. Tendrás que confiar también en mí esta vez.*

Te sostendré.

Te sostendré...

Era como si no estuviera en ninguna parte. Entre la bruma, de la bruma. Cómo la envidiaba. No pensaba. No se preocupaba.

No lastimaba.

Confié en ti, Kelsier, pensó. *Confié de verdad... pero me dejaste caer. Prometiste que en tus bandas no había traiciones. ¿Y qué es esto? ¿Qué hay de tu traición?*

Flotaba, el estaño apagado para ver mejor las brumas. Eran levemente húmedas, frías contra su piel. Como las lágrimas de un hombre muerto.

¿Qué importa ya?, pensó, alzando la cabeza. *¿Qué importa nada? ¿Qué fue lo que me dijiste, Kelsier? ¿Que yo nunca comprendía? ¿Que todavía tenía que aprender lo que era la amistad? ¿Y tú? Ni siquiera te enfrentaste a él.*

Lo vio de nuevo en su mente. El lord Legislador lo derribaba con un golpe despectivo. El Superviviente había muerto como cualquier otro hombre.

¿Por eso vacilaste tanto cuando me prometiste que no me abandonarías?

Deseó poder... marcharse. Flotar. Convertirse en bruma. Una vez había deseado la libertad... y luego había supuesto que la había encontrado. Se equivocaba. Eso no era la libertad, esa pena, ese agujero en su interior.

Igual que cuando Reen la abandonó. ¿Cuál era la diferencia? Al menos Reen había sido sincero. Siempre había prometido que se marcharía. Kelsier la había guiado, diciéndole que confiara y amara, pero Reen siempre había sido el sincero.

—Ya no quiero esto —les susurró a las brumas—. ¿No podéis llevarme?

Las brumas no respondieron. Continuaron girando juguetonas, despreocupadas. Siempre cambiantes y, sin embargo, invariables.

—¿Señora? —llamó una voz insegura desde abajo—. Señora, ¿estás ahí arriba?

Vin suspiró, quemando estaño, y luego apagó el acero y se dejó caer. Su capa aleteó mientras descendía entre las brumas; aterrizó suavemente en el tejado, sobre el refugio. Sazed estaba cerca, junto a la escalerilla de acero que los vigías usaban para subir al terrado del edificio.

—¿Sí, Saz? —preguntó cansada, y recogió de un tirón las tres monedas que había estado usando como anclaje para estabilizarse, como las patas de un trípode. Una de ellas estaba doblada y retorcida: la misma moneda que Kelsier y ella habían usado para una competición de empuje alomántico hacía muchos meses.

—Lo siento, señora —dijo Sazed—. Me preguntaba adónde habías ido, nada más.

Ella se encogió de hombros.

—Es una noche extrañamente tranquila —observó Sazed.

—Una noche de luto.

Cientos de skaa habían sido masacrados después de la muerte de Kelsier y cientos más habían sido aplastados en su prisa por escapar.

—Me pregunto si su muerte ha significado algo —dijo ella en voz baja—. Debimos de salvar a muchos menos de los que luego murieron.

—Asesinados por hombres malvados, señora.

—Ham se pregunta a menudo si existe el «mal».

—A maese Hammond le gusta hacer preguntas —dijo Sazed—, pero ni siquiera él se cuestiona las respuestas. Hay hombres malvados... igual que hay hombres buenos.

Vin sacudió la cabeza.

—Me equivocaba con Kelsier. No era un buen hombre... Era solo un mentiroso. Nunca tuvo un plan para derrotar al lord Legislador.

—Tal vez —dijo Sazed—. O tal vez nunca tuvo una oportunidad de llevar a cabo ese plan. Tal vez es que nosotros no comprendemos el plan.

—Hablas como si todavía creyeras en él. —Vin se volvió y se acercó al borde del terrado y contempló la noche oscura y silenciosa.

—Creo, señora —dijo Sazed.

—¿Cómo? ¿Cómo puedes?

Sazed sacudió la cabeza y se acercó a ella.

—La fe no es solo para los bellos momentos y los días felices, creo. ¿Qué es la fe, qué es creer, si no continúas en ella después del fracaso?

Vin frunció el ceño.

—Cualquiera puede creer en alguien, o en algo, que siempre tiene éxito, señora. Pero en el fracaso... Ah, en eso sí que es difícil creer, con certeza y confianza. Es bastante difícil tener valía, creo.

Vin negó con la cabeza.

—Kelsier no se lo merece.

—No lo dices en serio, señora —dijo Sazed con calma—. Estás enfadada por lo sucedido. Estás dolida.

—Sí, claro que lo digo en serio —contestó Vin, sintiendo una lágrima en la mejilla—. No se merece nuestra fe. Nunca se la mereció.

—Los skaa no piensan lo mismo... Sus leyendas sobre él crecen rápidamente. Tendré que regresar aquí pronto para recopilarlas.

Vin frunció el ceño.

—¿Vas a recopilar historias sobre Kelsier?

—Naturalmente. Recopilo todas las religiones.

Vin bufó.

—No estamos hablando de ninguna religión, Sazed. Se trata de Kelsier.

—No estoy de acuerdo. Para los skaa es ciertamente una figura religiosa.

—Pero nosotros lo *conocimos*. No era ningún profeta, ningún dios. Era solo un hombre.

—Muchos de ellos lo son —dijo Sazed tranquilamente.

Vin tan solo sacudió la cabeza. Permanecieron allí un momento, contemplando la noche.

—¿Y los demás? —preguntó ella por fin.

—Están discutiendo qué hacer a continuación —respondió Sazed—. Creo que han decidido dejar Luthadel por separado y buscar refugio en otras ciudades.

—¿Y... tú?

—Debo viajar hacia el norte... hacia mi tierra, el hogar de los guardadores, para compartir el conocimiento que poseo. Debo hablar a mis hermanos y hermanas del libro de viajes... sobre todo de las palabras referidas a nuestro antepasado, el hombre llamado Rashek. Creo que hay mucho que aprender de su historia.

Sus ojos se movieron para enfocarse en los de ella.

—No es un viaje que pueda compartir con nadie, señora. Los lugares de los guardadores deben permanecer secretos, incluso para ti.

Por supuesto, pensó Vin. *Por supuesto, él se tiene que marchar también.*

—Regresaré —prometió.

Pues claro que sí. Como han regresado todos los demás.

La banda la había hecho sentirse necesaria durante una temporada, pero siempre había sabido que aquello se terminaría. Era hora de volver a las calles. Hora de volver a estar sola.

—Señora... —dijo Sazed lentamente—. ¿Oyes eso?

Ella se encogió de hombros. Pero... había algo. Voces. Vin frunció el ceño y se acercó al otro lado del edificio. Las voces se hicieron más fuertes, cada vez más claras incluso sin el estaño. Se asomó.

En la calle había un grupo de hombres skaa, quizá una decena. *¿Una banda de ladrones?*, se preguntó Vin mientras Sazed se reunía con ella. El número de hombres aumentaba a medida que más skaa salían tímidamente de sus viviendas.

—Salid —dijo un skaa, al frente del grupo—. ¡No temáis a la bruma! ¿No se llamó a sí mismo el Superviviente Señor de las Brumas? ¿No dijo que no teníamos nada que temer de ellas? En efecto, nos protegerán, nos darán seguridad. ¡Incluso nos darán poder!

A medida que más y más skaa salían de sus casas sin que hubiera ninguna repercusión obvia, el grupo empezó a aumentar.

—Ve a llamar a los demás —dijo Vin.

—Buena idea —contestó Sazed, yendo rápidamente hacia la escalera.

—Vuestros amigos, vuestros hijos, vuestros padres, vuestras madres, esposas y amantes yacen muertos en la calle ni a media hora de aquí —dijo el skaa, encendiendo un farol y alzándolo—. ¡El lord Legislador ni siquiera tiene la decencia de mandar limpiar esta matanza!

La multitud empezó a murmurar su acuerdo.

—Y aunque se limpie, ¿serán las manos del lord Legislador las que caven las tumbas? ¡No! Serán nuestras manos. Lord Kelsier nos habló de esto.

—¡Lord Kelsier! —convinieron varios hombres. El grupo aumentaba, ahora con mujeres y jóvenes.

Un traqueteo en la escalera anunció la llegada de Ham. Poco después lo siguieron Sazed, luego Brisa, Dockson, Fantasma e incluso Clubs.

—¡Lord Kelsier! —proclamó el hombre de abajo. Otros encendieron antorchas, iluminando las brumas—. ¡Lord Kelsier ha luchado por nosotros hoy! ¡Ha matado a un inquisidor inmortal!

La multitud murmuró su acuerdo.

—¡Pero luego ha muerto! —chilló alguien.

Silencio.

—¿Y qué hemos hecho nosotros para ayudarle? —preguntó el líder—. Muchos de nosotros estábamos allí... miles de nosotros. ¿Le ayudamos? ¡No! Nos quedamos esperando mientras él luchaba por nosotros. Nos quedamos allí como bobos y lo dejamos caer. ¡Lo vimos morir!

»¿O no? ¿Qué dijo el Superviviente...? Que el lord Legislador nunca podría matarlo. ¡Kelsier es el Señor de las Brumas! ¿No está hoy con nosotros?

Vin se volvió hacia los demás. Ham observaba con atención, pero Brisa tan solo se encogió de hombros.

—Ese hombre está loco. Un chalado religioso.

—¡Os lo digo, amigos! —gritó el hombre en la calle. La multitud seguía aumentando y más y más antorchas se encendían—. ¡Os digo la verdad! *¡Lord Kelsier se me ha aparecido esta misma noche!* Ha dicho que siempre estaría con nosotros. ¿Lo decepcionaremos otra vez?

—¡No! —fue la respuesta.

Brisa sacudió la cabeza.

—No creía que tuvieran valor. Lástima que sea un grupo tan pequeño...

—¿Qué es eso? —preguntó Dox.

Vin se volvió con el ceño fruncido. Había un resplandor en la distancia. Como... antorchas, encendidas en las brumas. Otro apareció al este, cerca de un suburbio skaa. Y un tercero. Luego un cuarto. En cuestión de segundos pareció que toda la ciudad brillaba.

—Genio loco... —susurró Dockson.

—¿Qué? —preguntó Clubs, frunciendo el ceño.

—No nos dimos cuenta —dijo Dox—. El atium, el ejército, la nobleza... No era eso lo que Kelsier estaba planeando. ¡*Esto* era su trabajo! Nuestra banda nunca iba a derrocar el Imperio Final... Éramos demasiado pocos. Sin embargo, la población de toda la ciudad...

—¿Estás diciendo que hizo esto a propósito? —preguntó Brisa.

—Siempre me hacía la misma pregunta —intervino Sazed desde atrás—. Siempre preguntaba qué daba a las religiones tanto poder. Y yo siempre le respondía lo mismo... —Sazed los miró, ladeando la cabeza—. Le decía que era porque sus creyentes tenían algo que hacía que sintieran pasión. Algo... o a alguien.

—Pero ¿por qué no nos lo dijo a nosotros? —preguntó Brisa.

—Porque lo sabía —contestó Dox en voz baja—. Sabía que había algo a lo que nunca accederíamos. Sabía que él tendría que morir.

Brisa sacudió la cabeza.

—No me lo creo. ¿Por qué entonces perder el tiempo con nosotros? Podría haberlo hecho por su cuenta.

¿Por qué perder el tiempo...?

—Dox —dijo Vin, volviéndose—. ¿Dónde está ese almacén que alquiló Kelsier, *ese* donde se reunía con sus informadores?

Dockson la inspeccionó.

—No muy lejos, en realidad. Dos calles más abajo. Dijo que quería que estuviera cerca del refugio...

—¡Enséñamelo! —dijo Vin, saltando del edificio.

Los skaa congregados seguían gritando, cada grito más fuerte que el anterior. Toda la calle ardía de luz y las fluctuantes antorchas convertían la bruma en una llamarada brillante.

Dockson la condujo calle abajo mientras el resto de la banda los seguía. El almacén era una estructura grande y olvidada que se alzaba en la sección industrial de los skaa. Vin se acercó, avivó peltre y rompió el cerrojo.

La puerta se abrió lentamente. Dockson alzó una linterna y su luz reveló el destello de montones de metal. Armas. Espadas, hachas, bastones y cascos brillaban a la luz... Un increíble alijo plateado.

Todos se quedaron mirando, asombrados.

—Este es el motivo —dijo Vin en voz baja—. Necesitaba que Renoux comprara armas en gran número. Sabía que sus rebeldes las necesitarían si querían apoderarse de la ciudad con éxito.

—¿Por qué reunir entonces a un ejército? —dijo Ham—. ¿Era también una fachada?

—Supongo.

—Os equivocáis —dijo una voz que resonó en el cavernoso almacén—. Había mucho más.

El grupo dio un respingo y Vin avivó sus metales... hasta que reconoció la voz.

—¿Renoux?

Dockson alzó aún más su lámpara.

—Muéstrate, criatura.

Una figura se movió al fondo del almacén, permaneciendo en las sombras. Sin embargo, cuando habló, su voz fue inconfundible.

—Necesitaba el ejército para proporcionar a la rebelión un núcleo de hombres entrenados. Esa parte de su plan fue... lastrada por los acontecimientos. Sin embargo, os necesitaba por más motivos. Las casas nobles tenían que caer para dejar un vacío en la estructura política. La Guarnición tenía que salir de la ciudad para que los skaa no fueran masacrados.

—Planeó todo esto desde el principio —dijo asombrado Ham—. Kelsier sabía que los skaa no se levantarían. Habían estado sometidos demasiado tiempo y habían sido condicionados para pensar que el lord Legislador poseía sus cuerpos y sus almas. Comprendía que nunca se rebelarían... a menos que les diera un *nuevo* dios.

—Sí —dijo Renoux, dando un paso al frente. La luz resplandeció en su cara y Vin jadeó de sorpresa.

—¡Kelsier! —gritó.

Ham la agarró por el hombro.

—Cuidado, niña. No es él.

La criatura la miró. Tenía la cara de Kelsier, pero los ojos... eran diferentes. El rostro no tenía la sonrisa característica de Kelsier. Parecía hueca. Muerta.

—Pido disculpas —dijo—. Este iba a ser mi papel en el plan, y es el motivo por el cual Kelsier se puso al principio en contacto conmigo. Yo tenía que tomar sus huesos cuando hubiera muerto y luego aparecer ante sus seguidores para darles fuerza y fe.

—¿Qué eres? —preguntó Vin, horrorizada.

Renoux-Kelsier la miró y su cara titiló, volviéndose transparente. Ella vio sus huesos a través de la piel gelatinosa. Le recordó a...

—*Un espectro de la bruma.*

—Un kandra —corrigió la criatura, mientras su piel perdía su transparencia—. Un espectro de la bruma que ha... crecido, podríamos decir.

Vin se volvió, asqueada, recordando a las criaturas que había visto en la bruma. Carroñeros, había dicho Kelsier... Criaturas que digerían los cuerpos de los muertos, robando su esqueleto y su aspecto. *Las leyendas son más verdaderas de lo que pensaba.*

—También formabais parte de este plan —dijo el kandra—. Todos vosotros. ¿Preguntáis por qué necesitaba una banda? Necesitaba hombres con virtudes, hombres que aprendieran a preocuparse más por la gente que por el dinero. Os puso por delante ejércitos y multitudes, dejando que practicarais el liderazgo. Os estaba utilizando... Pero también os entrenaba.

La criatura miró a Dockson, a Brisa y luego a Ham.

—Burócrata, político, general. Para que nazca una nueva nación, necesitará hombres con vuestros particulares talentos. —El kandra indicó una gran hoja de papel clavada en una mesa cercana—. Son instrucciones para que las sigáis. Yo tengo otras cosas que hacer.

Se dio la vuelta como para marcharse, pero se detuvo junto a Vin, volviéndose hacia ella con su perturbador rostro de Kelsier. Sin embargo, la criatura en sí no era como Renoux o Kelsier. Parecía falta de pasión.

El kandra alzó una bolsita.

—Me pidió que te diera esto.

Dejó caer la bolsa en su mano y continuó su camino, mientras el resto del grupo se apartaba dejándole espacio de sobra para salir.

Brisa fue el primero en echar a andar hacia la mesa, pero Ham y Dockson llegaron antes. Vin miró la bolsa. Tenía miedo de ver lo que contenía. Se apresuró a reunirse con los demás.

La hoja de papel era un mapa de la ciudad, al parecer copiado del que había enviado Marsh. Había unas palabras escritas en la parte superior:

Amigos míos, tenéis mucho trabajo que hacer y debéis hacerlo con rapidez. Tenéis que organizar y distribuir las armas de este almacén y luego tenéis que hacer lo mismo con las de los otros dos que hay emplazados en los otros suburbios. Hay caballos en una cuadra contigua para facilitaros el viaje.

Cuando repartáis las armas, debéis asegurar las puertas de la ciudad y someter a los miembros restantes de la guarnición. Brisa, tu equipo se encargará de eso: marchad primero contra la guarnición, para poder tomar las puertas sin dificultades.

Hay cuatro Grandes Casas que mantienen una fuerte presencia militar en la ciudad. Las he señalado en el mapa. Ham, tu grupo tendrá que hacerse cargo de ellas. No queremos ninguna fuerza armada más que la nuestra dentro de la ciudad.

Dockson, quédate en la retaguardia mientras se producen los ataques iniciales. Más y más skaa vendrán a los almacenes cuando se corra la voz. Los ejércitos de Brisa y Ham incluirán las tropas que hemos entrenado, además de nuevas incorporaciones, espero, de los skaa que se aglomeran en las calles. Necesitaréis aseguraros de que los skaa reciben sus armas para que Clubs pueda liderar el asalto al palacio.

Las comisarías de aplacadores ya deberían haber desaparecido: Renoux dio la orden adecuada a nuestros equipos de asesinos antes de venir a traeros esto. Si tenéis tiempo, enviad a algunos de los violentos de Ham a comprobarlo. Brisa, tus propios aplacadores serán necesarios entre los skaa para animar su valentía.

Creo que eso es todo. Ha sido un trabajo divertido, ¿no? Cuando me recordéis, por favor, acordaos de esto. Acordaos de sonreír. Ahora, actuad rápido.

Y que gobernéis con sabiduría.

En el mapa la ciudad estaba dividida en diversas zonas marcadas con los nombres de los miembros de la banda. Vin vio que ella y Sazed no habían sido incluidos.

—Volveré con ese grupo que hemos dejado junto a nuestra casa —dijo Clubs con decisión—. Los traeré aquí para entregarles las armas.

Empezó a marcharse, cojeando.

—¿Clubs? —preguntó Ham, volviéndose—. No es por ofender, pero... ¿por qué te ha incluido como líder del ejército? ¿Qué sabes tú de guerras?

Clubs resopló, luego se alzó la pernera, mostrando la larga cicatriz serpenteante que corría por el interior de su muslo y su pantorrilla: obviamente, la fuente de su cojera.

—¿Dónde crees que me hice esto? —respondió, y se dispuso a marcharse.

Ham se volvió, maravillado.

—No puedo creer que esto esté pasando.

Brisa sacudió la cabeza.

—Y yo que pensaba que sabía algo de manipular a la gente. Esto... esto es sorprendente. La economía está al borde del colapso y la nobleza que sobreviva pronto estará en guerra abierta en el campo. Kel nos enseñó a matar inquisidores... Solo tenemos que derribar a los demás y decapitarlos. Y en cuanto al lord Legislador...

Todos se volvieron hacia Vin. Ella miró la bolsita que tenía en la mano y la abrió. Un saco más pequeño, obviamente lleno de perlas de atium, cayó en su palma. Lo siguió una barrita de metal envuelta en una hoja de papel. El Undécimo metal.

Ella desenvolvió el papel y leyó lo que decía:

Vin, tu deber esta noche iba a ser en un principio asesinar a los altos nobles que quedaran en la ciudad. Pero, bueno, me convenciste de que tal vez deban vivir.

Nunca pude averiguar cómo funciona este maldito metal. Es seguro quemarlo (no te matará), pero no parece que sirva para nada útil. Si estás leyendo esto, entonces no conseguí descubrir cómo usarlo cuando me enfrenté al lord Legislador. No creo que importe. La gente necesitaba algo en lo que creer y esta era la única forma de ofrecérselo.

Por favor, no te enfades conmigo por abandonarte. Me dieron una prórroga en la vida. Tendría que haber muerto en lugar de Mare hace años. Estaba preparado para esto.

Los otros seguirán necesitándote. Ahora eres su nacida de la bruma: tendrás que protegerlos en los meses venideros. La nobleza enviará asesinos contra nuestros esquivos gobernantes.

Adiós. Le hablaré a Mare de ti. Ella siempre quiso tener una hija.

—¿Qué dice, Vin? —preguntó Ham.

—Dice... dice que no sabe cómo funciona el Undécimo metal. Lo lamenta... No estaba seguro de cómo derrotar al lord Legislador.

—Tenemos una ciudad entera llena de gente para combatirlo —dijo Dox—. Dudo seriamente que pueda matarnos a todos: si no podemos destruirlo, lo ataremos y lo arrojaremos a un calabozo.

Los demás asintieron.

—¡Muy bien! —dijo Dockson—. Brisa y Ham, tenéis que ir a esos otros almacenes y empezar a repartir armas. Fantasma, ve por los aprendices: los necesitaremos para transmitir mensajes. ¡Vamos!

Todos se pusieron en marcha. Pronto, los skaa que habían visto antes irrumpieron en el almacén empuñando sus antorchas y contemplaron asombrados la abundancia de armas. Dockson trabajó con eficacia, ordenó a algunos de los recién llegados que se encargaran de repartirlas y envió a otros a reunir a sus amigos y familiares. Los hombres empezaron a ponerse en cola y a recoger armas. Todos estaban atareados, menos Vin.

Miró a Sazed, que le sonrió.

—A veces solo tenemos que esperar el tiempo suficiente, señora —dijo—. Luego descubrimos por qué exactamente seguimos creyendo. Hay un dicho al que maese Kelsier era muy aficionado.

—Siempre hay otro secreto —susurró Vin—. Pero, Saz, todo el mundo tiene algo que hacer excepto yo. Se suponía que debía asesinar a los nobles, pero Kel ya no quiere que me encargue de eso.

—Tienen que ser neutralizados —dijo Sazed—, pero no necesariamente asesinados. Tal vez tu misión solo consista en hacerle entender eso a Kelsier.

Vin negó con la cabeza.

—No. Tengo que hacer más, Saz.

Agarró la bolsa vacía, frustrada. Algo crujió en su interior.

Abrió la bolsa y advirtió un papelito que no había visto antes. Lo sacó y lo desdobló con delicadeza. Era el dibujo que Kelsier le había enseñado: el dibujo de una flor. Mare siempre lo había llevado consigo, soñando con un futuro en el que el sol no fuera rojo y las plantas fueran verdes...

Vin alzó la cabeza.

Burócrata, político, soldado... Hay algo más que necesita todo reino. Un buen asesino.

Se dio la vuelta, sacó un frasquito de metal y se bebió su contenido, usando el líquido para tragar un par de perlas de atium. Se acercó al montón de armas y escogió un puñadito de flechas. Tenían la punta de piedra. Empezó a romperlas dejándoles unos centímetros de madera, descartando los astiles.

—¿Señora? —preguntó Sazed con preocupación.

Vin pasó a su lado y continuó buscando entre las armas. Encontró lo que quería en una pieza de armadura que parecía una camisa, hecha de grandes anillos de metal entrelazado. Soltó varios eslabones con una daga y sus dedos reforzados por el peltre.

—Señora, ¿qué estás haciendo?

Vin se acercó a un arcón que había junto a la mesa, dentro del cual había visto gran cantidad de metales en polvo. Llenó su bolsa con varios puñados de polvo de peltre.

—Me preocupa el lord Legislador —dijo, sacando una lima de la caja y arrancando con ella varias virutas del Undécimo metal. Se detuvo, mirando el desconocido metal plateado, y luego se tragó las virutas con el contenido de su frasquito. Metió un par más en uno de sus frascos de reserva.

—Seguro que la rebelión puede encargarse de él —dijo Sazed—. No es tan fuerte sin todos sus criados, creo.

—Te equivocas —respondió Vin, levantándose y dirigiéndose hacia la puerta—. Es fuerte, Saz. Kelsier no podía sentirlo, no como puedo yo. Él no lo sabía.

—¿Adónde vas? —preguntó Sazed, tras ella.

Vin se detuvo en la puerta, se volvió; la bruma se arremolinó a su alrededor.

—Dentro del complejo del palacio hay una cámara protegida por soldados e inquisidores. Kelsier trató de entrar en ella dos veces. —Se volvió hacia las oscuras brumas—. Esta noche voy a averiguar qué contiene.

He decidido que tengo que dar gracias al odio de Rashek. Me hace bien recordar que hay quienes me aborrecen. No es mi deber buscar popularidad ni amor, sino asegurar la supervivencia de la humanidad.

36

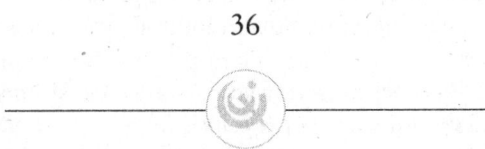

Vin caminó tranquilamente hacia Kredik Shaw. El cielo ardía tras ella, las brumas reflejaban y difuminaban la luz de un millar de antorchas. Era como una cúpula radiante sobre la ciudad.

La luz era amarilla, el color del que, según Kelsier, tendría que haber sido siempre el sol.

Cuatro nerviosos guardias esperaban en la misma puerta de entrada al palacio por donde Kelsier y ella habían atacado antes. La vieron acercarse. Vin avanzaba despacio, tranquila, por el empedrado húmedo por la bruma, su capa agitándose solemne.

Uno de los guardias la apuntó con su lanza, y Vin se detuvo ante él.

—Os conozco —dijo en voz baja—. Soportasteis las fábricas, las minas y las fraguas. Sabíais que algún día os matarían y vuestras familias morirían de hambre. Así que acudisteis al lord Legislador, sintiéndoos culpables pero decididos, y os unisteis a su guardia.

Los cuatro hombres se miraron, confundidos.

—La luz que hay detrás de mí procede de una enorme rebelión skaa —dijo ella—. Toda la ciudad se alza contra el lord Legislador. No os echo la culpa por vuestras decisiones, pero se avecina una época de cambios. Esos rebeldes podrían usar vuestra formación y vuestro conocimiento. Id con ellos: se reúnen en la plaza del Superviviente.

—¿La... plaza del Superviviente? —preguntó un soldado.

—El lugar donde el Superviviente de Hathsin ha sido asesinado esta tarde.

La incertidumbre de los cuatro hombres aumentó.

Vin encendió levemente sus emociones.

—No tenéis que seguir viviendo con la culpa.

Finalmente, uno de los hombres se arrancó el símbolo del uniforme y avanzó decidido hacia la noche. Los otros tres vacilaron, luego lo siguieron, dejando a Vin con una entrada abierta al palacio.

Ella recorrió el pasillo, dejando atrás la misma sala de guardia que antes. Entró, pasó, sin hacer daño a ninguno, entre un grupo de guardias que charlaban y enfiló el siguiente pasillo. Cuando los guardias reaccionaron, dieron la voz de alarma y entraron corriendo en el pasillo, pero Vin saltó y empujó contra los soportes de los faroles, lanzándose hacia delante.

Las voces de los hombres se alejaron: ni siquiera corriendo podían alcanzarla. Llegó al fondo del pasillo y se dejó caer al suelo, la capa alrededor del cuerpo. Continuó con paso resuelto y sin prisa. No había ningún motivo para correr. La estarían esperando, de todas formas.

Pasó bajo el arco para entrar en la cámara central abovedada. Murales plateados cubrían las paredes, los braseros ardían en los rincones y el suelo era de mármol negro.

Y dos inquisidores le bloqueaban el paso.

Vin entró en la habitación, acercándose al edificio dentro del edificio que era su objetivo.

—Hemos buscado constantemente —dijo un inquisidor con su voz rechinante—. Y vienes a nosotros. Por segunda vez.

Vin se detuvo, a unos seis metros frente a la pareja. Cada uno de ellos era casi medio metro más alto que ella y ambos sonreían confiados.

Vin quemó atium, luego sacó las manos de debajo de la capa y lanzó al aire un doble puñado de puntas de flecha. Avivó acero, empujando con fuerza los anillos de metal que envolvían los astiles rotos de las flechas. Los proyectiles salieron disparados hacia delante, cruzando la sala. El inquisidor principal se echó a reír, alzó una mano y empujó despectivo.

Su empujón soltó los anillos de los astiles, disparando hacia atrás los trozos de metal. Sin embargo, las puntas de flecha continuaron hacia delante, todavía transportadas por un impulso letal.

El inquisidor abrió sorprendido la boca mientras dos docenas de puntas de flecha lo golpeaban. Varias le atravesaron de parte a parte y se clavaron en la pared de piedra que tenía detrás. Otras alcanzaron a su compañero en las piernas.

El inquisidor jefe se sacudió, entre espasmos, mientras caía. El otro gruñó, todavía de pie, pero tambaleándose un poco por la pierna herida. Vin se abalanzó avivando su peltre. El inquisidor se dispuso a bloquearla, pero ella buscó bajo su capa y arrojó un gran puñado de polvo de peltre.

El inquisidor se detuvo, confundido. A sus «ojos» no veía más que una mezcla de líneas azules, cada una guiando una mota de metal. Con tantas fuentes de metal concentradas en un sitio, las líneas tenían que ser virtualmente cegadoras.

El inquisidor giró, furioso, mientras Vin pasaba de largo. Empujó el polvo, expulsándolo, pero mientras lo hacía Vin sacó una daga de cristal y se la lanzó. En la confusión de líneas azules y sombras de atium él no advirtió la daga y la recibió en pleno pecho. Cayó, maldiciendo con su voz cascada.

Menos mal que ha funcionado, pensó Vin, saltando por encima del cuerpo gimoteante del primer inquisidor. *No estaba segura con esos ojos que tienen.*

Lanzó su cuerpo contra la puerta, avivando peltre y arrojando otro puñado de polvo para impedir que el otro inquisidor captara los metales que llevaba encima. No se volvió para seguir combatiendo con ninguno de los dos, no con los problemas que una de las criaturas le había creado a Kelsier. Su objetivo en esa incursión no era matar, sino recopilar información y huir.

Vin irrumpió en el edificio dentro del edificio, casi tropezando con una alfombra de alguna piel exótica. Frunció el ceño, escrutando impaciente la cámara, buscando lo que quiera que el lord Legislador guardara en su interior.

Tiene que estar aquí, pensó desesperada. *La clave para derrotarlo... La forma de ganar esta batalla*. Contaba con que los inquisidores estarían distraídos con sus heridas el tiempo suficiente para encontrar el secreto del lord Legislador y escapar.

La habitación solo tenía una salida, la entrada que había usado, y en el centro ardía una chimenea. Las paredes estaban decoradas con extraños tapices; colgaban pieles de casi todas partes, teñidas con extraños patrones. Había unos cuantos cuadros muy antiguos, los colores desleídos, los lienzos amarillentos.

Vin buscó rápida, urgentemente, cualquier cosa que pudiera demostrar ser un arma contra el lord Legislador. Por desgracia, no vio nada útil: la habitación era extraña, pero nada extraordinaria. De hecho, era tan acogedora como un estudio o un despacho. Estaba llena de raros objetos y adornos, como los cuernos de alguna bestia desconocida y un extraño par de zapatos con suelas muy anchas y planas. Era la habitación de un coleccionista, un lugar para guardar recuerdos del pasado.

Dio un respingo cuando algo se movió cerca del centro de la cámara. Había un sillón giratorio junto a la chimenea. Dio la vuelta despacio, revelando al viejo arrugado que lo ocupaba. Calvo, con la piel manchada, parecía tener setenta y tantos años. Vestía ropa cara y oscura, y miró airado a Vin.

Ya está, pensó ella. *He fracasado. Aquí no hay nada. Hora de escapar.*

Sin embargo, justo cuando iba a darse la vuelta para echar a correr, unas ásperas manos la agarraron por detrás. Vin maldijo, debatiéndose mientras veía la pierna ensangrentada del inquisidor. Incluso con peltre, no debería haber podido caminar con aquella pierna. Trató de zafarse, pero la criatura no soltó su presa.

—¿Qué ocurre? —exigió saber el anciano, poniéndose en pie.

—Lo siento, lord Legislador —dijo deferente el inquisidor.

¡Lord Legislador! Pero... lo vi. Era un hombre joven.

—Mátala —dijo el anciano, agitando la mano.

—Mi señor —contestó el inquisidor—. Esta muchacha es... de interés especial. ¿Puedo quedármela algún tiempo?

—¿Qué interés especial tiene? —preguntó el lord Legislador, suspirando mientras volvía a sentarse.

—Deseamos pedírtelo, lord Legislador, en referencia al Cantón de la Ortodoxia.

—¿Otra vez eso? —dijo el lord Legislador, cansado.

—Por favor, mi señor —dijo el inquisidor.

Vin seguía debatiéndose, avivando peltre. Sin embargo, el inquisidor le mantenía sujetos los brazos contra los costados y sus patadas hacia atrás hacían muy poca cosa. *¡Es tan fuerte!*, pensó llena de frustración.

Y entonces lo recordó: el Undécimo metal, cuyo poder esperaba en su interior, formando una reserva desconocida. Alzó la cabeza, mirando al anciano. *Será mejor que esto funcione.* Quemó el Undécimo metal. No sucedió nada.

Vin se debatió, frustrada, el corazón en un puño. Y, entonces, lo vio. Otro hombre, justo al lado del lord Legislador. ¿De dónde había salido? No lo había visto entrar.

Tenía barba y llevaba un grueso atuendo de lana con una capa forrada de piel: no era ropa sofisticada pero tenía buen corte. Permanecía de pie en silencio y parecía... contento. Sonreía feliz.

Vin ladeó la cabeza. Había algo familiar en aquel individuo. Sus rasgos eran muy similares a los del hombre que había matado a Kelsier. Sin embargo, aquel hombre era mayor y... estaba vivo.

Vin se volvió hacia un lado. Había otro hombre desconocido junto a ella, un joven noble. Por el aspecto de su ropa era un mercader... y muy rico, además.

¿Qué está pasando?

El Undécimo metal se consumió. Ambos recién llegados se desvanecieron como fantasmas.

—Muy bien —dijo el viejo lord Legislador, suspirando—. Accedo a tu petición. Nos veremos dentro de varias horas... Tevidian ya ha solicitado una reunión para discutir lo que ocurre ahí fuera.

—Ah —dijo el segundo inquisidor—. Sí... será bueno para él estar allí. Muy bueno.

Vin continuó debatiéndose mientras el inquisidor la arrojaba al suelo y luego alzaba la mano para hacerse con algo que ella no pudo ver. Lo blandió y el dolor estalló en su cabeza.

A pesar del peltre, todo se volvió negro.

Elend encontró a su padre en la puerta norte, una entrada más pequeña y menos llamativa que la de la mansión Venture, aunque solo en comparación con el majestuoso gran salón.

—¿Qué está pasando? —preguntó Elend, poniéndose su casaca, el pelo revuelto por el sueño.

Lord Venture estaba reunido con sus capitanes y encargados del canal. Soldados y sirvientes corrían por el pasillo marrón y blanco, atemorizados. Lord Venture ignoró la pregunta de Elend y ordenó a un mensajero que cabalgara hacia los muelles del este.

—Padre, ¿qué está pasando? —repitió Elend.

—Una rebelión de skaa —replicó lord Venture.

¿Qué?, pensó Elend mientras lord Venture indicaba a otro grupo de soldados que se acercara. Imposible. Una rebelión skaa en la propia

Luthadel... era impensable. No tenían la disposición para intentar un movimiento tan arriesgado, eran solo...

Valette es una skaa, pensó. *Tienes que dejar de pensar como los otros nobles, Elend. Tienes que abrir los ojos.*

La Guarnición estaba fuera, masacrando a un grupo distinto de rebeldes. Los skaa habían sido obligados a contemplar aquellas horribles ejecuciones de hacía unas semanas, por no mencionar la matanza que había tenido lugar aquel mismo día. Habían sido tensados hasta el punto de ruptura.

Temadre predijo esto, advirtió Elend. *Igual que otra media docena de teóricos políticos. Dijeron que el Imperio Final no podía durar eternamente. Con Dios a la cabeza o no, el pueblo se alzaría algún día... Está pasando por fin. ¡Lo estoy viviendo!*

Y... estoy en el bando equivocado.

—¿Para qué los encargados del canal? —preguntó Elend.

—Nos marchamos de la ciudad —contestó llanamente lord Venture.

—¿Abandonamos la mansión? —preguntó Elend—. ¿Qué honor hay en eso?

Lord Venture bufó.

—Esto no es una cuestión de valentía, muchacho. Es una cuestión de supervivencia. Esos skaa atacan las puertas principales y están masacrando a los restos de la Guarnición. No tengo ninguna intención de esperar a que vengan por las cabezas nobles.

—Pero...

Lord Venture negó con un gesto.

—Íbamos a marcharnos de todas formas. Algo... sucedió en los Pozos hace unos cuantos días. El lord Legislador no se sentirá feliz cuando lo descubra. —Dio un paso atrás y llamó al jefe de los capitanes de sus barcos.

Una rebelión skaa, pensó Elend, todavía un poco aturdido. *¿Cuál era la advertencia de Temadre en sus escritos? Que, cuando finalmente se produjera una rebelión, los skaa matarían indiscriminadamente... Que la vida de todos los nobles correría peligro.*

Predijo que la rebelión acabaría pronto, pero que dejaría montañas de cadáveres en su estela. Miles de muertos. Docenas de miles.

—¿Bien, muchacho? Ve a recoger tus cosas —exigió lord Venture.

—Yo no voy. —Elend se sorprendió a sí mismo al decirlo.

Lord Venture frunció el ceño.

—¿Cómo?

Elend le sostuvo la mirada.

—Que no voy, padre.

—Ya lo creo que vas —replicó lord Venture, dirigiendo a Elend una de sus miradas.

Elend contempló esos ojos, ojos furiosos, no porque le preocupara la seguridad de su hijo, sino porque este se atrevía a desafiarlo. Y, curiosamente, Elend no se sintió acobardado en lo más mínimo.

Alguien tiene que detener esto. La rebelión podría hacer algún bien, pero solo si los skaa no insisten en matar a sus aliados. Y eso es lo que deberían ser los nobles: sus aliados contra el lord Legislador. También es nuestro enemigo.

—Padre, hablo en serio. Voy a quedarme.

—¡Maldición, muchacho! ¿Tienes que insistir en burlarte de mí?

—Esto no es una cuestión de bailes ni de cenas, padre. Es algo más importante.

El ceño de lord Venture se frunció aún más.

—¿Ningún comentario cínico? ¿Ninguna bufonada?

Elend negó con la cabeza.

De repente, lord Venture sonrió.

—Quédate entonces, muchacho. Es buena idea. Alguien debería mantener nuestra presencia mientras yo voy a convocar a nuestras fuerzas. Sí... una idea muy buena.

Elend vaciló, frunciendo levemente el ceño por la sonrisa que asomaba a los ojos de su padre. *El atium... ¡Mi padre me deja para que caiga en su lugar! Y aunque el lord Legislador no me mate, mi padre asume que moriré en la rebelión. Sea como sea, se libra de mí.*

No soy muy bueno en esto, ¿verdad?

Lord Venture se rio para sí, dándose la vuelta.

—Al menos déjame algunos soldados —dijo Elend.

—Puedes quedarte con la mayoría —respondió lord Venture—. Ya será bastante difícil poner un barco a flote con este jaleo. Buena suerte, muchacho. Saluda al lord Legislador en mi ausencia.

Volvió a reírse mientras se acercaba a su caballo, que estaba ensillado y preparado fuera.

Elend se quedó en el vestíbulo y, de repente, fue el centro de atención. Nerviosos guardias y criados, advirtiendo que habían sido abandonados, se volvieron hacia Elend con ojos desesperados.

Yo... estoy al mando, pensó Elend con horror. *¿Y ahora qué?* Fuera veía las brumas encendiéndose con las luces de los incendios. Algunos guardias alertaban de que se acercaba una turba de skaa.

Elend se acercó a la puerta abierta y contempló el caos. El vestíbulo permaneció en silencio tras él, mientras la gente aterrorizada advertía la magnitud del peligro que corría.

Elend se quedó observando largamente. Luego se dio media vuelta.

—¡Capitán! —dijo—. Reúne a tus fuerzas y a los criados restantes. No dejes a nadie atrás, y luego marchad hacia la fortaleza Lekal.

—¿La fortaleza... Lekal, mi señor?

—Es más defendible. Además, tenemos muy pocos soldados; por separado, seremos destruidos. Juntos, puede que logremos resistir. Ofreceremos nuestros hombres a los Lekal a cambio de proteger a nuestra gente.

—Pero... mi señor —dijo el soldado—. Los Lekal son nuestros enemigos.

Elend asintió.

—Sí, pero alguien tiene que hacer el primer movimiento. ¡Ahora, en marcha!

El hombre saludó y echó a correr.

—Ah, capitán, y otra cosa.

El soldado lo miró.

—Escoge a cinco de tus mejores soldados para que sean mi guardia de honor. Te dejo al mando. Esos cinco y yo tenemos otra misión.

—¿Mi señor? —preguntó confundido el capitán—. ¿Qué misión?

Elend se volvió hacia las brumas.

—Vamos a entregarnos.

Vin despertó mojada. Tosió, luego gimió al sentir un agudo dolor en la nuca. Abrió aturdida los ojos, parpadeando para espantar el agua que le habían arrojado encima y, de inmediato, quemó peltre y estaño para despertar por completo.

Un par de burdas manos la alzaron en vilo. Ella tosió mientras el inquisidor le metía algo en la boca.

—Traga —ordenó, retorciéndole el brazo.

Vin gritó, tratando sin éxito de resistirse al dolor. Al final tuvo que ceder y tragó el trocito de metal.

—Ahora quémalo —ordenó el inquisidor, retorciendo con más fuerza.

Vin se resistió de todas formas, sintiendo la desconocida reserva de metal en su interior. El inquisidor podía estar intentando hacer que quemara un metal inútil que la hiciera enfermar... O peor, que pudiera matarla.

Pero hay formas más fáciles de matar a una prisionera, pensó en medio de la agonía. Le dolía tanto el brazo que parecía que se le iba a desprender del cuerpo. Finalmente, Vin cedió y quemó el metal.

De inmediato, todas sus otras reservas de metal desaparecieron.

—Bien —dijo el inquisidor, dejándola caer al suelo.

Las piedras estaban mojadas, llenas de charcos por el cubo de agua que le habían echado encima. El inquisidor dio media vuelta, abandonó la celda y cerró de golpe la puerta con barrotes. Luego desapareció por el umbral que había en el otro extremo de la estancia.

Vin se puso de rodillas, frotándose el brazo, tratando de comprender lo que estaba pasando. *¡Mis metales!* Buscó desesperadamente en su interior, pero no encontró nada. No podía sentir ningún metal, ni siquiera el que había ingerido momentos antes.

¿Qué era eso? ¿Un duodécimo metal? Tal vez la alomancia no era tan limitada como Kelsier y los demás le habían asegurado siempre.

Inspiró varias veces, se puso de rodillas, se calmó. Había algo... que empujaba contra ella. La presencia del lord Legislador. Podía sentirla, aunque no era tan poderosa como antes, cuando había matado a Kelsier. Con todo, ella no tenía cobre que quemar, no tenía forma de ocultarse de la poderosa y casi omnipotente mano del lord Legislador. Sintió la depresión retorciéndose en su interior, diciéndole que se tumbara, que se rindiera...

¡No!, pensó. *Tengo que librarme. Tengo que ser fuerte.*

Se obligó a ponerse en pie e inspeccionar el lugar en el que se encontraba. La prisión era más una jaula que una celda. Tres de los cuatro lados eran de barrotes y no contenía ningún mueble, ni siquiera un jergón. Había otras dos jaulas cerca, una a cada lado.

La habían desnudado, dejándola solo en ropa interior, quizá para asegurarse de que no tuviera ningún metal oculto. Contempló la celda. Era larga y estrecha, con una pared de piedra pelada. En un rincón había un taburete, pero, por lo demás, estaba vacía.

Si pudiera encontrar un trocito de metal...

Empezó a buscar. Instintivamente, trató de quemar hierro, esperando que aparecieran las líneas azules... pero no tenía hierro que quemar. Sacudió la cabeza. Aquel gesto estúpido no era más que una señal de cuánto había llegado a confiar en su alomancia. Se sentía... ciega. No podía quemar estaño para escuchar voces. No podía quemar peltre para reforzarse contra el dolor de su brazo y su cabeza. No podía quemar bronce para buscar alománticos cercanos.

Nada. No tenía nada.

Funcionabas sin alomancia antes, se dijo con severidad. *Puedes hacerlo también ahora.*

A pesar de todo buscó en el suelo pelado de la celda, esperando hallar un clavo o un alfiler perdido. No encontró nada, así que volvió su atención a los barrotes. Sin embargo, no se le ocurrió un modo de sacar ni siquiera una viruta de hierro.

Tanto metal, pensó frustrada. *¡Y no puedo usarlo!*

Se sentó en el suelo, encogida contra la pared de piedra, temblando por la ropa húmeda. Todavía estaba oscuro en el exterior: la ventana permitía entrar unos cuantos hilillos de bruma. ¿Qué había pasado con la rebelión? ¿Qué había sido de sus amigos? Le pareció que las brumas de fuera eran un poco más brillantes que de costumbre. ¿Antorchas en la noche? Sin estaño, sus sentidos estaban demasiado débiles para saberlo.

¿En qué estaba yo pensando?, se reprochó, desesperada. *¿Pretendía tener éxito allá donde Kelsier fracasó? Sabía que el Undécimo metal era inútil.*

Cierto, había hecho algo... pero desde luego no había matado al lord Legislador. Permaneció sentada, pensando, tratando de descubrir qué había sucedido. Había una extraña familiaridad en las cosas que le había mostrado el Undécimo metal. No por la forma en que habían aparecido las visiones, sino por cómo se había sentido Vin cuando quemaba el metal.

Oro. El momento en que quemé el Undécimo metal fue como aquella vez en que Kelsier me hizo quemar oro.

¿Podría ser que el Undécimo metal no fuese realmente el «undécimo»? El oro y el atium siempre le habían parecido extrañamente emparejados a Vin. Todos los otros metales venían en parejas: un metal básico, luego su aleación, cada uno haciendo cosas opuestas. El hierro tiraba, el acero empujaba. El cinc tiraba, el latón empujaba. Tenía sentido. Todo menos el atium y el oro.

¿Y si el Undécimo metal era en realidad una aleación de atium o de oro? *Eso significaría... que el oro y el atium no están emparejados. Hacen dos cosas diferentes. Son similares, pero diferentes. Son como...*

Como los otros metales, que se agrupaban de cuatro en cuatro. Estaban los metales físicos: hierro, acero, estaño y peltre. Los metales mentales: bronce, cobre, cinc y latón. Y... los metales que influían en el tiempo: el oro y su aleación, el atium y su aleación.

Eso significa que hay otro metal. Un metal que no ha sido descubierto... quizá porque el atium y el oro son demasiado valiosos para mezclarlos en diferentes aleaciones.

Pero ¿de qué le servía saberlo? Su «Undécimo metal» debía de ser la pareja opuesta al oro, el metal que Kelsier le había dicho que era el más inútil de todos. El oro le había mostrado a la propia Vin... o al menos una versión diferente de ella que le había parecido lo bastante real para tocarla. Pero había sido una visión de lo que podría haber sido si el pasado hubiera sido diferente.

El Undécimo metal había hecho algo similar: en vez de mostrar el propio pasado de Vin, le había mostrado imágenes similares de otra gente. Y eso no le decía nada. ¿Qué diferencia había en lo que el lord Legislador pudiera haber sido? Era al hombre actual, el tirano que gobernaba el Imperio Final, a quien ella tenía que derrotar.

Una figura apareció en la puerta, un inquisidor vestido con una túnica negra, la capucha puesta. Su cara quedaba en sombras, pero las cabezas de los clavos sobresalían.

—Es la hora —dijo.

Otro inquisidor esperaba en la puerta mientras la primera criatura sacaba un manojo de llaves y se disponía a abrir la jaula de Vin.

Vin se envaró. La puerta chasqueó y se puso en pie de un salto, abalanzándose hacia delante.

¿Siempre he sido así de lenta sin peltre?, pensó horrorizada. El inquisidor la agarró por el brazo al pasar, sin ninguna dificultad, como si tal cosa... y ella entendió por qué. Sus manos se movían de forma sobrenaturalmente rápida, lo que la hacía parecer en comparación aún más torpe.

El inquisidor la obligó a darse la vuelta y la sujetó. Su rostro lleno de cicatrices sonrió con malignidad. Cicatrices que parecían...

Heridas de flecha, pensó ella con sorpresa. *Pero... ¿ya ha sanado? ¿Cómo puede ser?*

Se debatió, pero su débil cuerpo sin peltre no era rival para la fuerza del inquisidor. La criatura la llevó hasta la puerta y el segundo inquisidor se apartó, mirándola con los clavos que sobresalían de su capucha. Aunque el que la llevaba sonreía, el segundo tenía una línea recta por boca.

Vin le escupió al pasar, alcanzándolo en uno de los clavos. Su captor la sacó de la celda y la llevó por un estrecho pasillo. Ella gritó pidiendo ayuda, sabiendo que sus gritos, en plena Kredik Shaw, serían inútiles. Al menos consiguió molestar al inquisidor, porque le retorció el brazo.

—Calla —dijo mientras ella gemía de dolor.

Vin guardó silencio, concentrándose en cambio en su ubicación. Debían de encontrarse en una de las secciones inferiores del palacio: los pasillos eran demasiado largos para que se tratara de una torre o un pabellón. Los adornos eran lujosos, pero las habitaciones parecían... sin usar. Las alfombras estaban prístinas, los muebles no tenían roces ni arañazos. Tuvo la sensación de que los murales apenas eran contemplados, ni siquiera por aquellos que a menudo atravesaban esas cámaras.

Al cabo de un rato, llegaron a una escalera y empezaron a subirla. *Una de las torres*, pensó ella.

A cada escalón que ascendían Vin podía sentir al lord Legislador acercándose. Su mera presencia ensombrecía sus emociones, robándole la fuerza de voluntad, aturdiéndola, haciendo que no sintiera más que una solitaria depresión. Quedó flácida en la presa del inquisidor, sin debatirse ya. Le hacía falta toda su energía tan solo para resistirse a la presión que el lord Legislador ejercía sobre su alma.

Después de un breve intervalo en la escalera en forma de túnel, los inquisidores desembocaron en una gran sala circular. Y, a pesar del poder aplacador del lord Legislador, a pesar de sus visitas a las fortalezas de los nobles, Vin dispuso de un breve instante para contemplar cuanto la rodeaba, una majestuosidad como nunca había visto.

La sala, enorme, era cilíndrica. La pared (solo había una que describía un amplio círculo) era toda de cristal. Iluminada por fuegos desde fuera, la sala brillaba de manera espectral. El cristal era de colores, aunque no representaba ninguna escena específica. Parecía hecho de una sola lámina, los colores extendidos y fundidos en largas y finas estelas. Como...

Como la bruma, pensó asombrada. *Jirones de bruma de colores corriendo en círculo por toda la sala.*

El lord Legislador estaba sentado en un trono elevado, en pleno centro de la cámara. No era el viejo lord Legislador, sino la versión más joven, el joven guapo que había matado a Kelsier.

¿Algún tipo de impostor? No, puedo sentirlo... igual que pude sentirlo antes. Son el mismo hombre. ¿Puede cambiar de aspecto, entonces? ¿Aparece joven cuando desea mostrar una cara bonita?

Un grupito de obligadores, con sus túnicas grises y sus ojos tatuados, conversaban al otro lado de la habitación. Había siete inquisidores de pie, como una fila de sombras con ojos de hierro. En total sumaban nueve, contando los dos que habían escoltado a Vin. Su captor la entregó a uno de los otros, quien la sostuvo con una tenaza similar, de la que resultaba imposible escapar.

—Empecemos con esto —dijo el lord Legislador.

Un obligador dio un paso adelante e hizo una reverencia. Con un escalofrío, Vin advirtió que lo conocía.

El sumo prelado Tevidian, pensó, mirando al hombre calvo. *Mi... padre.*

—Mi señor —dijo Tevidian—, perdóname, pero no comprendo. ¡Ya hemos discutido este asunto!

—Los inquisidores dicen que tienen más que añadir —respondió el lord Legislador con voz cansada.

Tevidian miró a Vin, el ceño fruncido. *No sabe quién soy*, pensó ella. *Nunca ha sabido que tiene hijos.*

—Mi señor —dijo Tevidian, volviéndose—. ¡Mira por la ventana! ¿No tenemos cosas mejores que discutir? ¡Toda la ciudad se ha rebelado! Las antorchas de los skaa iluminan la noche y se atreven a internarse en las brumas. ¡Blasfeman, se amotinan y atacan las fortalezas de los nobles!

—Déjalos —dijo el lord Legislador, ajeno. Parecía tan... agotado. Se sentaba en su trono con fuerza, pero seguía habiendo cansancio en su postura y en su voz.

—¡Pero mi señor! —dijo Tevidian—. ¡Las Grandes Casas están cayendo!

El lord Legislador agitó una mano.

—Es bueno purgarlas cada siglo más o menos. Eso engendra inestabilidad, impide que la aristocracia se vuelva demasiado confiada. Normalmente, dejo que se maten unos a otros en sus estúpidas guerras, pero esta revuelta servirá al mismo propósito.

—¿Y... y si los skaa llegan al palacio?

—Entonces, yo me encargaré de ellos —dijo el lord Legislador suavemente—. No sigas cuestionando este tema.

—Sí, mi señor —dijo Tevidian, haciendo una reverencia y retrocediendo.

—Ahora. —El lord Legislador se volvió hacia los inquisidores—. ¿Qué es lo que deseáis presentar?

El inquisidor de las cicatrices dio un paso al frente.

—Lord Legislador, deseamos solicitar que el liderazgo de tu Ministerio sea retirado a estos... hombres y otorgado a los inquisidores.

—Ya hemos discutido eso —dijo el lord Legislador—. Tus hermanos y tú sois necesarios para tareas más importantes. Sois demasiado valiosos para malgastaros en simples labores de administración.

—¡Pero permitiendo que hombres corrientes gobiernen tu Ministerio has dejado inadvertidamente que la corrupción y el vicio entren en el mismo corazón de tu sagrado palacio!

—¡Acusaciones vanas! —escupió Tevidian—. Dices esas cosas a menudo, Kar, pero nunca presentas ninguna prueba.

Kar se volvió despacio, su espeluznante sonrisa iluminada por la luz coloreada y retorcida de la ventana. Vin se estremeció. Esa sonrisa era casi tan inquietante como el poder aplacador del lord Legislador.

—¿Prueba? —preguntó Kar—. Dime, *sumo prelado*. ¿Reconoces a esta muchacha?

—¡Bah, por supuesto que no! —contestó Tevidian con un gesto de indiferencia—. ¿Qué tiene que ver una muchacha skaa con el gobierno del Ministerio?

—Todo —dijo Kar, volviéndose hacia Vin—. Sí, ya lo creo... Todo. Dile al lord Legislador quién es tu padre, niña.

Vin trató de rebullirse, pero la alomancia del lord Legislador era opresiva, las manos del inquisidor, demasiado fuertes.

—No lo sé —consiguió decir entre dientes.

El lord Legislador se irguió lentamente, volviéndose hacia ella e inclinándose hacia delante.

—No puedes mentirle al lord Legislador, niña —dijo Kar con voz tranquila y rechinante—. Ha vivido durante siglos y ha aprendido a usar la alomancia como ningún hombre mortal. Puede ver cosas en la forma en que late tu corazón y leer tus emociones en tus ojos. Puede sentir el momento en que mientes. Lo sabe.... sí, claro que lo sabe.

—Nunca llegué a conocer a mi padre —dijo ella, obstinada. Si el inquisidor quería saber algo, entonces guardar un secreto le parecía buena idea—. Solo soy una ladrona callejera.

—¿Una ladrona callejera nacida de la bruma? —preguntó Kar—. Vaya, qué interesante. ¿Verdad, Tevidian?

El ceño del sumo prelado estaba cada vez más fruncido. El lord Legislador se levantó despacio y bajó los escalones de su tarima para dirigirse a Vin.

—Sí, mi señor —dijo Kar—. Sentiste antes su alomancia. Sabes que es una nacida de la bruma plena... y sorprendentemente poderosa. Sin embargo, dice haber crecido en las calles. ¿Qué casa noble habría abandonado a una criatura semejante? Para tener tal fuerza, debe proceder de un linaje enormemente puro. Al menos... *uno* de sus progenitores debe proceder de un linaje muy puro.

—¿Qué estás dando a entender? —preguntó Tevidian, palideciendo.

El lord Legislador los ignoró a ambos. Caminó sobre los vivos colores que se reflejaban en el suelo y se detuvo delante de Vin.

Tan cerca, pensó ella. Su poder aplacador era tan fuerte que ni siquiera sentía terror: lo único que experimentaba era una profunda, abrumadora, horrible pena.

El lord Legislador tendió sus manos delicadas y la tomó por las mejillas, alzando su rostro para mirarla a los ojos.

—¿Quién es tu padre, niña? —preguntó en voz baja.

—Yo...

La desesperación se retorció en su interior. Pena, dolor, el deseo de morir.

El lord Legislador acercó su rostro al suyo, mirándola a los ojos. En ese momento, ella supo la verdad. Pudo ver un trozo de él, pudo sentir su poder. Su... poder divino.

No le preocupaba la rebelión skaa. ¿Por qué tendría él que preocuparse? Si lo deseaba, podía matar a todas las personas de la ciudad, él mismo. Vin supo que esa era la verdad. Tal vez le llevara tiempo, pero podría matar eternamente, incansablemente. No necesitaba temer ninguna rebelión.

No lo necesitaría nunca. Kelsier había cometido un error terrible, terrible.

—Tu padre, niña —insistió el lord Legislador, su exigencia como un peso físico sobre su alma.

Vin habló a su pesar.

—Mi... hermano me dijo que mi padre era ese hombre de ahí. El sumo prelado.

Las lágrimas arrasaban sus mejillas, aunque cuando el lord Legislador se dio la vuelta no pudo recordar por qué lloraba.

—¡Es mentira, mi señor! —dijo Tevidian, retrocediendo—. ¿Qué sabe ella? Es solo una niña tonta.

—Responde con sinceridad, Tevidian —dijo el lord Legislador, caminando lentamente hacia el obligador—. ¿Te has acostado alguna vez con una mujer skaa?

El obligador vaciló antes de responder.

—¡Cumplí la ley! ¡Siempre las hice matar después!

—Tú... mientes —dijo el lord Legislador, como sorprendido—. Estás dudando.

Tevidian temblaba de pies a cabeza.

—Creo... que las eliminé a todas, mi señor. Había... había una con la que tal vez fui demasiado laxo. Al principio no supe que era una skaa. El soldado que envié a matarla fue demasiado permisivo y la dejó marchar. Pero al final la encontré.

—Dime —preguntó el lord Legislador—. ¿Engendró esa mujer algún hijo?

La sala permaneció en silencio.

—Sí, mi señor —respondió el sumo prelado.

El lord Legislador cerró los ojos, suspirando. Se volvió hacia su trono.

—Es vuestro —les dijo a los inquisidores.

Inmediatamente, seis inquisidores cruzaron corriendo la sala, aullando de alegría, sacando cuchillos de obsidiana de debajo de las túnicas. Tevidian alzó los brazos, gritando, mientras los inquisidores le caían encima, exultantes en su brutalidad. Manó la sangre cuando clavaron sus dagas una y otra vez en el moribundo. Los otros obligadores retrocedieron, horrorizados.

Kar permaneció al margen, sonriendo mientras contemplaba la masacre, igual que el inquisidor que sujetaba a Vin. Solo otro inquisidor más se guardó de intervenir, aunque Vin no sabía por qué.

—Has demostrado tu argumento, Kar —dijo el lord Legislador, sentándose cansinamente en su trono—. Parece que he confiado demasiado en la... obediencia de la humanidad. No cometí ningún error.

Nunca he cometido ningún error. Sin embargo, es hora de cambiar. Reúne a los altos prelados y tráelos aquí. Sácalos de la cama si es necesario. Serán testigos de que otorgo al Cantón de la Inquisición el mando y la autoridad sobre el Ministerio.

La sonrisa de Kar se ensanchó.

—La muchacha mestiza será destruida.

—Por supuesto, mi señor —dijo Kar—. Aunque... hay algunas preguntas que deseo hacerle antes. Formaba parte de una banda de brumosos skaa. Si puede ayudarnos a localizar a los demás...

—Muy bien —contestó el lord Legislador—. Es tu deber, después de todo.

¿Hay algo más hermoso que el sol? A menudo lo contemplo al salir, pues mi sueño inquieto suele despertarme antes del alba.

Cada vez que veo su tranquila luz amarilla asomar por el horizonte siento un poco más de determinación, un poco más de esperanza. En cierto modo, el sol es lo que me ha mantenido en marcha todo este tiempo.

37

Kelsier, maldito lunático, pensó Dockson mientras escribía notas sobre el mapa, *¿por qué siempre te quitas de en medio, dejándome para que arregle tus desaguisados?* Sin embargo, sabía que su frustración no era auténtica sino tan solo una manera de no concentrarse en la muerte de Kel. Funcionaba.

La parte de Kelsier en el plan (la visión, el liderazgo carismático) había terminado. Ahora le tocaba el turno a Dockson. Tomó la estrategia original de Kelsier y la modificó. Tuvo cuidado de mantener el caos a un nivel manejable, adjudicando el mejor equipo para los hombres que parecían más equilibrados. Envió contingentes a tomar puntos de interés estratégico (los depósitos de agua y comida) antes de que los saqueos generalizados se hicieran con ellos.

En resumen, hizo lo que hacía siempre: volver realidad los sueños de Kelsier.

Oyó un tumulto en la habitación principal y alzó la cabeza cuando entró un mensajero. El hombre inmediatamente lo localizó en el centro del almacén.

—¿Qué noticias hay? —preguntó Dockson mientras el hombre se acercaba.

El mensajero sacudió la cabeza. Era joven e iba vestido con el uniforme imperial, aunque se había despojado de la guerrera para llamar menos la atención.

—Lo siento, señor. Ninguno de los guardias la ha visto salir y...

bueno, uno dijo que había visto cómo la llevaban a los calabozos de palacio.

—¿Puedes sacarla de allí?

El soldado, Goradel, palideció. Hasta hacía muy poco tiempo había sido uno de los hombres del lord Legislador. En realidad, Dockson no estaba seguro de hasta qué punto confiaba en aquel hombre. Sin embargo, el soldado, un antiguo guardia de palacio, podía llegar a lugares a los que no tenían acceso otros skaa. Sus antiguos amigos no sabían que había cambiado de bando.

Suponiendo que realmente haya cambiado de bando, pensó Dockson. Pero... bueno, las cosas se desarrollaban con demasiada rapidez para ponerse a dudar. Dockson había decidido usar a ese hombre. Tendría que confiar en su primer instinto.

—¿Bien? —insistió Dockson.

Goradel negó con la cabeza.

—Había un inquisidor con ella, señor. Yo no podría liberarla... no tendría autoridad. Yo no...

Dockson suspiró. *¡Maldita muchachita loca!*, pensó. *Tendría que haber tenido más sentido común. Kelsier debe de haberla contagiado.*

Despidió al soldado. Entonces entró Hammond, con una gran espada con el pomo roto al hombro.

—Se acabó —dijo Ham—. La fortaleza Elariel acaba de caer. Sin embargo, parece que la Lekal aguanta todavía.

Dockson asintió con la cabeza.

—Necesitaremos a tus hombres en el palacio pronto.

Cuanto antes irrumpamos allí, más posibilidades tendremos de salvar a Vin. No obstante, intuía que llegarían demasiado tarde para salvarla. Las principales fuerzas tardarían horas en reunirse y organizarse: quería atacar el palacio con todas sus tropas. La verdad era que no podía permitirse malgastar hombres en una operación de rescate. Kelsier quizá hubiese ido tras ella, pero Dockson no podía permitirse hacer algo tan osado.

Como decía siempre, alguien de la banda tenía que ser realista. El palacio no era una plaza que se atacara sin preparativos estrictos; el fracaso de Vin lo demostraba. Tendría que cuidar de sí misma por el momento.

—Prepararé a mis hombres —asintió Ham, mientras apartaba la espada—. Pero voy a necesitar una espada nueva.

Dockson exhaló un suspiro.

—Los violentos siempre estáis rompiendo cosas. Mira a ver qué encuentras.

Ham se retiró.

—Si ves a Sazed —llamó Dockson— dile que...

Dockson se detuvo al ver que un grupo de rebeldes skaa entraba en la habitación. Llevaban un prisionero maniatado y con un saco en la cabeza.

—¿Qué es esto? —preguntó.

Uno de los rebeldes le dio un codazo a su cautivo.

—Creo que es alguien importante, mi señor. Ha venido a nosotros desarmado y ha pedido que lo trajéramos ante ti. Nos ha prometido oro si lo hacíamos.

Dockson alzó una ceja. El hombretón tiró de la capucha revelando a Elend Venture.

Dockson parpadeó sorprendido.

—¿Tú?

Elend miró alrededor. Sentía algo de aprensión, obviamente, pero se comportó bien, dada la situación.

—¿Nos conocemos?

—No exactamente —dijo Dockson.

Maldición, no tengo tiempo para cautivos ahora. Sin embargo, el hijo de los Venture... Dockson iba a necesitar una carta para jugar con la poderosa nobleza cuando la lucha terminara.

—He venido a ofreceros una tregua —anunció Elend Venture.

—¿Cómo dices?

—La Casa Venture no se enfrentará a vosotros —continuó Elend—. Y es probable que consiga convencer al resto de la nobleza para que escuche también. Están asustados... No hay ninguna necesidad de masacrarlos.

Dockson respondió con un bufido.

—No es que pueda permitirme dejar fuerzas hostiles en la ciudad.

—Si destruís a la nobleza no podréis aguantar mucho tiempo. Nosotros controlamos la economía. El imperio se desplomará sin nosotros.

—Esa es la idea de toda esta historia —respondió Dockson—. Mira, no tengo tiempo...

—Tienes que escucharme —dijo Elend Venture a la desesperada—.

Si empezáis vuestra rebelión con caos y un baño de sangre, la perderéis. ¡He estudiado estas cosas: sé de lo que estoy hablando! Cuando el impulso de vuestro conflicto inicial se agote, la gente empezará a buscar otras cosas que destruir. Se volverán unos contra otros. *Tienes que mantener el control de tus ejércitos.*

Dockson vaciló. Se suponía que Elend Venture era un necio y un patán, pero en aquel momento parecía... juicioso.

—Os ayudaré —dijo Elend—. Dejad en paz las mansiones de los nobles y concentrad vuestros esfuerzos en el Ministerio y el lord Legislador: ellos son vuestros auténticos enemigos.

—Mira, retiraré a nuestros hombres de la mansión Venture. Lo más probable es que no haya ninguna necesidad de luchar ahora que...

—He enviado a mis soldados a la fortaleza Lekal —lo interrumpió Elend—. Retira a tus hombres de todas las fortalezas de los nobles. No van a atacaros por el flanco: tan solo se esconderán preocupados en sus mansiones.

Quizá tenga razón.

—Lo consideraremos...

Dockson se calló al advertir que Elend ya no le estaba prestando atención. *Es difícil mantener una conversación con este tipo.*

Elend estaba mirando a Hammond, que había regresado con una espada nueva. Frunció el ceño y luego abrió unos ojos como platos.

—¡Yo te conozco! ¡Eres el que rescató a los sirvientes de lord Renoux de las ejecuciones!

Elend se volvió hacia Dockson, súbitamente ansioso.

—¿Conocéis a Valette, entonces? Ella os dirá que me hagáis caso.

Dockson cruzó una mirada con Ham.

—¿Qué? —preguntó Elend.

—Vin... —dijo Dockson—. Valette... fue al palacio hace unas horas. Lo siento, muchacho. Debe de estar en los calabozos del lord Legislador ahora mismo... suponiendo que siga con vida.

Kar arrojó a Vin a su celda. Ella golpeó el suelo con fuerza y rodó, la camisa suelta a su alrededor, hasta que chocó con la cabeza contra la pared del fondo.

El inquisidor sonrió y cerró de un portazo.

—Muchas gracias —dijo a través de los barrotes—. Nos has ayudado a conseguir algo que esperábamos desde hace mucho tiempo.

Vin lo miró, mientras los efectos del poder aplacador del lord Legislador empezaban a debilitarse.

—Es una lástima que Bendal no esté aquí —dijo Kar—. Persiguió a tu hermano durante años, jurando que Tevidian había engendrado a un mestizo skaa. Pobre Bendal... Si al menos el lord Legislador nos hubiera dejado al Superviviente a nosotros, para poder vengarnos...

La miró, sacudiendo su cabeza perforada por los clavos.

—Ah, bueno. Al final ha sido vengado. Los demás creímos a tu hermano, pero Bendal... ni siquiera entonces quedó convencido... Y al final te encontró.

—¿Mi hermano? —dijo Vin, incorporándose—. ¿Me vendió?

—¿Venderte? —dijo Kar—. ¡Murió prometiéndonos que habías muerto de hambre hace años! Lo chillaba día y noche estando en manos de los torturadores del Ministerio. Es muy muy difícil resistir el dolor de la tortura de un inquisidor, como descubrirás pronto. —Sonrió—. Pero antes, deja que te enseñe una cosa.

Un grupo de guardias arrastró a una figura atada y desnuda hasta la celda. Magullado y ensangrentado, el hombre se desplomó sobre el suelo de piedra cuando lo empujaron a la jaula situada junto a la de Vin.

—¿Sazed? —exclamó Vin, corriendo a los barrotes.

El terrisano parecía aturdido mientras los soldados le ataban las manos y los pies a una pequeña argolla de metal en el suelo de piedra. Lo habían golpeado tanto que apenas estaba consciente, y estaba completamente desnudo. Vin apartó la mirada para no ver su desnudez, pero no antes de advertir entre sus piernas la simple cicatriz donde debería haber estado su masculinidad.

Todos los mayordomos terrisanos son eunucos, le había dicho. Esa herida no era nueva, pero los cortes, magulladuras y arañazos eran frescos.

—Lo encontramos entrando en el palacio buscándote —dijo Kar—. Al parecer, temía por tu seguridad.

—¿Qué le habéis hecho?

—Bueno, muy poco... hasta ahora —respondió el inquisidor—. Puede que te preguntes por qué te he hablado de tu hermano. Tal vez me consideres un necio por admitir que la mente de tu hermano se quebró antes de que le arrancáramos su secreto. Pero, verás, no soy tan necio como para no admitir un error. Tendríamos que habernos contenido al torturarlo... hacerlo sufrir más. Ese fue, en efecto, un error.

Sonrió perversamente, señalando a Sazed.

—No volveremos a cometer ese error, niña. No... Esta vez vamos a utilizar una táctica diferente. Vamos a dejarte vernos torturar al terrisano. Vamos a tener mucho cuidado y a asegurarnos de que su dolor sea largo y muy vibrante. Cuando nos digas lo que queremos saber, nos detendremos.

Vin se estremeció de horror.

—No... Por favor...

—Sí, claro que sí —dijo Kar—. ¿Por qué no te tomas un poco de tiempo para pensar en lo que vamos a hacerle? El lord Legislador me ha llamado a su presencia... Tengo que ir a recibir formalmente el liderazgo del Ministerio. Comenzaremos cuando regrese.

Se dio media vuelta, la túnica negra rozando el suelo. Los guardias lo siguieron, sin duda para situarse en la sala de guardia, al otro lado de la celda.

—Ay, Sazed —dijo Vin, arrodillándose junto a los barrotes de su jaula.

—Vamos, señora —respondió Sazed con voz sorprendentemente lúcida—. ¿Qué te dijimos de ir por ahí corriendo en ropa interior? Si maese Dockson estuviera aquí te lo reprocharía con toda seguridad.

Vin alzó la cabeza, sorprendida. Sazed le estaba sonriendo.

—¡Sazed! —dijo en voz baja, mirando en la dirección por la que se habían marchado los guardias—. ¿Estás despierto?

—Muy despierto —repuso él. Su voz calmada y fuerte contrastaba marcadamente con su cuerpo magullado.

—Lo siento, Sazed. ¿Por qué me has seguido? ¡Tendrías que haberte quedado atrás y dejar que hiciera estupideces yo sola!

Él volvió la cabeza hacia ella, con un ojo hinchado, pero mirándola con el otro.

—Señora —dijo solemnemente—, le juré a maese Kelsier que cuidaría de tu seguridad. El juramento de un terrisano no es algo que se haga a la ligera.

—Pero... tendrías que haber sabido que iban a capturarte —dijo ella, agachando avergonzada la cabeza.

—Claro que lo sabía, señora. ¿Cómo si no iba a hacer que me trajeran hasta ti?

Vin alzó la cabeza.

—¿Traerte... hasta mí?

—Sí, señora. Hay una cosa que el Ministerio y mi pueblo tienen en común, creo. Los dos subestiman las cosas que podemos conseguir.

Cerró los ojos. Y entonces su cuerpo cambió. Pareció... desinflarse. Los músculos se debilitaron y enflaquecieron, la carne colgó flácida de sus huesos.

—¡Sazed! —exclamó Vin, intentando alcanzarlo a través de los barrotes.

—No pasa nada, señora —dijo él con voz aterradoramente débil—. Necesito un momento para... recuperar mi fuerza.

Recuperar mi fuerza. Vin vaciló, bajando la mano, y observó a Sazed unos minutos. *¿Podría ser...?*

Él parecía tan débil... Como si su fuerza, sus propios músculos estuvieran siendo absorbidos. Y tal vez... ¿guardados en otra parte?

Sazed abrió los ojos. Su cuerpo volvió a la normalidad; luego sus músculos continuaron creciendo hasta ser grandes y poderosos, más voluminosos incluso que los de Ham.

Sazed le sonrió desde una cabeza que coronaba un cuello musculoso; luego se zafó fácilmente de sus ligaduras. Se levantó un hombre enorme, inhumanamente fornido, completamente diferente del erudito delgado y silencioso que ella conocía.

El lord Legislador hablaba de su fuerza en su libro, pensó asombrada. *Dijo que el hombre llamado Rashek alzó un pedrusco él solo y lo apartó del camino.*

—¡Pero si te han quitado todas tus joyas! —dijo Vin—. ¿Dónde ocultaste el metal?

Sazed sonrió, agarrando los barrotes que separaban sus celdas.

—Tú me diste la idea, señora. Me lo tragué.

Dicho esto, separó los barrotes.

Ella entró en la jaula y lo abrazó.

—Gracias.

—No hay de qué —dijo él, haciéndola amablemente a un lado y descargando una enorme palma contra la puerta de la celda. El golpe rompió la cerradura y envió la puerta al suelo.

—Rápido ahora, señora —dijo Sazed—. Debemos llevarte a lugar seguro.

Los dos guardias que habían arrojado a Sazed a la celda aparecieron en la puerta un segundo después. Se detuvieron, mirando a la enorme bestia que ocupaba el lugar del hombre débil que habían golpeado.

Sazed saltó hacia delante blandiendo uno de los barrotes de la jaula de Vin. Sin embargo, su feruquimia solo le había dado fuerza, no velocidad. Avanzó con paso torpe y los guardias echaron a correr gritando en busca de ayuda.

—Vamos, señora —dijo Sazed, tirando el barrote—. Mi fuerza no durará mucho: el metal que tragué no era bastante para contener mucha carga feruquímica.

Mientras hablaba empezó a encogerse. Vin lo adelantó y salió de la celda. La sala de guardia era bastante pequeña, con solo un par de sillas. Sin embargo, bajo una de ellas encontró una capa envolviendo la cena de un guardia. Vin la desenrolló y se la arrojó a Sazed.

—Gracias, señora.

Ella asintió, acercándose a la puerta para asomarse. La habitación exterior, más grande, estaba vacía. Había dos pasillos, uno a la derecha, otro que se perdía en la distancia ante ella. La pared de la izquierda estaba recubierta de troncos de madera y el centro de la habitación contenía una mesa grande. Vin se estremeció al ver la sangre seca y el conjunto de afilados instrumentos colocados en fila junto a la mesa.

Aquí es donde terminaremos los dos si no nos damos prisa, pensó, indicando a Sazed que avanzara.

Se detuvo cuando un grupo de soldados apareció al fondo del pasillo, dirigido por uno de los guardias de antes. Vin maldijo en silencio: de haber tenido estaño los hubiese oído antes.

Miró hacia atrás. Sazed cojeaba al atravesar la sala de los guardias. Su fuerza feruquímica había desaparecido y los soldados le habían dado una severa paliza antes de arrojarlo a la celda. Apenas podía andar.

—¡Ve, señora! —dijo, indicándole que continuara—. ¡Corre!

Todavía tienes que aprender algunas cosas sobre la amistad, Vin, susurró en su mente la voz de Kelsier. *Espero que algún día te des cuenta de cuáles son...*

No puedo dejarlo. No lo haré.

Vin corrió hacia los soldados. Recogió de la mesa un par de cuchillos de tortura. Su brillante acero pulido chispeó entre sus dedos. Saltó sobre la mesa y se lanzó contra los soldados.

No tenía alomancia alguna, pero voló de todas formas, sus meses de práctica ayudándola a pesar de su carencia de metales. Clavó un cuchillo en el cuello de un sorprendido soldado al caer. Llegó al suelo con más fuerza de lo que esperaba, pero consiguió evitar a un segundo soldado, que maldijo y descargó un golpe contra ella.

La espada chocó contra la piedra. Vin giró, acuchillando a otro soldado en los muslos. El hombre retrocedió de dolor.

Demasiados, pensó. Eran al menos dos docenas. Trató de saltar hacia un tercer soldado, pero otro hombre blandió su bastón y lo descargó contra su costado.

Vin gimió de dolor, soltando el cuchillo mientras perdía el equilibrio. Ningún peltre la reforzó contra la caída y golpeó las duras piedras con un crujido. Rodó hasta detenerse aturdida junto a la pared.

Se esforzó, sin éxito, por levantarse. A su lado, apenas pudo distinguir a Sazed desplomándose cuando su cuerpo se debilitó de pronto. Estaba intentando volver a acumular fuerzas. No tendría tiempo. Los soldados se abalanzarían pronto sobre él.

Al menos lo he intentado, pensó Vin mientras oía a otro grupo de soldados cargando por el pasillo de la derecha. *Al menos no lo he abandonado. Creo... creo que Kelsier se refería a esto.*

—¡Valette! —gritó una voz familiar.

Vin alzó sorprendida la cabeza mientras Elend y seis soldados irrumpían en la habitación. Elend vestía un traje de noble algo arrugado y llevaba un bastón de duelo.

—¿Elend? —preguntó, aturdida.

—¿Estás bien? —dijo él preocupado, avanzando hacia ella.

Entonces advirtió a los soldados del Ministerio. Parecían un poco confusos de tener que enfrentarse a un noble, pero seguían contando con su superioridad numérica.

—¡Me llevo a la muchacha! —dijo Elend. Sus palabras eran valientes, pero obviamente no era soldado. Solo llevaba un bastón de duelo como arma, sin armadura alguna. Cinco de los hombres que lo acompañaban vestían el rojo Venture: hombres de la mansión de Elend. Uno, sin embargo, el que los había guiado cuando entraban en la habitación, vestía uniforme de la guardia de palacio. Vin lo reconocía vagamente. A su guerrera le faltaba el símbolo en el hombro. *El hombre de antes*, pensó, estupefacta. *Al que convencí para que cambiara de bando...*

El líder de los soldados del Ministerio tomó una decisión. Hizo un gesto cortante, ignorando la orden de Elend, y los soldados empezaron a rodear la habitación disponiéndose a cercar al grupo de Elend.

—¡Valette, tienes que irte! —la apremió Elend bastón en ristre.

—Vamos, señora —dijo Sazed, acercándose para ayudarla a ponerse en pie.

—¡No podemos abandonarlos!

—Tenemos que hacerlo.

—Pero tú viniste por mí. ¡Tenemos que hacer lo mismo por Elend!

Sazed negó con la cabeza.

—Eso era diferente, niña. Sabía que tenía una posibilidad de salvarte. Aquí no puedes ayudar: hay belleza en la compasión, pero también hay que tener sensatez.

Vin permitió que la pusiera en pie mientras los hombres de Elend avanzaban obedientes para bloquear a los soldados del Ministerio. Elend estaba situado al frente, obviamente decidido a luchar.

¡Tiene que haber otra manera!, pensó Vin con desesperación. *Tiene que...*

Y entonces la vio, olvidada en uno de los arcones que había junto a la pared. Una tira familiar de tela gris, una sola asomando del arcón.

Se zafó de Sazed mientras los soldados del Ministerio atacaban. Elend gritó tras ella y las armas resonaron.

Vin sacó del arcón las prendas (su camisa y sus pantalones), y allí, en el fondo, encontró su capa de bruma. Cerró los ojos y buscó en el bolsillo.

Sus dedos encontraron un frasquito de cristal, con el tapón todavía en su sitio.

Lo sacó, girando hacia la batalla. Los soldados del Ministerio se habían apartado un poco. Dos de sus miembros yacían heridos en el suelo, pero tres de los hombres de Elend habían caído. Lo reducido del lugar, por fortuna, había impedido que los de Elend fueran rodeados al principio.

Elend sudaba, con un corte en el brazo, el bastón roto. Se hizo con la espada del hombre al que había derrotado y la empuñó con manos inexpertas, enfrentándose a una fuerza muy superior.

—Me equivocaba respecto a él, señora —dijo Sazed en voz baja—. Yo... pido disculpas.

Vin sonrió. Luego destapó el frasquito y apuró los metales de un solo trago.

Pozos de poder explotaron en su interior. Ardieron fuegos, resonaron metales y la fuerza regresó a su cuerpo cansado y debilitado como un sol al amanecer. Los dolores se volvieron insignificantes, el mareo desapareció, la habitación era más brillante, las piedras más *reales* bajo sus pies descalzos.

Los soldados atacaron de nuevo y Elend alzó su espada con determinación, pero su postura era poco prometedora. Pareció completamente sorprendido cuando Vin pasó volando por encima de su cabeza.

Aterrizó entre los soldados provocando un empujón de acero. Los situados frente a ella chocaron contra las paredes. Un hombre blandió un bastón ante su cara; ella lo apartó con mano desdeñosa y luego le hundió el puño en la cara haciéndole volver la cabeza con un crujido.

Atrapó el bastón cuando caía, giró y lo descargó contra la cabeza del soldado que atacaba a Elend. El bastón explotó y Vin lo dejó caer con el cadáver. Los soldados de detrás empezaron a gritar, se volvieron y echaron a correr cuando ella empujó a dos grupos más de hombres contra las paredes. El último soldado que quedaba se volvió, sorprendido, mientras Vin tiraba de su casco y lo agarraba. Se lo devolvió de un empujón, aplastándolo contra su pecho y anclándose desde atrás. El soldado voló por el pasillo y se estampó contra sus compañeros que huían.

Vin jadeó de excitación, los músculos tensos, de pie entre los hombres que gemían. *Comprendo... que Kelsier se volviera adicto a esto.*

—¿Valette? —preguntó Elend, estupefacto.

Vin saltó, lo envolvió en un alegre abrazo con fuerza y enterró la cara en su hombro.

—Has vuelto —susurró—. Has vuelto, has vuelto, has vuelto...

—Hummm, sí. Y... veo que eres una nacida de la bruma. Muy interesante. Quiero decir, normalmente es un gesto de cortesía contarles a los amigos ese tipo de cosas.

—Lo siento —murmuró ella, todavía abrazada a él.

—Bueno, sí —dijo él, distraído—. Esto... ¿Valette? ¿Qué le ha pasado a tu ropa?

—Está en el suelo, por ahí —contestó ella, mirándolo—. Elend, ¿cómo me has encontrado?

—Tu amigo, un tal maese Dockson, me ha dicho que te habían capturado en el palacio. Y bueno, este simpático caballero de aquí... el capitán Goradel, creo que se llama... da la casualidad de que es soldado de palacio y conocía el camino hasta aquí. Con su ayuda, y como noble de cierto rango, he podido entrar en el edificio sin demasiados problemas. Luego hemos oído gritos en este pasillo... Y, hummm, ¿Valette? ¿Crees que podrías volver a ponerte la ropa? Esto... me distrae un poco.

Ella le sonrió.

—Me has encontrado.

—Para lo que ha servido —dijo él amargamente—. No parece que necesitaras mucho nuestra ayuda...

—Eso no importa. Has vuelto. Nadie había vuelto por mí antes.

Elend la miró, frunciendo ligeramente el ceño.

Sazed se acercó, cargado con la ropa y la capa de Vin.

—Señora, tenemos que marcharnos.

Elend asintió.

—No se está a salvo en ningún lugar de la ciudad. ¡Los skaa se han rebelado! —Vaciló, mirándola—. Pero, bueno, eso ya debes de saberlo.

Vin asintió y se apartó por fin de él.

—Ayudé a iniciar la rebelión. Pero tienes razón en lo del peligro. Ve con Sazed... Muchos de los líderes rebeldes lo conocen. No te harán daño mientras te apoye.

Elend y Sazed fruncieron el ceño mientras Vin se ponía los pantalones. En el bolsillo, encontró el pendiente de su madre. Volvió a ponérselo.

—¿Que vaya con Sazed? Pero ¿y tú?

Vin se puso la camisa. Entonces alzó la cabeza... sintiendo a través de la piedra, sintiéndolo a *él* arriba. Estaba allí. Demasiado poderoso. Después de haberse enfrentado a él directamente, estaba segura de su fuerza. La rebelión skaa estaba condenada mientras viviera.

—Tengo otra cosa que hacer, Elend —dijo, recogiendo la capa de bruma.

—¿Crees que puedes derrotarlo, señora? —preguntó Sazed.

—Tengo que intentarlo. El Undécimo metal funcionó, Sazed. Vi... algo. Kelsier estaba seguro de que revelaría su secreto.

—Pero... el lord Legislador, señora...

—Kelsier murió para iniciar esta rebelión —dijo Vin con firmeza—. Tengo que encargarme de que tenga éxito. Esta es *mi* misión, Sazed. Kelsier no sabía cuál era, pero yo sí. Tengo que detener al lord Legislador.

—¿Al lord Legislador? —preguntó Elend, sorprendido—. No, Valette. ¡Es inmortal!

Vin se acercó la cabeza de Elend para que la besara.

—Elend, tu familia entregaba el atium al lord Legislador. ¿Sabes dónde lo guarda?

—Sí —respondió él, confuso—. Guarda las perlas en el edificio del tesoro situado al este de aquí. Pero...

—Tienes que apoderarte de ese atium, Elend. El nuevo gobierno va a necesitar esa riqueza, y ese poder, si no quiere ser conquistado por el primer noble que pueda levantar en armas un ejército.

—No, Valette. —Elend negó con la cabeza—. Tengo que ponerte a salvo.

Ella le sonrió, luego se volvió hacia Sazed. El terrisano asintió con la cabeza.

—¿No vas a decirme que no vaya?

—No —respondió él tranquilamente—. Me temo que tienes razón, señora. Si el lord Legislador no es derrotado... bueno, no te detendré. Sin embargo, te deseo buena suerte. Vendré a ayudarte cuando haya puesto al joven Venture a salvo.

Vin sonrió, sonrió al aprensivo Elend y alzó la cabeza hacia la oscura fuerza que esperaba arriba, latiendo con una depresión cansada.

Quemó cobre, rechazando el poder aplacador del lord Legislador.

—Valette... —murmuró Elend.

Ella se volvió hacia él.

—No te preocupes. Creo que sé cómo matarlo.

Estos son mis temores mientras escribo con una pluma helada la víspera del renacer del mundo. Rashek me mira. Me odia. La cueva se encuentra ahí delante. Latiendo. Mis dedos tiemblan. No de frío.

Mañana, habrá terminado.

38

Vin se impulsó por los aires sobre Kredik Shaw. Las torres y agujas se alzaban a su alrededor como las púas ensombrecidas de un monstruo fantasmal que acechara a sus pies. Oscuras, rectas y ominosas, por algún motivo le hicieron pensar en Kelsier, muerto en la calle con una lanza de punta de obsidiana asomando de su pecho.

Las brumas giraban y revoloteaban mientras las atravesaba. Todavía eran densas, pero el estaño le permitía ver un leve clarear en el horizonte. El alba se acercaba.

Bajo ella se acumulaba una gran luz. Vin se agarró a la fina aguja de una torre, dejando que su impulso la hiciera girar alrededor del resbaladizo metal y le permitiera hacer un barrido de toda la zona. Miles de antorchas ardían en la noche, mezclándose y fundiéndose como insectos luminiscentes. Estaban organizadas en grandes oleadas y convergían hacia el palacio.

La guardia de palacio no tiene ninguna oportunidad contra una fuerza tan grande, pensó. *Pero, al entrar luchando en el palacio, el ejército skaa sellará su destino.*

Se volvió hacia un lado, sintiendo el frío de la aguja humedecida por la bruma bajo sus dedos. La última vez que había saltado entre las torres de Kredik Shaw, estaba sangrando y a punto de desvanecerse. Sazed había llegado para salvarla, pero esta vez no podría hacerlo.

No muy lejos vio la torre del trono. No era difícil localizarla: un anillo de ardientes hogueras iluminaba su exterior y su única ventana de cristal tintado para aquellos que estaban dentro. Sintió la presencia de él allí dentro. Aguardó un instante con la esperanza, quizá, de poder atacar después de que los inquisidores salieran de la sala.

Kelsier creía que el Undécimo metal era la clave, pensó. Tenía una idea. Funcionaría. Era preciso.

—A partir de este momento —proclamó en voz alta el lord Legislador—, se concede al Cantón de la Inquisición el dominio organizativo del Ministerio. Las consultas que hasta ahora eran desviadas a Tevidian deben serlo a Kar.

La sala del trono permaneció en silencio. Los obligadores de alto rango estaban aturdidos por los acontecimientos de la noche. El lord Legislador agitó una mano, indicando que la reunión había acabado.

¡Por fin!, pensó Kar. Alzó la cabeza, sus ojos de clavos pulsando como siempre, causándole dolor... Aunque esa noche era el dolor de la alegría. Los inquisidores llevaban dos siglos esperando, planeando con cuidado, animando sutilmente la corrupción y la disensión entre los demás obligadores. Y por fin había funcionado. Los inquisidores ya no se inclinarían ante los dictados de hombres inferiores.

Se dio la vuelta y sonrió al grupo de sacerdotes del Ministerio, sabedor de la incomodidad que causaba la mirada de un inquisidor. Ya no podía ver, no como veía en otro tiempo, pero le habían concedido algo mejor. Una alomancia tan sutil, tan detallada, que le permitía distinguir el mundo que lo rodeaba con sorprendente precisión.

Casi todo contenía metal: el agua, la piedra, el cristal, incluso los cuerpos humanos. La concentración de esos metales era demasiado débil para que influyera en ellos la alomancia; de hecho, la mayoría de los alománticos ni siquiera podían sentirlos.

Con sus ojos de inquisidor, sin embargo, Kar veía sus líneas de hierro. Los hilos azules eran finos, casi invisibles, pero dibujaban el mundo para él. Los obligadores que tenía delante eran una masa hirviente de azules; sus emociones (incomodidad, furia y miedo) se notaban en su postura. Incomodidad, furia y miedo... Tan dulces las tres. La sonrisa de Kar se ensanchó a pesar de su fatiga.

Llevaba demasiado tiempo despierto. Vivir como inquisidor agotaba el cuerpo y tenía que descansar a menudo. Sus hermanos salían ya de la sala camino de sus aposentos, que estaban intencionadamente cerca del salón del trono. Se dormirían de inmediato: con las ejecuciones de la tarde y la excitación de la noche estarían tremendamente fatigados.

Kar se quedó atrás mientras inquisidores y obligadores se marchaban. Poco después solo quedaron el lord Legislador y él en una sala iluminada por cinco enormes braseros. Las hogueras de fuera se extinguieron poco a poco, apagadas por criados, y el panorama de cristal se volvió oscuro y negro.

—Finalmente tienes lo que querías —dijo el lord Legislador tranquilamente—. Tal vez ahora este tema deje de importunarme.

—Sí, lord Legislador —dijo Kar, inclinándose—. Creo que...

Un extraño sonido restalló en el aire, un suave chasquido. Kar alzó la cabeza con el ceño fruncido mientras un pequeño disco de metal rebotaba por el suelo y al final se detenía junto a su bota. Recogió la moneda, luego miró la enorme ventana y reparó en el agujerito por el que había entrado.

¿Qué?

Docenas de monedas más entraron por la ventana, llenándola de agujeros. El tintineo metálico y el chasquido del cristal resonaron en el aire. Kar retrocedió, sorprendido.

Toda la sección sur de la ventana se hizo añicos, estallando hacia dentro. El cristal se había debilitado tanto con el impacto de las monedas que un cuerpo lanzado a toda velocidad pudo atravesarlo.

Fragmentos de cristal de colores giraron en el aire, esparciéndose ante una pequeña figura ataviada con una aleteante capa de bruma que llevaba un par de relucientes dagas negras. La muchacha aterrizó agazapada y se deslizó sobre los trozos de cristal, seguida de los jirones de bruma que se colaron tras ella por la abertura. La bruma se enroscó, atraída por la alomancia, alrededor de su cuerpo. Ella permaneció agazapada un instante, como un heraldo de la noche.

Luego se abalanzó directamente hacia el lord Legislador.

Vin quemó el Undécimo metal. El yo-pasado del lord Legislador apareció igual que había hecho antes, como surgido de la bruma, para situarse en la tarima junto al trono.

Vin ignoró al inquisidor. La criatura, por fortuna, reaccionó despacio y ella ya había recorrido la mitad del camino que la separaba de la tarima antes de que acertara a perseguirla. El lord Legislador permanecía sentado en silencio, observándola con expresión ligeramente interesada.

Dos lanzas en el pecho ni siquiera fueron para él una molestia, pensó Vin mientras cubría de un salto la distancia que la separaba de la tarima. *No tiene nada que temer de mis dagas.*

Por eso no intentó atacarlo, sino que se abalanzó con ellas directamente contra el corazón del yo-pasado.

Las dagas golpearon... y atravesaron al hombre como si no estuviera allí. El impulso la llevó a atravesar ella también la imagen, casi tropezando con la tarima.

Se giró, acuchillando de nuevo. Una vez más, las dagas atravesaron la imagen sin causarle ningún daño. Ni siquiera onduló ni se distorsionó.

Mi imagen de oro, pensó llena de frustración. *Pude tocarla. ¿Por qué no puedo tocar esta?*

Obviamente, no funcionaba de la misma manera. La sombra permaneció quieta, completamente ajena a sus ataques. Vin había pensado que, si mataba la versión pasada del lord Legislador, su forma presente moriría también. Por desgracia, el yo-pasado parecía tan insustancial como una sombra de atium.

Había fracasado.

Kar chocó contra ella, la aferró por los hombros con su poderosa tenaza de inquisidor y el impulso que llevaba la sacó de la tarima. Ambos rodaron por los escalones.

Vin gimió, avivando peltre. *No soy la misma muchacha sin poderes que hiciste prisionera hace un rato, Kar*, pensó con determinación dándole una patada cuando ambos golpearon el suelo, detrás del trono.

El inquisidor gruñó, la patada lo levantó y la soltó. La capa de bruma de Vin se le quedó entre las manos, pero ella se puso en pie y se escabulló.

—¡Inquisidores! —gritó el lord Legislador, poniéndose en pie—. ¡Venid a mí!

Vin gritó cuando la poderosa voz llenó de dolor sus oídos amplificados por el estaño.

Tengo que salir de aquí, pensó, tambaleándose. *He de idear un nuevo modo de matarlo...*

Kar la volvió a atrapar por atrás. Esta vez la rodeó por completo con los brazos y apretó. Vin gritó de dolor, avivó peltre e intentó apartarse, pero Kar la abligó a ponerse en pie. La agarró con destreza por el cuello con un brazo mientras le sujetaba los suyos a la espalda con el otro. Ella luchó con furia, debatiéndose y rebulléndose, pero la tenaza era fuerte. Trató de hacerlos caer a ambos con un súbito empujón de acero contra el picaporte de una puerta, pero el anclaje era demasiado débil y Kar apenas se tambaleó. Mantuvo su presa.

El lord Legislador se echó a reír mientras volvía a sentarse en su trono.

—Tendrás poco éxito contra Kar, niña. Fue soldado, hace muchos años. Sabe cómo sujetar a una persona para que no pueda soltarse, por fuerte que sea.

Vin continuó debatiéndose, jadeando en busca de aire. Las palabras del lord Legislador resultaron ser ciertas. Trató de darle un cabezazo a Kar, pero él estaba preparado. Oía junto a su oído su rápida respiración, casi... apasionada mientras la asfixiaba. En el reflejo de la ventana vio que la puerta que tenían detrás se abría. Otro inquisidor entró en la sala, sus clavos brillando en el espejo distorsionado, su túnica oscura agitándose.

Es el final, pensó Vin en un momento surrealista, contemplando las brumas que entraban por la ventana rota y se extendían por el suelo ante ella. Curiosamente no se enroscaron a su alrededor como solían hacer... Como si algo las mantuviera alejadas. Le pareció un epitafio a su derrota.

Lo siento, Kelsier. Te he fallado.

El segundo inquisidor se situó junto a su compañero. Extendió el brazo y asió algo de la espalda de Kar. Se oyó un sonido de desgarro.

Vin cayó inmediatamente al suelo, jadeando. Rodó y se recuperó gracias al peltre.

Kar se cernía sobre ella, tambaleándose. Entonces se desplomó flácido a un lado. El segundo inquisidor se hallaba tras él sosteniendo lo que parecía ser un gran clavo de metal como los que los inquisidores tenían en los ojos.

Vin observó el cuerpo inmóvil de Kar. La parte trasera de su túnica estaba rasgada y dejaba al descubierto un agujero ensangrentado entre los omóplatos. Un agujero en el que cabía un clavo de metal. El rostro lleno de cicatrices de Kar estaba pálido. Sin vida.

¡Otro clavo!, pensó asombrada Vin. *El otro inquisidor se lo ha arrancado de la espalda a Kar y ha muerto. ¡Ese es el secreto!*

—¿Qué? —gritó el lord Legislador, incorporándose. El brusco movimiento volcó el trono. El sillón de piedra cayó por los escalones, mellando y quebrando el mármol—. ¡Traición! ¡De uno de los míos!

El nuevo inquisidor corrió hacia el lord Legislador. Mientras lo hacía su capucha cayó hacia atrás, permitiendo a Vin ver su cabeza calva. Había algo familiar en el rostro del recién llegado a pesar de los clavos que asomaban por delante y de las horribles puntas que sobresalían de su cráneo. A pesar de la cabeza calva y la ropa extraña, el hombre se parecía un poco a Kelsier.

No, comprendió. *A Kelsier no.*

¡Marsh!

Marsh subió los escalones de dos en dos, moviéndose con la velocidad sobrenatural de los inquisidores. Vin se puso en pie sacudiéndose los efectos del estrangulamiento al que había sido sometida. Su sorpresa era más difícil de disipar. Marsh estaba vivo.

Marsh era un inquisidor.

Los inquisidores no lo estaban investigando porque sospecharan de él. ¡Pretendían reclutarlo! Y ahora parecía dispuesto a enfrentarse al lord Legislador. ¡Tengo que ayudar! Tal vez... tal vez él conozca el secreto para matar al lord Legislador. ¡Después de todo, ha averiguado cómo matar a un inquisidor!

Marsh llegó a la tarima.

—¡Inquisidores! —gritó el lord Legislador—. ¡Venid a...!

El lord Legislador se quedó inmóvil porque vio algo en la puerta. En el suelo había un montón de clavos de acero como el que Marsh había arrancado de la espalda de Kar. Por lo visto eran siete.

Marsh sonrió y curiosamente su sonrisa parecía una de las de Kelsier. Vin llegó al pie de la tarima y se empujó con una moneda, lanzándose hacia lo alto de la plataforma.

El horrible poder absoluto de la furia del lord Legislador la alcanzó a medio camino. La depresión, la asfixia de su alma se abrió paso a través de su cobre, golpeándola como una fuerza física. Avivó cobre, jadeando, pero no pudo apartar del todo al lord Legislador de sus emociones.

Marsh se tambaleó levemente y el lord Legislador descargó contra él un revés muy similar al que había matado a Kelsier. Por fortuna, Marsh se recuperó a tiempo para esquivarlo. Giró alrededor del lord

Legislador y extendió el brazo para agarrar por detrás la negra túnica del emperador. Tiró, desgarrándola.

Marsh se detuvo. La expresión de sus ojos claveteados era ilegible. El lord Legislador se volvió, le dio un codazo en el estómago y lo lanzó al otro lado de la sala. Cuando se volvió, Vin pudo ver lo que había visto Marsh.

Nada. Una espalda normal, aunque musculosa. Al contrario que los inquisidores, el lord Legislador no tenía un clavo atravesándole la espina dorsal.

Ay, Marsh... pensó Vin, abatida. Había sido una idea inteligente, mucho más que su estúpido intento con el Undécimo metal. Sin embargo, había resultado igualmente inútil.

Marsh golpeó el suelo, su cabeza resonó y luego se deslizó hasta la pared del fondo y quedó inmóvil contra la enorme ventana.

—¡Marsh! —gritó Vin. Saltó y se empujó hacia él. Sin embargo, mientras volaba, el lord Legislador alzó la mano, ausente.

Vin sintió algo poderoso chocar contra ella. Pareció un empujón de acero contra los metales de su estómago, pero naturalmente eso era imposible. Kelsier le había asegurado que ningún alomántico podía influir en los metales que estuvieran en el cuerpo de nadie.

Pero también había dicho que ningún alomántico era capaz de influir en las emociones de una persona que estuviera quemando cobre.

Las monedas arrojadas antes volaron por el suelo, alejándose del lord Legislador. Las puertas se soltaron de sus goznes, rompiéndose y apartándose de la sala. Increíblemente, incluso trozos de vidrio de colores temblaron y se alejaron de la tarima.

Y Vin fue arrojada a un lado mientras los metales de su estómago amenazaban con ser arrancados de su cuerpo. Chocó contra el suelo y el golpe estuvo a punto de dejarla inconsciente. Se quedó allí, aturdida, mareada, confusa, incapaz de pensar más que en una cosa.

Cuánto poder...

Las monedas sonaron cuando el lord Legislador bajó de su estrado. Se movió con lentitud, despojándose de su capa rota y su camisa, hasta quedar desnudo de cintura para arriba. Las joyas brillaban en sus dedos y muñecas. Vin advirtió que varios finos brazaletes perforaban la piel de sus antebrazos.

Astuto, pensó, esforzándose por ponerse en pie. *Impide que empujen o tiren de ellos.*

El lord Legislador sacudió apenado la cabeza y sus pasos abrieron estelas en la fría bruma que entraba por la ventana rota. Parecía muy joven, musculoso, hermoso de rostro. Vin sintió el poder de su alomancia quebrar sus emociones apenas protegidas por el cobre.

—¿Qué intentabas, niña? —preguntó tranquilamente el lord Legislador—. ¿Derrotarme? ¿Soy acaso un inquisidor corriente, mis poderes, dones concedidos?

Vin avivó peltre. Luego se dio la vuelta y echó a correr con la intención de recoger a Marsh y atravesar el cristal de un salto.

Pero él ya estaba allí, moviéndose a tal velocidad que la furia de los vientos de un tornado habría parecido lenta. Ni siquiera avivando peltre al máximo logró Vin ganarle. Casi parecía indiferente cuando la agarró por el hombro y tiró hacia atrás.

La manejó como a una muñeca, arrojándola contra una de las enormes columnas de la sala. Vin buscó desesperadamente un ancla, pero él había expulsado todo el metal de la habitación. Excepto...

Tiró de uno de los brazaletes del lord Legislador, uno que no perforaba su piel. Él alzó inmediatamente el brazo, esquivando su tirón, haciéndola girar torpemente en el aire. La golpeó con otro de sus poderosos empujones, lanzándola de espaldas. Los metales de su estómago se retorcieron, el cristal se estremeció y el pendiente de su madre salió despedido de su oreja.

Trató de girar y golpear con los pies, pero chocó con la columna de piedra a una velocidad terrible y el peltre le falló. Oyó un crujido espantoso y una puñalada de dolor le recorrió la pierna derecha.

Se desplomó. No tuvo fuerzas para mirar, pero la agonía de su torso le decía que su pierna colgaba rota bajo su cuerpo, doblada en un ángulo imposible.

El lord Legislador sacudió la cabeza. No, supo Vin, no le preocupaba llevar joyas. Considerando sus habilidades y su fuerza, había que estar muy loco, como Vin, para tratar de usar las propias joyas del lord Legislador como anclaje. Eso le había permitido controlar sus saltos.

Él dio un paso al frente, aplastando cristales rotos.

—¿Crees que esta es la primera vez que alguien intenta matarme, niña? He sobrevivido a incendios y decapitaciones. Me han apuñalado y cortado, aplastado y desmembrado. Incluso me desollaron una vez, casi al principio.

Se volvió hacia Marsh, sacudiendo la cabeza. Curiosamente, la primera impresión que el lord Legislador había causado a Vin regresó. Parecía... cansado. Incluso exhausto. No su cuerpo, que seguía siendo musculoso. Sino su... porte. Vin trató de ponerse en pie usando la columna de piedra para apoyarse.

—Yo soy Dios —dijo él.

Tan diferente del hombre humilde del libro.

—No se puede matar a *Dios*. No se puede derrocar a *Dios*. Tu rebelión... ¿crees que no la he visto antes? ¿Crees que no he destruido a ejércitos enteros yo solo? ¿Qué hace falta para que dejéis de dudar? ¿Cuántos siglos debo demostraros lo que soy antes de que los idiotas skaa veáis la verdad? ¿A cuántos he de matar?

Vin gritó cuando movió la pierna. Avivó peltre, pero los ojos se le llenaron de lágrimas de todas formas. Se estaba quedando sin metales. Su peltre se agotaría pronto y era imposible que se mantuviera consciente sin él. Se desplomó contra la columna mientras la alomancia del lord Legislador presionaba contra ella. La pierna le latía de dolor.

Es demasiado fuerte, pensó con desesperación. *Tiene razón. Es Dios. ¿En qué estábamos pensando?*

—¿Cómo te atreves? —preguntó el lord Legislador, agarrando con una mano enjoyada el cuerpo flácido de Marsh, que gimió levemente intentando alzar la cabeza.

—¿Cómo te atreves? —repitió—. ¿Después de lo que os he dado? ¡Os hice superiores a los hombres corrientes! ¡Os hice dominantes!

Vin levantó la cabeza. A través de la bruma de dolor y desesperación algo disparó un recuerdo en su interior.

Sigue diciendo... sigue diciendo que los suyos deberían ser los dominantes...

Buscó en su interior, sintiendo su última reserva de Undécimo metal. Lo quemó, mirando a través de unos ojos cuajados de lágrimas cómo el lord Legislador alzaba en vilo a Marsh con una sola mano.

El yo-pasado del lord Legislador apareció junto a él. Un hombre con capa de piel y gruesas botas, un hombre con barba y fuertes músculos. No un aristócrata ni un tirano. No un héroe, ni siquiera un guerrero. Un hombre vestido para vivir en las frías montañas. Un pastor.

O, tal vez, un porteador.

—Rashek —susurró Vin.

El lord Legislador se volvió hacia ella, sorprendido.

—Rashek —repitió Vin—. Ese es tu nombre, ¿verdad? No eres el hombre que escribió el libro de viajes. No eres el héroe que fue enviado a proteger al pueblo... Eres su criado. El porteador que lo odiaba. —Negó con la cabeza—. Tú... lo mataste —susurró—. ¡Eso es lo que sucedió aquella noche! ¡Por eso el libro termina tan bruscamente! Mataste al héroe y ocupaste su lugar. Entraste en la caverna y reclamaste el poder para ti. Pero... en vez de salvar al mundo, te hiciste con el control.

—¡No sabes nada! —gritó él, todavía sosteniendo en una mano el cuerpo flácido de Marsh—. ¡No sabes nada de eso!

—Lo odiabas —dijo Vin—. Pensabas que un terrisano debería haber sido el héroe. No pudiste soportar el hecho de que él, un hombre del país que había oprimido al tuyo, estuviera haciendo realidad vuestras propias leyendas.

El lord Legislador alzó una mano y Vin sintió de pronto un peso imposible contra ella. Alomancia, empujando los metales de su estómago y su cuerpo, amenazando con aplastarla contra las columnas. Gritó, avivando sus restos de peltre, debatiéndose por permanecer consciente. Las brumas se enroscaban a su alrededor tras entrar por la ventana rota y extenderse por el suelo.

En el exterior, a través de la ventana rota, oyó algo resonando débilmente en el aire. Parecían... Parecían gritos. Gritos de alegría, miles a coro. Era casi como si la estuvieran vitoreando.

¿Qué importa?, pensó. *Conozco el secreto del lord Legislador, pero ¿de qué sirve saber que era un porteador, un criado, un terrisano?*

Un feruquimista.

Volvió a mirarlo y de nuevo, en su aturdimiento, vio el par de brazaletes que brillaban en los antebrazos del lord Legislador. Brazaletes de metal, brazaletes que perforaban la piel en algunos puntos. Para... para que no pudieran verse afectados por la alomancia. ¿Por qué hacer eso? Supuestamente que llevara metal era una bravata. No le preocupaba que la gente tirara o empujara de sus metales.

O eso era lo que decía. Pero ¿y si todos los otros metales que llevaba, los anillos, los brazaletes, la moda que había contagiado a la nobleza no fueran más que una simple distracción?

Una distracción para impedir que la gente se fijara en aquel par de brazaletes que se enroscaban alrededor de sus antebrazos. *¿Podía ser* *tan fácil?*, pensó mientras el peso del lord Legislador amenazaba con aplastarla.

Su peltre casi se había agotado. Apenas era capaz de pensar. Sin embargo, quemó hierro. El lord Legislador podía penetrar las nubes de cobre. Ella también. Eran iguales, en cierto modo. Si él podía influir en los metales que estaban dentro del cuerpo de una persona, entonces ella también.

Avivó hierro. Aparecieron líneas azules apuntando a los anillos y brazaletes del lord Legislador: a todos menos a los de sus antebrazos, los que le perforaban la piel.

Vin quemó hierro concentrándose, empujando tan fuerte como pudo. Mantuvo el peltre avivado, esforzándose por no ser aplastada, y sintió que ya no respiraba. La fuerza que la atenazaba era demasiado terrible. No conseguía que su pecho subiera y bajara.

La bruma giraba a su alrededor bailando a causa de su alomancia. Se estaba muriendo. Lo sabía. Apenas notaba ya el dolor. Estaba siendo aplastada. Asfixiada.

Recurrió a las brumas.

Aparecieron dos nuevas líneas. Gritó, tirando con una fuerza para ella desconocida hasta entonces. Avivó su hierro más y más, mientras el propio empujón del lord Legislador le daba el asidero necesario para tirar de sus brazaletes. Furia, desesperación y agonía se mezclaron en su interior. El tirón se convirtió en su único foco.

El peltre se agotó.

¡Mató a Kelsier!

Los brazaletes se soltaron. El lord Legislador dejó escapar un grito de dolor, un sonido débil y lejano a los oídos de Vin. El peso de repente la soltó. Vin cayó al suelo, jadeando, con la visión nublada. Los brazaletes ensangrentados golpearon el suelo, libres, y resbalaron por el mármol para aterrizar a su lado. Alzó la cabeza usando estaño para despejar su visión.

El lord Legislador estaba de pie en el mismo lugar que antes, con los ojos abiertos de terror, los brazos cubiertos de sangre. Dejó caer a Marsh al suelo y corrió hacia ella y los brazaletes que le habían sido arrancados. Sin embargo, con sus últimas fuerzas, sin peltre ya, Vin empujó los brazaletes lanzándolos más allá del lord Legislador, que se volvió horrorizado para ver cómo estos salían volando por el ventanal roto.

En la distancia, el sol asomó por el horizonte. Los brazaletes cayeron ante su luz roja y destellaron un momento antes de precipitarse a la ciudad.

—¡No! —gritó el lord Legislador, avanzando hacia la ventana.

Sus músculos se volvieron flácidos, desinflándose como habían hecho los de Sazed. Se giró hacia Vin, furioso, pero su cara ya no era la de un joven. Era de mediana edad y sus rasgos maduraban.

Dio un paso hacia la ventana. Su pelo encaneció y se le formaron arrugas alrededor de los ojos, como diminutas telarañas.

Su siguiente paso fue vacilante. Empezó a temblar bajo la carga de la vejez, con la espalda encorvada, la piel ajada, el pelo escaso.

Luego se desplomó.

Vin se echó hacia atrás, la mente nublada por el dolor. Se quedó allí tendida durante... un rato. No podía pensar.

—¡Señora! —dijo una voz. Sazed apareció a su lado, la frente perlada de sudor. Le vertió algo en la garganta y ella tragó.

Su cuerpo supo qué hacer. Avivó peltre por instinto, reforzándose. Avivó estaño y el súbito aumento de sensibilidad la despertó. Jadeó, mirando el rostro preocupado de Sazed.

—Cuidado, mi señora —dijo él, inspeccionando su pierna—. El hueso está roto, aunque parece que solo por un sitio.

—Marsh —dijo ella, agotada—. Atiende a Marsh.

—¿Marsh? —preguntó Sazed. Entonces vio al inquisidor que se agitaba levemente en el suelo.

—¡Por los Dioses Olvidados! —dijo Sazed, corriendo al lado del hombre, que gimió, sentándose. Se frotó el estómago con una mano.

—¿Qué... ha...?

Vin miró la forma ajada en el suelo, no muy lejos de él.

—Es él. El lord Legislador. Está muerto.

Sazed frunció el ceño con curiosidad y se puso en pie. Llevaba una túnica marrón y había traído una sencilla lanza de madera. Vin sacudió la cabeza al ver un arma tan pobre para enfrentarse a la criatura que casi los había matado a Marsh y a ella.

Naturalmente. En cierto modo todos éramos igualmente inútiles. Deberíamos estar muertos nosotros, no el lord Legislador.

Le he arrancado los brazaletes. ¿Por qué? ¿Por qué puedo hacer las cosas que él podía hacer?

¿Por qué soy diferente?

—Señora... —dijo Sazed lentamente—. No está muerto, creo. Sigue... todavía vivo.

—¿Qué?

Vin apenas podía pensar. Ya habría tiempo para resolver sus dudas más tarde. Sazed tenía razón: el envejecido cuerpo no estaba muerto. Se movía penosamente, de hecho, arrastrándose hacia la ventana rota por donde habían caído sus brazaletes.

Marsh se puso en pie a trompicones, rechazando las atenciones de Sazed.

—Sanaré rápido. Atiende a la muchacha.

—Ayúdame a levantarme —dijo Vin.

—Señora... —desaprobó Sazed.

—Por favor, Sazed.

Él suspiró y le tendió la lanza de madera.

—Toma, apóyate en esto.

Ella la tomó y el terrisano la ayudó a ponerse en pie.

Vin se apoyó en la lanza y avanzó cojeando con Marsh y Sazed hacia el lord Legislador, que había llegado arrastrándose al borde de la sala y contemplaba la ciudad por la ventana destrozada.

Los pasos de Vin resonaron sobre los cristales. La gente volvió a vitorear abajo, aunque ella no podía verla ni sabía por qué aplaudía.

—Escucha —dijo Sazed—. Escucha, tú que habrías sido nuestro dios. ¿Los oyes vitorear? Esos aplausos no son por ti: esta gente nunca te aplaudió. Han encontrado un nuevo líder esta noche, un nuevo orgullo.

—Mis... obligadores... —susurró el lord Legislador.

—Tus obligadores te olvidarán —dijo Marsh—. Yo me encargaré de eso. Los otros inquisidores han muerto por mi propia mano. Sin embargo, los prelados congregados te han visto transferir el poder al Cantón de la Inquisición. Soy el único inquisidor que queda en Luthadel. Ahora soy yo el que gobierna tu Iglesia.

—No... —susurró el lord Legislador.

Marsh, Vin y Sazed se detuvieron y contemplaron al anciano. A la luz del amanecer, Vin vio una multitud ante un gran podio alzando sus armas en signo de respeto.

El lord Legislador contempló la masa y pareció comprender por fin su fracaso. Miró de nuevo al grupo que lo había derrotado.

—No lo comprendéis —gimió—. No sabéis lo que hago por la

humanidad. Era vuestro dios, aunque no pudierais comprenderlo. Al matarme, os habéis condenado...

Vin miró a Marsh y Sazed. Lentamente, cada uno de ellos asintió.

El lord Legislador había empezado a toser y parecía envejecer aún más.

Vin se apoyó en Sazed, con la mandíbula apretada por el dolor de la pierna rota.

—Te traigo un mensaje de un amigo nuestro —dijo fríamente—. Quería que supieras que no ha muerto. No se le puede matar.

»Es la esperanza.

Entonces alzó la lanza y la clavó directamente en el corazón del lord Legislador.

Extrañamente, en ocasiones, siento paz interior. Se podría pensar que después de todo lo que he visto, después de todo lo que he sufrido, mi alma sería un amasijo de tensiones, confusión y melancolía. A menudo, así es.

Pero luego está la paz.

La siento a veces, como ahora, asomado sobre los acantilados congelados y las montañas de cristal en la quietud de la mañana, contemplando un amanecer tan majestuoso que sé que ningún otro será jamás su igual.

Si hay profecías, si existe un Héroe de las Eras, entonces mi mente susurra que debe de ser algo que dirige mi camino. Algo observa; algo se preocupa. Esos pacíficos susurros me dicen una verdad que deseo creer con todas mis fuerzas.

Si fracaso, otro vendrá a terminar mi labor.

Epílogo

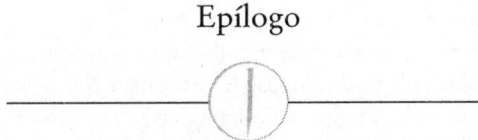

—A la única conclusión a la que puedo llegar, maese Marsh —dijo Sazed—, es a que el lord Legislador era a la vez feruquimista y alomántico.

Vin frunció el ceño, sentada en la cima de un edificio vacío, cerca de un barrio skaa. Su pierna rota, cuidadosamente entablillada por Sazed, colgaba del tejado oscilando en el aire.

Había dormido casi todo el día, como al parecer había hecho Marsh, que estaba junto a ella. Sazed había transmitido un mensaje al resto de la banda, contándoles que Vin había sobrevivido. Aparentemente, no había habido ninguna baja entre los demás, cosa que alegró a Vin. Sin embargo, aún no había ido a verlos. Sazed le había dicho que necesitaba descansar y estaban muy ocupados preparando el nuevo gobierno de Elend.

—Feruquimista y alomántico —especuló Marsh.

Se había recuperado, en efecto, muy rápidamente. Aunque Vin

todavía tenía magulladuras, fracturas y cortes debidos a la lucha, él parecía curado ya de sus costillas rotas. Se agachó, apoyó una mano en su rodilla y contempló la ciudad con clavos en vez de con ojos.

¿Cómo ve?, se preguntó Vin.

—Sí, maese Marsh —explicó Sazed—. Verás, la juventud es algo que los feruquimistas pueden almacenar. Es un proceso bastante inútil: para almacenar la capacidad de sentirte y parecer un año más joven, has de pasarte parte de la vida sintiéndote un año más viejo y con el aspecto de tenerlo. A menudo, los guardadores usan esa habilidad como disfraz, cambiando de edad para engañar a los otros y ocultarse. Aparte de eso, sin embargo, nadie le ha visto mucha utilidad.

»Sin embargo, si el feruquimista fuera *también* alomántico, podría quemar sus propios recursos de metal, liberando la energía interior multiplicada diez veces. Vin ya trató de quemar algunos de mis metales, pero no pudo acceder al poder. Sin embargo, si uno mismo pudiera crear el almacenamiento feruquímico y luego quemarlo para conseguir poder extra...

Marsh frunció el ceño.

—No te sigo, Sazed.

—Pido disculpas. Quizá sea difícil comprenderlo sin formación en teoría alomántica y feruquímica. A ver si me explico mejor. ¿Cuál es la principal diferencia entre la alomancia y la feruquimia?

—Con alomancia se obtiene el poder de los metales —contestó Marsh—. La feruquimia extrae poder del propio cuerpo de la persona.

—Exactamente —dijo Sazed—. Así que lo que hacía el lord Legislador, supongo, era *combinar* esas dos habilidades. Usaba un atributo del que solo dispone la feruquimia, cambiar de edad, pero lo alimentaba con *alomancia*. Al quemar un depósito feruquímico que él mismo había creado, creaba un nuevo metal alomántico para sí mismo..., un metal que lo rejuvenecía cuando lo quemaba. Si mi suposición es correcta, habría conseguido un suministro ilimitado de juventud, pues extraía la mayor parte de su poder del metal en sí y no de su propio cuerpo. Todo lo que tenía que hacer era pasar un poco de tiempo envejecido para cargar el depósito feruquímico que quemar y con ello permanecer joven.

—Entonces, ¿solo con quemar esos depósitos lograba ser aún más joven que cuando empezó? —preguntó Marsh.

—Tendría que colocar ese exceso de juventud dentro de otro depósito feruquímico, creo —explicó Sazed—. Verás, la alomancia es muy espectacular: sus poderes generalmente se expresan con estallidos y llamaradas. El lord Legislador no habría querido tanta juventud de una sola vez, así que la almacenaría en un trozo de metal del que pudiera absorberla lentamente, manteniéndose joven.

—¿Los brazaletes?

—Sí, maese Marsh. Sin embargo, la feruquimia devuelve cantidades decrecientes. Por ejemplo, volverte cuatro veces más fuerte que un hombre normal cuesta más fuerza, en proporción, que volverte el doble de fuerte. En el caso del lord Legislador, eso significaba que tenía que gastar más y más juventud para impedir envejecer. Cuando la señora Vin robó los brazaletes, envejeció de manera increíblemente rápida porque su cuerpo intentaba regresar al estado de vejez en el que debería haber estado.

Vin contemplaba la mansión Venture sintiendo el frío viento del atardecer. Resplandecía de luz; no había pasado ni un solo día y Elend ya se había reunido con los líderes skaa y los nobles con el fin de redactar un código de leyes para su nueva nación.

Vin acarició su pendiente en silencio. Lo había encontrado en la sala del trono y había vuelto a colgárselo en el lóbulo lastimado en cuanto había empezado a sanar. No estaba segura de por qué lo conservaba. Tal vez porque era un enlace con Reen y con la madre que había intentado matarla. O tal vez tan solo porque era un recordatorio de cosas que no debería haber podido hacer.

Quedaba mucho que aprender sobre la alomancia. Durante mil años, la nobleza había confiado a pies juntillas en lo que decían el lord Legislador y los inquisidores. ¿Qué secretos habían guardado, qué metales habían mantenido ocultos?

—El lord Legislador —dijo por fin—. Él... solo usaba un truco para ser inmortal, entonces. Eso significa que en realidad no era ningún dios, ¿no? Solo tuvo suerte. Cualquiera que fuese a la vez alomántico y feruquimista podría haber hecho lo que él hizo.

—Eso parece, señora —respondió Sazed—. Tal vez por eso temía tanto a los guardadores. Cazaba y mataba a los feruquimistas porque sabía que la habilidad era hereditaria... igual que la alomancia. Si los linajes de Terris se hubiesen mezclado con los de la nobleza imperial el resultado bien podría haber sido una criatura capaz de desafiarlo.

—De ahí los programas reproductores —dijo Marsh.

Sazed asintió.

—Necesitaba asegurarse por completo de que no se permitía a los terrisanos mezclarse con el resto de la población, no fueran a transmitir sus habilidades feruquímicas latentes.

Marsh sacudió la cabeza.

—Su propio pueblo. Hizo esas cosas horribles para impedir que le arrebataran el poder.

—Pero si los poderes del lord Legislador procedían de una mezcla de feruquimia y alomancia —preguntó Vin, frunciendo el ceño—, ¿qué sucedió en el Pozo de la Ascensión? ¿Cuál era el poder que tenía que encontrar el hombre que escribió el libro, fuera quien fuese?

—No lo sé, señora —respondió Sazed en voz baja.

—Tu explicación no lo aclara todo. —Vin sacudió la cabeza. No había hablado de sus propias extrañas habilidades, pero sí de lo que el lord Legislador había hecho en la sala del trono—. Era tan *poderoso*, Sazed. Pude sentir su alomancia. ¡Era capaz de empujar metales dentro de mi cuerpo! Tal vez podía aumentar su feruquimia quemando los depósitos almacenados, pero ¿cómo logró ser tan fuerte en alomancia?

Sazed suspiró.

—Me temo que la única persona que podría haber contestado a esas preguntas murió esta mañana.

Vin se dio cuenta de que tenía razón. El lord Legislador había ocultado secretos sobre la religión de Terris que el pueblo de Sazed había buscado durante siglos.

—Lo siento. Tal vez no debería haberlo matado.

Sazed negó con la cabeza.

—Su propia edad lo habría matado pronto de todas formas, señora. Lo que hiciste estuvo bien. Así podré registrar que el lord Legislador cayó ante una de los skaa que había oprimido.

Vin se ruborizó.

—¿Registrar?

—Por supuesto. Sigo siendo un guardador. Debo transmitir esas cosas: historias, acontecimientos y verdades.

—No dirás... mucho de mí, ¿no?

Por algún motivo, la idea de que otras personas contaran historias sobre ella la hacía sentirse incómoda.

—Yo no me preocuparía demasiado, señora —dijo Sazed con una

sonrisa—. Mis hermanos y yo estaremos muy ocupados, creo. Tenemos tanto que restaurar, tanto que contar al mundo... Dudo que los detalles sobre ti tengan que ser transmitidos con urgencia. Registraré lo que ha pasado, pero me lo guardaré para mí durante un tiempo, si lo deseas.

—Gracias —asintió Vin.

—Ese poder que el lord Legislador encontró en la cueva —especuló Marsh—, tal vez fuera la alomancia. Dijiste que no hay noticias de que existieran alománticos antes de la Ascensión.

—Es en efecto una posibilidad, maese Marsh. Hay muy pocas leyendas sobre los orígenes de la alomancia y casi todas reconocen que los primeros alománticos «aparecieron con las brumas».

Vin frunció el ceño. Siempre había creído que el título «nacido de la bruma» se debía a que los alománticos solían actuar por la noche. Nunca había considerado que pudiera haber una relación más directa.

La bruma reacciona a la alomancia. Gira cuando un alomántico usa sus habilidades cerca. Y... ¿qué sentí al final? Fue como si extrajera algo de las brumas.

Fuera lo que fuese lo que había hecho, no habría podido repetirlo.

Marsh suspiró y asintió. Llevaba despierto solo unas horas, pero siempre parecía cansado. La cabeza le pesaba, como si los clavos hicieran sentir su presencia.

—¿Duelen, Marsh? —preguntó ella—. ¿Los clavos?

Él se llevó una mano al pecho.

—Sí. Los once... laten. El dolor reacciona de algún modo a mis emociones.

—¿Once? —preguntó Vin, sorprendida.

Marsh asintió.

—Dos en la cabeza, ocho en el pecho, uno en la espalda para unirlos. Es la única forma de matar a un inquisidor: hay que separar los clavos superiores de los inferiores. Kel lo hizo por medio de una decapitación, pero es más fácil arrancando el clavo central.

—Creíamos que habías muerto. Cuando encontramos el cadáver y la sangre en la comisaría...

Marsh asintió de nuevo.

—Iba a notificaros que estaba vivo, pero me vigilaron con mucha atención ese primer día. No esperaba que Kel fuera a actuar tan rápido.

—Ninguno de nosotros lo esperaba, maese Marsh —dijo Sazed—. Ninguno de nosotros.

—Lo logró, ¿no? —dijo Marsh, sacudiendo la cabeza, asombrado—. Ese hijo de perra. Hay dos cosas que nunca le perdonaré. La primera es que me robara mi sueño de derrocar al Imperio Final y lo consiguiera.

Vin asintió.

—¿Y la segunda?

Marsh volvió los clavos hacia ella.

—Que se hiciera matar para conseguirlo.

—¿Puedo preguntar, maese Marsh, de quién era el cadáver que la señora Vin y maese Kelsier descubrieron en la comisaría?

Marsh contempló la ciudad.

—En realidad había varios cadáveres. El proceso para crear a un nuevo inquisidor es... sangriento. Prefiero no hablar de ello.

—Naturalmente —dijo Sazed, inclinando la cabeza.

—Tú, sin embargo, podrías hablarme de esa criatura que Kelsier utilizó para imitar a lord Renoux.

—¿El kandra? —preguntó Sazed—. Me temo que incluso los guardadores sabemos poco de ellos. Están relacionados con los espectros de la bruma..., tal vez incluso sean las mismas criaturas, pero más viejas. A causa de su reputación, generalmente prefieren no ser vistos... aunque algunas de las casas nobles los contratan en ocasiones.

Vin frunció el ceño.

—Entonces... ¿por qué Kel no hizo que ese kandra lo suplantase y muriera en su lugar?

—Ah —dijo Sazed—. Verás, señora, para que un kandra interprete a alguien, primero debe devorar la carne de esa persona y absorber sus huesos. Los kandra son como los espectros de la bruma: no tienen esqueleto propio.

Vin se estremeció.

—Oh.

—Ha vuelto, ¿sabes? —dijo Marsh—. La criatura ya no usa el cuerpo de mi hermano. Tiene otro. Pero ha venido a buscarte, Vin.

—¿A mí?

Marsh asintió.

—Dijo algo de que Kelsier te había transferido su contrato cuando murió. Creo que la bestia te considera ahora su ama.

Vin se estremeció. *Esa... cosa se comió el cuerpo de Kelsier.*

—No lo quiero cerca —dijo—. Le ordenaré que se marche.

—No te apresures tanto, señora —dijo Sazed—. Los kandra son sirvientes caros: hay que pagarles en atium. Si Kelsier hizo un contrato para bastante tiempo con uno, sería una tontería malgastar sus servicios. Un kandra podría ser un aliado muy útil en los meses venideros.

Vin negó con la cabeza.

—No me importa. No lo quiero cerca. No después de lo que hizo.

Los tres guardaron silencio. Finalmente, Marsh se puso en pie, suspirando.

—Si me disculpáis, tengo que personarme en la fortaleza... El nuevo rey quiere que represente al Ministerio en sus negociaciones.

Vin frunció el ceño.

—No comprendo por qué el Ministerio se merece tomar parte en nada.

—Los obligadores siguen siendo muy poderosos, señora —dijo Sazed—. Y son la fuerza burocrática más eficaz y bien entrenada del Imperio Final. Su Majestad demostraría sabiduría si intentara atraerlos, y reconocer a maese Marsh contribuiría a conseguirlo.

Marsh se encogió de hombros.

—Naturalmente, suponiendo que pueda establecer el control sobre el Cantón de la Ortodoxia, el Ministerio debería... cambiar durante los próximos años. Actuaré despacio y con cuidado, pero cuando termine, los obligadores ni siquiera se darán cuenta de lo que han perdido. Sin embargo, los otros inquisidores podrían suponer un problema.

Vin asintió.

—¿Cuántos hay fuera de Luthadel?

—No lo sé. No fui miembro de la orden demasiado tiempo antes de destruirla. Sin embargo, el Imperio Final era grande. Muchos hablan de que había unos veinte inquisidores, pero nunca he logrado que nadie me diera un número exacto.

Vin asintió mientras Marsh se marchaba. No obstante, los inquisidores, aunque peligrosos, la preocupaban menos puesto que ya conocía su secreto. Le preocupaba más otra cosa.

No sabéis lo que hago por la humanidad. Era vuestro dios, aunque no pudierais comprenderlo. Al matarme, os habéis condenado...

Las últimas palabras del lord Legislador. Ella había supuesto que hablaba del Imperio Final al referirse a aquello que hacía «por la humanidad». Sin embargo, ya no estaba tan segura. Había... miedo en sus ojos cuando pronunciaba esas palabras, no orgullo.

—Sazed —dijo—. ¿Qué era la Profundidad? Eso que el Héroe del libro tenía que derrotar.

—Ojalá lo supiéramos, mi señora.

—Pero no vino, ¿no?

—Aparentemente, no. Las leyendas coinciden en que, si la Profundidad no hubiera sido detenida, el mundo habría sido destruido. Aunque tal vez las historias sean exageradas. Quizá el peligro de la «Profundidad» fuese solo el lord Legislador mismo... Tal vez la lucha del Héroe no consistiera más que en un dilema ético. Debía elegir entre dominar el mundo o dejarlo ser libre.

Eso no le encajaba a Vin. Había más. Recordó el miedo en los ojos del lord Legislador. El terror.

Dijo «hago», no «hice». «Lo que hago por la humanidad.» Eso implica que seguía haciéndolo, fuera lo que fuese.

Os habéis condenado...

Se estremeció con el aire de la tarde. El sol se ponía, lo que permitía ver aún más fácilmente la mansión Venture iluminada: el lugar que Elend había elegido como sede provisional, aunque tal vez se trasladara a Kredik Shaw. No lo había decidido todavía.

—Deberías ir con él, mi señora —dijo Sazed—. Necesita ver que estás bien.

Vin no respondió inmediatamente. Contempló la ciudad, la brillante fortaleza iluminada en el cielo cada vez más oscuro.

—¿Estuviste allí, Sazed? —preguntó—. ¿Escuchaste su discurso?

—Sí, señora. Cuando descubrimos que no había ningún atium en ese tesoro, lord Venture insistió en que fuéramos a buscar ayuda para ti. Estuve de acuerdo con él: ninguno de nosotros éramos guerreros y yo aún no tenía mis depósitos feruquímicos.

No había atium, pensó Vin. *Después de todo esto, no hemos encontrado ni pizca. ¿Qué hacía con él el lord Legislador? ¿O... alguien llegó primero?*

—Cuando maese Elend y yo encontramos al ejército —continuó Sazed—, sus rebeldes estaban matando a los soldados de palacio. Algunos intentaban rendirse, pero nuestros soldados no los dejaban. Fue una escena... preocupante, mi señora. A tu Elend... no le gustó lo que vio. Cuando se plantó ante los skaa, creí que iban a matarlo también.

—Calló y ladeó ligeramente la cabeza—. Pero... las cosas que dijo, mi señora... Sus sueños de un nuevo gobierno, su condena del baño de sangre y el caos... Bueno, señora, me temo que no puedo repetirlo. Ojalá hubiera tenido mis mentes de metal para poder memorizar sus palabras exactas. —Suspiró, sacudiendo la cabeza—. De todas formas, creo que maese Brisa ayudó a calmar el tumulto. Cuando un grupo empezó a escuchar a maese Elend, los demás lo hicieron también y, a partir de ese momento... bien, es buena cosa que un noble haya acabado siendo rey, creo. Maese Elend da cierta legitimidad a nuestra toma de poder y creo que veremos más apoyo por parte de la nobleza y los mercaderes con él a la cabeza.

Vin sonrió.

—Kel se enfadaría con nosotros, ¿sabes? Hizo todo este trabajo y al final ponemos a un noble en el trono.

Sazed sacudió la cabeza.

—Ah, pero hay algo más importante que considerar, creo. No solo hemos puesto a un noble en el trono: hemos puesto *a un buen hombre*.

—Un buen hombre —dijo Vin—. Sí. He conocido a unos cuantos.

Vin estaba arrodillada en la azotea de la fortaleza Venture. Su pierna entablillada le dificultaba los movimientos de noche, pero la mayor parte del esfuerzo que hacía era alomántico. Solo tenía que asegurarse de aterrizar con suavidad.

Había caído la noche y las brumas la envolvían. La protegían, la ocultaban, le daban poder...

Elend Venture estaba sentado a su escritorio, bajo una claraboya que todavía no había sido reparada desde que Vin lanzara un cuerpo a través de ella. No la veía agazapada allí arriba. ¿Quién hubiese podido hacerlo? ¿Quién veía a una nacida de la bruma en su elemento? Ella era, en cierto modo, como una de las imágenes-sombra creadas por el Undécimo metal. Incorpórea. Algo que *podría* haber sido.

Podría haber sido...

Los acontecimientos del día eran muy difíciles de entender; Vin no había intentado siquiera encontrar sentido a sus emociones, que eran un embrollo mucho más grande. No se había acercado a Elend todavía. No había podido hacerlo.

Lo miró, sentado a la luz de la lámpara, leyendo y anotando en su librito. Sus reuniones anteriores al parecer habían salido bien: todo el mundo parecía dispuesto a aceptarlo como rey. Marsh susurraba que, sin embargo, detrás del apoyo había política. La nobleza veía a Elend como una marioneta que podría controlar y ya se creaban facciones entre los líderes skaa.

A pesar de todo, Elend tenía por fin una oportunidad para esbozar el código de leyes con el que siempre había soñado. Podía intentar crear la nación perfecta, tratar de aplicar las teorías filosóficas que había estudiado durante tanto tiempo. Habría baches en el camino, y Vin sospechaba que al final tendría que contentarse con algo mucho más realista que su sueño idealista. Eso no importaba, en realidad. Sería un buen rey.

Naturalmente, comparado con el lord Legislador, un montón de hollín sería un buen rey...

Quería ir con Elend, saltar a la cálida habitación, pero... algo la retenía. Había pasado por demasiados giros de fortuna recientes, demasiadas tensiones emocionales, alománticas y no alománticas. No estaba segura de que quisiera más; no estaba segura de ser Vin o Valette, ni de cuál de las dos deseaba ser.

Sentía frío en las brumas, en la silenciosa oscuridad. Las brumas daban poder, protegían y ocultaban... incluso cuando en realidad no quería ninguna de las tres cosas.

No puedo hacer esto. Esa persona que estaría con él no soy yo. Eso era una ilusión, un sueño. Soy la niña que creció en las sombras, la niña que debería estar sola. No me merezco esto.

No me lo merezco a él.

Se había terminado. Como había previsto, todo estaba cambiando. En realidad, nunca había sido una noble muy buena. Había llegado la hora de volver a ser aquello en lo que era buena. Un ser de sombras, no de fiestas y bailes.

Era el momento de irse.

Se volvió para marcharse, ignorando sus lágrimas, frustrada consigo misma. Caminó con los hombros hundidos, cojeando por el tejado metálico, y desapareció en la bruma.

Pero entonces...

Él murió prometiéndonos que habías muerto de hambre hacía años.

Con todo el caos, casi había olvidado lo que el inquisidor había dicho de Reen. Sin embargo, el recuerdo la hizo detenerse. Las nieblas la adelantaron, enroscándose, instándola a seguir.

Reen no la había abandonado. Lo habían capturado los inquisidores que la estaban buscando a ella, la hija ilegítima de su enemigo. Lo habían torturado.

Y había muerto protegiéndola.

Reen no me traicionó. Siempre prometió que lo haría, pero al final, no lo hizo. Distaba mucho de ser un hermano perfecto, pero la había amado de todas formas.

Un susurro en el fondo de su mente habló con la voz de Reen.

Vuelve.

Antes de que pudiera convencerse a sí misma de lo contrario, cojeó de regreso a la claraboya rota y lanzó una moneda al suelo.

Elend se volvió curioso, miró la moneda, ladeó la cabeza. Vin se dejó caer un segundo más tarde, empujándose para detener la caída, aterrizando apoyándose en su pierna buena.

—Elend Venture —empezó a hablar, irguiéndose—. Hay algo que quería decirte desde hace tiempo. —Hizo una pausa, parpadeando para espantar las lágrimas—. Lees demasiado. Sobre todo en presencia de las damas.

Él sonrió, echó la silla hacia atrás y la rodeó con un firme abrazo. Vin cerró los ojos, sintiendo el calor de ser abrazada, sin más.

Y comprendió que eso era lo que siempre había anhelado.

ARS ARCANUM

Pueden hallarse anotaciones, en inglés, del autor sobre cada uno de los capítulos de este libro junto a escenas eliminadas y más información detallada sobre el mundo en el que ocurre el relato en <www.brandonsanderson.com>.

GUÍA RÁPIDA SOBRE LA ALOMANCIA

METAL	EFECTO	TÍTULO BRUMOSO
ℭ Hierro	Tira de metales cercanos	Atraedor
℘ **Acero**	**Empuja metales cercanos**	**Lanzamonedas**
⚭ Estaño	Amplía los sentidos	Ojo de estaño
⚬ **Peltre**	**Amplía las habilidades físicas**	**Brazo de peltre, /violento**

⚚ Cinc	Enciende emociones	Encendedor
⚚ Latón	**Aplaca emociones**	**Aplacador**
⚚ Cobre	Oculta la alomancia	Ahumador
⚚ Bronce	**Descubre la alomancia**	**Buscador**

(Nota: los metales externos aparecen en redonda. Los metales que empujan, en negrita.)

ÍNDICE ALFABÉTICO ALOMÁNTICO

ACERO (METAL DE EMPUJE FÍSICO EXTERNO) La persona que quema acero puede ver líneas azules transparentes que apuntan a fuentes cercanas de metal. El tamaño y el brillo de la línea dependen del tamaño y la proximidad de la fuente de metal. Se ven todo tipo de metales, no solo las fuentes de acero. El alomántico puede entonces empujar mentalmente esas líneas para apartar de sí esa fuente de metal. El brumoso que puede quemar acero es conocido como lanzamonedas.

AHUMADOR Brumoso que puede quemar cobre.

APLACADOR Brumoso que puede quemar latón.

ATRAEDOR Brumoso que puede quemar hierro.

BRAZO DE PELTRE Brumoso que puede quemar peltre.

BRONCE (METAL DE EMPUJE MENTAL INTERNO) La persona que quema bronce siente si las personas cercanas utilizan la alomancia. Los alománticos que queman metales cerca desprenden «pulsos alománticos», algo parecido a tamborileos, audibles solo por una persona que quema bronce. El brumoso que quema bronce es conocido como buscador.

BUSCADOR Brumoso que puede quemar bronce.

CINC (METAL DE TIRÓN MENTAL EXTERNO) La persona que quema cinc es capaz de encender las emociones de otras personas, inflamándolas y haciendo que algunas en concreto sean más intensas. No puede leer las mentes, ni siquiera las emociones. El brumoso que quema cinc es conocido como encendedor.

COBRE (METAL DE TIRÓN MENTAL INTERNO) La persona que quema cobre desprende una nube invisible que protege a todo el que esté dentro del alcance de los sentidos de un buscador. Mientras está en el interior de una de esas «nubes de cobre», un alomántico puede quemar cualquier metal que quiera y sin temor a que nadie sienta sus pulsos alománticos quemando bronce. Como efecto secundario, la persona que quema cobre es inmune a cualquier forma de alomancia emocional (aplacar o encender). El brumoso que quema cobre es conocido como ahumador.

ENCENDEDOR Brumoso que puede quemar cinc.

ESTAÑO (METAL DE TIRÓN FÍSICO INTERNO) La persona que aviva estaño amplía sus sentidos. Puede ver más lejos y oler mejor, y su sentido del tacto se vuelve más fino. Esto le permite penetrar las brumas y ver mucho más lejos en la noche de lo que le permitirían sus sentidos sin amplificar. El brumoso que puede quemar estaño es conocido como ojo de estaño.

HIERRO (METAL DE TIRÓN FÍSICO EXTERNO) La persona que quema hierro ve líneas azules traslúcidas que apuntan a fuentes cercanas de metal. El tamaño y el brillo de la línea dependen del tamaño y la proximidad de la fuente de metal. Se ven todo tipo de metales, no solo las fuentes de hierro. El alomántico puede entonces tirar mentalmente de una de esas líneas para atraer hacia sí esa fuente de metal. El brumoso que puede quemar hierro es conocido como atraedor.

LANZAMONEDAS Brumoso que puede quemar acero.

LATÓN (METAL DE EMPUJE MENTAL EXTERNO) La persona que quema latón puede aplacar las emociones de otras personas, refrenándolas y haciendo que algunas en concreto sean menos intensas. Un alomántico cuidadoso puede aplacar todas las emociones menos una, logrando esencialmente que la otra persona sienta exactamente lo que él desea. Sin embargo, el latón no permite que el alomántico lea la mente, ni siquiera las emociones. El brumoso que quema latón es conocido como aplacador.

OJO DE ESTAÑO Brumoso que puede quemar estaño.

PELTRE (METAL DE EMPUJE FÍSICO INTERNO) La persona que quema peltre aumenta los atributos físicos de su cuerpo. Se vuelve más fuerte, más tenaz y más diestro. El peltre también incrementa el sentido del equilibrio del cuerpo y la habilidad para recuperarse de las heridas. Los brumosos que pueden quemar peltre son conocidos como brazos de peltre o violentos.

VIOLENTO Brumoso que puede quemar peltre.

Índice

EL IMPERIO FINAL

1. LUTHADEL

LOS MONTES DE CENIZA
2. TYRIAN   3. ZERINAH
4. FALEAST   5. DORIEL
6. MORAG   7. KALLING   8. TORINOST

9. LAGO TYRIAN
10. LAGO LUTHADEL
11. LAGO NEGRO
12. RÍO SERAN

13. SERAN DEL NORTE
14. SERAN DEL SUR
15. RÍO CHANNEREL

DOMINIO DE TERRIS

DOMINIO LEJANO

DOMINIO OCCIDENTAL

DOMINIO SEPTENTRIONAL

DOMINIO CENTRAL

DOMINIO MERIDIONAL

DOMINIO ORIENTAL

DOMINIO CRECIENTE

ISLAS MERIDIONALES

DOMINIO REMOTO

PUERTA DE ACERO

LABERINTO DE CENIZA

CALLE ASPEN

LOS QUIEBROS

PUERTA
DE HIERRO

DISTRITO DE HOTELES

PUERTA VIEJA

DISTRITO COMERCIAL

1. PLAZA DE LA FUENTE
2. KREDIK SHAW
3. SEDE DEL CANTÓN
   DE LA ORTODOXIA
4. SEDE DEL CANTÓN
   DE LAS FINANZAS
5. GUARNICIÓN
   DE LUTHADEL
6. FORTALEZA VENTURE
7. FORTALEZA HASTING
8. FORTALEZA LEKAL
9. FORTALEZA ERIKELLER
10. TALLER DE CLUBS
11. GUARIDA DE CAMON
12. CALLE DE LA ANTIGUA
    MURALLA
13. CALLE KENTON
14. PLAZA AHLSTROM
15. ENCRUCIJADA QUINCE
16. CALLE DEL CANAL
17. MERCADO SKAA

PUERTA DE BRONCE

ADEL

PUERTA DE ESTAÑO

LABERINTOS DE HOLLÍN

PUERTA

DE PELTRE

PUENTE DE LA ANTIGUA MURALLA

RÍO

CALLE BLOQUEADA

CHANNEL

PUERTA DE ZINC

DISTRITO INDUSTRIAL

PUENTE DEL SUR

LAS GRIETAS

PUERTA
DE LATÓN

PUERTA DE COBRE

PUERTA DE LATÓN

2006

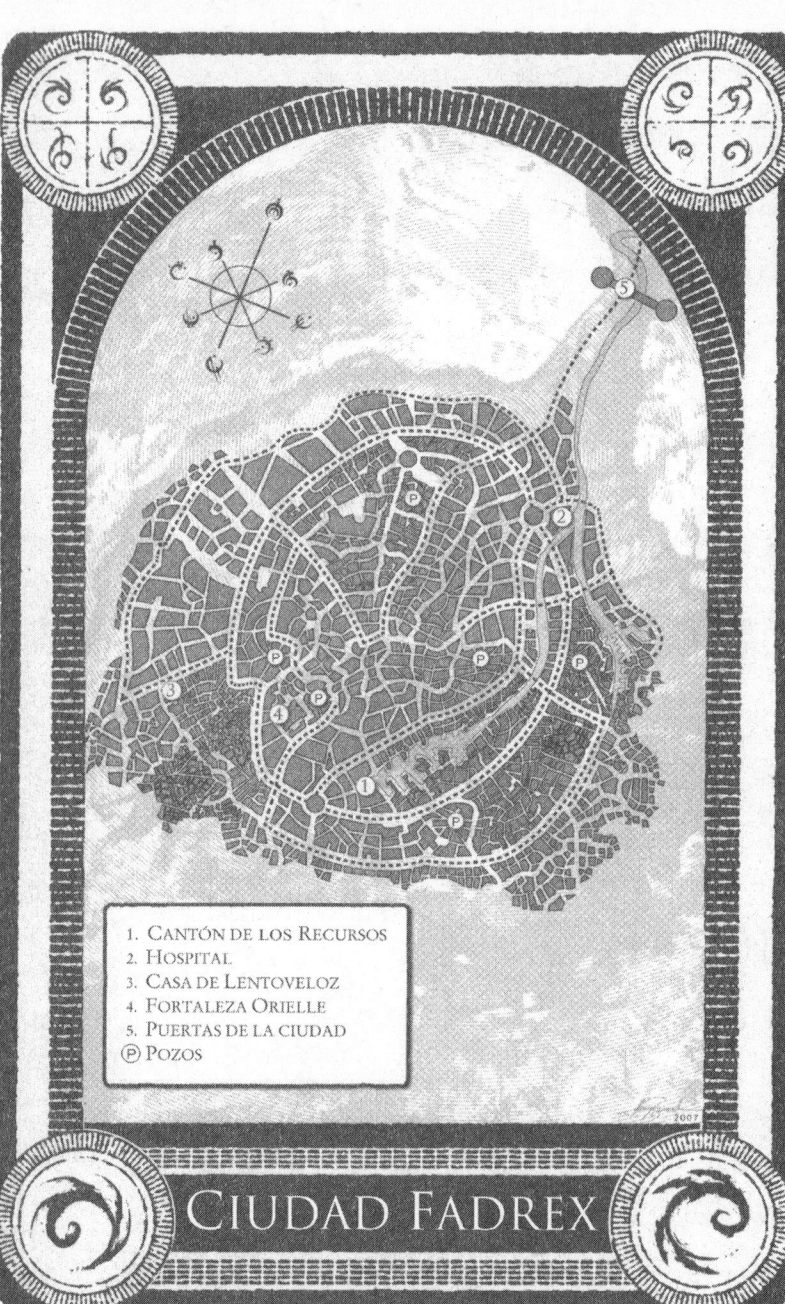

1. CANTÓN DE LOS RECURSOS
2. HOSPITAL
3. CASA DE LENTOVELOZ
4. FORTALEZA ORIELLE
5. PUERTAS DE LA CIUDAD
Ⓟ POZOS

CIUDAD FADREX

Queremos compartir más momentos contigo.

Únete a la comunidad de Penguin Libros
y encuentra tu siguiente lectura.

Penguin
Random House
Grupo Editorial